Wie vlucht en wie blijft

Elena Ferrante

Wie vlucht en wie blijft

DE NAPOLITAANSE ROMANS 3

Vroege volwassenheid

Vertaald uit het Italiaans
door Marieke van Laake

WERELDBIBLIOTHEEK · AMSTERDAM

Eerste druk april 2016
Tweede druk juni 2016
Derde druk juli 2016
Vierde druk oktober 2016
Vijfde druk februari 2017
Zesde druk augustus 2017
Zevende druk november 2017
Achtste druk augustus 2018 (Dwarsligger)
Negende druk september 2018

Oorspronkelijke titel *Storia di chi fugge e di chi resta*, edizioni e/o, Rome
© 2013 Elena Ferrante
© 2016 Nederlandse vertaling Marieke van Laake /
Uitgeverij Wereldbibliotheek
Alle rechten voorbehouden
Omslagontwerp Karin van der Meer
Foto omslag © Getty Images / George Marks
NUR 302
ISBN 978 90 284 2667 2
www.wereldbibliotheek.nl

VROEGE VOLWASSENHEID

1

Vijf jaar geleden heb ik Lila* voor het laatst gezien, in de winter van 2005. We wandelden 's ochtends vroeg langs de grote weg en zoals inmiddels al jaren het geval was, slaagden we er niet in ons echt op ons gemak te voelen bij elkaar. Ik was de enige die sprak, herinner ik me: zij neuriede, groette mensen die niet eens teruggroetten en de zeldzame keren dat ze reageerde, deed ze dat met uitroepen die nauwelijks verband hielden met wat ik zei. Er waren in de loop der jaren te veel nare, soms verschrikkelijke, dingen gebeurd, en om de weg naar de vertrouwelijkheid terug te vinden hadden we elkaars geheime gedachten moeten delen, maar ik had de kracht niet daar de woorden voor te zoeken en als zij daar wel over beschikte, had ze er geen zin in, zag er het nut niet van in.

Toch hield ik veel van haar en als ik naar Napels kwam, probeerde ik haar altijd te ontmoeten, ook al was ik, moet ik bekennen, daar ook een beetje bang voor. Ze was erg veranderd. We waren allebei duidelijk ouder geworden, maar terwijl ik er alles aan deed om niet dikker te worden, was zij onveranderlijk vel over been. Ze had kort haar dat ze zelf knipte, spierwit, niet omdat ze daarvoor koos maar uit onverschilligheid. Haar gezicht, erg getekend, deed steeds meer aan dat van haar vader denken. Ze lachte zenuwachtig, het was bijna een krijsen, en ze sprak met te luide stem. Ze gebaarde voortdurend, met zo'n felle vastberadenheid dat het leek alsof ze de flats, de weg, de voorbijgangers, en zelfs mij in tweeën wilde splijten.

We bevonden ons ter hoogte van de lagere school toen een jonge man die ik niet kende ons gejaagd voorbijliep en tegen Lila riep dat in een perk naast de kerk het lichaam van een vrouw was gevonden.

---

* Zie voor de lijst van personages blz. 409 e.v.

We haastten ons naar de plek, Lila trok me mee, baande zich onbehouwen een weg door het groepje nieuwsgierigen. De vrouw lag op haar zij, was buitensporig dik en droeg een ouderwetse, donkergroene regenjas. Lila herkende haar meteen, ik niet: onze jeugdvriendin Gigliola Spagnuolo, de ex-vrouw van Michele Solara.

Ik had haar al tientallen jaren niet gezien. Haar vroeger zo mooie gezicht was verlept, haar enkels waren enorm dik. Het dun geworden, ooit donkerbruine haar, nu vuurrood, lang zoals ze het als meisje droeg, lag uitgespreid op de omgewoelde aarde. Aan haar ene voet zat een schoen met een lage hak, erg versleten, de andere stak strak in een grijze, wollen kous met een gat bij de grote teen. De ontbrekende schoen lag een meter verderop, alsof hij van haar voet was geschoten door een schoppende beweging, uit angst of vanwege hevige pijn. Ik barstte in tranen uit, Lila keek me geërgerd aan.

Op een bankje iets verderop wachtten we zwijgend tot Gigliola was weggebracht. Wat er met haar was gebeurd, hoe ze was gestorven, het was allemaal nog onduidelijk. We trokken ons terug in Lila's huis, het oude appartementje van haar ouders waar ze nu met haar zoon Rino woonde. We praatten over onze vriendin, Lila sprak denigrerend over haar, over het leven dat ze had geleid, haar pretenties, haar lage streken. Nu lukte het míj niet om te luisteren; ik dacht aan het gezicht dat ik van opzij had gezien, zoals het op de aarde had gelegen, aan hoe dun haar lange haar was, aan de wittige vlekken op haar schedel. Hoeveel personen die tegelijk met ons kind waren geweest leefden al niet meer, waren van de aardbodem verdwenen door ziekte of doordat hun zenuwen niet bestand waren geweest tegen het schuurpapier van de kwellingen, of doordat hun bloed vergoten was. Een poosje zaten we lusteloos in de keuken zonder dat een van ons beiden besloot de tafel af te ruimen, daarna gingen we opnieuw naar buiten.

De zon op die mooie winterdag gaf de wereld om ons heen een sereen aanzien. De oude wijk was, in tegenstelling tot ons, precies hetzelfde gebleven. De lage, grijze gebouwen, de binnenplaats van ons kinderspel, de grote weg, de donkere muilen van de tunnel en het geweld, alles onveranderd. Het omliggende landschap daarentegen was wel veranderd. Het groenige gebied rond de meertjes was verdwenen, evenals de oude conservenfabriek. Wat je nu zag was het gefonkel van de glazen wolkenkrabbers, ooit het symbool van de stralende toekomst, waarin niemand ooit had geloofd. In de loop der jaren had ik de veranderingen allemaal geregistreerd, soms nieuwsgierig, vaak achteloos. Als meisje had ik me ingebeeld dat Napels aan de andere kant van de wijk wonderen bood. De wolkenkrabber van het centraal station, bijvoorbeeld, had me tientallen jaren terug diep getroffen, zoals hij zich verdieping na verdieping verhief, het skelet van een gebouw dat ons toen enorm hoog leek, pal naast het gedurfde treinstation. Hoe verrast was ik als ik over het piazza Garibaldi liep! 'Moet je zien, wat hoog,' zei ik tegen Lila, Carmen, Pasquale, Ada, Antonio, tegen alle vrienden met wie ik me naar de zee waagde, aan de randen van de rijke wijken. Daarboven, zo dacht ik, wonen de engelen, ze genieten vast van dat uitzicht over de hele stad. Omhoogklimmen, tot helemaal bovenaan, wat zou ik dat fijn hebben gevonden! Ook al stond hij niet in de wijk, het was ónze wolkenkrabber, een bouwwerk dat we van dag tot dag zagen groeien. Maar er werd niet meer aan gewerkt. Als ik thuiskwam uit Pisa leek de wolkenkrabber van het station mij nu niet zozeer het symbool van een zich vernieuwende gemeenschap als wel het zoveelste nest van inefficiëntie.

In die periode raakte ik ervan overtuigd dat er geen groot verschil was tussen de wijk en Napels, het onbehagen gleed naadloos over van het een naar het ander. Bij elke terugkeer trof ik een stad die nog weer meer van kruimeldeeg leek, die de seizoenswisselingen, warmte, kou, en vooral noodweer niet verdroeg. Kijk, het station van piazza Garibaldi is ondergelopen, kijk, de Galleria tegenover het Museum is ingestort, kijk, er is een aardverschuiving geweest, het elektrisch licht komt niet meer terug. In mijn herinnering waren donkere straten vol gevaren, steeds ongeregelder verkeer, plaveisel met scheuren, grote modderplassen. De overbelaste riolen spoten op, kwijlden. Water en vloeibare troep, vuilnis en bacteriën stroomden als lava langs heuvels vol splinternieuwe, fragiele bouwwerken de zee in, of erodeerden de wereld van onderaf. De mensen stierven als gevolg van nalatigheid, corruptie, onderdrukking, maar betuigden toch bij elke verkiezingsbijeenkomst enthousiast hun instemming met de politici die hun het leven ondraaglijk maakten. Zodra ik uit de trein stapte, bewoog ik me behoedzaam door het gedeelte van de stad waar ik was opgegroeid, en ik zorgde ervoor dat ik steeds in dialect praatte, alsof ik wilde aangeven: ik hoor bij jullie, doe me geen kwaad.

Toen ik afstudeerde, toen ik in één keer een verhaal schreef dat totaal onverwacht binnen enkele maanden als boek werd uitgegeven, leek de situatie in de wereld waar ik vandaan kwam nog erger geworden. Terwijl ik me in Pisa en Milaan goed, soms zelfs gelukkig voelde, was ik bij elke terugkeer in mijn eigen stad bang dat iets wat niet was te voorzien me zou verhinderen haar opnieuw te ontvluchten, dat wat ik verworven had me ontnomen zou worden. Ik zou Pietro, met wie ik spoedig zou trouwen, niet meer kunnen bereiken; de propere ruimte van de uitgeverij zou voor me gesloten blijven; ik zou niet meer kunnen genieten van de elegante vriendelijkheid van Adele, mijn aanstaande schoonmoeder, een moeder zoals mijn eigen moeder nooit was geweest. In het verleden had mijn stad me al overvol geleken, één groot gedrang van het piazza Garibaldi tot Forcella, Duchesca, de via Lavinaio, de Rettifilo. Maar eind jaren zestig had ik het idee dat het er nog drukker was geworden, dat de onverdraagzaamheid en de agressiviteit onbeheersbaar toenamen. Op een ochtend was ik helemaal naar de via Mezzocannone gelopen, waar ik een paar jaar eerder als winkelmeisje in een boekhandel had gewerkt. Ik was erheen gegaan uit nieuwsgierigheid, om de plek terug te zien waar ik zo had gezwoegd, maar vooral ook om een kijkje te nemen bij de universiteit, waar ik nooit binnen was geweest. Ik wilde de universiteit vergelijken met die van Pisa, met de Normale, ik hoopte zelfs de kinderen van mevrouw Galiani tegen te komen – Armando, Nadia – om te kunnen pochen over wat ik had bereikt. Maar de straat en de ruimten van de universiteit hadden me angst ingeboezemd, het was er stampvol studenten geweest, studenten uit Napels, de provincie Napels en uit het hele zuiden, goed geklede jongens en meisjes, lawaaierig, zeker van zichzelf, en ook studenten met ruwe manieren, maar die zich wél onderdanig gedroegen. Ze verdrongen zich bij de deuren, in de aula's, voor de secretariaten, waar in de lange rijen die er stonden vaak ruzie werd gemaakt. Op een paar stappen van me vandaan waren enkele jongens uit zo'n rij zomaar met elkaar slaags geraakt, alsof het elkaar zien al genoeg was geweest om tot een explosie van scheldwoorden en klappen te komen, de razernij van jongens die hun bloeddorst uitschreeuwden in een zelfs voor mij nauwelijks verstaanbaar dialect. Ik was haastig vertrokken, alsof op een plek waarvan ik dacht dat hij veilig was, waar niets kwaads te verwachten viel, iets dreigends me licht had geraakt.

Kortom, het leek elk jaar erger te worden. In die periode van veel regen waren er alweer barsten in de stad gekomen, een heel gebouw was aan één kant scheefgezakt, zoals wanneer iemand steun zoekt bij een oude leunstoel waarvan de leuning, vol houtworm, het vervolgens begeeft. En doden, gewonden, kreten, klappen en geknal alsof er papierbommen ontploften. Het leek of er in de ingewanden van de stad een razernij broeide die niet naar buiten kon en haar daarom aanvrat, of aan de oppervlakte uitbrak in puisten vol gif tegen iedereen, kinderen, volwassenen, ouden van dagen, mensen uit andere steden, Amerikanen van de NAVO, toeristen van alle nationaliteiten, de Napolitanen zelf. Hoe kon je het volhouden in die stad van wanorde en gevaar, in de buitenwijken, in het centrum, op de heuvels, aan de voet van de Vesuvius? Wat een nare indruk had San Giovanni a Teduccio op me gemaakt, en de reis om er te komen. Wat een nare indruk ook had de fabriek op me gemaakt waar Lila werkte, en Lila zelf, met haar zoontje; Lila, die in een armoedig gebouw met Enzo samenwoonde maar niet bij hem sliep. Ze had me verteld dat hij de werking van elektronische rekenmachines wilde bestuderen en dat zij hem daarbij probeerde te helpen. Ik hoorde haar stem nog toen ze in een poging San Giovanni, de worsten, de geur in de fabriek en haar situatie te verdoezelen, met geveinsde kennis van zaken instituten noemde als het centrum voor cybernetica van de Openbare Universiteit van Milaan, het

Sovjetcentrum voor de toepassing van rekenmachines bij de sociale wetenschappen. Ze wilde me doen geloven dat er ook in Napels binnen afzienbare tijd een dergelijk centrum zou worden geopend. Ik dacht toen: in Milaan misschien wel, in de Sovjet-Unie zeker, maar niet hier, dat is een door jouw onbedwingbare geest bedachte dwaasheid, waarin je bezig bent ook die arme, toegewijde Enzo mee te sleuren. Weg moest je. Definitief ervandoor gaan, ver weg van het leven zoals we dat vanaf onze geboorte kenden. Je vestigen in een goed georganiseerde omgeving, waar echt alles mogelijk was. Ik was ervandoor gegaan, inderdaad. Maar alleen om in de daaropvolgende decennia te ontdekken dat ik me had vergist, dat het ging om een keten met steeds grotere ringen: de wijk verwees naar de stad, de stad naar Italië, Italië naar Europa, Europa naar de hele planeet. En vandaag zie ik het zo: niet de wijk is ziek, niet Napels, maar de aardbol, het universum, of de universa. Het is de kunst te verbergen, voor jezelf te verbergen hoe de wereld er werkelijk voor staat.

Ik sprak er die middag in de winter van 2005 met Lila over, nadrukkelijk, alsof het om een schuldbekentenis ging. Ik wilde toegeven dat zij alles al vanaf haar jongste jaren had begrepen, terwijl ze nooit buiten Napels was geweest. Maar ik schaamde me vrijwel meteen, hoorde in mijn woorden het chagrijnige pessimisme van de ouder wordende vrouw, een toon waarvan ik wist dat ze die haatte. En ja hoor, eerst verscheen er een glimlach, meer eigenlijk een nerveuze grijns, waardoor ik haar verouderde tanden zag, en toen zei ze: 'Weet je alles weer beter? Sta je alweer klaar met je oordeel? Wat ben je van plan? Wil je over ons schrijven? Over mij?'

'Nee.'

'Zeg eens eerlijk.'

'Dat zou te ingewikkeld zijn.'

'Maar je hebt er wel over gedacht, en dat doe je nog steeds.'

'Een beetje wel, ja.'

'Je moet me vergeten, Lenù. Je moet iedereen vergeten. We moeten verdwijnen, we stellen niets voor, Gigliola niet, ik niet, niemand van ons.'

'Dat is niet waar.'
Ze trok een kwaad, ontevreden gezicht en keek me met nauwelijks zichtbare pupillen onderzoekend aan, haar lippen een stukje van elkaar.
'Goed,' zei ze, 'als je het dan niet laten kunt, schrijf dan maar over Gigliola, of over wie je maar wilt. Maar niet over mij, waag het niet, beloof me dat je dat niet zult doen.'
'Ik schrijf over niemand, ook niet over jou.'
'Pas op, hoor, ik hou je in de gaten.'
'O ja?'
'Ik kom in je computer snuffelen, lees je files, verwijder ze.'
'Kom nou!'
'Denk je dat ik dat niet kan?'
'Ik weet dat je het kunt. Maar ik ben in staat mezelf te beschermen.'
Ze lachte op haar oude, gemene manier.
'Niet tegen mij.'

2

Die drie woorden ben ik nooit vergeten, het was het laatste wat ze tegen me zei: 'Niet tegen mij.' Ik zit inmiddels al weken ijverig te schrijven, zonder tijd te verliezen met herlezen. Als Lila nog leeft – ik fantaseer wat, drink met kleine slokjes mijn koffie en volg het water van de Po dat tegen de pijlers van de Principessa Isabellabrug klotst – zal ze het inderdaad niet kunnen laten, zal ze in mijn computer komen neuzen en – oude, wispelturige vrouw die ze is – zal ze kwaad worden om mijn ongehoorzaamheid, zal ze zich ermee willen bemoeien, verbeteringen aanbrengen, dingen toe willen voegen, zal ze haar verlangen om spoorloos te verdwijnen vergeten. Ik spoel mijn kopje om, loop naar mijn bureau en begin weer te schrijven, vanaf die koude lente in Milaan, vanaf die avond meer dan veertig jaar geleden, toen in een boekhandel een man met dikke brillenglazen ten overstaan van iedereen sarcastisch over mij en mijn boek sprak, en ik daar trillend en verward op reageerde. Totdat Nino Sarratore, bijna onherkenbaar door zijn pikzwarte, slordige baard, ineens opstond en de man die mij had aangevallen van repliek diende. Vanaf dat moment begon alles in mij in stilte zijn naam te schreeuwen – hoelang had ik hem al niet gezien: vier, vijf jaar – en hoewel ik had zitten trillen van de spanning, kreeg ik het plotseling bloedheet.

Zodra Nino zijn betoog had beëindigd, vroeg de man met een beheerst gebaar om te mogen reageren. Het was duidelijk dat hij boos was, maar heftige emoties hadden me te veel verward om meteen te begrijpen waarom. Ik had natuurlijk wel gemerkt dat Nino's interventie de discussie op een agressieve, bijna oneerbiedige manier had verschoven van de literatuur naar de politiek, maar op dat moment schonk ik daar weinig aandacht aan. Ik was met andere dingen bezig: ik kon mezelf niet vergeven dat ik niet tegen de confrontatie opgewassen was geweest, dat ik tegenover een hoog ontwikkeld publiek alleen maar iets onsamenhangends had weten te stamelen. En toch was ik geen sufferd. In de nadelige positie waarin ik me op het gymnasium bevond, had ik geprobeerd te worden zoals mevrouw Galiani, ik had me haar toon, haar taal aangemeten. In Pisa redde ik het daar niet mee, daar had ik het moeten opnemen tegen zeer kundige mensen. Franco, Pietro, al die uitmuntende studenten, en natuurlijk de vermaarde professoren van de Normale, drukten zich uit op een ingewikkelde manier, schreven buitengewoon gekunsteld, hadden een categoriserende behendigheid, een logische helderheid en precisie die la Galiani niet bezat. Maar ik had me getraind om net als zij te zijn. En vaak was ik daarin geslaagd, had ik het idee gehad dat ik de woorden zo beheerste dat ik me voor altijd van de tegenstrijdigheden van het bestaan, opkomende emoties en gejaagd gepraat kon bevrijden. Kortom, ik wist me inmiddels van een manier van spreken en schrijven te bedienen die, dankzij een uitgelezen woordenschat, een breed en weloverwogen opgezet betoog, een snelle opeenvolging van de argumenten en een strenge, nooit afnemende zorg voor de vorm, erop gericht was de gesprekspartner zo te ontmoedigen dat de lust om er iets tegen in te brengen hem verging. Maar die avond was het niet gegaan zoals het had moeten gaan. Eerst was ik in verlegenheid gebracht door Adele en haar vriendinnen, die ik voor heel scherpzinnige lezeressen hield, daarna door de man met de opvallende bril. Ik was weer het ijverige meisje uit de wijk geworden, met het zuidelijke accent, de dochter van de portier, zelf stomverbaasd dat ze op die plek was beland en de rol van jonge, onderlegde schrijfster speelde. Daardoor had ik mijn zelfvertrouwen verloren en had ik me slordig en zonder overtuiging uitgedrukt. En dan heb ik het nog niet eens over Nino. Zijn verschijning had me alle controle over mezelf ontnomen en de klasse waarmee hij mij had verdedigd, bevestigde dat ik mijn vaardigheid kwijt was. We kwamen uit vergelijkbare milieus, we hadden allebei hard gewerkt om ons die taal eigen te maken. En toch had hij die taal niet alleen heel natuurlijk en moeiteloos tegen zijn gesprekspartner gebruikt, maar had hij het zich soms, waar het hem nodig leek, ook gepermitteerd – alsof het zo gepland was – om dat gepolijste Italiaans met een onbeschaamde fierheid overhoop te halen, waardoor hij er al snel in was geslaagd de professorale toon van de man met de dikke bril verouderd en zelfs misschien enigszins belachelijk te doen lijken. Daarom dacht ik, toen ik zag dat die man weer wilde gaan praten: hij is erg kwaad, en na eerst denigrerend over mijn boek te hebben gesproken, gaat hij nu ongetwijfeld nog denigrerender tegen Nino tekeer, om hem te vernederen omdat hij het boek heeft verdedigd.

Maar het leek erop dat het die man om iets anders ging: hij kwam niet terug op mijn roman, hij haalde mij er niet bij, maar concentreerde zich op enkele formuleringen die Nino zijdelings maar wel herhaaldelijk had gebruikt, kreten als: machthebbersarrogantie, antiautoritaire literatuur. Pas toen begreep ik dat de politieke wending die de discussie had genomen hem boos had gemaakt. Dat woordgebruik was hem niet bevallen en de plotselinge sarcastische falset die in zijn stem doorbrak, benadrukte dat nog eens ('Trots op kennis wordt tegenwoordig dus arrogantie genoemd.' 'Ook de literatuur is dus antiautoritair geworden?'). Daarna begon hij fijntjes met het woord 'autoriteit' te spelen. 'Godzijdank,' zei hij, 'een barricade tegen cultuurarme jongelui die, teruggrijpend op de onzin die ze in god mag weten welke alternatieve colleges aan de Openbare hebben gehoord, zonder verder nadenken over alles hun mening ten beste geven.' Hij ging lang over dit onderwerp door, en wendde zich daarbij tot het publiek, nooit rechtstreeks tot Nino of mij. Maar tegen het einde concentreerde hij zich eerst op de oudere criticus die naast mij zat en daarna op Adele, misschien al vanaf het begin het echte doel van zijn polemische optreden. 'Ik ben niet boos op de jongelui' – zei hij, kort samengevat – 'maar op de doctorandussen die uit eigenbelang altijd bereid zijn met de laatste mode van de stupiditeit mee te gaan.' Toen zweeg hij eindelijk en wilde met een bescheiden maar energiek 'neemt u mij niet kwalijk, pardon en dank u' vertrekken.

Vijandig maar ook respectvol stonden de aanwezigen op om hem te laten passeren. Toen werd het me helemaal duidelijk dat hij een man van aanzien was, van een dergelijk aanzien dat zelfs Adele zijn boze knikje met een hartelijk 'dank u, tot ziens' beantwoordde. Daarom was misschien iedereen lichtelijk verbaasd toen Nino hem, kennelijk wetend om wie het ging, op een dwingende en tegelijk spottende toon aansprak met zijn titel – 'Professor, waar gaat u heen? Blijft u toch!' – en hem vervolgens dankzij zijn lange benen behendig de pas afsneed, voor hem ging staan en tegen hem sprak in die nieuwe taal van hem waarvan ik, op de plek waar ik stond, niet alles kon verstaan en begrijpen, zinnen die waarschijnlijk waren als stalen kabels onder de brandende zon. De man luisterde zonder zich te verroeren, zonder ongeduldig te worden, maakte toen met zijn hand een gebaar van ga eens opzij en begaf zich naar de uitgang.

3

Verward verliet ik de tafel, kon nauwelijks geloven dat Nino écht daar was, in Milaan, in dat zaaltje. En toch, kijk, hij kwam al naar me toe, glimlachend, maar met ingehouden pas, zonder haast. We gaven elkaar een hand, die van hem was heel warm, de mijne ijskoud, en we zeiden dat we het zo leuk vonden om elkaar na zoveel tijd terug te zien. Weten dat het ergste van de avond eindelijk voorbij was en dat Nino nu in levenden lijve voor me stond, verminderde wel mijn ontevredenheid over het verloop van de bijeenkomst, maar niet mijn opwinding. Ik stelde hem voor aan de criticus, tevens professor, die mijn boek zo welwillend had geprezen, en vertelde hem dat ik Nino kende uit Napels, dat we samen op het gymnasium hadden gezeten. Hoewel Nino in zijn betoog ook de criticus enkele vegen uit de pan had gegeven, was deze toch vriendelijk. Hij prees Nino voor de manier waarop hij de man met de bril had behandeld, liet zich even in lovende bewoordingen uit over Napels en alles op een toon alsof hij het tegen een briljante student had die aangemoedigd moest worden. Nino vertelde dat hij al jaren in Milaan woonde, zich met economische geografie bezighield en – zei hij met een glimlach – dat hij deel uitmaakte van de meest beklagenswaardige categorie van de universitaire piramide, te weten de assistenten. Hij zei het op een innemende manier, zonder de nogal bozige toon van vroeger, en het leek me dat hij een ander harnas droeg, lichter dan het harnas dat mij op het gymnasium zo had gefascineerd, alsof hij zich van overtollige ballast had ontdaan om sneller en elegant te kunnen duelleren. Ik zag tot mijn opluchting dat hij geen trouwring droeg.

Intussen waren een paar vriendinnen van Adele naar me toe gekomen om het boek te laten signeren. Dat raakte me, het was voor het eerst dat ik zoiets meemaakte. Ik aarzelde: ik wilde Nino geen moment uit het oog verliezen, maar ik wilde ook niet dat hij mij een stuntelig mens zou blijven vinden, want die indruk had ik waarschijnlijk op hem gemaakt. Ik liet hem dus achter met de oudere professor – hij heette Tarratano – en ontving vriendelijk mijn lezeressen. Eigenlijk wilde ik me er snel van afmaken, maar de boeken waren nieuw, roken lekker naar drukinkt – wat een verschil met de beduimelde, stinkende boeken die Lila en ik vroeger van de bibliotheek in de wijk leenden – en dat weerhield me ervan ze zomaar vlug met een balpen te bezoedelen. Ik schreef in mijn mooiste handschrift, geleerd in de tijd van juffrouw Oliviero, en bedacht uitgebreide opdrachten, die enig ongeduld veroorzaakten bij de wachtende dames. Met kloppend hart zat ik te schrijven, terwijl ik intussen Nino in de gaten hield, doodsbang dat hij weg zou gaan.

Maar hij ging niet weg. Nu had ook Adele zich bij de twee gevoegd, en Nino richtte zich respectvol maar ongedwongen tot haar. Ik moest eraan denken hoe hij in de gangen op school met mevrouw Galiani praatte en er was weinig voor nodig om het verband te leggen tussen de briljante gymnasiast van toen en de jonge man van nu. Maar de student van Ischia, de minnaar van mijn getrouwde vriendin, de verwarde jongen die zich op de wc van de winkel op het piazza dei Martiri verborg en die de vader was van Gennaro, een kind dat hij nooit had gezien, die wees ik fel af als een zinloze, kortstondige ontsporing die ons allemaal verdriet had gedaan. Dat Lila plotseling op het toneel was verschenen had hem zeker uit zijn doen gebracht, maar – dat leek me bij die gelegenheid evident – het was slechts een fase geweest. Hoe intens die ervaring waarschijnlijk ook was geweest, hoe diep de sporen ook waren die ze had nagelaten, nu was het over. Nino was zichzelf weer en daar was ik blij om. Ik dacht: ik moet Lila vertellen dat ik hem heb ontmoet, en dat het goed met hem gaat. Maar later veranderde ik van gedachten: nee, ik vertel het haar niet.

Toen ik klaar was met signeren was het zaaltje leeg. Adele pakte zachtjes mijn hand en prees uitvoerig de manier waarop ik over mijn boek had gesproken en mijn reactie op de afschuwelijke interventie – zo zei ze het letterlijk – van de man met de dikke bril. Aangezien ik ontkende dat ik dat goed had gedaan (ik wist best dat het niet waar was), vroeg ze Nino en Tarratano naar hun mening, en natuurlijk putten beiden zich uit in complimenten. Mij ernstig aankijkend bracht Nino zelfs uit: 'U weet niet half hoe goed dit meisje op het gymnasium al was, zeer intelligent, onderlegd, buitengewoon moedig en mooi.' En terwijl de vlammen me uitsloegen, begon hij galant ironisch te vertellen over mijn conflict van jaren terug met de godsdienstleraar. Adele luisterde, lachte vaak. 'Binnen onze familie hebben we Elena's kwaliteiten meteen onderkend,' zei ze, en meteen daarop meldde ze dat ze in een restaurant vlak bij de boekhandel een tafel had gereserveerd. Ik schrok, mompelde verlegen dat ik moe was en geen honger had en liet doorschemeren dat ik, aangezien Nino en ik elkaar al zo lang niet hadden gezien, graag een wandelingetje met hem zou maken voor ik naar bed ging. Ik wist dat het onbeleefd was, het diner was ter ere van mij en om Tarratano te bedanken voor zijn inzet ten gunste van het boek, maar ik kon niet anders. Adele keek me even ironisch aan, antwoordde dat mijn vriend natuurlijk ook welkom was en voegde er een beetje geheimzinnig aan toe, alsof ze me schadeloos wilde stellen voor het 'offer' dat ik bracht: 'Ik heb straks een leuke verrassing voor je.' Gespannen keek ik naar Nino: zou hij de uitnodiging aannemen? Hij zei dat hij niet tot last wilde zijn, keek op zijn horloge, maar accepteerde de uitnodiging wel.

4

We verlieten de boekhandel. Adele ging discreet met Tarratano vooruit, Nino en ik volgden. Maar ik merkte meteen dat ik niet wist wat ik tegen hem moest zeggen, ik was bang dat elk woord verkeerd zou blijken. Maar hij zorgde ervoor dat er geen stilte viel. Hij prees opnieuw mijn boek en begon daarna met veel achting over de Airota's te praten (hij noemde ze 'de meest beschaafde van alle families die in Italië iets betekenen', zei dat hij Mariarosa kende. 'Ze kiest altijd voor de aanval: twee weken geleden hebben we een stevige ruzie gehad'), feliciteerde me omdat hij net van Adele had gehoord dat ik verloofd was met Pietro, wiens boek over de Bacchusriten hij tot mijn verbazing bleek te kennen; maar hij sprak vooral vol respect over het gezinshoofd, professor Guido Airota, 'echt een uitzonderlijke man.' Het ergerde me lichtelijk dat hij al van mijn verloving op de hoogte was en het gaf me een onprettig gevoel dat de lof op mijn boek de inleiding vormde voor een heel wat nadrukkelijker lofzang op Pietro's boek en zijn hele familie. Ik onderbrak hem, vroeg hoe het met hem ging, maar hij was vaag, zinspeelde slechts op een boekje dat eraan kwam en dat hij saai noemde, maar waar hij niet omheen had gekund. Ik drong aan, vroeg of het moeilijk was geweest, de eerste tijd in Milaan. Hij antwoordde met een paar algemeenheden over de problemen die je ondervindt als je zonder een cent op zak uit het zuiden komt. Toen vroeg hij zomaar ineens: 'Woon je weer in Napels?'

'Voorlopig wel, ja.'

'In de wijk?'

'Ja.'

'Ik heb definitief met mijn vader gebroken, zie niemand meer van mijn familie.'

'Zonde.'

'Het is goed zo. Alleen jammer dat ik geen nieuws over Lina heb.'

Even dacht ik dat ik me had vergist, dat Lila nooit uit zijn leven was weggeweest, dat hij niet voor mij naar de boekhandel was gekomen, maar alleen om iets over haar te horen. Maar daarna zei ik tegen mezelf: als hij echt wilde weten hoe het met Lila ging, had hij in al die jaren wel een manier gevonden om daarachter te komen, en impulsief reageerde ik op de duidelijke toon van iemand die snel een onderwerp wil afsluiten: 'Ze is weg bij haar man en leeft met een ander.'

'Is het een jongen of een meisje geworden?'

'Een jongen.'

Hij trok een ontevreden gezicht en zei: 'Lina is moedig, te moedig zelfs. Maar ze weet zich niet naar de werkelijkheid te voegen, ze is niet in staat de anderen en zichzelf te accepteren. Het was niet makkelijk om van haar te houden.'

'Hoezo?'

'Ze weet niet wat overgave is.'

'Overdrijf je niet een beetje?'

'Nee, ze zit echt verkeerd in elkaar: haar hoofd, alles, ook seksueel.'

Die laatste woorden – 'ook seksueel' – troffen me het meest. Nino oordeelde dus negatief over zijn relatie met Lila? Hij had dus net gezegd – me daardoor in verwarring brengend – dat zijn oordeel ook het seksuele aspect betrof? Een paar seconden staarde ik naar de donkere silhouetten van Adele en haar vriend die voor ons uit liepen. Mijn verwarring ging over in angst, ik voelde dat 'ook seksueel' een inleiding was, dat hij nog expliciteter wilde worden. Jaren geleden had Stefano me na zijn huwelijk in vertrouwen genomen en me over zijn moeilijkheden met Lila verteld, maar daar had hij de seks altijd buiten gelaten, zoals iedereen in de wijk die van zijn vrouw houdt dat zou hebben gedaan. Het was bijvoorbeeld ondenkbaar dat Pasquale me iets zou vertellen over het seksuele gedrag van Ada, of nog erger, dat Antonio met Carmen of Gigliola over het mijne zou praten. Dat deden jongens onder elkaar – en op een vulgaire manier, als wij meisjes voor hen niet of niet meer interessant waren – maar jongens en meisjes onderling niet. Ik voelde gewoon dat Nino, de nieuwe Nino, het volkomen normaal vond om met mij te praten over de seksuele relatie die hij met mijn vriendin had gehad. Ik voelde me ongemakkelijk, trok me terug. Ook hierover moet ik nooit iets tegen Lila zeggen, bedacht ik, terwijl ik gemaakt nonchalant zei: 'Dat is allemaal geweest, laten we niet weemoedig worden, en het weer over jou hebben, waar werk je aan, wat heb je voor perspectieven aan de universiteit, waar woon je, leef je alleen?' Maar de woorden kwamen te geestdriftig uit mijn mond, hij had vast door dat ik zo snel mogelijk van onderwerp wilde veranderen. Hij glimlachte ironisch en leek te willen antwoorden, maar we waren bij het restaurant aangekomen en stapten naar binnen.

5

Adele verdeelde de plaatsen: ik naast Nino en tegenover Tarratano, zij naast Tarratano met Nino tegenover zich. We bestelden en het gesprek ging al snel over de man met de bril, een hoogleraar Italiaanse letterkunde, begreep ik, christendemocraat en vaste medewerker van de *Corriere della Sera*. Adele en Tarratano hielden zich nu niet langer in. Nu ze zich niet meer aan het ritueel van de boekhandel hoefden te houden, roddelden ze uitgebreid over de man en prezen ze Nino om de manier waarop hij hem had aangepakt en verslagen. Het meest amuseerden ze zich met het herhalen van de woorden waarmee hij, toen de man vertrok, zijn aanval had geformuleerd, woorden die zij wel hadden gehoord, maar ik niet. Ze vroegen hem om de exacte bewoordingen, maar Nino zei afwerend dat hij zich die niet meer herinnerde, maar even later probeerde hij het toch, wellicht voor deze gelegenheid in een nieuw bedachte formulering: 'Om de autoriteit in al haar vormen te beschermen, zou u bereid zijn de democratie tijdelijk op te heffen.' En vanaf dat moment waren alleen zij drieën nog maar aan het woord. Met steeds grotere betrokkenheid spraken ze over geheime diensten, Griekenland, de martelingen in de gevangenissen daar, over Vietnam, de onverwachte opkomst van de studentenbeweging, niet alleen in Italië, maar ook in Europa, in de hele wereld, over een artikel in de *Ponte* van de hand van professor Airota – waarvan Nino zei dat hij het er woord voor woord mee eens was – over de situatie van onderzoek en onderwijs aan de universiteiten.

'Ik zal mijn dochter vertellen dat het u beviel,' zei Adele. 'Mariarosa vond het slecht.'

'Mariarosa loopt alleen warm voor zaken die de wereld niet kan geven.'

'Juist, zo is het precies.'

Ik wist niets van die bijdrage van mijn toekomstige schoonvader, voelde me ongemakkelijk en zat zwijgend te luisteren. Eerst de examens, daarna de afstudeerscriptie, toen het boek en de overhaaste publicatie, dat alles had een groot deel van mijn tijd in beslag genomen. Ik was slechts oppervlakkig op de hoogte van wat er in de wereld gebeurde; demonstrerende studenten, botsingen, gewonden, arrestaties, bloed, ik wist er nauwelijks iets van. Omdat ik inmiddels niets meer te maken had met de universiteit, was wat ik destilleerde uit het gemopper van Pietro (die het in zijn brieven had over 'de Pisaanse brandhaard van dwaasheden') mijn enige informatie over de chaos, en daardoor was de mij omringende wereld voor mij er een van vage trekken, terwijl mijn tafelgenoten die trekken heel precies leken te kunnen ontcijferen. Nino nog beter dan de anderen. Ik zat naast hem, luisterde, raakte met mijn arm lichtjes de zijne aan, een contact van uitsluitend stoffen, maar dat me toch ontroerde. Hij had nog steeds een voorliefde voor cijfers, noemde aantallen wat betreft de aan de universiteit ingeschreven studenten – massa's inmiddels –, de reële capaciteit van gebouwen, de uren die de machthebbers echt werkten, en hoevelen van hen in het parlement of een Raad van Beheer zaten in plaats van college te geven en onderzoek te doen, of zich aan zeer goedbetaalde consulentschappen wijdden of naast hun werk op de universiteit privé een beroep uitoefenden. Adele was het ermee eens, haar vriend ook. Soms onderbraken ze Nino en praatten dan over personen van wie ik nog nooit had gehoord. Ik voelde me buitengesloten. Het ging hun niet meer in de eerste plaats om het feestje rond de verschijning van mijn boek, en bovendien leek mijn schoonmoeder de aangekondigde verrassing vergeten te zijn. Ik zei zacht dat ik even van tafel ging, Adele knikte afwezig, Nino praatte hartstochtelijk door. Tarratano dacht waarschijnlijk dat ik me verveelde, want meteen toen ik opstond zei hij, bijna fluisterend: 'Komt u gauw terug, ik hecht zeer aan uw mening.'

'Die heb ik niet,' zei ik met een vage glimlach.

Hij glimlachte op zijn beurt: 'Een schrijfster verzint er altijd wel een.'

'Misschien ben ik geen schrijfster.'

'Dat bent u wel degelijk.'

Ik ging naar de wc.

Nino was er altijd in geslaagd om, zodra hij zijn mond maar opendeed, me te laten voelen hoever ik achterliep. Ik moet gaan studeren, dacht ik, hoe heb ik me zo kunnen laten gaan? Natuurlijk, als ik wil kan ik met woorden wel enige deskundigheid en een beetje hartstocht voorwenden. Maar zo kan het niet langer doorgaan, ik heb te veel geleerd wat niet van belang is, en heel weinig wat dat wel is. Na mijn relatie met Franco is het beetje belangstelling voor de wereld die hij bij mij had opgewekt, verloren gegaan.

En de verloving met Pietro heeft me niet verder geholpen: wat mij oorspronkelijk interesseerde, maar hem niet, werd voor mij ook onbelangrijk. Wat is Pietro toch anders dan zijn vader, zijn zusje en zijn moeder. En vooral, hoe anders dan Nino. Als het aan Pietro had gelegen, had ik mijn roman niet eens geschreven. Hij heeft het geaccepteerd, maar bijna met ergernis, zag het als een overtreding van de universitaire fatsoensnormen. Maar misschien overdrijf ik, ligt het alleen maar aan mij. Ik ben een meisje met beperkingen, ik kan me slechts op één ding tegelijk concentreren en schuif al het andere opzij. Maar dat wordt nu anders. Meteen na deze vervelende maaltijd sleep ik Nino mee en ik zal hem dwingen om de hele nacht met me te wandelen, ik zal hem vragen welke boeken ik moet lezen, welke films ik moet zien, naar welke muziek ik moet luisteren. En ik zal mijn arm door de zijne steken en zeggen: 'Ik heb het koud.' Verwarde voornemens, onvolledige zinnen. Ik wilde de spanning die ik voelde ontkennen, zei enkel tegen mezelf: 'Het zou weleens onze enige kans kunnen zijn, morgen vertrek ik en dan zie ik hem niet meer.'

Intussen bekeek ik mezelf boos in de spiegel. Ik zag er moe uit, had pukkeltjes op mijn kin en onder mijn ogen de paarse kringen die menstruatie aankondigden. Ik ben lelijk, klein van stuk en heb te grote borsten. Ik zou allang begrepen moeten hebben dat hij me nooit aantrekkelijk heeft gevonden, het is geen toeval dat hij de voorkeur aan Lila heeft gegeven. Maar waar heeft dat toe geleid? 'Ze zit verkeerd in elkaar, ook seksueel,' had hij gezegd. Ik had dat onderwerp niet uit de weg moeten gaan. Ik had interesse moeten tonen, hem moeten laten doorpraten. Als hij er nog eens over begint zal ik ruimdenkender zijn, zal ik zeggen: 'Wanneer zit een meisje seksueel verkeerd in elkaar? Ik vraag het je,' zal ik hem lachend uitleggen, 'om mezelf ook te verbeteren als het me nodig lijkt, aangenomen dat verbetering mogelijk is, wie weet.' Ik herinnerde me met afgrijzen wat er met zijn vader op het Marontistrand was gebeurd. Ik dacht aan het vrijen met Franco op het kleine bed in zijn kamertje in Pisa. Had ik bij die gelegenheden iets verkeerds gedaan dat was opgemerkt maar uit tact voor mij verzwegen? En stel dat ik diezelfde avond met Nino naar bed zou gaan, zou ik dan diezelfde fout maken, zodat hij zou denken: ze zit verkeerd in elkaar, net als Lina, en zou hij er dan achter mijn rug met zijn vriendinnen van de Openbare over praten, misschien zelfs met Mariarosa?

Ik realiseerde me hoe onaangenaam die opmerking over Lila was geweest, ik had het hem moeten verwijten. 'Uit die onvolmaakte seks,' had ik tegen hem moeten zeggen, 'uit een ervaring waarover je nu negatief oordeelt, is een kind voortgekomen, de kleine Gennaro, een heel intelligent kind. Het is niet aardig dat je zo praat, de kwestie is niet terug te brengen tot wie verkeerd en wie goed in elkaar zit, Lila heeft zich voor jou in het ongeluk gestort.' En ik besloot: als ik me van Adele en haar vriend heb bevrijd, als hij me naar het hotel brengt, begin ik er weer over en zeg ik hem dat.

Ik verliet de wc, ging terug naar de eetzaal, en ontdekte dat de situatie tijdens mijn afwezigheid was veranderd. Zodra mijn schoonmoeder me zag, zwaaide ze naar me en zei vrolijk, met rode wangen van opwinding: 'Eindelijk is de verrassing er.' De verrassing was Pietro, hij zat naast haar.

6

Mijn verloofde sprong op, omhelsde me. Ik had hem nooit iets over Nino verteld. Ik had iets losgelaten over Antonio, een paar woorden, en iets over mijn relatie met Franco, die ze trouwens in de studentenwereld van Pisa wel kenden. Maar van Nino had ik zelfs zijn naam niet genoemd. Nino was een verhaal apart, een geschiedenis die me pijn deed, met momenten waarvoor ik me schaamde. Als ik Pietro daarover zou vertellen, zou ik moeten opbiechten dat ik mijn hele leven al van iemand hield op een manier waarop ik nooit van hem zou houden. En orde scheppen in dat verhaal, er een betekenis aan geven, bracht met zich mee dat ik hem over Lila zou moeten vertellen, over Ischia, en misschien moest ik dan zelfs nog verder gaan en vertellen dat de episode van seks met een volwassen man, zoals beschreven in mijn boek, was geïnspireerd op een echte ervaring op het Marontistrand, op een keuze die ik, wanhopig meisje toen, had gemaakt en die me nu na zoveel tijd weerzinwekkend leek. Dit ging alleen mij aan, en daarom had ik mijn geheimen voor me gehouden. Als Pietro het allemaal had geweten, zou hij gemakkelijk hebben begrepen waarom ik hem zo ontevreden ontving.

Hij ging weer zitten, aan het hoofd van de tafel, met zijn moeder aan de ene en Nino aan de andere zijde. Hij verslond een biefstuk, dronk wijn, en keek me verontrust aan, merkte dat ik in een slechte bui was. Hij voelde zich ongetwijfeld schuldig, omdat hij te laat was, een belangrijke gebeurtenis in mijn leven had gemist – een slordigheid uit te leggen als teken dat hij niet van mij hield – en omdat hij mij aan vreemden had overgelaten, waardoor ik zijn liefdevolle steun had moeten missen. Ik kon hem moeilijk zeggen dat mijn boze gezicht en mijn zwijgen juist veroorzaakt werden door zijn aanwezigheid, doordat hij niet tot het einde weg was gebleven en nu tussen Nino en mij was gekomen.

Die laatste overigens was me nog ongelukkiger aan het maken. Hij zat naast me, maar richtte niet één keer het woord tot me. Hij leek verheugd over de komst van Pietro. Hij schonk hem wijn bij, bood hem een sigaret aan, hield hem een vuurtje voor, en nu bliezen ze beiden met samengeperste lippen de rook uit en praatten over de lange autorit en over hoe plezierig autorijden kan zijn. Het viel me op hoe ze van elkaar verschilden: Nino mager, slungelig, met een luide, hartelijke stem; Pietro gedrongen, met die komische, warrige bos haar boven zijn enorme voorhoofd, zijn stevige wangen opengehaald bij het scheren, zijn altijd zachte stem. Ze leken blij elkaar te hebben leren kennen, iets wat voor Pietro, die zich altijd afzijdig hield, tamelijk ongewoon was. Nino zette hem onder druk, toonde werkelijke belangstelling voor zijn studies ('Ik heb ergens een artikel van je gelezen waarin je melk en honing tegenover wijn en elke vorm van dronkenschap plaatst'), kreeg hem zover dat hij erover vertelde, en mijn verloofde, die over het algemeen de neiging had over dergelijke onderwerpen te zwijgen, gaf zich gewonnen, corrigeerde goedmoedig, stelde zich open. Maar juist toen het vertrouwelijk begon te worden tussen die twee, kwam Adele tussenbeide: 'Genoeg gepraat,' zei ze tegen haar zoon. 'Kom je nu met de verrassing voor Elena?'

Ik keek haar onzeker aan. Waren er nog meer verrassingen? Was het niet voldoende dat Pietro urenlang ononderbroken had gereden om op z'n minst op tijd te zijn voor het diner ter ere van mij? Ik nam mijn verloofde nieuwsgierig op, hij zat bozig te kijken, met een gezicht dat ik van hem kende en dat hij trok als de omstandigheden hem dwongen in het openbaar iets positiefs over zichzelf te zeggen. Hij meldde me, maar bijna fluisterend, dat hij tot gewoon hoogleraar in vaste dienst was benoemd, een wel heel jonge hoogleraar in vaste dienst, met een leerstoel in Florence. Het was hem zomaar overkomen, zoals het altijd ging bij hem. Hij beroemde zich nooit op zijn bekwaamheid, wist niets of bijna niets van de waardering die hij als geleerde genoot, sprak nooit over de uiterst strenge tests waaraan hij zich onderwierp. En nu kwam hij zomaar met dit nieuws aanzetten, een beetje nonchalant, alsof hij er door zijn moeder toe gedwongen was en het voor hem nauwelijks iets betekende. Maar het betekende groot aanzien op jonge leeftijd, het betekende financiële zekerheid, het betekende weggaan uit Pisa, het betekende zich onttrekken aan een politiek en cultureel klimaat dat hem, waarom weet ik niet, al maanden mateloos ergerde. En het betekende vooral dat we in de herfst, of op zijn laatst in het begin van het volgend jaar, zouden trouwen en ik uit Napels zou vertrekken. Niemand zei iets over dit laatste, maar iedereen feliciteerde zowel Pietro als mij. Ook Nino, die meteen daarna op zijn horloge keek, een paar zure opmerkingen over universitaire carrières maakte en uitriep dat het hem erg speet, maar dat hij weg moest.

We stonden allemaal op. Ik wist niet wat ik moest doen, zocht tevergeefs zijn blik. Er kwam een hevige pijn opzetten in mijn borst. Einde van de avond, gemiste kans, op niets uitgelopen verlangens. Eenmaal op straat hoopte ik dat hij me een telefoonnummer zou geven, een adres. Hij beperkte zich ertoe me de hand te schudden en me alle goeds te wensen. Vanaf dat moment had ik de indruk dat hij bij elke beweging die hij maakte opzettelijk verder afstand van mij nam. Bij wijze van groet glimlachte ik vaag en bewoog mijn hand in de lucht alsof ik een pen vasthield waarmee ik schreef. Het was een smeekbede en betekende: je weet waar ik woon, schrijf me, alsjeblieft. Maar hij had zich al omgedraaid.

7

Ik bedankte Adele en haar vriend voor wat ze voor mij en alles rond het verschijnen van mijn boek hadden gedaan. Langdurig en oprecht prezen ze Nino, en spraken tegen mij alsof ik eraan had bijgedragen dat hij zo'n aardige, intelligente jongen was geworden. Pietro zei niets, hij maakte alleen een enigszins nerveus gebaar toen zijn moeder hem op het hart drukte snel terug te komen, ze waren beiden bij Mariarosa te gast. Ik zei meteen: 'Je hoeft me niet weg te brengen, ga maar met je moeder mee.' Het kwam bij niemand op dat ik het meende, dat ik me ongelukkig voelde en liever alleen was.

De hele weg naar mijn hotel was ik onhandelbaar. Ik riep dat ik niet van Florence hield, ook al was dat niet waar, dat ik niet meer wilde schrijven maar les wilde geven, ook al was dat niet waar, dat ik moe was, dat ik omviel van de slaap, ook al was dat niet waar. En daar bleef het niet bij: toen Pietro plompverloren zei dat hij mijn ouders wilde bezoeken om kennis te maken, schreeuwde ik: 'Ben je gek, laat mijn ouders met rust, jij past niet bij hen en zij niet bij jou.' Op dat punt aangekomen vroeg hij geschrokken: 'Wil je niet meer met me trouwen?'

Ik stond op het punt om te zeggen: 'Nee, ik wil niet meer', maar hield me op tijd in, ik wist dat ook dat niet waar was. Zwakjes zei ik: 'Neem me niet kwalijk, ik ben nogal somber, natuurlijk wil ik wel met je trouwen', en ik pakte zijn hand, verstrengelde mijn vingers met de zijne. Hij was een intelligente, buitengewoon ontwikkelde en goede man. Ik hield van hem, ik wilde hem geen pijn doen. Maar juist op het moment dat ik bevestigde dat ik met hem wilde trouwen, terwijl ik zijn hand vasthield, wist ik niettemin ineens heel duidelijk dat ik, als hij die avond niet in het restaurant was verschenen, geprobeerd zou hebben Nino te krijgen.

Het kostte me moeite het aan mezelf te bekennen. Natuurlijk was het een gemene streek die Pietro niet verdiende, en toch zou ik het graag hebben gedaan en misschien wel zonder wroeging. Ik zou een manier hebben gevonden om Nino naar me toe te trekken, met alle jaren die verstreken waren, van de lagere school tot en met het gymnasium en de tijd op Ischia en van het piazza dei Martiri. Ik zou hem genomen hebben, ook al beviel me wat hij over Lila had gezegd in het geheel niet en maakte hij me bang. Ik zou Nino hebben genomen en het Pietro nooit hebben verteld. Misschien had ik het Lila kunnen vertellen, maar god weet wanneer, als we oud waren eventueel, als het, zo stelde ik me voor, ons niets meer kon schelen, haar niet en mij niet. De tijd zou het leren, zoals bij alles. Nino, dat zou een kwestie van één enkele nacht zijn geweest, 's ochtends zou hij me hebben verlaten. Ook al kende ik hem mijn hele leven al, toch was hij het product van mijn fantasie, hem voor altijd houden zou onmogelijk zijn, hij kwam voort uit mijn kindertijd, bestond uit kinderverlangens, was niet concreet, had geen toekomstperspectief. Pietro daarentegen was van nu, massief, een grenssteen. Hij bakende een voor mij volkomen nieuw terrein af, een gebied van goede redenen, geregeerd door regels die hij van zijn familie had en die alles betekenis gaven. Grote idealen leefden daar, de cultus van de goede naam, principekwesties. Niets in de wereld van de Airota's bestond zomaar. Trouwen bijvoorbeeld, stond gelijk aan een bijdrage leveren aan een lekenstrijd. Pietro's ouders waren alleen voor de wet getrouwd en hoewel Pietro, voor zover ik wist, over een brede godsdienstige ontwikkeling beschikte, zou hij nooit in de kerk trouwen, sterker nog, misschien zelfs juist daarom niet, hij zou nog liever van mij afzien. Hetzelfde gold voor het doopsel. Pietro was niet gedoopt en Mariarosa ook niet, en daarom zouden ook onze eventuele kinderen nooit gedoopt worden. Zo ging alles bij hem, hij leek altijd geleid te worden door een hogere orde, weliswaar niet van goddelijke maar van familiale oorsprong, die hem toch de zekerheid gaf dat hij aan de kant van de waarheid en de gerechtigheid stond. Wat de seks betreft weet ik het niet, hij was behoedzaam. Hij wist genoeg van mijn relatie met Franco Mari om eruit te kunnen afleiden dat ik geen maagd meer was, en toch had hij nooit iets over dat onderwerp gezegd, ook niet met een halve kritische zin, een vulgaire opmerking of een lachje. Bij mijn weten had hij geen andere verloofdes gehad, het was moeilijk me hem voor te stellen met een hoer. Ik ben er zeker van dat hij nog geen minuut van zijn leven met andere mannen over vrouwen had zitten praten. Hij haatte pikante opmerkingen. Hij haatte geklets, een schreeuwende toon, feesten, elke vorm van verkwisting. Hoewel hij van welgestelde komaf was, neigde hij – wat dit betreft in tegenstelling tot zijn ouders en zijn zus – tot een soort ascetisme in de overvloed. En hij had een opvallend groot plichtsgevoel, hij zou zijn verplichtingen jegens mij altijd nakomen, en hij zou me nooit bedriegen.

Nee dus, ik wilde hem niet kwijt. Jammer dan maar dat ik met mijn ondanks mijn studies weinig verfijnde aard niet aan zijn nauwgezetheid kon tippen, dat ik in alle oprechtheid niet wist hoelang ik al die geometrie zou kunnen verdragen. Hij bood me de zekerheid dat ik de opportunistische buigzaamheid van mijn vader en de grofheid van mijn moeder zou ontvluchten. En daarom drong ik de gedachte aan Nino met geweld terug, stak mijn arm door die van Pietro en fluisterde: 'Ja, laten we zo vlug mogelijk trouwen, ik wil thuis weg, ik wil mijn rijbewijs halen, ik wil reizen, ik wil telefoon en televisie, ik heb nooit iets bezeten.' Toen werd hij vrolijk, lachte, zei ja op alles wat ik maar verlangde. Vlak bij het hotel bleef hij staan en fluisterde met schorre stem: 'Mag ik bij je blijven slapen?' Dat was de laatste verrassing van die avond. Ik keek hem stomverbaasd aan: hoe vaak al had ik seks willen hebben, en altijd had hij er zich aan onttrokken; maar hem nu daar in bed hebben, in het hotel, in Milaan, na de discussie in de boekhandel, een voor mij bijna traumatische ervaring, na Nino, daar voelde ik niets voor. Ik antwoordde: 'We hebben al zo lang gewacht, een beetje langer kan ook nog wel.' In een donker hoekje kuste ik hem, vanaf de drempel van het hotel keek ik hem na terwijl hij wegliep over de corso Garibaldi, zich van tijd tot tijd omdraaide en dan verlegen zwaaide. Zijn onregelmatige tred, zijn platvoeten en zijn grote, warrige bos haar vertederden me.

8

Vanaf dat moment werd het leven hectisch en had ik geen moment rust meer, de maanden regen zich snel aaneen, er was geen dag dat er niet iets leuks of vervelends gebeurde. Met mijn hoofd nog vol van Nino en onze ontmoeting zonder gevolgen, keerde ik terug naar Napels. Soms overheerste de drang om naar het huis van Lila toe te rennen, daar te wachten tot ze thuiskwam van haar werk en haar alles te vertellen wat ik zonder haar verdriet te doen kon vertellen. Maar al snel zag ik in dat het terloops laten vallen van zijn naam haar al pijn zou doen, en ik zag ervan af. Lila was haar eigen weg gegaan, Nino de zijne en ik had belangrijke zaken af te wikkelen. De avond van mijn terugkeer uit Milaan al, bijvoorbeeld, vertelde ik mijn ouders dat Pietro binnenkort zou komen om kennis met hen te maken, dat we waarschijnlijk voor het einde van het jaar zouden trouwen en dat ik in Florence zou gaan wonen.

Ze gaven geen blijk van vreugde, en van voldoening evenmin. Ik dacht dat ze er helemaal aan gewend waren dat ik vertrok en weer terugkeerde al naar het mij uitkwam, steeds verder van mijn familie vervreemdde, en onverschillig was voor de problemen die ze hadden om te overleven. En het leek me normaal dat alleen mijn vader een beetje onrustig werd. Hij was altijd nerveus in situaties waarop hij zich niet voorbereid voelde.

'Moet die universiteitsprofessor echt bij ons thuis komen?' vroeg hij geërgerd.

'Waar anders?' zei mijn moeder boos. 'Hoe kan hij om Lenuccia's hand vragen als hij niet naar hier komt?'

Ze leek me zoals gewoonlijk opener, concreter, resoluter dan hij, op het ongevoelige af. Maar toen ze haar man eenmaal zover had gekregen dat hij zweeg en naar bed was gegaan en Elisa, Peppe en Gianni hun bedden in de woonkamer hadden opgemaakt, bleek ik me vergist te hebben. Ze viel me aan, met heel zachte en toch schreeuwende stem, sissend, en met ogen die rood waren geworden: 'Wij tellen helemaal niet mee voor jou, je vertelt ons alles pas op het laatste moment, de jongedame denkt dat ze god weet wie is omdat ze heeft geleerd, omdat ze boeken schrijft, omdat ze met een professor gaat trouwen, maar je bent uit deze buik gekomen, m'n liefje, en van hetzelfde gemaakt als ik, doe daarom maar niet of je meer bent dan wij en vergeet nooit dat je dan wel slim bent, maar dat ik, die je hier, in me heb gedragen, net zo slim of nog slimmer ben dan jij en dezelfde dingen als jij zou hebben gedaan als ik de kans had gehad, begrepen?' In die golf van razernij verweet ze me vervolgens eerst dat mijn broertjes door mijn schuld, omdat ik weg was gegaan en alleen aan mezelf had gedacht, er op school niets van terecht hadden gebracht; daarna vroeg ze me geld, nee, eiste het, ze zei dat ze, aangezien ik haar dwong mijn verloofde te ontvangen, dat geld nodig had om een fatsoenlijke jurk voor Elisa te kopen en het huis een beetje toonbaarder te maken.

Op het slechte presteren van mijn broers op school ging ik maar niet in. Het geld gaf ik haar echter meteen, ook al was het onzin dat ze het voor het huis nodig had. Ze vroeg me voortdurend om geld, elk smoesje was goed. Hoewel ik het nooit expliciet had verteld, wist ze dat ik geld op de Postspaarbank had staan en ze kon nog steeds niet accepteren dat ik het niet aan haar had gegeven, zoals ik altijd had gedaan toen ik met de dochtertjes van de mevrouw van de kantoorboekhandel naar zee ging, of in de boekhandel van de via Mezzocannone werkte. Door zich te gedragen alsof mijn geld haar toekomt, dacht ik, wil ze me er misschien van doordringen dat ik haar toebehoor, voor altijd, en dat het feit dat ik ga trouwen daar niets aan afdoet. Ik bleef rustig, beloofde dat ik telefoon zou laten aanleggen en op afbetaling een televisie zou kopen, een soort gouden handdruk. Ze keek me onzeker aan, met een plotselinge bewondering die schril afstak tegen wat ze kort tevoren tegen me had gezegd.

'Televisie en telefoon hier in huis?'
'Zeker.'
'Betaal jij dat?'
'Ja.'
'Altijd, ook als je getrouwd bent?'
'Ja.'
'Weet de professor dat we geen geld hebben om je een uitzet mee te geven, en ook niet voor een feest?'
'Dat weet hij, en er komt ook helemaal geen feest.'
Haar humeur sloeg om, haar ogen begonnen weer te fonkelen.
'Hoezo, geen feest? Laat hem het betalen.'
'Nee, we doen het zonder.'
Mijn moeder ontstak opnieuw in woede, provoceerde me op alle mogelijke manieren, ze wachtte op een reactie, om nog kwader te kunnen worden.
'Weet je nog Lina's huwelijk, weet je nog wat een feest ze gaven?'
'Ja.'
'En jij wil niks doen, terwijl jij stukken beter bent?'
'Nee.'
Zo ging het maar door, totdat ik besloot dat ik in plaats van haar boosheid beetje bij beetje te incasseren, haar woede-uitbarstingen maar beter allemaal tegelijk over me heen kon laten komen.
'Ma,' zei ik, 'we houden niet alleen geen feest, maar ik trouw ook niet in de kerk, ik trouw op het gemeentehuis.'
Toen was het alsof door een harde windvlaag alle ramen en deuren waren opengevlogen. Hoewel mijn moeder nauwelijks godsdienstig was, verloor ze elke zelfbeheersing en begon met een rood hoofd en helemaal voorovergebogen verschrikkelijk te schelden. Ze gilde dat het huwelijk niet telde als de pastoor het niet geldig verklaarde. Ze gilde dat als ik niet ten overstaan van God trouwde, ik nooit een echtgenote zou zijn, alleen maar een hoer, en daarna rende ze weg, haar manke been ten spijt, om mijn vader en mijn zusje en broertjes wakker te maken en ze op de hoogte te brengen van wat ze altijd had gevreesd, met andere woorden, dat ik door al dat studeren mijn verstand had verloren, dat ik al het geluk had

gehad dat je maar kon hebben en me toch als een slet liet behandelen, dat zij de deur niet meer uit zou kunnen vanwege de schande een goddeloze dochter te hebben.

Mijn vader – verdwaasd, in zijn onderbroek – en mijn zusje en broers probeerden erachter te komen met wat voor moeilijk gedoe ze door mijn schuld nu weer geconfronteerd werden en intussen probeerden ze mijn moeder te kalmeren. Maar tevergeefs. Ze brulde dat ze me onmiddellijk uit huis wilde zetten, voordat ik haar blootstelde aan de schande ook – óók! – een dochter te hebben die net als Lila en Ada ongetrouwd samenwoonde.

Hoewel ze mijn gezicht niet raakte, sloeg ze wel in de lucht, alsof ik een schim was en ze woeste klappen aan een echte Elena stond uit te delen. Het duurde even voordat ze dankzij Elisa kalmeerde. Mijn zusje vroeg voorzichtig: 'Maar ben jij degene die op het gemeentehuis wil trouwen of wil je verloofde dat?'

Ik legde haar uit – maar alsof ik de kwestie aan iedereen uitlegde – dat de Kerk voor mij al sinds lang totaal niets meer betekende, en dat het me om het even was of ik voor de wet of voor de kerk trouwde, maar dat voor mijn verloofde het burgerlijk huwelijk zeer belangrijk was; hij wist alles van godsdienstige kwesties en geloofde dat de godsdienst, iets wat veel respect verdiende, juist ontaardde als die zich met wereldlijke zaken bemoeide. 'Kortom,' besloot ik, 'óf we trouwen op het gemeentehuis, óf hij trouwt niet met me.'

Toen hield mijn vader, die zich onmiddellijk aan mijn moeders zijde had geschaard, ineens op met als een echo mijn moeders gescheld en geklaag te herhalen.

'Trouwt hij dan niet met je?'
'Nee.'
'Wat doet hij dan, maakt hij het uit?'
'Dan gaan we ongetrouwd in Florence wonen.'

Die mededeling werd door mijn moeder als het allerergste beschouwd. Ze verloor nu volledig haar zelfbeheersing, beloofde dat ze in dat geval een mes zou pakken en me zou vermoorden. Maar mijn vader haalde nerveus zijn handen door het haar en zei: 'Hou je mond eens, maak me niet pissig en laten we nadenken. We weten heel goed dat je voor de pastoor kunt trouwen, een schitterend feest kunt geven en dat het dan toch nog erg slecht kan eindigen.'

Ook hij zinspeelde duidelijk op Lila, die nog steeds het schandaal van de wijk was, en eindelijk begreep mijn moeder het. De pastoor was geen garantie, niets was een garantie in de boze wereld waarin we leefden. Daarom hield ze op met schreeuwen en liet aan mijn vader de taak de situatie te bekijken en eventueel maar toe te geven. Maar ze bleef, met haar manke been, maar heen en weer hobbelen, hoofdschuddend en beledigingen mompelend aan het adres van mijn aanstaande man. Wat was hij nou eigenlijk? Een professor? Een communist? Communist én professor? 'Strontprofessor,' schreeuwde ze. 'Wat is dat voor professor als-ie er zo over denkt? *Een strunz?*' 'Nee,' reageerde mijn vader, 'wat strunz, het is een vent die gestudeerd heeft, die beter dan wie ook weet wat voor vuiligheid priesters uithalen. Daarom wil-ie alleen maar op het gemeentehuis ja gaan zeggen. Goed, je hebt gelijk, dat doen veel communisten. Goed, je hebt gelijk, zo lijkt het of onze dochter niet is getrouwd. Maar wat mij betreft, ik zou me wel op die universiteitsprofessor willen verlaten: hij houdt van haar, ik kan niet geloven dat hij Lenuccia in een situatie wil brengen waardoor ze een slet lijkt. Maar hoe dan ook, als we hem niet willen vertrouwen – maar ik vertrouw hem wel, ook al ken ik hem nog niet: hij is een belangrijke persoon, meisjes hier dromen van zo'n partij –, laten we dan in elk geval het gemeentehuis vertrouwen. Ik werk op het gemeentehuis, en een huwelijk daar, dat verzeker ik je, is net zo veel waard en misschien nog wel meer dan een huwelijk dat in de kerk wordt gesloten.'

Uren ging het zo door. Mijn zusje en broertjes vielen op een gegeven moment om van de slaap en gingen weer naar bed. Ik bleef om mijn ouders te kalmeren en hen over te halen iets te accepteren wat voor mij op dat moment een sterk teken van mijn intrede in Pietro's wereld was. Bovendien voelde ik me op deze manier eindelijk eens moediger dan Lila. En vooral: als ik Nino nog eens tegen zou komen zou ik graag een beetje verhuld tegen hem kunnen zeggen: 'Zie je waar die discussie met de godsdienstleraar me heeft gebracht, elke keuze heeft zijn geschiedenis, heel wat momenten uit ons bestaan zitten ergens dicht op elkaar te wachten op een mogelijkheid om naar buiten te kunnen en uiteindelijk komt die ook.' Maar dat zou overdreven van me zijn geweest, in werkelijkheid was alles veel eenvoudiger. Al minstens tien jaar had de God uit mijn kindertijd – toen al aan de zwakke kant – zich als een zieke oude man in een hoekje teruggetrokken en ik voelde geen enkele behoefte aan de heiligheid van het huwelijk. Hoofdzaak was dat ik wegkwam uit Napels.

9

De afschuw van mijn familie bij het idee van een uitsluitend burgerlijke verbintenis verdween die nacht natuurlijk niet, maar werd wel minder. De volgende dag gedroeg mijn moeder zich alsof alle dingen die ze aanraakte – het koffiepotje, de kom met de melk, de suikerpot, het verse brood – er daar alleen maar waren om haar uit te nodigen ze naar mijn hoofd te gooien. Toch begon ze niet weer te schreeuwen. En wat mij betreft, ik negeerde haar, ging vroeg de deur uit, zette de procedure in gang voor de aanleg van een telefoonverbinding. Toen ik daarmee klaar was, ging ik naar Port'Alba en liep daar de boekwinkels af. Vastbesloten wilde ik zo snel mogelijk de nodige kennis opdoen, om in situaties zoals in Milaan zonder verlegenheid te kunnen spreken. Een beetje op goed geluk koos ik tijdschriften en boeken en gaf heel wat geld uit. Door die woorden van Nino waaraan ik vaak moest denken, nam ik na lang aarzelen ten slotte ook *Drie verhandelingen over de theorie van de seksualiteit* mee – ik wist nauwelijks iets van Freud, en het beetje dat ik wist, ergerde me – alsook een paar boekjes over seks. Ik was van plan om op dezelfde manier te werk te gaan als vroeger voor de schoolvakken, voor de examens, voor mijn scriptie, zoals ik met de kranten had gedaan die la Galiani aan me doorgaf, en met de marxistische teksten die ik een paar jaar tevoren van Franco had gekregen. Ik wilde de hedendaagse wereld *bestuderen*. Het is moeilijk te zeggen wat ik in die tijd al aan kennis bezat. We hadden die discussies met Pasquale en ook met Nino gehad. Er was enige aandacht voor Cuba en Zuid-Amerika geweest. En er waren de ongeneeslijke ellende van de wijk en Lila's verloren strijd. En de school die mijn broertjes had afgewezen, alleen maar omdat ze minder vasthoudend en minder tot offers bereid waren geweest dan ik. Er waren de lange gesprekken met Franco en de toevallige met Mariarosa geweest, inmiddels verwarde flarden binnen één enkel nevelig geheel (*de wereld is intens onrechtvaardig en we moeten hem veranderen, maar zowel de vreedzame co-existentie van het Amerikaanse imperialisme en de stalinistische bureaucratieën, als de reformistische politiek van de Europese en vooral Italiaanse arbeiderspartijen streven ernaar het proletariaat in een situatie van ondergeschikt afwachten te houden, wat water op het revolutionaire vuur betekent, met het gevolg dat als de mondiale stilstand wint, als de sociaaldemocratie wint, het kapitaal tot in de eeuwen der eeuwen zal triomferen en de arbeidersklasse aan consumptiedwang ten prooi zal vallen*). Deze prikkels hadden wel gevolgen gehad, ze werkten zeker al geruime tijd in me door, emotioneerden me soms. Maar wat me tot die keuze van bijscholing in marstempo bracht, was geloof ik, en in elk geval in het begin, mijn oude, dringende behoefte om goed voor de dag te komen. Ik was er allang van overtuigd dat je jezelf alles kon leren, ook politieke hartstocht.

Toen ik afrekende, zag ik ergens op een plank mijn boek staan. Ik keek meteen een andere kant op. Telkens als ik het boek ergens in een etalage te midden van andere, pas verschenen romans tegenkwam, voelde ik een mengeling van trots en vrees, een flits van voldoening die in angst eindigde. Natuurlijk, het verhaal was toevallig ontstaan, in twintig dagen, zonder inspanning, als een kalmeringsmiddel tegen depressie. Bovendien wist ik goed wat grote literatuur inhield, ik had de klassieken uitgebreid bestudeerd, en terwijl ik zat te schrijven was het nooit bij me opgekomen dat ik bezig was iets van waarde te maken. Maar de inspanning van het zoeken naar een vorm had me gefascineerd. En die fascinatie was dat boek geworden, iets wat mij bevatte. En nu stond ík daar uitgestald op die plank, en mijn hart begon te bonzen toen ik mezelf daar zag. Ik voelde dat er niet alleen in mijn boek, maar in alle romans iets was wat mij werkelijk raakte, een naakt, kloppend hart, hetzelfde dat in mij was opgesprongen op dat moment lang geleden toen Lila me had voorgesteld om samen een verhaal te schrijven. Het was aan mij geweest het ook echt te doen. Maar was dat wel wat ik wilde? Schrijven, niet zomaar schrijven, maar beter schrijven dan ik tot nu toe had gedaan? En de verhalen uit het verleden en heden bestuderen om te ontdekken hoe ze werkten, en leren, alles over de wereld leren met als enig doel intens levende harten te creëren, die niemand ooit preciezer zou kunnen beschrijven dan ik, zelfs Lila niet als ze er de kans toe kreeg.

Ik verliet de boekhandel, liep een stukje en bleef staan op het piazza Cavour. Het was een mooie dag, de via Foria leek onnatuurlijk schoon en stevig ondanks schoorbalken die de Galleria stutten. Ik dwong me tot de bekende discipline, haalde een schriftje tevoorschijn dat ik kort tevoren had gekocht en wilde een begin maken met wat echte schrijvers doen: gedachten, waarnemingen en nuttige informatie opschrijven. Ik nam de *l'Unità* van a tot z door, noteerde de dingen die nieuw voor me waren. In de *Ponte* vond ik het artikel van Pietro's vader; nieuwsgierig las ik het, maar het leek me minder belangrijk dan Nino had beweerd, sterker nog, het trof me op een onaangename manier, om minstens twee redenen. Allereerst omdat Guido Airota dezelfde professorale taal bezigde als de man met de dikke bril, maar dan nog stijver; en ten tweede omdat ik in een passage waarin hij het over meisjesstudenten had ('een nieuwe massa,' schreef hij, 'en het is zonneklaar dat ze niet van welgestelde komaf zijn, juffertjes in eenvoudige kledij, met een eenvoudige opvoeding, die na de enorme inspanning die de studie van hen heeft gevergd, terecht een toekomst van niet uitsluitend huishoudelijke rituelen verlangen'), een bewuste of geheel ondoordachte zinspeling op mij meende te zien. Ook dat schreef ik in mijn schriftje (wat ben ik voor de Airota's, de bloem in het knoopsgat van hun ruimdenkendheid?) en niet bepaald goedgehumeurd, zelfs een beetje geïrriteerd, begon ik de *Corriere della Sera* door te bladeren.

Ik herinner me dat de lucht zoel was en er is me een herinnering bijgebleven – ingebeeld of echt – van een geur, een mengeling van gedrukt papier en *pizza fritta*. Bladzijde na bladzijde bekeek ik de koppen, totdat de schrik me om het hart sloeg. Gevat in vier dichte kolommen tekst stond een foto van mij. Op de achtergrond was een stukje van de wijk te zien, bij de tunnel. De kop luidde: 'Pikante herinneringen van een ambitieus meisje. De debuutroman van Elena Greco'. Geschreven door de man met de dikke bril.

10

Terwijl ik zat te lezen brak het koude zweet me uit, het voelde alsof ik ieder moment flauw kon vallen. Mijn boek werd gretig gebruikt om de opvatting te staven dat in het laatste decennium, in alle sectoren van het productieve, sociale en culturele leven, van fabrieken tot kantoren, universiteit, uitgeverij en film, onder druk van een verwende jeugd zonder waarden een hele wereld uiteen was gevallen. Af en toe werd er tussen aanhalingstekens een zin van mij geciteerd om te laten zien dat ik een goed voorbeeld was van mijn verkeerd opgegroeide generatie. Aan het eind van het artikel werd ik omschreven als 'een meisje dat bezig is haar gebrek aan talent te verhullen met zinnenprikkelende bladzijden van een zekere vulgariteit'.

Ik barstte in huilen uit. Het was het hardvochtigste dat ik sinds het boek was verschenen had gelezen, en dan nog niet eens in een krant met kleine oplage, maar in de meest verspreide krant van Italië. Vooral onverdraaglijk vond ik dat glimlachende gezicht van mij midden in de zo beledigende tekst. Ik ging lopend terug naar huis, maar niet alvorens ik me van de *Corriere* had ontdaan. Ik vreesde dat mijn moeder de recensie zou lezen en die dan tegen mij zou gebruiken. Ik zag voor me hoe ze die ook in haar album zou plakken om me er, telkens als ik haar verdriet deed, verwijten over te maken.

Ik trof een alleen voor mij gedekte tafel aan. Mijn vader was aan het werk, mijn moeder was bij een buurvrouw om haar god mag weten wat te vragen en mijn zusje en broers hadden al gegeten. Ik werkte mijn pasta met aardappelen naar binnen en las her en der een paar regels uit mijn boek. Wanhopig dacht ik: misschien is het echt niets waard, misschien is het alleen maar gepubliceerd om Adele een gunst te bewijzen. Hoe had ik zulke bloedeloze zinnen kunnen bedenken, zulke banale opmerkingen kunnen maken? Wat een knoeiwerk, wat een nutteloze komma's, ik schrijf niet meer!

Terneergeslagen zat ik daar, vol afkeer van het eten en vol afkeer van het boek, toen Elisa met een papiertje kwam aanzetten. Dat had ze van mevrouw Spagnuolo gekregen, die zo vriendelijk was haar telefoonnummer beschikbaar te stellen voor mensen die me dringend nodig hadden. Het briefje maakte melding van wel drie telefoontjes: een van Gina Medotti, die de contacten van de uitgeverij met de pers verzorgde, een van Adele en een van Pietro.

Het effect van de drie, in het moeizame handschrift van mevrouw Spagnuolo geschreven namen was dat er een gedachte concreet werd, die tot een moment tevoren op de achtergrond was gebleven. De boosaardige woorden van de man met de dikke bril waren zich snel aan het verspreiden, in de loop van de dag zouden ze het hele land bereiken. Pietro, zijn familie en de leiding van de uitgeverij hadden ze al gelezen. Misschien waren ze tot Nino doorgedrongen. Misschien hadden mijn hoogleraren uit Pisa ze nu onder ogen. Ze hadden zeker de aandacht van la Galiani en haar kinderen gehad. En wie weet, misschien had ook Lila ze wel gelezen. Ik begon weer te huilen, tot schrik van Elisa.

'Wat is er, Lenù?'
'Ik voel me niet lekker.'
'Zal ik kamillethee voor je maken?'
'Ja.'

Maar daar was geen tijd voor. Er werd op de deur geklopt. Het was Rosa Spagnuolo. Vrolijk, een beetje buiten adem omdat ze de trappen was opgehold. Ze zei dat mijn verloofde weer had gebeld, hij was nog aan de lijn, wat een mooie stem, wat een mooi noordelijk accent. Ik haastte me naar de telefoon, terwijl ik me intussen verontschuldigde voor de overlast. Pietro probeerde me te troosten, hij zei dat zijn moeder me op het hart drukte het me niet aan te trekken, het belangrijkste was dat er over het boek werd gesproken. Maar tot verbazing van mevrouw Spagnuolo, die mij als een zachtaardig meisje kende, antwoordde ik bijna schreeuwend: 'Wat kan mij het schelen dat er over gesproken wordt als ze er geen goed woord voor overhebben?' Hij drukte me opnieuw op het hart om rustig te blijven en voegde eraan toe: 'Morgen komt er een artikel in de *l'Unità*.' Ik beëindigde het gesprek ijzig, zei: 'Het zou beter zijn als niemand zich meer met me bezighield.'

Ik kon niet slapen die nacht. 's Ochtends hield ik het niet meer en rende het huis uit om de *l'Unità* te kopen. Ik bladerde hem haastig door, nog voor de kiosk, op een paar passen van de lagere school. Opnieuw werd ik met mijn foto geconfronteerd, dezelfde als in de *Corriere*, maar dit keer niet midden in het artikel, maar erboven, naast de kop: 'Jonge rebellen en oude reactionairs. Over het boek van Elena Greco'. Van de schrijver van het artikel had ik nog nooit gehoord, maar het was iemand die beslist goed schreef, zijn woorden waren als balsem. Hij prees mijn roman onomwonden en had geen goed woord over voor de professor met de dikke bril. Opgemonterd, misschien zelfs wel vrolijk, keerde ik terug naar huis. Ik bladerde door mijn boek en dit keer leek het me goed geconstrueerd, knap geschreven. Mijn moeder zei stuurs: 'Heb je een lotje uit de loterij gewonnen?' Zonder iets te zeggen liet ik de krant op de keukentafel achter.

Laat in de middag verscheen mevrouw Spagnuolo opnieuw, er was weer telefoon voor mij. Toen ze mijn verlegenheid zag en verontschuldigingen hoorde, zei ze dat ze heel blij was dat ze nuttig kon zijn voor een meisje zoals ik, en ze maakte me veel complimenten. 'Gigliola heeft pech gehad,' verzuchtte ze op de trap. 'Ze was pas dertien toen haar vader haar al bij hem in de banketbakkerij van de Solara's liet werken; gelukkig maar dat ze met Michele verloofd is, anders had ze haar hele leven moeten ploeteren.' Ze deed de huisdeur open, ging me voor naar de telefoon die in de gang aan de muur hing. Ik zag dat ze er een stoel bij had gezet speciaal om het mij gemakkelijk te maken: wat een eerbied was er toch voor mensen die gestudeerd hadden! Studeren werd gezien als een handigheidje van slimme kinderen om zich niet te hoeven inspannen. Hoe kan ik deze vrouw uitleggen, dacht ik, dat ik al sinds mijn zesde slaaf ben van cijfers en letters, dat het resultaat van het combineren daarvan mijn humeur bepaalt, en dat de vreugde als je het goed hebt gedaan zeldzaam en wankel is, en maar een uur, een middag of een nacht duurt?

'Heb je het gelezen?' vroeg Adele.

'Ja.'

'Ben je tevreden?'

'Ja.'

'Dan geef ik je nog een goed bericht: het boek begint goed te verkopen, als het zo doorgaat komt er een herdruk.'

'En dat betekent?'

'Dat betekent dat onze vriend van de *Corriere* dacht ons kapot te kunnen maken, maar dat zijn artikel juist een tegenovergestelde uitwerking heeft. Ciao, Elena, geniet van je succes.'

11

De dagen erna al realiseerde ik me dat het boek echt werd verkocht. Het meest opvallende teken daarvan waren de snel in aantal toenemende telefoontjes van Gina, die belde als er weer een recensie in de krant was verschenen of als er uitnodigingen voor mij waren binnengekomen van boekwinkels of culturele clubs. En altijd sloot ze af met de hartelijke woorden: 'Het boek loopt goed, juffrouw Greco, gefeliciteerd.' 'Dank u,' zei ik, maar ik was niet tevreden. De artikelen in de meeste kranten leken me oppervlakkig, de recensenten beperkten zich ertoe het enthousiaste schema van de *l'Unità* of juist het vernietigende van de *Corriere* te volgen. En hoewel Gina bij elke gelegenheid herhaalde dat ook negatieve recensies de verkoop van het boek bevorderden, deden die artikelen me toch pijn en keek ik steeds gespannen uit naar een handvol zinnen van waardering als tegenwicht voor de negatieve kritische geluiden, waardoor ik me ietsje beter kon voelen. In ieder geval hield ik de slechte recensies niet langer verborgen voor mijn moeder. Ik gaf ze haar allemaal, de goede en de slechte. Zij probeerde ze te lezen, van lettergreep naar lettergreep, met een nors gezicht, maar verder dan vier, vijf regels kwam ze nooit en dan vond ze óf meteen een aanknopingspunt om ruzie te maken, óf ze dook uit verveling in het album, dat ze in haar verzamelwoede helemaal vol wilde krijgen. Ze klaagde als ik geen materiaal voor haar had, bang als ze was met lege bladzijden te blijven zitten.

De recensie die mij in die periode het meest pijn deed, verscheen in de *Roma*. Alinea na alinea werd daarin die van de *Corriere* gevolgd, maar in bloemrijke stijl, terwijl ze aan het einde op een maniakale manier op slechts één gedachte hamerde, en wel de volgende: de vrouwen zijn alle remmen aan het verliezen, je hoeft de obscene roman van Elena Greco maar te lezen om dat te beseffen, het is een slecht aftreksel van het reeds grove *Bonjour tristesse*. Wat me kwetste was niet zozeer de inhoud als wel dat de recensie was geschreven door Nino's vader, Donato Sarratore. Ik dacht aan de indruk die hij op mij had gemaakt omdat er een dichtbundel van hem was verschenen. En aan de stralende halo waarmee ik hem had omgeven toen ik ontdekte dat hij in kranten schreef. Waarom een dergelijke recensie? Uit wraak, omdat hij zich had herkend in de verachtelijke huisvader die de hoofdpersoon versierde? Ik kwam in de verleiding hem op te bellen en hem in het dialect de meest verschrikkelijke scheldwoorden toe te schreeuwen. Ik zag er alleen maar van af omdat ik aan Nino moest denken en iets belangrijks meende te ontdekken: onze levens leken op elkaar. We hadden beiden geweigerd ons aan onze families te conformeren: ik had mijn hele leven alles geprobeerd om afstand van mijn moeder te nemen, hij had definitief met zijn vader gebroken. Die overeenkomst troostte me, en langzaam bekoelde mijn woede.

Maar ik had er geen rekening mee gehouden dat de *Roma* in de wijk meer werd gelezen dan welke andere krant ook. Ik merkte het al tegen de avond. Gino, de zoon van de apotheker, één bonk gezwollen spieren van het gewichtheffen, verscheen in de deuropening van zijn vaders winkel, juist op het moment dat ik er langs kwam, in die witte doktersjas die hij altijd droeg, ook al was hij nog niet afgestudeerd. Hij riep me terwijl hij met de krant wapperde en zei – ook nog eens op nogal gewichtige toon omdat hij recentelijk een carrièresprongetje had gemaakt binnen de plaatselijke afdeling van de MSI, de partij van de neofascisten: 'Heb je gezien wat er over je wordt geschreven?' Om hem geen voldoening te geven antwoordde ik: 'Er wordt zo veel over me geschreven', en liep toen met een knikje als groet door. Het verwarde hem, hij mompelde iets en zei toen duidelijk en onmiskenbaar vals bedoeld: 'Ik moet het toch eens lezen, dat boek van jou, ik heb begrepen dat het héél interessant is.'

Dat was pas het begin. De volgende dag kwam Michele Solara op straat naar me toe. Hij wilde me met alle geweld een kopje koffie aanbieden. We liepen naar zijn café en terwijl Gigliola ons bediende, zonder een woord te zeggen, zelfs zichtbaar geïrriteerd door mijn aanwezigheid en misschien ook door die van haar verloofde, begon hij: 'Lenù, Gino heeft me een artikel laten lezen waarin staat dat je een boek hebt geschreven dat verboden is voor lezers onder de achttien. Nou, nou, wie had dat ooit gedacht. Heb je dat in Pisa geleerd? Hebben ze je dat bijgebracht op de universiteit? Niet te geloven. Volgens mij hebben jij en Lina stiekem een afspraak gemaakt: zij doet de smerige dingen en jij schrijft ze op. Klopt dat? Zeg eens eerlijk!' Ik bloosde, wachtte niet op de koffie, groette Gigliola en vertrok. Hij riep me geamuseerd na: 'Wat is dat nou, ben je beledigd? Kom terug, het was maar een grapje.'

Daarop volgde korte tijd later een ontmoeting met Carmen Peluso. Mijn moeder had me opgedragen naar de nieuwe kruidenierswinkel van de Carracci's te gaan omdat de olie daar minder kostte. Het was middag en er waren geen andere klanten. Carmen putte zich uit in complimenten. 'Wat zie je er goed uit,' zei ze zachtjes. 'Het is een eer om je vriendin te zijn. Dat is het enige geluk dat mij in mijn leven is overkomen.' Daarna zei ze dat ze het artikel van Sarratore had gelezen, maar alleen omdat een leverancier de *Roma* in de winkel had laten liggen. Ze vond de recensie gemeen en haar verontwaardiging leek oprecht. Ze had ook het artikel in de *l'Unità* gelezen dat haar broer, Pasquale, haar had gegeven, goed, heel goed, en er stond ook een goede foto bij. 'Je bent helemaal goed,' zei ze, 'in alles wat je doet.' Ze had van mijn moeder gehoord dat ik binnenkort zou gaan trouwen, met een professor aan de universiteit, en dat ik in Florence zou gaan wonen, in een mooi huis, als een echte mevrouw. Zij zou ook gaan trouwen, met de uitbater van de benzinepomp aan de grote weg, maar god weet wanneer, geld was er niet. Daarna begon ze in één adem door over Ada te klagen. Sinds Ada Lila's plaats naast Stefano had ingenomen was het allemaal steeds erger geworden. Ook in de kruidenierswinkels speelde ze de baas en ze had het op haar, Carmen, gemunt, beschuldigde haar van diefstal, commandeerde voortdurend en hield haar constant in de gaten. Ze kon er niet meer tegen, wilde ontslag nemen en aan de benzinepomp van haar toekomstige man gaan werken.

Ik luisterde aandachtig, herinnerde me dat Antonio en ik toen we wilden trouwen ook pompbedienden wilden worden. Ik vertelde het haar om haar te amuseren, maar ze keek somber en zei: 'Ja zeg, stel je voor, jij en een benzinepomp! Je hebt mazzel gehad dat je je aan die ellende hier hebt kunnen onttrekken.' Daarna fluisterde ze duistere zinnen: 'Er is te veel onrechtvaardigheid, Lenù, veel te veel, daar moet een eind aan komen, zo kan het niet verder gaan.' En al pratend haalde ze mijn boek uit een la, de kaft helemaal omgevouwen en vuil. Het was voor het eerst dat ik mijn boek in handen zag bij iemand uit de wijk; het viel me op hoe verfomfaaid en grauw de eerste bladzijden waren, hoe ongeschonden en hagelwit de andere. 'Ik lees 's avonds een stukje,' zei ze, 'of als er geen klanten zijn. Maar ik ben pas op bladzijde tweeëntwintig, ik heb te weinig tijd, ik sta overal alleen voor, de Carracci's houden me hier van zes uur 's morgens tot negen uur 's avonds vast.' Daarna vroeg ze ineens schalks: 'Is het nog ver tot de pikante bladzijden? Hoeveel bladzijden moet ik nog lezen?'

De pikante bladzijden.

Een paar dagen later liep ik Ada tegen het lijf. Ze had Maria, het dochtertje van haar en Stefano, op de arm. Het kostte me moeite om hartelijk te zijn na wat Carmen me had verteld. Ik prees het kind, zei dat haar jurkje mooi was en dat ze leuke oorbelletjes in had. Maar Ada gedroeg zich afstandelijk. Ze vertelde me over Antonio, zei dat ze elkaar schreven, dat het niet waar was dat hij getrouwd was en kinderen had, dat ik hem psychisch kapot had gemaakt en dat het mijn schuld was dat hij niet meer in staat was van iemand te houden. Daarna begon ze over mijn boek. Ze had het niet gelezen, verduidelijkte ze, maar ze had van anderen gehoord dat het geen boek was om in huis te hebben. Bijna boos voegde ze eraan toe: 'Stel dat mijn meisje, als ze groter is, het boek in handen krijgt, wat moet ik dan? Het spijt me, ik koop het niet. Maar,' zei ze ook, 'ik ben blij voor je dat je er rijk van wordt, gefeliciteerd.'

12

Door deze voorvallen zo vlak na elkaar, begon ik me af te vragen of het boek soms werd verkocht omdat zowel in de mij vijandige als in de mij welgezinde kranten op de aanwezigheid van scabreuze bladzijden werd gewezen. Ik begon zelfs te denken dat Nino alleen maar iets over Lila's seksualiteit had gezegd omdat hij had gedacht dat je tegenover iemand die schreef wat ik schreef probleemloos een dergelijk onderwerp kon aanroeren. En via deze gedachten kwam ook het verlangen weer terug om mijn vriendin te zien. Wie weet, zei ik tegen mezelf, of Lila niet net als Carmen het boek heeft aangeschaft. Ik stelde me haar voor, 's avonds, na het werk in de fabriek – Enzo eenzaam in de ene, zij met het kind naast zich in een andere kamer –, uitgeput, maar toch lezend, de mond half open, het voorhoofd gefronst, zoals altijd als ze zich concentreerde. Hoe zou ze het beoordelen? Zou zij de roman ook tot de 'pikante bladzijden' reduceren? Maar misschien was ze het helemaal niet aan het lezen, ik betwijfelde of ze geld had om een exemplaar te kopen, ik zou er haar een moeten geven. Even leek me dat een goed idee, daarna liet ik het varen. Ik was nog steeds op Lila gesteld, meer dan op wie dan ook, maar kon er maar niet toe besluiten haar op te zoeken. Ik had geen tijd, moest in korte tijd te veel bestuderen en tot mij nemen. En bovendien was het einde van onze laatste ontmoeting – zij met die schort over haar jas, op de binnenplaats van de fabriek bij het vuur waarin de blaadjes van *De blauwe fee* brandden – een definitief afscheid geweest van wat nog over was uit onze kindertijd, de bevestiging van het feit dat onze wegen inmiddels elk een andere kant op gingen. Misschien zou ze hebben gezegd: 'Ik heb geen tijd om je boek te lezen, zie je niet wat voor leven ik leid?' Ik ging mijn eigen weg.

Intussen liep het boek echt steeds beter, wat er ook de reden voor was. Op een keer belde Adele. Op haar gebruikelijke half ironische, half hartelijke manier zei ze: 'Als je zo doorgaat word je nog rijk, weet je straks niet meer wat je met die arme Pietro aan moet.' Daarna gaf ze zelfs de hoorn aan haar man. 'Guido wil met je praten.' Ik schrok, was ongerust, ik had nog maar heel weinig gesprekjes met professor Airota gevoerd en me daarbij altijd ongemakkelijk gevoeld. Maar Pietro's vader was erg hartelijk, hij feliciteerde me met mijn succes, dreef de spot met het schaamtegevoel van degenen die kwaad van me spraken, had het over de zeer langdurige Italiaanse Middeleeuwen, prees me om de bijdrage die ik aan de modernisering van het land leverde, en meer van dat soort uitspraken. Hij zei niets specifieks over de roman, had hem ongetwijfeld niet gelezen, hij was een drukbezet man. Maar het was hoe dan ook fijn dat hij me een teken van instemming en waardering had gegeven.

Mariarosa betoonde zich niet minder hartelijk en ook zij was vol lof. In het begin leek ze uitgebreid over het boek te gaan praten, maar daarna veranderde ze opgewonden van onderwerp, zei dat ze me op de Openbare Universiteit wilde uitnodigen: het leek haar belangrijk dat ik deelnam aan wat ze omschreef als 'het onstuitbare voortgaan van de gebeurtenissen'. 'Vertrek morgen meteen,' spoorde ze me aan. 'Heb je gezien wat er in Frankrijk gebeurt?' Ik wist alles, leefde gekluisterd aan een oud, lichtblauw en vettig radiootje dat bij mijn moeder in de keuken stond en zei: 'Ja, prachtig,

Nanterre, de barricaden in het Quartier Latin.' Maar zij leek me nog heel wat beter geïnformeerd dan ik en er meer betrokken bij te zijn. Ze was van plan om met kameraden in een auto naar Parijs te gaan en nodigde me uit ook van de partij te zijn. De verleiding was groot. Ik zei: 'Vooruit, ik zal erover nadenken.' Naar Milaan, dan door naar Frankrijk, oproerig Parijs bereiken, het hardhandige optreden van de politie trotseren, me met alles wat er persoonlijk met me gebeurde in het meest gloeiende magma van die maanden storten, een vervolg geven aan die reis buiten Italië die ik jaren tevoren met Franco had gemaakt. Wat fijn zou het zijn om met Mariarosa te vertrekken, het enige meisje dat ik kende dat zo zonder vooroordelen was, zo modern, dat volledig opging in het wereldgebeuren, dat het politieke jargon bijna even goed beheerste als de mannen. Ik bewonderde haar, er waren geen meisjes wier faam eruit sprong in die chaos. De helden die het reactionaire geweld met gevaar voor zichzelf trotseerden heetten Rudi Dutschke, Daniel Cohn-Bendit, en net als bij oorlogsfilms waar alleen maar mannen in voorkwamen, was het moeilijk je met hen te vereenzelvigen, je kon alleen maar van hen houden, je hun ideeën eigen maken, je zorgen maken om hun lot. Ik bedacht dat ook Nino weleens bij die kameraden van Mariarosa kon zijn. Ze kenden elkaar, het zou kunnen. O, hem tegenkomen, samen met hem door dat avontuur worden meegesleurd, me samen met hem aan gevaren blootstellen. Zo verstreek de dag. Het was nu stil in de keuken. Mijn ouders sliepen, mijn broers dwaalden nog op straat rond, Elisa, opgesloten in de badcel, waste zich. Vertrekken, morgenvroeg.

13

Ik vertrok, maar niet naar Parijs. Na de Kamerverkiezingen van dat woelige jaar stuurde Gina me op pad om mijn boek te promoten. Ik begon in Florence. Daar was ik op de Letterenfaculteit uitgenodigd door een hoogleraar die een vriendin was van een vriend van de Airota's. Ik kwam terecht in een van die alternatieve colleges, talrijk op de onrustige universiteiten, waar ik tegenover zo'n dertig jongens- en meisjesstudenten moest praten. Het viel me meteen op dat veel van de meisjes nog erger waren dan de meisjes zoals mijn schoonvader die in de *Ponte* had beschreven: slecht gekleed, slecht opgemaakt, slordig in wat ze te geëmotioneerd vertelden, kwaad om de examens, kwaad op de professoren. Door de hoogleraar aangespoord gaf ik met ostentatief enthousiasme mijn mening over de studentenbetogingen, vooral die in Frankrijk. Ik pronkte met wat ik in die tijd leerde, was tevreden over mezelf. Ik voelde dat ik me overtuigend en helder uitdrukte, dat vooral de meisjes me bewonderden om hoe ik sprak, om wat ik wist, om hoe bekwaam ik de gecompliceerdheid van de problemen in de wereld aanstipte en ze in een coherent kader plaatste. Maar ik realiseerde me al snel dat ik elke verwijzing naar mijn boek probeerde te vermijden. Erover praten gaf me een ongemakkelijk gevoel, ik was bang voor reacties zoals in de wijk, vatte liever in eigen woorden de ideeën van de *Quaderni piacentini* of de *Monthly Review* samen. Maar ik was natuurlijk wel uitgenodigd om over mijn boek te praten, iemand had het woord al gevraagd. De eerste vragen gingen over de moeite die het de vrouwelijke hoofdpersoon kostte om zich te onttrekken aan het milieu waarin ze geboren was. Pas tegen het einde vroeg een meisje – dat ik me als heel lang en heel mager herinner – met door nerveuze lachjes onderbroken zinnen of ik uit wilde leggen waarom ik het nodig had geacht om in een volledig gepolijst verhaal een 'scabreus stuk' in te voegen.

Ik werd er verlegen van, misschien bloosde ik wel. Ik somde een reeks sociologische beweegredenen op. Afsluitend sprak ik over de noodzaak om op een open manier over menselijke ervaringen te vertellen, ook – benadrukte ik – over dat wat onuitspreekbaar lijkt en dat we daarom zelfs voor onszelf verzwijgen. Die laatste woorden bevielen hun, ik steeg weer in aanzien. Ook de hoogleraar die me had uitgenodigd prees mijn woorden; ze zei dat ze erover zou nadenken en me zou schrijven.

Door haar goedkeuring zetten die paar ideeën zich in mijn hoofd vast en werden al snel een refrein. Ik gebruikte ze vaak in het openbaar, nu eens op een geamuseerde manier, dan weer op dramatische toon, soms beknopt dan weer uitgebreid, versierd met gecompliceerde verbale krullen. Op een avond in een boekhandel in Turijn voelde ik me bijzonder op mijn gemak. Ik had een tamelijk groot publiek tegenover me en gedroeg me steeds ongedwongener. Ik begon het vanzelfsprekend te vinden dat iemand me óf met sympathie óf op een provocerende manier vragen stelde over de sekspassage op het strand, en daar kwam bij dat mijn directe antwoord, steeds aangenamer bijgeschaafd, een zeker succes oogstte.

In opdracht van de uitgeverij was Tarratano, de oude vriend van Adele, met me meegegaan naar Turijn. Hij zei dat hij er trots op was dat hij als eerste de potentie van mijn roman had onderkend en in dezelfde enthousiaste bewoordingen die hij eerder in Milaan had gebezigd, stelde hij me aan het publiek voor. Aan het einde van de avond feliciteerde hij me met de grote vooruitgang die ik in korte tijd had geboekt. Daarna vroeg hij op zijn bekende goedmoedige manier: 'Waarom accepteert u zo gemakkelijk dat uw erotische bladzijden scabreus worden genoemd? Waarom bestempelt u ze in het openbaar zelf zo?' En hij legde me uit dat ik dat niet moest doen. In de eerste plaats was er meer in mijn roman dan alleen die passage op het strand, er waren interessantere en mooiere passages; en als de tekst hier en daar wat gewaagd overkwam, dan was dat vooral omdat het boek door een meisje was geschreven. 'Obsceniteit,' besloot hij, 'is niet vreemd aan goede literatuur en de ware kunst van het vertellen is nooit scabreus, ook al wordt de grens van het fatsoen overschreden.'

Het verwarde me. Deze zeer ontwikkelde man vertelde me tactvol dat de zonden van mijn boek vergeeflijk waren, en dat ik er verkeerd aan deed om er elke keer over te praten alsof het doodzonden betrof. Ik overdreef dus. Ik was het slachtoffer van de bijziendheid van het publiek, van hun oppervlakkigheid. Ik zei tegen mezelf: 'Basta, ik moet me minder ondergeschikt opstellen, ik moet leren het met mijn lezers oneens te zijn, ik hoef niet naar hun niveau af te dalen.' En ik besloot dat ik meteen bij de eerste gelegenheid al harder zou zijn tegen degene die over die bladzijden begon.

Bij het diner, in het restaurant van het hotel dat de uitgever voor ons had gereserveerd, luisterde ik half gegeneerd, half geamuseerd naar Tarratano die om te bevestigen dat ik in wezen een kuise schrijfster was, Henry Miller aanhaalde en mij uitlegde – 'meisjelief' zei hij daarbij tegen me – dat heel wat zeer begaafde schrijfsters uit de jaren twintig en dertig wisten wat seks was en erover hadden geschreven op een manier waar ik op dat moment geen voorstelling van had. Ik noteerde de namen in mijn schriftje, maar intussen begon ik te denken: ondanks al zijn complimenten vindt deze man niet dat ik veel talent heb; in zijn ogen ben ik een meisje dat onverdiend succes ten deel is gevallen; zelfs de bladzijden die de lezers het meest aantrekken, beschouwt hij niet als relevant, ze kunnen mensen choqueren die weinig of geen opleiding hebben genoten, maar geen mensen zoals hij.

Ik zei dat ik een beetje moe was en hielp mijn tafelgenoot, die te veel had gedronken, met opstaan. Hij was een kleine man maar met de aanzienlijke buik van een levensgenieter. Verwarde plukken wit haar vielen op zijn grote oren, zijn gezicht was helemaal rood, alleen doorbroken door een smalle mond, een grote neus en levendige ogen. Hij rookte veel, zijn vingers zagen geel. In de lift probeerde hij me te omhelzen en te kussen. Het kostte me moeite hem van me af te duwen, ik wrong me in allerlei bochten, maar hij gaf zich niet snel gewonnen. Het contact met zijn buik en zijn adem die naar wijn rook zijn me bijgebleven. In die tijd zou het nooit bij me zijn opgekomen dat een oudere man, zo keurig, zo ontwikkeld, zo met mijn toekomstige schoonmoeder bevriend, zich op zo'n ongepaste manier zou kunnen gedragen. Eenmaal op de gang bood hij gehaast zijn excuses aan, gaf de schuld aan de wijn, en sloot zich snel op in zijn kamer.

14

De volgende dag, bij het ontbijt en tijdens de hele reis in de auto die ons terugbracht naar Milaan, sprak hij op een heel betrokken manier over wat hij als de meest opwindende periode uit zijn leven beschouwde, de jaren tussen 1945 en 1948. Ik hoorde oprechte weemoed in zijn stem, die verdween toen hij met even oprecht enthousiasme het nieuwe revolutionaire klimaat schetste, 'de energie,' zei hij, 'die bezig is jong en oud te overweldigen.' Ik knikte de hele tijd instemmend. Het trof mij dat hij mij er zo graag van wilde overtuigen dat mijn heden in feite een enthousiasmerend deel van zijn verleden was dat terugkeerde. Ik kreeg een beetje medelijden met hem. Een vage biografische aanwijzing bracht me er op een gegeven moment toe een snelle berekening te maken: de persoon in kwestie was achtenvijftig jaar oud.

In Milaan aangekomen liet ik me vlak bij de uitgeverij afzetten en nam afscheid van mijn begeleider. Ik was een beetje warrig, had slecht geslapen. Eenmaal op straat probeerde ik de ergernis over het fysieke contact met Tarratano te verdrijven, maar ik bleef het voelen als een bezoedeling, als iets wat ook vaag aan een zekere obsceniteit van de wijk raakte. Bij de uitgeverij werd ik hartelijk ontvangen. Niet met de hoffelijkheid van een paar maanden eerder, maar met een soort voldoening die bij iedereen had postgevat: wat knap toch van ons dat we onderkenden dat je goed bent. Zelfs de telefoniste, de enige daar die mij neerbuigend had behandeld, kwam uit haar hokje en omhelsde me. En de redacteur die mijn boek een tijdje terug muggenzifterig had geredigeerd, nodigde me voor het eerst uit voor een lunch.

Zodra we zaten in een halfleeg restaurantje in de buurt, benadrukte hij nogmaals dat mijn manier van schrijven een fascinerend geheim bewaarde, en tussen de gangen gaf hij me te verstaan dat ik er goed aan zou doen om, op mijn gemak maar zonder té lang op mijn lauweren te rusten, over een nieuwe roman na te gaan denken. Waarna hij me eraan herinnerde dat ik om drie uur op de Openbare Universiteit werd verwacht. Daar had Mariarosa deze keer niets mee te maken, de uitgeverij had zelf, via eigen kanalen, iets met een groep studenten voor me georganiseerd. 'Maar als ik daar ben,' vroeg ik, 'tot wie moet ik me dan wenden?' Mijn geachte tafelgenoot antwoordde trots: 'Mijn zoon staat bij de ingang om u op te wachten.'

Ik haalde mijn bagage op bij de uitgeverij en liep naar het hotel. Daar bleef ik een paar minuten en ging toen de deur weer uit om naar de universiteit te gaan. Het was ondraaglijk warm. Ineens bevond ik me in een omgeving met overal dichtbeschreven plakkaten, rode vlaggen en vlaggen van strijdende volkeren, borden waarop allerlei initiatieven stonden aangekondigd, en met vooral veel lawaai van stemmen en gelach. En met een alom voelbare waakzaamheid. Ik liep een poosje rond op zoek naar iets wat met mij te maken had. Ik herinner me een donkerharige jongen die hard liep en ongelukkig tegen mij aan botste, zijn evenwicht verloor, zich weer oprichtte en de straat op vluchtte alsof hij achtervolgd werd, ook al kwam er niemand achter hem aan. Ik herinner me het eenzame, heel zuivere geluid van een trompet, dat de verstikkende lucht doorboorde. Ik herinner me een blond meisje, heel klein, dat met veel lawaai een ketting met een groot hangslot aan het uiteinde achter zich aan sleepte en bekommerd tegen ik weet niet wie riep: 'Ik kom eraan, hoor.' Ik herinner me haar, omdat ik dat (en nog meer) in mijn schriftje had opgeschreven. Ik had mijn schriftje tevoorschijn gehaald om me, wachtend tot iemand me herkende en naar me toe zou komen, een houding te geven. Maar er ging een half uur voorbij en er kwam niemand. Toen bekeek ik papieren en borden aandachtiger, in de hoop mijn naam, de titel van mijn boek aan te treffen. Vergeefs. Ik was lichtelijk nerveus, maar zag ervan af een student staande te houden; ik schaamde me ervoor om het over mijn boek te hebben als discussieonderwerp, terwijl het op de plakkaten aan de muren over heel wat relevantere zaken ging. Ik merkte tot mijn ergernis dat ik tussen tegenstrijdige gevoelens balanceerde: een grote sympathie voor al die jongens en meisjes die daar, op die plek, in woorden en daden totaal ongedisciplineerd gedrag vertoonden en de angst dat de wanorde waarvan ik sinds mijn jongste jaren wegvluchtte, nu, uitgerekend daar, mij weer te pakken kon krijgen en mij die chaos in zou drijven, waar algauw een onaanvechtbare macht – een Conciërge, een Professor, de Rector, de Politie – mij op een fout zou betrappen – ik, die altijd braaf was geweest – en me zou straffen.

Ik dacht erover om maar weg te gaan, wat kon mij een handvol jongens en meisjes schelen, nauwelijks jonger dan ik, tegen wie ik alleen maar de bekende nonsens zou vertellen? Ik wilde terug naar het hotel, genieten van mijn staat van enigszins succesvol schrijfster die veel reisde, in restaurants at en in hotels sliep. Maar er kwamen vijf of zes meisjes langs, die beladen waren met tassen en eruitzagen of ze het druk hadden. Bijna ongewild liep ik achter hen aan, in de richting van de stemmen, de kreten en ook de klank van de trompet. En zo kwam ik na een eindje lopen voor een volle aula te staan, waar juist op dat moment een boos geschreeuw opklonk. En omdat de meisjes bij wie ik me had aangesloten naar binnen gingen, volgde ik hen voorzichtig.

Er was een stevig conflict gaande tussen verschillende facties, zowel in de overvolle aula als in de kleine groep jongeren die de katheder belegerde. Ik bleef dicht bij de deur, klaar om weg te gaan, al teruggedreven door een hete mist van rook en adem en een sterke geur van opwinding.

Ik probeerde erachter te komen waar het over ging. Er werd, geloof ik, over procedurekwesties gediscussieerd, maar in een sfeer waarin niemand leek te geloven dat het tot een akkoord kon komen. Er waren er die brulden, anderen die zwegen, spotten, lachten, die als ordonnansen op een slagveld snel heen en weer vlogen, maar ook studenten die geen enkele aandacht schonken aan wat er gaande was, en anderen die zaten te studeren. Ik hoopte dat Mariarosa ergens was. Intussen begon ik aan het lawaai en de geuren te wennen. Wat een massa mensen: de jongens hadden de overhand, mooie, lelijke, elegante, slonzige, felle, angstige, zich amuserende jongens. Nieuwsgierig observeerde ik de meisjes; ik had de indruk de enige te zijn die daar alleen was. Sommigen van hen – bijvoorbeeld de meisjes die ik gevolgd was – stonden compact bijeen, ook nu ze in de volle aula pamfletten stonden uit te delen: ze gilden samen, lachten samen, en als iemand zich een paar meter verwijderde, hielden ze elkaar in het oog, bang om elkaar kwijt te raken. Al lang vriendinnen of misschien toevallige kennissen. Het leek of ze aan de groep de toestemming ontleenden om daar op die chaotische plek te zijn, weliswaar verleid door de losbandige sfeer, maar alleen tot die ervaring bereid op voorwaarde dat ze niet uit elkaar zouden gaan, alsof ze ergens op een veiliger plek uit voorzorg hadden afgesproken dat als een van hen zou vertrekken, ze dat allemaal zouden doen. Maar er waren ook meisjes die, alleen of hooguit met z'n tweeën, de gelederen van de jongens waren binnengedrongen en een provocerende intimiteit vertoonden, een vrolijk wegvallen van de veilige afstand. Zij leken me de gelukkigste, de meest agressieve, de meest fiere meisjes.

Ik voelde me anders, onbevoegd aanwezig. Ik voldeed niet aan de vereisten om ook iets te mogen gillen, om in die dampen en geuren te mogen blijven, die me nu deden denken aan de geuren en dampen die Antonio's lichaam en zijn adem uitwasemden als we elkaar bij de meertjes omhelsden. Ik had te bekrompen geleefd, verpletterd als ik was geweest door de plicht uit te blinken in mijn studie. Ik had vrijwel nooit de bioscoop bezocht, nooit platen gekocht, wat ik zo graag zou hebben gedaan. Ik was geen fan van zangers geweest en was niet naar concerten gegaan, ik had geen handtekeningen verzameld, had me nooit bedronken, bij het beetje seks dat ik had bedreven, had ik me ongemakkelijk gevoeld, bang; het was stiekem gebeurd. Maar de meisjes hier waren, de een meer, de ander minder, maar waarschijnlijk wel allemaal losser opgegroeid en beter voorbereid dan ik, tot de huidige metamorfose gekomen. Misschien voelden ze hun aanwezigheid op die plek, in die sfeer, niet als een ontsporing, maar als een juiste en noodzakelijke keuze. Nu ik een beetje geld heb, dacht ik, nu ik nog god weet hoeveel ga verdienen, kan ik enkele van de gemiste kansen compenseren. Of misschien ook niet, misschien was ik inmiddels te ontwikkeld, te onwetend ook, te gecontroleerd, te veel gewend het leven te verkillen door het vergaren van gedachten en gegevens, stond ik te dicht bij het huwelijk en het voorgoed verburgerlijken, was ik kortom te bekrompen gevormd volgens normen die daar achterhaald leken te zijn. Die laatste gedachte maakte me bang. Meteen weg hier, zei ik tegen mezelf, elk woord of gebaar is een belediging van de moeite die ik altijd heb gedaan. Maar ik ging niet weg, drong verder de volle aula in.

Er viel me meteen een prachtig meisje op, verfijnde trekken, pikzwart lang haar tot op de schouders, zeker jonger dan ik. Ik zag haar en kon mijn ogen niet van haar afhouden. Ze stond tussen heel strijdlustige jongens in, en vlak achter haar stond, als een lijfwacht, een donkere man van een jaar of dertig die een sigaar rookte. Wat haar behalve haar schoonheid in die omgeving nog meer onderscheidde, was dat ze een baby van een paar maanden in haar armen hield, die ze bezig was te voeden terwijl ze intussen vol aandacht het conflict volgde, soms zelfs iets schreeuwde. Toen het kind – een lichtblauwe vlek met blote beentjes en voetjes van een rozige kleur – haar tepel losliet, deed zij haar borst niet terug in haar bh, maar bleef zo voor ieders ogen staan, met haar witte bloesje losgeknoopt, de gezwollen borst bloot, het voorhoofd gefronst en de mond half open, tot ze zich realiseerde dat het kind niet meer dronk, waarna ze werktuigelijk probeerde het weer aan het drinken te krijgen.

Dat meisje verwarde me. In die lawaaiige aula waar het blauw zag van de rook bleek ze een bizar moederschapsicoon. Ze was jonger dan ik, had verfijnde trekken en droeg de verantwoordelijkheid voor een kind. Maar ze gedroeg zich niet als een jonge vrouw die rustig opgaat in de zorg voor haar kind, integendeel, ze leek haar best te doen daar niets van te hebben. Ze gilde, gebaarde, eiste het woord, lachte woedend, wees vol minachting naar iemand. En toch was het kind deel van haar, het zocht haar borst, verloor die weer. Samen vormden ze een vibrerend beeld, kwetsbaar, gemakkelijk te breken, alsof het op glas was geschilderd: het kind kon uit haar armen vallen of er kon iets tegen het hoofdje stoten, een elleboog bijvoorbeeld, in een ongecontroleerde beweging. Ik was blij toen Mariarosa zich plotseling naast haar aftekende. Daar was ze eindelijk. Wat was ze levendig, wat was ze kleurig, wat was ze hartelijk! Ze leek de jonge moeder heel goed te kennen. Ik zwaaide, ze zag me niet. Ze praatte even in het oor van het meisje, verdween, dook weer op bij de lui die elkaar rond de katheder in de haren zaten. Intussen kwam door een zijdeur een groepje jonge mensen naar binnen dat door de verschijning alleen al de gemoederen enigszins kalmeerde. Mariarosa maakte een gebaar, wachtte op een reactie, greep de megafoon, sprak enkele woorden die definitief rust brachten in de overvolle aula. Eenmaal zover had ik even de indruk dat Milaan, de spanningen van die periode, mijn eigen opwinding, bij machte waren de schimmen die in mijn hoofd rondspookten de kans te bieden naar buiten te komen. Hoe vaak had ik in die dagen niet teruggedacht aan het begin van mijn politieke scholing! Mariarosa stond de megafoon af aan een jongen die naast haar was komen staan en die ik onmiddellijk herkende. Het was Franco Mari, mijn verloofde tijdens de eerste jaren in Pisa.

15

Hij was niets veranderd: dezelfde warme, overtuigende toon van zijn stem, dezelfde bekwaamheid in het opzetten van een betoog: uitgaand van algemene stellingen kwam hij stap voor stap op een consequente en voor iedereen duidelijke manier uit bij alledaagse ervaringen en onthulde daar zo de betekenis van. Terwijl ik zit te schrijven, realiseer ik me dat ik me nauwelijks herinner hoe hij eruitzag, behalve zijn bleke, gladde gezicht en het korte haar. En toch was tot op dat moment zijn lichaam het enige dat ik tegen me aan had geklemd alsof we getrouwd waren.

Toen Franco klaar was met zijn betoog, liep ik naar hem toe, zijn ogen begonnen te stralen, zijn verbazing was groot, hij omhelsde me. Maar met elkaar praten ging moeilijk, iemand trok aan zijn arm, een ander begon op luide toon te praten, waarbij hij nadrukkelijk op Franco wees, alsof die zich moest verantwoorden voor een vreselijk vergrijp. Ik bleef bij de groep rond de katheder staan, niet op mijn gemak. Mariarosa had ik in het gedrang uit het oog verloren. Maar dit keer ontdekte zij mij en trok aan mijn arm.

'Wat doe jij hier?' vroeg ze blij.

Ik vertelde haar maar niet dat ik een afspraak had gemist en dat ik daar toevallig was beland. Terwijl ik op Franco wees, zei ik: 'Ik ken hem.'

'Mari?'

'Ja.'

Ze sprak enthousiast over hem, en fluisterde toen: 'Ik zal het ze betaald zetten, ík heb hem uitgenodigd. Wat een wespennest.' En omdat hij bij haar thuis zou slapen en de volgende dag naar Turijn zou gaan, drong ze er meteen op aan dat ik ook bij haar zou logeren. Ik accepteerde het aanbod, jammer dan van het hotel.

De bijeenkomst duurde lang, er waren momenten van grote spanning en er heerste een permanente staat van alarm. Het werd al donker toen we de universiteit verlieten. Behalve Franco voegden zich ook de jonge moeder, die Silvia heette, bij Mariarosa, en de man van een jaar of dertig die ik in de aula al had gezien, de man die een sigaar rookte, een zekere Juan, een schilder uit Venezuela. We gingen met z'n allen eten in een trattoria waar mijn schoonzusje al eerder was geweest. Ik sprak genoeg met Franco om te ontdekken dat ik me had vergist, hij was niet meer precies dezelfde. Er lag een masker op zijn gezicht – misschien had hij het zelf opgezet – waarop zijn vroegere trekken volledig herkenbaar waren, maar dat zijn generositeit had weggevaagd. Nu was hij verkrampt, terughoudend, woog hij zijn woorden. Tijdens een kort, schijnbaar vertrouwelijk gesprekje had hij het niet één keer, zelfs niet even, over onze vroegere relatie, en toen ik erover begon dat hij me nooit meer had geschreven, kapte hij het gesprek af en mompelde: 'Het moest zo gaan.' Ook over de universiteit was hij vaag; ik begreep uit zijn woorden dat hij niet was afgestudeerd.

'Er zijn andere dingen te doen,' zei hij.

'Wat?'

Hij wendde zich tot Mariarosa, bijna geërgerd vanwege de té persoonlijke toon van ons gesprekje: 'Elena vraagt wat er te doen is.'

Mariarosa antwoordde vrolijk: 'Revolutie maken.'

Toen ging ik over op een ironische toon en zei: 'En in de vrije tijd?'

Ernstig mengde Juan zich in het gesprek, terwijl hij teder het knuistje van het kind van Silvia heen en weer bewoog, die naast hem zat: 'In onze vrije tijd bereiden we de revolutie voor.'

Na het eten kropen we allemaal in Mariarosa's auto en reden naar haar huis. Ze woonde in de wijk Sant'Ambrogio, in een heel groot, oud appartement. Het werd me duidelijk dat de Venezolaan daar een soort atelier had, een kamer waar het één grote bende was. Hij bracht Franco en mij erheen om ons zijn werken te laten zien: grote doeken met drukke stadstaferelen, uitgevoerd met bijna fotografische precisie, maar waarop hij tubes verf, penselen, paletten, lappen, of kommetjes voor terpentijn had gespijkerd, wat ze had verpest. Mariarosa prees hem uitvoerig, en betrok vooral Franco erbij, aan wiens mening, zo werd wel duidelijk, ze grote waarde hechtte.

Ik bespiedde hen, begreep het niet. Juan woonde daar, dat was duidelijk, evenals Silvia. Ongedwongen bewoog ze zich met haar kind Mirko door het huis. Maar dacht ik in eerste instantie dat de schilder en die zo jonge moeder een stel vormden en in onderhuur enkele van de kamers bewoonden, al snel kwam ik daarvan terug. De Venezolaan legde de hele avond namelijk slechts een verstrooide vriendelijkheid jegens Silvia aan de dag, terwijl hij vaak een arm om Mariarosa's schouders sloeg en haar zelfs een keer in de hals kuste.

In het begin werd er veel over Juans werk gesproken. Franco had altijd al over een benijdenswaardige deskundigheid op het gebied van de beeldende kunst beschikt en over een uitgesproken kritische gevoeligheid. We zaten allemaal met interesse naar hem te luisteren, behalve Silvia, want haar baby, die tot dan toe erg lief was geweest, begon ineens onbedaarlijk te huilen. Ik hoopte een poosje dat Franco ook over mijn boek zou beginnen, ik was er zeker van dat hij er even intelligente dingen over zou zeggen als hij op dat moment met enige strengheid zei over de schilderijen van Juan. Maar niemand liet ook maar één woord vallen over mijn roman en na een geërgerde uitval van de Venezolaan, die een kwinkslag van Franco over kunst en maatschappij niet kon waarderen, begonnen ze te discussiëren over de culturele achterstand van Italië, het politieke plaatje van na de verkiezingen, de onafgebroken reeks concessies van de sociaaldemocraten, over studenten en politionele onderdrukking, en over wat 'de les van Frankrijk' werd genoemd. Het gesprek tussen de twee mannen werd meteen polemisch. Silvia, die er maar niet achter kwam wat Mirko dwarszat, liep de kamer uit, kwam weer binnen, sprak het kind streng toe alsof het al groot was, en schreeuwde vanuit de lange gang waar ze met de baby heen en weer liep of vanuit de kamer waar ze heen was gegaan om hem te verschonen, regelmatig korte zinnetjes om aan te geven dat ze het er niet mee eens was. Mariarosa begon te vertellen over de crèches die op de Sorbonne voor kinderen van stakende studenten waren opgezet, schetste vervolgens het Parijs van de eerste junidagen, waar het regenachtig en ijskoud was en waar door de algemene staking alles stil lag. Niet uit de eerste hand (ze betreurde het, ze had niet weg gekund) maar zoals een vriendin het haar in een brief had beschreven. Franco en Juan luisterden beiden met een half oor maar lieten zich niet afleiden, hun discussie klonk zelfs steeds vijandiger.

Het gevolg was dat wij, de drie vrouwen, daar als slaperige vaarzen zaten te wachten tot beide stieren klaar waren met het tot op de bodem aftasten van elkaars krachten. Die situatie irriteerde me. Ik hoopte dat Mariarosa zich weer in het gesprek zou mengen, was van plan dat dan zelf ook te doen. Maar Franco en Juan gaven ons geen ruimte, het kind bleef intussen maar brullen en Silvia pakte het steeds agressiever aan. Lila – bedacht ik – was nog jonger dan zij toen ze Gennaro kreeg. En het drong tot me door dat er al tijdens de bijeenkomst in de aula iets was geweest dat me er nu toe had gebracht een verband tussen beiden te leggen. Misschien kwam het door de eenzaamheid van haar moederschap, waarin Lila na het vertrek van Nino en de breuk met Stefano terecht was gekomen. Of door haar schoonheid: als ze met Gennaro bij die bijeenkomst aanwezig was geweest, zou ze een nog verleidelijker, nog vastberadener moeder zijn geweest dan Silvia. Maar van deze wereld was ze inmiddels buitengesloten. De golf die ik tijdens de bijeenkomst in de aula gewaar was geworden, had ongetwijfeld ook San Giovanni a Teduccio bereikt, maar op de plek waarnaar Lila was afgegleden, zal ze het niet eens gemerkt hebben. Jammer, ik voelde me schuldig. Ik had haar mee moeten nemen, haar moeten schaken, haar met me mee laten reizen. Of in elk geval haar aanwezigheid in mijn lichaam versterken, haar stem met de mijne vermengen. Zoals op dat moment. Ik hoorde haar zeggen: 'Als je je mond houdt, als je alleen die twee kerels laat praten, gedraag je je als een huiskamerplant; help dan ten minste die jonge moeder een handje, bedenk wat het betekent om een klein kind te hebben.' Verwarring dus van tijden en ruimten, van stemmingen ver van elkaar. Ik sprong op en nam Silvia zacht en bezorgd het kind uit handen. Ze liet het graag aan me over.

16

Wat een welgevormd kindje! Het was een gedenkwaardig moment. Ik was meteen verrukt van Mirko, hij had plooitjes van rozig vlees rond zijn polsjes en beentjes. Wat was hij mooi, wat een prachtige vorm hadden zijn oogjes, wat een massa haar, wat een lange, fijne voetjes, en wat rook hij lekker! Ik fluisterde hem al deze complimenten toe, heel zachtjes, terwijl ik met hem door het huis wandelde. De stemmen van de mannen raakten op de achtergrond, ook de ideeën die ze verdedigden en hun vijandigheid. Toen gebeurde er iets wat totaal nieuw voor me was. Ik genoot. Als een plotselinge, onbeheersbare gloed voelde ik de warmte van het kind, zijn beweeglijkheid, en het was alsof al mijn zintuigen waakzamer werden, alsof mijn waarneming van het volmaakte stukje leven dat ik in mijn armen hield zich tot het uiterste had verscherpt en ik tederheid en verantwoordelijkheid voor hem voelde en me erop voorbereidde hem te beschermen tegen alle boze schimmen die in de donkere hoeken van dat huis op de loer lagen. Mirko merkte het waarschijnlijk, want hij werd rustig. Ook daarvan genoot ik; ik voelde me trots omdat ik hem tot rust had weten te brengen.

Toen ik terugkwam in de kamer draaide Silvia – die bij Mariarosa op schoot was gaan zitten, naar de discussie van de twee mannen luisterde en er met nerveuze kreten aan deelnam – zich naar mij om en het moest op mijn gezicht te lezen zijn hoe ik ervan genoot het kind tegen me aan te houden. Met een ruk stond ze op, nam de baby met een zuur dankjewel van me af en bracht het naar bed. Het gaf me een akelig gevoel van verlies. Ik voelde Mirko's warmte wegebben, ging slechtgehumeurd weer zitten, vol verwarde gedachten. Ik wilde het kind terug, hoopte dat het weer ging huilen, dat Silvia me te hulp riep. Wat bezielt me? Wil ik kinderen? Wil ik moederen, wil ik voeden en kindertjes in slaap wiegen? Huwelijk én zwangerschap? En als mijn moeder dan uit mijn buik tevoorschijn komt, uitgerekend als ik denk eindelijk veilig te zijn?

17

Het duurde even voor ik me kon concentreren op de les die uit Frankrijk tot ons was gekomen en op de gespannen verlopende confrontatie tussen de twee mannen. Maar ik had geen zin om te blijven zwijgen. Ik wilde iets zeggen over wat ik over de gebeurtenissen in Parijs had gelezen en gedacht; er speelde een verward verhaal door mijn hoofd, bleef daar in halve zinnen hangen. Het verbaasde me dat Mariarosa, toch zo knap en zo vrij, haar mond niet opendeed en zich ertoe beperkte steeds en alleen maar lief glimlachend in te stemmen met wat Franco zei, hetgeen Juan nerveus en af en toe onzeker maakte. Als zij niet praat, zei ik bij mezelf, dan doe ik het, waarom heb ik anders geaccepteerd om hier te komen, waarom ben ik dan niet naar mijn hotel gegaan? Vragen waarop ik zelf een antwoord kon geven. Ik wilde graag aan de jongen met wie ik in het verleden was omgegaan, laten zien wat er van me geworden was. Ik wilde dat Franco besefte dat hij me niet meer kon behandelen als het meisje van vroeger, ik wilde dat hij opmerkte dat ik inmiddels een volstrekt andere persoon was geworden, ik wilde dat hij in aanwezigheid van Mariarosa zei dat die andere persoon zijn achting had. En nu de baby stil was, Silvia met hem was verdwenen en geen van beiden mij nog nodig had, hoorde ik daarom de discussie nog even aan en zag toen mijn kans schoon om het met mijn ex-verloofde oneens te zijn. Een geïmproviseerd oneens-zijn: ik werd niet door sterke overtuigingen gedreven, ik had slechts één doel, me tégen Franco uitspreken, en dat deed ik. Ik had zinnen in mijn hoofd, voegde ze met gespeelde zekerheid samen, en zei, voor zover ik me kan herinneren, dat ik mijn twijfels had over de volwassenheid van de klassenstrijd in Frankrijk en dat ik de combinatie studenten-arbeiders op dat moment nogal abstract vond. Ik sprak gedecideerd, was bang dat een van de mannen me zou onderbreken en iets zou zeggen waardoor de discussie tussen hen weer zou worden hervat. Maar ze luisterden aandachtig, allemaal, met inbegrip van Silvia, die zonder baby, bijna op haar tenen lopend was teruggekomen. En terwijl ik sprak vertoonde noch Franco noch de Venezolaan tekenen van ongeduld, integendeel, de enkele keren dat ik het woord 'volk' liet vallen, knikte de Venezolaan zelfs instemmend. Wat Mari irriteerde. 'Je beweert daar dat de situatie "objectief gezien" niet revolutionair is,' zei hij spottend en met nadruk. Ik kende die toon, hij betekende dat Franco door met mij te spotten zichzelf verdedigde. En toen buitelden de uitspraken over elkaar heen, zinnen van mij over zinnen van hem en omgekeerd: 'Ik weet niet wat "objectief gezien" betekent.' 'Het betekent dat handelen niet te vermijden is.' 'Als het niet onvermijdelijk is, zit je dus lekker met je handen in je schoot.' 'Nee, de revolutionair heeft de taak altijd te doen wat mogelijk is.' 'In Frankrijk hebben de studenten het onmogelijke gedaan, de onderwijsmachine is stuk en wordt nooit meer gerepareerd.' 'Geef toe dat er van alles is veranderd en dat er nog meer zal veranderen.' 'Ja, maar niemand heeft jou of wie dan ook om een officiële verklaring gevraagd om de garantie te hebben dat de situatie "objectief gezien" revolutionair is, de studenten hebben gehandeld. Basta.' 'Dat is niet waar.' 'Het is wel waar.' Enzovoort. Totdat we gelijktijdig zwegen.

Het was een abnormaal gesprek geweest, niet wat de inhoud betreft, maar vanwege de warme toon en het voorbijgaan aan de fatsoensregels. Ik zag een geamuseerde flits in Mariarosa's ogen; ze had begrepen dat als Franco en ik op die manier praatten, er iets meer tussen ons was geweest dan gewone vertrouwelijkheid tussen medestudenten. 'Kom me een handje helpen,' zei ze tegen Silvia en Juan. Ze moest een trapje halen en lakens voor mij en voor Franco pakken. Ze gingen allebei mee, Juan fluisterde haar iets in het oor.

Franco staarde even naar de vloer, kneep zijn lippen samen alsof hij een glimlach wilde onderdrukken en zei, met een hartelijke ondertoon in zijn stem: 'Je bent hetzelfde kleinburgerlijke meisje gebleven.'

Dat was het etiket waarmee hij me jaren geleden plaagde als ik bang was in zijn kamer betrapt te worden. Zonder de toeziende aanwezigheid van de anderen zei ik fel: 'Jíj bent kleinburgerlijk, door je afkomst, je cultuur en je gedrag.'

'Ik wilde je niet beledigen.'

'Ik ben niet beledigd.'

'Je bent veranderd, je bent agressief geworden.'

'Ik ben nog steeds dezelfde.'

'Alles goed thuis?'

'Ja.'

'En die vriendin op wie je zo gesteld was?'

De vraag kwam met een logisch sprongetje, dat me verwarde. Had ik hem vroeger over Lila verteld? In welke bewoordingen? En waarom dacht hij nu ineens aan haar? Waar lag het verband dat hij ergens zag en ik niet?

'Ze maakt het goed,' zei ik.

'Wat doet ze?'

'Ze werkt in een vleeswarenfabriek ergens bij Napels.'

'Was ze niet met een *bottegaio* getrouwd?'

'Het huwelijk werkte niet.'

'Als ik een keer in Napels ben, moet je me kennis met haar laten maken.'

'Natuurlijk.'

'Geef me een nummer, een adres.'

'Zal ik doen.'

Hij keek me aan om in te schatten welke woorden mij het minst pijn zouden doen en vroeg: 'Heeft ze je boek gelezen?'

'Dat weet ik niet, en jij?'

'Natuurlijk.'
'Wat vond je ervan?'
'Goed.'
'Hoe bedoel je, goed?'
'Er zitten mooie bladzijden bij.'
'Welke?'
'Die waar je de hoofdpersoon het talent toekent om op haar manier de stukjes aan elkaar te solderen.'
'Is dat alles wat je erover te zeggen hebt?'
'Is het niet genoeg?'
'Nee, het is duidelijk dat je het maar niks vindt.'
'Ik zei dat het goed is.'

Ik kende hem, hij probeerde me niet te krenken. Dat ergerde me mateloos en ik zei: 'Het is een boek dat van zich heeft doen spreken, het verkoopt goed.'

'Dan is het toch goed?'
'Ja, maar niet volgens jou. Wat klopt er niet?'

Hij kneep nogmaals zijn lippen samen, en hakte toen de knoop door: 'Het heeft niet veel om het lijf, Elena. Achter amoureuze avontuurtjes en verlangens om sociaal hogerop te komen verberg je uitgerekend dat wat de moeite waard zou zijn om te vertellen.'

'Hoe bedoel je?'

'Laat maar zitten, het is laat, we moeten gaan slapen.' En hij probeerde een houding van welwillende ironie aan te nemen, maar in feite behield hij de nieuwe toon, die van de man die een belangrijke taak in het leven heeft en zich slechts mondjesmaat aan al het andere wijdt: 'Je hebt gedaan wat je kon, toch? Maar objectief gezien is dit niet het moment om romans te schrijven.'

18

Net op dat moment kwam Mariarosa weer binnen, samen met Juan en Silvia. Ze brachten schone handdoeken en spullen voor de nacht mee. Die laatste zin had ze vast en zeker gehoord, en ze begreep natuurlijk dat we over mijn boek spraken, maar ze zei geen woord. Ze had kunnen zeggen dat het boek haar was bevallen, dat romans op ongeacht welk moment geschreven mogen worden, maar dat deed ze niet. Ik leidde eruit af dat ik wel verklaringen van sympathie en genegenheid kreeg, maar dat mijn boek in dergelijke erudiete en door politieke hartstocht geabsorbeerde milieus als volstrekt onbeduidend werd beschouwd en dat de bladzijden die de verkoop bevorderden werden gezien als een slap aftreksel van veel verder gaande teksten, die ik overigens nooit had gelezen, of het denigrerende etiket verdienden dat Franco erop had geplakt: een verhaal over amoureuze perikelen.

Mijn schoonzusje wees me met een afstandelijke vriendelijkheid de badkamer en de kamer waar ik kon slapen. Ik zei Franco gedag, die heel vroeg zou vertrekken. Ik gaf hem alleen maar een hand, hij liet trouwens ook uit niets blijken dat hij me wilde omhelzen. Ik zag hem met Mariarosa in een kamer verdwijnen en uit het boze gezicht van Juan en de ongelukkige blik van Silvia maakte ik op dat de gast en de huiseigenaresse bij elkaar zouden slapen.

Ik trok me terug in de kamer die me was toegewezen. Daar rook ik een sterke geur van verschraalde oude rook, en trof ik een onopgemaakt eenpersoonsbed; geen nachtkastje, geen enkele lamp behalve een zwak peertje in het midden van het plafond, een stapel kranten op de vloer, een paar nummers van *Menabò*, *Nuovo Impegno* en *Marcatré*, kostbare kunstboeken, sommige versleten, andere waar duidelijk nooit doorheen was gebladerd. Onder het bed vond ik een asbak boordevol sigarettenpeuken. Ik deed het raam open en zette de asbak op de vensterbank. Ik kleedde me uit. De nachtpon die Mariarosa me had gegeven was te lang en te strak. Op blote voeten liep ik door de schemerige gang naar de badkamer. Dat ik geen tandenborstel had vond ik niet erg. Tandenpoetsen maakte geen deel uit van mijn opvoeding, dat was een recente gewoonte die ik me in Pisa had eigengemaakt.

Eenmaal in bed probeerde ik de Franco die ik die avond had ontmoet uit te wissen met de Franco van jaren tevoren, de rijke, genereuze jongen die van me had gehouden, die me had geholpen, die van alles voor me had gekocht, die me veel had geleerd, die me mee had genomen naar Parijs, naar politieke meetings, en op vakantie aan de Versiliaanse kust, in het huis van zijn familie. Maar het lukte me niet. Het heden met al zijn onrust, het geschreeuw in de bomvolle aula, het politieke jargon dat in mijn hoofd rondzoemde en zich over mijn boek uitstortte en het van zijn waarde beroofde, kreeg de bovenhand. Maakte ik mezelf illusies over een literaire toekomst? Had Franco gelijk, waren er belangrijkere dingen te doen dan romans schrijven? Wat voor indruk had ik op hem gemaakt? Wat herinnerde hij zich van onze liefde, aangenomen dat hij zich daar nog iets van herinnerde? Beklaagde hij zich nu bij Mariarosa over mij, zoals Nino zich bij mij over Lila had beklaagd? Ik was verdrietig, moedeloos. Zeker is wel dat de avond waarvan ik had gedacht dat hij fijn, misschien een beetje weemoedig zou zijn, me nu droevig leek. Ik kon niet wachten tot de nacht voorbij was en ik weer naar Napels kon. Ik moest opstaan om het licht uit te doen en keerde in het donker terug naar bed.

Het kostte me moeite om in slaap te komen. Ik lag te woelen. In het bed en in de kamer hingen nog de geuren van andere lichamen, een intimiteit die vergelijkbaar was met die van thuis, maar in dit huis bestond ze uit sporen van onbekende, misschien wel weerzinwekkende mensen. Ik dommelde in, maar schrok opeens weer wakker. Er was iemand de kamer binnengekomen. Ik fluisterde: 'Wie is daar?' Het was Juan. Zonder inleiding en met een smekende stem, alsof hij me een belangrijke gunst vroeg, bijna als een soort eerste hulp, vroeg hij: 'Mag ik bij je slapen?'

Het verzoek leek me zo absurd dat ik om helemaal wakker te worden en het te begrijpen vroeg: 'Slapen?'

'Ja, ik kruip naast je, ik hinder je niet, ik wil alleen maar niet alleen zijn.'

'Geen sprake van.'

'Waarom niet?'

Ik wist niet wat ik moest antwoorden en mompelde: 'Ik ben verloofd.'

'Nou en? Alleen maar slapen, verder niets.'

'Ga alsjeblieft weg, ik ken je niet eens.'
'Ik ben Juan, ik heb je mijn schilderijen laten zien, wat wil je nog meer?'
Ik voelde dat hij op het bed kwam zitten, zag zijn donkere silhouet, hoorde hem ademen. Zijn adem rook naar sigaar.
'Alsjeblieft,' fluisterde ik, 'ik heb slaap.'
'Je bent schrijfster, je schrijft over liefde. Alles wat ons overkomt, voedt de verbeelding en helpt ons bij het scheppen. Hou me tegen je aan, dat is iets wat je straks kunt vertellen.'
Hij streek met de topjes van zijn vingers over mijn voet. Ik verdroeg het niet, schoot mijn bed uit naar het lichtknopje, deed het licht aan. Hij zat nog op het bed, in slip en onderhemd.
'Weg,' siste ik en dat deed ik zo gedecideerd, zo zichtbaar het schreeuwen nabij, zo vastbesloten om hem aan te vallen en met al mijn energie te vechten, dat hij langzaam opstond en vol afkeer zei: 'Wat ben jij schijnheilig zeg!'
Hij vertrok. Ik deed de deur achter hem dicht, er zat geen sleutel in.
Ik was verbijsterd, woedend, geschrokken; bloeddorstige woorden in het dialect wervelden door mijn hoofd. Ik wachtte even voor ik weer in bed kroop, maar liet het licht aan. Wat voor indruk gaf ik van mezelf, wat leek ik voor iemand, wat wettigde Juans verzoek? Kwam het door de faam van vrije vrouw die ik door mijn boek begon te krijgen? Kwam het door de manier waarop ik over politiek had gesproken, die kennelijk niet alleen maar een dialectisch steekspel was geweest, een spel om te laten zien dat ik verbaal net zo handig was als de mannen, maar mijn hele persoon bepaalde, seksuele beschikbaarheid inbegrepen? Was het een soort bij-dezelfde-club-horen dat die man ertoe had gebracht zomaar mijn kamer binnen te komen, en Mariarosa, ook zij zonder remmingen, om Franco mee te nemen naar die van haar? Of was ik zelf ook besmet geraakt door die sfeer van diffuse erotische opwinding die ik in de aula van de universiteit gewaar was geworden en straalde ik die uit zonder dat ik me ervan bewust was? In Milaan zou ik er ook geen moeite mee hebben gehad om met Nino te vrijen en dus Pietro te

bedriegen. Maar die passie was van oude datum en rechtvaardigde het seksuele verlangen en het overspel, terwijl seks op zich, die rechtstreekse vraag om een orgasme, nee, die trok me niet, daar was ik niet klaar voor, die boezemde me afkeer in. Waarom moest ik me in Turijn door Adeles vriend laten aanraken, waarom hier in dit huis door Juan? Wat moest ik bewijzen, wat wilden zíj bewijzen? Ineens moest ik weer denken aan dat gedoe met Donato Sarratore. Niet zozeer aan die avond op het strand, die ik tot episode van een roman had gemaakt, als wel aan die keer dat hij in Nella's keuken was verschenen toen ik net in bed lag, en hij me gekust en betast had, waardoor hij bij mij, in weerwil van mezelf, een golf van genot teweeg had gebracht. Bestond er een verband tussen het stomverbaasde, bange meisje van toen en de vrouw die in een lift werd overrompeld, de vrouw bij wie nu ineens iemand in de kamer had gestaan? De zeer erudiete Tarratano, vriend van Adele, en de Venezolaanse kunstenaar Juan, waren die van hetzelfde slag als de vader van Nino, treincontroleur, dichtertje, broodschrijver?

19

Ik kon niet in slaap komen. Ik was nerveus, mijn hoofd zat vol tegenstrijdige gedachten, en toen begon ook Mirko weer te huilen. Ik dacht terug aan de sterke emotie die ik had gevoeld toen ik het kind in mijn armen hield, en omdat de baby niet rustig werd, kon ik me niet bedwingen: ik stond op, ging af op waar het gehuil vandaan kwam en bereikte een deur waar licht onderdoor scheen. Ik klopte aan. Silvia reageerde onvriendelijk. De kamer was gezelliger dan die van mij, er stond een oude kast, een commode en een tweepersoonsbed. Daarop zat het meisje, in roze babydoll, met gekruiste benen en een nors gezicht. De armen slap langs haar lichaam, beide handen met de rug op het laken, Mirko als een offerande op haar naakte dijen, hij even naakt, paarsig, het zwarte gat van het mondje wijd open, de oogjes samengeknepen, armpjes en beentjes druk bewegend. Ze ontving me vijandig, maar later werd ze vriendelijker. Ze zei dat ze zich een moeder van niks voelde, dat ze niet wist wat ze moest doen, wanhopig was. Ten slotte mompelde ze: 'Zo doet hij altijd, behalve als hij eet, misschien is hij ziek, gaat hij hier op het bed dood', en terwijl ze sprak dacht ik hoe anders ze was dan Lila, lelijk, ook door het nerveuze trekken van haar mond en de te ver opengesperde ogen. Ze begon te huilen.

Het huilen van moeder en zoon vertederde me, ik had mijn armen om hen heen willen slaan, hen tegen me aan willen drukken, wiegen. Ik vroeg fluisterend: 'Mag ik hem een poosje vasthouden?' Ze knikte tussen haar snikken door. Toen nam ik het kind van haar over, drukte het tegen mijn borst en werd de stroom van geuren, geluidjes en warmte weer gewaar, alsof zijn vitale energie zich haastte om na onze scheiding weer blij naar mij terug te keren. Ik liep door de kamer heen en weer terwijl ik een soort syntaxisloze litanie fluisterde die ik ter plekke verzon, een lange, dwaze liefdesverklaring. Wonder boven wonder kalmeerde Mirko, viel in slaap. Ik legde hem zachtjes naast zijn moeder neer, maar had absoluut geen zin om bij hem weg te gaan. Ik was bang om naar mijn kamer terug te keren; ergens voelde ik dat ik Juan daar zou aantreffen en ik wilde in Silvia's kamer blijven.

Silvia bedankte me zonder dankbaarheid, een bedankje waar ze een kille lijst van verdiensten aan toevoegde: je bent intelligent, je weet alles, je weet respect af te dwingen, je bent een echte moeder, de kinderen die je krijgt hebben geluk. Ik wuifde het allemaal weg en zei dat ik ging. Maar in een opwelling van angst pakte ze mijn hand en smeekte me te blijven: 'Hij voelt je aanwezigheid,' zei ze. 'Doe het voor hem, dan zal hij rustig slapen.' Ik vond het meteen goed. We gingen in bed liggen, met het kind tussen ons in, en deden het licht uit. Maar we sliepen niet, we begonnen over onszelf te vertellen.

In het donker werd Silvia minder vijandig. Ze vertelde over de afkeer die ze had gevoeld toen ze ontdekte dat ze zwanger was. Ze had haar zwangerschap verborgen gehouden voor de man van wie ze hield en ook voor zichzelf, ze had zichzelf wijsgemaakt dat het voorbij zou gaan, gewoon zijn beloop moest hebben, net als een ziekte. Maar intussen reageerde haar lichaam, het kreeg andere vormen. Silvia had het haar ouders moeten vertellen, heel welgestelde mensen met een vrij beroep, uit Monza. Het had tot een scène geleid en ze had het ouderlijk huis verlaten. Maar in plaats van toe te geven dat ze maanden had laten verstrijken in afwachting van een wonder, in plaats van zichzelf te bekennen dat ze puur uit fysieke angst abortus nooit had overwogen, was ze gaan beweren dat ze het kind wilde uit liefde voor de man die haar zwanger had gemaakt. Hij had gezegd: 'Als jij het wilt, wil ik het ook, uit liefde voor jou.' Zij vol liefde, hij vol liefde. Op dat moment meenden ze het beiden. Maar na een paar maanden, nog voor het einde van de zwangerschap, had de liefde zowel de een als de ander verlaten. Gekweld benadrukte Silvia dat meerdere malen. Er was niets overgebleven, alleen maar wrok. En zo stond ze er ineens alleen voor, en dat ze het tot zover had gered, was uitsluitend te danken aan Mariarosa, die ze hevig prees, over wie ze met vervoering sprak, een geweldige docent die echt aan de kant van de studenten stond, een kameraad zonder weerga.

Ik zei dat de hele familie Airota bewonderenswaardig was, dat ik verloofd was met Pietro en dat we in de herfst zouden trouwen. Zij zei fel: 'Ik verafschuw het huwelijk, en het gezin ook, dat is totaal niet meer van deze tijd.' Daarna ging ze ineens op weemoedige toon verder: 'Mirko's vader werkt ook op de universiteit.'

'O ja?'

'Het begon allemaal toen ik college bij hem liep. Hij was zo zeker van zichzelf, heel deskundig, heel intelligent, heel mooi. Hij had alles! En al voordat de studentenopstanden begonnen zei hij: 'Voed je professoren op, laat je niet als een beest behandelen.'

'Bemoeit hij zich een beetje met het kind?'

Ze lachte in het donker en fluisterde wrang: 'Afgezien van de dwaze momenten waarop je met een jongen vrijt en hij in je komt, blijft hij altijd een buitenstaander. En als je niet langer van hem houdt, is de gedachte alleen al dat je hem ooit wilde reden tot ergernis. Hij vond me leuk, ik vond hem leuk, en dat was het dan. Het overkomt me vele malen per dag dat ik iemand aantrekkelijk vind.

Jou niet? Het duurt even en gaat dan weer over. Alleen het kind blijft, het is een stukje van jezelf. Maar de vader was een vreemde en wordt opnieuw een vreemde. Zelfs de naam klinkt niet meer zoals vroeger. Ik bleef zijn naam maar bij mezelf herhalen, Nino, vanaf het moment dat ik wakker werd; het was een magisch woord. Maar nu is het een klank geworden die me droevig stemt.'

Een poosje zei ik niets, ten slotte fluisterde ik: 'Heet Mirko's vader Nino?'

'Ja, iedereen weet wie Nino is, hij is erg bekend op de universiteit.'

'Nino, en verder?'

'Nino Sarratore.'

20

Ik vertrok vroeg, liet Silvia slapen, het kind aan haar borst. Van de schilder geen spoor. Ik kon alleen Mariarosa gedag zeggen, die heel vroeg was opgestaan om Franco naar het station te brengen en net terug was. Ze zag er slaperig uit, leek zich ongemakkelijk te voelen. Ze vroeg: 'Goed geslapen?'

'Ik heb lang met Silvia gepraat.'

'Heeft ze je over Sarratore verteld?'

'Ja.'

'Ik weet dat jullie bevriend zijn.'

'Heeft hij je dat verteld?'

'Ja. We hebben een beetje over je zitten roddelen.'

'Is Mirko echt van hem?'

'Ja.' Ze onderdrukte een geeuw, glimlachte. 'Nino is fascinerend, de meisjes vechten om hem, trekken van alle kanten aan hem. Dat kan gelukkig in deze mooie tijd, je neemt wat je wilt. Bovendien straalt hij een kracht uit die blijdschap overbrengt en zin om te handelen.'

Ze zei dat de beweging mensen zoals hij hard nodig had. Maar dat je voor Nino moest zorgen, hem moest helpen groeien, moest sturen. 'Zulke capabele mensen,' zei ze, 'hebben leiding nodig, bij hen ligt altijd de democratische burger, de bedrijfseconoom of de vernieuwer op de loer.' We betreurden het dat we zo weinig tijd hadden gehad om samen te zijn en bezwoeren elkaar dat we het de volgende keer beter zouden aanpakken. Ik haalde mijn bagage op in het hotel en vertrok.

Pas in de trein, tijdens de lange reis naar Napels, drong het tweede vaderschap van Nino echt tot me door. Een naargeestige grijsheid strekte zich uit van Silvia naar Lila, van Mirko naar Gennaro. Ik had het gevoel dat de hartstocht van Ischia, de liefdesnacht in Forio, de geheime relatie van het piazza dei Martiri en de zwangerschap verbleekten, verwerden tot een mechanisme, dat Nino, toen hij Napels eenmaal had verlaten, met Silvia en met god weet hoeveel andere vrouwen in werking had gezet. Het kwetste me, bijna alsof Lila in een hoekje van mijn hoofd zat weggedoken en haar gevoelens ook de mijne waren. Ik voelde me even verbitterd als zij zich zou hebben gevoeld als ze het had geweten, ik maakte me boos alsof mij hetzelfde onrecht was aangedaan. Nino had ons beiden bedrogen. Zij en ik beleefden dezelfde vernedering, we hielden van hem zonder dat hij ooit echt van ons had gehouden. In weerwil van zijn kwaliteiten was hij dus een lichtzinnige, oppervlakkige man, een dierlijk organisme dat droop van zweet en ander vocht en dat als restant van verstrooid genot levende materie achterliet, die verwekt was en werd gevoed en gevormd in vrouwenbuiken. Ik herinnerde me die keer, jaren geleden, dat hij me in de wijk was komen opzoeken en we op de binnenplaats waren blijven staan kletsen en dat Melina hem toen vanuit haar raam had gezien en hem voor zijn vader had gehouden. De vroegere minnares van Donato had gelijkenissen gezien waarvan ik had gedacht dat ze niet bestonden. Maar nu was het duidelijk, zij had gelijk en ik had ongelijk gehad. Nino ontvluchtte zijn vader, absoluut niet uit angst om net als hij te worden, Nino wás al als zijn vader maar wilde dat niet toegeven.

Toch lukte het me niet afkeer voor hem te voelen. In de bloedhete trein dacht ik niet alleen aan het moment dat ik hem in die boekhandel had teruggezien, maar werd hij voor mij ook onderdeel van de gebeurtenissen, woorden en zinnen van die dagen. Seks, weerzinwekkend en aantrekkelijk, in gebaren, gesprekken en boeken aanwezige obsessie, had me achtervolgd en in zijn greep gekregen. De scheidswanden stortten in, de ketenen van de goede manieren begaven het. En Nino beleefde deze periode op een intense manier. Hij hoorde bij de tumultueuze bijeenkomst op de Openbare met zijn sterke geur, hij paste bij de wanorde in het huis van Mariarosa, was zeker haar minnaar geweest. Met zijn intelligentie, zijn verlangens en verleidingskunst bewoog hij zich zelfverzekerd en nieuwsgierig door deze tijd. Misschien was het een vergissing van me geweest om hem in verband te brengen met de lage lusten van zijn vader. Zijn gedrag behoorde tot een andere cultuur, en Silvia en Mariarosa hadden dat benadrukt: de meisjes wilden hem, hij nam ze, er was geen sprake van overweldiging, van schuld, alleen maar van het recht van het verlangen. Wie weet, misschien had Nino, toen hij tegen me zei dat Lila ook seksueel verkeerd in elkaar zat, me willen vertellen dat de tijd van de pretenties voorbij was, dat het verkeerd was om genot met verantwoordelijkheid te belasten. Al had hij misschien de aard van zijn vader, zijn hartstocht voor vrouwen vertelde beslist een ander verhaal.

Verbaasd en ontevreden kwam ik in Napels aan, net toen ik, bij de gedachte aan hoezeer Nino bemind werd en hoezeer hij beminde, gedeeltelijk was bezweken en zelfs toegaf: wat steekt er voor kwaad in, hij geniet van het leven met wie ervan weet te genieten. En terwijl ik terugkeerde naar de wijk, merkte ik dat juist omdat alle meisjes hem wilden en hij alle meisjes nam, ik, die hem altijd al had gewild, nog meer naar hem verlangde. Daarom besloot ik dat ik alles in het werk zou stellen om te vermijden dat ik hem nog eens ontmoette. Hoe ik me ten aanzien van Lila moest gedragen, wist ik niet. Haar niets vertellen? Haar alles vertellen? Ik zou het beslissen als ik haar weer zag.

21

Thuis had ik geen tijd, of wilde ik geen tijd hebben, om verder nog aan de kwestie te denken. Pietro belde, kondigde aan dat hij de week daarop zou komen om kennis te maken met mijn ouders. Ik accepteerde het als een onvermijdelijke ramp, spande me in om een hotel voor hem te vinden, het huis blinkend schoon te poetsen en bij mijn familie de spanning te verminderen. Vergeefse moeite, dit laatste, de situatie was verergerd. In de wijk was het boosaardige geklets over mijn boek, over mij en mijn voortdurend alleen op reis gaan toegenomen. Mijn moeder had zich verdedigd door trots te vertellen dat ik bijna ging trouwen, maar had om te voorkomen dat mijn tegen Gods wil indruisende keuzes het allemaal nog ingewikkelder maakten ook verzonnen dat ik niet in Napels maar in Genua trouwde. En daardoor werd er nog meer gekletst. Wat haar mateloos ergerde.

Op een avond viel ze me extreem hard aan, ze zei dat de mensen mijn boek lazen, er aanstoot aan namen en achter haar rug smoesden. Mijn broers – schreeuwde ze – hadden de jongens van de slager moeten afranselen omdat ze mij een slet hadden genoemd, en dat niet alleen. Ze hadden ook een schoolkameraad van Elisa op zijn bek geslagen omdat hij haar had gevraagd dezelfde vieze dingen te doen als haar grote zus.

'Wat heb je geschreven?' schreeuwde ze.

'Niks, ma.'

'Heb je over de smerigheden die je links en rechts uithaalt geschreven?'

'Welke smerigheden, lees het boek!'

'Ik kan geen tijd gaan zitten verknoeien met die flauwekul van jou.'

'Laat me dan met rust.'

'Als je vader hoort wat er over jou wordt verteld, jaagt hij je weg.'

'Dat hoeft niet, ik ga zelf al.'

Het was avond, ik ging een eindje lopen, bang om haar verwijten te maken waarvan ik later spijt zou krijgen. Op straat, in het parkje, langs de grote weg had ik de indruk dat de mensen voortdurend naar me keken, geërgerde schimmen uit een wereld waarin ik niet meer leefde. Op een gegeven moment liep ik Gigliola tegen het lijf. Ze kwam van haar werk. We woonden in dezelfde flat en liepen samen op. Ik was bang dat ze op een of andere manier kans zou zien om iets irritants tegen me te zeggen. Maar Gigliola – die altijd agressief was, vals zelfs – zei een beetje verlegen en tot mijn grote verrassing: 'Ik heb je boek gelezen, het is mooi, wat moedig van je om die dingen op te schrijven.'

Ik verstarde.

'Welke dingen?'

'Die je op het strand doet.'

'Die doe ik niet, die doet de hoofdpersoon.'

'Jawel, maar je hebt ze erg goed beschreven, Lenù, precies zoals het gaat, even smerig. Het zijn geheimen die alleen een vrouw kent.' Daarna pakte ze mijn arm, dwong me stil te staan en zei zachtjes: 'Als je Lina ziet, zeg dan tegen haar dat ze gelijk had, ik kan niet anders zeggen. Ze heeft er goed aan gedaan om schijt te hebben aan haar man, haar moeder, haar vader, haar broer, Marcello, Michele, aan de hele klerezooi. Ik had er ook vandoor moeten gaan, een voorbeeld aan jullie moeten nemen, jullie twee zijn intelligent. Maar ik ben dom geboren, en daar is niks meer aan te doen.'

Verder zeiden we niets belangrijks tegen elkaar; ik bleef op mijn trapportaal staan, zij liep door naar haar huis. Maar die zinnen bleven me bij. Het viel me op dat ze Lila's neergang en mijn succes zomaar op één lijn had geplaatst, alsof ze vergeleken bij haar situatie beide even positief waren. Maar vooral viel me op dat ze in het smerige uit mijn verhaal haar eigen ervaring had herkend. Dat was nieuw voor me en ik wist niet wat ik ervan moest denken. Een tijdlang vergat ik het trouwens, ook al omdat Pietro kwam.

22

Ik haalde hem van de trein, bracht hem naar een hotel aan de via Firenze dat mijn vader me had aangeraden en waarvoor ik uiteindelijk had gekozen. Pietro leek me nog meer gespannen dan mijn familie. Slordig gekleed zoals gewoonlijk, zijn vermoeide gezicht rood van de warmte en een grote koffer meezeulend, stapte hij uit de trein. Hij wilde een bos bloemen voor mijn moeder kopen en was, tegen zijn gewoonte in, pas tevreden toen die hem groot en duur genoeg leek. Eenmaal in het hotel liet hij mij met de bloemen achter in de hal, verzekerde me dat hij meteen terug zou komen en verscheen na een half uur in een donkerblauw pak, wit overhemd, lichtblauwe das en blinkend gepoetste schoenen. Ik begon te lachen. Hij vroeg: 'Zie ik er niet goed uit?' Ik stelde hem gerust, hij zag er prima uit. Maar op straat voelde ik de blikken van de mannen op me, de spottende lachjes, alsof ik alleen liep, nee, misschien zelfs nog erger, bijna alsof ze wilden benadrukken dat mijn begeleider geen respect verdiende. Pietro, met zijn grote bos bloemen die ik niet van hem mocht dragen, zo op en top keurig, hoorde hier niet thuis. Hoewel hij zijn vrije arm om mijn schouders had geslagen, had ik de indruk dat niet hij mij maar ik hem moest beschermen.

Elisa deed open, daarna kwam mijn vader, vervolgens verschenen mijn broers, allemaal op z'n zondags gekleed, allemaal overdreven hartelijk. Mijn moeder vertoonde zich als laatste, het geluid van haar manke stap bereikte ons direct na het doortrekken van de wc. Ze had het haar gewatergolfd en een beetje kleur op lippen en wangen gedaan. Ik bedacht dat ze vroeger een mooi meisje moest zijn geweest. Ze nam de bloemen hooghartig in ontvangst. We gingen in de woonkamer zitten, waar geen spoor te vinden was van de bedden die we daar iedere avond installeerden en 's morgens weer afbraken. Alles zag er piekfijn uit, de tafel was met zorg gedekt. Mijn moeder en Elisa hadden dagenlang in de keuken gestaan, met als gevolg dat er maar geen eind kwam aan de avondmaaltijd. Pietro verbaasde me enorm, hij werd heel open. Hij stelde mijn vader vragen over zijn werk op het gemeentehuis en moedigde hem daarbij zo aan dat die zijn moeizame Italiaans liet varen en verder in het dialect grappige verhalen over ambtenaren bij de gemeente begon te vertellen, die mijn verloofde erg leek te waarderen, ook al begreep hij er weinig van. En hij at zoals ik hem nog nooit had zien eten, en maakte bij elk gerecht niet alleen mijn moeder en mijn zusje complimenten, maar vroeg ook welke ingrediënten ze hadden gebruikt – hij die nog geen ei kon bakken – alsof hij binnenkort zelf achter het fornuis zou staan. Op een gegeven moment legde hij zo'n voorliefde voor de aardappeltaart aan de dag, dat mijn moeder uiteindelijk een tweede, overvloedige portie voor hem opschepte en beloofde, zij het op haar lusteloze toon, dat ze die taart voor zijn vertrek nog een keer zou maken. In korte tijd ontstond er een aangename sfeer. Peppe en Gianni zagen er zelfs van af er tussenuit te knijpen om naar hun vrienden te gaan.

Na het avondeten was het tijd om ter zake te komen. Pietro werd heel serieus en vroeg mijn vader om mijn hand. Zo formuleerde hij het echt, met ontroerde stem, iets wat mijn zusje glanzende ogen bezorgde en mijn broers amuseerde. Mijn vader werd verlegen, stamelde zinnen vol sympathie voor die knappe, serieuze professor die hem met die vraag vereerde. De avond leek eindelijk ten einde te lopen, toen mijn moeder zich liet horen. Met een somber gezicht zei ze: 'Wij zijn het er hier niet mee eens dat jullie niet in de kerk trouwen. Een huwelijk zonder priester is geen huwelijk.'

Stilte. Mijn ouders hadden waarschijnlijk een geheime afspraak gemaakt en mijn moeder had de taak op zich genomen bekend te maken wat die inhield. Maar mijn vader kon het niet laten even tegen Pietro te glimlachen om hem te laten merken dat hij, ook al maakte hij deel uit van dat door zijn vrouw gebezigde 'wij', bereid was zich soepeler op te stellen. Pietro glimlachte terug, maar zag hem nu niet als een serieuze gesprekspartner en wendde zich uitsluitend tot mijn moeder. Ik had hem over de bezwaren van mijn ouders verteld, dus hij was voorbereid. Hij begon een eenvoudig, hartelijk en, geheel in zijn stijl, duidelijk verhaal. Hij zei dat hij hen begreep, maar dat hij op zijn beurt ook graag begrepen wilde worden. Hij zei dat hij heel veel achting had voor iedereen die zich oprecht aan een god toevertrouwde, maar dat hij dat niet had gekund. Hij zei ook dat 'niet gelovig zijn' niet betekende dat je nergens in geloofde; hij had zijn overtuigingen en een absoluut geloof in zijn liefde voor mij. Hij zei dat niet een altaar, een priester of een gemeenteambtenaar, maar die liefde ons huwelijk zou bestendigen. Hij zei dat het afwijzen van de godsdienstige ceremonie voor hem een principekwestie was en dat ik vast en zeker niet langer van hem zou houden, in elk geval minder van hem zou houden als hij zich een man zonder principes zou betonen. Ten slotte zei hij dat ook mijn moeder zeker zou weigeren haar dochter toe te vertrouwen aan iemand die bereid was ook maar één van de pijlers waarop hij zijn bestaan had gebouwd neer te halen.

Bij die woorden knikte mijn vader heftig van ja, mijn broers zaten stomverbaasd te kijken, Elisa schoot weer vol. Maar mijn moeder bleef onaangedaan. Even speelde ze wat met haar trouwring, daarna keek ze Pietro recht in de ogen en in plaats van op het onderwerp terug te komen en te zeggen dat ze overtuigd was, of erover door te discussiëren, begon ze koel en vastberaden mijn lof te zingen. Als kind al was ik anders dan de anderen geweest. Ik had dingen klaargespeeld die geen enkel meisje uit de wijk ooit had weten klaar te spelen. Ik was haar trots geweest, de trots van de hele familie, en dat was ik nog. Ik had haar nooit teleurgesteld. Ik had voor mezelf het recht veroverd om gelukkig te zijn en als iemand mij pijn zou doen, zou zij die persoon duizend keer meer pijn doen.

Met een ongemakkelijk gevoel zat ik naar haar te luisteren. De hele tijd dat ze aan het woord was probeerde ik te ontdekken of ze het meende of dat ze eropuit was Pietro duidelijk te maken dat ze lak had aan het feit dat hij professor was, lak aan al zijn gekletst, dat niet hij de Greco's, maar de Greco's hem een gunst bewezen – een dergelijke reactie zou van haar te verwachten zijn geweest. Maar ik kwam er niet achter. Mijn verloofde daarentegen geloofde haar volledig en terwijl mijn moeder sprak, zat hij alleen maar instemmend te knikken. Toen ze eindelijk zweeg, zei hij dat hij goed wist hoe waardevol ik was en dat hij haar dankbaar was dat ze me had opgevoed tot wie ik was. Daarna stak hij een hand in de zak van zijn jasje en haalde er een donkerblauw sieradendoosje uit, dat hij me met een verlegen gebaar aanreikte. Wat is dat, dacht ik, hij heeft me al een ring gegeven. Krijg ik er nog een? Ik maakte het doosje open. En het was een ring, een prachtige, van rood goud met een amethist en daaromheen briljantjes. Pietro zei zachtjes: 'Hij was van mijn grootmoeder, de moeder van mijn moeder, en we zijn thuis allemaal blij dat hij nu voor jou is.'

Het overhandigen van het geschenk betekende dat de ceremonie voorbij was. Er werd weer gedronken, mijn vader begon weer vrolijk over zijn leven thuis en op het werk te vertellen, Gianni vroeg Pietro van welke club hij supporter was, Peppe daagde hem uit om armpje te drukken. En ik hielp intussen mijn zusje met afruimen. Eenmaal in de keuken beging ik de fout mijn moeder te vragen: 'Hoe vind je hem?'

'De ring?'

'Pietro.'

'Hij is lelijk en heeft uitstaande voeten.'

'Papa zag er niet veel beter uit.'

'Wat heb je op je vader aan te merken?'

'Niks.'

'Hou je kwek dan. Je durft alleen maar bij ons een grote mond op te zetten.'

'Dat is niet waar.'

'O nee? Waarom laat je je dan commanderen? Hij heeft misschien wel principes, maar heb jij die soms niet? Laat niet over je heen lopen!'

Elisa mengde zich in het gesprek: 'Ma, Pietro is een heer en jij weet niet wat dat is, een heer.'

'Jij soms wel? Pas op, jij, je bent nog klein, als je niet op je plek blijft, geef ik je een klap. Heb je zijn haar gezien? Is dat haar voor een heer?'

Mijn zusje antwoordde: 'Ma, een heer is niet op de normale manier mooi, een heer, dat zie je, dat is een type.'

Mijn moeder deed of ze haar wilde slaan en mijn zusje trok me lachend mee de keuken uit. Vrolijk zei ze: 'Je hebt geluk, Lenù. Wat een beschaafde man die Pietro, wat houdt hij veel van je. Hij heeft je zelfs de ring van zijn oma gegeven. Mag ik hem nog eens zien?'

We gingen terug naar de woonkamer. Alle mannen van mijn familie wilden nu armpje drukken met mijn verloofde, ze wilden graag laten zien dat ze in ieder geval in krachtproeven de professor overtroffen. Hij ging de strijd niet uit de weg. Hij deed zijn jasje uit, rolde zijn mouw op en ging weer aan tafel zitten. Hij verloor van Peppe, hij verloor van Gianni en hij verloor ook van mijn vader. Maar ik was onder de indruk van de overgave waarmee hij streed. Hij liep paars aan, op zijn voorhoofd zwol een ader, hij protesteerde heftig als zijn tegenstanders schaamteloos de regels van het spel overtraden. En hij hield koppig stand tegen Peppe en Gianni die aan gewichtheffen deden en tegen mijn vader die zo sterk was dat hij enkel met zijn vingers schroefbouten los kon draaien. Ik was constant bang dat hij nog liever zijn arm zou laten breken dan op te geven.

23

Pietro bleef drie dagen. Mijn vader en mijn broers raakten snel op hem gesteld. Vooral de jongens. Ze waren blij dat hij niet uit de hoogte deed en belangstelling voor hen toonde, ook al had de school geoordeeld dat ze sukkels waren. Mijn moeder bleef hem echter afstandelijk behandelen en pas de dag voor zijn vertrek ontdooide ze. Het was zondag, mijn vader zei dat hij zijn schoonzoon wilde laten zien hoe mooi Napels was. De schoonzoon stemde ermee in en stelde ons voor om buitenshuis te eten.

'In een restaurant?' vroeg mijn moeder terwijl ze haar wenkbrauwen fronste.

'Ja, mevrouw, we hebben wel iets te vieren!'

'Ik kan beter zelf koken, ik had je beloofd dat ik die aardappeltaart voor je zou maken.'

'Nee, dank u, u hebt al veel te hard gewerkt.'

Terwijl we ons klaarmaakten, trok mijn moeder me terzijde en vroeg: 'Betaalt hij?'

'Ja.'

'Weet je het zeker?'

'Zeker weten, ma, hij heeft ons uitgenodigd!'

We gingen al vroeg naar het centrum, feestelijk gekleed. En toen gebeurde er iets wat mijzelf in de eerste plaats verbaasde. Mijn vader had de taak op zich genomen als gids te fungeren. Hij liet onze gast de Maschio Angioino zien en het Koninklijk Paleis, de standbeelden van de koningen, het Castel dell'Ovo, de via Caracciolo en de zee. Pietro stond met een heel aandachtig gezicht te luisteren. Maar van een bepaald moment af aan begon hij, die toch voor het eerst in Napels was, ons op een bescheiden manier over de stad te vertellen, hij liet ons de stad ontdekken. Dat was fijn. Ik had nooit bijzondere belangstelling aan de dag gelegd voor de achtergrond van mijn kinderjaren en puberteit; het verbaasde me dat Pietro er met zo veel deskundige bewondering over kon vertellen. Hij bleek de geschiedenis van Napels te kennen en zijn literatuur, de sprookjes en legenden, de vele anekdotes. Ook wist hij alles van de monumenten, de zichtbare maar ook de monumenten die als gevolg van verwaarlozing niet te zien waren. Ik veronderstelde dat hij Napels kende omdat hij nu eenmaal iemand was die alles wist, maar ook omdat hij de stad grondig en met zijn gebruikelijke nauwgezetheid had bestudeerd omdat Napels mijn stad was, omdat mijn stem, mijn gebaren, mijn hele lichaam er de invloed van hadden ondergaan. Natuurlijk voelde mijn vader zich al snel aan de kant gezet en mijn zusje en broertjes verveelden zich. Ik realiseerde het me en gaf Pietro een teken dat hij moest ophouden. Hij bloosde en zweeg meteen. Maar mijn moeder sloeg ineens op haar bekende, onvoorspelbare manier om, ging aan Pietro's arm hangen en zei: 'Ga door, ik vind het leuk, niemand heeft me dat allemaal ooit verteld.'

We gingen eten in een restaurant in Santa Lucia, dat volgens mijn vader – die er nooit was geweest, maar het van horen zeggen had – uitstekend was.

'Mag ik bestellen wat ik wil?' fluisterde Elisa in mijn oor.

'Ja.'

De tijd vloog voorbij. Mijn moeder dronk te veel en maakte een paar obscene opmerkingen, mijn vader en broertjes en zusje begonnen onderling en met Pietro grapjes te maken. Ik bleef maar naar mijn toekomstige echtgenoot kijken, was ervan overtuigd dat ik van hem hield, hij was iemand die wist wat hij waard was en die zichzelf toch op een heel natuurlijke manier kon vergeten als dat nodig was. Voor het eerst vielen me zijn talent om te luisteren en de begripvolle toon van zijn stem op, als van een lekenbiechtvader, en dat beviel me. Misschien had ik hem moeten overhalen om nog een dag langer te blijven en hem mee moeten nemen naar Lila, tegen haar moeten zeggen: 'Met deze man ga ik trouwen, ik sta op het punt Napels te verlaten, met hem, wat vind je, doe ik daar goed aan?' Ik zat die mogelijkheid te overwegen toen aan een tafel niet ver van ons vandaan een stuk of zes studenten die pizza aten en iets, ik weet niet wat, aan het vieren waren, lachend en nadrukkelijk onze kant op begonnen te kijken. Ik begreep meteen dat het om Pietro ging, dat ze hem komisch vonden met zijn zware wenkbrauwen en de warrige bos haar hoog op zijn voorhoofd. Na een paar minuten stonden mijn broers gelijktijdig op, liepen naar de tafel van de studenten en begonnen heftig als altijd ruzie te maken. Verwarring, geschreeuw, een paar stompen waren het gevolg. Mijn moeder gilde scheldwoorden ter ondersteuning van haar zoons, mijn vader en Pietro haastten zich naar hen toe om hen weg te trekken. Pietro vond het bijna leuk, hij leek geen idee te hebben van de reden van die ruzie. Eenmaal op straat vroeg hij ironisch: 'Is dat een plaatselijke gewoonte om plotseling op te staan en de lui aan de tafel naast je ervan langs te geven?' Hij en mijn broers werden ten slotte nog vrolijker en konden het nog beter met elkaar vinden dan daarvoor. Maar zodra mijn vader de kans had, nam hij Peppe en Gianni apart en las hun de les omdat ze zich in het bijzijn van de professor zo ongemanierd hadden gedragen. Ik hoorde dat Peppe zich bijna fluisterend verontschuldigde: 'Ze zaten Pietro uit te lachen, pa, wat konden we verdomme anders doen?' Ik vond het fijn dat hij Pietro zei, en niet de professor: daar bedoelde hij mee dat Pietro al als iemand van het gezin moest worden beschouwd, iemand die erbij hoorde, een vriend met enorme kwaliteiten en die, als hij erbij was, door niemand voor de gek gehouden mocht worden, ook al zag hij er een beetje vreemd uit. Maar ondertussen overtuigde het incident me ervan dat ik Pietro maar beter niet mee kon nemen naar Lila: ik kende haar, ze was vals, ze zou hem bespottelijk vinden en net als de jongens in het restaurant de draak met hem steken.

Tegen de avond, uitgeput van de hele dag in de openlucht, aten we thuis iets en gingen daarna weer allemaal de deur uit. We brachten mijn aanstaande naar zijn hotel. Op het moment van afscheid gaf mijn moeder, die heel opgewonden was, hem onverwachts een luidruchtige kus op elke wang. Maar toen we terugliepen naar de wijk en vol lof over Pietro praatten, hield ze zich afzijdig, zei geen woord. Pas toen ze op het punt stond zich in haar slaapkamer terug te trekken, zei ze wrokkig: 'Je hebt te veel geluk, jij, je verdient die arme jongen niet.'

24

Het boek werd de hele zomer door goed verkocht en ik bleef er her en der in Italië voordrachten over houden. Nu zorgde ik ervoor mijn roman op afstandelijke toon te verdedigen, terwijl ik het meest onbescheiden publiek soms afremde. Van tijd tot tijd moest ik weer aan de woorden van Gigliola denken en in een poging die een plek te geven, vermengde ik ze dan met mijn eigen woorden.

Intussen verhuisde Pietro begin september naar Florence. Hij nam zijn intrek in een hotelletje niet ver van het station en ging van daaruit naarstig op zoek naar een huis. Hij vond een klein huurappartement in de buurt van de Santa Maria del Carmine-kerk en ik ging meteen kijken. De woning verkeerde in zeer slechte staat en bestond uit twee donkere kamers, een kleine keuken en een badkamer zonder raam. Toen ik vroeger in het splinternieuwe appartement van Lila studeerde, had ze me vaak toegestaan om languit in het vlekkeloze bad van het warme water en het dikke schuim te genieten. Het bad van het huis in Florence was echter zo'n bad waarin je alleen maar kunt zitten, er waren scherfjes vanaf en het zag gelig. Maar ik onderdrukte mijn teleurstelling, zei dat het goed was: Pietro's colleges begonnen, hij had veel werk en geen tijd te verliezen. En hoe dan ook, vergeleken met mijn ouderlijk huis was dit een paleis.

Maar net toen Pietro zich opmaakte om het huurcontract te tekenen, kwam Adele een kijkje nemen en zij was niet zo timide als ik. Ze vond het appartement een krot, totaal ongeschikt voor twee mensen die een groot deel van hun tijd thuis zouden moeten werken. En daarom deed ze wat haar zoon niet had gedaan maar wel had kunnen doen. Ze nam de telefoon en mobiliseerde, zonder zich iets van Pietro's duidelijke verzet aan te trekken, een paar van haar Florentijnse bekenden, allemaal mensen met enige macht. Binnen de kortste keren vond ze voor een bespottelijke huur – een vriendenprijs! – in San Niccolò een flat met vijf lichte kamers, een grote keuken en een fatsoenlijke badkamer. En dat was haar nog niet genoeg: ze liet op haar kosten verbeteringen aanbrengen en hielp me met de inrichting. Ze somde mogelijkheden op, adviseerde, gaf leiding. Maar vaak moest ik constateren dat ze noch mijn meegaandheid noch mijn smaak vertrouwde. Als ik ja zei, wilde ze er zeker van zijn dat ik het er echt mee eens was, en als ik nee zei, zat ze me net zo lang op mijn huid tot ik van mening veranderde. Over het algemeen deden we altijd wat zij wilde. Ik verzette me trouwens zelden, luisterde zonder dat dat spanning veroorzaakte, deed zelfs mijn best om van haar te leren. Ik was gefascineerd door het ritme van haar zinnen, haar gebaren, haar kapsel, kleren, schoenen, broches, kettingen en altijd prachtige oorhangers. En zij vond mijn houding van oplettende leerling wel prettig. Ze haalde me over mijn haar heel kort te laten knippen, spoorde me aan in een peperdure winkel waar ze flinke korting kreeg kleren naar haar smaak te kopen, gaf me een paar schoenen cadeau die zij mooi vond en graag zou hebben gekocht, maar die ze vanwege haar leeftijd niet geschikt achtte, en bracht me zelfs naar een tandarts met wie ze bevriend was.

Omdat er in het appartement volgens Adele steeds weer nieuwe ingrepen nodig waren en Pietro tot over zijn oren in het werk zat, verschoof de trouwdatum van de herfst naar de lente, wat mijn moeder de kans gaf langer door te gaan met haar gevecht om geld van me los te krijgen. Ik probeerde té zware conflicten te vermijden door te bewijzen dat ik mijn familie niet vergat. Met de komst van de telefoon liet ik de gang en de keuken opnieuw schilderen, de eetkamer van een nieuw, wijnkleurig bloemenbehang voorzien, kocht een winterjas voor Elisa en een televisie op afbetaling. En op een dag gaf ik ook mezelf een cadeau: ik schreef me in bij een rijschool, haalde het examen met gemak en kreeg mijn rijbewijs. Mijn moeder werd kwaad: 'Vind je het leuk om geld over de balk te gooien? Waar heb je een rijbewijs voor nodig als je niet eens een auto hebt?'

'Dat zien we nog wel.'

'Je wilt een auto kopen, hè? Hoeveel heb je eigenlijk gespaard?'

'Dat gaat jou niet aan.'

Pietro had een auto, en eenmaal getrouwd was ik van plan die te gebruiken. Toen hij weer naar Napels kwam, nu met de auto, samen met zijn ouders om hen kennis te laten maken met die van mij, liet hij me een poosje door de oude en de nieuwe wijk rijden. Ik reed over de grote weg, voor de lagere school en de bibliotheek langs, door de straten waar Lila had gewoond toen ze getrouwd was. Daarna weer terug, langs het parkje, en de ervaring van dat rondrijden is de enige leuke herinnering die ik aan die dag heb. Verder hadden we een vreselijke middag waar een eindeloos diner op volgde. Pietro en ik deden veel moeite om beide families op hun gemak te stellen, maar hun werelden lagen zo ver uiteen dat er langdurige stiltes vielen. Toen de Airota's vertrokken, beladen met een enorme hoeveelheid overgebleven eten dat mijn moeder hun had opgedrongen mee te nemen, had ik ineens het gevoel dat ik totaal verkeerd bezig was. Ik kwam uit deze familie, Pietro uit die andere, we droegen elk onze eigen voorvaderen in ons. Hoe zou ons huwelijk verlopen? Wat wachtte mij? Zouden de overeenkomsten de verschillen naar de achtergrond dringen? Zou ik in staat zijn nog een boek te schrijven? Wanneer en waarover? En zou Pietro me steunen? En Adele? En Mariarosa?

Dat soort gedachten hielden me bezig toen ik op een avond vanaf de straat werd geroepen. Ik had onmiddellijk de stem van Pasquale Peluso herkend en holde naar het raam. Hij was niet alleen, ontdekte ik. Enzo was bij hem. Ik werd ongerust. Moest Enzo op dat uur van de dag niet in San Giovanni a Teduccio zijn, thuis, bij Lila en Gennaro?

'Kun je naar beneden komen?' riep Pasquale.

'Wat is er aan de hand?'

'Lina voelt zich niet goed en ze wil jou zien.'

'Ik kom eraan,' zei ik en ik vloog de trappen af, trok me niets aan van mijn moeder, hoewel die riep: 'Waar ga je zo laat nog naartoe? Kom terug!'

25

Ik had Pasquale al lange tijd niet meer gezien, en Enzo ook niet, maar een inleiding bleef achterwege, ze waren voor Lila gekomen en begonnen meteen over haar. Pasquale had een baard als die van Che Guevara laten groeien, een verbetering, volgens mij. Zijn ogen leken er groter en feller door, de dichte snor bedekte zijn slechte tanden, ook als hij lachte. Enzo was niet veranderd, nog steeds zwijgzaam, nog steeds compact. Pas toen we in Pasquales oude auto zaten, realiseerde ik me hoe verbazingwekkend het was om hen samen te zien. Ik was ervan overtuigd dat niemand in de wijk nog iets met Lila en Enzo te maken wilde hebben. Maar kijk, dat was dus niet zo. Pasquale kwam regelmatig bij hen over de vloer en was met Enzo meegegaan om mij op te halen, Lila had hen samen naar mij toe gestuurd.

Het was Enzo die me op zijn droge en ordelijke manier vertelde wat er was gebeurd: Pasquale zou na zijn werk op een bouwplaats ergens bij San Giovanni a Teduccio bij hen komen eten. Maar toen Enzo en Pasquale om zeven uur arriveerden, was er van Lila, die gewoonlijk om half vijf uit de fabriek kwam, nog geen spoor. Het appartement was leeg, Gennaro was bij de buurvrouw. De twee mannen waren gaan koken, Enzo had het kind te eten gegeven. Lila was pas tegen negenen verschenen, heel bleek en heel gespannen. Op vragen van Enzo en Pasquale had ze geen antwoord gegeven. De enige zin die ze op geschrokken toon had gezegd was: 'Mijn nagels zijn aan het loslaten.' Maar dat was niet zo. Enzo had haar handen vastgepakt en gecontroleerd, er was niets bijzonders aan de nagels te zien. Toen was Lila kwaad geworden en had ze zich samen met Gennaro in haar kamer opgesloten. Na een poosje had ze gegild dat ze moesten gaan kijken of ik in de wijk was, ze wilde met me praten, dringend.

Ik vroeg aan Enzo: 'Hebben jullie ruzie gemaakt?'

'Nee.'

'Is ze onwel geworden op de fabriek of gewond geraakt?'

'Ik geloof het niet, ik weet het niet.'

Pasquale zei: 'Laten we ons nu niet ongerust maken. Wedden dat Lina kalm wordt zodra ze je ziet? Ik ben zo blij dat we je gevonden hebben; je bent een belangrijk iemand intussen, je zult het wel druk hebben.'

Omdat ik dat luchtig ontkende, verwees hij als bewijs naar het oude artikel in de *l'Unità* en Enzo knikte instemmend, hij had het ook gelezen.

'Lila heeft het ook gezien,' zei hij.

'Wat vond ze ervan?'

'Ze was erg te spreken over de foto.'

'Maar,' zei Pasquale mopperend, 'in het artikel leek het alsof je nog studeerde. Je zou een brief naar de krant moeten schrijven om duidelijk te maken dat je bent afgestudeerd.'

Hij klaagde over alle aandacht die ook de *l'Unità* aan de studenten besteedde. Enzo gaf hem gelijk. Wat zij zeiden verschilde niet veel van wat ik in Milaan had gehoord, alleen was hun terminologie minder geraffineerd. Hoewel ik toch gewoon een vriendin van hen was, wilde vooral Pasquale duidelijk mijn aandacht vasthouden met onderwerpen die pasten bij een vrouw die met foto en al in de *l'Unità* had gestaan. Maar misschien deden ze het ook om hun en mijn bezorgdheid te verdrijven.

Ik luisterde en zei niets, begreep al snel dat hun vriendschap juist door hun politieke hartstocht sterker was geworden. Ze zagen elkaar vaak na het werk, bij vergaderingen van de partij of van een of ander comité. Ik luisterde, mengde me uit beleefdheid in het gesprek, zij reageerden, maar intussen lukte het me niet Lila uit mijn hoofd te zetten die door god weet welke angst werd verteerd, zij die altijd zo sterk was. Toen we in San Giovanni aankwamen, leken ze trots op me. Vooral Pasquale had geen woord van me gemist en vaak in het achteruitkijkspiegeltje naar me gekeken. Hoewel hij op zijn gebruikelijke betweterige toon sprak – hij was afdelingssecretaris van de communistische partij in de wijk – betekende mijn politieke instemming voor hem in feite de bevestiging van zijn gelijk. Toen hij zich duidelijk gesteund voelde, legde hij me namelijk een beetje spijtig uit dat hij samen met Enzo en enkele anderen stevig in conflict was geraakt binnen de partij, die – zei hij boos, terwijl hij met zijn handen op het stuur sloeg – liever als een gehoorzame hond op een fluitje van Aldo Moro wachtte, dan het getalm te doorbreken en het tot een confrontatie te laten komen.

'Wat vind jij?' vroeg hij.

'Dat je gelijk hebt,' zei ik.

'Je bent slim,' prees hij toen serieus. 'Altijd geweest trouwens,' voegde hij eraan toe, terwijl we de vuile trap opliepen. 'Ja toch, Enzo?'

Enzo knikte, maar ik begreep dat zijn bezorgdheid om Lila bij elke trede groter werd, net als bij mij, en dat hij zich schuldig voelde omdat hij afleiding had gezocht in dat gepraat onderweg. Hij deed de deur open en zei met luide stem: 'We zijn thuis.' Hij wees me op een deur, half van matglas, waar een zwak licht doorheen scheen. Ik klopte zachtjes en ging naar binnen.

26

Lila lag languit en helemaal gekleed op een veldbed. Gennaro lag naast haar te slapen. 'Kom binnen,' zei ze. 'Ik wist dat je zou komen, geef me een kus.' Ik kuste haar op beide wangen en ging op het lege bed zitten dat van haar zoontje moest zijn. Hoelang was het geleden dat ik haar voor het laatst had gezien? Ze leek me nog magerder, nog bleker, ze had rode ogen, haar neusvleugels vertoonden barstjes, haar lange handen zaten vol littekens van snijwonden. Met zachte stem om het kind niet wakker te maken vervolgde ze bijna zonder pauze: 'Ik heb je in de kranten gezien, wat zie je er goed uit, prachtig je haar, ik weet alles van je, ik weet dat je gaat trouwen, hij is professor, goed zo, je gaat in Florence wonen, het spijt me dat ik je zo laat heb laten komen, mijn hoofd helpt me niet, het laat los, net als behang, gelukkig maar dat je nu hier bent.'

'Wat is er met je?' vroeg ik, en ik wilde haar hand strelen.

Die vraag en dat gebaar waren genoeg. Ze sperde haar ogen open, bewoog onrustig en trok haar hand bruusk weg.

'Ik voel me niet goed,' zei ze. 'Maar wacht, schrik niet, ik word alweer rustig.'

En ze werd rustig. Zachtjes, haar woorden bijna scanderend, zei ze: 'Ik heb je lastiggevallen, Lenù, omdat je me iets moet beloven. Jij bent de enige die ik vertrouw. Als me iets overkomt, als ik in het ziekenhuis terechtkom, als ze me naar het gekkenhuis sturen, als ze me niet meer vinden, dan moet jij Gennaro nemen, bij je houden, hij moet bij jou opgroeien. Enzo is goed, en intelligent, ik vertrouw hem, maar hij kan het kind niet geven wat jij hem kunt geven.'

'Waarom praat je zo? Wat heb je? Als je het me niet uitlegt, kan ik het ook niet begrijpen.'

'Beloof het me eerst.'

'Goed.'

Opnieuw werd ze onrustig, ik schrok ervan.

'Nee, je moet niet "goed" zeggen. Je moet nu, hier ter plekke zeggen dat jij het kind neemt. En als je geld nodig hebt, zoek dan

Nino op, zeg hem dat hij je moet helpen. Maar zeg: "Ik zal het kind grootbrengen", beloof het me.'

Onzeker keek ik haar aan, en ik beloofde het. Ik beloofde het en luisterde de hele nacht naar haar.

27

Misschien is dit de laatste keer dat ik met een overvloed aan details over Lila vertel. Na deze avond werd ze steeds vager en het materiaal dat ik tot mijn beschikking kreeg, verarmde. Dat kwam doordat onze levens zo verschilden, én door de afstand. Maar ook toen ik in andere steden woonde en we elkaar bijna nooit ontmoetten en zij zoals gebruikelijk niets van zich liet horen en ik mijn best deed om niets te vragen, ook toen prikkelde haar schim me, stemde me neerslachtig, maakte me trots, ontnam me mijn trots en gunde me geen rust.

Die prikkels heb ik vandaag, nu ik aan het schrijven ben, nog meer nodig. Ik wil dat ze erbij is, daarom schrijf ik; ik wil dat ze dingen wegstreept, toevoegt, meewerkt aan ons verhaal en er al naargelang haar inspiratie alles in stort wat ze weet, wat ze gezegd of gedacht heeft toen Gino, de fascist, ineens voor haar stond; toen ze Nadia ontmoette, de dochter van mevrouw Galiani, de lerares; toen ze terugkwam in het huis aan de corso Vittorio Emanuele, waar ze zich lang daarvoor niet op haar plaats had gevoeld; toen ze zich onbarmhartig uitliet over haar seksuele ervaring. Mijn gêne terwijl ik naar haar luisterde, mijn verdriet, het weinige dat ik tijdens haar lange verhaal zei, komen later aan bod.

28

Zodra *De blauwe fee* vluchtige as werd in het vuur op het plein, keerde Lila terug naar haar werk. Ik weet niet hoe groot de invloed van onze ontmoeting op haar is geweest; zeker is wel dat ze zich dagenlang ongelukkig voelde, maar dat het haar lukte zich niet af te vragen waarom. Ze had geleerd dat redenen zoeken haar pijn deed en wachtte tot het ongelukkige gevoel eerst algemene wrevel, vervolgens weemoed en ten slotte de normale, alledaagse kwelling werd: voor Gennaro zorgen, de bedden opmaken, het huis schoonhouden, de kleren van het kind, van Enzo en haarzelf wassen en strijken, het ontbijt klaarmaken voor alle drie, Rino met duizend aanbevelingen aan de buurvrouw overdragen, naar de fabriek rennen en het werk en de beledigingen daar verdragen, weer thuiskomen en zich aan haar zoontje wijden en ook een beetje aan zijn speelkameraadjes, voor het avondeten zorgen, weer met zijn drieën eten, Gennaro naar bed brengen terwijl Enzo afruimde en de afwas deed, teruggaan naar de keuken om hem bij het studeren te helpen, iets waaraan hij erg hechtte en dat zij hem niet wilde ontzeggen, ook al was ze moe.

Wat zag ze in Enzo? Alles bij elkaar genomen hetzelfde, geloof ik, wat ze in Stefano en in Nino had willen zien. Een kans om haar leven weer op te bouwen en nu eindelijk op de juiste manier. Maar terwijl Stefano, toen het scherm van het geld was weggevallen, een inhoudsloos en gevaarlijk mens was gebleken en Nino, toen het scherm van de intelligentie was weggevallen, in zwarte rook van verdriet was veranderd, leek Enzo haar vooralsnog niet tot nare verrassingen in staat. Hij was het jongetje van de lagere school geweest voor wie zij om duistere redenen altijd respect had gehad, en nu was hij een man zo door en door compact in alles wat hij deed, zo gedecideerd waar het de wereld betrof en zo zachtmoedig tegenover haar, dat ze uitsloot dat hij ineens kon veranderen.

Natuurlijk, ze sliepen niet samen, dat lukte Lila niet. Ze sloten zich elk in hun eigen kamer op en door de muur heen hoorde ze hem dan rommelen totdat het helemaal stil werd en je alleen de geluiden van het huis, het flatgebouw en de straat nog hoorde. Het kostte haar moeite in slaap te komen, ondanks haar vermoeidheid. Alle redenen waarom ze zich ongelukkig voelde en die zij voorzichtigheidshalve onbenoemd had gelaten, werden in het duister tot een verward geheel en concentreerden zich op Gennaro. Wat zal er van dit kind worden? dacht ze. Ik moet hem niet Rinuccio noemen, zo drijf ik hem terug naar het dialect. Ik moet ook de kinderen met wie hij speelt helpen als ik niet wil dat hij door de omgang met hen achteruit gaat. Ik heb geen tijd, dacht ze, ik ben zelf niet meer wie ik was, ik neem geen pen meer ter hand, ik sla geen boek meer open.

Soms had ze het gevoel dat er iets zwaars op haar borst drukte. Ze maakte zich zorgen, deed midden in de nacht het licht aan, keek naar haar slapende kind. Ze herkende weinig of niets van Nino in hem, Gennaro deed haar eerder aan haar broer denken. Toen hij kleiner was, had hij haar altijd overal gevolgd, maar nu verveelde het kind zich, schreeuwde, wilde snel weg om te gaan spelen, zei lelijke woorden tegen haar. Ik hou veel van hem, dacht Lila, maar hou ik veel van hem gewoon zoals hij is? Een akelige vraag. Hoe meer ze haar kind bestudeerde, hoe meer ze merkte dat het niet opgroeide zoals zij zou willen, ook al vond de buurvrouw hem buitengewoon intelligent. Ze voelde dat de moeite van de jaren waarin ze zich uitsluitend aan hem had gewijd niet had gebaat, dat de kwaliteit van iemand zou afhangen van de kwaliteit van zijn eerste kinderjaren leek haar nu niet waar. Je moest volhardend zijn en Gennaro kende geen volharding, evenmin als zijzelf trouwens. Mijn gedachten gaan steeds een andere kant op, zei ze tegen zichzelf, ik zit verkeerd in elkaar en hij zit verkeerd in elkaar. Daarna schaamde ze zich omdat ze zo dacht, en fluisterde ze tegen het slapende kind: 'Knap hoor, je kunt al lezen, je kunt al schrijven, je kunt optellen en aftrekken, je moeder is een domkop, ze is nooit tevreden', en dan kuste ze het kleintje op zijn voorhoofd en deed het licht uit.

Maar de slaap bleef weg, vooral de keren dat Enzo laat thuiskwam en naar bed ging zonder haar te vragen om samen te studeren. In zo'n geval vermoedde Lila dat hij een of andere hoer had opgezocht, of dat hij een minnares had, een arbeidster uit de fabriek waar hij werkte of een actief lid van de communistische cel waarbij hij zich meteen had aangesloten. Zo zijn mannen, dacht ze, tenminste de mannen die ik heb gekend. Ze moeten voortdurend neuken, anders zijn ze ongelukkig. Ik geloof niet dat Enzo anders is, waarom zou hij? En trouwens, ik heb hem afgewezen, ik heb hem in zijn eentje in zijn bed laten liggen, ik kan echt geen eisen stellen. Ze was alleen bang dat hij verliefd zou worden en haar weg zou sturen. Ze was niet bang om geen dak meer boven het hoofd te hebben, want ze had haar werk in de vleeswarenfabriek en voelde zich sterk, verrassend genoeg heel wat sterker dan toen ze met Stefano getrouwd was en weliswaar ineens een boel geld had, maar tegelijkertijd aan hem onderworpen was. Ze was eerder bang het zonder Enzo's vriendelijkheid te moeten stellen, zonder de aandacht die hij voor al haar angsten had, zonder de rustige kracht die hij uitstraalde en waaraan het te danken was dat hij haar eerst van Nino's afwezigheid en vervolgens van Stefano's aanwezigheid had gered. En daar kwam nog eens bij dat hij, in de levensomstandigheden waarin ze nu verkeerde, de enige was die haar voldoening schonk omdat hij haar buitengewone capaciteiten bleef toekennen.

'Weet je wat dit betekent?'

'Nee.'

'Kijk eens goed.'

'Dat is Duits, Enzo, ik kan geen Duits.'

'Maar als je je concentreert, weet je het na een poosje wel,' zei hij dan, deels als grapje, deels in ernst.

Enzo, die zich grote inspanningen had getroost om een diploma te halen en daarin was geslaagd, vond dat zij, die toch niet verder dan de lagere school was gekomen, een veel scherpere intelligentie had dan hij en kende haar de wonderbaarlijke eigenschap toe dat ze welke stof ook heel snel onder de knie kon krijgen. En ja, toen hij op grond van zeer weinig gegevens ervan overtuigd was geraakt dat de toekomst van de mensheid in de programmeertalen van elektronische rekenmachines lag, maar ook dat de elite die ze als eerste beheerste, een opzienbarende rol zou spelen in de wereldgeschiedenis, had hij meteen een beroep op haar gedaan: 'Help me.'

'Ik ben moe.'

'We leiden een rotleven, Lina, het moet anders.'

'Ik vind het best zo.'

'Je kind is de hele dag bij vreemden.'
'Hij is groot, hij kan niet onder een glazen stolp leven.'
'Moet je zien hoe je handen eraan toe zijn.'
'Het zijn mijn handen en ik doe ermee wat ik wil.'
'Ik wil meer verdienen, voor jou en voor Gennaro.'
'Hou jij je met je eigen zaken bezig, dan zorg ik wel voor de mijne.'

Lompe reacties, zoals gewoonlijk. Enzo had zich ingeschreven voor een schriftelijke cursus waarvoor hij maandelijks lessen kreeg toegestuurd – een dure cursus voor hun portemonnee, waarin ook periodieke tests waren voorzien die naar een in Zürich gevestigd internationaal centrum voor gegevensverwerking moesten worden gestuurd en vervolgens gecorrigeerd weer terugkwamen. Langzaam maar zeker had hij Lila erbij weten te betrekken en zij had haar best gedaan om hem bij te houden. Maar ze had zich totaal anders gedragen dan vroeger met Nino, die ze gekweld had met haar obsessie om hem te laten zien dat ze in staat was hem bij alles te helpen. Als ze met Enzo studeerde was ze rustig en probeerde ze niet beter dan hij te zijn. De avonduren die ze aan de cursus wijdden, betekenden voor hem inspanning, voor haar waren ze een kalmeringsmiddel. Misschien was het daarom dat Lila, de zeldzame keren dat hij laat thuiskwam en het zonder haar leek te kunnen stellen, wakker lag en ongerust naar het water luisterde dat in de badcel stroomde en waarmee Enzo, zo stelde ze zich voor, elk spoor van contact met zijn minnaressen van zich afwaste.

29

Het te harde werken in de fabriek dreef de mensen tot zin in neuken – dat had Lila meteen begrepen. Niet met eigen vrouw of man thuis, waar ze 's avonds uitgeput en zonder zin terugkeerden, maar daar, op het werk, 's ochtends of 's middags. De mannen werden handtastelijk zo gauw ze maar konden, ze hoefden maar langs te lopen of ze kwamen met een oneerbaar voorstel; en de vrouwen, vooral degenen die niet zo jong meer waren, lachten, streken met hun grote borsten langs hen heen, werden verliefd. De liefde werd een verzetje dat de inspanning en de verveling verzachtte en de mensen de indruk gaf echt te leven.

Vanaf het allereerste begin probeerden de mannen de afstand te verkleinen, alsof ze Lila wilden besnuffelen. Zij duwde hen terug, de mannen lachten of liepen weg, terwijl ze zachtjes voor zich uit liedjes vol obscene zinspelingen zongen. Om eens en voorgoed duidelijk te maken hoe zij daar tegenover stond, rukte ze op een ochtend bijna het oor af van een vent die in het voorbijgaan iets vulgairs tegen haar had gezegd en een kus in haar hals had gedrukt. Hij was een niet onknap type van een jaar of veertig, Edo geheten, praatte tegen alle vrouwen op een insinuerende manier en was goed in het vertellen van schunnige moppen. Lila greep met één hand zijn oorschelp beet, kneep die samen, trok er uit alle macht aan, met haar nagels in het vel, en liet niet los, ook al brulde hij nog zo hard, terwijl hij intussen de schoppen probeerde af te weren die zij hem gaf. Daarna liep ze woedend naar Bruno Soccavo om haar beklag te doen.

Sinds Bruno haar in dienst had laten nemen, had Lila hem maar enkele keren vluchtig gezien, zonder aandacht aan hem te schenken. Maar bij die gelegenheid had ze de kans om hem goed op te nemen. Hij stond achter zijn bureau, was speciaal opgestaan, zoals heren doen als er een dame hun kamer binnenkomt. Lila was verbaasd. Soccavo had een opgeblazen gezicht, zijn ogen waren dof van alle overvloed, hij had een zware borstpartij en de huid van zijn gezicht was vuurrood, wat als magma contrasteerde met zijn pikzwarte haar en zijn witte wolventanden. Ze vroeg zich af wat die jongen gemeen had met de vriend van Nino die rechten studeerde. En ze voelde dat er geen continuïteit bestond tussen de periode op Ischia en de vleeswarenfabriek. Er strekte zich een leegte tussen uit, en in de sprong van de ene plaats naar de andere was Bruno – misschien omdat zijn vader kort daarvoor ziek was geweest en de last van het bedrijf (de schulden, volgens sommigen) plotseling op zijn schouders terecht was gekomen – in zijn nadeel veranderd.

Ze vertelde hem de reden van haar komst. Hij begon te lachen.

'Lina,' zei hij vermanend, 'ik heb je een gunst bewezen, maar je moet me het leven niet moeilijk maken. We werken hier allemaal hard, zit niet constant met het geweer in de aanslag. De mensen hebben af en toe ontspanning nodig, anders komt er rotzooi.'

'Ontspannen jullie je maar onder elkaar.'

Geamuseerd liet hij zijn blik over haar glijden: 'Ik wist dat je graag grapjes maakt.'

'Grapjes maken vind ik leuk als ik zelf beslis wanneer.'

Lila's scherpe toon bracht hem ertoe zelf van toon te veranderen. Hij werd ernstig, zei zonder haar aan te kijken: 'Je bent niets veranderd, wat was je mooi op Ischia!' Daarna wees hij naar de deur: 'Kom, ga weer aan het werk.'

Maar van dat moment af aan liet hij nooit na om als hij haar in de fabriek tegenkwam ten overstaan van iedereen iets tegen haar te zeggen, haar een goedmoedig compliment te maken. Die vertrouwelijkheid bevestigde ten slotte Lila's situatie in de fabriek: ze was bij de jonge Soccavo in de gunst, je kon haar maar beter met rust laten. Iets wat gestaafd leek te worden toen op een middag, meteen na de lunchpauze, een enorme vrouw die Teresa heette haar tegenhield en spottend zei: 'Je wordt in de droogkamer verwacht.' Lila ging naar de ruimte waar de worsten droogden, een rechthoekige zaal barstensvol in darmen gepropt vlees dat in een gelig licht aan het plafond hing. Daar trof ze Bruno die controles leek uit te voeren, maar in werkelijkheid wilde kletsen.

Terwijl hij door de ruimte liep en als een expert worsten betastte en eraan rook, vroeg hij haar naar Pinuccia, haar schoonzusje, en zei zonder haar aan te kijken – wat Lila irriteerde – en terwijl hij zelfs een *soppressata* onderzocht: 'Ze is nooit blij geweest met je broer, ze werd die zomer op mij verliefd, zoals jij op Nino verliefd werd.' Daarna liep hij door, maar vervolgde, met de rug naar haar toe: 'Dankzij haar heb ik ontdekt dat zwangere vrouwen heel graag vrijen.' En toen, zonder haar de tijd te gunnen om commentaar te leveren, een ironische opmerking te maken of kwaad te worden, bleef hij midden in de ruimte staan en zei dat hij vanaf zijn jongste jaren in de hele fabriek misselijk was geworden, maar dat hij zich daar, in de droogkamer, altijd lekker had gevoeld. Er hing iets bevredigends, iets van volheid. Het product naderde zijn voltooiing, werd langzaam verfijnder, verspreidde zijn geur, was bijna klaar voor de markt. Kijk, voel maar, zei hij, het is compact, hard, ruik eens, zoiets als wanneer een man en een vrouw elkaar kussen en betasten – vind je het lekker ruiken? Als je eens wist hoeveel meisjes ik sinds mijn jongensjaren al heb meegenomen hiernaartoe. En op dat punt aangekomen pakte hij haar bij haar middel, liet zijn lippen langs haar lange hals glijden en omklemde intussen haar kont al, het leek of hij honderd handen had; hijgend en met koortsachtige snelheid betastte hij haar over haar schort, onder haar schort, een verkenning zonder genot, pure wellust erop gericht om bij haar binnen te dringen.

Alles, te beginnen met de geur van de worsten, herinnerde Lila aan Stefano en zijn gewelddadige gedrag; enkele seconden lang voelde ze zich totaal machteloos, was ze bang dat ze vermoord zou worden. Maar toen maakte razernij zich van haar meester, ze sloeg Bruno in zijn gezicht, schopte hem tussen zijn benen, gilde: 'Je bent een klootzak, je hebt niks daar beneden, kom hier, haal hem eruit, dan trek ik hem van je af, strunz!'

Bruno liet haar los, week terug. Hij voelde aan zijn lip die bloedde, grinnikte verlegen, mompelde: 'Het spijt me, ik dacht dat je op z'n minst wel een beetje dankbaar kon zijn.' Lila gilde: 'Bedoel je dat ik een schuld heb in te lossen omdat je me anders ontslaat, zit het zo?' Hij lachte opnieuw, schudde zijn hoofd: 'Nee, als je niet wilt, dan wil je niet, basta. Ik heb je excuus gevraagd, wat kan ik nog meer doen?' Maar zij was buiten zichzelf, begon nu pas het spoor van zijn handen te voelen en ze wist dat dat niet zomaar weg zou gaan, het was niet iets wat je met zeep van je af kon wassen. Ze liep achteruit naar de deur, zei: 'Het is nu goed voor je afgelopen, maar of je me wegjaagt of niet, ik zweer je dat ik je het moment zal laten vervloeken dat je me hebt aangeraakt.' Ze vertrok terwijl hij mompelde: 'Wat heb ik je gedaan, ik heb je niets gedaan, kom hier, er zijn belangrijker dingen in het leven, laten we vrede sluiten.'

Ze ging terug naar haar werk. Op dat moment werkte ze in de dampen van de bassins, ze was een soort manusje-van-alles dat onder meer de vloer droog moest houden. Vergeefse moeite. Edo, de man van wie ze bijna een oor had afgerukt, keek haar nieuwsgierig aan. Allemaal, mannen en vrouwen, hielden ze hun ogen op haar gericht toen ze razend van de droogkamer terugkwam. Zij keek niemand aan. Ze greep een dweil, smeet hem op de tegels en begon er de vloer mee af te nemen, die een waar moeras leek, terwijl ze luidkeels, dreigend scandeerde: 'Eens kijken of er nog een hoerenzoon is die het wil proberen.' De anderen concentreerden zich op hun werk.

Dagenlang verwachtte ze haar ontslag, maar dat kwam niet. Soms liep ze toevallig tegen Bruno aan; dan glimlachte hij vriendelijk naar haar en reageerde zij met een kil knikje. Geen enkel gevolg dus, behalve dan de afkeer van die kleine, grove handen, en flitsen van haat. Maar aangezien Lila, trots als altijd, bleef uitstralen dat ze aan iedereen schijt had, begonnen de chefjes haar weer te kwellen door haar steeds andere taken te geven, te laten werken tot ze erbij neerviel en haar obsceniteiten toe te voegen. Daar hadden ze kennelijk toestemming voor.

Tegen Enzo vertelde ze niets over het bijna afgerukte oor, over Bruno's handtastelijkheden, over de dagelijkse pesterijen en het harde werken. Als hij vroeg hoe het op de fabriek ging, antwoordde ze sarcastisch: 'Waarom vertel jij me niet hoe het op jouw werk gaat?' En omdat hij zweeg, plaagde ze hem een beetje. Daarna wijdden ze zich samen aan de oefeningen van de schriftelijke cursus. Daar zochten ze om verscheidene redenen hun heil in. De belangrijkste was wel dat ze vragen over de toekomst uit de weg wilden gaan: wat betekenden ze voor elkaar, waarom zorgde hij voor haar en Gennaro, waarom accepteerde zij dat hij dat deed, waarom woonden ze al zo lang in hetzelfde huis en wachtte Enzo elke avond tevergeefs op haar komst, lag hij in zijn bed te woelen, ging naar de keuken zogenaamd om een slokje water te drinken, wierp een blik op de deur met het matglas om te zien of zij het licht nog aan had en haar schim te bespieden. Stille spanning – ik klop, ik laat hem binnenkomen – twijfels bij hem en bij haar. Uiteindelijk bedwelmden ze zich liever door om het hardst met blokdiagrammen in de weer te gaan, alsof het gymnastische toestellen waren.

'Laten we het schema maken van een deur die opengaat,' zei Lila.

'Laten we het schema van een dasknoop maken,' zei Enzo.

'Laten we het schema maken van als ik de veters van Gennaro's schoenen strik,' zei Lila.

'Laten we het schema maken van als je koffie zet met het espressopotje,' zei Enzo.

Ze pijnigden hun hersens om het dagelijks leven, van de meest eenvoudige handelingen tot de meest gecompliceerde, in schema te brengen, ook al was dat voor de tests uit Zürich niet nodig. En dat deden ze niet omdat Enzo het wilde, maar omdat Lila er op haar bekende manier mee begonnen was, eerst rustig, maar avond na avond steeds hartstochtelijker, en nu, ook al was het 's avonds ijskoud in huis, als een bezetene de hele ellendige wereld waarin ze leefden tot de waarheid van 0 en 1 wilde herleiden. Ze leek uit te zijn op een abstracte rechtlijnigheid – de abstractie waar alle abstracties uit voortkwamen –, hoopte dat die haar van een rustgevende helderheid verzekerde.

'Laten we de fabriek in schema brengen,' stelde ze hem op een avond voor.

'Alles wat daar gebeurt?' vroeg hij perplex.

'Ja.'

Hij keek haar aan en zei: 'Goed, laten we met die van jou beginnen.'

Geërgerd vertrok ze haar gezicht, mompelde 'Welterusten' en ging naar haar kamer.

30

Het evenwicht, dat al tamelijk wankel was, veranderde toen Pasquale opdook. Hij werkte op een bouwplaats in de buurt en was voor een vergadering van de plaatselijke afdeling van de communistische partij naar San Giovanni a Teduccio gekomen. Enzo en hij ontmoetten elkaar toevallig op straat, en meteen was hun oude vertrouwdheid terug, ze raakten aan de praat over politiek, bleken even ontevreden. In het begin drukte Enzo zich voorzichtig uit, maar Pasquale, die toch een belangrijke taak had in de wijk – hij was afdelingssecretaris – betoonde zich totaal onverwacht allesbehalve voorzichtig: hij viel de partij aan die naar zijn mening te revisionistisch was en ook de vakbond die te vaak de ogen dichtkneep. Ze konden het zo goed met elkaar vinden dat ook Pasquale tegen etenstijd voor Lila's neus stond en zij ook voor hem iets op tafel moest zetten.

De avond begon verkeerd. Ze voelde zich bekeken, moest haar best doen om niet kwaad te worden. Wat wilde Pasquale, haar bespieden, in de wijk vertellen hoe ze leefde? Met welk recht zat hij haar daar te beoordelen? Hij zei niets vriendschappelijks tegen haar, vertelde haar niets over haar familie, over Nunzia, over haar broer Rino, over Fernando. Maar hij wierp net zulke blikken op haar als de mannen in de fabriek, inschattende blikken, en als ze het merkte keek hij gauw de andere kant op. Hij vond haar vast en zeker lelijker geworden, hij zat vast te denken: hoe heb ik als jongen op zo iemand verliefd kunnen worden, wat stom van me! En hij beschouwde haar ongetwijfeld als een bijzonder slechte moeder, omdat ze haar kind in de welvarende sfeer van de Carracci-winkels had kunnen laten opgroeien, maar het in plaats daarvan mee had gesleurd in deze armoede. Op een gegeven moment zuchtte ze en zei tegen Enzo: 'Ruim jij af, ik ga naar bed.' Maar toen begon Pasquale onverwacht op pontificale en enigszins geëmotioneerde toon: 'Lina, voordat je gaat, moet ik je iets zeggen: er is geen vrouw zoals jij, je stort je in het leven met een kracht... als iedereen die had, zou de wereld al god weet hoelang veranderd zijn.' Toen het ijs op die manier gebroken was, vertelde hij haar dat Fernando weer schoenen was gaan verzolen, dat Rino voor Stefano een marteling was geworden en voortdurend om geld bedelde, dat ze Nunzia weinig zagen, ze kwam haar huis niet uit. 'Maar wat jij hebt gedaan was goed.' En nadrukkelijk zei hij nog: 'Niemand in de wijk heeft de

Carracci's en de Solara's zo meedogenloos behandeld als jij, ik sta aan jouw kant.'

Na die avond vertoonde hij zich vaak, wat niet weinig invloed had op de studie. Hij kwam tegen etenstijd met vier warme pizza's aanzetten, speelde de gebruikelijke rol van de man die alles weet over het functioneren van de kapitalistische en de antikapitalistische wereld, en de oude vriendschap werd hechter. Het was duidelijk dat hij zonder warmte leefde; zijn zus Carmen was verloofd en had weinig tijd om zich met hem bezig te houden. Maar hij reageerde op zijn eenzaamheid met een driftige energie die Lila beviel, haar nieuwsgierig maakte. Hoewel het zware werk in de bouw hem sloopte, hield hij zich toch met vakbonden bezig, gooide bloedrode verf tegen het Amerikaanse consulaat, stond altijd vooraan als er met de fascisten gevochten moest worden en maakte deel uit van een comité van arbeiders en studenten waarbinnen hij voortdurend met de laatsten in de clinch lag. Om over de communistische partij nog maar te zwijgen: vanwege zijn uiterst kritische houding verwachtte hij van het ene moment op het andere zijn functie van afdelingssecretaris te verliezen. Bij Enzo en Lila praatte hij vrijuit – alles, persoonlijke rancunes en politieke redenen, kwam door elkaar heen aan bod. 'Ze zeggen tegen míj dat ik een vijand van de partij ben, ze beklagen zich, zeggen tegen míj dat ik er een puinhoop van maak, dat ik me rustig moet houden. Maar zíj zijn degenen die de partij kapotmaken, zíj zijn er een radertje in het systeem van aan het maken, zíj hebben het antifascisme tot democratische waakzaamheid gereduceerd. Weten jullie wie ze in de wijk hoofd van de afdeling van de Movimento Sociale hebben gemaakt? De zoon van de apotheker, Gino, een onnozele slaaf van Michele Solara! En dan moet ik verdragen dat in mijn wijk de fascisten weer de kop opsteken? Mijn vader,' zei hij, met enige ontroering, 'heeft zich helemaal aan de partij gegeven, en waarom? Voor dit waardeloze antifascisme, voor die kutpartij van vandaag? Toen die arme man onschuldig in de gevangenis terechtkwam, hartstikke onschuldig,' zei hij boos – hij had don Achille niet vermoord – 'had de partij hem laten stikken, ook al was hij een eersteklas kameraad geweest, ook al had hij met de Quattro Giornate meegedaan en bij de Ponte della Sanità gevochten, ook al had hij na de oorlog meer dan wie ook in de wijk zijn nek uitgestoken.' En Giuseppina, zijn moeder? Had iemand haar gesteund? Zodra Pasquale iets over zijn moeder zei, nam hij Gennaro op schoot en vroeg hem: 'Hou je van je moeder, zie je hoe mooi ze is?'

Lila luisterde. Soms bedacht ze dat ze tegen die jongen, de eerste die haar had opgemerkt, ja had moeten zeggen zonder op Stefano en zijn geld te mikken, zonder zich vanwege Nino in de nesten te werken. Op haar plaats blijven, zich niet aan hoogmoed bezondigen, haar hoofd tot rust brengen. Maar op andere momenten voelde ze zich door de scheldkanonnades van Pasquale weer in de greep van haar kindertijd, van de wreedheid van de wijk, van don Achille, wiens moord zij, toen ze klein was, zo vaak en met zo veel verzonnen details had verteld dat ze nu het idee had dat ze erbij was geweest. En daardoor moest ze dan weer denken aan de arrestatie van Pasquales vader, en aan hoe de timmerman schreeuwde, hoe zijn vrouw en Carmen schreeuwden, en dat vond ze niet fijn; echte en verzonnen herinneringen liepen door elkaar heen, ze zag het geweld, het bloed. Maar dan kwam ze weer tot zichzelf, voelde zich ongemakkelijk, luisterde niet langer naar de stroom rancunes van Pasquale, en om weer rustig te worden dreef ze hem in de richting van een verhaal over bijvoorbeeld Kerstmis en Pasen in de familiekring, het lekkere koken van moeder Giuseppina. Dat merkte hij snel en misschien dacht hij wel dat Lila de genegenheid van haar familie net zo miste als hij. Feit is dat hij een keertje onaangekondigd verscheen en heel vrolijk zei: 'Kijk eens wie ik heb meegebracht!' Het was Nunzia.

Moeder en dochter omhelsden elkaar, Nunzia huilde heel lang, gaf Gennaro een Pinocchio van stof. Maar zodra ze kritiek probeerde te uiten op haar dochter vanwege de keuzes die zij had gemaakt, zei Lila, die zich in het begin verheugd had getoond om haar te zien: 'Ma, óf we doen of er niets is gebeurd, óf je kunt maar beter gaan.' Nunzia was beledigd, ging met het kind spelen, zei vaak, alsof ze echt tegen het kind sprak: 'Als jouw mama gaat werken, bij wie laat ze jou dan, arm schatje?' Toen begreep Pasquale dat hij iets verkeerds had gedaan, hij zei dat het al laat was, dat ze weg moesten. Nunzia kwam overeind en richtte zich een beetje dreigend en tegelijk smekend tot haar dochter. 'Je hebt ons eerst een herenleven laten leiden,' klaagde ze, 'en daarna heb je ons geruïneerd. Je broer heeft zich in de steek gelaten gevoeld en wil je niet meer zien, voor je vader besta je niet meer; Lina, alsjeblieft, ik zeg je niet dat je vrede moet sluiten met je man, want dat kan niet, maar praat het ten minste uit met de Solara's. Door jouw schuld hebben die alles ingepikt, en Rino, je vader, wij Cerullo's, tellen opnieuw niet meer mee.'

Lila hoorde haar aan en duwde haar vervolgens bijna naar buiten. 'Ma,' zei ze met luide stem, 'je kunt beter niet meer terugkomen.' Tegen Pasquale schreeuwde ze hetzelfde.

31

Te veel problemen tegelijkertijd. De schuldgevoelens jegens Gennaro, jegens Enzo; de zware diensten, de overuren, het smerige gedrag van Bruno, haar familie die weer op haar wilde leunen, en de aanwezigheid van Pasquale tegen wie je onmogelijk gereserveerd kon doen. Hij werd nooit boos, viel vrolijk binnen, en nu eens sleepte hij Lila, Gennaro en Enzo mee naar een pizzeria, dan weer bracht hij hen met de auto naar Agerola om het kind een beetje frisse lucht te geven. Maar hij probeerde vooral Lila bij zijn activiteiten te betrekken. Hij spoorde haar aan zich bij de vakbond aan te sluiten, ook al wilde ze eigenlijk niet en deed ze het alleen maar om Soccavo dwars te zitten, die het niet goed zou opvatten. Pasquale bracht allerlei brochures voor haar mee, heel heldere werkjes, heel rechttoe rechtaan, over onderwerpen als het loonzakje, de loonschalen, onderhandelen… Hij had ze zelf nog niet eens doorgebladerd, maar wist dat Lila ze vroeg of laat wel zou lezen. Hij sleurde haar samen met Enzo en het kind mee naar de Riviera di Chiaia, naar een demonstratie voor de vrede in Vietnam die op een algemene overhaaste vlucht uitliep. Stenen vlogen in het rond, fascisten provoceerden, de politie voerde charges uit, Pasquale sloeg er met een stok op los, Lila gilde scheldwoorden en Enzo vervloekte het moment waarop hij had besloten Gennaro mee te nemen naar die chaos.

Maar twee gebeurtenissen waren voor Lila in die periode vooral belangrijk. Op een keer vroeg Pasquale heel nadrukkelijk of ze mee ging luisteren naar een belangrijke kameraad, een vrouw. Lila accepteerde de uitnodiging, ze was nieuwsgierig geworden. Maar ze hoorde weinig of niets van het relaas – een verhaal dat grosso modo over partij en arbeidersklasse ging – omdat de belangrijke kameraad te laat kwam en Gennaro toen de vergadering eindelijk begon rusteloos was, ze hem bezig moest houden en nu eens naar buiten ging om hem te laten spelen, dan weer met hem naar binnen kwam, en vervolgens opnieuw naar buiten ging. Niettemin was het weinige dat ze hoorde voldoende om in de gaten te krijgen hoe waardig die vrouw was en hoe ze zich in alles van het publiek van arbeiders en kleine burgerlieden dat ze voor zich had onderscheidde. Toen Lila dus merkte dat Pasquale, Enzo en enkele anderen niet tevreden waren over wat de spreekster zei, vond ze dat ze onrechtvaardig waren, dat ze die erudiete dame die haar tijd bij hen was komen verknoeien dankbaar moesten zijn. En toen Pasquale zó'n polemisch praatje hield dat de spreekster boos werd en met trillende stem geërgerd uitriep: 'Basta, ik sta op en vertrek', beviel haar dat en koos Lila haar zijde. Maar het was duidelijk dat haar gevoelens zoals altijd verward waren. Toen Enzo Pasquale bijviel en riep: 'Kameraad, zonder óns besta je niet eens, blijf dus zolang als wij dat willen. Je kunt pas gaan als wij het zeggen', veranderde ze van gedachten, deelde ze de heftigheid van dat 'wij' en had die vrouw die opmerking volgens haar verdiend. Boos op het kind dat haar avond had bedorven keerde ze terug naar huis.

Heel wat bewogener was een vergadering van het comité waarbij Pasquale zich in zijn zucht naar engagement had aangesloten. Lila ging erheen, niet alleen omdat hij dat zo graag wilde, maar ook omdat ze meende dat de onrust die hem tot zoeken en begrijpen dreef belangrijk was. Het comité vergaderde in Napels, in een oud huis in de via dei Tribunali. Ze reden er op een avond met de auto van Pasquale heen, beklommen monumentale trappen met uitgesleten treden. De ruimte was groot, het aantal aanwezigen klein. Lila merkte hoe gemakkelijk de gezichten van de studenten te onderscheiden waren van die van de arbeiders en het ongedwongen gepraat van de leiders van het gestamel van de volgers. En er was iets wat haar algauw ergerde. De studenten staken verhalen af die haar hypocriet leken, ze stonden daar met een bescheiden gezicht dat in strijd was met hun beweterige woorden. Bovendien kwamen ze steeds met hetzelfde refrein: we zijn hier om van jullie te leren, van de arbeiders bedoelden ze; maar in feite pronkten ze met al te evidente ideeën over het kapitaal, uitbuiting, het verraad van de sociaaldemocraten, over hoe de klassenstrijd gestreden moest worden. En daarbij – zo ontdekte ze ook nog – waren de weinige, over het algemeen zwijgzame meisjes almaar aanstellerig tegen Enzo en Pasquale bezig. Vooral Pasquale, die het meest sociabel was, werd met veel sympathie bejegend. Ze zagen hem als een arbeider die, hoewel hij de lidmaatschapskaart van de communistische partij in zijn zak had en een afdeling leidde, er toch voor had gekozen zijn ervaring als proletariër met revolutionairen te delen. Als Pasquale of Enzo aan het woord was, betoonden de studenten, die elkaar onderling alleen maar in de haren vlogen, steeds hun instemming. Enzo was zoals gewoonlijk kort en bondig. Maar Pasquale vertelde, met een stortvloed van woorden, half in het Italiaans, half in het dialect, over de vooruitgang die het politieke werk op de bouwplaatsen in de provincie boekte en gaf de studenten, die niet erg actief waren, kleine steken onder water. Ten slotte haalde hij Lila erbij. Hij stelde haar voor, met naam en toenaam, beschreef haar als een kameraad die in een kleine levensmiddelenfabriek werkte en prees haar hogelijk.

Lila fronste het voorhoofd, kneep haar ogen samen; ze vond het maar niets dat iedereen haar als een vreemd dier bekeek. En toen na Pasquale een meisje het woord nam – het eerste! – ergerde ze zich nog meer, in de eerste plaats omdat het meisje schoolmeesterachtig praatte, ten tweede omdat ze meerdere keren naar haar verwees, waarbij ze haar 'kameraad Cerullo' noemde, en ten derde omdat ze haar al kende: het was Nadia, de dochter van mevrouw Galiani, de verloofde van Nino die liefdesbrieven naar hem schreef toen hij op Ischia zat.

Een poosje was ze bang dat Nadia haar ook had herkend, maar hoewel het meisje zich bijna voortdurend tot haar richtte, gaf ze geen enkel teken van herkenning. Trouwens, waarom zou ze? God weet op hoeveel dure feestjes ze was geweest en hoe groot de menigte schimmen was die haar geheugen bevolkte. Lila had alleen maar die ene kans van jaren geleden gehad en dat feest was haar goed bijgebleven. Ze herinnerde zich het huis in de corso Vittorio Emanuele precies, en Nino en al die jongelui van goede afkomst, en de boeken, de schilderijen en hoe akelig die ervaring voor haar was geweest, hoe naar ze zich had gevoeld. Ze verdroeg het niet. Ze stond op terwijl Nadia nog sprak en liep met Gennaro een eindje om, vol negatieve energie die geen duidelijke uitweg vond en wrong in haar maag.

Maar na een poosje ging ze toch weer naar boven, vastbesloten om haar mond open te doen. Ze wilde zich niet de mindere voelen. Nu had een krullenbol het met veel kennis van zaken over Italsider en stukloon. Lila wachtte tot de jongen klaar was en vroeg toen het woord, Enzo's stomverbaasde blik negerend. Ze sprak een hele tijd, in het Italiaans, met een onrustige Gennaro op de arm. Ze begon zachtjes, maar ging daarna met in de algemene stilte misschien te luide stem verder. Spottend zei ze dat ze niets van de arbeidersklasse wist. Ze zei dat ze alleen maar de mannen en vrouwen kende met wie ze in de fabriek werkte, mensen van wie je absoluut niets kon leren, behalve dan wat ellende is. 'Kunnen jullie je voorstellen,' vroeg ze, 'wat het betekent om acht uur per dag tot aan je middel in het kookwater van mortadella's te staan? Kunnen jullie je voorstellen wat het betekent om overal in je vingers snijwonden te krijgen door het ontbenen van vlees? Kunnen jullie je voorstellen wat het betekent om voortdurend koelcellen in en uit te lopen waar het twintig graden onder nul is en waarvoor je dan tien lire per dag extra krijgt – tien lire! – als koudetoeslag? Als jullie je dat kunnen voorstellen, wat denken jullie dan te kunnen leren van mensen die gedwongen zijn zo te leven? De vrouwen moeten het zich laten welgevallen, zonder dat ze er iets van durven te zeggen, dat niet alleen de chefs, maar ook hun mannelijke collega's aan hun kont zitten. Als de jonge baas behoefte heeft, moet een van de vrouwen hem naar de droogkamer volgen, iets wat zijn vader al eiste, misschien ook zijn opa al, en voor hij je daar dan bespringt, steekt dat keurige mannetje een beproefd verhaaltje af over hoe opwindend de geur van worsten voor hem is. Mannen en vrouwen worden gefouilleerd, want bij de uitgang is er iets wat "parziale" heet, dat houdt in dat je gecontroleerd wordt. Rood licht in plaats van groen betekent dat je misschien worsten of salami's bij je hebt. De portier, een spion van de baas, maakt bij die parziale de dienst uit; hij zet het licht niet alleen op rood om mogelijke dieven te ontdekken, maar vooral om mooie, weerspannige meisjes en zeikerds te fouilleren. Zo is de situatie in de fabriek waar ik werk. De vakbond heeft er nooit een voet binnen gezet en de arbeiders zijn alleen maar beklagenswaardige lui die gechanteerd worden, onderworpen zijn aan de wet van de baas, met andere woorden: ik betaal je en daarom ben je van mij en zijn je familie en alles om je heen ook van mij en als je niet doet wat ik zeg, maak ik je kapot.'

Aanvankelijk deed niemand zijn mond open. Later volgden er nog meer sprekers die allemaal met verering Lila citeerden. Aan het slot kwam Nadia naar Lila toe en omhelsde haar. Ze complimenteerde haar uitgebreid: 'Wat ben je mooi, en wat knap van je, je spreekt zo goed!' Ze bedankte haar, zei ernstig: 'Je hebt ons duidelijk gemaakt hoeveel ons nog te doen staat.' Maar in weerwil van de verheven, bijna plechtige toon vond Lila haar kinderlijker dan ze zich herinnerde van toen ze haar, op die avond jaren geleden, met Nino samen had gezien. Wat deden ze toen, zij en de zoon van Sarratore? Dansten ze, kletsten ze, flikflooiden ze met elkaar, kusten ze elkaar? Ze wist het niet meer. Natuurlijk, het meisje had een gratie die je bijblijft. En nu ze haar voor zich zag, leek ze nog frisser dan toen, fris en breekbaar, oprecht open voor het lijden van de ander, bijna onverdraaglijk voelbaar in haar eigen lichaam.

'Kom je terug?'
'Ik heb mijn kind.'
'Je moet terugkomen, we hebben je nodig.'

Maar Lila schudde haar hoofd, niet op haar gemak, en herhaalde: 'Ik heb mijn kind', en ze wees op Gennaro en zei tegen hem: 'Zeg eens dag tegen deze mevrouw, vertel maar dat je kunt lezen en schrijven, laat haar eens horen hoe goed je kunt praten.' En omdat Gennaro zijn gezichtje in haar hals verborg en Nadia trouwens alleen maar vaag glimlachte en geen aandacht aan hem leek te schenken, zei ze nog: 'Ik heb mijn kind, ik ploeter acht uur per dag, de overuren niet meegerekend. Iedereen die zich in een toestand als de mijne bevindt, wil 's avonds alleen maar slapen.'

Daarna vertrok ze verward, met het gevoel zich te veel blootgesteld te hebben aan mensen met een goed hart, dat wel, maar die, ook al begrepen ze alles met hun verstand, haar toch niet écht konden begrijpen. Ik weet – het bleef in haar hoofd hangen zonder geluid te worden –, ik weet wat een leven in welstand vol goede bedoelingen inhoudt, jij hebt absoluut geen idee wat echte ellende is.

Eenmaal op straat nam haar onbehagen toe. Terwijl ze naar de auto liepen, merkte ze stuursheid op bij Enzo en Pasquale, voelde ze dat haar praatje hen had gekwetst. Pasquale nam haar zachtjes bij de arm, waardoor hij een afstand overbrugde die hij nooit eerder had geprobeerd te overbruggen, en vroeg: 'Werk je echt in die omstandigheden?'

Geërgerd door zijn aanraking trok ze haar arm terug en viel heftig uit: 'Hoe werk jij dan, hoe werken jullie?'

Ze gaven geen antwoord. Ze werkten hard, dat was bekend. En Enzo zag in de fabriek zeker vrouwen die door het harde werken, de vernederingen en de huishoudelijke beslommeringen niet minder uitgeput waren dan Lila. En toch stemden de omstandigheden waarin zij werkte hen nu somber, ze verdroegen het niet. Je moest alles voor hen, voor de mannen, verborgen houden. Ze wisten het liever niet, ze deden liever of wat er bij de baas gebeurde op een wonderbaarlijke manier niet de vrouw overkwam aan wie ze gehecht waren en die ze moesten beschermen – met dat idee waren ze opgegroeid –, zelfs als ze daardoor het risico liepen vermoord te worden. Hun zwijgen maakte Lila nog kwader.

'Sodemieter toch op,' zei ze, 'jullie en de hele arbeidersklasse!'

Ze stapten in de auto. Gedurende de hele rit naar San Giovanni a Teduccio wisselden ze alleen maar algemeenheden uit. Maar toen Pasquale hen thuis afzette, zei hij ernstig tegen haar: 'Niks aan te doen, je bent altijd de beste,' en daarna vertrok hij, terug naar de wijk. Enzo, met het slapende kind in zijn armen, mompelde somber: 'Waarom heb je me nooit iets verteld? Heeft er iemand aan je gezeten in de fabriek?'

Ze waren moe, ze besloot hem gerust te stellen en zei: 'Dat durven ze bij mij niet.'

32

Een paar dagen later begon de ellende. Lila kwam vroeg op het werk, buiten adem door alles wat ze al had moeten doen en totaal onvoorbereid op wat er ging gebeuren. Het was erg koud, ze hoestte een beetje, al dagen, voelde zich grieperig. Bij de ingang trof ze een paar jongens die waarschijnlijk spijbelden. Een van hen groette haar alsof ze elkaar kenden en gaf haar iets, geen pamflet, zoals soms gebeurde, maar een stencil, bestaande uit meerdere bladzijden, meer een boekje eigenlijk. Ze beantwoordde zijn groet met een verbijsterde blik; ze had de jongen bij het comité van de via dei Tribunali gezien. Daarna stak ze het boekje in haar jaszak en liep langs Filippo, de portier, zonder hem een blik waardig te keuren, waarop hij haar nariep: 'Nou zeg, groeten is er niet meer bij, hè!'

Ze werkte zoals altijd verbeten – in die periode in de uitbeenderij – en vergat de jongen. In de middagpauze ging ze met haar gamel naar de binnenplaats en zocht een hoekje in de zon om te eten, maar zodra Filippo haar zag, verliet hij het portiershokje en kwam naar haar toe. Hij was een man van een jaar of vijftig, klein van stuk, zwaar, altijd in voor de meest onsmakelijke obsceniteiten, maar ook met een neiging tot kleverige sentimentaliteit. Hij had kort daarvoor zijn zesde kind gekregen en was snel ontroerd; hij trok bij iedereen zijn portefeuille tevoorschijn en dan moest de foto van de baby bewonderd worden. Lila verwachtte dat hij ook haar de foto wilde laten zien, maar dat was niet het geval. De man haalde het gestencilde boekje uit de zak van zijn jack en zei op heel agressieve toon: 'Cerù, luister goed naar wat ik ga zeggen: als jij tegen die paar strunz hebt gezegd wat hier staat geschreven, dan heb je een enorm probleem, weet je dat?'

Ze antwoordde ijzig: 'Ik weet niet waar je het goddomme over hebt, laat me eten.'

Woedend gooide Filippo haar het boekje in het gezicht en barstte los: 'Nee, hè, dat weet je niet, hè? Nou, lees dan maar eens. We hebben het hierbinnen altijd prima met elkaar kunnen vinden, alleen een slet als jij kon dit soort dingen gaan rondvertellen. Doe ik de parziale aan als ik er zin in heb? Kan ik niet van de vrouwen afblijven? Ik, een huisvader? Pas op, want óf don Bruno zet het je betaald, en behoorlijk ook, of ík sla je op je bek, dat zweer ik bij God.'

Hij draaide zich om en keerde terug naar zijn hokje.

Lila at rustig haar eten op en pakte vervolgens het boekje van de grond. De titel was pretentieus: *Onderzoek naar de situatie van de arbeiders in Napels en provincie*. Ze bladerde het door, vond één bladzijde die helemaal aan vleeswarenfabriek Soccavo was gewijd. En wat ze las was woord voor woord wat tijdens de bijeenkomst in via dei Tribunali uit haar mond was gekomen.

Ze deed of er niets aan de hand was, liet het boekje op de binnenplaats achter, liep zonder ook maar één keer naar het portiershokje te kijken naar binnen en ging weer aan het werk. Maar ze was woedend op de mensen die haar zonder haar ook maar te waarschuwen in die klotesituatie hadden gebracht, vooral op Nadia, dat schijnheilige wicht. Het was ongetwijfeld allemaal door haar geschreven, het zag er verzorgd uit en zat vol emotionele aanstellerij. Terwijl ze met het mes het koude vlees bewerkte, de geur haar misselijk maakte en haar woede toenam, voelde ze de vijandigheid van haar collega's om zich heen, mannen én vrouwen. Die kenden elkaar al heel lang, wisten dat ze zwijgende, medeplichtige slachtoffers waren en hadden niet de geringste twijfel over wie er geklikt had: zíj, de enige die zich van meet af aan had gedragen alsof de noodzaak om te werken niet hand in hand ging met de noodzaak om je te laten vernederen.

's Middags verscheen Bruno in de fabriek en even later liet hij haar bij zich roepen. Zijn gezicht was nog roder dan anders, hij had het stencil in zijn hand.

'Komt dit van jou?'

'Nee.'

'Zeg eerlijk, Lina: er zijn buiten al genoeg mensen die rotzooi trappen, hoor jij daar nu ook bij?'

'Ik zei je van niet.'

'Nee, hè? Maar er is hier verder niemand die in staat is en de brutaliteit heeft om al deze leugens te verzinnen.'

'Het zal een van de kantoormensen zijn geweest.'

'De kantoormensen nog minder dan de anderen.'

'Wat wil je van me? De vogeltjes zingen, word kwaad op hen.'

Hij zuchtte, leek het werkelijk moeilijk te hebben. Hij zei: 'Ik heb je werk gegeven. Ik heb mijn mond gehouden toen je je bij de vakbond aansloot, mijn vader zou je de deur uit hebben geschopt. Goed, ik heb een stommiteit begaan, daar in de droogkamer, maar ik heb je mijn excuus aangeboden, je kunt niet zeggen dat ik achter je aan heb gezeten. En wat doe jij? Je neemt wraak door mijn fabriek in een kwaad daglicht te stellen en zwart op wit te zetten dat ik mijn werkneemsters meeneem naar de droogkamer! Hoe kom je daar nou bij, ik, mijn werkneemsters? Ben je gek geworden? Je maakt dat ik er spijt van krijg dat ik je een gunst heb bewezen.'

'Een gunst? Ik werk me te pletter en jij betaalt me een schijntje. Jij hebt meer aan mij dan ik aan jou!'

'Zie je? Je praat net als die zakken. Heb de moed om toe te geven dat jij deze leugens hebt geschreven.'

'Ik heb niks geschreven.'

Bruno vertrok zijn mond, bekeek de bladzijden die hij voor zich had liggen, en ze begreep dat hij aarzelde, niet tot een besluit kon komen: op een hardere toon overgaan, haar bedreigen, haar ontslaan, een stapje terug doen en erachter zien te komen of er nog meer van dergelijke initiatieven werden voorbereid? Zíj nam een besluit. Zachtjes zei ze – met tegenzin, maar met een vaag innemend gezicht dat in strijd was met de herinnering aan zijn gewelddadige optreden, nog levend in haar lichaam – drie verzoenende zinnen: 'Geloof me, ik heb een zoontje, ik heb dit écht niet gedaan.'

Hij knikte, maar mompelde ook ontevreden: 'Weet je wat je me nu dwingt te doen?'

'Nee, en dat wil ik ook niet weten.'

'Ik zeg het toch. Als dat vrienden van je zijn, waarschuw ze dan. Zo gauw ze weer hier voor de fabriek onrust komen stoken, laat ik ze zo afransellen dat de lust hun vergaat. En wat jou betreft: opgepast, nóg een keer en mijn geduld is op, daar kun je zeker van zijn.'

Maar daarmee was de dag nog niet ten einde. Bij het uitgaan van de fabriek sprong de parziale op rood toen Lila langssliep. Het was het bekende ritueel: elke dag koos de portier vrolijk drie of vier slachtoffers uit, de verlegen meisjes lieten zich met neergeslagen ogen betasten, de vlotte vrouwen lachten en zeiden: 'Filì, als je zo nodig moet voelen, voel dan, maar schiet op want ik moet gaan koken.' Die avond hield Filippo alleen Lila tegen. Het was koud, er stond een harde wind. De portier kwam uit zijn hokje. Lila huiverde en zei: 'Als me durft aan te raken, vermoord ik je zelf of laat ik je vermoorden, dat zweer ik je.'

Filippo wees met een verstoord gezicht naar het cafétafeltje dat altijd naast het portiershok stond.

'Maak één voor één je zakken leeg en leg de spullen daarop.'

Er bleek een verse worst in haar jaszak te zitten; vol afschuw voelde ze het weke, in een darm geperste vlees. Ze haalde de worst eruit, begon te lachen en zei: 'Wat zijn jullie toch een stelletje klootzakken.'

33

Bedreigingen met aangifte van diefstal, aftrek van haar salaris, boetes. En scheldwoorden van Filippo tegen haar en omgekeerd. Bruno liet zich niet zien, en toch was hij zeker nog in de fabriek, zijn auto stond op de binnenplaats. Lila voorvoelde dat het vanaf dat moment alleen nog maar erger voor haar zou worden.

Vermoeider dan anders kwam ze thuis, werd boos op Gennaro die bij de buurvrouw wilde blijven, maakte het avondeten klaar. Tegen Enzo zei ze dat hij het die avond alleen moest doen met zijn cursus en ze ging vroeg naar bed. Omdat ze niet warm kon worden onder de dekens, stond ze op en deed een wollen trui aan over haar nachtpon. Ze ging net weer liggen toen ineens, zonder een duidelijke oorzaak, haar hart in haar keel zat en zo hard begon te kloppen dat het leek alsof het van een ander was.

Ze kende die symptomen al, ze gingen gepaard met wat ze vervolgens – elf jaar later, in 1980 – ontmarginalisering zou noemen. Maar ze hadden zich nog nooit zo heftig voorgedaan, en het was, dat vooral, de eerste keer dat het gebeurde terwijl ze alleen was, zonder mensen om zich heen die om de een of andere reden dat effect op gang brachten. Daarna realiseerde ze zich met een schok van afschuw dat ze helemaal niet alleen was. Uit haar losgeraakte hoofd kwamen figuren en stemmen van die dag naar buiten, ze deinden door de kamer: de twee jongens van het comité, de portier, haar collega's, Bruno in de rijpingsruimte, Nadia. Allemaal te snel, als in een stomme film, ook de rode lichtflitsen van de parziale met heel korte tussenpozen, ook Filippo die de worst uit haar hand rukte en dreigend schreeuwde. Allemaal een truc van de geest. Afgezien van Gennaro met zijn regelmatige ademhaling in het bed naast haar, waren er geen echte personen of klanken. Maar dat kalmeerde haar niet, integendeel, het versterkte de ontzetting. De hartkloppingen waren inmiddels zo heftig dat het leek of ze alles uit zijn voegen konden laten springen. De beet van de klem die de kamermuren bijeenhield werd zwakker, die heftige schokken in haar keel deden het bed schudden, openden barsten in de pleisterkalk, trilden haar schedelkap los, zouden misschien het kind breken, ja, ze zouden het breken alsof het een celluloid pop was, het bij borst, buik en hoofd in tweeën splijten en zijn binnenkant blootleggen. Hij moet bij me vandaan, dacht ze, hoe dichter ik hem bij me houd, hoe meer kans dat hij breekt. Maar ze herinnerde zich een ander kind dat ze weg had gedaan, het kind dat zich nooit in haar buik had kunnen vormen, het kind van Stefano. Ik heb het verjaagd, dat zeiden Pinuccia en Gigliola tenminste achter mijn rug. En misschien heb ik dat ook echt gedaan, heb ik hem opzettelijk uit me gedreven. Waarom is me tot op heden niets echt goed gelukt? En waarom zou ik wat niet is gelukt moeten houden? Het kloppen van haar hart leek niet rustiger te worden, de wazige figuren bestookten haar met het gegons van hun stemmen. Ze kwam opnieuw overeind, ging op de rand van het bed zitten. Ze was klam van plakkerig zweet, het voelde als ijskoude olie. Ze zette haar blote voeten tegen Gennaro's bed, duwde er zacht tegenaan om het weg te schuiven, maar niet te ver. Als ze hem naast zich hield was ze bang dat hij zou breken; als ze hem wegschoof was ze bang hem te verliezen. Met kleine stapjes liep ze naar de keuken, leunend tegen de meubels, tegen de muren, maar ze keek steeds om, uit angst dat de vloer achter haar instortte en Gennaro mee naar beneden zou sleuren. Ze dronk water uit de kraan, spoelde haar gezicht af, haar hart was ineens rustig, waardoor het leek of ze naar voren werd geworpen, als bij plotseling remmen.

Het was voorbij. Alles herstelde zich, haar lichaam reageerde langzaam weer normaal, werd weer droog. Nu beefde Lila, en ze was zo moe dat de muren om haar heen draaiden, ze was bang dat ze zou flauwvallen. Ik moet naar Enzo, dacht ze, en weer warm worden, nu bij hem in bed kruipen, dicht tegen zijn rug aan gaan liggen terwijl hij slaapt, en dan zelf ook in slaap vallen. Maar ze zag ervan af. Ze had zo'n charmant gezichtje getrokken toen ze tegen Bruno had gezegd: 'Geloof me, ik heb een zoontje, ik heb dit écht niet gedaan', een innemend, misschien verleidelijk lachje, het vrouwenlichaam dat op eigen houtje handelde, in weerwil van de afkeer. Ze schaamde zich, hoe had ze zich zo kunnen gedragen, en dan na wat Soccavo haar in de droogkamer had aangedaan! En toch… O, die druk op mannen en hen als gehoorzame dieren naar een doel drijven dat hun doel niet is. Nee, basta, in het verleden had ze, om uiteenlopende redenen, bijna zonder het in de gaten te hebben op die manier naar Stefano gekeken, naar Nino, naar de Solara's, misschien ook naar Enzo; nu wilde ze niet meer, ze zou het zelf opknappen: met de portier, met haar collega's, met de studenten, met Soccavo, met haar eigen hoofd dat vol pretenties zat, dat geen berusting kende en uitgeput door de botsing met mensen en dingen aan het bezwijken was.

34

Toen ze wakker werd, ontdekte ze dat ze koorts had. Ze nam een aspirientje en ging toch naar haar werk. In de nog nachtelijke lucht streek een zwak, blauwig licht over lage bouwsels, moddrig onkruid en afval. Al aan het begin van het onverharde pad dat naar de fabriek leidde en waar ze de plassen probeerde te ontwijken, zag ze dat er nu vier studenten stonden, de twee van de vorige dag, een derde van dezelfde leeftijd en een zware, uitgesproken corpulente jongen van een jaar of twintig. Ze waren affiches op de ommuring aan het plakken met teksten die tot de strijd opriepen, en ze waren net begonnen pamfletten met soortgelijke teksten uit te delen. Maar hadden mannen en vrouwen de vorige dag de stencils uit nieuwsgierigheid of uit beleefdheid aangenomen, nu liepen de meesten met gebogen hoofd door of namen het papiertje aan, verfrommelden het meteen om het daarna weg te gooien.

Zodra ze zag dat de jongens daar waren, punctueel alsof de tijdsindeling van wat zij politiek werk noemden nog dwingender was dan de hare, voelde Lila ergernis. Die ergernis ging over in vijandigheid toen het joch van de vorige dag haar herkende en op een drafje en met een vriendelijk gezicht en een flink aantal pamfletten in de hand naar haar toe kwam.

'Alles in orde, kameraad?'

Lila schonk geen aandacht aan hem. Haar keel was ontstoken, haar slapen klopten. De jongen liep achter haar aan en zei onzeker: 'Ik ben Dario, misschien herinner je het je niet, maar we hebben elkaar in de via dei Tribunali ontmoet.'

'Ik weet goddomme wel wie je bent,' viel ze toen uit, 'maar ik wil niks met jou en je vrienden te maken hebben.'

Dario kon van schrik amper een woord uitbrengen. Hij vertraagde zijn pas en vroeg, meer in zichzelf mompelend: 'Wil je geen pamflet?'

Lila gaf geen antwoord om te voorkomen dat ze nare dingen tegen hem zou schreeuwen. Maar het verbijsterde gezicht van de jongen bleef haar bij, die uitdrukking van mensen die gelijk denken te hebben en niet begrijpen hoe het mogelijk is dat anderen niet dezelfde mening zijn toegedaan. Ze bedacht dat ze hem duidelijk zou moeten uitleggen waarom ze bij die vergadering had gezegd wat ze gezegd, en waarom ze het onverdraaglijk had gevonden dat dat allemaal in het stencil terecht was gekomen, en om welke reden ze het zinloos en dom vond dat zij vieren, in plaats van nog in bed te liggen of aanstalten te maken een klas in te gaan, daar in de kou stonden om dichtbeschreven pamfletten uit te delen aan mensen die moeite hadden met lezen en bovendien geen redenen hadden om zich die inspanning te getroosten, aangezien ze het al wisten, elke dag beleefden, en nog wel ergere dingen konden vertellen ook, onuitsprekelijke woorden die niemand ooit zou zeggen, schrijven of lezen en die toch potentieel de redenen van hun onderworpenheid in zich borgen. Maar ze had koorts, ze had er genoeg van, het zou haar te veel moeite kosten. En trouwens, ze was bij het hek aangekomen, en daar dreigde de situatie te escaleren.

De portier stond tegen de oudste jongen, die zwaarlijvige, te tieren. Hij schreeuwde in het dialect: 'Kom over die lijn, kom d'r maar overheen, strunz, dan ben je zonder toestemming op privéterrein en schiet ik op je.' De student, ook hij opgewonden, reageerde lachend, met een brede, agressieve grijns die hij vergezeld liet gaan van beledigingen. Hij noemde de portier slaaf, schreeuwde in het Italiaans: 'Schiet maar, laat maar eens zien hoe goed je kunt schieten, dit is geen privéterrein, alles binnen deze muren behoort aan het volk.' Lila passeerde hen – hoe vaak had ze dat soort stoerdoenerij al niet meegemaakt; Rino, Antonio, Pasquale en ook Enzo waren er meesters in – en zei in het voorbijgaan ernstig tegen Filippo: 'Doe wat-ie van je vraagt, schiet maar, verdoe je tijd niet met kletsen. Iemand die hier de boel komt verzieken terwijl hij nog in bed kan liggen of met zijn studie bezig kan zijn, die verdient het dat er op hem wordt geschoten.' De portier zag haar, hoorde haar, was met stomheid geslagen en probeerde uit te maken of ze hem echt aanmoedigde om een dwaasheid te begaan of dat ze hem voor de gek hield. Maar de student had geen twijfels. Woedend keek hij haar aan en schreeuwde: 'Ga maar, ga maar naar binnen, ga de baas z'n kont maar likken.' Hoofdschuddend deed hij enkele stappen terug en ging toen een paar meter van het hek vandaan door met het uitdelen van de pamfletten.

Lila liep de binnenplaats op. Ze was nu al moe, om zeven uur 's ochtends, ze voelde haar ogen branden en acht uur lang werken leek haar een eeuwigheid. Intussen klonk er achter haar ineens gegier van remmen en geschreeuw van mannen. Ze draaide zich om. Er waren twee auto's komen aanrijden, een grijze en een donkerblauwe. Er was al iemand uit de eerste gestapt en die was begonnen de affiches van de muur te scheuren die daar net waren opgeplakt. Dat gaat de verkeerde kant op, dacht Lila, en instinctmatig keerde ze terug, hoewel ze wist dat ze net als de anderen moest doen: haar pas versnellen, naar binnen gaan en met haar werk beginnen.

Ze zette nog een paar stappen, net genoeg om duidelijk de jonge man te kunnen zien die aan het stuur van de grijze auto zat. Het was Gino. Ze zag hem het portier openen en – lang en een en al spieren, zoals hij was geworden – met een stok in de hand uit de auto stappen. De anderen, de kerels die de affiches van de muur trokken en degenen die, trager, nog bezig waren uit de auto's te komen, zeven of acht in totaal, hadden kettingen en ijzeren staven bij zich. Fascisten, bijna allemaal uit de wijk. Ze kende er een paar van. Fascisten zoals Stefano's vader, don Achille, was geweest, zoals

Stefano zelf al snel bleek te zijn, en zoals de Solara's – grootvader, vader, kleinzoons – waren, ook al deden ze zich soms voor als monarchist of christendemocraat, al naar gelang het hun uitkwam. Ze haatte de fascisten al sinds ze zich als klein meisje elk detail van hun rotstreken had voorgesteld, sinds ze had gemeend te ontdekken dat je je niet van hen kon bevrijden, niets kon uitwissen. De verbinding tussen verleden en heden had eigenlijk altijd standgehouden; een grote meerderheid in de wijk hield van hen, vertroetelde hen, en bij elke gelegenheid waar gevochten kon worden, doken ze op met hun vuiligheid.

Dario, het jochie van de via dei Tribunali, was de eerste die in beweging kwam en hij snelde toe om te protesteren vanwege de losgescheurde affiches. Hij had zijn pak pamfletten in de hand. Gooi ze weg, stommerik, dacht Lila, maar dat deed hij niet. Ze hoorde hem in het Italiaans zinloze dingen zeggen zoals 'Hou op, jullie hebben het recht niet' en intussen zag ze dat hij zich naar zijn makkers keerde om hulp te zoeken. Hij heeft geen snars verstand van vechten: je moet je tegenstander nooit uit het oog verliezen; in de wijk werd niet geleuterd, hoogstens geschreeuwd, met wijd opengesperde ogen om angst in te boezemen en intussen sloeg jij als eerste, deed je je tegenstander zo veel mogelijk pijn, zonder ook maar even te stoppen – het was aan de anderen jou te laten stoppen, als ze dat al konden. Een van de lui die affiches stond af te scheuren gedroeg zich uitgerekend zo: hij stompte Dario zonder voorafgaande waarschuwing in het gezicht, waardoor die op de grond viel – midden tussen de pamfletten die hij had laten vallen –, ging vervolgens boven op hem zitten en bleef hem stompen, terwijl de pamfletten om hen heen dwarrelden alsof niet alleen zij, maar ook de dingen in hevige opwinding verkeerden. Op dat moment zag de zwaarlijvige student dat Dario op de grond lag en hij rende ongewapend naar hem toe om hem te hulp te komen. Maar halverwege werd hij tegengehouden door een met een ketting gewapende vent die hem tegen zijn arm sloeg. Toen greep die jongen de ketting vast en begon eraan te trekken om hem zijn aanvaller uit handen te rukken. Scheldwoorden schreeuwend vochten ze er een paar seconden om. Tot Gino achter de dikke student verscheen en hem met een stok neersloeg.

Lila vergat koorts en vermoeidheid, rende naar het hek, maar zonder duidelijk doel. Ze wist niet of ze het beter wilde zien, of ze de studenten wilde helpen, of dat ze domweg gedreven werd door het oude instinct waaraan ze het te danken had dat ze niet bang was voor klappen, sterker nog, dat die haar tot razernij brachten. Maar ze bereikte de weg niet vlug genoeg. Om niet onder de voet gelopen te worden, moest ze uitwijken voor een groepje arbeiders dat door het hek de binnenplaats op kwam gerend. Ze hadden geprobeerd de vechtjassen te laten ophouden, Edo vast en zeker, samen met een paar anderen, maar het was hun niet gelukt en nu vluchtten ze weg. Mannen en vrouwen vluchtten, achternagezeten door twee kerels met ijzeren staven. Een van die vrouwen was Isa, een meisje van kantoor. Al rennend gilde ze tegen Filippo: 'Grijp in, doe iets, bel de politie', en Edo, die aan een hand bloedde, zei hardop tegen zichzelf: 'Ik ga een bijl halen, dan zullen we eens zien.' En zo kwam het dat toen Lila de zandweg bereikte, de blauwe auto al verdwenen was en Gino weer in de grijze stapte. Hij herkende haar. Stomverbaasd bleef hij staan en zei: 'Lina, ben je hier terechtgekomen?' Daarna werd hij door zijn maten in de auto getrokken; hij startte en vertrok, maar riep wel door het raampje: 'Je hing de dame uit, stomme trut, moet je zien wat er nu verdomme van je geworden is!'

35

De werkdag verliep in een spanning die Lila zoals gewoonlijk met een nu eens minachtende, dan weer dreigende houding in bedwang hield. Ze lieten haar allemaal voelen dat zij de schuld was van de gespannen sfeer die plotseling in de altijd rustige fabriek was ontstaan. Maar al snel tekenden zich twee partijen af: één van een gering aantal mensen dat tijdens de middagpauze ergens bijeen wilde komen en van de ontstane situatie wilde profiteren door Lila over te halen om met een paar voorzichtige financiële eisen naar de baas te gaan; de aanhangers van de andere partij, de grote meerderheid, richtten niet eens het woord tot haar en waren tegen welk initiatief dan ook dat het op zich al ingewikkelde leven op het werk nog ingewikkelder maakte. Het was onmogelijk om tot enige overeenstemming tussen de partijen te komen. Edo, die tot de eerste partij behoorde en nogal nerveus was door de pijn aan zijn hand, ging zelfs zover dat hij tegen iemand van de andere partij zei: 'Als mijn hand geïnfecteerd raakt, als hij geamputeerd wordt, kom ik naar je toe, gooi een blik benzine tegen je huis en verbrand ik jou en je hele familie.' Lila negeerde beide facties. Ze trok zich in zichzelf terug en werkte met gebogen hoofd, even efficiënt als altijd, terwijl ze haar oren sloot voor het geklets en de beledigingen en geen aandacht aan haar verkoudheid schonk. Maar ze dacht veel na over wat haar te wachten stond, een werveling van verschillende gedachten ging door haar koortsige hoofd: wat was er met de afgeranselde studenten gebeurd, waar waren ze heen gevlucht, in wat voor ellende hadden ze haar gestort? Zou Gino in de hele wijk over haar roddelen, zou hij Michele Solara alles vertellen? Wat een vernedering om bij Bruno te gaan smeken, en toch zat er niets anders op; ze was bang ontslagen te worden, ze was bang haar salaris te verliezen dat, ook al was het miezerig, haar toch toestond van Enzo te houden zonder het idee te hebben dat hij wezenlijk was voor haar eigen overleven en dat van Gennaro.

Toen moest ze weer denken aan haar afschuwelijke nacht. Wat was haar overkomen, moest ze naar een dokter? En als die dokter iets ergs ontdekte, hoe moest het dan met het werk en haar kind? Voorzichtig, geen opwinding, orde had ze nodig. Overweldigd door haar zorgen besloot ze in de middagpauze toch maar naar Bruno te gaan. Ze wilde hem vertellen over de gemene grap met de worst, over Gino's fascisten, en benadrukken dat het niet haar schuld was. Maar eerst sloot ze zich vol minachting voor zichzelf op in de wc om haar haar te fatsoeneren en een beetje lippenstift op te doen. De secretaresse vertelde haar echter vijandig dat Bruno er niet was en vrijwel zeker die hele week zou wegblijven. De spanning kreeg haar opnieuw te pakken. Steeds zenuwachtiger dacht ze erover Pasquale te vragen de studenten te verhinderen nog eens naar het hek te komen. Ze hield zich voor dat als de jongens van het comité verdwenen, ook de fascisten zouden verdwijnen en de fabriek weer tot rust zou komen, zou terugvallen op de oude routine. Maar hoe moest ze Peluso bereiken? Ze wist niet waar de bouwplaats was waar hij werkte, voelde er niet voor hem in de wijk op te zoeken, ze was bang haar moeder, haar vader of haar broer tegen het lijf te lopen. Vooral met hem wilde ze een confrontatie voorkomen. En zo kwam het dat ze, uitgeput, al haar moeilijkheden bij elkaar optelde en besloot zich rechtstreeks tot Nadia te wenden. Toen haar dienst was afgelopen, haastte ze zich naar huis, liet een briefje voor Enzo achter waarin ze hem vroeg voor het avondeten te zorgen, pakte Gennaro goed in, met muts en dikke jas, en nam de ene bus na de andere, tot ze de corso Vittorio Emanuele bereikte.

De lucht was pastelkleurig en er was geen streepje wolk te bekennen, maar het late namiddaglicht was aan het wijken en er stond een harde wind, een paarskleurige luchtstroom. Ze herinnerde zich het huis precies, de voordeur, alles, en de gedachte aan de vernedering van jaren tevoren maakte de wrok van dat moment nog heviger. Wat was het verleden bros, het stortte voortdurend in, viel over haar heen. Uit dat huis waar ze samen met mij naar boven was gegaan voor een feest waar ze had geleden, was nu Nadia komen rollen, de ex-verloofde van Nino, om haar nog meer te laten lijden. Maar zij was niet iemand die rustig in een hoekje bleef zitten, ze liep de heuvel op, sleurde Gennaro achter zich aan. Ze wilde tegen dat wicht zeggen: 'Jij en die anderen brengen mijn zoontje in moeilijkheden; voor jou is het niet meer dan amusement, jou zal nooit iets ergs overkomen; maar niet voor mij en voor hem, voor ons is het een ernstige zaak, dus je doet iets om alles weer in orde te brengen of ik sla je op je bek.' Dat wilde ze echt zo zeggen, en ze hoestte en haar woede nam toe, ze popelde om haar hart te luchten.

De straatdeur stond open. Ze ging naar boven, dacht weer aan mij en aan haarzelf, aan Stefano, die ons naar het feest had gebracht, aan de kleren, de schoenen, aan alles wat we op de heenweg en op de terugweg tegen elkaar hadden gezegd. Ze belde aan. Mevrouw Galiani deed zelf open, ze was nog precies zoals ze zich haar herinnerde: vriendelijk en tot in de puntjes verzorgd, ook gewoon thuis. Tegenover haar voelde Lila zich vies vanwege de geur van rauw vlees die ze meedroeg, vanwege de verkoudheid die haar neus verstopte, vanwege de koorts die verwarring veroorzaakte in haar gevoelens, vanwege haar kind dat zeurde in het dialect en haar ergerde. Bruusk vroeg ze: 'Is Nadia thuis?'

'Nee, ze is er niet.'

'Wanneer komt ze terug?'

'Het spijt me, dat weet ik niet, over tien minuten, een uur, ze doet waar ze zin in heeft.'

'Kunt u tegen haar zeggen dat Lina haar zoekt?'

'Is het dringend?'

'Ja.'

'Wilt u het niet tegen mij zeggen?'

Wat tegen haar zeggen? Lila raakte van slag, instinctief keek ze even het huis in. Ze ving een glimp op van de aristocratische ouderdom van meubels en lampen, de overvolle boekenkasten waar ze zo verrukt van was geweest en de kostbare schilderijen aan de wanden. Ze dacht: kijk, de wereld die Nino ambieerde voordat hij met mij in de modder bleef steken. Ze dacht: wat weet ik van dit andere Napels? Niets. Ik zal er nooit leven en Gennaro ook niet; laat het dan maar vernietigd worden, laat er maar vuur en as komen, laat de lava maar tot boven op de heuvels komen. Toen gaf ze eindelijk antwoord: 'Nee, dank u, ik moet Nadia spreken.' En ze wilde weggaan, het was een zinloze reis geweest. Maar de vijandige manier waarop de lerares over haar dochter had gesproken was haar bevallen en op plotseling luchthartige toon riep ze uit: 'Weet u dat ik een paar jaar geleden hier op een feest ben geweest? Ik verwachtte er god weet wat van, maar ik heb me verveeld, ik kon niet wachten om weg te gaan.'

36

Ook la Galiani merkte waarschijnlijk iets wat haar aanstond, misschien een aan brutaliteit grenzende openhartigheid. Toen Lila vervolgens zinspeelde op onze vriendschap, leek de lerares blij en riep uit: 'O, ja, Greco, ze heeft niets meer van zich laten horen, het succes is haar naar het hoofd gestegen.' Daarna liet ze moeder en kind binnenkomen, nam hen mee naar de salon, waar ze haar kleinzoontje had achtergelaten dat daar zat te spelen, een blond kind, tegen wie ze bijna gebiedend zei: 'Marco, kijk, ons nieuwe vriendje, zeg hem eens gedag.' Toen duwde Lila haar zoontje naar voren en zei: 'Ga maar, Gennaro, speel maar met Marco', en daarna ging ze in een oude, groene fauteuil zitten, en praatte door over het feest van jaren geleden. Het speet de lerares dat ze er geen enkele herinnering aan bewaarde, maar Lila herinnerde zich alles. Ze zei dat het een van de akeligste avonden van haar leven was geweest. Ze vertelde hoe misplaatst ze zich had gevoeld, spotte zwaar met de gesprekken waarnaar ze had geluisterd zonder er iets van te begrijpen. 'Ik wist niets,' riep ze overdreven vrolijk uit, 'en nu nog minder dan toen.'

Mevrouw Galiani luisterde en werd getroffen door Lila's eerlijkheid, haar desoriënterende toon, haar zinnen in krachtig Italiaans, en de ironie waar ze zo handig gebruik van maakte. Ik vermoed dat ze in Lila dat ongrijpbare iets voelde, verleidelijk en tegelijk verontrustend, de macht van een sirene. Dat overkwam iedereen, ook haar, en aan hun gebabbel kwam pas een eind toen Gennaro Marco een klap gaf, daar een scheldwoord in het dialect aan toevoegde en hem een groen autootje uit handen trok. Lila stond haastig op, greep haar zoontje bij een arm, sloeg meerdere keren hard op het handje waarmee hij het andere kind had geslagen, en hoewel la Galiani zwakjes zei: 'Laat toch, het zijn kinderen', berispte ze hem streng en dwong ze hem het speeltje terug te geven. Marco huilde, Gennaro liet geen traan, sterker nog, hij gooide het autootje vol minachting tegen hem aan. Lila sloeg hem opnieuw, heel hard, op zijn hoofd.

'We gaan,' zei ze daarna zenuwachtig.
'Ach nee, blijf nog even.'
Lila ging weer zitten.
'Zo is hij niet altijd.'
'Het is een prachtig ventje. Ja hè, Gennaro, je bent een mooie, lieve jongen, hè?'
'Hij is niet lief, hij is helemaal niet lief. Maar wel knap, want ook al is hij klein, hij kan al lezen en alle letters schrijven, de hoofdletters en de kleine letters. Wat zeg je ervan, Gennà, zullen we deze mevrouw eens laten horen hoe goed je al kunt lezen?'

Ze nam een tijdschrift van een mooi, glazen tafeltje, wees op een willekeurig woord op de omslag en zei: 'Kom, lees dit eens.' Gennaro weigerde. Lila gaf hem een tikje op zijn schouder en herhaalde dreigend: 'Lees eens, Gennà.' Met tegenzin spelde het kind: 'b-e-s-t', en hield toen op, terwijl hij boos naar het autootje van Marco keek. Marco drukte het stevig tegen zijn borst, glimlachte en las nonchalant: 'bestemming'.

Lila was teleurgesteld, ze werd somber en keek geërgerd naar mevrouw Galiani's kleinzoon.
'Hij leest ook goed.'
'Omdat ik veel tijd aan hem besteed. Zijn ouders zijn altijd op stap.'
'Hoe oud is hij?'
'Drieënhalf.'
'Hij lijkt ouder.'
'Ja, hij is stevig gebouwd. Hoe oud is uw zoontje?'
'Bijna vijf,' antwoordde Lila schoorvoetend.

Mevrouw Galiani streelde Gennaro en zei: 'Mama liet je een moeilijk woord lezen, maar je bent knap, hoor, ik kan heel goed merken dat je kunt lezen.'

Op dat moment klonk er rumoer, de voordeur ging open en weer dicht, druk gestommel in huis, mannenstemmen, vrouwenstemmen. 'Daar zijn mijn kinderen,' zei mevrouw Galiani en ze riep: 'Nadia!' Het was echter niet Nadia die verscheen, maar een slank meisje dat met veel lawaai de kamer binnenviel. Ze was heel bleek en heel blond met ogen zo blauw dat het onnatuurlijk leek. Ze spreidde haar armen uit en riep tegen Marco: 'Wie gaat zijn mama kusjes geven?' Marco vloog naar haar toe. Ze sloeg haar armen om hem heen en kuste hem overal, terwijl ondertussen ook Armando was verschenen, de zoon van mevrouw Galiani. Ook hem herinnerde Lila zich onmiddellijk, en ze keek naar hem terwijl hij Marco bijna uit de armen van diens moeder rukte en riep: 'Ook voor papa minstens dertig kusjes, nu meteen.' Marco begon zijn vader op een wang te kussen, waarbij hij telde: 'Eén, twee, drie, vier.'

'Nadia,' riep mevrouw Galiani weer, ineens op geërgerde toon, 'ben je soms doof? Kom, er is bezoek voor je.'

Eindelijk kwam Nadia tevoorschijn. En achter haar verscheen Pasquale.

37

Lila's wrok laaide weer op. Dus na zijn werk haastte Pasquale zich naar het huis van deze mensen en zat hij tussen moeders en vaders en oma's en tantes en gelukkige kinderen, allemaal hartelijk, allemaal intellectueel geschoold, allemaal zo ruimdenkend dat ze hem als een van hen ontvingen, ook al was hij metselaar en waren de smerige sporen van zijn werk nog op hem te zien.

Nadia omhelsde Lila op haar eigen emotionele manier. 'Gelukkig dat je er bent,' zei ze. 'Laat je kind maar bij mijn moeder, we moeten praten.' Lila antwoordde agressief: 'Dat moet ja, meteen, daar ben ik voor gekomen.' En omdat ze nadrukkelijk zei dat ze maar een paar minuten had, bood Pasquale aan haar later met de auto naar huis te brengen. Dus verlieten ze de salon, de kinderen en oma, en zaten ze even later – ook Armando en het blonde meisje, dat Isabella heette – in Nadia's kamer, een ruim vertrek met een eenpersoonsbed, een bureau, planken vol boeken, affiches van zangers, films en de revolutie waar Lila weinig of niets van wist. Er waren nog drie andere jongens aanwezig, van wie ze er twee niet kende; de derde was Dario, die er door de klappen die hij had opgelopen nogal gehavend uitzag en onderuitgezakt op Nadia's bed zat, met zijn schoenen op de roze gestikte deken. Alle drie rookten ze, de kamer zag blauw. Lila barstte meteen los, wachtte niet langer, beantwoordde Dario's groet niet eens, zei dat ze haar in moeilijkheden hadden gebracht, dat ze door hun onbezonnenheid het risico liep ontslagen te worden, dat het stencil opschudding had veroorzaakt, dat ze zich nooit meer bij het hek moesten laten zien, dat het hun schuld was dat de fascisten waren gekomen en dat iedereen nu zowel op de roden als op de zwarten gebeten was. Ze siste tegen Dario: 'En wat jou betreft, als je niet weet hoe je erop los moet slaan, blijf dan thuis, het had je je leven kunnen kosten.' Een paar keer probeerde Pasquale haar te onderbreken, maar minachtend snoerde ze hem meteen de mond, alsof alleen al zijn aanwezigheid in dat huis verraad betekende. De anderen luisterden zwijgend. Pas toen Lila was uitgeraasd, nam Armando het woord. Hij had de fijne trekken van zijn moeder, en zware, zwarte wenkbrauwen; het paarsige spoor van zijn goed geschoren baard klom op tot aan zijn jukbeenderen, zijn stem was warm en vol. Hij stelde zich voor, zei dat hij heel blij was kennis te maken met Lila, dat het hem speet dat hij er niet bij was geweest toen ze tijdens de bijeenkomst van het comité haar verhaal had verteld, maar dat zij haar relaas uitgebreid hadden besproken en omdat ze het een belangrijke bijdrage hadden gevonden uiteindelijk hadden besloten alles op papier te zetten. 'Maak je geen zorgen,' besloot hij rustig, 'we zullen jou en je kameraden op alle mogelijke manieren steunen.'

Lila hoestte, de rook in de kamer irriteerde haar keel.

'Jullie hadden het me moeten vertellen.'

'Dat is waar, maar daar was geen tijd voor.'

'Als je echt wilt, vind je tijd.'

'We zijn maar met weinigen en ondernemen steeds meer.'

'Wat doe je voor werk?' vroeg Lila.

'Hoe bedoel je?'

'Wat voor werk doe je om in je onderhoud te voorzien?'

'Ik ben arts.'

'Net als je vader?'

'Ja.'

'En zet je op dit moment je baan op het spel? Kun je zomaar op straat komen te staan, samen met je kind?'

Ontevreden schudde Armando zijn hoofd en zei: 'Als je er een wedstrijd van maakt wie het meest riskeert, ben je verkeerd bezig, Lina.'

Pasquale voegde daaraan toe: 'Armando is twee keer gearresteerd, tegen mij is acht keer aangifte gedaan. Het gaat er hier niet om wie meer en wie minder riskeert.'

'O nee?' reageerde Lila.

'Nee,' zei Nadia, 'we gaan allemaal voorop in de strijd en zijn bereid onze verantwoordelijkheid te nemen.'

Toen schreeuwde Lila, even vergetend dat ze zich in het huis van iemand anders bevond: 'En als ik mijn werk kwijtraak, kan ik dan hier komen wonen, geven jullie me dan te eten, nemen jullie dan de verantwoordelijkheid voor mijn leven?'

Nadia antwoordde bedaard: 'Als je dat wilt wel.'

Vijf woorden slechts. Lila begreep dat het niet zomaar een zinnetje was, dat Nadia het meende, dat zelfs als Bruno Soccavo het hele personeel zou ontslaan, zij met haar zoetsappige stemmetje hetzelfde onzinnige antwoord zou geven. Ze beweerde dat ze in dienst stond van de arbeiders, maar intussen wilde ze de lakens uitdelen vanuit haar eigen kamer in een huis dat uit zijn voegen barstte van de boeken en uitkeek op zee, wilde ze jou vertellen hoe je met je werk moest omgaan, voor jou beslissen, had ze haar oplossing klaar, ook al kwam jij op straat te staan. Als ik wil, lag op het puntje van haar tong, verniel ik alles heel wat beter dan jij, huichelaarster: jij hoeft mij niet met dat zalvende stemmetje van je te vertellen hoe ik moet denken, wat ik moet doen. Maar ze hield zich in en zei bruusk tegen Pasquale: 'Ik heb haast. Wat doe je, breng je me naar huis of blijf je hier?'

Stilte. Pasquale wierp een blik op Nadia en mompelde: 'Ik breng je.' Lila maakte aanstalten om de kamer te verlaten, zonder te groeten. Het meisje haastte zich om haar voor te gaan en zei dat het volstrekt onacceptabel was om te werken in omstandigheden zoals

Lila die zo goed had beschreven, hoe dringend het was dat de vonk van de strijd oversprong, en meer van dergelijke zinnen. 'Trek je niet terug,' spoorde ze Lina ten slotte aan voor ze de woonkamer inliep. Maar een antwoord bleef uit.

Mevrouw Galiani zat met gefronst voorhoofd in een fauteuil te lezen. Toen ze haar ogen opsloeg, negeerde ze haar dochter, negeerde ze Pasquale, die er net verlegen bij was komen staan, en wendde zich tot Lila: 'Ga je weg?'

'Ja, het is al laat. Schiet op, Gennaro, geef Marco zijn autootje terug en doe je jas aan.'

Mevrouw Galiani glimlachte tegen haar kleinzoon, die boos was. 'Marco heeft het hem gegeven.'

Lila kneep haar ogen samen, reduceerde ze tot twee spleetjes: 'Iedereen is gul hier, dank u wel.'

De lerares sloeg Lila gade terwijl die worstelde met haar zoontje om hem zijn jas aan te doen.

'Mag ik u iets vragen?'

'Ga uw gang.'

'Wat hebt u eigenlijk gestudeerd?'

Nadia leek zich te ergeren aan die vraag, en ze kwam tussenbeide: 'Mama, Lina moet gaan.'

Voor het eerst hoorde Lila irritatie in haar kinderstemmetje en dat beviel haar.

'Laat je me even praten?' schoot la Galiani met niet minder geïrriteerde stem uit. En daarna vroeg ze Lila nog eens op een vriendelijke toon: 'Wat hebt u gestudeerd?'

'Niets.'

'Dat zou je niet zeggen als je u zo hoort praten – en schreeuwen.'

'Toch is het zo, na de vijfde klas van de lagere school ben ik gestopt.'

'Waarom?'

'Ik had de capaciteiten niet.'

'Wie zegt dat?'

'Greco had ze wel, ik niet.'

Mevrouw Galiani schudde haar hoofd, ten teken dat ze het er

niet mee eens was, en zei: 'Als u verder had geleerd, zou u het even ver hebben gebracht als Greco.'

'Hoe weet u dat?'

'Dat is mijn vak.'

'Leraren hameren zo op het belang van studeren omdat ze er hun brood mee verdienen, maar studeren heeft geen enkele zin, en je wordt er ook niet beter van, integendeel, alleen maar slechter.'

'Is Elena er slechter van geworden?'

'Nee, zij niet.'

'En waarom niet?'

Lila zette haar zoontje zijn wollen muts op en zei: 'Toen we klein waren hebben we iets afgesproken: ik ben de slechte van ons twee.'

38

In de auto begon ze Pasquale uit te foeteren ('Ben je de slaaf van die lui geworden?'). Hij liet haar uitrazen en pas toen hij dacht dat ze al haar klachten had gespuid, boorde hij zijn verzameling politieke leuzen aan: de leefomstandigheden van de arbeiders in het zuiden van het land, de staat van slavernij waarin ze zich bevonden, de voortdurende chantage, de zwakte of eigenlijk de afwezigheid van de vakbonden, de noodzaak situaties te forceren en echt de strijd aan te gaan. 'Lina,' zei hij op sombere toon in het dialect, 'je bent bang die paar lire die ze je betalen te verliezen, en je hebt gelijk, Gennaro is nog lang niet groot. Maar ik weet dat je een echte kameraad bent, ik weet dat je het begrijpt. Wij arbeiders zijn zelfs nog nooit onder een salarisschaal gevallen, geen enkele regel is op ons van toepassing, we zitten onder nul. Daarom is het een schande als je zegt: laat me met rust, ik heb mijn eigen problemen en wil me alleen met mijn eigen zaken bemoeien. Iedereen moet vanaf de plek die hem is toegevallen doen wat hij kan.'

Lila was uitgeput. Gelukkig maar dat Gennaro op de achterbank lag te slapen, het autootje in zijn rechterhand geklemd. Ze hoorde Pasquales preek bij vlagen. Af en toe moest ze weer aan het mooie huis in de corso Vittorio denken en aan de lerares en Armando en Isabella en Nino, die weg was gegaan om ergens een vrouw van Nadia's soort te vinden, en Marco die drie was en heel wat beter kon lezen dan haar zoontje. Wat een verspilde moeite om te proberen een slim jongetje van Gennaro te maken. Het ging nu al mis met haar kind, het werd achteruit getrokken en zij was niet in staat daar iets tegen te doen. Bij huis aangekomen had ze zich gedwongen gevoeld Pasquale te vragen mee naar boven te komen. 'Maar,' had ze eraan toegevoegd, 'ik weet niet wat Enzo heeft klaargemaakt, hij is een heel slechte kok. Misschien is het maar beter voor je om niet mee te gaan.' Ze hoopte dat hij zou instemmen, maar hij antwoordde: 'Tien minuutjes maar, dan ben ik weer vertrokken.' Met haar vingertopjes streek ze over zijn arm en zei: 'Niks tegen je vriend zeggen, hoor!'

'Niks waarover?'

'Over de fascisten. Als hij het hoort, slaat hij Gino vanavond nog op zijn bek.'

'Hou je van Enzo?'

'Ik wil hem geen pijn doen.'

'O.'

'Echt waar.'

'Pas op, hij weet beter dan jij en ik wat er gedaan moet worden.'

'Ja, maar zeg toch maar niks.'

Met een boos gezicht stemde Pasquale toe. Hij pakte Gennaro op, die gewoon doorsliep en niet wakker wilde worden, en droeg hem naar boven, de trap op, gevolgd door Lila die ontevreden mopperde: 'Wat een dag, ik ben kapot, jij en je vrienden hebben me in vreselijke moeilijkheden gebracht.' Tegen Enzo zeiden ze dat ze bij Nadia thuis waren geweest voor een vergadering, en Pasquale gaf hem geen kans om vragen te stellen, hij praatte tot middernacht ononderbroken door. Hij zei dat Napels, net als de rest van de wereld, één bruisen van nieuw leven was. Hij had veel lof voor Armando die, kundig arts als hij was, toch in plaats van aan zijn carrière te denken, mensen die geen geld hadden gratis behandelde, zich bezighield met de kinderen uit de Quartieri en samen met

Nadia en Isabella volop betrokken was bij talloze projecten ten dienste van het volk, zoals bijvoorbeeld het opzetten van een peuterspeelzaal en een polikliniek. Hij zei dat niemand meer alleen was, kameraden hielpen kameraden, de stad beleefde prachtige tijden. 'Jullie,' zei hij, 'moeten hier niet opgesloten thuis blijven zitten, jullie moeten naar buiten. We moeten meer samen doen.' En ten slotte deelde hij mee dat hij genoeg had van de communistische partij: te veel onzuiver gedoe, te veel nationale en internationale compromissen, hij kon niet meer tegen die grijsheid. Enzo was erg geschokt door die keuze. Hun discussie werd fel en sleepte zich lang voort: de partij is de partij, nee, jawel, nee, basta met de stabilisatiepolitiek, we moeten het systeem in zijn structuur aantasten. Lila verveelde zich al snel; ze bracht Gennaro naar bed, die, hoewel zeurderig van de slaap, toch had gegeten, en kwam niet meer terug.

Maar ze bleef wakker, ook toen Pasquale vertrok en de geluiden die op Enzo's aanwezigheid duidden, wegstierven. Ze nam haar temperatuur op: achtendertig. Ze moest weer denken aan het moment dat Gennaro zo'n moeite had gehad om te lezen. Wat had ze hem nou voor woord voorgelegd! Bestemming! Gennaro had het vast en zeker nog nooit gehoord. Het alfabet kennen is niet genoeg, dacht ze, er zijn heel wat meer moeilijkheden. Als Nino dat zoontje met Nadia had gemaakt, zou het een heel ander lot zijn beschoren. Ze voelde zich een mislukte moeder. En toch heb ik hem gewild, dacht ze, van Stefano wilde ik geen kinderen, maar van Nino wel. Van Nino had ze echt gehouden. Ze had vreselijk naar hem verlangd, ze had hem willen behagen en voor zijn genot met plezier alles gedaan wat ze voor haar man gedwongen was geweest te doen, alleen maar om niet vermoord te worden, en waarvoor ze haar weerzin had moeten overwinnen. Maar wat ze zeiden dat je moest voelen als je gepenetreerd werd, dat had ze nooit gevoeld, dat was zeker, met Stefano niet, maar met Nino evenmin. Mannen waren zo op hun pik gesteld, ze waren er zo trots op, en ze waren ervan overtuigd dat jij er vast nog meer op gesteld was dan zijzelf. Ook Gennaro speelde voortdurend met zijn piemeltje. Het was soms gênant zo vaak als hij het in zijn handen ronddraaide, eraan trok;

ze was bang dat hij zich pijn zou doen. Zelfs hem wassen of laten plassen, daar had ze zich toe moeten zetten, daar had ze aan moeten wennen. Enzo was zo discreet, hij liep nooit in onderbroek door het huis, zei nooit iets vulgairs. Dat was de reden waarom ze diepe genegenheid voor hem voelde, ze was hem dankbaar voor zijn trouwe wachten in die andere kamer, dat nooit op een verkeerd initiatief was uitgelopen. De controle die hij over zichzelf en alles had, leek haar enige troost. Maar toen bekroop haar een schuldgevoel: wat haar troostte, deed hem vast en zeker pijn. En de gedachte dat Enzo door haar schuld leed, voegde zich bij alle narigheid van die dag. Feiten en gesprekken speelden lange tijd ongeordend door haar hoofd. De klank van stemmen, losse woorden. Hoe moest ze zich de volgende dag in de fabriek gedragen? Was er inderdaad zo veel geestdrift in Napels en de rest van de wereld of verbeeldden Pasquale, Nadia en Armando het zich om hun eigen angsten te onderdrukken, uit verveling, om zichzelf moed in te spreken? Moest ze hen vertrouwen, met het risico dat ze zelf in fantasieën verstrikt raakte? Of kon ze om uit de problemen te komen beter nog eens naar Bruno gaan? Maar had het echt zin om te proberen hem te kalmeren, met het risico dat hij zich opnieuw aan haar vergreep? Had het zin om te buigen voor het machtsmisbruik van Filippo, van de chefs? Ze kwam niet veel verder. In haar halfslaap hield ze het ten slotte bij een oud principe dat wij ons al sinds onze kinderjaren hadden eigengemaakt. Het leek haar dat zij om zichzelf en Gennaro te redden ontzag moest inboezemen bij degenen die wilden dat zij ontzag voor hen had, dat ze de mensen bang moest maken die haar bang wilden maken. Ze sliep in met het voornemen om dingen te verpesten, voor Nadia door haar duidelijk te maken dat ze niet meer dan een meisje van goede afkomst was, een en al honingzoet gebabbel, voor Soccavo door het genot te bederven dat hij had als hij in de rijpingsruimte worsten en meisjes besnuffelde.

39

Helemaal bezweet werd ze 's ochtends om vijf uur wakker. Ze had geen koorts meer. Bij het hek van de fabriek trof ze niet de studenten aan, maar wel de fascisten. Dezelfde auto's, dezelfde gezichten als de dag tevoren. Ze schreeuwden slogans, deelden pamfletten uit. Lila voelde dat er nog meer geweld op komst was en liep met gebogen hoofd door, de handen in de zakken, in de hoop binnen te zijn voordat er klappen vielen. Maar Gino posteerde zich voor haar.

'Kun je nog lezen?' vroeg hij in het dialect terwijl hij haar een pamflet aanreikte.

Ze hield haar handen diep in haar jaszakken en antwoordde: 'Ik wel, maar wanneer heb jij dat geleerd?'

Daarna probeerde ze door te lopen. Tevergeefs. Gino belette het haar, duwde met zo'n heftige beweging het pamflet in haar zak dat hij met zijn nagel over haar hand krabde. Kalm verfrommelde Lila het papiertje.

'Niet eens goed om je kont mee af te vegen,' zei ze en ze gooide het weg.

'Raap op,' beval de zoon van de apotheker haar, 'raap het onmiddellijk op en kijk uit, jij: gistermiddag heb ik die hoorndrager van een man van je toestemming gevraagd om je op je bek te mogen slaan en die heeft hij gegeven.'

Lila keek hem recht in de ogen. 'En je bent mijn man toestemming gaan vragen om mij op mijn bek te mogen slaan? Laat mijn arm onmiddellijk los, strunz.'

Op dat moment arriveerde Edo, die bleef staan in plaats van te doen of er niets aan de hand was, zoals te verwachten zou zijn geweest.

'Valt hij je lastig, Cerù?'

Het was een kwestie van een moment. Gino stompte hem in zijn gezicht, Edo viel op de grond. Lila's hart schoot in haar keel, alles raakte in een versnelling, ze raapte een kei op en met die kei stevig in de hand sloeg ze de zoon van de apotheker vol op zijn borst. Even viel er een stilte. En toen, terwijl Gino haar van zich af duwde, waardoor ze tegen een lantaarnpaal viel, en Edo probeerde op te staan, arriveerde over de onverharde weg in een wolk van stof nog een auto. Lila herkende de wagen, het was het gammele vehikel van Pasquale. Kijk, dacht ze, Armando heeft naar me geluisterd, Nadia misschien ook, dat zijn beschaafde mensen, maar Pasquale heeft het niet kunnen laten, hij komt vechten. En inderdaad, de portieren vlogen open en ze kwamen met z'n vijven naar buiten, Pasquale inbegrepen. Het waren bouwvakkers, ze hadden knoestige stokken waarmee ze methodisch en meedogenloos de fascisten begonnen te slaan, maar zonder woest tekeer te gaan, telkens slechts één nauwkeurig gerichte klap die de tegenstander moest uitschakelen. Lila had meteen door dat Pasquale op Gino afkwam en omdat die nog vlak bij haar stond, greep ze met beide handen zijn arm beet en zei lachend: 'Je kunt misschien maar beter gaan, anders vermoorden ze je.' Maar hij ging niet, integendeel, hij duwde haar opnieuw van zich af en wierp zich op Pasquale. Lila hielp Edo opstaan en probeerde hem de binnenplaats op te trekken, wat moeilijk was, want hij was zwaar en verzette zich, brulde scheldwoorden, bloedde. Hij werd pas wat kalmer toen hij zag dat Pasquale Gino met zijn stok raakte en tegen de grond sloeg. De verwarring was inmiddels groot. Aan de kant van de weg opgeraapte resten van allerlei oude troep vlogen als projectielen in het rond, er werd gespuugd en gescholden. Pasquale had Gino bewusteloos laten liggen en was samen met een ander, een man die boven een donkerblauwe lange broek vol kalk alleen een onderhemd aanhad, naar de binnenplaats gerend. Nu stonden beiden met een knuppel in te slaan op het hokje van Filippo, die zich daar doodsbang in had verschanst. Ze verbrijzelden de ramen en schreeuwden obsceniteiten, terwijl de sirene van naderende politie te horen was. Weer voelde Lila het angstige genot van het geweld. Ja, dacht ze, lui die jou bang willen maken, die moet jij bang maken, een andere weg is er niet, klappen voor klappen, wat jij van mij afpakt, pak ik terug, wat jij mij aandoet, doe ik jou aan. Maar terwijl Pasquale en zijn maten alweer in de auto stapten, terwijl de fascisten Gino optilden, meenamen en ook instapten, terwijl de sirene van de politie steeds dichterbij kwam, merkte zij met ontzetting dat haar hart voelde als een te ver opgedraaide veer van een speeltje en begreep ze dat ze zo snel mogelijk een plek moest zoeken om te kunnen zitten. Eenmaal in de fabriek liet ze zich in de hal met haar rug tegen een muur neerzakken en probeerde weer rustig te worden. Teresa, de enorme vrouw van een jaar of veertig die in de uitbeenderij werkte, ontfermde zich over Edo, ze veegde het bloed van zijn gezicht en zei spottend tegen Lila: 'Eerst ruk je deze vent een oor af en daarna schiet je hem te hulp? Je had hem buiten moeten laten.'

'Hij heeft mij geholpen en ik hem.'

Teresa wendde zich ongelovig tot Edo: 'Heb jij haar geholpen?'

Hij mompelde: 'Ik wilde niet dat een vreemde haar op haar bek sloeg, dat wil ik zelf doen.'

De vrouw zei: 'Hebben jullie gezien hoe Filippo het in zijn broek deed?'

'Net goed. Jammer dat ze alleen zijn hokje hebben vernield,' mopperde Edo.

Teresa wendde zich tot Lila en vroeg haar een beetje vals: 'Heb jij de communisten laten komen? Zeg eens eerlijk.'

Maakt ze alleen maar een grapje, vroeg Lila zich af, of is ze een spion en rent ze dadelijk naar de baas?

'Nee,' antwoordde ze, 'maar ik weet wel wie de fascisten heeft laten komen.'

'Wie dan?'

'Soccavo.'

40

Pasquale verscheen in de loop van de avond, na het eten, met een somber gezicht. Hij vroeg Enzo mee te gaan naar een vergadering van de afdeling van San Giovanni a Teduccio. Toen Lila een paar minuten met hem alleen was, zei ze: 'Mooie stommiteit vanmorgen.'

'Ik doe wat nodig is.'
'Waren je vrienden het ermee eens?'
'Welke vrienden?'
'Nadia en haar broer.'
'Natuurlijk waren ze het ermee eens.'
'Maar ze zijn thuis gebleven.'
Pasquale mompelde: 'Wie zegt je dat ze thuis zijn gebleven?'

Hij was niet in een al te beste stemming, sterker nog, het leek of hij al zijn energie kwijt was, alsof het gebruik van geweld zijn zucht naar activisme uit hem had gezogen. Bovendien had hij haar niet gevraagd om mee te gaan naar de vergadering. Hij had zich uitsluitend tot Enzo gewend, en dat gebeurde eigenlijk nooit, ook niet als het 's avonds laat was en buiten koud en ze Gennaro waarschijnlijk niet mee naar buiten zou nemen. Misschien moesten er nog meer mannenoorlogen worden gevoerd. Misschien was hij boos op haar omdat zij hem met haar weerstand tegen de strijd een slecht figuur had laten slaan bij Nadia en Armando. Zeker was dat de kritische toon waarop zij iets over de expeditie van die ochtend had gezegd hem had geïrriteerd. Hij is ervan overtuigd, dacht Lila, dat ik niet heb begrepen waarom hij Gino op die manier heeft afgestraft, waarom hij de portier op zijn bek wilde slaan. Of ze nu goed of slecht zijn, mannen denken allemaal dat ze bij alles wat ze ondernemen een altaar verdienen, dat ze allemaal Sint-Jorissen zijn die de draak doden. Hij beschouwt me als een ondankbaar schepsel, hij heeft het gedaan om mij te wreken en zou willen dat ik hem toch op z'n minst bedankte.

Toen de mannen waren vertrokken, ging ze naar bed en las tot laat in de brochures over werk en de vakbond die ze al een tijd eerder van Pasquale had gekregen. Ze hielpen haar om aan de alledaagse grijsheid verankerd te blijven; ze was bang voor de stilte in huis, bang om te gaan slapen, bang voor het ongedisciplineerde kloppen van haar hart, voor de constante dreiging dat de dingen hun vormen verloren. Ze bleef lang lezen, ook al was ze moe, en zoals gebruikelijk raakte ze enthousiast, leerde veel in korte tijd. Om zichzelf een gevoel van veiligheid te geven, dwong ze zich op de terugkeer van Enzo te wachten. Hij kwam echter maar niet opdagen. Het geluid van Gennaro's regelmatige ademhaling had uiteindelijk een hypnotisch effect en ze viel in slaap.

De volgende ochtend begonnen Edo en de vrouw van de uitbeenderij met voorzichtig vriendschappelijke woorden en gebaren om haar heen te fladderen. En Lila wees hen niet af, sterker nog, ze trad de twee en ook de andere collega's met vriendelijkheid tegemoet. Ze betoonde zich toegankelijk voor collega's die klaagden, begripvol voor wie zich boos maakte, solidair met wie vloekte vanwege het machtsmisbruik. Ze voegde de onvrede van de een bij die van de ander en bracht alles met de juiste woorden onder één noemer samen. En in de dagen die volgden toonde ze zich steeds meer bereid om naar Edo en Teresa en hun minuscule factie te luisteren, waardoor de middagpauze tot een moment van geheim overleg werd. Als ze wilde kon Lila de indruk wekken dat niet zíj wikte en beschikte, maar dat de anderen dat zelf deden, en daardoor kreeg ze steeds meer mensen om zich heen die blij waren zichzelf te horen zeggen dat hun algemene klachten terechte, uit dringende behoeften voortkomende klachten waren, niet meer en niet minder. Ze telde de eisen van de uitbeenderij op bij die van de koelcellen en de bassins, en ontdekte met enige verbazing dat de ellende die op de ene afdeling heerste het gevolg was van de narigheid op een andere afdeling, allemaal schakels van dezelfde keten van uitbuiting. Ze stelde een gedetailleerde lijst op van kwalen die voortkwamen uit de werkomstandigheden: letsels aan handen, botten en luchtwegen. Ze verzamelde genoeg informatie om aan te kunnen tonen dat de hele fabriek in zeer slechte staat verkeerde, dat de hygiënische omstandigheden erbarmelijk waren, dat vlees werd verwerkt dat soms bedorven, soms van onduidelijke herkomst was. Toen ze onder vier ogen met Pasquale kon praten, vertelde ze hem wat ze in heel korte tijd op poten had gezet. De mond van de doorgaans nogal stugge Pasquale viel open van verbazing en hij zei stralend: 'Ik had durven wedden dat je dat zou doen', en hij maakte een afspraak met een zekere Capone, secretaris van de aan de vakbond gelieerde Kamer van Arbeid.

Lila schreef alles wat ze zwart op wit had gezet in haar mooie handschrift over en met die kopie ging ze naar Capone. De secretaris bestudeerde de blaadjes, en ook hij werd enthousiast. Hij zei dingen als: 'Waar kom jij ineens vandaan, kameraad, je hebt geweldig werk verricht, heel goed!' Of 'Het is ons nooit gelukt bij Soccavo binnen te komen, allemaal fascisten daar, maar dat jij daar nu werkt, betekent een stap vooruit.'

'Hoe moet het nu verder?' vroeg zij.

'Vorm een commissie.'

'We zijn al een commissie.'

'Prima, dan moeten we allereerst hier een orde in aanbrengen.'

'Hoezo *"een orde in aanbrengen"*?'

Capone keek Pasquale aan, Pasquale zei niets.

'Jullie willen te veel tegelijk, ook dingen die elders nog nooit zijn gevraagd, je moet prioriteiten stellen.'

'Alles is daar prioriteit.'

'Dat weet ik, maar het is een kwestie van tactiek. Als jullie alles ineens willen, riskeren jullie een nederlaag.'

Lila kneep haar ogen tot spleetjes, ze praatten kibbelend wat over en weer. Toen bleek onder meer dat de commissie niet rechtstreeks met de baas kon gaan onderhandelen, daar was tussenkomst van de vakbeweging voor nodig.

'Ben ik dat niet?' steigerde Lila.

'Natuurlijk, maar het gaat om de manier waarop en het juiste moment.'

Ze vlogen elkaar in de haren. Capone zei: 'Zien jullie maar, begin een discussie over bijvoorbeeld de diensten, vakanties, overuren, en daarna gaan we verder. Maar hoe dan ook,' besloot hij, 'je weet niet hoe blij ik ben met een kameraad als jij, zo iemand vind je zelden. We moeten samenwerken, we gaan grote vooruitgang boeken in de voedingssector, vrouwen die zich inzetten zijn schaars.' Op dat punt aangekomen pakte hij zijn portemonnee uit zijn achterzak en vroeg haar: 'Wil je wat geld voor de onkosten?'

'Welke onkosten?'

'Het stencil, papier, de tijd die het je kost, dat soort zaken.'

'Nee.'

Capone deed zijn portemonnee terug in zijn zak.

'Maar niet ontmoedigd raken en dan verdwijnen, Lina, laten we contact houden. Kijk, ik schrijf je naam en je voornaam hier op, ik wil met de vakbond over je praten, we moeten gebruik van je maken.'

Ontevreden ging Lila weg. Tegen Pasquale zei ze: 'Naar wie heb je me nou toch meegenomen?' Maar hij kalmeerde haar, verzekerde haar dat Capone een prima man was, dat hij gelijk had, dat ze dat moest begrijpen, het ging om strategie en tactiek. Daarna werd hij enthousiast, raakte bijna ontroerd, wilde haar omhelzen, maar bedacht zich. Hij zei: 'Ga door, Lina, laat die bureaucratie maar verrekken, ik breng intussen het comité op de hoogte.'

Lila bracht geen enkele selectie aan in de doelstellingen. Ze beperkte zich ertoe de eerste versie, die zeer uitgebreid was, in te korten tot een dichtbeschreven vel dat ze aan Edo gaf. Een lijst met verzoeken gericht op de organisatie van het werk, de werktijden, de algemene staat van de fabriek, de kwaliteit van het product, het voortdurende risico van verwondingen en ziektes, de armzalige vergoedingen, salarisverhogingen. Toen drong zich de vraag op wie die lijst naar Bruno zou brengen.

'Ga jij,' zei Lila tegen Edo.

'Ik word te gemakkelijk kwaad.'

'Des te beter.'

'Ik ben daar niet geschikt voor.'

'Daar ben je heel geschikt voor.'

'Nee, ga jij nou maar, jij bent lid van de vakbond. En verder praat je goed, je zet hem meteen op zijn plaats.'

41

Lila had vanaf het begin geweten dat zij het zou moeten doen. Ze nam er de tijd voor, liet Gennaro bij de buurvrouw achter, ging met Pasquale naar een vergadering van het comité van de via dei Tribunali die óók was belegd om over de situatie bij Soccavo te praten. Ze waren met z'n twaalven dit keer, Nadia, Armando, Isabella en Pasquale meegeteld. Lila liet de kopie rondgaan die ze voor Capone had gemaakt; in die eerste versie werden alle eisen beter beargumenteerd. Nadia las het stuk aandachtig. Toen ze was uitgelezen zei ze: 'Pasquale had gelijk, jij bent niet iemand die zich terugtrekt en je hebt in korte tijd uitstekend werk verricht.' Op oprecht bewonderende toon prees ze Lila, niet alleen om wat er inhoudelijk in het document stond over politiek en de vakbond, maar ook om haar manier van schrijven. 'Wat fantastisch,' zei ze, 'wie had ooit gedacht dat je zo goed op deze manier over deze materie kon schrijven!' Maar na die woorden raadde ze haar toch af om meteen op een rechtstreekse confrontatie met Soccavo aan te sturen. En Armando dacht er ook zo over.

'Laten we wachten tot we wat groter en sterker zijn,' zei hij. 'Wat zich afspeelt in het fabriekje van Soccavo is een realiteit die moet rijpen. We hebben een voet tussen de deur gekregen en dat is al een geweldig resultaat; we kunnen niet het risico lopen buitenspel te worden gezet omdat we overhaast te werk zijn gegaan.'

Dario vroeg: 'Wat stellen jullie voor?'

Nadia antwoordde, maar richtte zich daarbij tot Lila: 'Laten we een uitgebreidere vergadering houden. We zien elkaar zo snel mogelijk met jouw kameraden erbij, we verstevigen dan jullie structuur en stellen eventueel met jouw materiaal een ander stencil samen.'

Die plotselinge voorzichtigheid gaf Lila een heel tevreden en agressief gevoel. Spottend zei ze: 'Begrijp ik goed dat ik al die moeite heb gedaan en mijn baantje riskeer om het júllie mogelijk te maken een vergadering met meer mensen te beleggen en een nieuw stencil op te stellen?'

Maar genieten van die indruk van revanche was haar niet gegeven. Lila's keel kneep ineens zonder duidelijke reden dicht en de kleinste gebaren van de aanwezigen, ook het knipperen van wimpers, versnelden. Ze zag Nadia, die recht tegenover haar zat, trillen als een raam dat niet goed vastzit en in stukjes uiteenvallen. Lila sloot haar ogen, leunde tegen de rugleuning van de gammele stoel waar ze op zat en had het gevoel dat ze stikte.

'Voel je je niet goed?' vroeg Armando.

Ook Pasquale maakte zich ongerust. 'Ze vermoeit zich te veel,' zei hij. 'Wat is er, Lina, wil je een glas water?'

Dario vloog weg om water te halen terwijl Armando haar pols voelde en Pasquale zenuwachtig aandrong: 'Wat voel je? Strek je benen, adem diep.'

Lila fluisterde dat ze in orde was; met een ruk trok ze haar pols uit Armando's hand en zei dat ze alleen maar een minuutje met rust gelaten wilde worden. Maar aangezien Dario terug was met een glas water dronk ze er een klein slokje van en mompelde toen dat het niets was, alleen maar een beetje griep.

'Heb je koorts?' vroeg Armando rustig.

'Vandaag niet.'

'Hoest je, heb je moeite met ademhalen?'

'Een beetje, ik voel mijn hart in mijn keel kloppen.'

'Gaat het nu een beetje beter?'

'Ja.'

'Kom mee naar de andere kamer.'

Lila wilde niet, maar ze voelde zich wel heel angstig. Ze gehoorzaamde, stond moeizaam op en volgde Armando, die intussen een zwarte leren tas met vergulde gespen had gepakt. Ze gingen naar een kamer die Lila nog niet kende. Hij was groot en kil. Er stonden drie veldbedden met oude, zo te zien smerige matrassen erop. En verder een kast met een verweerde spiegel en een commode. Uitgeput ging ze op een van de veldbedden zitten; sinds haar zwangerschap was ze niet meer medisch onderzocht. Toen Armando haar vragen stelde over de symptomen, verzweeg ze alles voor hem, zei alleen iets over de druk op haar borst, maar voegde eraan toe: 'Het stelt niets voor.'

Armando onderzocht haar zwijgend en zij haatte die stilte onmiddellijk, het leek haar een verraderlijke stilte. De antwoorden die zij gaf op zijn vragen leek deze keurige, afstandelijke man absoluut niet te vertrouwen. Hij onderwierp haar aan een onderzoek alsof alleen haar lichaam, versterkt door zijn instrumenten en deskundigheid, een betrouwbaar mechanisme vormde. Hij beluisterde, betastte en bekeek haar, en dwong haar intussen te wachten op een definitieve uitspraak over wat er aan de hand was in haar borst, haar buik en haar keel, ogenschijnlijk welbekende plekken die haar nu echter volledig onbekend voorkwamen. Ten slotte vroeg Armando: 'Slaap je goed?'

'Prima.'

'Hoeveel?'

'Dat hangt ervan af.'

'Waar hangt dat van af?'

'Van waar ik aan denk.'

'Eet je genoeg?'

'Als ik zin heb.'

'Heb je soms moeite met ademen?'

'Nee.'

'Pijn in de borst?'

'Een drukkend gevoel, maar heel licht.'

'Koud zweet?'

'Nee.'

'Ben je weleens flauwgevallen, of heb je het gevoel gehad dat het zou kunnen gebeuren?'

'Nee.'

'Ben je regelmatig?'

'Waarmee?'

'Je menstruatie.'

'Nee.'

'Wanneer ben je voor het laatst ongesteld geweest?'

'Dat weet ik niet.'

'Schrijf je dat niet op?'

'Moet dat?'

'Dat is beter. Gebruik je anticonceptiemiddelen?'

'Wat bedoel je?'

'Condooms, spiraaltje, de pil.'

'Wat voor pil?'

'Een nieuw medicijn: als je dat neemt kun je niet zwanger raken.'
'Echt waar?'
'Ja, absoluut. Heeft je man nooit een condoom gebruikt?'
'Ik heb geen man meer.'
'Heeft hij je in de steek gelaten?'
'Ik heb hem in de steek gelaten.'
'Gebruikte hij het toen jullie nog bij elkaar waren?'
'Ik weet niet eens hoe een condoom eruitziet.'
'Heb je een regelmatig seksleven?'
'Waar is het voor nodig om over dit soort dingen te praten?'
'Als je het niet wilt, doen we het niet.'
'Ik wil het niet.'

Armando deed zijn instrumenten terug in zijn tas, ging op een half ingezakte stoel zitten en zuchtte.

'Je moet kalmer aan doen, Lina. Je vergt te veel van je lichaam.'
'Hoe bedoel je?'
'Je bent ondervoed, je lichaam heeft een klap gekregen, je hebt jezelf erg verwaarloosd.'
'En verder?'
'Verder heb je een beetje slijm in de luchtwegen, ik zal je een siroop geven.'
'En verder?'
'Je zou een reeks onderzoeken moeten laten doen, je lever is enigszins vergroot.'
'Ik heb geen tijd voor onderzoeken, geef me een middeltje.'

Armando schudde ontevreden zijn hoofd.

'Luister,' zei hij, 'ik heb begrepen dat ik er bij jou beter niet omheen kan draaien: je hebt een ruis.'
'Wat is dat?'
'Een hartprobleem, en het zou iets ernstigs kunnen zijn.'

Lila's gezicht verkrampte tot een grijns.

'Bedoel je dat ik doodga?'

Hij glimlachte en zei: 'Nee, je moet alleen een hartspecialist consulteren. Kom morgen naar me toe in het ziekenhuis, dan stuur ik je naar een goede.'

Lila fronste haar voorhoofd, stond op en zei kil: 'Morgen kan ik niet, dan ga ik naar Soccavo.'

42

De bezorgde toon van Pasquale ergerde haar mateloos. Terwijl hij haar naar huis reed vroeg hij: 'Wat zei Armando, hoe gaat het met je?'

'Goed, ik moet meer eten.'

'Zie je wel, je verwaarloost jezelf.'

'Pasquà,' barstte Lila uit, 'je bent mijn vader niet, je bent mijn broer niet, je bent niks. Laat me met rust. Duidelijk?'

'Mag ik me niet ongerust over je maken?'

'Nee, en pas op wat je doet en wat je zegt, vooral bij Enzo: als je hem vertelt dat ik me niet goed voelde – en dat is niet eens waar, ik was alleen maar even duizelig – dan zou dat weleens het einde van onze vriendschap kunnen betekenen.'

'Neem twee dagen rust en ga niet naar Soccavo. Capone heeft het je afgeraden en het comité ook, het gaat erom of het politiek gezien opportuun is.'

'Ik heb er lak aan of het politiek gezien opportuun is. Jullie hebben me in moeilijkheden gebracht en nou doe ik wat ik wil.'

Ze vroeg hem niet mee naar boven te gaan en hij vertrok kwaad. Eenmaal thuis vertroetelde ze Gennaro, maakte het avondeten klaar, wachtte op Enzo. Het leek alsof ze nu constant last had van kortademigheid. Omdat Enzo op zich liet wachten, gaf ze Gennaro alvast te eten; ze was bang dat het zo'n avond was waarop hij vrouwen ontmoette en diep in de nacht thuiskwam. Toen het kind een vol glas water omgooide, verdween alle tederheid en ging ze, in het dialect, tegen hem tekeer alsof hij een volwassene was: 'Kun je nou niet eens even stilzitten? Moet ik je slaan? Waarom wil je mijn leven verpesten?'

Op dat moment kwam Enzo binnen, ze probeerde vriendelijk te zijn. Ze aten, maar Lila had het gevoel dat de happen die ze nam moeite hadden naar haar maag af te dalen, haar borst schraapten. Zodra Gennaro sliep, wijdden ze zich aan de schriftelijke cursus uit Zürich, maar Enzo had er al snel genoeg van en deed verschillende vriendelijke pogingen om naar bed te gaan. Tevergeefs. Lila stelde alles in het werk om het laat te maken; ze was bang zich in haar kamer op te sluiten, bang dat de fysieke klachten die ze voor Armando had verzwegen zodra ze zich in het donker bevond zouden terugkeren, allemaal tegelijk, en tot haar dood zouden leiden.

Hij vroeg zachtjes: 'Vertel je me wat er aan de hand is?'

'Niks.'

'Je bent steeds met Pasquale op stap. Waarom? Wat hebben jullie voor geheimen?'

'Het gaat om de vakbond, hij heeft me lid laten worden en nu moet ik me ermee bezighouden.'

Enzo keek ontmoedigd en zij vroeg: 'Wat is er?'

'Pasquale heeft me verteld waar je in de fabriek mee bezig bent. Dat heb je aan hem verteld en aan die lui van het comité. Waarom ben ik de enige die niets mag weten?'

Lila werd zenuwachtig, stond op, ging naar de wc. Pasquale had niet kunnen zwijgen. Wat had hij verteld? Alleen dat ze het Soccavo lastig wilde maken door de vakbond in te schakelen? Of had hij ook iets gezegd over Gino en dat ze onwel was geworden in de via dei Tribunali? Hij had zijn mond niet weten te houden. Anders dan bij vrouwen het geval is, heeft mannenvriendschap ongeschreven maar onschendbare wetten. Ze trok door, ging terug naar Enzo en zei: 'Pasquale is een verklikker.'

'Pasquale is een vriend. Maar jij, wat ben jij?'

Zijn toon deed haar pijn, ze stortte in, op een onverwachte manier, zomaar ineens. Haar ogen vulden zich met tranen, tevergeefs probeerde ze ze terug te dringen, vernederd door haar eigen zwakheid.

'Ik wil je niet nog meer ellende bezorgen dan ik al heb gedaan,' snikte ze. 'Ik ben bang dat je me wegstuurt.' En nadat ze haar neus had gesnoten voegde ze daar fluisterend aan toe: 'Mag ik bij je slapen?'

Enzo staarde haar ongelovig aan.

'Hoe slapen?'
'Zoals jij wilt.'
'En wil jij dat?'

Lila staarde naar de waterkan midden op tafel met zijn grappige hanenkop – Gennaro vond hem erg leuk – en fluisterde: 'Het belangrijkste is dat je me tegen je aan houdt.'

Ontevreden schudde Enzo zijn hoofd.

'Je wilt mij niet.'

'Ik wil je wel, maar ik voel niets.'

'Voel je niets voor míj?'

'Wat zeg je nou, ik hou heel veel van je en elke avond hoop ik dat je me roept en me in je armen neemt. Maar verder verlang ik niets.'

Enzo werd bleek, zijn mooie gezicht vertrok alsof hij ineens een ondraaglijke pijn voelde en hij constateerde: 'Je walgt van me.'

'Nee, nee en nog eens nee: laten we doen wat jij wilt, meteen, ik ben er klaar voor.'

Hij glimlachte mistroostig, zweeg een poosje. Toen verdroeg hij haar spanning niet langer en mompelde: 'Kom, we gaan slapen.'

'Ieder in zijn eigen kamer?'

'Nee, in de mijne.'

Opgelucht ging Lila zich uitkleden. Ze deed haar nachthemd aan en liep bibberend van de kou naar hem toe. Hij lag al in bed.

'Zal ik hier gaan liggen?'

'Dat is goed.'

Ze gleed onder de dekens, legde haar hoofd op zijn schouder, een arm over zijn borst. Enzo bleef roerloos liggen, ze voelde meteen de intense warmte die hij uitstraalde.

'Mijn voeten zijn ijskoud,' fluisterde ze. 'Mag ik ze tegen die van jou leggen?'

'Ja.'

'Mag ik je een beetje strelen?'

'Laat me maar.'

Langzaam maar zeker verdween de kou. De pijn in haar borst loste op, ze vergat de wurgende greep om haar keel, gaf zich over aan het respijt dat de warmte haar schonk.

'Mag ik slapen?' vroeg ze hem, versuft van vermoeidheid.
'Doe maar.'

43

Toen het licht werd ging er een schok door haar heen, haar lichaam herinnerde haar eraan dat ze wakker moest worden. Onmiddellijk kwamen alle nare gedachten terug, allemaal heel helder: het zieke hart, Gennaro die achteruit ging, de fascisten van de wijk, de betweterij van Nadia, de onbetrouwbaarheid van Pasquale, de lijst met eisen. Pas later realiseerde ze zich dat ze bij Enzo had geslapen, en dat hij niet meer in bed lag. Haastig stond ze op, net op het moment dat ze de huisdeur hoorde dichtslaan. Was hij al opgestaan toen zij in slaap viel? Was hij de hele nacht wakker gebleven? Had hij bij het kind in de andere kamer geslapen? Of was hij naast haar in slaap gevallen, zijn verlangen vergetend? Zeker was dat hij in eenzaamheid had ontbeten, en de tafel gedekt had gelaten voor haar en Gennaro. Hij was naar zijn werk gegaan, zonder iets te zeggen, zijn hoofd waarschijnlijk vol gedachten. Nadat ze haar zoontje bij de buurvrouw had gebracht, haastte ook Lila zich naar haar werk.

'En, heb je beslist?' vroeg Edo haar een beetje boos.

'Ik beslis als ik daar zin in heb,' antwoordde Lila, terwijl ze weer terugviel op haar oude toon.

'We zijn een commissie, je moet ons op de hoogte houden.'

'Hebben jullie de lijst laten rondgaan?'

'Ja.'

'Wat zeggen de anderen?'

'Wie zwijgt stemt toe.'

'Nee, wie zwijgt is schijtbang.'

Capone had gelijk, Nadia en Armando ook. Het was een zwak initiatief, geforceerd. Lila werkte, sneed verboden in het vlees, ze had zin om pijn te doen en zichzelf pijn te doen. Het mes in haar hand te steken, het te laten uitschieten, nu, van het dode vlees naar het levende van haar. Gillen, zich op de anderen storten, iedereen laten betalen voor het feit dat zij niet in staat was een evenwicht te vinden. O, Lina Cerullo, je bent onverbeterlijk. Waarom heb je die lijst opgesteld? Wil je je niet laten uitbuiten? Wil je je eigen situatie en die van deze mensen verbeteren? Ben je ervan overtuigd dat hier jouw, jullie begin ligt, bij wat jullie nu zijn, om je vervolgens aan te sluiten bij de zegevierende mars van het wereldproletariaat? Wat nou! Een mars om wat te worden? Arbeiders, altijd en voor eeuwig? Van de ochtend tot de avond zwoegende arbeiders, maar aan de macht? Lulkoek. Gebakken lucht om de pil van het geploeter te vergulden. Je weet goed dat het een verschrikkelijke situatie is, die niet verbeterd moet worden, maar waar een eind aan moet worden gemaakt, dat weet je al van jongs af aan. Verbeteren, zelf beter worden? Jij, bijvoorbeeld, ben jij beter geworden, ben je geworden zoals Nadia of Isabella? Is jouw broer beter geworden, is hij als Armando? En is je zoontje als Marco? Nee, wij blijven wie we zijn en zij blijven wie zij zijn. Waarom leg je je er dan niet bij neer? Het komt door dat hoofd van je dat maar niet tot rust komt, dat voortdurend zoekt naar een manier om te kunnen functioneren. Schoenen ontwerpen. Alles in het werk stellen om een schoenfabriek op te zetten. De artikelen van Nino herschrijven, hem net zo lang gek maken tot hij deed wat jij wilde. Bij Enzo de schriftelijke cursus uit Zürich op jouw manier gebruiken. En nu Nadia laten zien dat als zij revolutie maakt, jij dat nog veel beter kunt. Dat hoofd, ja, daar ligt het kwaad, het komt door de ontevredenheid in dat hoofd dat het lichaam nu ziek wordt. Ik heb genoeg van mezelf, genoeg van alles. Ik heb ook genoeg van Gennaro: het is zijn lot om op een plek als deze terecht te komen en voor vijf lire meer, als hij geluk heeft, te kruipen voor een of andere baas. En dus? Dus, Cerullo, neem je verantwoordelijkheid en doe wat je steeds van plan bent geweest: Soccavo bang maken, hem afleren zijn werkneemsters in de droogkamer te neuken. Laat zien wat je voor de student met het wolvengezicht klaar hebt weten te maken. Die zomer op Ischia. De drankjes, het huis in Forio, het luxueuze bed waarin je met Nino hebt gelegen. Het geld daarvoor kwam hiervandaan, van deze stank, van deze in smerigheid doorgebrachte dagen, van dit met enkele lires betaalde geploeter. Waar heb ik nu weer in gesneden? Er spuit een gelige brij uit, wat walgelijk. De wereld draait, maar als hij valt, breekt hij gelukkig.

Vlak voor de middagpauze zei ze tegen Edo: 'Ik ga.' Maar nog voor ze haar schort uit had kunnen doen, verscheen de secretaresse van de baas in de uitbeenderij en zei: 'Doctor Soccavo wil dat je naar zijn kantoor komt, nu onmiddellijk.'

Lila dacht dat een of andere verklikker Bruno al had verteld wat er speelde. Ze liet het werk voor wat het was, pakte het vel papier met eisen uit haar kastje en ging naar boven. Ze klopte op de deur van het kantoor, stapte naar binnen. Bruno was niet alleen in de kamer. In een luie stoel, sigaret in de mond, zat Michele Solara.

44

Ze had altijd al geweten dat Michele vroeg of laat weer in haar leven zou opduiken, maar hem daar in Bruno's kantoor aantreffen maakte haar net zo bang als in haar kindertijd de geesten in de donkere hoekjes thuis. Wat doet hij hier, dacht ze, ik moet weg. Maar Solara stond op toen hij haar zag, spreidde zijn armen en leek werkelijk aangedaan. Hij zei in het Italiaans: 'Lina, wat vind ik dit fijn, wat ben ik blij.' Hij wilde haar omhelzen, en zou het ook hebben gedaan als zij hem niet met een impulsief gebaar van afkeer had tegengehouden. Michele stond daar dus even met wijd open armen, streek daarna nonchalant met één hand over een jukbeen, over zijn nek, wees met de andere naar Lila, en zei, dit keer op een gespeelde manier, tegen Soccavo: 'Maar kijk nu toch eens aan, ik kan het niet geloven. Hield jij tussen al die worsten van je echt mevrouw Carracci verborgen?'

Lila wendde zich nors tot Bruno: 'Ik kom straks wel terug.'
'Ga zitten,' zei hij somber.
'Ik blijf liever staan.'
'Ga zitten, zo word je moe.'
Ze schudde haar hoofd, bleef staan, en Michele schonk Soccavo

een glimlach van verstandhouding: 'Zo zit ze in elkaar, leg je er maar bij neer, ze doet gewoon waar ze zin in heeft.'

Solara's stem leek Lila energieker dan in het verleden, en hij sprak de eindletter van elk woord uit, alsof hij de afgelopen jaren spraakoefeningen had gedaan. Misschien om haar krachten te sparen, misschien alleen maar om dwars te zijn, veranderde ze van gedachten en ging zitten. Ook Michele ging weer zitten, maar helemaal naar haar toe gedraaid, bijna alsof Bruno er vanaf dat moment niet meer bij hoorde. Hij bekeek haar aandachtig, met sympathie, en zei: 'Wat jammer, je handen zijn verpest, ze waren vroeger zo mooi.' Aan zijn stem was te horen dat hij het werkelijk meende. Daarna begon hij over de winkel op het piazza dei Martiri, op zakelijke toon, alsof Lila nog bij hem in dienst was en ze in een werkbespreking zaten. Hij had het over nieuwe planken, nieuwe lichtpunten en zei ook dat hij de wc-deur naar de binnenplaats weer dicht had laten metselen. Lila herinnerde zich die deur en zei zachtjes, in het dialect: 'Ik heb schijt aan je winkel.'

'*Onze* winkel bedoel je, we hebben hem samen gecreëerd.'

'Ik heb nooit iets samen met jou gecreëerd.'

Michele glimlachte nogmaals, schudde zijn hoofd ten teken van mild protest. Iemand die daadwerkelijk in een winkel werkt en erover meedenkt is net zo belangrijk als degene die er geld in steekt. Geld creëert uitzichten, situaties, bepaalt het leven van mensen. Je weet niet hoeveel mensen ik gelukkig of kapot kan maken alleen maar door een *sjek* te tekenen. En daarna kletste hij weer rustig door, hij leek het fijn te vinden haar de laatste nieuwtjes te vertellen, alsof ze vrienden waren. Hij begon met Alfonso, die zijn werk op het piazza dei Martiri zo goed had gedaan dat hij nu genoeg verdiende om een gezin te stichten. Maar hij was er niet happig op om te trouwen, hij gaf er de voorkeur aan die arme Marisa als levenslange verloofde aan te houden en te blijven doen waar hij zin in had. Als werkgever had Michele hem daarom een duwtje in de goede richting gegeven. Een regelmatig leven is belangrijk voor werknemers. Hij had hem aangeboden het trouwfeest te betalen, en zo zou in juni dan eindelijk het huwelijk gesloten worden. 'Zie je,' zei hij, 'als jij voor mij was blijven werken, had je nog eens wat anders meegemaakt, dan had ik je alles gegeven waar je om vroeg, je zou een koningin zijn geworden.' Hij gunde haar niet de tijd om iets terug te zeggen. Terwijl hij de as van zijn sigaret in een oude bronzen asbak tikte, kondigde hij aan dat hij ook ging trouwen, ook in juni, met Gigliola natuurlijk, de grote liefde van zijn leven. 'Jammer dat ik je niet kan uitnodigen,' zei hij met spijt in zijn stem. 'Ik zou het leuk hebben gevonden, maar ik wil je man niet in verlegenheid brengen.' En toen begon hij over Stefano en Ada en hun dochtertje te praten, waarbij hij eerst lovend sprak over alle drie en vervolgens opmerkte dat de twee kruidenierswinkels niet meer zo goed liepen als vroeger. 'Zolang Carracci nog over geld van zijn vader beschikte,' legde hij uit, 'hield hij zich drijvende, maar de handel is inmiddels een woelige zee, en sinds een tijdje maakt Stefano water, het lukt hem niet meer. De concurrentie is toegenomen,' zei hij, 'er gaan voortdurend nieuwe winkels open.' Ook Marcello, bijvoorbeeld, had zich in het hoofd gezet de oude winkel van wijlen don Carlo uit te breiden en er zo'n zaak van te maken waar je alles kunt kopen wat je maar bedenken kunt, van zeep tot gloeilampen, mortadella's en snoep. En hij had het gedaan, de zaak liep als een trein, hij had hem *Alles voor iedereen* genoemd.

'Bedoel je te zeggen dat jij en je broer erin zijn geslaagd ook Stefano te ruïneren?'

'Wat nou ruïneren, Lina, wij doen ons werk. Basta. Wat zeg ik, als we onze vrienden kunnen helpen dan doen we dat graag. Raad eens wie Marcello in de nieuwe winkel aan het werk heeft gezet?'

'Geen idee.'

'Je broer!'

'Hebben jullie Rino tot jullie bediende gemaakt?'

'Nou, jij hebt hem in de steek gelaten, en die jongen moet je vader, je moeder, een kind en Pinuccia onderhouden, die overigens weer zwanger is. Wat moest hij? Hij heeft Marcello om hulp gevraagd en Marcello heeft hem geholpen. Vind je dat niet fijn?'

Lila antwoordde ijzig: 'Nee, dat vind ik niet fijn, niets van wat jullie doen vind ik fijn.'

Michele trok een teleurgesteld gezicht, realiseerde zich dat Bruno zich ook in de kamer bevond en zei tegen hem: 'Zie je, ze is zoals ik je zei, ze heeft een slecht karakter, dat is haar probleem.'

Op Bruno's gezicht verscheen een ongemakkelijke glimlach, die solidair bedoeld te zijn.

'Dat is waar.'

'Heb jij ook slechte ervaringen met haar?'

'Enigszins.'

'Weet je dat ze als kind een schoenmakersmes op de keel heeft gezet van mijn broer die twee keer zo groot was als zij? En niet voor de grap; uit alles bleek dat ze écht had kunnen steken.'

'Echt waar?'

'Ja, dit meisje is moedig, en vastberaden.'

Lila balde haar vuisten, ze haatte de zwakheid die ze in haar lijf voelde. De kamer golfde op en neer, de lichamen van de dode dingen en de levende mensen dijden uit. Ze keek naar Michele, die zijn sigaret in de asbak doofde. Hij deed dat te energiek, en hoewel het aan zijn rustige toon niet te merken was, leek ook hij zijn onbehagen af te reageren. Lila staarde naar zijn vingers die maar op de peuk bleven drukken, zijn nagels zagen er wit van. Ooit, dacht ze, heeft hij me gevraagd zijn minnares te worden. Maar dat is niet wat hij eigenlijk wil, er is meer, iets wat niets met neuken te maken heeft en wat hij zelf ook niet begrijpt. Het is een idee-fixe, het is als een bijgeloof. Misschien denkt hij dat ik een kracht heb die voor hem onontbeerlijk is. Hij zou hem willen, maar kan hem niet krijgen, en daar lijdt hij onder, het is iets wat hij me niet met geweld kan ontnemen. Ja, misschien zit het zo. Als het niet zo was, had hij me al vernietigd. Maar waarom uitgerekend ik? Wat heeft hij bij mij gezien dat hij nodig heeft? Ik moet hier niet blijven, onder zijn ogen, ik moet niet naar hem luisteren, ik ben bang voor wat hij ziet en wil. Lila zei tegen Soccavo: 'Ik geef je iets en dan ga ik.'

Ze stond op, klaar om hem de lijst met eisen te geven, wat haar steeds zinlozer leek en toch noodzakelijk. Ze wilde het papier op de tafel leggen, naast de asbak, en dan de kamer verlaten. Maar Michele hield haar tegen. Zijn stem klonk uitgesproken hartelijk, bijna teder, alsof hij had aangevoeld dat ze hem wilde ontvluchten en hij alles op alles wilde zetten om haar te charmeren en daar te houden. Hij ging door met wat hij tegen Soccavo aan het vertellen was: 'Zie je, ze heeft echt een slecht karakter. Als ik zit te praten trekt zij zich daar niets van aan, ze haalt een papier tevoorschijn en zegt dat ze weg wil. Maar je vergeeft het haar, want dat slechte karakter wordt gecompenseerd door heel veel goede eigenschappen. Jij dacht dat je een arbeidster in dienst had genomen. Vergeet het maar. Deze mevrouw is veel en veel meer. Als je haar haar gang laat gaan verandert ze stront in goud, ze is in staat om deze hele tent te reorganiseren en op een niveau te brengen dat jij je niet kunt voorstellen. Waarom? Omdat ze hersens heeft die normaal gesproken geen enkele vrouw heeft, en zelfs wij mannen niet. Ik volg haar al vanaf toen ze bijna nog een kind was, en het is echt zo. Dit meisje heeft schoenen voor me ontworpen die ik vandaag de dag nog in Napels en daarbuiten verkoop en waar ik een hoop geld mee verdien. En ze heeft een winkel op het piazza dei Martiri voor me gerenoveerd, met zo veel fantasie dat het een salon voor de sjieke lui van de via Chiaia, Posillipo en Vomero is geworden. En ze zou nog veel, heel veel meer kunnen. Maar ze is niet goed bij haar hoofd, ze denkt dat ze altijd kan doen wat ze wil. Ze komt en gaat, repareert en maakt kapot. Jij denkt dat ik haar heb ontslagen? Nee hoor, op een dag is ze gewoon niet meer komen opdagen. Zomaar, verdwenen. En als je haar weer in je greep hebt, ontsnapt ze opnieuw, als een paling. Haar probleem is dat ze wel heel intelligent is, maar niet doorheeft wat ze wel en wat ze niet kan doen. En dat komt omdat ze nog geen echte man heeft gevonden. Een echte man dresseert zijn vrouw. Kan ze niet koken? Dan leert ze het maar. Laat ze het huis vervuilen? Poetsen dan. Een echte man kan een vrouw alles laten doen. Om een voorbeeld te geven: onlangs leerde ik een vrouw kennen die niet kon fluiten. Na niet meer dan twee uurtjes samen – de vonken spatten er vanaf – zei ik: 'Nou fluiten!' Je kunt het geloven of niet, maar ze floot! Als je een vrouw kunt opvoeden, prima. Als het je niet lukt, laat haar dan vallen, want je krijgt alleen maar ellende.' Die laatste woorden sprak hij op heel ernstige toon uit, alsof ze een onontkoombaar gebod samenvatten. Maar waarschijnlijk realiseerde hij zich al terwijl hij sprak dat hij niet in staat was geweest, en nog steeds niet in staat was, zich aan zijn eigen wet te houden. Want ineens veranderde zijn gezicht, veranderde zijn stem. Hij voelde een dringende behoefte Lila te vernederen. Met een ongeduldige ruk keerde hij zich naar haar toe en zei met veel nadruk en een crescendo van grove woorden in het dialect: 'Maar met deze meid is 't lastig, daar kom je niet makkelijk vanaf. En toch... kijk hoe ze eruitziet: kleine oogjes, kleine tieten, kleine kont, een bezemsteel is ze geworden. Wat kun je nou met zo'n meid, hij komt er niet eens van omhoog. En toch hoef je haar maar even, heel even te zien of je wilt haar neuken.'

Toen hij dat zei voelde Lila een heftige schok in haar hoofd, alsof haar hart in plaats van in haar keel te bonzen onder haar schedel was geëxplodeerd. Ze schold hem uit, met woorden die zeker zo stuitend waren als die hij zojuist had gebruikt, greep de bronzen asbak van het bureau, waardoor peuken en as in het rond vlogen, en probeerde hem te raken. Maar al was ze razend, toch was het gebaar traag, krachteloos. En Bruno's woorden – *Lina, alsjeblieft, wat doe je?* – bereikten haar ook maar zwakjes. Daardoor kon Solara haar waarschijnlijk gemakkelijk bij de pols grijpen en haar ook zonder moeite de asbak afpakken, terwijl hij woedend tegen haar zei: 'Denk jij dat je in dienst bent van doctor Soccavo? Denk jij dat ik hier niets voorstel? Nou, dan vergis je je. Doctor Soccavo staat al een poosje in het rode boek van mijn moeder en dat is een heel wat belangrijker boek dan dat boekje van Mao. En daarom ben je niet bij hem in dienst, maar bij mij, altijd en alleen maar bij mij. Tot nu toe heb ik je laten begaan, ik wilde zien wat jullie bedoelingen waren, verdomme, van jou en die zak met wie je neukt. En denk eraan dat ik je van nu af aan in de gaten hou, en als ik je nodig heb, kom je meteen, is dat duidelijk?'

Toen pas sprong Bruno op en riep heel zenuwachtig: 'Laat haar los, Michè, nu overdrijf je.'

Langzaam liet Solara Lila's pols los en mompelde vervolgens tegen Soccavo, opnieuw in het Italiaans: 'Je hebt gelijk, neem me niet kwalijk. Maar dit is nu typisch mevrouw Carracci, op de een of andere manier dwingt ze je altijd om te overdrijven.'

Lila onderdrukte haar woede, wreef voorzichtig over haar pols, verwijderde met het topje van haar vingers wat as die op haar terecht was gekomen. Daarna vouwde ze het vel papier met de eisen open, legde het voor Bruno neer en terwijl ze naar de deur liep, keerde ze zich om naar Solara en zei: 'Ik kan al sinds mijn vijfde fluiten.'

45

Toen ze, heel bleek, weer beneden kwam, vroeg Edo haar hoe het gegaan was, maar Lila gaf geen antwoord, duwde hem met een hand opzij, liep naar de wc en sloot zich daar op. Ze was bang dat ze meteen weer bij Bruno werd geroepen, ze was bang dat ze in aanwezigheid van Michele tot ruzie werd gedwongen, ze was bang voor de ongewone kwetsbaarheid van haar lichaam, daar kon ze niet aan wennen. Door het raampje hield ze de binnenplaats in de gaten en haalde opgelucht adem toen ze zag dat Michele – lang, nerveuze pas, hoog voorhoofd, het mooie gezicht met zorg geschoren, een zwart leren jack op een donkere broek – zijn auto bereikte en wegreed. Toen ging ze terug naar de uitbeenderij waar Edo haar opnieuw vroeg hoe het gegaan was.

'Het ging. Maar nu is het verder aan jullie.'

'Hoe bedoel je?'

Ze kon niet antwoorden; Bruno's secretaresse kwam buiten adem aanzetten, de baas wilde haar onmiddellijk zien. Ze ging naar hem toe, als een heilige die haar hoofd weliswaar nog op haar hals had, maar het tegelijk in haar hand droeg alsof het al was afgehakt. Zodra Bruno haar voor zich zag, zei hij bijna schreeuwend: 'Willen jullie soms ook nog dat ik jullie 's ochtends koffie op bed serveer? Wat is dit voor nieuwigheid, Lina? Godsamme. Ga zitten en leg het me uit. Niet te geloven!'

Lila legde hem de eisen één voor één uit, op een toon die ze ook bij Gennaro gebruikte als die iets niet wilde begrijpen. Ze benadrukte dat het raadzaam was de eisen serieus te nemen en de verschillende punten constructief aan te pakken, want dat hij als hij zich onredelijk gedroeg algauw de arbeidsinspectie op zijn dak zou krijgen. Tot slot vroeg ze in wat voor nesten hij zich had gewerkt, dat hij in handen van gevaarlijke mensen als de Solara's terecht was gekomen. Toen verloor Bruno helemaal zijn kalmte. Zijn rode gezicht liep paars aan, en met bloeddoorlopen ogen schreeuwde hij dat hij haar kapot zou maken, dat hij die vier klootzakken die ze tegen hem had opgezet maar een paar lire extra hoefde te betalen om de situatie weer te normaliseren. Hij schreeuwde dat zijn vader jarenlang schenkingen aan de arbeidsinspectie had gedaan, hij was echt niet bang voor controle. Hij brulde dat de Solara's haar de lust wel zouden ontnemen om de vakbondsactiviste uit te hangen en besloot, snakkend naar adem: 'Eruit, onmiddellijk eruit!'

Lila liep naar de deur. Op de drempel draaide ze zich om en zei: 'Je ziet me voor het laatst. Vanaf nu werk ik hier niet meer.'

Bij die woorden kwam Soccavo plotsklaps weer tot zichzelf. Hij grijnsde, maar zijn gezicht stond geschrokken; waarschijnlijk had hij Michele beloofd haar niet te ontslaan. Hij zei: 'Ben je nu beledigd? Krijg je kuren? Weet je wel wat je zegt? Kom hier, laten we het erover hebben. Als er ontslagen moet worden, ga ik daarover. Kom hier, zei ik, kolerewijf.'

Heel even, in een flits, moest ze weer aan Ischia denken, hoe ze 's morgens zaten te wachten op Nino en zijn rijke vriend die over een huis in Forio beschikte, een jongen vol attenties, altijd geduldig. Ze liep weg en sloot de deur achter zich. Meteen daarna begon ze hevig te trillen en raakte ze over haar hele lichaam bezweet. Ze ging niet naar de uitbeenderij terug, zei Edo en Teresa geen gedag, liep langs Filippo, die verbouwereerd naar haar keek en riep: 'Waar ga je heen, Cerù, ga weer naar binnen.' Maar zij rende de onverharde weg af, nam de eerstvolgende bus naar de Marina, en arriveerde bij de zee. Lang zwierf ze rond. Er stond een koude wind. Ze ging met de kabelbaan naar boven, naar Vomero, wandelde over het piazza Vanvitelli, door de via Scarlatti en de via Cimarosa, en nam opnieuw de kabelbaan, terug naar beneden. Pas laat drong het tot haar door dat ze Gennaro was vergeten. Om negen uur kwam ze thuis, vroeg Enzo en Pasquale – die wilden weten wat er was gebeurd en haar bezorgde vragen stelden – om mij in de wijk te gaan halen.

En daar zitten we dan, midden in de nacht, in deze kale kamer in San Giovanni a Teduccio. Gennaro slaapt, Lila praat en praat, met zachte stem, Enzo en Pasquale zitten in de keuken te wachten. Ik voel me als de ridder uit een oude roman die, nadat hij zwervend over de wereld duizend opmerkelijke heldendaden heeft verricht, gehuld in zijn glanzende harnas een haveloze, ondervoede herder tegen het lijf loopt, die zonder ooit zijn weiden te verlaten met blote handen en heldenmoed afschrikwekkende dieren temt en over hen heerst.

46

Ik was een rustige luisteraar, liet haar praten. Sommige momenten van haar relaas raakten me erg, vooral als Lila's gezicht en ook het verloop van haar zinnen plotseling smartelijk en nerveus verkrampten. Ik werd een sterk schuldgevoel bij mezelf gewaar, dacht: dit is het leven dat mij ten deel had kunnen vallen, en dat het niet is gebeurd, is ook haar verdienste. Soms had ik haar bijna omhelsd, vaker wilde ik haar vragen stellen of commentaar leveren. Maar over het algemeen beheerste ik me, onderbrak haar hoogstens twee of drie keer.

Ik viel haar bijvoorbeeld zeker in de rede toen ze het over la Galiani en haar kinderen had. Ik had gewild dat ze duidelijker was geweest over wat mijn lerares had gezegd, welke woorden ze precies had gebruikt, of mijn naam ooit gevallen was bij Nadia en Armando. Maar ik besefte op tijd hoe kleingeestig dergelijke vragen waren en hield me in. Al vond ik ook wel dat ik een goede reden had voor die nieuwsgierigheid, het ging tenslotte om kennissen op wie ik zeer gesteld was. Ik beperkte me tot opmerkingen als: 'Voor ik definitief naar Florence vertrek, moet ik bij la Galiani langs om haar gedag te zeggen. Ga eventueel met me mee, wil je dat?' En ik voegde er nog aan toe: 'Onze relatie is na Ischia een beetje verkild. Volgens haar is het mijn schuld dat Nino het heeft uitgemaakt met Nadia.' Omdat Lila me wel aankeek, maar me niet leek te zien, zei ik ook nog: 'Het zijn goeie mensen, die Galiani's, een beetje verwaand, maar dat van die ruis moet je laten controleren.'

Dit keer reageerde ze: 'Die ruis is er.'

'Oké,' antwoordde ik, 'maar Armando heeft ook gezegd dat er een hartspecialist aan te pas moet komen.'

'Hij heeft hem hoe dan ook gehoord,' was haar reactie.

Vooral toen het over seks ging voelde ik me bij haar betrokken. Over wat er in de droogkamer was gebeurd had ik bijna gezegd: 'In Turijn heb ik een oude intellectueel van mijn lijf moeten houden en in Milaan stapte een Venezolaanse schilder die ik pas een paar uur kende mijn kamer binnen om bij mij in bed te kruipen, alsof ik hem een gunst verschuldigd was.' Maar ook toen hield ik me in. Wat had het voor zin om op dat moment over mezelf te praten? En bovendien, leek wat ik haar kon vertellen echt op wat zij me daar vertelde?

Die laatste vraag drong zich duidelijk bij me op toen Lila van het vermelden van feiten – toen ze me jaren tevoren over haar huwelijksnacht vertelde, hadden we het alleen maar over heel heftige feiten gehad – ertoe overging me over haar ervaring met seks in het algemeen te vertellen. Dat onderwerp aansnijden was totaal nieuw voor ons. De schunnige manier van praten in ons milieu diende om aan te vallen of te verdedigen, maar juist omdat het de taal van het geweld was, vergemakkelijkte hij intieme confidenties niet, integendeel, hij stond ze in de weg. Daarom voelde ik me onbehaaglijk, staarde naar de vloer, toen ze in het rauwe vocabulaire van de wijk zei dat neuken haar nooit het genot had gegeven dat ze er als jong meisje van verwachtte, dat ze altijd weinig of niets had gevoeld, dat ze het na Stefano, na Nino zelfs vervelend vond om te doen, zo vervelend dat ze er ook niet in slaagde een lieve man als Enzo in zich toe te laten. En dat niet alleen: ze voegde er met nog grover taalgebruik aan toe dat ze, nu eens omdat ze ertoe gedwongen was, dan weer uit nieuwsgierigheid of hartstocht, alles had gedaan wat een man van een vrouw kon vragen, maar dat zelfs toen ze samen met Nino een kind had willen maken en ze zwanger was geraakt, dat genot dat ze volgens haar vooral bij die gelegenheid, met die grote liefde, had moeten voelen er niet was geweest.

Ik begreep dat ik tegenover zo veel duidelijkheid niet kon blijven zwijgen, maar haar moest laten voelen dat ik met haar meeleefde en met evenveel vertrouwelijkheid op die van haar moest reageren. Maar bij het idee dat ik over mezelf moest vertellen – ik had een afkeer van het dialect, en hoewel ik gezien werd als een auteur van gewaagde teksten, leek het Italiaans dat ik me eigen had gemaakt me te verfijnd voor een lastige materie als die van seksuele ervaringen – nam mijn onbehagen toe, vergat ik dat haar bekentenis haar moeite had gekost, dat elk woord, ook het vulgaire, gevat was in de uitputting op haar gezicht en het trillen van haar handen, en hield ik het kort.

'Voor mij is het niet zo.'

Ik loog niet, maar toch was het niet de waarheid. De waarheid was gecompliceerder en om die vorm te geven zou ik deugdelijke woorden nodig hebben. Ik had haar moeten uitleggen dat het me in de tijd van Antonio altijd veel genot had gegeven als ik me tegen hem aan wreef, me liet strelen, en dat ik nu nog naar dat genot verlangde. Ik had moeten toegeven dat penetratie ook mij had teleurgesteld, dat het een ervaring was die bedorven werd door schuldgevoel, door de ongemakkelijke omstandigheden waarin het gebeurde, door de angst betrapt te worden, door de haast die daar het gevolg van was, door de vrees zwanger te raken. Maar ik had eraan moeten toevoegen dat Franco – het beetje dat ik van seks wist kwam grotendeels van hem – voor hij in me kwam en ook daarna me toestond over zijn been te wrijven, of zijn buik, en dat dat fijn was en soms ook de penetratie wel fijn maakte. En dus – had ik tot besluit tegen haar moeten zeggen – wachtte ik nu op het huwelijk; Pietro was een heel lieve man, ik hoopte dat ik in de rust en de legitimiteit van het echtelijk bed de tijd en het comfort zou krijgen om het genot van de coïtus te ontdekken. Kijk, als ik me zo had uitgedrukt, zou ik eerlijk zijn geweest. Maar wij beiden, bijna vijfentwintig jaar oud toen, hadden niet de gewoonte in heldere bewoordingen vertrouwelijkheden uit te wisselen. Toen we verloofd waren, zij met Stefano en ik met Antonio, maakten we over dat soort dingen alleen maar korte, algemene opmerkingen, zinspelingen, met tegenzin uitgesproken zinnen. Wat Donato Sarratore en Franco betreft, over geen van beiden had ik ooit iets verteld. Daarom beperkte ik me tot die enkele woorden – *voor mij is het niet zo* – die haar in de oren moeten hebben geklonken als *misschien ben je niet normaal*. En inderdaad, ze keek me stomverbaasd aan, zei, alsof ze zich wilde verdedigen: 'In het boek heb je iets anders geschreven.'

Ze had het dus gelezen. Ik mompelde, in het nauw gedreven: 'Ik weet zelf intussen ook niet meer precies wat er wel of niet in staat.'

'Smerige dingen,' zei ze, 'over zaken die mannen niet willen horen en waar vrouwen alles van weten maar niet over durven praten. Maar wat is dat nou, verberg je je?'

Zo zei ze het ongeveer, het woord 'smerig' gebruikte ze, dat is zeker. Ook zij wees dus op de scabreuze bladzijden, net als Gigliola, die ook het woord 'smerig' had gebruikt. Ik wachtte op een oordeel over het boek in zijn geheel, maar dat bleef uit; ze gebruikte haar verwijzing alleen maar als brug om nog eens te onderstrepen wat ze verschillende keren nadrukkelijk *dat vervelende neuken* had genoemd. 'Het staat in je boek,' riep ze uit, 'en dat je het hebt verteld, betekent dat je het kent. Zeggen dat het voor jou niet zo is, heeft dus geen zin.' En ik zei binnensmonds: 'Ja, misschien heb je gelijk, maar ik weet het niet meer.' En terwijl zij gekweld en schaamteloos doorging me haar ervaringen toe te vertrouwen – veel opwinding, weinig bevrediging, gevoel van walging – moest ik aan Nino denken, doken de vragen weer op die vaak door mijn hoofd hadden gespookt. Was die lange nacht vol verhalen een goed moment om haar te vertellen dat ik hem had teruggezien? Moest ik haar waarschuwen dat ze wat Gennaro betreft niet op Nino kon rekenen, dat hij nog een zoontje had, dat hij zich niets aantrok van zijn kinderen? Moest ik van dat moment, van wat ze daar toegaf, profiteren om haar te laten weten dat hij in Milaan iets onaangenaams over haar had gezegd: *Lila zit verkeerd in elkaar, ook seksueel*. Moest ik haar zelfs vertellen dat ik nu, terwijl ze sprak, in haar opgewonden confidenties en ook in hoe ze de 'smerige' bladzijden van mijn boek las, bevestigd meende te zien dat Nino in essentie gelijk had gehad? Want wat had de zoon van Sarratore in feite anders kunnen bedoelen dan wat zij nu zelf bezig was toe te geven? Had hij gemerkt dat zich laten penetreren voor Lila alleen maar een plicht was, dat het haar niet lukte daarvan te genieten? Hij heeft ervaring, zei ik tegen mezelf. Hij heeft veel vrouwen gehad, hij weet wat goed seksueel gedrag van een vrouw is en dus herkent hij ook het slechte. '*Seksueel slecht in elkaar zitten*' betekent kennelijk geen genot voelen bij de stoten van de man, en kronkelen van lust en wrijven om het verlangen te kalmeren en de handen van de man vastpakken, ze naar je geslacht brengen zoals ik soms bij Franco had gedaan, zonder er rekening mee te houden dat hij het niet prettig vond, en dat het vervelend is voor iemand die zijn orgasme al heeft gehad en weg wil soezen. Mijn onbehagen nam toe, en ik dacht: *dít* heb ik in mijn roman geschreven, Gigliola en Lila hebben *dit* herkend, en Nino heeft *dit* waarschijnlijk ook herkend. Wilde hij er daarom over praten? Ik drong al die gedachten terug, fluisterde een beetje op goed geluk: 'Het spijt me.'

'Wat?'

'Dat je zonder dat je er plezier aan hebt beleefd zwanger bent geraakt.'

Ze antwoordde, met even iets sarcastisch in haar stem: 'Als er iemand is die daar spijt van heeft, dan ben ik dat wel.'

De laatste keer onderbrak ik haar toen het al licht begon te worden; ze had me net over de aanvaring met Michele verteld. Ik zei: 'Basta, kalm nu, neem je koorts op.' Ze bleek achtendertig half te hebben. Ik sloeg mijn armen stevig om haar heen, fluisterde: 'Nu ga ik voor je zorgen, we blijven bij elkaar tot je weer beter bent, en als ik naar Florence moet, gaan jij en het kind mee.' Ze weigerde resoluut, en deed de laatste bekentenis van die lange nacht. Ze zei dat ze er verkeerd aan had gedaan om met Enzo mee te gaan naar San Giovanni a Teduccio, ze wilde terug naar de wijk.

'Naar de wijk?'

'Ja.'

'Je bent gek.'

'Zo gauw ik me beter voel, ga ik.'

Ik werd boos op haar, zei dat het een door de koorts ingegeven plan was, dat de wijk te veel van haar zou vergen, dat het stom zou zijn daar terug te keren. 'Ik ga er nog liever vandaag dan morgen weg,' riep ik uit.

'Jij bent sterk,' antwoordde ze tot mijn grote verbazing. 'Dat ben ik nooit geweest. Hoe beter en authentieker jij je voelt, hoe verder je weggaat. Ik word al bang als ik door de tunnel van de grote weg moet. Weet je nog toen we naar zee wilden en het begon te onweren? Wie van ons beiden wilde doorlopen en wie maakte rechtsomkeert, jij of ik?'

'Dat weet ik niet meer, maar hoe dan ook, je gaat niet terug naar de wijk.'

Tevergeefs probeerde ik haar op andere gedachten te brengen, we discussieerden lang.

'Ga nou maar,' zei ze ten slotte. 'Praat met die twee, ze zitten al uren te wachten. Ze hebben geen oog dichtgedaan en moeten naar hun werk.'

'Wat moet ik ze vertellen?'

'Wat je wilt.'

Ik stopte haar dekens in, ook bij Gennaro, die de hele nacht in zijn slaap had liggen woelen. Ik merkte dat Lila wegdommelde en zei fluisterend: 'Ik kom gauw terug.'

Ze zei: 'Denk aan wat je beloofd hebt.'

'Wat?'

'Ben je dat nu al vergeten? Als me iets overkomt, moet jij Gennaro nemen.'

'Er overkomt je niets.'

Terwijl ik de kamer uit liep, schrok Lila nog even uit haar halfslaap op en mompelde: 'Kijk naar me tot ik slaap. Kijk altijd naar me, ook als je uit Napels vertrekt. Dan weet ik dat je me ziet en voel ik me rustig.'

47

In de periode die liep van die nacht tot aan de dag van mijn huwelijk – ik trouwde op 17 mei 1969 in Florence en begon na een huwelijksreis van slechts drie dagen naar Venetië enthousiast aan mijn leven als getrouwde vrouw – probeerde ik alles voor Lila te doen wat ik kon. In het begin dacht ik eerlijk gezegd dat ik haar alleen maar zou helpen tot haar griep over was. Ik moest me bezighouden met het huis in Florence, had nogal wat verplichtingen met betrekking tot mijn boek – de telefoon rinkelde voortdurend en mijn moeder mopperde, ze had de halve wijk het nummer gegeven, maar niemand belde haar. 'Dat ding in huis,' zei ze, 'daar heb je meer last van dan wat anders', en als er werd gebeld was het bijna altijd voor mij –, ik maakte aantekeningen voor eventuele nieuwe romans en probeerde de lacunes in mijn literaire en politieke ontwikkeling op te vullen. Maar de toestand van algemene zwakte waarin mijn vriendin was geraakt, bracht me er al snel toe mijn eigen zaken te verwaarlozen en me steeds meer met haar bezig te houden. Mijn moeder merkte meteen dat we onze band weer hadden aangehaald; ze vond het iets wat mijn reputatie bezoedelde, was laaiend, had voor Lila en voor mij alleen maar scheldwoorden over. Ze bleef maar denken dat ze mij kon vertellen wat ik wel en niet moest doen, vittend hobbelde ze achter me aan, soms leek ze zelfs vastbesloten in mijn lijf te kruipen om me maar geen baas over mezelf te laten zijn. 'Wat heb je nog met die meid te maken,' bleef ze maar zeggen. 'Denk aan wie je geworden bent en wat er van haar is geworden. Is dat smerige boek dat je hebt geschreven nog niet genoeg, wil je ook nog met een slet bevriend blijven?' Maar ik deed alsof ik doof was. Vanaf het moment waarop ik Lila slapend in haar kamer achterliet en de twee mannen tegemoet ging die de hele nacht in de keuken hadden zitten wachten, zag ik Lila elke dag en wijdde ik me aan de reorganisatie van haar leven.

Tegen Enzo en Pasquale zei ik dat Lila er slecht aan toe was, dat ze niet meer bij Soccavo kon werken, dat ze ontslag had genomen. Voor Enzo hoefde ik er niet veel woorden aan vuil te maken; het was hem al een hele tijd duidelijk dat ze zichzelf in een moeilijke situatie had gemanoeuvreerd en dat er vanbinnen iets aan het bezwijken was. Maar Pasquale, in alle vroegte door de nog lege straten richting de wijk rijdend, was het er niet mee eens. 'Laten we niet overdrijven,' zei hij. 'Het is waar dat Lina een rotleven heeft, maar dat is het lot van iedereen die in deze wereld wordt uitgebuit.' Op de manier die hem al van kindsbeen af eigen was ging hij vervolgens over op de boeren in het zuiden en de arbeiders in het noorden, de volkeren van Latijns-Amerika, van het Nordeste van Brazilië, van Afrika, de Afro-Amerikanen, de Vietnamezen en het imperialisme van de Verenigde Staten. Al snel onderbrak ik hem en zei: 'Pasquale, als Lina zo doorgaat, gaat ze dood.' Hij gaf zich niet gewonnen, bleef met tegenwerpingen komen, niet omdat hij niet op Lila gesteld was, maar omdat de strijd in de Soccavo-fabriek hem belangrijk leek, hij de rol van onze vriendin daarin fundamenteel vond en er diep in zijn hart van overtuigd was dat al dat gedoe over een griepje niet zozeer door haar, als wel door mij veroorzaakt werd, een kleinburgerlijke intellectueel die zich meer zorgen maakte over een lichte koorts dan over de vreselijke politieke consequenties als de arbeiders in hun strijd het onderspit zouden delven. Omdat hij zijn zinnen niet afmaakte, er maar niet toe kwam een en ander begrijpelijk te formuleren, vatte ik zijn woorden rustig en helder samen om duidelijk te maken dat ik het had begrepen. Dat irriteerde hem nog meer en toen hij me bij het hek afzette, zei hij: 'Ik moet nu naar mijn werk, Lenù, maar we hebben het er nog wel over.' Zodra ik weer terugkwam in de flat in San Giovanni a Teduccio, nam ik Enzo apart en zei tegen hem: 'Als je van Lina houdt, hou Pasquale dan uit haar buurt. Ze moet niets meer horen wat met de fabriek te maken heeft.'

In die periode had ik altijd een boek en mijn aantekenschriftje in mijn tas: ik las in de bus of als Lila was ingedut. Soms merkte ik dat ze, wakker geworden, met open ogen naar me lag te kijken, of misschien probeerde te ontdekken wat ik las, maar ze vroeg me nooit iets, zelfs de titel van het boek niet, en als ik haar een paar bladzijden probeerde voor te lezen – ik herinner me bijvoorbeeld scènes in de herberg van Upton – sloot ze haar ogen alsof ik haar verveelde. De koorts was in een paar dagen weg, maar het hoesten niet, en daarom dwong ik haar nog in bed te blijven. Ik zorgde voor het huis, kookte en hield me met Gennaro bezig. Misschien omdat hij al wat groter, een beetje agressief en wispelturig was, had hij voor mij niet de weerloze bekoring die er van Mirko, het andere kind van Nino, uitging. Maar soms werd Gennaro midden in een gewelddadig spelletje ineens door melancholie overmand en viel dan op de vloer in slaap. Dat vertederde me, ik raakte aan hem gehecht, wat met zich meebracht dat hij, toen hem dat duidelijk werd, steeds aan mijn rokken hing en me het redderen of lezen onmogelijk maakte.

    Intussen probeerde ik beter zicht te krijgen op Lila's situatie. Had ze geld? Nee. Ik leende haar wat en dat accepteerde ze, na me honderd keer bezworen te hebben dat ze het me terug zou geven. Hoeveel was Bruno haar schuldig? Twee maanden. En de *buonuscita*, het verplichte bedrag bij ontslag? Dat wist ze niet. Wat deed Enzo voor werk, hoeveel verdiende hij? Geen idee. En die schriftelijke cursus uit Zürich, wat bood die voor concrete mogelijkheden? Ze hoestte voortdurend, transpireerde, had pijn in haar borst, voelde een wurggreep om haar keel, terwijl haar hart op onverwachte momenten op hol sloeg. Ik schreef alle symptomen nauwkeurig op en probeerde haar ervan te overtuigen dat een nieuw medisch onderzoek, veel grondiger dan dat van Armando, noodzakelijk was. Ze zei geen ja, maar verzette zich ook niet. Op een avond, toen Enzo nog niet thuis was, verscheen Pasquale; hij zei heel keurig dat hij, de kameraden van het comité en enkele arbeiders van de Soccavofabriek wilden weten hoe het met Lila ging. Ik zei nadrukkelijk dat ze het niet goed maakte en dat ze rust nodig had, maar hij vroeg toch of hij even naar haar toe kon, alleen maar om haar goedendag te zeggen. Ik liet hem achter in de keuken, ging naar Lila, adviseerde haar om hem niet toe te laten. Op haar gezicht verscheen een grijns die betekende: ik doe wat jij wilt. Het ontroerde me dat ze zich zonder discussie aan mij overgaf – zij die altijd had gecommandeerd en haar eigen zin had gedaan.

48

Diezelfde avond belde ik vanuit mijn ouderlijk huis lang met Pietro, vertelde hem tot in de details van al Lila's ellende en ook hoe graag ik haar wilde helpen. Hij luisterde geduldig. Op een gegeven moment betoonde hij zich zelfs hulpvaardig: hij herinnerde zich een jonge graecist uit Pisa die gefixeerd was op rekenmachines en de filologie daar radicaal door zag veranderen, de fantast! Het vertederde me dat hij, die toch altijd helemaal in zijn werk opging, zich bij die gelegenheid uit liefde voor mij nuttig probeerde te maken.

'Vind hem,' smeekte ik, 'praat met hem over Enzo, je weet maar nooit, misschien duikt er wel een kans op werk op.'

Hij beloofde dat hij zijn best zou doen en voegde eraan toe dat Mariarosa, als hij zich niet vergiste, een korte liefdesrelatie had gehad met een jonge advocaat uit Napels. Misschien kon ze hem wel op het spoor komen en hem vragen mij te helpen.

'Waarmee?'

'Om je vriendin haar geld te laten krijgen.'

Ik werd enthousiast.

'Bel Mariarosa.'

'Goed.'

Ik drong aan: 'Niet alleen maar beloven, echt bellen, alsjeblieft.'

Hij zweeg even en zei toen: 'Nu praatte je net als mijn moeder.'

'Hoe bedoel je?'

'Je leek op haar, tenminste als iets haar bijzonder na aan het hart ligt.'

'Ik ben helaas heel anders.'

Hij zweeg opnieuw even en zei daarna: 'Gelukkig maar dat je

anders bent. Maar hoe dan ook, in dit soort zaken is ze niet te evenaren. Vertel haar over dit meisje en je zult zien dat ze je helpt.'

Ik belde Adele, voelde me een beetje ongemakkelijk, maar overwon dat door te denken aan al die keren dat ik haar zowel voor mijn boek als bij het zoeken naar een huis in Florence bezig had gezien. Ze was een vrouw die zich graag ergens voor inzette. Als ze iets nodig had, nam ze de telefoon en bracht schakel na schakel de keten tot stand die naar haar doel leidde. Ze kon iets vragen op een manier dat nee zeggen voor de ander onmogelijk bleek. Onbevangen overschreed ze ideologische grenzen, had totaal geen respect voor hiërarchieën, of het nu ging om poetsvrouwen, ambtenaartjes, industriëlen, intellectuelen of ministers, ze wist ze altijd te vinden als ze hen ergens voor nodig had en ging dan op een hartelijke, maar afstandelijke manier met hen om, alsof de gunst die zij op het punt stond te vragen in feite al door haar aan hen werd bewezen. Met duizend stuntelige excuses voor de overlast die ik Adele bezorgde, vertelde ik ook haar heel gedetailleerd over mijn vriendin, en ze werd nieuwsgierig, raakte geboeid, verontwaardigd. Aan het eind van ons gesprek zei ze: 'Geef me even de tijd om na te denken.'

'Natuurlijk.'

'Mag ik je intussen een raad geven?'

'Natuurlijk.'

'Wees niet verlegen. Je bent schrijfster, speel je rol, probeer hem uit, maak er gebruik van. Dit is een tijd waarin het erop aankomt, alles wordt overhoop gegooid. Doe mee, wees erbij. En begin met dat gespuis daar bij jou, zet ze met de rug tegen de muur.'

'Hoe?'

'Door te schrijven. Maak die Soccavo en zijn kornuiten doodsbang. Beloof je me dat?'

'Ik zal het proberen.'

Ze gaf me de naam van een redacteur van de *l'Unità*.

49

Het telefoongesprek met Pietro en vooral dat met mijn schoonmoeder maakten een gevoel los dat ik tot op dat moment in bedwang had gehouden, sterker nog, had onderdrukt, maar dat wél bij mij leefde en ieder ogenblik terrein kon gaan winnen. Het had te maken met mijn statusverandering. De Airota's, vooral Guido, maar ook Adele, beschouwden mij waarschijnlijk als een meisje dat weliswaar erg van goede wil was, maar toch heel ver afstond van de vrouw die ze voor hun zoon hadden gewild. En even waarschijnlijk stelden mijn afkomst, mijn accent en mijn gebrek aan elegantie op elk terrein hun ruimdenkendheid zwaar op de proef. Met enige overdrijving zou ik kunnen veronderstellen dat ook de publicatie van mijn boek deel uitmaakte van een noodplan dat mij in hun wereld presentabel moest maken. Maar wat bleef staan, onomstotelijk, was het feit dat ze me hadden geaccepteerd, dat ik op het punt stond met Pietro te trouwen, met hun instemming, dat ik deel zou gaan uitmaken van een beschermende familie, een soort veilige burcht van waaruit ik zonder angst verder kon en waarin ik me kon terugtrekken als ik het gevoel had in gevaar te zijn. Het was zaak er zo snel mogelijk aan te wennen dat ik tot die nieuwe kaste behoorde, en dat ik me daar vooral bewust van moest zijn. Ik was niet langer het kleine meisje met altijd het bijna laatste zwavelstokje in de hand: ik had mezelf een aanzienlijke voorraad zwavelstokjes verschaft. En daarom – drong het ineens tot me door – kon ik veel meer voor Lila doen dan ik had gedacht.

Met dit voor ogen vroeg ik mijn vriendin om de documentatie die ze tegen Soccavo had verzameld en die gaf ze me, passief, zonder ook maar te vragen wat ik ermee wilde doen. Ik begon te lezen, steeds geboeider. Hoeveel verschrikkelijke feiten had ze nauwkeurig en efficiënt weten te vertellen! Hoeveel onverdraaglijke ervaringen waren achter die beschrijving van de fabriek voelbaar. Lange tijd zat ik de documentatie door te bladeren en toen ineens, eigenlijk zonder dat er een besluit aan vooraf was gegaan, zocht ik het telefoonnummer van Soccavo op in de gids en belde. Met mijn stem op de juiste toonhoogte en met de juiste hooghartigheid zei ik: 'Hallo, met Elena Greco', en liet me met Bruno verbinden. Hij was vriendelijk – *Wat een plezier om jou te horen* –, ik kil. Hij zei: 'Wat heb je veel gepresteerd, Elena. Ik heb je foto in de *Roma* gezien, knap hoor, wat een mooie tijd was dat toch op Ischia.' Ik antwoordde dat ik het ook leuk vond om hem te spreken, maar dat Ischia heel ver weg was en dat we allemaal veranderd waren, in goede of in kwade zin, dat ik over hem bijvoorbeeld vervelende geruchten had gehoord die naar ik hoopte niet op waarheid berustten. Hij begreep het onmiddellijk en kwam meteen in opstand. Hij had geen goed woord over voor Lila, had het over haar ondankbaarheid, over de problemen die ze had veroorzaakt. Ik veranderde van toon, antwoordde dat ik Lila eerder geloofde dan hem. 'Pak pen en papier,' zei ik, 'en noteer mijn telefoonnummer. Klaar? Geef nu instructies om Lila tot op de laatste lire te betalen wat je haar schuldig bent en laat me weten wanneer ik langs kan komen om het geld op te halen: ik zou niet willen dat er ook een foto van jou in de kranten verscheen.'

Ik hing op voordat hij er iets tegen in kon brengen, was trots op mezelf. Ik had niet de minste emotie getoond, ik had het kort gehouden, slechts enkele zinnen in het Italiaans, eerst aardig, daarna afstandelijk. Ik hoopte dat Pietro gelijk had: kreeg ik echt Adeles toon, was ik zonder dat ik het in de gaten had bezig me haar manier van leven aan te leren? Ik besloot dat ik wilde ontdekken of ik, als ik wilde, in staat was de bedreiging waarmee ik het telefoongesprek had beëindigd ook uit te voeren. Opgewonden, wat ik niet was geweest toen ik Bruno belde – hij was toch nog altijd de vervelende jongen die op het strand van Citara had geprobeerd me te kussen –, draaide ik het nummer van de redactie van de *l'Unità*. Terwijl de telefoon overging, zat ik te hopen dat ze de stem van mijn moeder die in het dialect tegen Elisa gilde niet op de achtergrond zouden horen. 'Met Elena Greco,' zei ik tegen de telefoniste, en kreeg de kans niet om uit te leggen wat ik wilde omdat de vrouw uitriep: 'Elena Greco, de schrijfster?' Ze had mijn boek gelezen, complimenteerde me uitgebreid. Ik bedankte haar, voelde me vrolijk, sterk, legde zonder dat het nodig was uit dat ik een artikel in mijn hoofd had over een fabriekje ergens in de buitenwijken en noemde de redacteur die Adele me had aangeraden. De telefoniste maakte me nog meer complimenten en nam toen een professionele toon aan. 'Blijft u aan de lijn,' zei ze. Een minuutje later vroeg een man met een heel schorre stem op spottende toon sinds wanneer beoefenaars der schone letteren bereid waren hun pen te bezoedelen met stukloon, diensten en overuren, zeer saaie onderwerpen waar vooral jonge succesromancières zich verre van hielden.

'Waar gaat het over?' vroeg hij. 'Bouwvakkers, havenarbeiders, mijnwerkers?'

'Een vleeswarenfabriekje,' zei ik zachtjes, 'niets bijzonders.'

De man bleef spotten: 'U hoeft zich niet te verontschuldigen, het is prima. Als Elena Greco, aan wie deze krant niet minder dan een halve pagina met bovenmatig veel lof heeft gewijd, besluit over worsten te schrijven, kunnen wij, arme redacteurs, dan zeggen dat het ons niet interesseert? Dertig regels, is dat genoeg? Te weinig? Laten we dan eens overdrijven en er zestig van maken. Als u het af hebt, wat doet u dan, brengt u het me persoonlijk of dicteert u het me?'

Ik begon onmiddellijk aan het artikel. Ik moest mijn zestig regels uit Lila's bladzijden persen en ik wilde er uit liefde voor haar iets goeds van maken. Maar ik had geen enkele ervaring met journalistieke verslagen, afgezien dan van die keer dat ik, vijftien jaar oud, met allerberoerdst resultaat had geprobeerd voor het tijdschrift van Nino over het conflict met de godsdienstleraar te schrijven. Ik weet het niet, maar misschien was het die herinnering die het ingewikkeld maakte. Of misschien het sarcasme van de redacteur dat me nog in de oren klonk, vooral toen hij me aan het einde van het gesprek op het hart drukte zijn groeten aan mijn schoonmoeder over te brengen. Zeker is wel dat het me heel veel tijd kostte, verbeten schreef en herschreef ik het artikel. Maar toen ik het idee had klaar te zijn, had ik er geen tevreden gevoel over en bracht ik het niet naar de krant. Ik moet eerst met Lila praten, zei ik tegen mezelf, dit is iets wat we samen moeten besluiten, ik zal het morgen afleveren.

De volgende dag ging ik naar Lila. Ze leek me er bijzonder beroerd aan toe te zijn. Ze mopperde dat bepaalde ondefinieerbare aanwezigen van mijn afwezigheid profiteerden, dat ze zomaar uit dingen tevoorschijn kwamen om haar en Gennaro lastig te vallen. Toen ze merkte dat ik me ongerust maakte, verscheen er een lach op haar gezicht, ze mompelde dat het flauwekul was, wilde alleen maar dat ik meer tijd bij haar doorbracht. We praatten veel, ik kalmeerde haar, maar liet haar het artikel niet lezen. Wat me daarvan weerhield was de gedachte dat als de *l'Unità* het stuk weigerde, ik gedwongen zou zijn haar te vertellen dat ze het niet goed hadden gevonden en dan had ik me vernederd gevoeld. Het telefoontje van Adele 's avonds was nodig om me een flinke dosis optimisme toe te dienen en me tot een beslissing te brengen. Ze had met haar man overlegd en ook met Mariarosa. In een paar uur tijd had ze de halve wereld in beweging gebracht: autoriteiten op medisch gebied, socialistische professoren die verstand hadden van vakbonden, een christendemocraat die ze een beetje een sul maar een goed mens noemde, met veel ervaring in arbeidsrecht. Het resultaat was dat ik de volgende dag een afspraak had met de beste hartspecialist van Napels – een vriend van vrienden, ik hoefde niets te betalen –, dat de arbeidsinspectie onmiddellijk een bezoek aan de Soccavo-fabriek zou brengen, en dat ik me om Lila's geld te krijgen tot die vriend van Mariarosa kon wenden over wie Pietro iets had gezegd, een jonge, socialistische advocaat die kantoor hield op het piazza Nicola Amore en al op de hoogte was gebracht.

'Tevreden?'

'Ja.'

'Heb je je artikel geschreven?'

'Ja.'

'Zo zie je maar, ik was er zeker van dat je het niet zou doen.'

'Maar het is klaar, ik breng het morgen naar de *l'Unità*.'

'Goed zo. Ik loop het risico je te onderschatten.'

'Is dat een risico?'

'Dat is onderschatting altijd. Hoe gaat het met dat arme dier van een zoon van me?'

50

Vanaf dat moment begon alles soepel te gaan, alsof ik de kunst verstond de gebeurtenissen te laten verlopen met de gelijkmatigheid waarmee water uit een bron komt. Ook Pietro was voor Lila aan de slag gegaan. Zijn collega, de graecist, bleek een praatgrage letterkundige te zijn, maar wél nuttig: hij kende iemand in Bologna die echt een expert in rekenmachines was – de betrouwbare bron van zijn filologische fantasieën – en die hem het nummer had gegeven van een kennis in Napels die even betrouwbaar werd geacht. Pietro dicteerde me de voor- en achternaam, het adres en telefoonnummer van die Napolitaanse meneer en ik bedankte hem enthousiast, maakte een liefdevol grapje over de ondernemingszin die in hem was gevaren en gaf hem zelfs een dikke kus door de telefoon.

Ik ging meteen naar Lila. Ze had een holle hoest, haar gezicht stond gespannen, was bleek, haar blik overdreven waakzaam. Maar ik bracht heel goede berichten en was blij. Ik schudde haar door elkaar, omhelsde haar, hield haar beide handen stevig vast, en vertelde intussen over het telefoontje aan Bruno, las haar het artikel voor dat ik had geschreven en somde de resultaten op van het voortvarende optreden van Pietro, mijn schoonmoeder en mijn schoonzusje. Ze luisterde naar me alsof ik van heel ver weg sprak – vanuit een andere wereld waarin ik me had gewaagd – en ze slechts de helft van de dingen die ik zei duidelijk kon horen. Bovendien stond Gennaro voortdurend aan haar te trekken omdat hij met haar wilde spelen en schonk zij aandacht aan hem terwijl ik zat te praten, zij het koeltjes. Desondanks voelde ik me blij. In het verleden had Lila het wonderbaarlijke laatje van de kruidenierswinkel geopend en van alles voor me gekocht, vooral boeken. Nu opende ik mijn laatjes en deed ik iets terug, in de hoop dat ze zich net zo veilig voelde als ik inmiddels.

'En,' vroeg ik haar, 'ga je morgenvroeg mee naar de hartspecialist?'

Ze reageerde raar op die vraag, zei met een lachje: 'Deze manier van aanpakken zal Nadia niet bevallen. En haar broer evenmin.'

'Welke manier? Ik snap het niet.'

'Niks.'

'Lila,' zei ik, 'alsjeblieft, waarom haal je Nadia erbij? Maak haar niet belangrijker dan ze zichzelf al vindt. En vergeet Armando, dat is altijd een oppervlakkige jongen geweest.'

Ik stond zelf verbaasd over dat oordeel; al met al wist ik weinig van de kinderen van mevrouw Galiani. Een paar seconden lang had ik de indruk dat Lila me niet herkende, dat ze een geest tegenover zich zag die van haar zwakheid profiteerde. Eigenlijk wilde ik niets kwaads over Nadia en Armando zeggen, maar haar alleen maar duidelijk maken dat er andere hiërarchieën van macht bestonden, dat de Galiani's vergeleken bij de Airota's niets voorstelden, en mensen als Bruno Soccavo en die camorrist van een Michele Solara nog minder, kortom, dat ze moest doen wat ik zei en zich geen zorgen moest maken. Maar al terwijl ik sprak, besefte ik dat ik gevaar liep te gaan opscheppen en ik streelde haar over haar wang, verklaarde dat ik hoe dan ook vol bewondering was voor de politieke inzet van broer en zus en zei lachend: 'Maar verlaat je op mij.'

Ze mompelde: 'Goed, laten we dan maar naar die hartspecialist gaan.'

Ik liet haar nog niet met rust en vroeg: 'Wat spreek ik af voor Enzo, hoe laat, op welke dag?'

'Wanneer je wilt, maar na vijven.'

Zodra ik thuis was, ging ik weer aan het bellen. Ik belde de advocaat, legde hem haarfijn Lila's situatie uit. Ik belde de hartspecialist, bevestigde de afspraak. Ik belde de rekenmachine-expert, hij werkte bij een nationaal onderzoeksinstituut voor nieuwe technologieën; hij zei dat de schriftelijke cursus uit Zürich nergens toe diende, maar dat ik Enzo toch naar hem toe kon sturen, op die en die dag, zo en zo laat en op dat en dat adres. Ik belde de *l'Unità*, de redacteur zei: 'U neemt er de tijd voor, brengt u me dat artikel nog of wachten we tot Kerstmis?' Ik belde de secretaresse van Soccavo, verzocht haar tegen haar baas te zeggen dat er aangezien ik niets meer van hem had gehoord binnenkort een artikel van mijn hand in de *l'Unità* zou verschijnen.

Op dit laatste telefoontje volgde al snel een heftige reactie. Soccavo belde me twee minuten nadat ik had opgehangen en dit keer sprak hij niet vriendschappelijk, maar sloeg dreigende taal uit. Ik antwoordde dat hij elk moment bezoek van de arbeidsinspectie kon verwachten en ook dat een advocaat Lila's belangen zou behartigen. En daarna haastte ik me tegen het einde van de dag naar de *l'Unità* om mijn artikel in te leveren, prettig opgewonden: ik was er trots op uit genegenheid en overtuiging tegen het onrecht te vechten, en dat tegen de wens van Pasquale en Franco in die dachten me nog lessen te kunnen leren.

De man met wie ik had gesproken was van middelbare leeftijd, klein van stuk, dik, met levendige oogjes waarin constant een welwillende ironie sprankelde. Hij liet me plaatsnemen op een gammele stoel en las het stuk aandachtig. Ten slotte legde hij de blaadjes op zijn bureau en zei: 'En dit zijn zestig regels? Mij lijken het er honderdvijftig.'

Ik voelde me blozen en fluisterde: 'Ik heb ze meerdere keren geteld, het zijn er zestig.'

'Ja, maar handgeschreven en in een handschrift dat nog niet met een vergrootglas is te lezen. Maar het stuk is uitstekend, echt waar, kameraad. Probeer ergens een typemachine te vinden en schrap wat eruit kan.'

'Nu?'

'Wanneer anders? Heb ik een keer iets wat opvalt als ik het plaats en dan wil jij me tot sint-juttemis laten wachten?'

51

Wat voelde ik me energiek in die dagen! We gingen naar de hartspecialist, een beroemde professor die in de via Crispi woonde en ook zijn praktijk daar had. Ik besteedde voor die gelegenheid veel aandacht aan mezelf. Ook al kwam de dokter uit Napels, hij had toch met Adeles wereld te maken en ik wilde haar daarom geen slecht figuur laten slaan. Ik borstelde mijn haar, trok een jurk aan die ik van Adele had gekregen, gebruikte een subtiel parfum dat op het hare leek, maakte me licht op. Ik wilde dat de professor zich positief over me uitliet als hij telefonisch contact met mijn schoonmoeder had of haar toevallig ontmoette. Lila verscheen zoals ik haar elke dag thuis zag, zonder enige zorg voor haar uiterlijk. We namen plaats in een grote wachtkamer, met negentiende-eeuwse schilderijen aan de wanden: een van een adellijke dame in een fauteuil met een donkere dienstbode op de achtergrond, een portret van een oude dame en een groot, weids jachttafereel. Er zaten nog twee personen te wachten, een man en een vrouw, beiden op leeftijd en beiden met het verzorgde, elegante uiterlijk van welgestelde mensen. We wachtten zwijgend. Lila, die me onderweg al complimenten had gemaakt over mijn uiterlijk, zei slechts één keer iets, met zachte stem: 'Het lijkt wel of je uit een van deze schilderijen bent gestapt, jij bent de dame en ik de dienstmeid.'

We wachtten enkele minuten. Een verpleegster riep ons. Zonder duidelijke reden kregen we voorrang op de patiënten die al langer zaten te wachten. Pas op dat moment werd Lila nerveus, ze wilde dat ik bij het onderzoek aanwezig was, zwoer dat ze zonder mij nooit naar binnen zou gaan en duwde me ten slotte naar voren alsof ik me moest laten onderzoeken. De arts was een benige man van een jaar of zestig, met heel dik, grijs haar. Hij ontving me voorkomend, wist alles van me, praatte tien minuten alsof Lila er niet bij was. Hij zei dat zijn zoon ook aan de Normale was afgestudeerd, maar zes jaar eerder dan ik. Hij vertelde heel nadrukkelijk dat zijn broer schrijver was en een zekere bekendheid genoot, maar alleen in Napels. Hij prees de Airota's hogelijk; een neef van Adele, een beroemd fysicus, was een goede bekende van hem. Hij vroeg: 'En wanneer vindt het huwelijk plaats?'

'Op 17 mei.'

'17? Dat is een ongeluksgetal. Alstublieft, verandert u de datum.'

'Dat kan niet meer.'

Lila zat er de hele tijd zwijgend bij. Ze schonk geen enkele aandacht aan de professor, ik voelde haar ogen vol nieuwsgierigheid op mij rusten, ze leek verbaasd over alles wat ik zei en deed. Toen de dokter zich eindelijk op haar concentreerde en haar lange tijd allerlei vragen stelde, antwoordde ze met tegenzin, in het dialect of in een lelijk Italiaans, dat een omzetting was van formuleringen in het dialect. Vaak moest ik tussenbeide komen om haar aan symptomen te herinneren waarover ze me had verteld of aandacht te vestigen op symptomen die ze bagatelliseerde. Ten slotte onderwierp ze zich aan een zeer zorgvuldig onderzoek en ingewikkelde controles, met een boos gezicht, alsof de hartspecialist en ik haar onrecht aandeden. Ik keek naar haar tengere lijf in een vale, lichtblauwe onderjurk, die erg versleten was en veel te groot voor haar. Haar lange hals leek haar hoofd maar met moeite te kunnen dragen, haar huid lag gespannen over haar botten, als zijdevloei dat op het punt staat te scheuren. Ik merkte dat er van tijd tot tijd een zenuwschokje door haar linkerduim ging. Er verstreek een goed half uur voordat de professor zei dat ze zich weer kon aankleden. Dat deed ze, maar intussen verloor ze hem geen moment uit het oog, ze leek bang nu. De specialist liep naar zijn bureau, ging zitten en verklaarde toen eindelijk dat alles in orde was, hij had geen enkele ruis ontdekt. 'U hebt een volmaakt hart, mevrouw,' zei hij. Maar die uitspraak had zo te zien niet veel effect op Lila, ze vertoonde geen blijdschap, leek zelfs geïrriteerd. Degene die opgelucht was, dat was ik, alsof het om míjn hart ging, en toen de professor – opnieuw tegen mij en niet tegen Lila, bijna alsof het feit dat ze nauwelijks reageerde hem had beledigd – er met een ernstig gezicht aan toevoegde dat er echter wat de algemene conditie van mijn vriendin betrof wel dringend moest worden ingegrepen, toonde ik me bezorgd. 'Het probleem,' zei hij, 'is niet dat hoesten. Mevrouw is verkouden, ze heeft een lichte griep gehad, ik zal haar een siroop voorschrijven.' Het probleem was volgens hem dat Lila ten gevolge van ernstige verzwakking uitgeput was. Ze moest meer aandacht aan zichzelf besteden, regelmatig eten, een versterkende kuur doen en zich minstens acht uur slaap gunnen. 'Veel van de symptomen van uw vriendin,' zei hij, 'zullen verdwijnen als ze weer op krachten komt. In elk geval,' besloot hij, 'adviseer ik een neurologisch onderzoek.'

Bij die laatste woorden schrok Lila op. Ze fronste haar voorhoofd, boog naar voren en zei in het Italiaans: 'Zegt u daar dat ik geestesziek ben?'

De arts keek haar verrast aan, alsof de patiënt die hij zojuist had onderzocht als bij toverslag door een andere persoon was vervangen.

'Nee, nee, absoluut niet. Ik adviseer u alleen maar een controle.'

'Heb ik iets verkeerds gezegd of gedaan?'

'Nee, maakt u zich geen zorgen, zo'n onderzoek dient alleen om een duidelijk beeld van uw situatie te krijgen.'

'Iemand uit mijn familie,' zei Lila, 'een nicht van mijn moeder, was ongelukkig, is haar hele leven ongelukkig geweest. Toen ik klein was hoorde ik haar 's zomers door het open raam lachen, gillen. Of ik zag haar op straat nogal rare dingen doen. Maar dat kwam omdat ze ongelukkig was, en daarom heeft ze nooit een neuroloog bezocht, is ze zelfs nooit naar wat voor dokter dan ook gegaan.'

'Het zou goed zijn geweest als ze dat wel had gedaan.'

'Zenuwziekten horen bij dames.'

'Is de nicht van uw moeder geen dame?'

'Nee.'

'En u?'

'Nog minder.'

'Voelt u zich ongelukkig?'

'Ik voel me prima.'

De arts wendde zich opnieuw tot mij, stuurs nu: 'Absolute rust. Laat u haar deze kuur doen, maar heel nauwgezet. En als u kans ziet mevrouw een poosje mee te nemen naar het platteland, des te beter.'

Lila barstte in lachen uit, verviel weer in het dialect: 'De laatste keer dat ik bij een dokter ben geweest, stuurde hij me naar zee en toen is me een heleboel ellende overkomen.'

De professor deed of hij het niet hoorde, glimlachte tegen mij om een glimlach van verstandhouding terug te krijgen, gaf me de naam van een bevriende neuroloog, naar wie hij persoonlijk belde om zo snel mogelijk een afspraak voor ons te krijgen.

Het was niet eenvoudig Lila naar weer een andere dokter mee te krijgen. Ze zei dat ze geen tijd te verliezen had, ze had zich bij de hartspecialist al genoeg verveeld, ze moest voor Gennaro zorgen en nog belangrijker, ze kon niet zomaar geld over de balk smijten en wilde ook niet dat ik dat deed. Toen ik haar verzekerde dat het bezoek gratis was, gaf ze zich schoorvoetend gewonnen.

De neuroloog was een levendig, volledig kaal mannetje dat zijn praktijk had in een oud gebouw aan de via Toledo en in de wachtkamer pronkte met uitsluitend filosofische teksten, keurig in een rij. Hij hoorde zichzelf graag praten en sprak zo veel dat hij meer aandacht aan het verloop van zijn verhaal leek te schenken dan aan zijn patiënte. Hij onderzocht Lila en wendde zich tot mij, hij stelde haar vragen en presenteerde mij een van zijn diepgaande bespiegelingen zonder te letten op de antwoorden die Lila hem gaf. Hoe dan ook, verstrooid concludeerde hij dat Lila's zenuwstelsel net zo in orde was als haar hartspier. 'Maar,' zei hij, nog steeds tegen mij, 'mijn collega heeft gelijk, mijn beste mevrouw Greco, haar organisme is verzwakt en dientengevolge profiteren zowel haar edele als haar lagere streving daarvan om de overhand te krijgen op haar redelijke streving, maar als we het lichaam zijn welzijn teruggeven, geven we daarmee ook de geest zijn gezondheid terug.' Daarna vulde hij een receptbriefje met niet te ontcijferen tekens, waarbij hij wel hardop de namen van de medicijnen en de doses scandeerde. Vervolgens ging hij over op adviezen. Ter ontspanning adviseerde hij lange wandelingen, waarbij de zee vermeden diende te worden: 'Beter,' zei hij, 'het bos van Capodimonte of het Camaldoli-park.' Hij adviseerde om veel te lezen, maar overdag, nooit 's avonds. Hij adviseerde om de handen bezig te houden, ook al zou hij als hij maar een ogenblik serieus naar Lila's handen had gekeken, hebben begrepen dat ze die al veel te veel bezig had gehouden. Toen hij een loflied op de neurologische voordelen van het haken aanhief, begon Lila onrustig op haar stoel heen en weer te schuiven, wachtte niet tot de arts was uitgesproken, maar vroeg hem, haar eigen verborgen gedachten volgend: 'Nu we toch hier zijn... zou u me die pillen kunnen geven waardoor je geen kinderen krijgt?'

De arts fronste zijn voorhoofd, en ik ook, geloof ik. Het leek me een volstrekt misplaatste vraag.

'Bent u getrouwd?'
'Ooit wel, nu niet.'
'Hoe bedoelt u, nu niet?'
'Gescheiden van tafel en bed.'
'Maar nog altijd wel getrouwd, dus.'
'Ach.'
'Hebt u al kinderen?'
'Eén.'
'Eén is weinig.'
'Voor mij genoeg.'
'In uw toestand zou een zwangerschap helpen, er is geen beter medicijn voor een vrouw.'
'Ik ken vrouwen die gesloopt zijn door hun zwangerschappen. Geef mij die pillen maar.'
'Voor dit probleem moet u een gynaecoloog raadplegen.'
'Hebt u alleen verstand van zenuwen, kent u die pillen niet?'

De arts raakte geïrriteerd. Hij praatte nog wat door en gaf me toen, op de drempel, het adres en telefoonnummer van een vrouwelijke arts die in een medisch laboratorium in de via Ponte di Tappia werkte. 'Wendt u zich tot haar,' zei hij alsof ík hem het verzoek om dat anticonceptiemiddel had gedaan, en liet ons toen gaan. Bij de uitgang wilde de secretaresse dat we betaalden. De neuroloog, zo begreep ik, behoorde niet tot het 'gunstencircuit' dat Adele in beweging had gezet. Ik betaalde.

Eenmaal op straat zei Lila boos, bijna schreeuwend: 'Ik neem niet één van de medicijnen die die zak me heeft voorgeschreven, ik raak toch verward in mijn hoofd, dat weet ik nu al.' Ik antwoordde: 'Daar ben ik het niet mee eens, maar doe wat je wilt.' Dat verwarde haar, ze stamelde: 'Ik ben niet kwaad op jou, ik ben kwaad op de artsen.' We liepen richting via Ponte di Tappia, maar zonder het tegen elkaar te zeggen, alsof we maar wat rondliepen, enkel om de benen een beetje te strekken. Eerst zweeg ze een poosje, daarna deed ze geërgerd de toon en het geklets van de neuroloog na. Die

onverdraagzaamheid leek me te getuigen van een terugkeer van vitaliteit. Ik vroeg: 'Gaat het een beetje beter met Enzo?'
'Altijd hetzelfde.'
'Wat moet je dan met die pillen?'
'Ken jij ze?'
'Ja.'
'Gebruik je ze?'
'Nee, maar zo gauw ik getrouwd ben wel.'
'Wil je geen kinderen?'
'Jawel, maar ik moet eerst nog een boek schrijven.'
'Weet je man dat je ze niet meteen wilt?'
'Dat vertel ik hem nog wel.'
'Zullen we naar die vrouw gaan en ons allebei die pillen laten voorschrijven?'
'Lila, het zijn geen snoepjes die je zomaar kunt nemen. Als je toch niks doet met Enzo, vergeet het dan.'
Ze keek me met samengeknepen ogen aan, spleetjes waarin de pupillen nauwelijks te zien waren.
'Nu niks, maar straks, wie weet...'
'Meen je dat?'
'Moet ik het niet doen, volgens jou?'
'Natuurlijk wel.'
In de via Ponte di Tappia vonden we een telefooncel en belden de dokter, die zei dat ze beschikbaar was en ons meteen kon ontvangen. Onderweg naar het laboratorium liet ik steeds meer merken blij te zijn dat ze zich tegenover Enzo toeschietelijker opstelde, en dat leek haar op te beuren. We werden weer de meisjes van vroeger, we begonnen weer lol te trappen en zeiden almaar, deels gemeend, deels voor de grap: 'Praat jij maar, jij durft meer, nee jij, jij ziet eruit als een mevrouw, ik heb geen haast, ik ook niet, waarom gaan we er dan heen?'
De arts stond ons bij de voordeur op te wachten, in een witte jasschort. Het was een vriendelijke vrouw met een schelle stem. Ze nodigde ons uit in een café en behandelde ons alsof we al tijden vriendinnen waren. Meerdere keren zei ze nadrukkelijk dat ze geen

gynaecoloog was, maar ze was zo royaal met uitleg en advies dat Lila, terwijl ik me afzijdig hield en me lichtelijk verveelde, haar steeds explicietere vragen stelde, bezwaren uitte, opnieuw vragen stelde en ironische opmerkingen maakte. Ze vonden elkaar erg aardig. Ten slotte kregen we elk een recept, tegelijk met talloze aanbevelingen. De dokter weigerde een vergoeding, want, zei ze, het ging om een opdracht die zij en een aantal vrienden zichzelf hadden gegeven. Toen we elkaar gedag zeiden – ze moest terug naar haar werk – gaf ze geen hand, maar omhelsde ons. Eenmaal op straat zei Lila ernstig: 'Eindelijk een fatsoenlijk mens.' Nu was ze vrolijk, zo had ik haar lange tijd niet gezien.

52

De redacteur was dan wel enthousiast geweest over mijn artikel, toch talmde de *l'Unità* met de publicatie ervan. Ik maakte me ongerust, vreesde dat het niet meer zou verschijnen. Maar de dag na het bezoek aan de neuroloog liep ik 's ochtends vroeg naar de kiosk, keek haastig bladerend de krant door en vond het. Eindelijk! Ik verwachtte dat ze het ingekort op een lokale pagina zouden hebben gezet, tussen de plaatselijke nieuwtjes, maar nee hoor, daar stond het, integraal op een van de landelijke pagina's met mijn naam erbij, wat voelde alsof ik ineens met een lange naald werd gestoken. Pietro belde me blij op, ook Adele was enthousiast, ze zei dat haar man en zelfs Mariarosa zeer over het artikel te spreken waren. Maar het meest verrassend was dat niet alleen de directeur van mijn uitgeverij me belde, maar ook twee heel bekende persoonlijkheden die al jaren met de uitgeverij samenwerkten, en Franco, Franco Mari, die Mariarosa om mijn nummer had gevraagd. Hij was vol waardering, zei dat hij tevreden over me was, dat ik een voorbeeldige, uitputtende analyse van de situatie van de arbeiders had gegeven, dat hij me gauw hoopte te ontmoeten om er samen over te praten. Eenmaal op dat punt aangekomen, hoopte ik dat me via een of andere onverwachte weg ook Nino's goedkeuring zou bereiken.

Maar dat was vergeefse hoop en ik voelde me teleurgesteld. Ook Pasquale liet niets van zich horen, maar die las de partijkrant uit politieke weerzin al een hele tijd niet meer. Hoe dan ook, het was een troost dat de redacteur van de *l'Unità* me belde. Hij zei dat de redactie bijzonder ingenomen was met het artikel, en spoorde me op zijn bekende, spottende manier aan een typemachine te kopen en daar nog meer van die goede verhalen uit te rammen.

Maar het meest desoriënterende telefoontje, moet ik zeggen, was dat van Bruno Soccavo. Hij liet me door zijn secretaresse bellen, en kwam daarna zelf aan de lijn. Hij sprak op weemoedige toon, alsof het artikel – dat hij aanvankelijk niet één keer noemde – hem zo hard had getroffen dat het hem alle vitaliteit had ontnomen. Hij zei dat hij in de dagen op Ischia, tijdens onze heerlijke wandelingen op het strand, van me had gehouden zoals hij later nooit meer van iemand had gehouden. Hij verklaarde me zijn absolute bewondering voor de wending die ik, en dan zo jong nog, aan mijn leven had weten te geven. Hij bezwoer me dat zijn vader een bedrijf aan hem had overgedragen dat in grote moeilijkheden verkeerde, waar heel veel zaken niet deugden, maar dat hij slechts de onschuldige erfgenaam was van een ook in zíjn ogen afkeurenswaardige situatie. Hij verzekerde me dat mijn artikel – eindelijk noemde hij het – verhelderend voor hem was geweest en dat hij zo snel mogelijk veel van die uit het verleden geërfde wantoestanden wilde aanpakken. Hij betreurde de misverstanden met Lila en deelde me mee dat zijn administratie alles met míjn advocaat aan het regelen was. Hij besloot, zachtjes pratend: 'Je kent de Solara's, in deze hachelijke situatie helpen ze me om de Soccavofabriek een nieuw aanzien te geven.' En hij voegde eraan toe: 'Michele groet je hartelijk.' Ik vroeg hem de groeten terug te doen, nam akte van zijn goede voornemens en hing op. Maar ik belde wel onmiddellijk de advocaat, die vriend van Mariarosa, om hem over het telefoongesprek te vertellen. Hij bevestigde dat de geldkwestie was opgelost. Een paar dagen later ontmoette ik hem op het kantoor waar hij werkte. Hij was iets ouder dan ik, sympathiek, met veel zorg gekleed, maar hij had helaas hinderlijk dunne lippen. Hij stond erop me een kop koffie aan te bieden in een café, was vol bewondering voor Guido Airota en herinnerde zich Pietro nog goed. Hij gaf me het bedrag dat hij van de Soccavo-fabriek voor Lila had ontvangen en drukte me op het hart me niet te laten beroven. Hij beschreef de chaotische situatie van studenten, vakbondsmensen en politieagenten die hij bij het hek had aangetroffen, zei dat ook de inspecteur van de arbeidsinspectie zich in de fabriek had vertoond. Toch leek hij me nog niet tevreden. Pas toen we op het punt stonden afscheid te nemen, vroeg hij me, op de drempel: 'Ken je de Solara's?'

'Het zijn mensen uit de wijk waar ik ben opgegroeid.'

'Weet je dat zij achter Soccavo zitten?'

'Ja.'

'En baart je dat geen zorgen?'

'Hoe bedoel je?'

'Ik bedoel dat je buiten Napels hebt gestudeerd, en je, hoewel je de familie al je hele leven kent, de situatie nu misschien niet meer helder kunt beoordelen.'

'Die is voor mij zo helder als glas.'

'De laatste jaren hebben de Solara's hun territorium uitgebreid, ze tellen mee in deze stad.'

'En dus?'

Hij perste zijn lippen op elkaar, stak zijn hand uit.

'En dus niets. We hebben het geld gekregen, alles is in orde. Doe Mariarosa en Pietro de groeten. Wanneer trouwen jullie? Bevalt Florence je?'

53

Ik gaf Lila het geld. Ze telde het tevreden tot twee keer toe en wilde me meteen het bedrag teruggeven dat ik haar had geleend. Kort daarna arriveerde Enzo, hij had net de persoon ontmoet die verstand had van rekenmachines. Hij leek tevreden, natuurlijk binnen de grenzen van zijn onverstoorbaarheid die, misschien tegen zijn eigen wensen in, emoties en woorden verstikte. Het kostte Lila en mij heel wat moeite om informatie los te krijgen, maar uiteindelijk vormde zich toch een tamelijk helder beeld. De expert was erg aardig geweest. Hij was begonnen met nog eens nadrukkelijk te zeggen dat de schriftelijke cursus uit Zürich weggegooid geld was, maar later had hij zich gerealiseerd dat die cursus dan wel geen zin had, maar dat Enzo hoe dan ook goed was. Hij had hem verteld dat IBM op het punt stond om in Italië, in de vestiging van Vimercate, een geheel nieuwe rekenmachine te produceren en dat het filiaal in Napels dringend behoefte had aan ponstypisten-controleurs, operateurs en programmeurs-analisten. Enzo zou, zo had hij verzekerd, worden ingelicht zodra het bedrijf met trainingscursussen begon. Hij had al zijn gegevens genoteerd.

'Leek hij je betrouwbaar?' vroeg Lila.

Om zijn betrouwbaarheid te bewijzen wees Enzo op mij en zei: 'Hij wist alles van Lenuccia's verloofde.'

'Hoe bedoel je?'

'Hij zei dat die de zoon van een belangrijk iemand is.'

Lila keek geërgerd.

Ze wist natuurlijk dat Pietro die afspraak voor Enzo had geregeld en dat de naam Airota had bijgedragen aan een goede afloop, maar ze leek ontstemd over het feit dat Enzo dat had moeten ontdekken. Ik dacht dat het idee dat ook hij mij iets verschuldigd was, haar zou kunnen storen, alsof zo'n schuld – die tussen haar en mij geen enkele consequentie zou hebben, ook niet een uit dankbaarheid voortkomend gevoel van ondergeschiktheid – hem daarentegen kon schaden. Ik haastte me te zeggen dat het aanzien van mijn schoonvader nauwelijks een rol speelde, dat de rekenmachine-expert ook tegen mij duidelijk had gezgd dat hij Enzo alleen maar zou helpen als hij goed bleek te zijn. Lila maakte een lichtelijk overdreven goedkeurend gebaar en zei met klem: 'Hij is héél goed.'

'Ik heb nog nooit een rekenmachine gezien,' zei Enzo.

'Nou en? Toch zal die man hebben begrepen dat je er verstand van hebt.'

Hij dacht erover na en wendde zich toen met een bewondering

waar ik even jaloers op was tot Lila: 'Hij was onder de indruk van de oefeningen die je me hebt laten maken.'

'O ja?'

'Ja. Vooral het schema van strijken, ergens een spijker in slaan, en dat soort dingen.'

Daarna begonnen ze grapjes met elkaar te maken waarbij ze hun toevlucht namen tot een jargon dat ik niet begreep en dat mij buitensloot. Ineens leken ze me een heel gelukkig, verliefd stel met een eigen geheim dat zo geheim was dat ze zelf niet eens van het bestaan ervan wisten. Ik zag de binnenplaats weer voor me toen we klein waren. Ik zag Lila en Enzo weer strijden om de titel 'beste in rekenen', onder het toeziend oog van de directeur en la Oliviero. Ik zag hen weer terwijl Enzo, die nooit huilde, wanhopig was omdat hij Lila met een steen had verwond. Ik dacht: de manier waarop zij met elkaar omgaan komt voort uit het beste van wat de wijk te bieden heeft. Misschien heeft Lila wel gelijk dat ze terug wil.

54

Ik begon op de *si loca* te letten, de bordjes die bij voordeuren hangen en aangeven dat er een flat te huur is. Intussen bracht de post, niet voor mijn familie maar voor mij persoonlijk, de uitnodiging voor het huwelijksfeest van Gigliola Spagnuolo en Michele Solara. Een paar uur later kreeg ik nog een uitnodiging, die werd me overhandigd: Marisa Sarratore en Alfonso Carracci gingen trouwen. De adressering op beide uitnodigingen was vol respect jegens mij: *Geachte dottoressa Greco Elena*. Ik zag de twee huwelijksaankondigingen bijna onmiddellijk als een mooie kans om erachter te komen of het goed was Lila's terugkeer naar de wijk te steunen. Ik was van plan om Michele, Alfonso, Gigliola en Marisa op te zoeken, zogenaamd om hen te feliciteren en uit te leggen dat de huwelijken zouden plaatsvinden als ik al ver van Napels zou wonen; maar in werkelijkheid om te ontdekken of de Solara's en de Carracci's Lila nog steeds het leven zuur wilden maken. Alfonso leek me de enige die in staat was me objectief te vertellen hoe groot Stefano's rancune jegens zijn vrouw nog was. En ik was van plan om Michele, hoewel ik hem haatte – misschien vooral omdat ik hem haatte – rustig over Lila's gezondheidsproblemen te vertellen, en hem intussen ook duidelijk te maken dat ik inmiddels sterk genoeg was om hem, als hij mijn vriendin bleef achtervolgen, het leven en de zaken te bemoeilijken, ook al waande hij zich god weet wie en spotte hij met me alsof ik nog het meisje van vroeger was. Ik stopte beide uitnodigingen in mijn tas, wilde niet dat mijn moeder ze zag en zich beledigd zou voelen omdat ik belangrijk werd geacht en mijn vader en zij niet. Ik trok een dag uit om me volledig aan die ontmoetingen te wijden.

Het weer beloofde niet veel goeds en ik nam een paraplu mee, maar ik was in opperbeste stemming, wilde lopen, nadenken, een soort groet aan de wijk en de stad brengen. Door een gewoonte die ik me als vlijtige studente had eigengemaakt, begon ik met het moeilijkste, de ontmoeting met Solara. Ik ging naar het café maar trof noch hem noch Gigliola aan, en ook Marcello niet; er werd me verteld dat ze misschien in de nieuwe winkel aan de grote weg waren. Ik ging er even heen, liep er rond als een vrouw die niets te doen heeft en zonder haast om zich heen kijkt. De herinnering aan de diepe, donkere grot van don Carlo, waar ik als klein meisje vloeibare zeep en andere huishoudelijke benodigdheden haalde, behoorde definitief tot het verleden. Vanaf de ramen van de derde verdieping hing een enorm uithangbord met ALLES VOOR IEDEREEN erop verticaal naar beneden, tot net boven de ruime ingang. De winkel was volop verlicht, ook al was het overdag, en er was van alles te koop, de triomf van de overvloed. Ik trof er Lila's broer, Rino, veel dikker geworden. Hij behandelde me kil, zei dat hij daarbinnen de baas was, hij wist niets van de Solara's. 'Als je Michele zoekt, ga dan maar naar zijn huis,' zei hij vijandig en hij draaide me de rug toe alsof hij iets dringends te doen had.

Ik ging weer op weg, kwam in de nieuwe wijk, wist dat de familie Solara daar jaren eerder een zeer royale flat had gekocht. Moeder Solara, Manuela de woekeraarster, deed open. Ik had haar sinds

Lila's trouwen niet meer gezien. Ik voelde dat ze me, voordat ze opendeed, door het kijkgaatje stond te bespieden. Dat deed ze een hele poos, daarna trok ze de grendel weg en verscheen ze in de deuropening, deels vastgehouden door de duisternis binnen in het appartement, deels geërodeerd door het licht dat door het grote trapraam viel. Ze zag eruit alsof ze was uitgedroogd. Haar huid stond strak over grove beenderen, ze had één heel glanzend oog, het andere bijna uitgedoofd. Aan haar oren, om haar hals, op de donkere jurk die veel te ruim om haar lichaam viel, fonkelend goud alsof ze naar een feest moest. Ze was voorkomend tegen me, wilde dat ik binnenkwam, een kopje koffie dronk. Michele was er niet; ik hoorde dat hij een ander huis had, in Posillipo, waar hij na zijn huwelijk definitief zou gaan wonen. Hij was het met Gigliola aan het inrichten.

'Gaan ze weg uit de wijk?' vroeg ik.

'Natuurlijk.'

'Naar Posillipo?'

'Zes kamers, Lenù, drie met de zee voor je neus. Ik had ze liever in Vomero gezien, maar Michele wilde zijn eigen zin doen. Hoe dan ook, de lucht daar 's ochtends, het licht, je kunt het je niet voorstellen.'

Ik was verbaasd. Ik had nooit gedacht dat de Solara's weg zouden gaan van hun zakencentrum, van het hol waar ze hun buit verstopten. Maar kijk, uitgerekend Michele, de meest pientere, de meest hebberige van de familie, ging ergens anders wonen, hoog, boven Posillipo, tegenover de zee en de Vesuvius. De zucht van de twee broers naar status was inderdaad toegenomen, de advocaat had gelijk. Maar in eerste instantie verheugde die ontwikkeling me, was ik blij dat Michele de wijk verliet. Het leek me gunstig voor een eventuele terugkeer van Lila.

55

Ik vroeg mevrouw Manuela het adres, zei haar gedag en stak dwars de stad door, eerst met de metro tot aan Mergellina, daarna een stukje te voet en toen met de bus omhoog naar Posillipo. Ik was nieuwsgierig. Ik voelde me inmiddels deel van een legitieme macht, algemeen bewonderd en omkranst met het aureool van de hogere cultuur, en ik wilde ontdekken welke opzichtige gedaante de macht aannam waarmee ik sinds mijn kindertijd werd geconfronteerd, het vulgaire genot van de intimidatie, het straffeloos bedrijven van misdaden, de met een glimlach toegepaste trucjes om respect voor de wetten te veinzen, het pronken met verspilling, zoals belichaamd door de broers Solara. Maar Michele ontglipte me opnieuw. Op de bovenste verdieping van een splinternieuwe flat trof ik alleen Gigliola aan, die me duidelijk verbaasd en even duidelijk vijandig ontving. Ik realiseerde me dat ik zolang ik haar moeders telefoon op alle uren van de dag had gebruikt vriendelijk was geweest, maar dat de hele familie Spagnuolo ongemerkt uit mijn leven was verdwenen sinds ik bij mijn ouders thuis telefoon had laten aanleggen. En diende ik me dan nu om twaalf uur 's middags daar in Posillipo aan, viel ik zonder waarschuwing vooraf het huis van een bruid binnen dat nog helemaal op zijn kop stond, op een donkere dag waarop het dreigde te gaan regenen? Ik schaamde me, deed gemaakt enthousiast, een vragen om vergeving. Gigliola bleef een poosje stuurs, misschien ook verontrust, maar daarna kreeg trots de overhand. Ze wilde graag dat ik haar benijdde, ze wilde duidelijk voelen dat ik haar als de gelukkigste van ons allemaal beschouwde. En daarom liet ze me, terwijl ze mijn reacties scherp in de gaten hield en genoot van mijn enthousiasme, één voor één de kamers zien, de peperdure meubels, de luisterrijke lampen, twee grote badkamers, de enorme boiler, de koelkast, de wasmachine, maar liefst drie telefoons die helaas nog niet werkten, een televisie van ik weet niet hoeveel inches en ten slotte het terras, dat eigenlijk geen terras was maar een hangende tuin vol bloemen met een kleurenpracht die door het donkere weer echter niet volledig tot zijn recht kwam.

'Kijk toch eens, heb je de zee ooit zo gezien? En Napels? En de Vesuvius? En de lucht? Hebben we in de wijk ooit zo veel lucht gezien?'

Nooit. De zee was als lood en de baai omsloot hem als de rand van een smeltkroes. De warrige wolken kwamen buitelend in diepgrijze massa's op ons af. Maar verderop, tussen zee en wolken, trof een lange streep licht de paarse schim van de Vesuvius, een wond waaruit verblindend loodwit droop. We bleven daar lang staan kijken, terwijl de wind de kleren tegen onze lichamen blies. Ik was als gehypnotiseerd door de schoonheid van Napels; zelfs vanaf het terras van la Galiani, jaren geleden, had ik de stad niet zo gezien. De verminking van de stad bood tegen een hoge prijs betonnen uitzichtpunten over een uitzonderlijk landschap, en Michele had zo'n onvergetelijk punt gekocht.

'Vind je het niet mooi?'

'Het is prachtig.'

'Niet te vergelijken met het huis van Lina in de wijk, hè?'

'Nee, niet te vergelijken.'

'Ik zei Lina, maar nou woont Ada er.'

'Ja.'

'Hier is het heel wat chiquer.'

'Ja.'

'Maar je trok een raar gezicht.'

'Nee hoor, ik ben blij voor je.'

'Ieder het zijne. Jij hebt gestudeerd, je schrijft boeken, en ik heb dit.'

'Ja.'

'Je lijkt niet erg overtuigd.'

'Dat ben ik juist wel.'

'Als je de naambordjes bekijkt, zie je dat in dit gebouw alleen maar ingenieurs, advocaten en belangrijke professoren wonen. Uitzicht en comfort, daar betaal je voor. Als jij en je man sparen, kunnen jullie volgens mij ook ooit een huis als dit kopen.'

'Dat denk ik niet.'

'Wil hij niet in Napels komen wonen?'

'Dat lijkt me uitgesloten.'

'Je weet maar nooit, je hebt geluk: ik heb Pietro's stem zo vaak door de telefoon gehoord en ik heb hem door het raam gezien, een goeie vent, dat is duidelijk. Niet zoals Michele. Pietro zal doen wat jij wilt.'

Toen trok ze me mee naar binnen, ze wilde dat we samen iets aten. Ze haalde ham en provolone uit een zakje, sneed brood. 'Het is nog een beetje kamperen,' excuseerde ze zich, 'maar als je nog eens met je man in Napels bent, kom je bij me langs en dan kun je zien hoe netjes ik het allemaal voor elkaar heb.' Haar ogen stonden nu heel wijd, glansden, ze was opgewonden van de inspanning om geen twijfel aan haar welstand te laten bestaan. Maar in die onwaarschijnlijke toekomst – dat Pietro en ik naar Napels kwamen en bij haar en Michele op bezoek gingen – geloofde ze vermoedelijk zelf niet. Even was ze afgeleid, had nare gedachten, en toen ze weer begon op te scheppen geloofde ze zelf niet meer wat ze zei, begon ze te veranderen. 'Ik heb ook geluk gehad,' zei ze nog eens nadrukkelijk. Maar er klonk geen voldoening door in haar stem, sterker nog, ze sprak met een soort tegen zichzelf gericht sarcasme. Opsommend zei ze: 'Carmen is bij de man van de benzinepomp aan de grote weg terechtgekomen, Pinuccia verpest haar leven bij die lamzak van een Rino, Ada is de hoer van Stefano. Maar ik, geluksvogel, ik heb Michele, en die is mooi en intelligent, zet iedereen naar zijn hand, en heeft eindelijk besloten om met me te trouwen; je ziet in wat voor huis hij me heeft neergezet, je weet niet wat hij allemaal voor ons huwelijk heeft georganiseerd, het wordt een feest… zo hebben de Sjah van Perzië en Soraya het niet eens gehad. Ja, gelukkig maar dat ik hem al heb ingepalmd toen ik nog klein was, ik ben de slimste geweest.' En ze ging nog door, maar nu op een helling vol zelfspot. Ze zong de lof van haar eigen slimheid, maar van de welstand die ze veroverd had door Solara te bemachtigen gleed ze langzaam af naar de eenzaamheid van haar verplichtingen als bruid. 'Michele is er nooit,' zei ze. 'Het is alsof ik in mijn eentje trouw.' En plotseling vroeg ze, bijna alsof ze echt mijn mening wilde horen: 'Denk je dat ik besta? Kijk eens naar me, besta ik volgens jou?' Ze sloeg met open hand op haar weelderige boezem, maar ze deed het alsof ze eigenlijk wilde aantonen dat haar hand door haar lijf heen ging, dat door Micheles schuld haar lichaam niet meer bestond. Hij had alles van haar genomen: meteen al, toen ze bijna nog een kind was. Hij had haar opgebruikt, hij had haar verkreukeld, en nu ze vijfentwintig was, was hij zo aan haar gewend dat hij niet eens meer naar haar keek. 'Hij neukt hier, hij neukt daar, zoals het hem uitkomt, al naargelang zijn pet staat. Wat walg ik van hem als iemand vraagt hoeveel kinderen we willen en hij de stoere bink uithangt en zegt: "Vraag Gigliola maar, ik heb al kinderen en ik weet niet eens hoeveel." Zegt jouw man dit soort dingen? Zegt jouw man: "Met Lenuccia wil ik er drie, hoeveel ik er met andere vrouwen al heb weet ik niet"? Hij behandelt me ten overstaan van iedereen als een stuk vuil. En ik weet wel waarom. Hij heeft nooit van me gehouden. Hij trouwt met me om een betrouwbare meid in huis te hebben, alle mannen trouwen om die reden. Hij zegt de hele tijd: "Wat moet ik goddomme met jou, je weet niks, je bent niet intelligent, je hebt geen smaak, dit mooie huis is niet aan jou besteed, door jou wordt alles lelijk."' Ze begon te huilen en zei tussen haar snikken door: 'Het spijt me, ik praat zo omdat jij dat boek hebt geschreven. Ik vond het mooi en weet dat jij weet wat verdriet is.'

'Waarom laat je je dit soort dingen zeggen?'

'Omdat hij anders niet met me trouwt.'

'Maar neem dan na de bruiloft wel wraak.'

'Hoe? Hij heeft lak aan me, ik zie hem nu al nooit, kun je nagaan hoe dat straks zal zijn.'

'Dan begrijp ik je niet.'

'Je begrijpt me niet omdat jij mij niet bent. Zou jij iemand nemen van wie je heel goed weet dat hij van een ander houdt?'

Ik keek haar perplex aan. 'Heeft Michele een minnares?'

'Een heel stel, hij is een man, stopt hem er overal in waar hij kan. Maar dat is het punt niet.'

'Wat dan?'

'Lenù, als ik het je zeg, mag je het niet verder vertellen, anders vermoordt Michele me.'

Ik beloofde het en ik heb woord gehouden. Ik schrijf het hier, nu, alleen maar op omdat ze dood is. Ze zei: 'Hij houdt van Lina. En hij houdt van haar zoals hij nooit van mij heeft gehouden en zoals hij ook nooit van iemand anders zal houden.'

'Flauwekul.'

'Dat moet je niet zeggen, Lenù, anders kun je beter vertrekken. Het is waar. Hij houdt van Lina sinds die vervloekte dag dat ze Marcello het schoenmakersmes op de keel heeft gezet. Dat verzin ik niet, hij heeft het me zelf verteld.'

En ze vertelde me dingen die mij diep raakten. Ze vertelde me dat niet lang daarvoor, uitgerekend in dat huis daar, Michele zich op een avond had bedronken en haar had verteld met hoeveel vrouwen hij naar bed was geweest, het precieze aantal: honderdtwee, tegen betaling en gratis. 'Jij staat op die lijst,' had hij nadrukkelijk gezegd, 'maar je hoort beslist niet tot de wijven met wie het 't lekkerste was, integendeel. En weet je waarom? Omdat je stom bent, zelfs goed neuken vraagt om een beetje intelligentie! Je kunt bijvoorbeeld niet pijpen, en je zult het niet leren ook; het heeft geen zin om het je uit te leggen, het lukt je niet, ik voel te veel dat je het smerig vindt.' En zo was hij nog een poosje doorgegaan, terwijl hij steeds grovere dingen zei – vulgariteit was normaal bij hem. Daarna had hij haar duidelijk willen uitleggen hoe de zaken lagen: hij trouwde met haar uit respect voor haar vader, de ervaren banketbakker aan wie hij gehecht was; hij trouwde met haar omdat je nu eenmaal een vrouw moest hebben, en kinderen, en een representatief huis; maar om misverstanden te voorkomen: ze betekende niets voor hem, hij had haar niet op een voetstuk geplaatst, ze was niet degene van wie hij het meest hield, ze moest het dus niet wagen om te gaan zeiken omdat ze dacht enig recht te hebben. Akelige woorden. Op een gegeven moment moest Michele zich dat ook hebben gerealiseerd en was hij in een soort melancholie vervallen. Hij had gemompeld dat vrouwen voor hem speeltjes waren met een paar openingen om je mee te amuseren. Alle vrouwen. Allemaal behalve één. Lina was de enige vrouw op de wereld van wie hij hield – van wie hij hield, ja, zoals in films – en die hij respecteerde. 'Hij zei,' snikte Gigliola, 'dat zij dit huis wel zou hebben weten in te richten, dat het een plezier zou zijn geweest haar geld daarvoor te geven. Hij zei dat hij samen met haar echt belangrijk had kunnen worden in Napels. Hij zei: "Herinner je je nog wat ze met die foto van zichzelf in trouwjurk heeft gedaan, weet je nog hoe ze de winkel opnieuw inrichtte? Jij en Pinuccia en al die andere wijven, wat zijn jullie verdomme waard, wat kunnen jullie nou eigenlijk, godverdegodver?" Dat zei hij, en dat niet alleen. Hij zei ook dat hij dag en nacht aan Lina dacht, maar niet met de normale begeerte, het verlangen naar haar leek niet op wat hij kende. *In feite wilde hij haar niet*. Dat wil zeggen, niet zoals hij vrouwen doorgaans wilde, om hen onder zich te voelen, hen om te draaien en nog eens om te draaien, hen open te breken, te slopen, te onderwerpen en te vermorzelen. Hij wilde haar niet om haar te nemen en daarna te vergeten. Hij wilde de subtiliteit van haar hoofd vol ideeën. Hij wilde haar fantasie. En hij wilde haar zonder haar te bederven, haar laten voortduren. Hij wilde haar niet om haar te neuken; dat woord gebruiken als het om Lila ging, stoorde hem. Hij wilde haar om haar te kussen en te strelen. Hij wilde haar ook om zelf gestreeld, geholpen, geleid en gecommandeerd te worden. Hij wilde haar om te zien hoe ze met het verstrijken van de tijd veranderde, hoe ze ouder werd. Hij wilde haar om met haar te discussiëren en daarbij geholpen te worden. Begrijp je? Hij zei dingen over haar die ik over mij nooit van hem heb gehoord, terwijl we toch op het punt staan te gaan trouwen. Zo is het echt, ik zweer het je. Fluisterend had hij gezegd: "Mijn broer Marcello en die zak van een Stefano en Enzo met zijn blotebillengezicht, wat hebben die van Lina begrepen? Hebben zij beseft welk verlies ze hebben geleden, wat ze kunnen verliezen? Nee, daar missen ze de intelligentie voor. Alleen ik weet wat ze voorstelt, wie ze is. *Ik heb het onderkend.* En het doet me pijn als ik eraan denk hoe ze haar leven vergooit." Zo raaskalde hij maar door, om zijn hart te luchten. En ik heb naar hem zitten luisteren, zonder iets te zeggen, totdat hij in slaap viel. Ik keek naar hem en zei tegen mezelf: hoe is het mogelijk dat Michele tot dit soort gevoelens in staat is; het is Michele niet die zo praat, het is een ander. En ik haatte die ander, ik dacht: ik steek hem nu in zijn slaap dood en pak mijn eigen Michele terug. Maar op Lila, nee, op haar ben ik niet boos. Jaren geleden wilde ik haar vermoorden, toen Michele me de winkel op het piazza dei Martiri afpakte en me weer achter de toonbank van de banketbakkerij zette. Toen heb ik me klote gevoeld. Maar nu haat ik haar niet meer, zij kan er niets aan doen. Ze heeft zich altijd aan hem willen onttrekken. Ze is niet zo stom als ik, die met hem gaat trouwen; ze zal nooit voor hem kiezen. Omdat Michele alles pakt wat hij pakken kan, maar hem dat met haar niet zal lukken, hou ik zelfs al een poosje van haar: ten minste iémand die hem laat lijden.'

Ik hoorde het aan, probeerde soms een en ander te bagatelliseren om haar te troosten. Ik zei: 'Als hij met je trouwt, is hij in ieder geval aan je gehecht, wat hij ook zegt. Wanhoop niet.' Gigliola schudde krachtig haar hoofd, veegde met haar vingers haar wangen droog. 'Je kent hem niet,' zei ze. 'Niemand kent hem zo goed als ik.' Ik vroeg: 'Kan hij volgens jou zijn zelfbeheersing verliezen en Lina kwaad doen?' Ze reageerde met een soort kreet, iets wat het midden hield tussen een lach en een schreeuw.

'Hij? Lina kwaad doen? Heb je niet gezien hoe hij zich in al die jaren heeft gedragen? Hij kan mij kwaad doen, jou, noem maar op, ook zijn vader, zijn moeder, zijn broer. Hij kan iedereen op wie Lina gesteld is kwaad doen, haar zoon, Enzo. En dat gewetenloos, in koelen bloede. Maar haar, haar persoonlijk, zal hij nooit iets aandoen.'

56

Ik besloot mijn verkenningstocht voort te zetten. Lopend daalde ik af naar Mergellina en bereikte het piazza dei Martiri juist op het moment dat de donkere hemel zo laag hing dat hij op de gebouwen leek te rusten. Ervan overtuigd dat er elk ogenblik een onweer kon losbarsten, schoot ik de elegante schoenwinkel van de Solara's binnen. Ik trof er Alfonso, nog mooier dan ik me hem herinnerde, grote ogen met lange wimpers, fraai getekende lippen, een slank en tegelijk sterk lijf; zijn Italiaans een beetje kunstmatig na al het Latijn en Grieks van de middelbare school. Hij was oprecht verheugd me te zien. Dat we samen de zware jaren van het gymnasium hadden doorlopen, had tot een hartelijke relatie geleid die onmiddellijk weer als vanouds was, hoewel we elkaar al een hele tijd niet meer hadden gezien. We begonnen grapjes te maken, spraken vrijuit en door elkaar heen over ons schoolverleden, de leraren, het boek dat ik had gepubliceerd, zijn huwelijk, dat van mij. Ik was natuurlijk degene die over Lila begon en dat verwarde hem, hij wilde geen kwaad van haar spreken, maar ook niet van zijn broer, zelfs niet van Ada. Hij zei alleen: 'Het was te voorzien dat het zo zou aflopen.'

'Waarom?'

'Weet je nog dat ik een keer tegen je zei dat Lina me bang maakte?'

'Ja.'

'Het was geen angst, dat heb ik veel later begrepen.'

'Wat dan wel?'

'Er niet bijhoren en meedoen, een effect van tegelijkertijd veraf en nabij zijn.'

'Hoe bedoel je?'

'Dat is moeilijk uit te leggen. Jij en ik waren meteen vrienden, ik hou van je. Met haar heeft me dat altijd onmogelijk geleken. Ze had iets verschrikkelijks waardoor ik geneigd was neer te knielen en haar mijn meest geheime gedachten op te biechten.'

Ik zei ironisch: 'Mooi, een bijna religieuze ervaring.'

Hij bleef ernstig: 'Nee, alleen maar een toegeven van ondergeschiktheid. Mooi was toen ze me hielp met mijn studie, dat was mooi. Ze las het handboek, begreep het onmiddellijk, vatte alles op een simpele manier samen. Er zijn momenten geweest, en die zijn er nog, dat ik denk dat ik, als ik als meisje was geboren, graag zoals zij geweest zou zijn. Binnen de familie Carracci waren we werkelijk twee vreemde elementen; dat kon noch voor mij, noch voor haar zo blijven. Daarom heeft het me nooit iets kunnen schelen wat ze fout heeft gedaan. Ik heb me altijd aan haar kant voelen staan.'

'Is Stefano nog kwaad op haar?'

'Dat weet ik niet. Maar zelfs als hij haar zou haten, dan zit hij nog te veel in de puree om zich dat te realiseren. Hij heeft momenteel wel iets anders aan zijn hoofd.'

Wat hij zei leek me oprecht en vooral gefundeerd. Ik praatte verder niet over Lila, vroeg hem naar Marisa, naar de familie Sarratore, en ten slotte naar Nino. Hij was vaag over iedereen, vooral over Nino. Omdat Donato hem er niet bij wilde, zei hij, had niemand de moed gehad hem uit te nodigen voor dat onverdraaglijke huwelijk waar hij aan moest geloven.

'Ben je niet blij om te trouwen?' waagde ik.

Hij keek naar buiten. Het bliksemde en donderde, maar het regende nog niet. Hij zei: 'Voor mij was het goed zoals het was.'

'En voor Marisa?'

'Voor haar niet.'

'Wilde je dat ze levenslang je verloofde bleef?'

'Ik weet het niet.'

'Uiteindelijk heb je dus haar zin gedaan.'

'Ze is naar Michele gegaan.'

Ik keek hem onzeker aan.

'Hoezo?'

Hij lachte, een nerveus lachje.

'Ze is naar hem toe gegaan en heeft hem tegen mij opgezet.'

Ik zat op een poef, hij stond, in het tegenlicht. Zijn lijf was gespannen, compact, zoals bij toreadors in films over stierengevechten.

'Dat begrijp ik niet. Jij trouwt met Marisa omdat zij Solara heeft gevraagd om tegen jou te zeggen dat je dat moest doen?'

'Ik trouw met Marisa om Michele ter wille te zijn. Hij heeft me hier neergezet, hij heeft vertrouwen gehad in mijn capaciteiten, ik ben op hem gesteld.'

'Je bent gek.'

'Dat zeg je omdat jullie allemaal een verkeerd beeld hebben van Michele, jullie weten niet hoe hij is.' Zijn gezicht vertrok, hij probeerde tevergeefs zijn tranen te bedwingen, en voegde eraan toe: 'Marisa is in verwachting.'

'O.'

Dat was dus de echte reden. Ik wist werkelijk niet wat ik ermee aan moest, maar nam zijn hand en probeerde hem te kalmeren.

Met veel moeite werd hij weer rustig. Hij zei: 'Het leven is iets heel akeligs, Lenù.'

'Dat is niet waar. Marisa zal een goede echtgenote en een uitstekende moeder zijn.'

'Marisa kan me wat.'

'Nu moet je niet overdrijven.'

Hij keek me recht in de ogen; ik voelde dat hij me bestudeerde alsof hij iets van mij wilde begrijpen wat hem verbijsterde.

'Heeft Lina zelfs jou nooit iets verteld?'

'Wat had ze me moeten vertellen?'

Hij schudde zijn hoofd, ineens geamuseerd.

'Zie je dat ik gelijk heb? Ze is niet gewoon. Ik heb haar een keer een geheim toevertrouwd. Ik was bang en had behoefte iemand de reden van die angst te vertellen. Ik heb het haar verteld en zij heeft aandachtig naar me geluisterd, zo goed dat ik rustig werd. Het was belangrijk voor mij om met haar te praten, ik had het idee dat ze niet met haar oren luisterde maar met een orgaan dat alleen zij bezat en dat mijn woorden acceptabel maakte. Op het eind heb ik haar niet gevraagd, zoals meestal gebeurt: "Zweer het, alsjeblieft, verraad me niet." Maar als ze het tegen jou niet heeft gezegd, dan is nu wel duidelijk dat ze het tegen niemand heeft gezegd, zelfs niet om te pesten, zelfs niet in de periode die voor haar het moeilijkst was, die tijd van de haat en de klappen van mijn broer.'

Ik onderbrak hem niet. Ik voelde alleen dat ik het niet leuk vond dat hij god weet wat aan Lila had toevertrouwd en niet aan mij, met wie hij al zo lang bevriend was. Hij merkte het waarschijnlijk, en besloot het goed te maken. Hij sloeg zijn armen om me heen en fluisterde in mijn oor: 'Lenù, ik ben homo, vrouwen doen me niks.'

Toen ik op het punt stond te vertrekken, mompelde hij ongemakkelijk: 'Ik weet zeker dat je het al had begrepen.' Dat versterkte mijn ongenoegen; de waarheid is dat het nooit bij me was opgekomen.

57

Zo verliep die lange dag, zonder regen, maar wel somber. En toen trad er een kentering in waardoor de fase van schijnbare versterking van de relatie tussen Lila en mij snel veranderde: ik begon ernaar te verlangen om ermee te kappen en weer voor mijn eigen leven te gaan zorgen. Maar misschien was het al eerder begonnen, met kleine details waaraan ik, hoewel ze me irriteerden, nauwelijks aandacht besteedde, maar die zich nu begonnen op te stapelen. Het rondje dat ik had gemaakt was nuttig geweest, en toch kwam ik ontevreden thuis. Wat was dat voor vriendschap tussen Lila en mij, als ze dat van Alfonso jaren voor me had verzwegen, terwijl ze wist dat ik een sterke band met hem had? Was het mogelijk dat ze niet had gemerkt dat Michele volledig van haar afhankelijk was, had ze om persoonlijke redenen besloten het geheim van Alfonso voor mij te verzwijgen? Maar aan de andere kant... hoeveel had ik niet voor haar verborgen gehouden?

De rest van de dag was het een chaos in mijn hoofd van plaatsen, tijden, allerlei mensen: de geobsedeerde mevrouw Manuela, de leeghoofdige Rino, Gigliola op de lagere school, Gigliola verleid door de kracht en de schoonheid van de jongens Solara, Gigliola verblind door de Millecento, en Michele die een even grote aantrekkingskracht op vrouwen uitoefende als Nino, maar anders dan hij tot absolute hartstocht in staat was; en Lila, Lila die die hartstocht had weten op te wekken, een vervoering die niet alleen werd gevoed door heerszucht, kleinburgerlijke snoeverij, wraak of lage lust, zoals zij geneigd was te zeggen, maar een obsessieve vorm van verheerlijking van de vrouw was, geen verering, geen ondergeschiktheid, eerder een van de meest begeerde liefdes van mannen, een gecompliceerd gevoel dat vastberaden, in zekere zin meedogenloos, van een vrouw de uitverkorene onder alle vrouwen wist te maken. Ik leefde met Gigliola mee, begreep haar vernedering.

's Avonds ontmoette ik Lila en Enzo. Ik zei niets over de verkenningstocht die ik uit liefde voor haar en ook om de man met wie ze leefde te beschermen, had gemaakt. Toen Lila het kind in de keuken te eten gaf, profiteerde ik daarvan om Enzo te vertellen dat Lila wel terug zou willen naar de wijk. Ik besloot mijn standpunt niet voor hem verborgen te houden, zei dat het me geen goed idee leek, maar dat alles wat haar kon helpen om weer stabiel te worden – ze was gezond, ze hoefde alleen maar haar evenwicht te hervinden – of wat zij als zodanig zag, volgens mij aangemoedigd diende te worden. Temeer omdat er inmiddels enige tijd verstreken was en ze het in de wijk voor zover ik wist niet slechter zouden hebben dan in San Giovanni a Teduccio. Enzo haalde zijn schouders op: 'Ik heb er niets op tegen. Dan moet ik alleen 's morgens wat vroeger op en ben ik 's avonds wat later thuis.'

'Ik heb gezien dat het oude huis van don Carlo te huur is. Zijn kinderen zijn naar Caserta vertrokken en nu wil de weduwe hen achterna.'

'Hoeveel vraagt ze aan huur?'

Ik vertelde het hem: in de wijk waren de huren lager dan in San Giovanni a Teduccio.

'Goed,' stemde Enzo in.

'Je weet dat jullie hoe dan ook problemen krijgen.'

'Die hebben we hier ook.'

'Daar nog veel meer en er zal ook vaker een beroep op jullie worden gedaan.'

'We zien wel.'

'Blijf je bij haar?'

'Zolang zij dat wil wel.'

We voegden ons bij Lila in de keuken, praatten over het huis van don Carlo. Ze had net met Gennaro in de clinch gelegen. Nu het kind meer bij zijn moeder verbleef en minder bij de buurvrouw, was het van slag; hij had minder vrijheid, was gedwongen een reeks gewoonten af te leren en verzette zich door te eisen, vijf jaar oud, dat ze hem voerde. Lila was gaan schreeuwen, hij had het bord op de vloer aan diggelen gesmeten. Toen wij de keuken binnenkwamen had ze hem net een klap gegeven. Agressief zei ze tegen mij: 'Heb jij vliegtuigje met de lepel gespeeld toen je hem te eten gaf?'

'Maar één keer.'

'Dat moet je niet doen.'

Ik zei dat het niet meer zou gebeuren.

'Inderdaad, nooit meer, want jij gaat dadelijk weer weg, de schrijfster spelen, en dan kan ik mijn tijd zo verdoen.'

Langzaam maar zeker kalmeerde ze, ik maakte de vloer schoon. Enzo zei tegen haar dat hij het geen probleem vond om een huis in de wijk te zoeken. Ik onderdrukte mijn wrevel en vertelde haar van het appartement van don Carlo. Terwijl ze haar kind troostte, luisterde ze lusteloos naar ons, daarna reageerde ze alsof Enzo degene was die wilde verhuizen, alsof ik haar tot die keuze dreef. Ze zei: 'Goed, ik doe wat jullie willen.'

Daags daarna gingen we allemaal samen naar het huis kijken. Het was in zeer slechte staat, maar Lila was enthousiast. Ze vond het fijn dat het aan de rand van de wijk lag, bijna bij de tunnel, en dat je vanuit de ramen de benzinepomp van Carmens verloofde kon zien. Enzo merkte op dat ze 's nachts last zouden hebben van de vrachtwagens die op de grote weg langsreden en van de treinen op het rangeerterrein. Maar Lila hield van de geluiden uit onze kindertijd en ze kwamen al snel een gunstige prijs overeen met de weduwe. Van dat moment af aan ging Enzo, in plaats van terug te gaan naar San Giovanni a Teduccio, elke avond naar de wijk waar hij aan het werk was gegaan om het appartement te transformeren tot een fatsoenlijke woning.

Maar de ontmoeting die de meeste onrust teweegbracht, ook al leek ze in eerste instantie de minst belangrijke, was die van een paar dagen voordat Lila definitief naar het nieuwe appartement verhuisde. Net toen we naar buiten liepen stuitten we op Melina, met aan de hand haar kleinkind Maria, het dochtertje van Stefano en Ada. Ze zag er zoals altijd verstrooid uit, maar was goed gekleed, had haar haar gebleekt en haar gezicht zwaar opgemaakt. Ze herkende mij, maar Lila niet, of misschien wilde ze in het begin liever alleen met mij praten. Ze sprak tegen me alsof ik nog steeds het meisje van haar zoon Antonio was. Ze zei dat hij al gauw uit Duitsland terug zou komen en dat hij in zijn brieven altijd naar mij vroeg. Ik complimenteerde haar met haar jurk en haar haar en daar leek ze blij om. Maar ze werd nog blijer toen ik haar kleindochtertje prees dat zich verlegen tegen oma's rok aan drukte. Op dat moment voelde ze zich waarschijnlijk verplicht om iets aardigs over Gennaro te zeggen, en ze wendde zich tot Lila: 'Is dat jouw zoontje?' Pas op dat moment leek ze zich Lila te herinneren, die tot dan toe zonder een woord te zeggen naar haar had staan kijken, en waarschijnlijk schoot haar toen te binnen dat zij de vrouw was van wie haar dochter Ada de echtgenoot had afgenomen. Haar ogen zonken weg in haar grote oogkassen en ze zei, heel ernstig: 'Lina, je bent lelijk en mager geworden, logisch dat Stefano je heeft verlaten, mannen willen vrouwen met vlees, anders hebben ze niks om vast te pakken en dan gaan ze.' Daarna wendde ze zich met een te snelle hoofdbeweging tot Gennaro en zei, bijna schreeuwend, terwijl ze op het kleine meisje wees: 'Weet je dat dit je zusje is? Geef elkaar een kusje, kom, lieve hemel wat zijn jullie mooi!' Meteen kuste Gennaro het meisje, dat het zonder te protesteren liet gebeuren, en toen Melina die twee hoofdjes zo dicht bij elkaar zag, riep ze uit: 'Ze lijken alle twee op hun vader, identiek.' Na die constatering gaf ze een ruk aan haar kleindochters handje en vertrok zonder te groeten, alsof ze dringende dingen te doen had.

Lila had al die tijd geen woord gezegd. Maar ik begreep dat haar iets heel heftigs was overkomen, net als toen ze als klein meisje Melina langs de grote weg had zien lopen terwijl die zachte zeep at. Toen de vrouw en het kind verder liepen, ging er een schok door haar heen. Ze woelde met een hand door het haar, knipperde met haar ogen en zei: 'Zo word ik ook.' Daarna probeerde ze haar haar weer in fatsoen te brengen en mompelde: 'Heb je gehoord wat ze zei?'

'Onzin, je bent niet lelijk en mager.'

'Wat kan mij dat verrekken of ik lelijk en mager ben, ik heb het over de gelijkenis.'

'Welke gelijkenis?'

'Van die twee kinderen. Melina heeft gelijk: precies Stefano, alle twee.'

'Wat zeg je nou, het meisje wel, maar Gennaro absoluut niet.'

Ze barstte in lachen uit, na lange tijd was haar oude, gemene lach weer terug.

Nadrukkelijk zei ze nog eens: 'Als twee druppels water.'

58

Ik moest echt weg. Wat ik voor haar kon doen, had ik gedaan, nu liep ik alleen maar het risico ook zelf verstrikt te raken in zinloze gedachten over wie de echte vader van Gennaro was, over in hoeverre Melina gelijk had, over wat er heimelijk in Lila's hoofd omging, over wat ze wist of niet wist of veronderstelde en niet zei of haar uitkwam om te geloven, enzovoort, in een spiraal die niet goed voor me was. Profiterend van het feit dat Enzo op zijn werk was, bespraken we de ontmoeting. Ik gebruikte gemeenplaatsen als: 'Een vrouw weet altijd wie de vader van haar kinderen is.' En ik zei ook: 'Je hebt altijd het gevoel gehad dat hij van Nino was, wat zeg ik, dat was juist de reden waarom je het kind wilde houden, en nu, alleen maar om wat gekke Melina zei, weet je ineens zeker dat Gennaro van Stefano is?' Zij grinnikte en zei: 'Wat stom van me, hoe is het mogelijk dat ik dat niet heb begrepen', en ze leek er – onbegrijpelijk voor mij – blij om te zijn. Dus zei ik maar niets meer. Als die nieuwe overtuiging haar genezing ten goede kwam, prima. En als het weer een teken van haar onevenwichtigheid was, wat kon ik dan doen? Het was mooi geweest. Mijn boek was in Frankrijk, Spanje en Duitsland aangekocht en zou vertaald worden. In de *l'Unità* werden nog twee artikelen van mij geplaatst over de werkomstandigheden van vrouwen in de fabrieken in Campanië, en de redactie was er blij mee geweest. Van mijn uitgever kwamen dringende verzoeken om een nieuwe roman te schrijven. Kortom, ik moest me aan talloze eigen zaken gaan wijden; voor Lila had ik me genoeg ingezet en ik kon me niet blijven verliezen in de warboel die haar leven was. Voor mijn bruiloft kocht ik in Milaan, aangemoedigd door Adele, een crèmekleurig mantelpak. Het stond me goed, het jasje strak getailleerd, de rok kort. Terwijl ik het paste, dacht ik aan Lila, aan haar somptueuze trouwjurk, aan de foto die de naaister in de etalage aan de Rettifilo tentoon had gesteld, en die vergelijking maakte dat ik me definitief anders voelde. Haar huwelijk, het mijne, twee totaal verschillende werelden. Een poosje tevoren had ik haar verteld dat ik niet in de kerk zou trouwen, dat ik geen traditionele trouwjurk zou dragen en, dat kwam er nog bij, dat Pietro maar nauwelijks had geaccepteerd dat de directe familie aanwezig zou zijn.

'Waarom?' had zij gevraagd, maar zonder echte belangstelling te tonen.

'Waarom wat?'

'Waarom trouwen jullie niet in de kerk?'

'We zijn niet gelovig.'

'En de vinger van God dan, de Heilige Geest?' had ze aangevoerd, mij herinnerend aan het artikeltje dat we als meisjes samen hadden geschreven.

'Ik ben gegroeid.'

'Maar geef op z'n minst een feest, nodig je vrienden uit.'

'Daar heeft Pietro geen zin in.'

'Nodig je zelfs mij niet uit?'

'Zou je komen?'

'Nee.'

Dat was alles. Maar begin mei, toen ik tot een laatste initiatief besloot voordat ik de stad definitief verliet, nam alles wat dat betreft, en niet alleen dat, een onaangename wending. Ik zou naar mevrouw Galiani gaan, zocht haar nummer op en belde. Ik zei dat ik op het punt stond te gaan trouwen, dat ik in Florence zou gaan wonen en dat ik langs wilde komen om haar gedag te zeggen. Zonder verbazing, zonder vreugde, maar wel vriendelijk, nodigde ze me uit de volgende dag om vijf uur te komen. Voor ze ophing zei ze: 'Breng ook die vriendin van je mee, Lina, als ze zin heeft.'

Ik hoefde het haar geen twee keer te vragen. Gennaro liet ze bij Enzo. Ik maakte me op, kamde zorgvuldig mijn haar, kleedde me naar de smaak die ik van Adele had overgenomen en aangezien Lila er moeilijk toe te brengen was zich mooi te maken, hielp ik haar om er in elk geval fatsoenlijk uit te zien. Ze wilde taartjes meenemen, ik zei dat dat niet nodig was. Maar ik kocht wel een exemplaar van mijn boek, ook al wist ik vrijwel zeker dat la Galiani het gelezen had. Ik deed het alleen maar om er een opdracht in te kunnen schrijven.

We arriveerden stipt op tijd, belden aan. Stilte. We belden nog eens. Nadia deed open, buiten adem, half aangekleed, zonder haar gebruikelijke welgemanierdheid, alsof we niet alleen de oorzaak waren van haar slordige uiterlijk, maar ook van haar gebrek aan manieren. Ik legde uit dat we een afspraak met haar moeder hadden. 'Ze is er niet,' zei ze, maar ze liet ons wel in de salon plaatsnemen. Ze verdween.

Zwijgend zaten we daar in het stille huis, terwijl we af en toe ongemakkelijk naar elkaar glimlachten. Er waren zeker vijf minuten verstreken toen we eindelijk stappen op de gang hoorden. Pasquale verscheen, met warrige haren. Lila toonde niet de minste verbazing, ik wel en riep uit: 'Wat doe jij hier?' Hij antwoordde ernstig, zonder vriendelijkheid: 'Wat doen júllie hier?' Die vraag draaide de situatie om: ik moest hém uitleggen, alsof we in zijn huis waren, dat we een afspraak hadden met mijn lerares.

'O,' zei hij, en vroeg spottend aan Lila: 'Ben je weer beter?'

'Ongeveer.'

'Dat doet me plezier.'

Ik werd boos, antwoordde in haar plaats, zei dat het nu pas een beetje beter met Lila begon te gaan en dat de Soccavo-fabriek hoe dan ook een mooi lesje had gekregen, dat er inspecteurs heen waren gegaan en dat het bedrijf Lila alles had moeten betalen wat het haar schuldig was.

'O ja?' zei hij net op het moment dat Nadia weer verscheen, nu keurig alsof ze de deur uit moest. 'Gehoord, Nadia? Dottoressa Greco zegt dat ze Soccavo een mooi lesje heeft geleerd.'

'Niet ik,' riep ik uit.

'Niet zij, nee, Onze Lieve Heer heeft Soccavo dat lesje geleerd.'

Nadia glimlachte, liep de kamer door en ging met een gracieuze beweging bij Pasquale op schoot zitten, hoewel de bank vrij was. Ik voelde me ongemakkelijk.

'Ik heb alleen maar geprobeerd Lina te helpen.'

Pasquale sloeg zijn arm om Nadia's middel, boog zich naar mij toe en riep uit: 'Prima. Dat betekent dat we, zo gauw een baas er ergens in een fabriek, op een bouwplaats, in een hoekje van Italië of van de wereld een puinhoop van maakt en de arbeiders risico's lopen, vlug Elena Greco bellen. Dan belt zij met haar vrienden, met de arbeidsinspectie, zet haar hele netwerk van kruiwagens in en lost alle problemen op.'

Hij had nooit op die manier tegen me gesproken, zelfs niet toen ik nog klein en hij in mijn ogen al groot was, en zich het air van de ervaren politicus gaf. Ik voelde me beledigd, wilde antwoorden, maar Nadia mengde zich in het gesprek en sloot mij erbuiten. Ze richtte zich met haar lijzige stemmetje uitsluitend tot Lila, alsof praten met mij niet de moeite waard was: 'Die inspecteurs van de arbeidsinspectie stellen niets voor, Lina. Ze zijn naar Soccavo gegaan, hebben hun formuliertjes ingevuld, maar verder? In de fabriek gaat alles gewoon door zoals vroeger. En intussen zitten degenen die hun nek hebben uitgestoken in de ellende en hebben de lui die hun mond hebben gehouden onderhands een paar lires erbij gekregen, hebben agenten charges op ons uitgevoerd en zijn de fascisten tot hier thuis gekomen en hebben Armando afgetuigd.'

Ze was nog niet uitgesproken of Pasquale wendde zich tot mij, nog onbarmhartiger dan tevoren, terwijl hij nu ook nog eens zijn stem verhief. 'Leg ons eens uit wat jij goddomme dacht op te lossen,' zei hij met oprechte pijn en teleurstelling in zijn stem. 'Weet jij in wat voor situatie Italië verkeert? Heb jij enig idee wat klassenstrijd is?'

'Niet schreeuwen, alsjeblieft,' vroeg Nadia hem, en daarna wendde ze zich opnieuw tot Lila en zei bijna fluisterend: 'Je laat je kameraden niet in de steek.'

Lila antwoordde: 'Het zou hoe dan ook mis zijn gegaan.'

'Wat bedoel je?'

'Je wint daarbinnen niet met pamfletten en ook niet door met de fascisten te knokken.'

'Hoe dan wel?'

Lila zweeg, Pasquale siste, nu tegen haar: 'Win je door de vriendjes van de bazen te mobiliseren? Win je door wat geld aan te nemen en de anderen te laten verrekken?'

Toen viel ik uit. 'Hou op, Pasquale,' zei ik en ongewild verhief ook ik mijn stem. 'Wat is dit voor toon? Zo is het niet gegaan.'

Ik wilde het uitleggen, hem tot zwijgen brengen, ook al voelde ik een leegte in mijn hoofd, wist ik niet welke argumenten ik kon aanvoeren, het enige wat ik bijna had gezegd was vals en politiek onbruikbaar: behandel je me zo, omdat je je god weet wie voelt nu je deze juffrouw van goede afkomst te pakken hebt? Maar ziedaar, met een volstrekt onverwacht, geërgerd gebaar dat me verwarde stopte Lila mij. Ze zei: 'Genoeg, Lenù, ze hebben gelijk.' Ik was diep teleurgesteld. Zij gelijk? Ik wilde erop ingaan, boos worden, ook op haar, wat bedoelde ze te zeggen? Maar op dat moment arriveerde la Galiani; we hoorden het geluid van haar voetstappen op de gang.

59

Ik hoopte dat mijn lerares me niet had horen schreeuwen. Intussen verwachtte ik dat Nadia van Pasquales schoot zou opspringen en op de bank zou gaan zitten, genoodzaakt net te doen alsof er geen intimiteit tussen hen bestond, een vernedering die ik graag had willen zien. Ik zag dat ook Lila naar hen keek, met een spottende blik. Maar ze bleven zitten zoals ze zaten. Nadia legde zelfs nog een arm om Pasquales schouder, alsof ze bang was te vallen, en tegen haar moeder die in de deuropening was verschenen zei ze: 'Waarschuw me de volgende keer als je bezoek krijgt.'

Mijn lerares reageerde niet, ze wendde zich tot ons en zei op koele toon: 'Neem me niet kwalijk, het is wat later geworden. Kom, we gaan in mijn studeerkamer zitten.'

We volgden haar, terwijl Pasquale Nadia van zijn knieën duwde en op een toon die me ineens terneergeslagen leek mompelde: 'Laten we naar hiernaast gaan.'

Mevrouw Galiani ging ons voor door de gang, geërgerd mopperend: 'Lompheid, daar kan ik écht niet tegen.' Ze bracht ons in een ruim, licht vertrek met een oud bureau, veel boeken, strenge, beklede stoelen. Ze sprak op vriendelijke toon maar het was duidelijk dat ze tegen haar slechte humeur vocht. Ze zei dat ze blij was mij te ontmoeten en Lila terug te zien; toch hoorde ik bij elk woord dat ze zei, maar ook tussen de woorden door, dat ze steeds woedender werd en ik wilde zo snel mogelijk weg. Ik verontschuldigde me voor het feit dat ik niets meer van me had laten horen, sprak nogal gejaagd over de studie die veel van me had gevergd, over mijn boek, over alles wat me had overrompeld, mijn verloving en mijn inmiddels nabije huwelijk.

'Wordt het een kerkelijk of alleen maar een burgerlijk huwelijk?'
'Alleen maar burgerlijk.'
'Goed zo.'
Ze wendde zich tot Lila, wilde haar bij het gesprek betrekken: 'Bent u in de kerk getrouwd?'
'Ja.'
'Bent u gelovig?'
'Nee.'
'Waarom bent u dan in de kerk getrouwd?'
'Dat hoorde zo.'
'We zouden geen dingen moeten doen alleen maar omdat het zo hoort.'
'Dat doen we zo vaak.'
'Gaat u naar Elena's bruiloft?'
'Ze heeft me niet uitgenodigd.'
Ik veerde op en zei onmiddellijk: 'Dat is niet waar.'
Lila grinnikte: 'Dat is wel waar, ze schaamt zich voor mij.'
Haar toon was ironisch, maar toch voelde ik me gekwetst. Wat was er met haar aan de hand? Waarom had ze me eerst bij Nadia en Pasquale ongelijk gegeven en zei ze nu zoiets onaardigs in het bijzijn van mijn lerares?

'Onzin,' zei ik en om weer rustig te worden pakte ik het boek uit mijn tas, reikte het la Galiani aan en zei: 'Ik wilde u dit geven.' Ze keek er even naar zonder het te zien – ze was misschien met haar eigen gedachten bezig –, zei dat ze het al in haar bezit had, gaf me het boek terug en vroeg: 'Wat doet je man?'

'Hij heeft een leerstoel voor Latijnse literatuur in Florence.'

'Is hij veel ouder dan jij?'

'Hij is zevenentwintig.'

'Zo jong en dan al een leerstoel?'

'Hij is goed.'

'Hoe heet hij?'

'Pietro Airota.'

Mevrouw Galiani keek me aandachtig aan, zoals vroeger op school als ik bij een overhoring een antwoord gaf dat ze onvolledig vond.

'Familie van Guido Airota?'

'Zijn zoon.'

Ze liet een duidelijk vilein glimlachje zien: 'Een goede partij.'

'We houden van elkaar.'

'Ben je al aan een nieuw boek begonnen?'

'Dat probeer ik.'

'Ik heb gezien dat je voor de *l'Unità* schrijft.'

'Af en toe.'

'Ik schrijf er niet meer in, het is een krant van bureaucraten.'

Ze richtte zich opnieuw tot Lila, het leek wel of ze alles in het werk wilde stellen om Lila duidelijk te maken dat ze haar sympathiek vond. Ze zei: 'Opmerkelijk wat u in de fabriek hebt gedaan.'

Lila trok een geërgerd gezicht. 'Ik heb niets gedaan.'

'Dat is niet waar.'

Mevrouw Galiani stond op, rommelde even tussen de papieren op haar bureau en toonde haar toen een paar beschreven blaadjes papier als onweerlegbaar bewijs.

'Nadia heeft deze tekst van u in huis laten slingeren en ik ben zo vrij geweest hem te lezen. Een moedig werkstuk, nieuw, en heel goed geschreven. Ik wilde u graag terugzien om u dat te kunnen zeggen.' In haar hand hield ze de notities waaraan ik mijn eerste artikel voor de *l'Unità* had ontleend.

60

O ja, het was de hoogste tijd om me terug te trekken. Verbitterd verliet ik huize Galiani, met droge mond en zonder de moed te hebben gehad om tegen mijn lerares te zeggen dat ze het recht niet had me op die manier te behandelen. Ze had zich niet over mijn boek uitgelaten, terwijl het toch al lange tijd in haar bezit was en ze het zeker had gelezen, of op z'n minst enkele stukjes eruit. Ze had het speciaal voor haar meegebrachte exemplaar niet aangenomen en ik had dus ook geen opdracht kunnen schrijven en toen ik, voor we weggingen – uit zwakte, uit behoefte om die relatie op een hartelijke manier af te sluiten – haar toch had aangeboden dat te doen, had ze geen ja en geen nee gezegd; ze had geglimlacht en was met Lila blijven praten. Het meest grievend was dat ze niets over mijn artikelen had gezegd, erger nog: ze had ze alleen maar genoemd om ze bij haar negatieve oordeel over de *l'Unità* te betrekken, en vervolgens had ze Lila's notities tevoorschijn gehaald en alleen met haar verder gepraat, alsof ik niet in de kamer aanwezig was. Ik had haar willen toeschreeuwen: 'Ja, het is waar, Lila is erg intelligent, dat heb ik altijd erkend, ik hou van haar intelligentie, alles wat ik heb gedaan is daardoor beïnvloed; maar ik heb mijn intelligentie gecultiveerd, er hard aan gewerkt, en met succes, ik word overal gewaardeerd, ik ben niet, zoals jouw dochter, een pretentieus stuk onbenul.' Maar ik was zwijgend blijven luisteren, terwijl zij en Lila discussieerden over werk en fabriek en eisen. Zelfs in het trapportaal waren ze nog doorgegaan, totdat la Galiani mij afwezig had gegroet, maar Lila had omhelsd en, haar inmiddels tutoyerend, had gezegd: 'Laat nog eens iets van je horen.' Ik had me vernederd gevoeld. Bovendien hadden Pasquale en Nadia zich niet meer laten zien, waardoor ik niet in de gelegenheid was geweest hen van repliek te dienen, en ik was dus ook nog woedend op hen: wat was er verkeerd aan het helpen van een vriendin, ik had me voor haar gecompromitteerd, hoe hadden ze kritiek durven hebben op wat ik voor haar had gedaan! Nu, op de trap, in de hal, op het trottoir van de corso Vittorio Emanuele, waren we weer met zijn tweeën,

Lila en ik. Ik was er klaar voor om tegen haar te schreeuwen: 'Denk je echt dat ik me voor je schaam? Hoe kom je erbij? Waarom heb je die twee gelijk gegeven, je bent een ondankbaar wicht, ik heb mijn uiterste best gedaan om je te helpen, om nuttig voor je te zijn, en jij behandelt me zo, er is echt iets mis in je hoofd.' Maar zodra we buiten stonden en voor ik ook maar iets kon zeggen (wat zou het trouwens voor verschil hebben gemaakt als ik wél mijn mond had opengedaan) stak ze haar arm door de mijne, begon onmiddellijk over la Galiani en nam het volledig voor me op.

Ik kreeg geen enkele kans om haar te verwijten dat ze de kant van Pasquale en Nadia had gekozen en haar te zeggen dat de beschuldiging dat ik niet wilde dat ze op mijn bruiloft kwam, nonsens was. Ze gedroeg zich alsof het een andere Lila was geweest die zoiets had gezegd, een Lila die zij zelf niet kende en aan wie het zinloos was uitleg te vragen. 'Wat een nare mensen,' begon ze, en bleef daarna tot bij de metro van het piazza Amedeo aan één stuk door praten. 'Onvoorstelbaar zoals dat oude mens je behandelde, ze heeft zich willen wreken, ze kan het niet uitstaan dat je boeken en artikelen schrijft, ze verdraagt het niet dat je op het punt staat te gaan trouwen met een goede partij, en ze verdraagt het vooral niet dat Nadia, speciaal opgevoed met het doel om de allerbeste te worden, dat Nadia, die haar zo veel voldoening had moeten geven, niets behoorlijks presteert, het met een metselaar heeft aangelegd en onder haar ogen de hoer uithangt; nee, dat verdraagt ze niet. Maar trek het je niet aan, leg het naast je neer. Je had haar je boek niet moeten aanbieden, je had niet moeten vragen of ze een opdracht wilde, en als ze ja had gezegd, had je die vooral niet moeten schrijven, dit zijn mensen die een schop onder de kont verdienen. Je bent te goed, dat is jouw fout, je gelooft alles wat gestudeerde lui zeggen, alsof alleen zij hersens hebben, maar dat is niet zo, kom op, ontspan, trouw, maak je huwelijksreis, je hebt je te veel met mij beziggehouden, schrijf een nieuwe roman, je weet dat ik grootse dingen van je verwacht, ik hou van je.'

En al die tijd luisterde ik naar haar, overdonderd. Rust was je bij haar niet gegund. Elke vastigheid van onze relatie bleek vroeg of laat een voorlopige formule, algauw kwam er iets in haar hoofd in beweging dat haar en mijn evenwicht verstoorde. Ik wist niet of die woorden eigenlijk als een vraag om excuus moesten worden opgevat, of dat ze niet meende wat ze zei en gevoelens verhulde die ze niet van plan was me toe te vertrouwen, of dat ze op een definitief afscheid uit was. Zeker was wel dat ze valse trekjes had en ondankbaar was, en dat ik, al was ik ook nog zo veranderd, toch ondergeschikt aan haar bleef. Ik voelde dat ik me nooit van die ondergeschiktheid zou weten te bevrijden en dat leek me onverdraaglijk. Ik hoopte – en het lukte me niet die hoop te onderdrukken – dat de hartspecialist zich had vergist, dat Armando gelijk had, dat ze echt ziek was en dood zou gaan.

Na die dag zagen we elkaar jaren niet, we spraken elkaar alleen telefonisch. We werden stemdeeltjes voor elkaar, zonder dat we wat er werd gezegd ooit met de ogen konden toetsen. Maar mijn verlangen dat ze dood zou gaan leefde ergens in een hoekje voort; ik verjoeg het, maar het verdween niet.

61

De nacht voor mijn vertrek naar Florence kon ik niet slapen. De meest pijnlijke van alle gedachten die door mijn hoofd spookten had met Pasquale te maken. Zijn opmerkingen kwelden me. In eerste instantie had ik al zijn kritiek verworpen, maar nu schommelde ik tussen de overtuiging dat ik die kritiek niet had verdiend en het idee dat als Lila hem gelijk had gegeven, ik me misschien had vergist. Uiteindelijk deed ik iets wat ik nog nooit had gedaan: om vier uur 's ochtends stond ik op en ging in mijn eentje naar buiten, het was nog donker. Ik was erg ongelukkig, wilde dat me iets akeligs overkwam als straf voor mijn foute optreden en mijn slechte gedachten, een straf die indirect ook Lila zou treffen. Maar er gebeurde niets. Lang liep ik door de verlaten straten, die nu heel wat veiliger waren dan wanneer het er druk was. De lucht kreeg een paarsachtige kleur. Ik kwam bij de zee, een grijzige plaat onder een bleke hemel met hier en daar roze gerande wolken. Het licht sneed het massale Castel dell'Ovo scherp in tweeën, een vorm van glanzend oker aan de kant van de Vesuvius, een bruine vlek aan de kant van Mergellina en Posillipo. De weg langs de rotsige kust lag er verlaten bij, de zee maakte geen geluid, maar je rook hem wel, hij verspreidde een intense geur. God weet wat voor gevoelens ik over mezelf en over Napels zou hebben gehad als ik niet elke ochtend in de wijk maar in een van die huizen aan de kust wakker was geworden. Wat wil ik? Mijn afkomst veranderen? Tegelijk met mezelf ook de anderen veranderen? Deze nu verlaten stad opnieuw bevolken met burgers die niet door armoede gekweld of door hebzucht gedreven worden, die geen wrok of kwaadheid kennen, die in staat zijn van de pracht van het landschap te genieten net als de godheden die hier ooit woonden? Mijn demon bevredigen, hem een goed leven geven en me gelukkig voelen? Ik had gebruikgemaakt van de macht van de Airota's, mensen die al generaties lang voor het socialisme vochten, mensen die aan de kant van lui als Pasquale en Lila stonden, en dat had ik niet gedaan omdat ik van plan was om alle defecten van de wereld te repareren, maar omdat ik in de situatie verkeerde dat ik iemand van wie ik hield kon helpen en ik me schuldig zou hebben gevoeld als ik dat niet had gedaan. Was het verkeerd geweest? Had ik Lila in de ellende moeten laten zitten? Nooit meer, nooit meer zou ik nog een vinger voor iemand uitsteken. Ik vertrok, ging trouwen.

62

Ik herinner me niets van mijn huwelijk. De steun van een paar foto's zou het geheugen moeten activeren, maar in plaats daarvan heeft hij het rond enkele foto's bevroren: Pietro met een afwezige uitdrukking op het gezicht, ik boos kijkend, zo lijkt het, mijn moeder onscherp, maar het lukt haar toch er ontevreden uit te zien. Waar ik me niets van herinner is vooral de ceremonie zelf; de lange discussie die ik een paar dagen voor ons trouwen met Pietro voerde, is me wel bijgebleven. Ik vertelde hem toen dat ik van plan was de pil te nemen, dat ik nog geen kinderen wilde omdat het mij belangrijk leek eerst te proberen nog een boek te schrijven. Ik wist zeker dat hij het meteen met me eens zou zijn. Maar tot mijn verrassing bleek hij erop tegen. Eerst maakte hij er een juridisch probleem van, de pil was nog niet officieel in de handel; daarna zei hij dat het gerucht ging dat hij schadelijk was voor de gezondheid; vervolgens stak hij een ingewikkeld verhaal af over seks, liefde en bevruchting; en ten slotte mompelde hij dat je, als je echt iets te schrijven hebt, dat hoe dan ook doet, ook als je een kind verwacht. Dat beviel me niet, ik werd boos, die reactie leek me niet consequent voor een ontwikkelde jongeman die alleen voor de wet wilde trouwen, en dat zei ik hem ook. We maakten ruzie. Onze trouwdag brak aan zonder dat we weer vrede hadden gesloten – hij was zwijgzaam, ik kil.

En er is nog een verrassing die ik me goed herinner: de receptie. We hadden besloten te trouwen, daarna afscheid van de familie te nemen en zonder ook maar iets van een feest naar huis te gaan. Die beslissing was voortgekomen uit de combinatie van Pietro's ascetische neigingen en mijn behoefte om te laten zien dat ik niet meer tot de wereld van mijn moeder behoorde. Maar onze gedragslijn werd heimelijk doorbroken door Adele. Ze sleepte ons mee naar het huis van een vriendin, 'om iets te drinken,' zei ze. Maar daar, in een zeer adellijke Florentijnse woning, bleken Pietro en ik ineens het middelpunt van een grote receptie met een aanzienlijk aantal familieleden van de Airota's en veel bekende en zeer bekende mensen die tot de avond bleven. Mijn man raakte ontstemd, ik vroeg me verward af waarom ik alleen maar mijn ouders, mijn zusje en mijn broers had mogen uitnodigen, terwijl het toch om míjn huwelijk ging. Ik zei tegen Pietro: 'Wist jij hiervan?'

'Nee.'

Een poosje boden we de situatie gezamenlijk het hoofd. Maar al snel onttrok Pietro zich aan de pogingen van zijn moeder en zijn zus hem aan deze of gene voor te stellen. Hij verschanste zich met mijn familie in een hoekje en praatte de hele verdere tijd met hen.

Hoewel ik me niet erg op mijn gemak voelde, legde ik me er aanvankelijk maar bij neer dat we in een valstrik verzeild waren geraakt, maar later begon ik het opwindend te vinden dat bekende politici, vermaarde geleerden, jonge revolutionairen en zelfs een heel bekende dichter en een beroemde romanschrijver belangstelling voor mij en mijn boek toonden en me prezen om de artikelen in de *l'Unità*. De tijd vloog voorbij, ik voelde me steeds meer geaccepteerd in de wereld van de Airota's. Zelfs mijn schoonvader wilde dat ik naast hem bleef staan en stelde me vriendelijke vragen die verband hielden met mijn kennis van arbeidskwesties. Al snel vormde er zich een groepje, allemaal mensen die zich in kranten en tijdschriften bezighielden met het nadenken over de stroom van eisen die het land overspoelde. En daar stond ik dan, met hen, en het was mijn feest, en ik was de spil van het gesprek.

Mijn schoonvader liet zich op een gegeven moment zeer lovend uit over een essay dat in de *Mondo Operaio* was verschenen en dat volgens hem het probleem van de democratie in Italië helder en intelligent aan de orde stelde. Dankzij een grote hoeveelheid voorbeelden werd in essentie aangetoond dat zolang de Rai, de grote kranten, de school, de universiteit en de rechterlijke macht dag in dag uit aan de versteviging van de dominerende ideologie werkten, de electorale krachtmeting in feite vervalst zou blijken en de arbeiderspartijen nooit genoeg stemmen zouden krijgen om te regeren. Instemmend geknik, ondersteunende citaten, verwijzingen naar bepaalde bijdragen Ten slotte vermeldde professor Airota, een en al gezag, de naam van de auteur van het artikel, maar nog voor hij die uitsprak – Giovanni Sarratore – wist ik al dat het om Nino ging. Ik was zo blij dat ik me niet wist in te houden, zei dat ik hem kende, riep Adele om haar tegenover haar man en de aanwezigen te laten bevestigen dat mijn Napolitaanse vriend briljant was.

Nino nam deel aan mijn bruiloft, ook al was hij niet aanwezig, en terwijl ik over hem sprak voelde ik me gemachtigd om ook over mezelf te vertellen, over de redenen waarom ik me met de strijd van de arbeiders was gaan bezighouden, over de noodzaak linkse partijen en parlementariërs feiten in handen te geven zodat ze hun achterstand wat betreft hun begrip van wat er in die tijd politiek en economisch speelde, konden inlopen, en zo maar door met andere kreten die ik pas kort kende, maar onbevangen gebruikte. Ik voelde me knap. Mijn humeur werd steeds beter, ik vond het fijn om bij mijn schoonouders te vertoeven en me door hun vrienden gewaardeerd te voelen. Aan het eind, toen mijn familie timide afscheid van me nam en gehaast vertrok om ergens, ik weet niet waar, te wachten op de eerste trein die hen terug naar Napels zou brengen, had ik geen zin om nog langer boos te blijven op Pietro. Wat hij waarschijnlijk merkte, want ook hij werd vriendelijk en alle spanning viel weg.

Zodra we in ons appartement waren en de huisdeur achter ons hadden dichtgetrokken, begonnen we te vrijen. In het begin vond ik het heel fijn, maar de dag had nog een verrassing voor me in petto. Als Antonio, mijn eerste verloofde, tegen me aan wreef, ging het snel, was het intens. Franco deed veel moeite om zich in te houden, maar op een gegeven moment trok hij zich met een rochel terug of hij stopte ineens, als hij een condoom had, leek zwaarder te worden, verpletterde me onder zijn gewicht, terwijl hij zachtjes in mijn oor lachte. Maar voor Pietro was het lang zwoegen, het leek me een eeuwigheid. Hij gaf heftige, beheerste stoten, maar op een manier waardoor het aanvankelijke genot, overweldigd door dat monotone aanhouden en de pijn die ik in mijn buik voelde, langzaam maar zeker afnam. Hij raakte helemaal bezweet door die langdurige inspanning, of misschien door pijn, en bij het zien van zijn vochtige gezicht en hals, het voelen van zijn natte rug, verdween de lust helemaal. Maar hij merkte het niet, bleef zich terugtrekken en met geweld in mij dringen, ritmisch, zonder ook maar even op te houden. Ik wist niet hoe ik me moest gedragen. Ik streelde hem, fluisterde lieve woordjes, en hoopte intussen dat hij ophield. Toen hij met een brul explodeerde en naast me neerviel, eindelijk uitgeput, voelde ik me blij, ook al had ik pijn en was ik niet bevredigd.

Hij bleef maar heel kort in bed, stond op en ging naar de badkamer. Ik wachtte een paar minuten, maar ik was moe en viel in een diepe slaap. Na een uur werd ik met een schok wakker en realiseerde me dat hij niet terug naar bed was gekomen. Ik trof hem in zijn studeerkamer, aan zijn bureau.

'Wat doe je?'

Hij glimlachte. 'Ik werk.'

'Kom slapen.'

'Ga jij maar terug, ik kom zo.'

Ik weet zeker dat ik die nacht zwanger was geraakt.

63

Toen ik ontdekte dat ik een kind verwachtte, werd ik ineens heel ongerust en belde ik mijn moeder. Hoewel onze relatie altijd conflictueus was geweest, had de behoefte om haar te horen bij die gelegenheid de overhand. Dat bellen was een vergissing, ze begon zich onmiddellijk op te dringen. Ze wilde vertrekken, bij mij komen wonen, me bijstaan, me leiden, of omgekeerd, me mee terug nemen naar de wijk, me weer thuis hebben, me aan de oude vroedvrouw toevertrouwen die de bevalling van al haar kinderen had gedaan. Het kostte me moeite haar in toom te houden; ik zei dat ik onder controle was bij een gynaecoloog, een vriend van mijn schoonmoeder, een belangrijke professor, en dat ik in zijn kliniek zou bevallen. Ze was beledigd, siste: 'Je hebt liever je schoonmoeder dan mij', en belde niet meer.

Maar een paar dagen later liet Lila van zich horen. We hadden na mijn vertrek al een paar keer met elkaar gebeld, niet lang, een paar minuten maar, we wilden het niet te duur maken; zij was dan vrolijk, ik kort, afstandelijk, zij vroeg ironisch naar mijn leven als gehuwde vrouw, ik informeerde ernstig naar haar gezondheid. Dit keer merkte ik dat er iets mis was.

'Ben je boos op me?' vroeg ze.

'Nee, waarom zou ik?'

'Je hebt me niets laten weten. Ik hoorde het alleen maar omdat jouw moeder tegen iedereen opschept over je zwangerschap.'

'Ik weet het zelf pas kort met zekerheid.'
'Ik dacht dat je de pil nam.'
Dat verwarde me.
'Ja, dat wilde ik eerst, maar later heb ik besloten om het niet te doen.'
'Waarom niet?'
'De jaren verstrijken.'
'En dat boek dat je moet schrijven?'
'Ik zie wel.'
'Denk eraan!'
'Ik zal mijn best doen.'
'Je moet je uiterste best doen.'
'Ik zal het proberen.'
'Ik neem de pil wel.'
'Het gaat dus goed tussen Enzo en jou?'
'Behoorlijk, maar ik wil nooit meer zwanger raken.'

Ze zweeg, en ik zei ook niets. Toen ze weer begon te praten, vertelde ze me over zowel de eerste keer dat ze gemerkt had zwanger te zijn, als over de tweede keer. Ze bestempelde beide keren als een nare ervaring. 'De tweede keer,' zei ze, 'was ik er zeker van dat het kind van Nino was en ook al voelde ik me beroerd, toch was ik blij. Maar blij of niet, je zult zien, je lichaam lijdt, het vindt het niks om vervormd te raken, er is te veel pijn.' En zo ging ze maar door, in een steeds somberder crescendo, over persoonlijke dingen die ze me al had verteld maar nooit met zo'n verlangen om mij haar lijden in te trekken zodat ik het ook zou voelen. Het leek of ze me wilde voorbereiden op wat me te wachten stond; ze was erg bezorgd om mij en mijn toekomst. 'Het leven van een ander,' zei ze, 'hecht zich eerst in je buik en als het eindelijk naar buiten komt, maakt het je tot een gevangene, houdt het je aan de lijn en ben je geen baas meer over jezelf.' Levendig schetste ze elke fase van mijn moederschap, als een kopie van die van haar, en drukte zich daarbij op de bekende, doeltreffende manier uit. 'Het is of je je eigen martelingen hebt gefabriceerd,' riep ze uit, en ik merkte dat ze niet in staat was te bedenken dat zij was wie zij was, en dat ik was wie ik was. Het leek haar onvoorstelbaar dat mijn zwangerschap anders zou kunnen verlopen dan die van haar, dat ik anders over kinderen zou kunnen denken dan zij. Het was voor haar zo vanzelfsprekend dat ik dezelfde moeilijkheden zou ondervinden, dat ze mijn eventuele vreugde over het moederschap direct als verraad zou kunnen beschouwen.

Ik wilde haar niet langer horen, haalde de hoorn van mijn oor, ze maakte me bang. We namen koeltjes afscheid.

'Als je me nodig hebt,' zei ze, 'laat het me dan weten.'

'Goed.'

'Jij hebt mij geholpen, nu wil ik jou helpen.'

'Goed.'

Maar dat telefoongesprek hielp me totaal niet, integendeel, het liet me onrustig achter. Ik woonde in een stad waarvan ik niets wist, ook al kende ik er dankzij Pietro inmiddels elk hoekje van, wat ik van Napels niet kon zeggen. Ik hield veel van de wegen langs de Arno, maakte er fijne wandelingen, maar de kleur van de huizen beviel me niet, ik werd er humeurig van. De spottende toon van zijn inwoners – de portier van onze flat, de slager, de bakker, de postbode – dreef me tot een even spottende toon, en dat leidde tot een ongemotiveerde vijandigheid. Verder hadden de vele vrienden van mijn schoonouders, zo beschikbaar op de dag van ons trouwen, zich nooit meer laten zien en Pietro was ook niet van plan ze te ontmoeten. Ik voelde me kwetsbaar en alleen. Ik kocht een paar boeken over hoe je een volmaakte moeder wordt en bereidde me ijverig als altijd voor.

Dagen en weken verstreken, maar tot mijn verrassing viel de zwangerschap me absoluut niet zwaar, integendeel, ik kreeg er een gevoel van lichtheid door. De misselijkheid stelde nauwelijks iets voor, ik had nooit een inzinking, niet wat mijn lichaam, noch wat mijn humeur of mijn energie betrof. Ik was al in de vierde maand toen mijn boek een belangrijke prijs kreeg die me nog meer bekendheid gaf en ook wat extra geld opleverde. Ondanks het politieke klimaat, vijandig tegenover dergelijke erkenningen, ging ik toch naar de uitreiking van de prijs. Ik voelde me begenadigd, was trots op mezelf, had een gevoel van fysieke en intellectuele volledigheid dat mijn verlegenheid wegnam en me heel openhartig maakte. In mijn dankwoord draafde ik door en zei dat ik zo gelukkig was als astronauten op de witte maanvlakte. Aangezien ik me sterk voelde, belde ik een paar dagen later Lila om haar over de prijs te vertellen. Ik wilde haar laten weten dat het niet ging zoals zij had voorzien, maar dat alles juist soepel verliep, dat ik me voldaan voelde. Ik was zo vol van mezelf dat ik over het ongenoegen dat ze me had aangedaan heen wilde stappen. Maar Lila had in de *Mattino* – alleen de Napolitaanse kranten hadden een paar regels aan de prijs gewijd – die zin over de astronauten gelezen en zonder me de tijd te geven iets te vertellen, kwam ze al met kritiek daarop. 'De witte maanvlakte,' zei ze ironisch. 'Soms is het beter te zwijgen dan stommiteiten te verkondigen.' En ze voegde eraan toe dat de maan een stuk steen te midden van miljarden andere stukken steen is en dat je, wat de maan ook was, beter met je voeten stevig in de ellende van de wereld kon blijven staan.

Ik voelde een beklemming op mijn maag. Waarom bleef ze me kwetsen? Wilde ze niet dat ik gelukkig was? Of was ze nooit hersteld en accentueerde het feit dat ze niet in orde was haar valse trekjes? Er kwamen bittere woorden bij me op, maar het lukte me niet ze uit te spreken. Alsof ze zich niet eens had gerealiseerd dat ze me pijn had gedaan, of dacht er het recht toe te hebben, was ze al begonnen me op een heel vriendschappelijke toon van alles over zichzelf te vertellen. Ze had vrede gesloten met haar broer, met haar moeder, en zelfs met haar vader; ze had ruzie gemaakt met Michele Solara over die oude kwestie van het schoenenmerk en het geld dat hij Rino verschuldigd was; ze had contact gezocht met Stefano om hem nadrukkelijk te vragen ook voor Gennaro een vader te zijn, op z'n minst financieel, en niet alleen voor Maria. Haar zinnen waren vol ergernis, soms vulgair, zowel ten aanzien van Rino als van de Solara's en Stefano. En aan het eind vroeg ze, alsof ze echt dringend behoefte aan mijn mening had: 'Was het goed wat ik heb gedaan?' Ik gaf geen antwoord. Ik had een belangrijke prijs gewonnen, en zij had alleen maar iets over die zin over de astronauten gezegd. Ik vroeg, misschien om haar te beledigen, of ze nog last had van het losraken van haar hoofd. Ze zei van niet, herhaalde een paar keer dat het prima met haar ging, en merkte met een lachje vol zelfspot op: 'Alleen soms zie ik vanuit een ooghoek mensen uit de meubels komen.' Daarna vroeg ze: 'Alles goed met je zwangerschap?'

'Ja goed, prima,' zei ik. 'Ik heb me nog nooit zo goed gevoeld.'

Ik reisde veel in die maanden, werd her en der uitgenodigd. Niet alleen vanwege mijn boek maar ook vanwege de artikelen die ik schreef en die mij op hun beurt dwongen op reis te gaan om de nieuwe vormen van staken en de reacties van de werkgevers van dichtbij mee te maken. Het kwam nooit bij me op moeite te doen om journaliste te worden. Ik schreef omdat het me voldoening gaf. Ik voelde me ongehoorzaam, rebels, en zo machtig dat mijn zachtaardigheid een vermomming leek. Daaraan had ik het in feite te danken dat ik in de stakingsposten voor de fabrieken kon binnendringen, met arbeiders, mannen en vrouwen, en vakbondslieden kon praten, me onder de politieagenten kon mengen. Ik was nergens bang voor. Toen de Banca dell'Agricoltura in de lucht vloog, was ik in Milaan, bij de uitgeverij, maar ik maakte me niet ongerust, had geen duistere voorgevoelens. Ik beschouwde mezelf als deel van een onstuitbare kracht, ik beschouwde mezelf als onkwetsbaar. Niemand kon mij en mijn kind kwaad doen. Wij waren de enige blijvende werkelijkheid, ik zichtbaar en hij (of zij, maar Pietro wilde een jongetje) vooralsnog onzichtbaar. De rest was een stroom lucht, een immateriële golf van beelden en klanken die, catastrofaal of heilzaam, het materiaal vormde voor mijn werk, voorbijtrok of zich opdrong om door mij omgezet te worden in magische woorden binnen een verhaal, een artikel, een voordracht, waarbij ik moest zorgen dat niets buiten het schema viel en dat al mijn denkbeelden de Airota's welgevallig waren, en dat gold ook voor de uitgeverij en Nino, die zeker ergens las wat ik schreef, en ook voor Pasquale, waarom niet, en Nadia en Lila, zodat ze eindelijk allemaal zouden moeten denken: ja, we zijn onrechtvaardig geweest ten aanzien van Lena, ze staat aan onze kant, kijk maar wat ze schrijft.

Het was een bijzonder heftige tijd, die periode dat ik in verwachting was. Het verraste me dat zwanger zijn me gretiger maakte om te vrijen. Ik was degene die begon, ik omhelsde Pietro, kuste hem, ook al hield hij daar niet zo van en ging hij er bijna meteen toe over me op zijn langdurige, pijnlijke manier te nemen. Daarna stond hij op en werkte tot laat. Ik sliep een paar uur, werd dan wakker, vond hem niet naast me, deed het licht aan en las totdat ik moe werd. Dan ging ik naar zijn kamer en dwong hem om ook naar bed te komen. Hij gehoorzaamde, maar stond alweer vroeg op – het leek of hij bang was om te slapen. Ik daarentegen sliep tot het middaguur.

Er was slechts één gebeurtenis die me angstig maakte. Ik was in de zevende maand, mijn buik was inmiddels zwaar. Ik bevond me voor het hek van de Nuovo Pignone, de ijzergieterij, er braken vechtpartijen uit en ik vluchtte weg. Misschien maakte ik een verkeerde beweging, ik weet het niet. Zeker is dat ik midden in mijn rechterbil een pijnlijke steek voelde, die zich als een heet ijzer voortzette in mijn been. Strompelend kwam ik thuis, kroop in bed. Het ging over. Maar van tijd tot tijd kwam de pijn terug, straalde uit naar mijn dij richting lies. Ik zocht naar houdingen om de pijn te verzachten, maar toen ik merkte dat ik de neiging had steeds mank te lopen, raakte ik in paniek en maakte een afspraak met mijn gynaecoloog. Hij stelde me gerust, zei dat alles in orde was, dat het gewicht dat ik in mijn schoot droeg mij vermoeide en een beetje jicht veroorzaakte. 'Waarom was u zo bezorgd?' vroeg hij op hartelijke toon. 'U bent zo'n serene vrouw.' Ik loog, zei dat ik het niet wist. In werkelijkheid wist ik het heel goed: ik was bang geweest dat de tred van mijn moeder me had ingehaald, zich in mij had genesteld, en dat ik altijd mank zou lopen, net als zij.

Na de geruststellende woorden van de gynaecoloog kalmeerde ik; de pijn bleef nog even, maar verdween later. Pietro verbood me nog meer gekke dingen te doen, het moest afgelopen zijn met dat rennen van hot naar haar. Ik gaf hem gelijk, in de laatste periode van mijn zwangerschap bracht ik de dagen door met lezen; schrijven deed ik bijna niet. Onze dochter werd op 12 februari 1970 geboren, 's ochtends om twintig over vijf. We noemden haar Adele, ook al bleef mijn schoonmoeder maar zeggen: 'Arm kind, Adele is affreus, geef haar willekeurig welke andere naam, maar niet Adele.' Het was een bevalling met vreselijke pijnen, die echter maar van korte duur waren. Toen het kind tevoorschijn kwam en ik het zag – pikzwart haar, een paarsig, vol energie spartelend en huilend wezentje – voelde ik een fysiek genot dat zo overrompelend was dat ik nog steeds geen ander genot heb weten te bedenken dat het benadert. We lieten haar niet dopen; mijn moeder slingerde me telefonisch verschrikkelijke dingen naar het hoofd en zwoer dat ze nooit naar de baby zou komen kijken. Ze bedaart wel, dacht ik, toch een beetje bedroefd, en hoe dan ook, als ze niet komt, jammer voor haar dan.

Zodra ik weer op de been was, belde ik Lila. Ik wilde niet dat ze boos werd omdat ik haar niets had laten weten.

'Het was een prachtige ervaring,' zei ik.

'Wat?'

'De zwangerschap, de bevalling. Adele is erg mooi, en heel lief.'

'Iedereen vertelt zijn levensverhaal zoals het hem het beste uitkomt,' was haar antwoord.

64

Wat een warboel van draden met onvindbare uiteinden ontdekte ik in die periode in me! Oude, verkleurde draden, splinternieuwe, soms met levendige kleuren, soms kleurloos, heel dun, bijna onzichtbaar. Aan de staat van welbevinden kwam plotseling een einde, juist toen ik dacht aan Lila's voorspellingen ontkomen te zijn. De baby veranderde, niet in haar voordeel, en de oudste stukjes van die warrige dradenmassa kwamen als door een onoplettend gebaar aan de oppervlakte. In het begin, toen we nog in de kliniek waren, had mijn kindje probleemloos mijn borst genomen, maar eenmaal thuis ging er iets mis en wilde ze me niet meer. Ze zoog een paar seconden en daarna krijste ze als een woedend diertje. Ik ontdekte dat ik zwak was, weerloos tegen oud bijgeloof. Wat overkwam haar? Waren mijn tepels te klein, schoten ze uit haar mondje? Beviel mijn melk haar niet? Of was er door hekserij op afstand aversie tegen mij, haar moeder, opgewekt?

Dat was het begin van een lijdensweg van arts naar arts, alleen zij en ik, Pietro had het steeds te druk met de universiteit. Mijn nutteloos gezwollen boezem begon pijn te doen, ik had gloeiende stenen in mijn borsten, zag in gedachten infecties, amputaties voor me. Om mijn borsten leeg te maken, om er genoeg melk uit te halen om het kindje met de fles te voeden, om de pijn te verzachten, kwelde ik mezelf met kolven. Uitnodigend fluisterde ik haar toe: 'Kom, schatje, zuig, wat ben je lief, zo zoet, wat een lief mondje, wat een mooie oogjes, wat is er toch?' Tevergeefs. Eerst besloot ik met pijn in het hart op half borst half fles over te gaan; daarna zag ik ook daarvan af en ging op kunstmelk over, wat me dag en nacht tot lange voorbereidingen dwong, een lastig systeem van sterilisatie van spenen en flessen, een obsessieve controle van het gewicht voor en na de voeding, schuldgevoel telkens als ze diarree had. Soms moest ik aan Silvia denken, die in de woelige sfeer van de studentenvergadering in Milaan Nino's zoontje Mirko zo natuurlijk de borst gaf. Waarom ik niet? Ik huilde vaak, lang en in het diepste geheim.

Gedurende een paar dagen ging het beter met Dede en voelde ik me opgelucht. Ik hoopte dat het moment was aangebroken om de regie van mijn leven weer in eigen hand te nemen. Maar de adempauze duurde minder dan een week. In haar eerste levensjaar sliep de baby nooit, haar tengere lijfje spartelde en ze schreeuwde urenlang met onvermoede energie en volharding. Ze werd pas rustig als ik haar stevig in mijn armen nam en pratend met haar door het huis liep: 'Nu is dat prachtige kindje van mama lief, nu wordt ze stil en rust ze uit, nu gaat ze lekker slapen.' Maar het prachtige kindje wilde niet, het leek of ze bang was om te gaan slapen, net als haar vader. Wat was er met haar aan de hand? Had ze buikpijn, honger, verlatingsangst omdat ik haar niet zelf had gevoed, had iemand haar het boze oog bezorgd, was er een duivel in haar gevaren? En wat was er met mij aan de hand? Wat voor gif was er in mijn melk terechtgekomen? En mijn been? Leek het maar zo of begon de pijn weer op te spelen? Was dat de schuld van mijn moeder? Wilde ze me straffen omdat ik mijn hele leven had geprobeerd niet op haar te lijken? Of was er iets anders aan de hand?

Op een nacht kwam de draad van Gigliola's stem boven, uit de tijd dat ze in de wijk rondvertelde dat Lila over een verschrikkelijke, geheime macht beschikte, dat ze tot hekserij met vuur in staat was, dat ze de baby's in haar buik verstikte. Ik schaamde me voor mezelf, probeerde me tegen dergelijke gedachten te verzetten, had rust nodig. Ik probeerde het kind aan Pietro over te laten, die door zijn gewoonte om 's nachts te studeren niet zo moe was. Ik zei: 'Ik kan niet meer, roep me over een paar uur', ging naar bed en viel in een diepe slaap, een soort bewusteloosheid. Maar op een keer werd ik wakker door wanhopig gehuil van het kindje, ik wachtte eerst even, maar het hield niet op. Ik kwam uit bed, ontdekte dat Pietro de wieg naar zijn studeerkamer had gesleept en zonder op het gekrijs van zijn dochtertje te letten over zijn boeken zat gebogen en fiches maakte alsof hij doof was. Ik liet alle fatsoen varen en verviel tot nog erger, ik schold hem uit in mijn dialect. 'Het kan je allemaal niks verrekken, is die rommel soms belangrijker dan je dochter?' Kil en afstandelijk verzocht mijn man me zijn kamer te verlaten en de wieg mee te nemen. Hij was bezig met een belangrijk artikel voor een Engels tijdschrift, en de deadline was nabij. Vanaf dat moment vroeg ik hem geen hulp meer en als hij die uit zichzelf aanbood, zei ik: 'Ga maar, dank je, ik weet dat je het druk hebt.' Na het avondeten draaide hij onzeker en schutterig om me heen, sloot zich vervolgens op in zijn studeerkamer en werkte tot diep in de nacht.

65

Ik voelde me verlaten, maar met de indruk dat ik het verdiende: ik was niet in staat mijn dochter rust te geven. Toch zette ik koppig door, ook al werd ik steeds banger. Mijn hele wezen verzette zich tegen de moederrol. En de pijn in mijn been was terug, werd steeds erger, hoe ik ook probeerde er geen acht op te slaan, alles in het werk stellend om hem te negeren. Maar ik hield vol, ik sloofde me af, deed alles zelf. Omdat er geen lift was in het gebouw droeg ik de wandelwagen met het kleintje erin trap op, trap af, deed boodschappen, kwam beladen met tassen weer terug, maakte het huis schoon, kookte en dacht: ik word voortijdig oud en lelijk, net als de vrouwen in de wijk. En natuurlijk belde Lila uitgerekend op het moment dat ik nog wanhopiger was dan anders.

Zodra ik haar stem hoorde wilde ik tegen haar schreeuwen: 'Wat heb je me aangedaan, het ging allemaal lekker en nu gebeurt zomaar ineens wat jij zei, het gaat niet goed met het kleintje, ik loop mank, hoe kan dat, ik ben op.' Maar ik wist me op tijd in te houden en zei rustig: 'Alles in orde, mijn meisje doet een beetje moeilijk en groeit vooralsnog niet erg, maar ze is geweldig, ik ben gelukkig.' Daarna begon ik haar met geveinsde belangstelling te vragen naar Enzo, naar Gennaro, naar haar relatie met Stefano, naar haar broer, naar de wijk, of ze nog problemen met Bruno Soccavo had gehad en met Michele. Ze antwoordde in lomp, slordig en agressief dialect, maar over het algemeen zonder boosheid. 'Soccavo,' zei ze, 'moet bloeden. En als ik Michele tegenkom, spuug ik hem in zijn gezicht.' Wat Gennaro betreft, over hem sprak ze inmiddels expliciet als de zoon van Stefano. Ze zei: 'Hij is even vierkant als zijn vader.' Ze lachte toen ik zei dat het zo'n prettig kind was en liet zich ontvallen: 'Je bent zo'n goed moedertje, neem jij hem maar.' In die zinnen hoorde ik het sarcasme van iemand die dankzij een of andere geheime kracht wist wat er echt aan de hand was en ik voelde wrok, reden te meer voor mij om mijn toneelstukje vol te houden – moet je horen wat een lief stemmetje Dede heeft, het is heerlijk hier in Florence, ik ben een interessant boek van Baran aan het lezen – en daarmee door te gaan totdat zij me dwong het doek te laten zakken om me over de IBM-cursus te vertellen waar Enzo aan begonnen was.

Alleen over hem sprak ze met respect, lange tijd, en meteen daarna vroeg ze naar Pietro.

'Heb je het goed met je man?'
'Heel goed.'
'Ik ook met Enzo.'

Toen ze weer ophing, liet haar stem een spoor van beelden en klanken uit het verleden na dat nog uren in mijn hoofd bleef hangen: de binnenplaats, de gevaarlijke spelletjes, mijn pop die zij in het souterrain had gegooid, de donkere trap om hem bij don Achille terug te halen, haar huwelijk, hoe gul en hoe gemeen ze was geweest, hoe ze Nino had ingepikt. Ze verdraagt mijn geluk niet, dacht ik angstig, ze wil me weer bij zich hebben, onder zich, om haar te steunen in haar zaakjes, in haar zielige wijkruzies. Maar vervolgens zei ik tegen mezelf: 'Doe niet zo stom, heb ik hiervoor gestudeerd?' en dan deed ik of alles onder controle was. Tegen mijn zusje Elisa, die me vaak belde, zei ik dat het heerlijk was om moeder te zijn. Carmen Peluso, die me vertelde over haar huwelijk met de man van de benzinepomp aan de grote weg, antwoordde ik: 'Wat een goed nieuws, ik wens je heel veel geluk. Doe Pasquale de groeten. Wat voert hij uit?' De zeldzame keren dat mijn moeder belde deed ik of ik overgelukkig was. Ik had maar één keer een zwak moment en vroeg haar toen: 'Wat heb je eigenlijk aan je been gehad, waarom loop je mank?' Maar zij antwoordde: 'Wat kan jou dat schelen, bemoei je met je eigen zaken.'

Maandenlang vocht ik, probeerde de meest duistere kanten van mezelf in bedwang te houden. Soms betrapte ik mezelf erop dat ik tot Onze-Lieve-Vrouw zat te bidden, ook al zag ik mezelf als een atheïst, en dan schaamde ik me. Vaker, als ik alleen thuis was met het kind, stootte ik verschrikkelijke kreten uit, geen woorden, alleen maar adem die met mijn wanhoop naar buiten kwam. En die nare tijd wilde maar niet voorbijgaan; het was een kwellende periode, die traag verliep. Nachts hobbelde ik met het kind heen en weer door de gang, maar fluisterde daarbij geen onzinnige woordjes meer, ik negeerde het en probeerde aan mezelf te denken. Ik had altijd een boek in de hand, of een tijdschrift, ook al lukte het me niet of nauwelijks om daadwerkelijk iets te lezen. Overdag, als Adele rustig sliep – in het begin was ik haar Ade gaan noemen, zonder me te realiseren dat in die twee lettergrepen de hel, de Hades, besloten lag, zodat ik in verwarring raakte toen Pietro me daarop wees, waarna ik er Dede van maakte –, probeerde ik voor de krant te schrijven. Maar ik had geen tijd meer – en zeker ook geen zin – om voor de *l'Unità* op stap te gaan. Wat ik schreef boette daardoor in aan kracht. Het werd een puur vertoon van mijn vaardigheid in het formuleren en dat leidde uiteindelijk tot inhoudsloze tierelantijnen. Toen ik een artikel klaar had en het wilde doorbellen naar de redactie, liet ik het eerst Pietro lezen. Hij zei: 'Het is leeg.'

'Hoe bedoel je?'

'Louter woorden, verder niets.'

Ik voelde me beledigd, belde het toch door. Het artikel werd niet geplaatst. En vanaf dat moment begon zowel de plaatselijke als de landelijke redactie met een zeker gevoel van onbehagen mijn teksten te weigeren, waarbij ze plaatsgebrek als reden aanvoerden. Ik leed eronder, realiseerde me dat alles wat ik tot voor kort als een inmiddels definitief verworven leef- en werksituatie had beschouwd, aan het instorten was, als door hevige, uit ontoegankelijke diepten voortkomende schokken.

Ik las alleen om mijn ogen op een boek of een tijdschrift te houden, maar het was alsof ik bij de tekens bleef steken en geen toegang meer had tot de betekenissen. Twee of drie keer stuitte ik toevallig op artikelen van Nino, maar het lezen daarvan gaf me niet meer het gebruikelijke plezier hem voor me te zien, zijn stem te horen, te genieten van zijn manier van denken. Ik was blij voor hem, natuurlijk: dat hij schreef betekende dat hij het goed maakte en, god weet waar en met wie, zijn leven leefde. Maar ik staarde naar de ondertekening, las enkele regels, en nam dan steeds afstand, alsof elke zin van hem, zwart op wit, mijn situatie nog ondraaglijker maakte. Ik kon geen belangstelling meer opbrengen, het lukte me zelfs niet meer zorg aan mijn uiterlijk te besteden. Voor wie zou ik dat trouwens doen? Ik zag niemand, alleen Pietro, die me met gekunstelde hoffelijkheid behandelde, maar ik voelde dat ik een schim voor hem was. Soms had ik de indruk met zijn hoofd te denken en dan was het of ik zijn ontevredenheid voelde. Door met mij te trouwen was zijn leven als wetenschapper alleen maar ingewikkelder geworden, terwijl, juist nú, zijn faam toenam, vooral in Engeland en de Verenigde Staten. Ik bewonderde hem en toch ergerde hij me. Ik sprak altijd met een mengeling van ergernis en ondergeschiktheid tegen hem.

'Basta,' zei ik op een dag tegen mezelf, 'laten we de *l'Unità* maar vergeten. Het is al mooi als ik de juiste aanpak voor een nieuw boek kan vinden, en als dat eenmaal klaar is, komt alles goed.' Maar wat voor boek? Tegen mijn schoonmoeder en tegen de uitgever beweerde ik dat ik flink was opgeschoten, maar ik loog, ik loog bij elke gelegenheid op allerhartelijkste toon. In werkelijkheid had ik alleen maar schriften volgeschreven met nutteloze aantekeningen, niets anders. En als ik die schriften opensloeg, 's nachts of overdag, al naargelang de tijden die Dede me oplegde, viel ik er ongemerkt boven in slaap. Op een keer kwam Pietro laat in de middag thuis van de universiteit en trof me in een situatie nog erger dan die waarin ik hem een tijdje tevoren had betrapt: ik zat in de keuken, diep in slaap, met mijn hoofd op de tafel; de baby had haar voeding niet gekregen en lag ver weg in de slaapkamer te krijsen. Half bloot, vergeten, vond Pietro haar in de wieg. Toen Dede later rustig werd en gulzig aan de fles zoog, zei hij onredderd: 'Heb je dan niemand die je kan helpen?'

'Niet in deze stad, dat weet je heel goed.'

'Laat je moeder komen, of je zusje.'

'Dat wil ik niet.'

'Vraag dan die vriendin van je uit Napels: jij hebt je voor haar ingezet, dat doet zij vast ook voor jou.'

Er ging een schok door me heen. Een fractie van een seconde voelde ik heel duidelijk dat een deel van mij zeker wist dat Lila al in huis was, aanwezig was; zat ze ooit in mij weggedoken, nu was ze met haar samengeknepen ogen en gefronste voorhoofd in Dede gegleden. Krachtig schudde ik mijn hoofd. Weg dat beeld, onmiddellijk, weg die mogelijkheid, wat zat ik te fantaseren?

Gelaten belde Pietro zijn moeder. Zeer tegen zijn zin vroeg hij haar of ze een tijdje bij ons kon komen.

66

Met een onmiddellijk gevoel van opluchting vertrouwde ik me aan mijn schoonmoeder toe en ook in dit geval bleek zij de vrouw op wie ik had willen lijken. Binnen enkele dagen had ze een stevig meisje gevonden, Clelia, even in de twintig en afkomstig uit de Maremmen. Om haar optimaal voor huis, boodschappen en koken te kunnen laten zorgen, werd ze minutieus geïnstrueerd. Toen Pietro, die in het geheel niet was geraadpleegd, Clelia in huis aantrof, maakte hij een geïrriteerd gebaar.

'Ik wil geen slavinnen in mijn huis,' zei hij.

Adele antwoordde rustig: 'Ze is geen slavin, ze wordt betaald.'

En ik, gesteund door de aanwezigheid van mijn schoonmoeder, viel uit: 'Moet ik hier dan slavin zijn, in jouw ogen?'

'Jij bent moeder, geen slavin.'

'Ik was en strijk je kleren, poets je huis, kook voor je, ik heb je een dochter gegeven, ik breng haar met veel moeite groot, ik ben uitgeput.'

'Wie verplicht je ertoe dat allemaal te doen? Heb ik je ooit iets gevraagd?'

Ik was niet tegen die confrontatie bestand, maar Adele wel. Met een soms meedogenloos sarcasme verpletterde ze haar zoon en Clelia bleef, die daarna het kind van me overnam, de wieg verplaatste naar de kamer die ik haar had toebedeeld en met grote precisie zorg droeg voor de flesjes, zowel overdag als 's nachts. Toen Adele merkte dat ik mank liep, ging ze met me naar een bevriende arts die me verschillende injecties voorschreef. Ze verscheen elke ochtend en elke avond persoonlijk met de injectiespuit en de ampullen, om vrolijk de naald diep in mijn bil te prikken. Dat had meteen een gunstige uitwerking: de pijn in mijn been verdween, mijn humeur verbeterde, ik werd weer rustig. Maar dat betekende niet het einde van Adeles bemoeienissen met mij. Ze drong er vriendelijk op aan dat ik weer zorg aan mezelf besteedde, stuurde me naar de kapper, dwong me om naar de tandarts te gaan. En wat ze vooral deed was constant praten over theater, film, een boek dat ze aan het vertalen was, een ander boek waarvan ze de uitgave verzorgde, over wat een of ander tijdschrift had geschreven. Van haar hoorde ik voor het eerst over heel strijdlustige feministische geschriften. Mariarosa kende de meisjes die eraan meewerkten, ze was er erg enthousiast over, had veel achting voor hen. Adele niet. Met de gebruikelijke ironische uitdrukking op haar gezicht zei ze dat wat ze over vrouwenkwesties schreven gewauwel was, alsof je die kon oplossen zonder de klassentegenstelling erbij te betrekken.

'Maar lees ze toch maar,' raadde ze me ten slotte aan. En met een laatste raadselachtige zin – 'Laat je niets ontgaan als je schrijfster wilt zijn' – liet ze een paar van die boekjes bij me achter.

Ik legde ze terzijde, had geen zin om tijd te verdoen met het lezen van teksten waar Adele zelf op afgaf. Maar wat ik bij die gelegenheid vooral voelde, was dat het erudiete gepraat van mijn schoonmoeder in het geheel niet voortkwam uit een werkelijke behoefte om met mij van gedachten te wisselen. Adele volgde een plan om mij uit die wanhopige situatie van onbekwame moeder te trekken; wat zij deed was woorden over elkaar wrijven om er vonken uit te halen waardoor mijn bevroren hoofd moest ontdooien en mijn blik weer moest gaan stralen. In feite vond ze het fijner om me te redden dan om naar me te luisteren.

En verder... Verder bleef Dede 's nachts huilen, alle maatregelen ten spijt. Ik hoorde haar, maakte me zorgen, voelde me ongelukkig door haar, wat de weldadige uitwerking van het optreden van mijn schoonmoeder verstoorde. En al had ik nu meer tijd, toch lukte het me niet om te schrijven. En Pietro, die doorgaans ingetogen was, gedroeg zich in aanwezigheid van zijn moeder vrijmoedig, op het ongemanierde af. Zijn thuiskomst werd bijna altijd gevolgd door een aanvaring met sarcastische opmerkingen over en weer en dat maakte het gevoel van teloorgang dat ik om me heen voelde op den duur nog groter. Mijn man – zo merkte ik al snel – vond het vanzelfsprekend Adele te beschouwen als degene die uiteindelijk verantwoordelijk was voor al zijn problemen. Hij gaf haar van alles de schuld, ook van wat hem op zijn werk overkwam. Ik wist weinig of niets van de zenuwslopende spanningen waaraan hij op de universiteit onderhevig was, op mijn 'Hoe gaat het' antwoordde hij over het algemeen met 'Goed', hij neigde ertoe me te ontzien. Maar bij zijn moeder liet hij zich volledig gaan en sloeg hij de beschuldigende toon aan van een kind dat zich verwaarloosd voelt. Alles wat hij voor mij verborgen hield, stortte hij over Adele uit en als dat in mijn aanwezigheid gebeurde, deed hij of ik er niet bij was, alsof ik, zijn vrouw, slechts een zwijgende getuige mocht zijn.

Zo werd mij veel duidelijk. Zijn collega's, allemaal ouder dan hij, schreven zijn bliksemcarrière, en ook het feit dat hij in het buitenland enige faam begon te verwerven, toe aan de familienaam die hij droeg en hadden hem geïsoleerd. De studenten beschouwden hem als nodeloos rigoureus, een betweterige burger die zijn eigen gang ging zonder een haarbreed te wijken voor de chaos van het heden, kortom, een vijand van de studenten. En zoals gewoonlijk verdedigde hij zich niet en ging ook niet in de aanval, maar vervolgde zonder op of om te kijken zijn weg, gaf heldere, intelligente colleges – dat wist ik zeker –, toetste even helder de kennis van zijn studenten, en liet ze zakken. 'Maar het is moeilijk,' zei hij op een avond bijna schreeuwend, terwijl hij zich op klagende toon tot Adele richtte. Meteen daarop liet hij zijn stem zakken, mompelde dat hij rust nodig had, dat zijn werk vermoeiend was, dat meerdere collega's de studenten tegen hem opzetten, dat groepjes jongelui vaak de aula binnenvielen en hem dwongen zijn college te onderbreken, dat er laffe opschriften op de muren waren verschenen. Eenmaal zo ver en nog voordat Adele iets kon zeggen, viel ik onbeheerst uit: 'Als je een beetje minder reactionair was, zouden dit soort dingen je niet overkomen.' En voor het eerst sinds ik hem kende, antwoordde hij me op grove wijze. 'Hou je mond,' siste hij, 'jij praat alleen maar in clichés.'

Ik sloot me op in de badkamer en besefte ineens dat ik hem heel slecht kende. Wat wist ik van hem? Hij was een vredelievende man, maar vastberaden op het koppige af. Hij stond aan de kant van de arbeidersklasse en de studenten, maar doceerde op de meest traditionele manier en nam ook zo zijn examens af. Hij was atheïst, had niet in de kerk willen trouwen, wilde Dede niet laten dopen, maar bewonderde de christelijke gemeenschappen van de Oltrarno en sprak met veel deskundigheid over godsdienstige kwesties. Hij was een Airota, maar de privileges en gemakken die daar voor hem uit voortvloeiden verdroeg hij niet. Ik kalmeerde, probeerde hem meer nabij te zijn, hem mijn genegenheid te laten voelen. Hij is mijn man, hield ik mezelf voor, we moeten meer met elkaar praten. Maar Adeles aanwezigheid bleek een steeds groter probleem. Er was iets onuitgesprokens tussen die twee, wat Pietro ertoe dreef zijn goede manieren te laten varen en Adele om tegen hem te praten zoals je tegen een reddeloos stuk onbenul praat.

Zo leefden we inmiddels, voortdurend in conflict: Pietro maakte ruzie met zijn moeder, zei dan iets waar ik kwaad om werd en ik viel hem aan. Tot de avond waarop mijn schoonmoeder hem tijdens het eten en in mijn aanwezigheid vroeg waarom hij op de divan sliep. Hij antwoordde: 'Het is maar beter als je morgen vertrekt.' Ik greep niet in, terwijl ik toch wist waarom hij op de divan sliep. Dat deed hij voor mij, om mijn slaap niet te verstoren als hij tegen drieën ophield met studeren en zichzelf een beetje rust gunde. De volgende ochtend keerde Adele terug naar Genua. Ik voelde me verloren.

67

De maanden verstreken en het kind en ik kropen uit het dal. Op de dag van haar eerste verjaardag zette Dede haar eerste stapjes: Pietro hurkte voor haar neer, moedigde haar enthousiast aan, zij glimlachte, maakte zich van me los en liep hem onzeker tegemoet, met gestrekte armpjes, het mondje half open, alsof die eerste stapjes het gelukkige doel van haar huiljaar vormden. Vanaf die dag had ze rustige nachten, en ik ook. Ze bracht steeds meer tijd met Clelia door, mijn angsten verminderden, ik schiep een beetje ruimte voor mezelf, maar ontdekte dat ik geen zin had in veeleisende activiteiten. Alsof ik een lange ziekte achter de rug had, kon ik niet wachten om naar buiten te gaan, van de zon en de kleuren te genieten, door drukke straten te wandelen, etalages te kijken. En omdat ik nogal wat eigen geld had, kocht ik in die fase kleren voor mezelf, voor mijn kindje en voor Pietro, vulde het huis met meubels en snuisterijen, smeet met geld als nooit tevoren. Ik had behoefte om mooi te zijn, interessante mensen te ontmoeten, gesprekken te voeren, maar het was me niet gelukt vriendschappen te sluiten en Pietro bracht maar zelden gasten mee naar huis.

Langzaamaan probeerde ik het bevredigende leven weer op te pakken dat ik tot een jaar tevoren had geleid, en pas toen besefte ik dat er steeds minder werd gebeld en dat telefoontjes voor mij zeldzaam waren geworden. De herinnering aan mijn roman was aan het vervagen, en tegelijk daarmee nam ook de belangstelling voor mij persoonlijk af. Op die periode van euforie volgde een fase waarin ik me bezorgd, soms depressief, afvroeg wat ik moest gaan doen. Ik begon weer eigentijdse literatuur te lezen, schaamde me vaak voor mijn eigen roman die daarbij vergeleken oppervlakkig en heel traditioneel leek; mijn aantekeningen voor het nieuwe boek, die tot een herhaling van het oude dreigden te leiden, liet ik rusten en ik probeerde meer geëngageerde verhalen te bedenken die het tumult van het heden bevatten.

Ik belde een paar keer verlegen naar de *l'Unità*, probeerde weer artikelen te schrijven, maar realiseerde me al snel dat mijn teksten niet in de smaak vielen bij de redactie. Ik had terrein verloren, was onvoldoende op de hoogte gebleven, had geen tijd om naar plaatsen te gaan waar iets gebeurde en daar verslag van te doen, ik schreef elegante zinnen van een abstracte precisie om – uitgerekend in die krant! – ik weet niet wiens aandacht erop te vestigen dat ik het eens was met de heftigste kritiek op de communistische partij en de vakbonden. Nu vind ik het lastig uit te leggen waarom ik maar over dat soort zaken wilde blijven schrijven, of liever gezegd, waarom ik – hoewel ik heel weinig deelnam aan het politieke leven van de stad, en ondanks mijn zachtaardigheid – me toch steeds meer tot extreme standpunten voelde aangetrokken. Misschien was het uit onzekerheid. Of misschien uit wantrouwen jegens elke vorm van bemiddeling, een kunst die sinds mijn kinderjaren voor mij gelijkstond aan mijn vaders listig manoeuvreren in de inefficiënte wereld van het gemeentehuis. Of omdat ik wist wat armoede betekende, iets wat nog springlevend in mijn geheugen zat en ik nooit van mezelf mocht vergeten; ik wilde aan de kant staan van degenen die aan de onderkant van de samenleving waren blijven hangen en die vochten om alles overhoop te halen. Of omdat de politiek van alledag, die van de eisen, waarover ik toch ijverig had geschreven, me niet erg interesseerde. Ik wilde alleen dat *iets groots* – zo had ik het vaak geformuleerd en zo formuleerde ik het nog steeds – zich geleidelijk zou voltrekken en dat ik dat kon meemaken en erover kon vertellen. Of omdat – en het kostte me moeite dat toe te geven – Lila mijn voorbeeld bleef, Lila met haar koppige onredelijkheid die geen middenweg accepteerde, zozeer een voorbeeld dat ik, ook al waren we inmiddels in alle opzichten uit elkaar gegroeid, toch wilde zeggen en doen wat ik me voorstelde dat zij zou hebben gezegd en gedaan als ze mijn middelen had gehad en ze zich niet zelf in de wijk gevangen had gezet.

Ik hield op de *l'Unità* te kopen, begon *Lotta Continua* en *il manifesto* te lezen. In die laatste krant, zo had ik ontdekt, verscheen soms Nino's naam. Wat waren zijn bijdragen altijd goed gedocumenteerd, met welk een overtuigende logica waren ze geformuleerd! Net als toen ik nog jong was en met hem praatte, voelde ik de behoefte om zoals hij een net van speciaal geformuleerde, algemene zinnen om me heen te spannen om afdwalen te voorkomen. Ik constateerde dat ik niet meer met verlangen aan hem dacht, en ook niet met liefde. Hij was, zo leek me, een symbool van spijt geworden, de synthese van wat ik riskeerde nooit meer te worden, hoewel ik er de mogelijkheden voor had gehad. We waren in hetzelfde milieu geboren, hadden ons daar allebei briljant aan ontworsteld. Waarom was ik dan bezig in grijsheid weg te glijden? Omdat ik getrouwd was? Door het moederschap, door Dede? Omdat ik een vrouw was, omdat ik voor huis en gezin moest zorgen, poep af moest vegen en luiers verschonen? Telkens als ik op een artikel van Nino stuitte, en het me goed in elkaar leek te zitten, raakte ik in een slecht humeur en de dupe daarvan was dan Pietro, in feite mijn enige gesprekspartner. Ik werd boos op hem, verweet hem dat hij me in de meest verschrikkelijke periode van mijn leven aan mezelf overgeleverd had gelaten, dat hij alleen maar aan zijn eigen carrière dacht en mij vergat. Onze relatie verslechterde – het kostte me moeite dat toe te geven want het maakte me bang, maar zo was het wel. Ik begreep dat hij het moeilijk had door zijn problemen op de universiteit, maar toch lukte het me niet dat als verontschuldiging te zien, integendeel, ik bekritiseerde hem, vaak uitgaande van politieke stellingnamen die niet verschilden van die van de studenten die hem het leven zuur maakten. Hij luisterde, ongemakkelijk, en gaf nauwelijks antwoord. Op die momenten vermoedde ik dat wat hij me een poos eerder had toegeschreeuwd ('Hou je mond, jij praat alleen maar in clichés') niet zomaar een uitval was geweest, maar aangaf dat hij mij over het algemeen niet van voldoende niveau achtte voor een serieus gesprek. Dat ergerde me mateloos, ontmoedigde me. Mijn wrok nam toe, vooral omdat ik zelf wel wist dat ik tussen tegenstrijdige gevoelens balanceerde, die teruggebracht tot de kern als volgt samengevat konden worden: ongelijkheid maakt dat studeren voor sommigen (voor mij bijvoorbeeld) uiterst moeilijk is, terwijl het voor anderen (voor Pietro bijvoorbeeld) amusement is; aan de andere kant, ongelijkheid of niet, studeren moest je, en goed ook, heel goed zelfs. Ik was trots op mijn traject, op de capaciteiten die ik bewezen had te bezitten, en ik weigerde te geloven dat mijn inspanning tevergeefs, in zeker opzicht dom was geweest. En toch had ik het om duistere redenen met Pietro alleen maar over de onrechtvaardigheid van de ongelijkheid. Ik zei: 'Je gedraagt je alsof de studenten die je voor je hebt allemaal hetzelfde zijn, maar zo is het niet. Het is een vorm van sadisme om dezelfde resultaten te verlangen van studenten die niet dezelfde kansen hebben gehad.' En ik had zelfs kritiek op hem toen hij me vertelde dat hij een heel heftig meningsverschil had gehad met een minstens twintig jaar oudere collega, een kennis van zijn zus, die had gedacht een bondgenoot in hem te vinden tegen het meest conservatieve deel van de wetenschappelijke staf. Wat was er gebeurd? Die man had hem vriendschappelijk geadviseerd minder streng te zijn tegen de studenten.

Pietro had op zijn beleefde, maar van nuances gespeende manier geantwoord dat hij niet het idee had streng te zijn, alleen maar veeleisend. 'Wel,' had de ander toen gezegd, 'wees dan minder veeleisend, vooral tegen de jongelui die onbaatzuchtig een groot deel van hun tijd gebruiken om verandering hier in de hut te bewerkstelligen.' Toen was het uit de hand gelopen, ook al weet ik niet hoe en waarom precies. Eerst beweerde Pietro, die het gebeurde zoals gewoonlijk bagatelliseerde, dat hij alleen maar om zich te verdedigen had gezegd dat het zijn gewoonte was om alle studenten altijd te behandelen met het respect dat ze verdienden. Daarna gaf hij toe dat hij zijn collega ervan had beschuldigd met twee maten te meten: toegeeflijk tegenover de meest agressieve studenten en tot vernederends toe meedogenloos tegenover angstiger studenten. De ander had zich gekrenkt gevoeld, had hem zelfs toegeschreeuwd dat alleen het feit dat hij zijn zus goed kende hem ervan weerhield om tegen hem te zeggen – wat hij intussen echter wel had gedaan – dat hij een zak was, de leerstoel die hij bekleedde onwaardig.

'Zou je niet wat voorzichtiger kunnen zijn?' vroeg ik.

'Ik ben voorzichtig.'

'Dat idee heb ik niet.'

'Maar ik moet wel zeggen wat ik denk.'

'Misschien zou je moeten zien te ontdekken wie je vrienden zijn en wie je vijanden.'

'Ik heb geen vijanden.'

'Ook geen vrienden.'

Van het een kwam het ander, ik overdreef. 'Het gevolg van dat gedrag van jou,' siste ik hem toe, 'is dat niemand in deze stad, en de vrienden van je ouders al helemaal niet, ons uitnodigt voor een dinertje of een concert of een uitstapje.'

68

Het was me inmiddels duidelijk dat Pietro in zijn werkomgeving als een saaie man werd beschouwd, die zeer ver afstond van zijn enthousiast activistische familie, een slecht uitgevallen Airota. En ik deelde die mening, wat niet bevorderlijk was voor ons samenzijn en ons intieme leven. Toen Dede eindelijk rustig was geworden en een regelmatig slaapritme had gekregen, was Pietro teruggekomen naar ons bed, maar zodra hij tegen me aan schoof, voelde ik ergernis; ik was bang opnieuw zwanger te raken, wilde dat hij me liet slapen. Dus wees ik hem zonder iets te zeggen af, ik hoefde hem mijn rug maar toe te keren, en als hij aandrong en zijn geslacht tegen mijn nachtpon drukte, gaf ik hem met mijn hiel zachtjes een tik tegen zijn been, een teken dat hem duidelijk moest maken: ik wil niet, ik heb slaap. Dan trok Pietro zich teleurgesteld terug, stond op en ging studeren.

Op een avond hadden we voor de zoveelste keer woorden om Clelia. Er heerste altijd enige spanning als we haar moesten betalen, maar bij die gelegenheid was het duidelijk dat Clelia een excuus was. Hij mompelde somber: 'Elena, we moeten eens goed naar onze relatie kijken en de balans opmaken.' Daar stemde ik onmiddellijk mee in. Ik zei dat ik heel erg van zijn intelligentie hield en van zijn goede manieren, dat Dede geweldig was, maar voegde eraan toe dat ik verder geen kinderen wilde, dat ik het isolement waarin ik terecht was gekomen onverdraaglijk vond, dat ik terug wilde naar een actief leven, dat ik niet sinds mijn kindertijd had geploeterd om uiteindelijk in de rol van echtgenote en moeder gevangen te raken. We discussieerden, ik hard, hij hoffelijk. Hij protesteerde niet meer wat Clelia betreft, zwichtte ten slotte. Hij besloot condooms te kopen, begon vrienden, of liever gezegd kennissen – vrienden had hij niet – voor dinertjes uit te nodigen, berustte erin dat ik soms met Dede naar bijeenkomsten en betogingen ging, ook al vloeide er steeds vaker bloed op straat.

Maar die nieuwe koers maakte mijn leven ingewikkelder in plaats van dat het er beter door werd. Dede hechtte zich steeds meer aan Clelia en als ik haar mee naar buiten nam verveelde ze zich, werd nerveus, trok aan mijn oren, haren en neus en vroeg huilend naar haar. Ik besefte dat ze liever bij het meisje uit de Maremmen was dan bij mij, en daardoor kwam het vermoeden weer bij me op dat ze, omdat ik haar niet zelf had gevoed en haar eerste jaar moeilijk was geweest, mij nu zag als een duistere figuur, de gemene vrouw die haar bij elke gelegenheid berispte en intussen uit jaloezie haar stralende kindermeisje, haar speelkameraadje, haar sprookjesvertelster slecht behandelde. Ze duwde me zelfs weg als ik werktuiglijk met een zakdoek snot van haar neusje veegde of etensrestjes van haar mond. Dan huilde ze en zei dat ik haar pijn deed.

Wat Pietro betreft, door de condooms nam zijn gevoeligheid nog verder af; om tot een orgasme te komen had hij nog meer tijd nodig dan gewoonlijk, wat lijden voor hem en voor mij betekende. Soms liet ik me van achteren nemen, dan had ik de indruk minder pijn te voelen, en terwijl hij me zijn heftige stoten toediende, greep ik zijn hand en bracht die naar mijn geslacht in de hoop dat hij begreep dat ik gestreeld wilde worden. Hij leek niet in staat beide tegelijk te doen, en aangezien hij de voorkeur aan het eerste gaf, vergat hij het tweede bijna onmiddellijk. Eenmaal klaargekomen leek hij ook niet door te hebben dat ik een willekeurig deel van zijn lichaam wilde om op mijn beurt het vuur in mij te doven. Nadat hij zijn ontlading had gehad, streelde hij mijn haren en mompelde: 'Ik ga wat werken.' De eenzaamheid als hij weg was, leek me een troostprijs.

Bij de protestmarsen sloeg ik soms nieuwsgierig de jonge mannen gade die zich onverschrokken aan alle gevaren blootstelden, vol vrolijke energie, ook als ze zich bedreigd voelden en zelf begonnen te dreigen. Ik onderging hun bekoring, voelde me aangetrokken door dat koortsige enthousiasme. Maar ik zag mezelf als totaal anders dan de kleurrijke meisjes om hen heen; ik was te intellectueel, droeg een bril, was getrouwd en verkeerde altijd in tijdnood. En dan ging ik dus ontevreden terug naar huis, was kil tegen mijn man, voelde me al oud. Slechts bij een paar gelegenheden droomde ik met open ogen dat een van die jonge mannen – heel bekend in Florence en heel bemind – mij opmerkte en meetrok, zoals vroeger als ik me houterig voelde en niet wilde dansen en Antonio of Pasquale me aan een arm meetrok en ik wel moest. Natuurlijk gebeurde dat nooit. Ingewikkeld werd het leven daarentegen door de kennissen die Pietro mee naar huis begon te nemen. Ik sloofde me uit om diners te bereiden, speelde de echtgenote die de conversatie levendig weet te houden en klaagde niet, want ik had mijn man zelf gevraagd wat mensen uit te nodigen. Maar algauw besefte ik, niet op mijn gemak, dat dat rituEel alleen niet voldoende was. Ik voelde me aangetrokken tot elke willekeurige man die een beetje aandacht aan me schonk. Lang, klein van stuk, mager, dik, lelijk, mooi, oud, getrouwd of vrijgezel, als de gast een opmerking van me prees, als hij met aardige woorden aan mijn boek refereerde, als hij zich enthousiast betoonde over mijn intelligentie, keek ik met sympathie naar hem en dan waren enkele zinnen en blikken voldoende om hem mijn welwillendheid duidelijk te maken. Dan werd de man, die in het begin verveeld was, levendig, negeerde Pietro uiteindelijk volledig en verdubbelde zijn attenties ten aanzien van mij. Wat hij zei zat vol zinspelingen en zijn gebaren en houding werden in de loop van het gesprek steeds intiemer. Met het topje van zijn vingers raakte hij een schouder of een hand van me aan, hij keek me recht in de ogen en formuleerde dan gevoelige zinnen, stootte met zijn knie tegen mijn knieën, met de punt van zijn schoen tegen mijn schoenen.

Op die momenten voelde ik me goed, vergat ik het bestaan van Pietro en Dede, de reeks uiterst vervelende verplichtingen die zij met zich meebrachten. Ik was alleen bang voor het moment waarop de gast zou vertrekken en ik terug zou vallen in de grijsheid van het huis: zinloze dagen, luiheid, woede verborgen achter zachtaardigheid. Daarom overdreef ik. De opwinding bracht me ertoe luid en te veel te praten, ik sloeg mijn benen over elkaar waarbij ik ervoor zorgde er zo veel mogelijk van te laten zien, met een nonchalant gebaar maakte ik een knoopje van mijn bloesje los. Ik verkleinde de afstanden zelf, alsof een deel van me ervan overtuigd was dat als ik op de een of andere manier contact had met die man, iets van het welbevinden dat ik op dat moment voelde bij me zou blijven, en dat ik als hij het appartement eenmaal had verlaten, alleen of met zijn vrouw of partner, mijn neerslachtigheid en de leegte achter het vertoon van gevoelens en gedachten en mijn angst voor mislukking minder zou voelen.

In werkelijkheid voelde ik me later, alleen in bed terwijl Pietro studeerde, domweg dwaas en verachtte ik mezelf. Maar hoe ik ook mijn best deed, het lukte me niet me anders te gedragen. Temeer omdat die mannen ervan overtuigd waren dat ze indruk hadden gemaakt en me over het algemeen de volgende dag opbelden, smoesjes verzonnen om me terug te zien. Ik ging erop in. Maar zodra ik op een afspraak verscheen, werd ik bang. Het simpele feit dat ze opgewonden waren geraakt, ook al waren ze pakweg dertig jaar ouder dan ik en al dan niet getrouwd, deed hun gezag en de reddende rol die ik hun had toegekend teniet, en zelfs het genot dat ik tijdens het verleidingsspel had gevoeld kwam me voor als een vergissing die mijn reputatie bezoedelde. Ik vroeg me verward af waarom ik me zo had gedragen, wat me overkwam. En schonk meer aandacht aan Dede en Pietro.

Maar bij de eerste de beste gelegenheid begon alles opnieuw. Ik fantaseerde, luisterde met de radio keihard aan naar muziek die ik als meisje niet had gekend, las niet, schreef niet. En ik betreurde het vooral steeds meer dat ik door mijn zelfdiscipline in alles het genot van me te laten gaan had gemist, iets wat de vrouwen van mijn leeftijd, uit het milieu waarin ik nu leefde, duidelijk lieten zien wél te hebben gekend en nog te kennen. De keren bijvoorbeeld dat Mariarosa in Florence verscheen, nu eens om studieredenen, dan weer voor politieke bijeenkomsten, kwam ze met steeds andere mannen en soms met vriendinnen bij ons logeren, en ze gebruikte drugs, bood die haar kameraden en ons aan, en terwijl Pietro dan boos werd en zich in zijn studeerkamer opsloot, was ik gefascineerd, sloeg onzeker de hasj of lsd af – ik was bang dat ik me ziek zou voelen – maar bleef tot diep in de nacht met haar en haar vrienden discussiëren.

Er werd over alles gesproken en vaak ging het er heftig aan toe. Ik had de indruk dat de nette taal, die ik me met moeite eigen had gemaakt, niet meer voldeed. Te verzorgd, te netjes. Moet je horen hoe Mariarosa's taalgebruik is veranderd, dacht ik; ze heeft haar opvoeding verloochend, ze is grof in de mond. Pietro's zusje drukte zich nu nog grover uit dan Lila en ik toen we klein waren. Er kwam geen zelfstandig naamwoord uit zonder 'kut' ervoor. *Waar heb ik die kutaansteker gelaten? Waar zijn die kutsigaretten?* Lila was altijd zo blijven praten. En ik, wat moest ik, weer net zo worden als zij, terug naar af? Waarom had ik dan zo veel moeite gedaan?

Ik keek naar mijn schoonzusje, vond het fijn dat ze zich nadrukkelijk solidair met mij betoonde en haar broer en de mannen die met haar meekwamen daarentegen in verlegenheid bracht. Op een avond onderbrak ze bruusk het gesprek om tegen de jongen met wie ze was te zeggen: 'Kom, laten we gaan neuken.' *Neuken.* Pietro had een kindertjes-van-goede-afkomst-jargon bedacht voor alles wat seks betrof; ik had het me eigengemaakt en gebruikte het in plaats van de lelijke, dialectische woorden die ik sinds mijn jongste jaren kende. Maar moest je nu weer obscene woorden gaan gebruiken om je echt in de veranderende wereld te voelen staan? Moest je zeggen: 'Ik wil me laten neuken, ik wil me zus en zo laten naaien'? Ondenkbaar bij mijn man. De weinige mannen met wie ik omging, allemaal hoogopgeleid, kleedden zich graag alsof ze uit een achterbuurt kwamen, vonden vrouwen die zich als sloeries gedroegen amusant en genoten ervan vrouwen als hoeren te behandelen. Aanvankelijk waren ze erg formeel, hielden ze zich in. Maar ze zaten te springen om een woordenwisseling op gang te brengen waarin het verzwegene uitgesproken, en steeds meer uitgesproken werd, in een spel van vrijheden waarin de vrouwelijke terughoudendheid werd gezien als een teken van hypocriete onnozelheid. Openheid, daarentegen, directheid, dat waren de eigenschappen van de bevrijde vrouw, en ik deed mijn best me daaraan aan te passen. Maar hoe meer ik me aanpaste, hoe meer ik in de ban kwam van mijn gesprekspartner. In enkele gevallen had ik het gevoel verliefd te worden.

69

Eerst gebeurde dat met een assistent van Griekse letterkunde, een leeftijdgenoot uit Asti, die in zijn geboortestad een verloofde had die hem, naar hij zei, teleurstelde; daarna met de echtgenoot van een vrouw die op papyrologie werkte, een stel met twee heel jonge kinderen, zij uit Catania, hij uit Florence, een ingenieur die mechanica doceerde en Mario heette. Hij was op politiek gebied bijzonder goed geïnformeerd, had nogal wat publiekelijk gezag, lang haar, drumde in zijn weinige vrije tijd in een rockband en was zeven jaar ouder dan ik. Het verliep in beide gevallen hetzelfde. Pietro nodigde hen uit voor het eten, ik begon te flirten. Telefoontjes, vrolijke deelname aan betogingen, veel wandelingen, soms met Dede, soms alleen, en af en toe een film. Bij de assistent trok ik me terug zodra zijn bedoelingen duidelijk werden. Maar Mario spande een net om me heen dat hij steeds strakker aanhaalde en op een avond, in zijn auto, kuste hij me. Hij kuste me lang, streelde mijn borsten, met zijn handen in mijn bh. Met moeite duwde ik hem van me af, zei dat ik hem niet meer wilde zien. Maar hij belde, en belde nog eens, ik miste hem, bezweek. Omdat hij mij gekust en gestreeld had, was hij ervan overtuigd rechten te hebben en hij gedroeg zich meteen alsof we konden doorgaan waar we gebleven waren. Hij drong aan, deed voorstellen, stelde eisen. Als ik hem provoceerde maar me tegelijk lachend aan hem onttrok, deed hij of hij beledigd was en beledigde mij.

Op een ochtend wandelde ik met hem, samen met Dede, die als ik me goed herinner toen iets ouder dan twee was en helemaal in beslag werd genomen door een lappenpop waar ze dol op was, Tes, een door haar bedachte naam. Meegesleept door het verbale spel besteedde ik bij dat soort gelegenheden heel weinig aandacht aan haar, vergat haar soms helemaal. Wat Mario betreft, hij trok zich niets van de aanwezigheid van het kind aan, overspoelde me alleen maar met geklets zonder taboes en richtte zich tot Dede om haar op een grappige manier dingen in het oor te fluisteren als: 'Alsjeblieft, kun je tegen je mama zeggen dat ze lief tegen me moet zijn?'

De tijd vloog, we gingen weer uit elkaar, Dede en ik gingen op weg naar huis. Na een paar stappen zei het kind fel en duidelijk: 'Tes zei dat ze papa een geheimpje gaat vertellen.' Mijn hart stond stil. 'Tes?' 'Ja.' 'En wat gaat ze papa dan vertellen?' 'Dat weet Tes wel.' 'Is het leuk of niet?' 'Niet.' Ik zei dreigend: 'Maak Tes duidelijk dat ik haar in het berghok opsluit als ze dat tegen papa zegt, in het donker.' Ze begon te huilen; ik moest haar naar huis dragen, en dat terwijl ze om mij tevreden te stellen altijd liep en deed of ze nooit moe werd. Dede begreep dus, of op z'n minst voelde ze aan dat er tussen die man en mij iets was wat haar vader niet zou dulden.

Ik onderbrak de ontmoetingen met Mario opnieuw. Wat stelde hij uiteindelijk voor? Hij was een pornopraatzuchtige burger. Maar mijn onrust bleef, ik voelde een verlangen naar verkrachting in me groeien, wilde van de regels af, zoals de wereld van de regels af leek te willen. Ik wilde van het huwelijk af, al was het maar voor één enkele keer, of – waarom eigenlijk niet? – van alles wat mijn leven inhield, van wat ik geleerd had, van wat ik geschreven had, van wat ik probeerde te schrijven, van het kind dat ik ter wereld had gebracht. Jazeker, het huwelijk was een gevangenis. Lila was moedig geweest, was er met gevaar voor eigen leven uit weggevlucht. Maar ik, wat liep ik voor gevaar met Pietro, die zo verstrooid, zo afwezig was? Geen enkel. Nou dan! Ik belde Mario, liet Dede bij Clelia achter, ging naar zijn kantoor. We kusten elkaar, hij zoog op mijn tepels, betastte me tussen mijn benen zoals jaren tevoren Antonio had gedaan bij de meertjes. Maar toen hij zijn broek liet zakken en mij met zijn onderbroek op de knieën bij mijn nek pakte en probeerde me tegen zijn geslacht te drukken, toen wurmde ik me los, zei nee, bracht mezelf weer op orde en vluchtte weg.

Uiterst opgewonden kwam ik weer thuis, vol schuldgevoel. Ik vrijde hartstochtelijk met Pietro, had me er nooit eerder zo betrokken bij gevoeld, wilde zelf niet dat hij een condoom gebruikte. Ik hoef me geen zorgen te maken, zei ik tegen mezelf, ik zit tegen mijn menstruatie aan, er kan niets gebeuren. Maar er gebeurde wel iets. Enkele weken later ontdekte ik dat ik weer zwanger was.

70

Over abortus probeerde ik met Pietro niet eens te praten – hij was erg gelukkig dat ik hem nog een kind gaf – en zelf was ik trouwens bang om het te proberen; van het woord alleen al kreeg ik buikpijn. Adele zinspeelde erop aan de telefoon, maar ik ontweek het onderwerp meteen met algemene zinnen in de trant van: Dede heeft gezelschap nodig, alleen opgroeien is niet fijn, het is beter dat er een broertje of een zusje bij komt.

'En je boek?'
'Ik ben flink opgeschoten,' loog ik.
'Laat je het me lezen?'
'Natuurlijk.'
'We zitten er allemaal op te wachten.'
'Dat weet ik.'

Ik was doodsbang en bijna zonder nadenken deed ik iets wat Pietro erg verbaasde, en mijzelf eigenlijk ook wel. Ik belde mijn moeder, zei dat ik weer in verwachting was en vroeg of ze een tijdje bij ons in Florence wilde komen. Ze zei mopperend dat ze niet kon, dat ze voor mijn vader en mijn broertjes en zusje moest zorgen. Ik schreeuwde: 'Dat betekent dan dat ik door jouw schuld niet meer zal schrijven.' 'Wie kan dat wat verrekken,' antwoordde ze. 'Is het je niet genoeg om een damesleventje te leiden?' En ze hing op. Maar vijf minuten later belde Elisa. 'Ik zorg wel voor de boel hier,' zei ze. 'Mama vertrekt morgen.'

Pietro haalde mijn moeder met de auto van het station, wat haar met trots vervulde; het gaf haar het gevoel bemind te zijn. Zodra ze binnen was somde ik een hele reeks regels voor haar op: in mijn kamer en die van Pietro alles laten liggen zoals het ligt; Dede niet verwennen; kom nooit tussen mij en mijn man; hou Clelia in het oog maar maak geen ruzie met haar; beschouw mij als een vreemde die je om geen enkele reden mag storen; blijf in de keuken of in je kamer als ik gasten heb. Ik had me al neergelegd bij het idee dat ze geen van die regels zou respecteren, maar alsof de angst weggestuurd te worden haar aard had veranderd, werd ze binnen enkele dagen een toegewijde dienstbode, die voor alles in huis zorgde en vastberaden en efficiënt elk probleem oploste, zonder mij of Pietro te storen.

Van tijd tot tijd ging ze naar Napels en door haar afwezigheid voelde ik me dan onmiddellijk blootgesteld aan het onberekenbare en was ik bang dat ze niet meer terug zou komen. Maar ze kwam altijd terug. Ze vertelde me de nieuwtjes uit de wijk (Carmen was zwanger, Marisa had een jongetje gekregen, Michele Solara kreeg een tweede kind bij Gigliola; over Lila zweeg ze om conflicten te vermijden) en daarna werd ze een soort huisgeest die, onzichtbaar, ons allemaal van schone en goed gestreken was verzekerde, van maaltijden met de smaken uit mijn kindertijd, een altijd kraakhelder appartement, en van een orde die zodra hij verstoord werd met maniakale precisie weer werd hersteld. Het leek Pietro goed nog eens te proberen van Clelia af te komen en mijn moeder was het daarmee eens. Ik werd boos, maar in plaats van kwaad op mijn man te worden, ging ik tegen haar tekeer. Ze trok zich zonder te reageren terug in haar kamer. Pietro berispte me en deed alle mogelijke moeite om me weer vrede met haar te laten sluiten, iets wat ik snel en graag deed. Pietro was dol op haar, zei dat ze een heel intelligente vrouw was, en bleef na het avondeten vaak bij haar in de keuken zitten kletsen. Dede zei oma tegen haar en raakte zo aan haar gehecht dat ze zelfs boos werd als Clelia verscheen. 'Kijk,' hield ik mezelf voor, 'alles loopt gesmeerd, nu heb je geen excuses meer.' En ik dwong mezelf me op mijn boek te concentreren.

Opnieuw bekeek ik mijn aantekeningen, en ik raakte er definitief van overtuigd dat ik het anders moest aanpakken. Ik wilde wat Franco 'een verhaal over amoureuze perikelen' had genoemd achter me laten en iets schrijven wat aansloot bij betogingen, dodelijk geweld, onderdrukking door de politie, angst voor een staatsgreep. Maar verder dan tien lusteloos geschreven bladzijden kwam ik niet. Wat miste ik dan? Moeilijk te zeggen. Napels misschien, de wijk. Of een figuur als van *De blauwe fee*. Of een hartstocht. Of een stem waaraan ik gezag kon toekennen en die me leidde. Urenlang zat ik tevergeefs aan mijn bureau, las wat in romans, verliet mijn kamer nooit, uit angst dat Dede beslag op me zou leggen. Wat was ik ongelukkig! Ik hoorde het stemmetje van het kind op de gang, en de stem van Clelia, en de manke stap van mijn moeder. Ik tilde mijn rok op, keek naar mijn buik die al dikker begon te worden en een ongewenst gevoel van welzijn door mijn hele lichaam verspreidde. Ik was voor de tweede keer zwanger, en toch leeg.

71

In die tijd begon ik Lila te bellen, niet sporadisch zoals tot dan toe het geval was geweest, maar bijna elke dag. Het waren dure interlokale gesprekken waarvan het enige doel was me in haar schaduw te nestelen en de periode van mijn zwangerschap door te komen, terwijl ik ook hoopte dat ze, zoals ze altijd had gedaan, mijn fantasie op gang zou brengen. Natuurlijk zorgde ik ervoor geen verkeerde dingen te zeggen en hoopte dat ook zij dat niet zou doen. Ik wist inmiddels heel goed dat het onderhouden van onze vriendschap alleen mogelijk was als wij onze tong in bedwang hielden. Ik kon haar bijvoorbeeld niet opbiechten dat een duister deel van mezelf bang was geweest dat zij me op afstand behekste en dat dat deel nog steeds hoopte dat ze echt ziek was en dood zou gaan. En zij kon mij bijvoorbeeld niet de echte redenen noemen waarom ze het nodig vond die ruwe, vaak beledigende toon tegen me aan te slaan. Daarom beperkten we ons ertoe over Gennaro te praten, die op de lagere school tot de beste leerlingen behoorde, en over Dede, die al kon lezen, en dat deden we als twee moeders met normale moederlijke trots. Of ik zei iets over mijn pogingen om te schrijven, maar zonder te dramatiseren: 'Ik ben aan het werk, het is niet gemakkelijk, die zwangerschap maakt me een beetje sloom.' Of ik probeerde te ontdekken of Michele nog om haar heen draaide om haar op een of andere manier te vangen en in zijn greep te houden. Soms vroeg ik haar of ze van bepaalde film- of tv-acteurs hield, om haar ertoe te brengen me te vertellen of ze zich ook tot mannen aangetrokken voelde die anders waren dan Enzo, en haar dan eventueel te bekennen dat ik ook weleens naar mannen verlangde die anders dan Pietro waren. Maar dit laatste onderwerp leek haar niet te interesseren. En als ik een acteur noemde, zei ze bijna altijd: 'Wie is dat, die heb ik nooit gezien, niet in de bioscoop en niet op tv.' Ik hoefde echter Enzo's naam maar te noemen of ze begon me bij te praten over het gedoe met de rekenmachines, en kletste me murw met een voor mij onbegrijpelijk jargon.

    Het waren enthousiaste verhalen en soms schreef ik iets op terwijl ze aan het vertellen was, in de veronderstelling dat het me later van pas kon komen. Het was Enzo gelukt, hij werkte nu in een fabriekje voor ondergoed op vijftig kilometer van Napels. Het bedrijf had een IBM-machine gehuurd en hij was systeemanalist. 'Weet je wat dat voor werk is? Hij brengt handmatige processen in schema en zet ze om in stroomdiagrammen. Het centrale deel van de machine is zo groot als een kast met drie deuren en heeft een geheugen van 8 kB. En een warmte dat die machine afgeeft, Lenù, dat kun je je niet voorstellen, meer dan een kachel.' Maximale abstractie plus zweet en veel stank. Ze had het over ferrietkernen, ringen waar een elektrische kabel doorheen loopt waarvan de spanning de rotatie bepaalt, nul of één; één ring was een bit en het geheel van acht ringen kon staan voor een byte, oftewel een teken. Enzo was de absolute hoofdpersoon van Lila's wijdlopige verhalen. Hij beheerste die stof als geen ander, manipuleerde taal en materie ervan in een zaal met drie airconditioners, hij was een held die de machine alles kon laten doen wat mensen deden. 'Snap je het?' vroeg ze me zo nu en dan. Zwakjes zei ik ja, maar ik wist niet waar ze het over had. Ik voelde alleen dat ze merkte dat ik er niets van begreep, en dat ik me daarvoor schaamde.

    Haar enthousiasme nam met elk interlokaal telefoontje toe. Enzo verdiende nu honderdachtenveertigduizend lire per maand, jazeker, hónderdachtenveertig. Want hij was heel erg goed, de meest intelligente man die ze ooit had ontmoet. Zo goed en zo slim dat hij algauw onmisbaar was geworden en kans had gezien ook haar in dienst te laten nemen, als hulp. Kijk, dat was haar nieuwtje: ze werkte weer, en dit keer met plezier. 'Hij is de chef, Lenù, en ik de souschef. Ik laat Gennaro bij mijn moeder – soms zelfs bij Stefano – en ga elke ochtend naar de fabriek. Enzo en ik lichten het bedrijf punt voor punt door. We doen hetzelfde werk als de werknemers daar om erachter te komen welke gegevens we in de rekenmachine moeten stoppen. We houden bijvoorbeeld de mutaties in de boekhouding bij, we plakken de legeszegels op de rekeningen, controleren de werkpassen van de leerlingen, de tijdkaarten, en transformeren dan alles in diagrammen en gaten in de ponskaarten. Ja ja, ik ben ook ponstypiste, ik zit daar samen met drie andere vrouwen en het bedrijf betaalt me tachtigduizend lire in totaal. Honderdachtenveertig plus tachtig, dat is tweehonderdachtentwintig, Lenù. Enzo en ik zijn rijk, en over een paar maanden wordt het nog beter, want de baas heeft gemerkt dat ik goed ben en wil me een cursus laten volgen. Zie je wat een leven ik heb? Tevreden?'

72

Op een avond belde zij me, en ze vertelde dat ze net een akelig bericht had gekregen: Dario, die student over wie ze me een tijd tevoren had verteld, die jongen van het comité die pamfletten uitdeelde voor de Soccavo-fabriek, was doodgeslagen, net bij de uitgang van de school, op het piazza del Gesù.

Ze leek me bezorgd, begon over de beklemmende sfeer in de wijk en in de hele stad, agressie op agressie. Achter veel van die afranselingen, zei ze, zaten de fascisten van Gino, en achter Gino zat Michele Solara – namen die ze beladen met oude afkeer en nieuwe woede uitsprak, alsof ze lang niet alles zei, een heleboel verzweeg. Ik dacht: hoe weet ze zo zeker dat zij daar verantwoordelijk voor zijn? Misschien heeft ze nog steeds contact met de studenten van de via dei Tribunali, misschien besteedt ze haar leven niet alleen maar aan Enzo's rekenmachines. Ik luisterde zonder haar in de rede te vallen, terwijl de woorden, meeslepend als altijd, uit haar mond rolden. Met veel details vertelde ze over een aantal expedities van *camerati*, fascistische jongens die vanuit het neofascistische afdelingslokaal tegenover de lagere school vertrokken, zich over de Rettifilo en het piazza Municipio verspreidden en dan verder naar boven gingen, naar Vomero, en kameraden met ijzeren staven en messen aanvielen. Ook Pasquale was een paar keer het slachtoffer geweest, het had hem zijn voortanden gekost. En Enzo was op een avond slaags geraakt met Gino zelf, net bij de voordeur.

Toen stopte ze even en ging daarna op een andere toon verder: 'Herinner je je de sfeer in de wijk nog toen wij klein waren? Nu is het erger, of nee, eigenlijk hetzelfde.' En ze noemde haar schoonvader, don Achille Carracci, de woekeraar, de fascist, en Peluso, de timmerman, de communist, en de oorlog die zich vlak voor onze ogen had afgespeeld. Langzaam gleden we terug in die tijd; ik herinnerde me het ene detail, zij een ander. Totdat Lila de fantasierijke aard van haar zinnen nog versterkte en ze me op de manier zoals ze dat als kind had gedaan over de moord op don Achille vertelde, met op de werkelijkheid berustende gedeelten, maar met ook veel verzinsels. De messteek in de hals, de grote spetter bloed op een koperen pan. En net als toen sloot ze opnieuw uit dat de timmerman hem had vermoord. Ze zei, met de overtuiging van een volwassene: 'De justitie van toen, en zo gebeurt het nog steeds, heeft zich meteen tevredengesteld met het meest voor de hand liggende spoor, het spoor dat naar de communist leidde.' Daarna riep ze uit: 'Maar wie zegt dat het echt de vader van Carmen en Pasquale is geweest? En wie zegt dat het een man was, en niet een vrouw?' Als in een spel van onze kindertijd, toen we meenden elkaar volledig aan te vullen, ging ik, haar opgewonden overstemmend, stap voor stap met haar mee, en ik had de indruk dat we samen – de meisjes van vroeger en de volwassen vrouwen van nu – tot een waarheid kwamen die een paar decennia lang niet uitgesproken had mogen worden. 'Denk eens even na,' zei ze, 'wie heeft echt baat gehad bij die moord? Wie heeft de woekermarkt in handen gekregen waar don Achille de baas was?' Tja, wie? Eenstemmig vonden we het antwoord: degene die daar baat bij had gehad, was de vrouw met het rode boek, Manuela Solara, de moeder van Marcello en Michele. 'Zij heeft don Achille vermoord,' zeiden we opgetogen, en toen fluisterden we, eerst ik en daarna zij, terwijl we er droevig van werden: 'Wat zeggen we dáár nu, het lijkt wel of we nog steeds twee kleine meisjes zijn. Worden we dan nooit groot?'

73

Eindelijk een fijn moment, leek me. Het was ons al zo lang niet meer gelukt de oude verstandhouding terug te vinden. Alleen bleef die dit keer echt beperkt tot een vervlechting van ademtrillingen via telefoondraden. We hadden elkaar lang niet meer gezien. Zij wist niet hoe ik er na twee zwangerschappen uitzag, ik wist niet of ze nog steeds bleek en heel mager was, of ze veranderd was. Ik sprak sinds een paar jaar tegen een mentaal beeld dat traag werd opgeroepen door haar stem. Misschien leek de moord op don Achille me daarom ineens vooral een verzinsel, de kern van een mogelijk verhaal. Toen ik weer had opgehangen, probeerde ik orde in ons gesprek te brengen, door de stappen te reconstrueren waarmee Lila mij, verleden en heden versmeltend, van de moord op de arme Dario naar die van de woekeraar en Manuela Solara had gebracht. Het kostte me moeite in slaap te komen, ik dacht er lang over na, voelde steeds duidelijker dat dat materiaal een oever kon zijn van waaraf ik me kon uitstrekken om een verhaal te grijpen. In de daaropvolgende dagen vermengde ik Florence met Napels, het tumult van het heden met verre stemmen, de welstand van dat moment met de moeite die ik had moeten doen om me aan mijn oorsprong te onttrekken, de angst alles te verliezen met de fascinatie voor de terugval. Door er constant over na te denken raakte ik ervan overtuigd dat ik er een boek van kon maken. Moeizaam en met voortdurend pijnlijke bedenkingen schreef ik een ruitjesschrift vol, construeerde ik een plot van gewelddadigheden waarin ik de afgelopen twintig jaar aaneen smeedde. Soms belde Lila en dan vroeg ze: 'Waarom laat je niks meer van je horen? Gaat het niet goed met je?'

'Het gaat prima met me, ik schrijf.'

'En als je schrijft besta ik niet meer?'

'Jawel, maar bellen leidt me af.'
'En als het niet goed met mij gaat, als ik je nodig heb?'
'Dan bel je.'
'En als ik niet bel, blijf je je dan onderdompelen in je roman?'
'Ja.'
'Ik benijd je, geluksvogel!'

Ik werkte, steeds banger dat ik het verhaal niet vóór de bevalling af zou krijgen; ik was bang dat ik tijdens de bevalling dood zou gaan en dat het boek onvoltooid zou blijven. Het was zwaar, totaal anders dan de gelukkige onbezonnenheid waarmee ik mijn eerste roman had geschreven. Toen ik het verhaal eenmaal in grote lijnen had geschetst, probeerde ik het een weldoordacht verloop te geven. Ik wilde een nieuwe, bewogen en bewust chaotische stijl, en zette daarvoor alles op alles. Ik werkte dus uiterst nauwgezet aan een tweede versie. Ik bleef elke regel maar schrijven en herschrijven, ook nog toen ik dankzij de Lettera 32, die ik had gekocht toen ik van Dede in verwachting was, en dankzij carbonpapier mijn schriften transformeerde in een omvangrijk getypt geheel, bijna tweehonderd pagina's zonder ook maar één tikfout.

Het was zomer en erg warm. Ik had een enorme buik. Sinds enige tijd was de pijn in mijn bil weer terug, het ging af en aan, en de stap van mijn moeder in de gang werkte me op de zenuwen. Ik staarde naar de bladzijden, ontdekte dat ik er bang voor was. Dagenlang wist ik niet wat ik moest doen, werd onrustig van het idee Pietro de tekst te laten lezen. Misschien, dacht ik, moet ik het manuscript rechtstreeks naar Adele sturen, het is geen verhaal voor hem. Daar kwam bij dat hij – met de hem kenmerkende koppigheid – zichzelf het leven op de faculteit erg moeilijk bleef maken. Hij kwam uiterst gespannen thuis, hield abstracte verhalen tegen me over de waarde van de wet, was kortom niet in de juiste stemming om een roman te lezen over arbeiders, bazen, strijd, bloed, camorra en woekeraars. Door mij geschreven bovendien. Hij hield me ver van de chaos in zijn hoofd, hij was nooit geïnteresseerd geweest in wie ik was en hoe ik was geworden; wat voor zin had het om hem het boek te geven? Hij zou het alleen maar hebben over nu eens deze, dan weer die lexicale keuze, en over de interpunctie, en als ik nadrukkelijk om zijn mening zou vragen, zou hij iets vaags zeggen. Ik verstuurde een kopie van de getypte tekst naar Adele en belde haar daarna op.

'Ik ben klaar.'
'Wat fijn! Stuur je het me toe?'
'Dat heb ik vanochtend al gedaan.'
'Goed zo, ik kan niet wachten om het te lezen.'

74

Ik stelde me in op wachten. Een wachten dat veel meer spanning gaf dan het wachten op het kind dat in mijn buik schopte. Ik telde de dagen, de een na de ander. Het werden er vijf. Adele liet niets van zich horen. Maar op de zesde dag, tijdens het avondeten, terwijl Dede om mij te plezieren haar best deed om zelfstandig te eten, en haar oma brandde van verlangen om haar te helpen maar het niet deed, vroeg Pietro: 'Is je boek af?'

'Ja.'
'Waarom heb je het mijn moeder laten lezen en mij niet?'
'Jij hebt het druk, ik wilde je er niet mee lastigvallen. Maar als je het wilt lezen, er ligt een kopie op mijn bureau.'

Hij gaf geen antwoord. Ik wachtte en vroeg toen: 'Heeft Adele je verteld dat ik het haar had gestuurd?'

'Wie anders?'
'Heeft ze het al gelezen?'
'Ja.'
'Wat vindt ze ervan?'
'Dat zal zij je wel vertellen, dat zijn jullie zaken.'

Hij was beledigd. Na het avondeten verplaatste ik een getypte tekst van mijn bureau naar dat van hem, legde Dede te slapen, keek zonder iets te zien of te horen naar de televisie en ging ten slotte naar bed. Ik kon niet in slaap komen: waarom had Adele wel met Pietro over het boek gesproken, maar mij niet gebeld?

De volgende dag – 30 juli 1973 – ging ik kijken of mijn man was begonnen met lezen. Mijn tekst was onder de boeken terechtgekomen waarmee hij een groot deel van de nacht had gewerkt; het was duidelijk dat hij mijn boek niet eens had doorgebladerd. Ik raakte geïrriteerd, schreeuwde tegen Clelia dat ze voor Dede moest zorgen, dat ze niet met de armen over elkaar moest blijven zitten en alles aan mijn moeder moest overlaten. Ik was erg hard tegen Clelia en mijn moeder vatte dat duidelijk op als een teken van genegenheid voor haarzelf. Ze streek over mijn buik alsof ze me wilde kalmeren en vroeg: 'Als het een meisje is, hoe noem je haar dan?'

Ik had wel andere dingen aan mijn hoofd, mijn been deed pijn, en zonder na te denken antwoordde ik: 'Elsa.'

Haar gezicht betrok. Ik besefte te laat dat ze had verwacht dat ik antwoordde: 'We hebben Dede de naam van Pietro's moeder gegeven, als het nu weer een meisje wordt, geven we haar die van jou.' Ik probeerde het goed te maken, maar niet erg overtuigend. Ik zei: 'Ma, probeer het te begrijpen, je heet Immacolata, zo kan ik mijn dochter niet noemen, ik vind die naam afschuwelijk.' Ze mopperde: 'Waarom niet, is Elsa soms mooier?' Ik ketste terug: 'Elsa is als Elisa, zo geven we haar de naam van mijn zusje, daar zou je blij mee moeten zijn.' Ze zei geen woord meer tegen me. O, wat had ik genoeg van alles. Het werd steeds warmer, het zweet gutste langs mijn lijf, ik verdroeg mijn dikke buik niet meer, ik verdroeg dat mank lopen niet meer, ik verdroeg niets, maar dan ook helemaal niets meer.

Eindelijk, vlak voor lunchtijd, belde Adele. In haar stem ontbrak de gebruikelijke ironische ondertoon. Ze sprak langzaam en ernstig, ik hoorde dat elk woord haar moeite kostte. Met veel omhaal van woorden en veel reserve zei ze dat het geen goed boek was. Maar toen ik mijn tekst probeerde te verdedigen, zocht ze niet langer naar bewoordingen die mij niet zouden kwetsen en werd ze expliciet. De hoofdpersoon was niet sympathiek. De personages waren geen personages maar schetsen. Situaties en dialogen waren gezocht. De stijl was modern bedoeld, maar was alleen maar rommelig. En al die haat bleek onaangenaam. Het einde was banaal, als bij een spaghettiwestern, een belediging voor mijn intelligentie, mijn culturele niveau en mijn talent. Ik zweeg gelaten, luisterde tot het einde toe naar haar kritiek. Ze besloot met de woorden: 'Je vorige roman was levendig, heel nieuw, maar deze is oud qua inhoud en zo pretentieus geschreven dat de woorden leeg lijken.' Zachtjes zei ik: 'Misschien zijn ze bij de uitgeverij een beetje welwillender.' Ze werd stug en antwoordde: 'Als je het ze wilt sturen, ga je gang, maar voor mij staat vast dat ze het niet geschikt zullen vinden voor publicatie.' Ik wist niet wat ik moest zeggen en mompelde: 'Goed, ik zal erover nadenken, dag.' Maar ze liet me niet los, veranderde snel van toon en begon lief over Dede te praten, over mijn moeder, mijn zwangerschap, en over Mariarosa die haar zo vreselijk boos maakte. Daarna vroeg ze: 'Waarom heb je Pietro je roman niet laten lezen?'

'Dat weet ik niet.'

'Hij had je advies kunnen geven.'

'Dat betwijfel ik.'

'Heb je helemaal geen waardering voor hem?'

'Nee.'

Later, opgesloten in mijn kamer, was ik wanhopig. Ik was vernederd en kon het niet verdragen. Ik at bijna niets, viel in slaap met het raam dicht, ondanks de hitte. Om vier uur 's middags had ik mijn eerste weeën. Ik zei er niets over tegen mijn moeder, pakte de tas die ik al een tijd klaar had staan, kroop achter het stuur van mijn auto en reed naar de kliniek, in de hoop onderweg dood te gaan, samen met mijn tweede kind. Maar alles verliep uitstekend. Ik leed vreselijk veel pijn, maar baarde binnen enkele uren een tweede dochtertje. Pietro deed meteen de volgende ochtend al zijn uiterste best om haar de naam van mijn moeder te geven, het leek hem een noodzakelijk eerbetoon. Ik, in een pesthumeur, bleef zeggen dat ik er genoeg van had die traditie te volgen en hield vol dat ze Elsa moest heten. Het eerste wat ik deed toen ik terug was uit de kliniek, was Lila bellen. Ik zei niet dat ik net bevallen was, maar vroeg of ik haar de roman kon sturen.

Een paar seconden hoorde ik haar licht ademen en toen fluisterde ze: 'Ik lees je boek wel als het uitkomt.'

'Ik heb je mening nodig, meteen.'

'Ik sla al tijden geen boek meer open, Lenù, ik kan niet meer lezen, het lukt me niet meer.'

'Ik vraag het je, alsjeblieft.'

'Het andere heb je zomaar, zonder er iets over te zeggen gepubliceerd, waarom dit dan ook niet?'

'Omdat dat andere me niet eens een boek leek.'

'Het enige wat ik je zal kunnen vertellen is of het me bevalt.'

'Oké, dat is genoeg.'

75

Terwijl ik op Lila's oordeel wachtte, werd bekend dat er in Napels cholera heerste. Mijn moeder maakte zich eerst overdreven druk, gedroeg zich later afwezig, brak een soepterrine waarop ik gesteld was en kondigde aan dat ze naar huis moest. Ik voelde onmiddellijk dat de cholera bij die beslissing weliswaar belangrijk was, maar dat het feit dat ik had geweigerd het nieuwe kindje haar naam te geven zeker meespeelde. Ik probeerde haar ervan te weerhouden, maar ze verliet me toch, terwijl ik nog niet eens hersteld was van de bevalling en mijn been pijn deed. Ze verdroeg het niet langer om maanden en maanden van haar leven op te offeren voor mij, haar respectloze en ondankbare dochter; ze ging liever snel terug om samen met haar man en haar wél deugende kinderen aan de cholerabacil ten onder te gaan. Ondanks alles behield ze tot op de deurdrempel de onverstoorbaarheid die ik haar had opgelegd: ze beklaagde zich niet, mopperde niet, verweet me niets. Ze accepteerde graag dat Pietro haar met de auto naar het station bracht. Ze voelde dat haar schoonzoon van haar hield en waarschijnlijk – dacht ik – was het niet om mij een plezier te doen dat ze zich altijd had ingehouden, maar om geen slecht figuur te slaan tegenover hem. Ze raakte alleen ontroerd toen ze afscheid moest nemen van Dede. In het trappenhuis vroeg ze het meisje in haar geforceerde Italiaans: 'Vind je het jammer dat oma weggaat?' Dede, die dat vertrek als verraad ervoer, antwoordde nors: 'Nee.'

Ik werd boos op mezelf, meer dan op haar. Toen overviel me een hevig verlangen naar zelfvernietiging en enkele uren later ontsloeg ik Clelia. Pietro was verbaasd, maakte zich ongerust. Ik zei verbitterd dat ik genoeg had van het vechten tegen nu eens Dede's accent van de Maremmen, dan weer mijn moeders Napolitaanse tongval: ik wilde weer de baas worden, in huis en over mijn kinderen. In werkelijkheid voelde ik me schuldig en had ik er behoefte aan mezelf te straffen. Met wanhopig genot gaf ik me over aan de gedachte dat de twee meisjes, de huishoudelijke taken en mijn been me te veel zouden worden.

Ik twijfelde er niet aan dat Elsa me tot een net zo verschrikkelijk jaar zou dwingen als ik met Dede had doorgemaakt. Maar nee, misschien omdat ik meer ervaring had met pasgeboren baby's, of omdat ik me erbij had neergelegd een slechte moeder te zijn en niet meer zo naar perfectie streefde, het kind hechtte zich zonder problemen aan de borst, dronk lang en sliep lang. En dus sliep ook ik heel wat die eerste dagen thuis, terwijl Pietro, verrassend genoeg, het huis schoonhield, boodschappen deed, kookte, Elsa in bad deed en Dede vertroetelde, die door de komst van haar zusje en het vertrek van haar oma in een soort verdoving verkeerde. De pijn aan mijn been was ineens over. Al met al was ik rustig. Tot op een late namiddag, toen ik een dutje deed, mijn man me wakker maakte: 'Je vriendin uit Napels aan de lijn,' zei hij. Ik haastte me naar de telefoon.

Lila had een hele tijd met Pietro gesproken. Ze zei dat ze niet kon wachten om hem in levenden lijve te ontmoeten. Ik luisterde ongeïnteresseerd – Pietro was altijd vriendelijk tegen mensen die niet tot de wereld van zijn ouders behoorden – en omdat ze eindeloos doorging op een toon die me zowel vrolijk als nerveus leek, had ik haar bijna toegeschreeuwd: 'Ik heb je de kans gegeven me op alle mogelijke manieren pijn te doen, schiet op, praat, je hebt het boek dertien dagen lang in je bezit gehad, vertel me wat je ervan vindt.' Maar ik beperkte me ertoe haar bruusk te onderbreken: 'Heb je het gelezen of niet?'

Ze werd ernstig. 'Ik heb het gelezen.'

'En?'

'Het is goed.'

'Hoe goed? Vond je het interessant, amusant, heeft het je verveeld?'

'Ik vond het interessant.'

'Hoe interessant? Erg, een beetje...'

'Erg.'

'Waarom?'

'Om het verhaal, je kunt niet stoppen met lezen.'

'En verder?'

'Verder wat?'

Ik werd harder, zei: 'Lila, ik moet absoluut weten hoe het is en ik heb niemand anders die me dat kan vertellen, alleen jou.'

'Dat doe ik toch?'

'Nee, dat doe je niet, je houdt me voor de gek. Je hebt nooit zo oppervlakkig over iets gepraat.'

Er volgde een lange stilte. Ik stelde me voor hoe ze daar zat, naast een lelijk tafeltje waar de telefoon op stond, de benen over elkaar geslagen. Misschien waren Enzo en zij net terug van hun werk, misschien zat Gennaro een eindje verderop te spelen. Ze zei: 'Ik had je gezegd dat het me niet meer lukte om te lezen.'

'Daar gaat het niet om. Ik heb je nodig, maar dat kan jou niets verdommen.'

Opnieuw stilte. Daarna mompelde ze iets wat ik niet verstond, misschien een scheldwoord. Ze zei op harde, rancuneuze toon: 'Ik heb mijn werk, jij het jouwe, wat wil je van me? Jij hebt gestudeerd, jij weet hoe boeken moeten zijn.' Toen veranderde haar stem van toon en zei ze bijna schreeuwend: 'Je moet die dingen niet schrijven, Lenù, dit ben je niet, niets van wat ik heb gelezen lijkt op jou. Het is een lelijk, vreselijk lelijk boek, en het vorige ook.'

Zo zei ze het. Snelle en toch gesmoorde zinnen, alsof haar adem, licht, een zucht bijna, ineens vaste materie was geworden en beklemd zat in haar keel. Ik voelde mijn maag, hevige pijn iets boven mijn buik, die steeds erger werd, maar niet om wat ze had gezegd, maar om hóé ze het had gezegd. Zat ze te snikken? Bezorgd riep ik uit: 'Lila, wat is er? Kalm nou, kom, diep ademhalen.' Ze kalmeerde niet. Het waren echt snikken, ik hoorde ze in mijn oor, snikken zo vol verdriet dat ik de pijn van dat 'lelijk, Lenù, vreselijk lelijk' niet voelde, en ook niet gekwetst was omdat ze mijn eerste boek als een mislukking had afgedaan – het boek dat zo goed was verkocht, het boek dat mij succes had gebracht, maar waarover zij zich nooit echt had uitgelaten. Het was haar huilen dat me pijn deed. Daar was ik niet op voorbereid geweest, dat had ik niet verwacht. Ik had liever de gemene Lila gehoord, haar valse stem. Maar nee, ze snikte, en slaagde er niet in daarmee te stoppen.

Ik voelde me verloren. Goed, dacht ik, ik heb twee slechte boeken geschreven, maar wat maakt het uit, dit verdriet is veel erger. En ik fluisterde: 'Lila, waarom moet je huilen? Ík zou moeten huilen, hou op.'

Maar zij gilde: 'Waarom heb je het me laten lezen? Waarom heb je me gedwongen te zeggen wat ik ervan vind? Ik had het voor me moeten houden.'

En ik zei: 'Nee, ik ben blij dat je het hebt gezegd, ik zweer het je.'

Ik wilde dat ze rustig werd, maar dat lukte haar niet, ze stortte chaotische zinnen over me uit: 'Laat me niets meer lezen, daar ben ik niet geschikt voor, ik verwacht het allerbeste van jou, ik ben er meer dan zeker van dat je beter kunt, ik wíl ook dat je het beter doet, dat is wat ik het allerliefste wil, want wie ben ik als jij niet goed bent, wie ben ik dan?'

Zachtjes zei ik: 'Maak je geen zorgen, zeg me altijd wat je denkt, alleen zo kun je me helpen, je hebt me altijd geholpen, toen we klein waren al, zonder jou kan ik niets.'

Eindelijk bedwong ze haar snikken en mompelde, terwijl ze haar neus ophaalde: 'Waarom ging ik nou zitten janken, stomme trut dat ik ben.' Ze lachte: 'Ik wilde je geen verdriet doen, ik had een heel positief verhaal voorbereid, ik had het zelfs opgeschreven, moet je nagaan, ik wilde een goed figuur slaan.'

Ik drong erop aan dat ze het me toestuurde, en zei: 'Misschien weet jij wel beter dan ik wat ik moet schrijven.'

En toen lieten we het boek voor wat het was. Ik vertelde haar dat Elsa was geboren en we hadden het over Florence, Napels, de cholera. 'Welke cholera?' vroeg ze ironisch. 'Er is helemaal geen cholera, alleen maar de gebruikelijke puinhoop en angst om in de stront te sterven, meer angst dan feiten, helemaal geen feiten, we eten een massa citroenen en geen mens die nog poept.'

Ze praatte nu aan één stuk door, bijna vrolijk, er was een last van haar afgevallen. En daardoor begon ik weer te voelen hoe vast ik zat – twee kleine kinderen, een doorgaans afwezige man, het rampzalige schrijven – en toch was ik niet gespannen, integendeel, ik voelde me licht, begon zelf weer over mijn mislukking. Er kwamen zinnen in mijn hoofd op als: 'Er is iets gebroken, dat fluïdum van jou dat me positief beïnvloedde is weg, nu ben ik echt alleen.' Maar ik zei het niet. Met een toon vol zelfspot bekende ik wel dat er achter de inspanning die het schrijven van het boek me had gekost, het verlangen zat om met de wijk af te rekenen, dat ik het idee had gehad de belangrijke veranderingen om me heen te verwoorden, dat het verhaal van don Achille en de moeder van de Solara's mij in zekere zin had aangezet, me had aangemoedigd dat boek te schrijven. Ze barstte in lachen uit, zei dat een smerig uiterlijk niet voldoende was om er een roman over te schrijven: zonder fantasie leek het geen echt gezicht, maar een masker.

76

Ik weet niet goed wat er daarna met me gebeurde. Nu ik orde in dat telefoongesprek breng, valt het me nog steeds moeilijk te vertellen wat het effect was van Lila's snikken. Als ik me er echt in verdiep, heb ik de indruk vooral een soort ongerijmde beloning te zien, alsof dat huilen, dat een bevestiging was geweest van haar genegenheid voor mij en haar vertrouwen in mijn capaciteiten, haar negatieve oordeel over beide boeken uiteindelijk had uitgewist. Pas veel later bedacht ik dat die snikken haar in staat hadden gesteld mijn werk zonder mogelijkheid van beroep de grond in te boren, mijn rancune te ontvluchten, mij zo'n hoog doel – haar niet teleurstellen – op te dringen dat het elke nieuwe poging tot schrijven verlamde. Maar nogmaals, hoe ik ook mijn best doe dat telefoongesprek te analyseren, ik kom er maar niet achter of het 't begin van iets is geweest, of het een belangrijk moment in onze vriendschap was of juist een van de ongelukkigste. Zeker is wel dat Lila haar rol van spiegel van mijn onbekwaamheden versterkte. En zeker is ook dat ik meer genegen was mijn mislukking te accepteren, alsof Lila's mening veel en veel meer gezag had – maar ook overtuigender en liefdevoller was – dan die van mijn schoonmoeder.

En ja, een paar dagen later belde ik Adele en zei tegen haar: 'Dank je dat je zo eerlijk was. Ik realiseer me dat je gelijk hebt en ik geloof dat er ook aan mijn eerste boek veel gebreken kleven; misschien moet ik eens diep nadenken, misschien ben ik niet goed genoeg, of heb ik domweg meer tijd nodig.' Mijn schoonmoeder bedolf me prompt onder de complimenten, ze prees mijn vermogen tot zelfkritiek, herinnerde me eraan dat ik een publiek had en dat dat publiek zat te wachten. Ik mompelde: 'Ja, natuurlijk.' Meteen na dit gesprek borg ik de laatste kopie van de roman in een laatje, legde ook de schriften met aantekeningen weg en liet me opslorpen door het dagelijks leven. De ergernis over die vergeefse inspanning strekte zich ook uit over mijn eerste boek, misschien zelfs over de literaire bedoelingen van het schrijven überhaupt. Zodra er een beeld bij me opkwam of een suggestieve zin, kreeg ik een onbehaaglijk gevoel en ging snel over op iets anders.

Ik wijdde me aan het huis, aan mijn dochtertjes, aan Pietro en het kwam niet één keer bij me op om Clelia te vragen terug te komen of iemand anders te zoeken. Ik belastte me weer met alles, duidelijk om me te verdoven. Maar dat gebeurde zonder moeite, zonder spijt, alsof ik ineens had ontdekt dat dat de juiste manier was om mijn leven in te vullen en iets in mij fluisterde: 'Afgelopen met die kuren.' Ik organiseerde de huishoudelijke werkzaamheden op een strakke manier, zorgde met onvermoed plezier voor Elsa en

Dede, alsof ik me behalve van de last in mijn buik en van de last van het manuscript ook had bevrijd van een andere, meer verborgen last, die ik zelf niet kon benoemen. Elsa bleek inderdaad een heel rustig kindje – lang in bad vond ze heerlijk, ze was tevreden, dronk, sliep en lachte ook in haar slaap –, maar Dede moest ik erg in de gaten houden. Ze haatte haar zusje, werd 's morgens met een ontdaan gezicht wakker, vertelde dat ze haar nu eens uit vuur, dan weer uit water of van de wolf had gered en deed, dat vooral, of zij ook een pasgeboren baby was; ze vroeg of ze aan mijn tepels mocht zuigen, deed babygehuil na. In feite legde ze zich er niet bij neer dat ze was wat ze inmiddels was: een meisje van bijna vier, met een heel ontwikkeld taalgebruik, en dat wat de basisfuncties betreft volledig autonoom was. Ik zorgde ervoor haar veel genegenheid te geven, haar intelligentie en efficiëntie te prijzen, haar ervan te overtuigen dat ik bij alles haar hulp nodig had, bij het boodschappen doen, het koken, en bij het voorkomen dat haar zusje brokken maakte.

Intussen was ik begonnen de pil in te nemen, want ik was doodsbang om weer zwanger te raken. Ik werd dikker, voelde me opgeblazen, maar durfde er toch niet mee te stoppen: een nieuwe zwangerschap vreesde ik meer dan wat dan ook. Verder was ik niet meer zo met mijn lijf bezig als vroeger. De twee meisjes leken bevestigd te hebben dat ik niet jong meer was, dat getekend zijn door de inspanningen – de kinderen wassen, aankleden, uitkleden, de wandelwagen, de boodschappen, koken, de een dragen, de ander aan de hand, allebei dragen, snot wegvegen bij de een, mondje schoonvegen bij de ander, kortom, de zorg van alledag – getuigde van mijn vrouwelijke volwassenheid, dat hetzelfde worden als de moeders in de wijk geen dreiging was maar tot de orde der dingen behoorde. Het is goed zo, zei ik tegen mezelf.

Pietro, die na lang verzet uiteindelijk had ingestemd met de pil, hield me bezorgd in de gaten. 'Je wordt ronder.' 'Wat zijn dat voor vlekken op je huid?' Hij was bang dat de meisjes, hij, ik ziek werden, maar hij verafschuwde artsen. Ik probeerde hem gerust te stellen. Hij was de laatste tijd erg vermagerd, had altijd kringen onder de ogen en hier en daar verschenen de eerste grijze haren; hij klaagde over pijn, nu eens aan een knie, dan weer in zijn rechterzij, of aan een schouder, maar wilde niet naar een dokter. Ik dwong hem te gaan, ging zelf mee, mét de kinderen. Afgezien van de noodzaak om een kalmerend middel te gebruiken bleek hij kerngezond. Dat bracht hem enkele uren in een euforische stemming en alle symptomen verdwenen. Maar al snel voelde hij zich weer niet goed, ondanks de kalmerende middelen. Toen Dede hem een keer verhinderde naar de televisie te kijken – het was meteen na de staatsgreep in Chili – gaf hij haar een overdreven pak slaag. En zodra ik de pil begon te slikken, ontwikkelde zich bij hem de drang om nog vaker te vrijen dan voorheen, maar alleen 's ochtends of 's middags, want – zo zei hij – een orgasme in de avond verjoeg de slaap en dan was hij gedwongen een groot deel van de nacht te studeren, wat tot chronische vermoeidheid en dus tot zijn kwalen leidde.

Onzin natuurlijk, want 's nachts studeren had hij altijd al gedaan, het was een behoefte geworden. Toch zei ik: 'Dan doen we het niet meer 's avonds.' Ik vond alles goed. Natuurlijk, soms ergerde ik me mateloos. Het was lastig iets van hem gedaan te krijgen, zelfs praktische kleinigheden: boodschappen doen als hij even vrij was, afwassen na het avondeten. Op een keer verloor ik mijn kalmte. Ik zei niets schokkends, verhief alleen maar mijn stem. En toen deed ik een belangrijke ontdekking: louter schreeuwen was genoeg om zijn koppigheid onmiddellijk te laten verdwijnen en hem te laten doen wat ik wilde. Als ik hem enigszins hard aanpakte was het zelfs mogelijk zijn overal opduikende pijntjes te laten verdwijnen, en zijn neurotische zucht om mij voortdurend te nemen. Maar dat deed ik niet graag. Als ik me wél zo gedroeg, had ik medelijden met hem, had ik het idee dat ik een pijnlijke trilling in zijn hersens veroorzaakte. En het resultaat was hoe dan ook van korte duur. Hij gaf zich gewonnen, paste zich aan, nam met een zekere plechtstatigheid verplichtingen op zich, maar als hij dan later weer echt erg moe was, vergat hij de afspraken en bekommerde zich weer uitsluitend om zichzelf. Uiteindelijk liet ik het er maar bij zitten; ik probeerde hem aan het lachen te krijgen, kuste hem. Wat konden een paar slecht afgewassen borden me eigenlijk schelen? Ik kreeg er alleen maar een verongelijkt gezicht voor terug en verstrooid gedrag, waarmee hij wilde zeggen: ik zit hier mijn tijd te verdoen, terwijl ik eigenlijk moet werken.

Om bij hem geen ergernis op te wekken, leerde ik ook mijn mening voor me te houden. Hij leek daar trouwens ook niet aan te hechten. Als hij bijvoorbeeld sprak over de maatregelen van de regering in verband met de oliecrisis, of zich prijzend uitliet over de toenadering van de communistische partij tot de christendemocraten, had hij het liefst dat ik alleen maar instemmend luisterde. En de keren dat ik liet blijken het niet met hem eens te zijn, trok hij een afwezig gezicht of zei op de toon die hij ongetwijfeld ook tegenover zijn studenten gebruikte: 'Je bent verkeerd opgegroeid, je kent de waarde van de democratie niet, van de staat, van de wetten, van bemiddeling tussen gevestigde belangen, van evenwicht tussen de naties. Jij houdt van de Apocalyps.' Ik was zijn vrouw, een goed opgeleide vrouw, en hij verwachtte van mij dat ik hem alle aandacht schonk als hij over politiek, over zijn studies of over het nieuwe boek sprak waaraan hij gespannen en ten koste van zijn gezondheid werkte; maar mijn aandacht mocht alleen maar liefdevol zijn, meningen wilde hij niet, vooral niet als die bij hem tot twijfels leidden. Het was alsof hij hardop nadacht, alleen maar om de dingen voor zichzelf helder te krijgen. En toch was zijn moeder een heel ander soort vrouw. En zijn zus ook. Maar hij wilde kennelijk niet dat ik op hen leek. In die periode dat hij zo zwak was, maakte ik uit bepaalde halve zinnen op dat niet alleen het succes van mijn eerste boek maar zelfs de publicatie ervan hem niet bevallen waren. Wat het tweede boek betreft: hij vroeg me nooit hoe het met die getypte tekst was afgelopen en wat mijn plannen waren voor de toekomst. Ik had het idee dat het feit dat ik het nooit meer over schrijven had, een opluchting voor hem was.

Dat Pietro met de dag erger bleek te zijn dan ik had verwacht, dreef me toch niet opnieuw naar andere mannen. Soms kwam ik Mario tegen, de ingenieur, maar ik ontdekte algauw dat de lust om te verleiden en verleid te worden was verdwenen. Sterker nog, de opwinding die ik vroeger had gevoeld leek me tot een lichtelijk lachwekkende fase van mijn leven te behoren; gelukkig maar dat die voorbij was. Ook mijn verlangen om de deur uit te gaan, om deel te nemen aan het openbare leven van de stad, nam af. Als ik besloot naar een debat of een demonstratie te gaan, nam ik de meisjes altijd mee en dan voelde ik me trots vanwege mijn tassen vol spullen die ik voor hun verzorging nodig had, en ook vanwege de voorzichtige afkeuring van mensen die zeiden: 'Ze zijn zo klein, het kan gevaarlijk zijn.'

Ik ging wel elke dag naar buiten, wat voor weer het ook was, om mijn meisjes frisse lucht en zon te geven. Maar dat deed ik nooit zonder een boek mee te nemen. Het was een gewoonte die ik behouden had, ik bleef lezen, waar ik me ook bevond, al was de ambitie om een wereld voor mezelf te creëren verdwenen. Over het algemeen liep ik een poosje rond en ging dan niet ver van huis op een bankje zitten. Ik bladerde ingewikkelde essays door, las de krant, riep: 'Niet te ver, Dede, blijf bij mama in de buurt.' Zo was ik en dat moest ik accepteren. Lila was anders, en zou dat altijd blijven, welke wending haar leven ook zou nemen.

77

In die periode kwam Mariarosa een keer naar Florence om een boek over de *Madonna del parto* van een collega van haar te presenteren. Pietro zwoer dat hij er zou zijn, maar op het laatste moment kwam hij met een excuus en liet zich niet zien. Mijn schoonzusje arriveerde per auto, deze keer alleen, een beetje vermoeid maar hartelijk als altijd en beladen met cadeaus voor Dede en Elsa. Over mijn mislukte roman repte ze met geen woord, hoewel Adele haar ongetwijfeld uitgebreid op de hoogte had gebracht. Ze vertelde me volop en met haar gebruikelijke enthousiasme over de reizen die ze had gemaakt, over boeken. Een en al energie hield ze nauwlettend in de gaten wat er zich op de hele planeet aan nieuwigheden voordeed. Ze beweerde iets, had geen zin meer om er verder op door te gaan en begon dan over iets anders dat ze kort tevoren uit verstrooidheid of verblinding had weerlegd. Toen ze het boek van haar collega presenteerde, verwierf ze meteen de bewondering van het uit kunsthistorici bestaande publiek. En de avond zou keurig volgens het bekende academische tracé zijn verlopen, als ze op een gegeven moment niet een bruuske koerswijziging had gemaakt en met dit soort, soms platte, uitspraken was gekomen: 'We moeten geen enkele vader kinderen geven, ook God de Vader niet, kinderen moeten aan henzelf gegeven worden'; 'Het moment is aangebroken om als vrouwen te studeren en niet als mannen; achter elke discipline zit een lul, en als een lul zich machteloos voelt neemt hij zijn toevlucht tot een ijzeren staaf, de politie, gevangenissen, het leger, tot concentratiekampen; en als je niet buigt, en zelfs doorgaat met alles op zijn kop te zetten, dan volgt er een bloedbad.' Ontevreden geroezemoes, instemming. Op het einde stond er een dichte groep vrouwen om haar heen. Met vrolijke gebaren wenkte ze me, trots liet ze Dede en Elsa aan haar Florentijnse vriendinnen zien en sprak lovend over mij. Iemand herinnerde zich mijn boek maar ik begon meteen ergens anders over, alsof ík het niet had geschreven. Het was een fijne avond, waar een uitnodiging van een bont groepje meisjes en vrouwen op volgde om eens per week bij iemand thuis samen te komen om – zo zeiden ze tegen me – 'over ons te praten'.

Mariarosa's provocerende woorden en de uitnodiging van haar vriendinnen brachten me ertoe de paar brochures die ik een hele poos terug van Adele had gekregen vanonder een stapel boeken tevoorschijn te halen. Ik nam ze altijd mee in mijn tas, las ze in de openlucht, onder een grijze hemel tegen het einde van de winter. Nieuwsgierig geworden door de titel, *Laten we op Hegel spugen,* las ik die tekst als eerste. Ik las terwijl Elsa in de wandelwagen sliep en Dede, gehuld in winterjasje, wollen sjaal en muts, met zachte stem in een dialoog met haar pop was gewikkeld. Elke zin die ik las maakte indruk op me, elk woord, en vooral de onbeschaamde vrije manier van denken. Driftig onderstreepte ik een groot aantal zinnen, plaatste uitroeptekens, verticale strepen. Op Hegel spugen. Op de mannencultuur, op Marx en Engels en Lenin spugen. En op het historisch materialisme. En op Freud. En op de psychoanalyse en op penisnijd. En op het huwelijk, en het gezin. En op het nazisme, stalinisme, terrorisme. En op de oorlog. En op de klassenstrijd. En op de dictatuur van het proletariaat. En op het socialisme, en het communisme. En op de valstrik van de gelijkheid. En op álle manifestaties van de patriarchale cultuur. En op álle vormen van organisatie. Je verzetten tegen de verspilling van vrouwelijk intellect. Je de-cultiveren. Je des-accultureren, te beginnen bij het moederschap, niemand kinderen geven. Je ontdoen van de meester-knechtdialectiek. Minderwaardigheid totaal vergeten. Je teruggeven aan jezelf. Geen antithese accepteren. Je uit naam van je eigen anders-zijn op een ander plan bewegen. De universiteit bevrijdt vrouwen niet maar vervolmaakt hun onderdrukking. Tegen de wijsheid. Terwijl de mannen zich op de ruimte storten, moet het leven voor de vrouwen op deze planeet nog beginnen. De vrouw is het andere gezicht van de aarde. De vrouw is het Onvoorziene Subject. Je van de onderwerping bevrijden, hier, nu, in dit heden. De auteur van die bladzijden heette Carla Lonzi. Hoe is het mogelijk, dacht ik, dat een vrouw in staat is op die manier te denken. Ik heb me zo afgesloofd boven de boeken, maar ik heb ze ondergaan, nooit echt gebruikt, ik heb ze nooit tegen zichzelf gekeerd. Kijk, zo moet je denken. Kijk, zo moet je tegen iets zijn. Ik kan na al dat geploeter nog steeds niet denken. Zelfs Mariarosa kan dat niet: ze heeft ontelbaar veel bladzijden gelezen, herschikt ze met talent en baart daar opzien mee. Meer niet. Maar Lila wel, die kan het. Dat is haar aard. Als ze had gestudeerd, zou ze op die manier hebben kunnen denken.

Die gedachte liet me niet meer los. Bij alles wat ik in die periode las, kon ik op de een of andere manier uiteindelijk niet om Lila heen. Ik was op een voorbeeld van vrouwelijk denken gestuit dat, de nodige verschillen daargelaten, dezelfde bewondering, dezelfde ondergeschiktheid bij me opwekte die ik ten aanzien van haar had. En dat niet alleen: ik las en dacht aan haar, aan fragmenten van haar leven, vroeg me af met welke zinnen ze het eens zou zijn en welke ze zou afwijzen. Aangezet door die lectuur voegde ik me bij het groepje van Mariarosa's vriendinnen, maar dat was niet gemakkelijk. Dede vroeg voortdurend: 'Wanneer gaan we?' Elsa slaakte plotselinge vreugdekreten. Maar de moeilijkheden kwamen niet alleen van de kant van mijn dochtertjes. In feite trof ik daar alleen maar vrouwen aan die wel op me leken, maar waar ik niet verder mee kwam. Ik verveelde me als de discussie een soort slecht geformuleerde samenvatting werd van wat mij al bekend was. En ik meende tamelijk goed te weten wat het betekende als vrouw geboren te zijn; werken aan zelfbewustwording interesseerde me niet. En ik was absoluut niet van plan om in het openbaar over mijn relatie met Pietro te praten, of met de mannen in het algemeen, om te getuigen van hoe mannen zijn, uit welke stand of van welke leeftijd dan ook. Niemand wist beter dan ik wat het betekende je denkwijze te masculiniseren om in de mannenwereld geaccepteerd te worden; dat had ik gedaan en deed ik nog steeds. En verder hield ik me volledig afzijdig van spanningen, uitbarstingen van jaloezie, autoritair gepraat, onderdanige stemmetjes, intellectuele hiërarchieën en gevechten om de suprematie in de groep die uitliepen op wanhopige huilbuien. Maar iets nieuws, iets wat me op een natuurlijke manier terugbracht bij Lila, was er wél. Wat mij fascineerde was de expliciete manier – soms op het onaangename af – waarop met elkaar werd gesproken, men elkaar het hoofd bood. Maar wat me niet beviel was het gemak waarmee roddel voorrang kreeg – daar had ik sinds mijn kindertijd genoeg mee te maken gehad. De drang naar authenticiteit echter, die ik nooit had gevoeld en die ik misschien ook niet van nature had, sprak me wel aan. In dat milieu zei ik nooit één woord dat aansloot bij die drang. Maar ik voelde dat ik daar bij Lila niet onderuit kon; we moesten ons met de dezelfde onbuigzaamheid in onze verwevenheid verdiepen, elkaar tot in detail vertellen wat we voor elkaar verzwegen, met eventueel als uitgangspunt haar ongewone huilen om mijn niet gelukte boek.

Die drang was zo sterk dat ik met de gedachte speelde om met de kinderen naar Napels te gaan en daar een poosje te blijven, of haar te vragen met Gennaro bij mij te komen, of elkaar te schrijven.

Ik had het er aan de telefoon al eens over gehad, maar dat gesprek was op een fiasco uitgelopen. Ik vertelde haar over de door vrouwen geschreven boeken die ik aan het lezen was, over de groep vrouwen waarmee ik omging. Ze luisterde, maar bij titels als *La donna clitoridea e la donna vaginale* begon ze te lachen en probeerde zo vulgair mogelijk te zijn: 'Wat zeg je nou, goddomme, Lenù, genot, kutje, we hebben al genoeg problemen hier, je bent gek.' Ze wilde me duidelijk maken dat ze niet bij machte was mee te praten over onderwerpen die mij interesseerden. Afsluitend zei ze uit de hoogte: 'Werk, doe de mooie dingen die je moet doen, verspil je tijd niet.' Ze was boos geworden. Kennelijk niet het goede moment, dacht ik; ik zal het over een tijdje nog eens proberen. Maar ik vond nooit de tijd of de moed om het opnieuw te proberen, en kwam tot de conclusie dat ik allereerst mezelf beter moest leren begrijpen. Mijn vrouw-zijn onderzoeken. Ik was te ver gegaan, ik had mijn best gedaan mezelf mannelijke capaciteiten te geven. Ik dacht dat ik van alles op de hoogte moest zijn, me met alles moest bezighouden. Wat kon mij de politiek schelen, en strijd! Ik wilde een goed figuur slaan bij de mannen, op niveau zijn. Op niveau van wat? Van hun rede, meest onredelijke rede. En dat koppige aanleren van modieus jargon, verspilde moeite. De studie had mij sterk beinvloed, mijn hoofd en mijn stem gemodelleerd. Met welke geheime overeenkomsten met mezelf had ik ingestemd, alleen maar om uit te blinken? En nu, wat moest ik nu afleren na die zware inspanning van het leren? Bovendien was ik door de nadrukkelijke aanwezigheid van Lila gedwongen geweest mezelf te zien zoals ik niet was. Ik had mezelf bij haar opgeteld, en zodra ik die optelling ongedaan maakte, voelde ik me verminkt. Geen idee zonder Lila. Geen gedachte die ik vertrouwde zonder de steun van haar gedachten. Geen beeld. Ik moest mezelf accepteren zoals ik was zonder haar. Daar ging het om. Accepteren dat ik een gemiddeld mens was. Wat moest ik doen? Weer proberen te schrijven? Misschien ontbrak me de hartstocht daarvoor, was het alleen maar het uitvoeren van een taak. Dus niet meer schrijven. Werk vinden, maakt niet uit wat. Of de mevrouw spelen, zoals mijn moeder dat noemde. Me opsluiten in mijn gezin. Of alles opgeven. Mijn huis, mijn kinderen, mijn man.

78

Ik intensiveerde de contacten met Mariarosa, belde haar vaak. Maar toen dat tot Pietro doordrong, begon hij steeds smalender over zijn zus te praten. Ze was lichtzinnig, leeg, gevaarlijk voor zichzelf en anderen, ze was de wrede kwelgeest van zijn kinderjaren en zijn puberteit, ze was de grootste zorg voor hun ouders. Op een avond kwam hij zijn kamer uit, haren verward, gezicht vermoeid, terwijl ik met mijn schoonzusje aan de telefoon was. Hij maakte een rondje door de keuken, at iets, maakte grapjes met Dede en luisterde intussen ons gesprek af. Toen schreeuwde hij ineens: 'Weet die idioot niet dat het etenstijd is?' Ik verontschuldigde me bij Mariarosa en hing op. 'Alles is klaar,' zei ik, 'we kunnen meteen eten. Je hoeft niet zo te schreeuwen.' Mopperend zei hij dat geld uitgeven aan interlokale gesprekken om naar de dwaasheden van zijn zus te luisteren hem stupide leek. Ik zei niets terug en dekte de tafel. Hij merkte dat ik boos was en zei bezorgd: 'Het ging niet om jou, het ging om Mariarosa.' Maar na die avond begon hij de boeken die ik las door te kijken, te spotten met wat ik had aangestreept. Hij zei: 'Laat je niet bedotten, het is allemaal onzin.' En hij probeerde aan te tonen hoe kreupel de logica van feministische manifesten en brochures was.

Uitgerekend daarover kregen we op een avond ruzie en misschien overdreef ik toen. De ene zin volgde op de andere tot ik tegen hem zei: 'Je hebt het behoorlijk hoog in de bol, maar alles wat je bent, heb je aan je vader en je moeder te danken. En dat geldt ook voor Mariarosa.' Hij reageerde op een totaal onverwachte manier: hij gaf me een klap, in het bijzijn van Dede.

Ik kon er goed tegen, beter dan hij. Ik had in mijn leven al heel wat klappen gekregen, Pietro had ze nooit uitgedeeld en bijna zeker ook nooit ontvangen. Ik zag op zijn gezicht de afkeer van wat hij had gedaan; hij staarde even naar zijn dochter en verliet het huis. Ik liet mijn woede bekoelen, ging niet naar bed, wachtte op hem, en omdat hij niet terugkwam, maakte ik me zorgen. Ik wist niet wat ik moest doen. Speelden zijn zenuwen hem parten, nam hij te weinig rust? Of was dat zijn echte aard, bedolven onder duizenden boeken en een goede opvoeding? Ik realiseerde me opnieuw dat ik weinig van hem af wist, dat ik niet in staat was zijn reacties te voorzien: hij kon in de Arno gesprongen zijn, dronken ergens op straat liggen, zelfs naar Genua zijn vertrokken op zoek naar steun, jammerend in de armen van zijn moeder. O, hou op! Ik was bang. Ik merkte dat ik wat ik las en had geleerd aan de rand van mijn privéleven achterliet. Ik had twee dochtertjes, ik wilde niet overhaast de balans opmaken.

Tegen vijf uur in de morgen kwam Pietro thuis en mijn opluchting om hem gezond en wel terug te zien was zo groot dat ik mijn armen om hem heen sloeg en hem kuste. Hij mompelde: 'Je houdt niet van me, je hebt nooit van me gehouden.' En hij voegde eraan toe: 'Hoe dan ook, ik verdien je niet.'

79

In werkelijkheid lukte het Pietro niet de wanorde te accepteren, die zich inmiddels over elk terrein van het bestaan had verspreid. Hij zou een leven van onwrikbare gewoonten hebben gewild: studeren, college geven, met zijn dochtertjes spelen, de liefde bedrijven, elke dag op zijn eigen bescheiden wijze, volgens de spelregels van de democratie, meehelpen de uiterst gecompliceerde kluwen te ontwarren die Italië geworden was. In plaats daarvan hadden de conflicten op de universiteit hem uitgeput, deden zijn collega's geringschattend over zijn werk dat intussen in het buitenland steeds meer werd gewaardeerd, voelde hij zich voortdurend geminacht en bedreigd, had hij de indruk dat door mijn rusteloosheid (maar welke rusteloosheid, ik was een uitgebluste vrouw) zelfs ons gezin voortdurend aan risico's blootstond. Op een middag zat Elsa in haar eentje te spelen, liet ik Dede leesoefeningen doen en had Pietro zich in zijn kamer opgesloten. Het was doodstil in huis. Pietro, dacht ik nerveus, ambieert een fort waarin hij aan zijn boek werkt, ik me met het huishouden bezighoud en de meisjes sereen opgroeien. Toen klonk ineens scherp de elektrische bel door het huis. Ik rende naar de voordeur om open te doen en daar stapten, totaal onverwacht, Pasquale en Nadia binnen.

Ze droegen grote militaire rugzakken, hij had een lelijke hoed op zijn volle bos krullen, die naar beneden overging in een even volle en krullerige baard, zij zag er vermagerd en moe uit. Haar ogen waren enorm, de ogen van een bang kind dat doet alsof het niet bang is. Ze hadden Carmen om mijn adres gevraagd, die het op haar beurt van mijn moeder had gekregen. Ze waren allebei hartelijk, en dat was ik ook, alsof er nooit onenigheid en spanning tussen ons was geweest. Ze gooiden hun spullen her en der neer, namen bezit van het huis. Pasquale praatte heel veel en met luide stem, bijna steeds in het dialect. In het begin leken ze me een prettige onderbreking van mijn saaie dagelijkse leven. Maar ik merkte al snel dat Pietro hen niet mocht. Het hinderde hem dat ze niet hadden gebeld om hun bezoek aan te kondigen en dat ze zich overdreven ongedwongen gedroegen. Nadia deed haar schoenen uit en ging op de divan liggen. Pasquale hield zijn hoed op, kwam overal aan, bladerde door boeken, nam zonder toestemming te vragen een biertje voor zichzelf en een voor Nadia uit de koelkast, goot het bier naar binnen en liet zo'n boer dat Dede erom moest lachen. Ze zeiden dat ze besloten hadden om wat te toeren, ze hadden het echt over 'toeren', zonder verdere toelichting. Wanneer waren ze uit Napels vertrokken? Daar waren ze vaag over. Wanneer dachten ze terug te gaan? Ook daar waren ze vaag over. 'En je werk?' vroeg ik aan Pasquale. Hij lachte: 'Het is mooi geweest, ik heb genoeg gewerkt, nu rust ik uit.' Hij hield Pietro zijn handen voor, wilde dat die ook de zijne liet zien, hij wreef zijn handpalm tegen die van mijn man en zei: 'Voel je het verschil?' Daarna pakte hij *Lotta Continua* en ging met zijn rechterhand over de voorpagina, trots vanwege het geluid van het papier onder zijn ruwe huid en vrolijk alsof hij een nieuw spel had bedacht. Daarna voegde hij er bijna dreigend aan toe: 'Zonder deze rasperige handen, *professò*, zou er nog geen stoel, geen gebouw, geen auto bestaan, niets, jij ook niet; als wij arbeiders ophielden met werken zou alles stil blijven staan, dan zou de hemel op de aarde vallen en de aarde omhoog schieten naar de hemel, de planten zouden weer bezit nemen van de stad, de Arno zou jullie mooie huizen onder water zetten en alleen lui die altijd hebben gewerkt zouden kunnen overleven, terwijl jullie twee, met al jullie boeken, door de honden verscheurd zouden worden.'

Het was een echt Pasquale-verhaal, fanatiek en eerlijk, waar Pietro zonder te reageren naar luisterde. Net als Nadia trouwens, die terwijl haar kameraad sprak met een ernstig gezicht op de divan naar het plafond lag te staren. Ze mengde zich niet vaak in het gesprek tussen de twee mannen, en ook tegen mij zei ze niets. Maar toen ik koffie ging zetten volgde ze me naar de keuken. Ze zag dat Elsa steeds aan mijn rok hing en zei ernstig: 'Ze houdt veel van je.'

'Ze is nog klein.'

'Bedoel je dat ze niet meer van je zal houden als ze eenmaal groot is?'

'Nee, ik hoop dat ze ook als ze groot is nog van me houdt.'

'Mijn moeder had het heel vaak over jou. Je was maar een leerling van haar, maar het leek wel of jij meer haar dochter was dan ik.'

'Echt waar?'

'Daar heb ik je om gehaat, en ook omdat je Nino van me had afgepakt.'

'Het was niet mijn schuld dat hij het uitmaakte.'

'Wat doet het ertoe, ik weet niet eens meer hoe hij eruitzag.'

'Toen ik nog jong was, had ik zoals jij willen zijn.'

'Waarom? Denk je dat het fijn is om geboren te worden en je bedje gespreid te vinden?'

'Nou, dan heb je het wel makkelijker.'

'Je vergist je, in werkelijkheid lijkt alles al gedaan en heb je geen enkele goede reden om je ergens voor in te spannen. Je voelt je alleen maar schuldig om wat je bent en niet hebt verdiend.'

'Dat is beter dan je schuldig voelen omdat je gefaald hebt.'
'Zegt je vriendin Lina dat?'
'Nee, nee.'

Nadia schudde agressief haar hoofd en keek me vals aan, een blik waartoe ik haar nooit in staat had geacht. Ze zei: 'Ik heb haar liever dan jou. Jullie zijn en blijven twee stukken stront, twee exemplaren van het uitschot van het lompenproletariaat. Maar jij hangt het aardige meisje uit, dat doet Lina tenminste niet.'

Ze liet me sprakeloos in de keuken achter. Ik hoorde haar tegen Pasquale roepen: 'Ik ga douchen, jij kunt trouwens ook wel wat water gebruiken.' Ze trokken zich terug in de badkamer. We hoorden hen lachen, zij slaakte gilletjes waar Dede zich zorgen om maakte, zag ik. Halfnaakt kwamen ze weer tevoorschijn, met natte haren en erg vrolijk. Ze bleven grapjes met elkaar maken, alsof wij niet bestonden. Pietro probeerde ertussen te komen met vragen als: 'Hoelang zijn jullie samen?' Nadia antwoordde ijzig: 'Wij zijn niet samen; als er al mensen sámen zijn dan zijn jullie dat.' Op de koppige toon die hij aansloeg als hij iemand buitengewoon oppervlakkig vond, vroeg Pietro: 'Wat bedoel je?' 'Dat kun jij niet begrijpen,' antwoordde Nadia. 'Als iemand iets niet kan begrijpen, probeer je het hem uit te leggen,' wierp mijn man tegen. Toen kwam Pasquale lachend tussenbeide: 'Er valt niks uit te leggen, professò, bedenk dat je dood bent, ook al weet je het niet; alles is dood, jullie manier van leven is dood, jullie manier van praten, jullie overtuiging dat jullie hartstikke slim, democratisch en links zijn. Hoe kun je iemand die dood is iets uitleggen?'

Er waren nog meer gespannen momenten. Ik zei niets, kon Nadia's beledigingen die ze me zomaar alsof het niets was en ook nog eens in míjn huis naar het hoofd had geslingerd niet van me afzetten. Eindelijk vertrokken ze, bijna zonder aankondiging, precies zoals ze gekomen waren. Ze pakten hun spullen en verdwenen. In de deuropening zei Pasquale alleen maar, op een plotseling bedroefde toon: 'Ciao, mevrouw Airota.'

Mevróúw Airota! Werd ik ook door mijn vriend uit de wijk negatief beoordeeld? Bedoelde hij dat ik voor hem niet langer

Lenù was, Elena, Elena Greco? Niet voor hem en voor hoeveel anderen nog meer niet? Gold dat ook voor mezelf? Gebruikte ik niet bijna altijd de naam van mijn man, nu de mijne het beetje glans had verloren dat hij verworven had? Ik ruimde het huis op, vooral de badkamer waar ze een puinhoop van hadden gemaakt. Pietro zei: 'Die twee wil ik nooit meer hier in huis hebben. Iemand die zo over intellectuele arbeid praat, is een fascist, ook al weet hij dat zelf niet; en wat haar betreft, dat soort ken ik goed, allemaal leeghoofden.'

80

De wanorde in het land begon, als om Pietro gelijk te geven, concrete vormen aan te nemen en trof mensen die me na aan het hart hadden gelegen. Van Mariarosa hoorde ik dat Franco in Milaan door fascisten was aangevallen, er zeer slecht aan toe was en een oog had verloren. Ik vertrok meteen, samen met Dede en de kleine Elsa. We gingen met de trein. Onderweg speelde ik met de kinderen en gaf ze te eten, maar was weemoedig vanwege een andere ik – de arme, cultuurloze verloofde van de super gepolitiseerde, welgestelde student Franco Mari: hoeveel ikken waren er intussen? –, een ik die ergens verloren was geraakt en nu weer opdook.

Mijn schoonzusje was op het station, bleek en ongerust. Ze nam ons mee naar haar huis, dat nu verlaten was en nog rommeliger dan toen ze mij na de vergadering op de universiteit bij haar had laten logeren. Terwijl Dede speelde en Elsa sliep, ging ze verder met wat ze aan de telefoon had verteld. Het was vijf dagen eerder gebeurd. Franco had gesproken op een bijeenkomst van Avanguardia Operaia, in een klein, maar overvol theater. Na afloop was hij met Silvia meegelopen, die nu samenwoonde met een redacteur van de *Giorno* in een mooi huis daar vlakbij. Hij zou bij haar slapen en de volgende dag naar Piacenza vertrekken. Ze waren bijna bij de voordeur. Silvia had net de huissleutels uit haar tas gehaald toen er een wit busje naast hen was gestopt waar fascisten uit waren gesprongen. Ze hadden hem vreselijk afgetuigd; Silvia was geslagen en verkracht.

We dronken veel wijn, Mariarosa haalde haar drug tevoorschijn. Zo noemde ze het, in andere gevallen gebruikte ze het meervoud. Dit keer besloot ik het te proberen, maar alleen omdat ik ondanks de wijn niets deugdelijks leek te hebben om me aan vast te klampen. Mijn schoonzusje begon steeds bozer te praten, stopte toen ineens en barstte in tranen uit. Tevergeefs zocht ik naar woorden om haar te kalmeren. Ik hóórde haar tranen, het was alsof ze geluid maakten terwijl ze uit haar ogen over haar wangen naar beneden stroomden. Ineens zag ik haar niet meer, en de kamer evenmin, alles werd zwart. Ik viel flauw.

Toen ik weer bijkwam, verontschuldigde ik me gegeneerd, zei dat het door vermoeidheid was gekomen. 's Nachts slaap ik slecht: mijn lichaam was zwaar van het teveel aan discipline, en alle woorden van boeken en tijdschriften dropen van angst, alsof de tekens van het alfabet ineens niet meer gecombineerd konden worden. Ik hield de twee meisjes dicht tegen me aan, had het gevoel dat zij mij moesten troosten en beschermen.

De volgende dag liet ik Dede en Elsa bij mijn schoonzusje en ging naar het ziekenhuis. Ik vond Franco in een groenige zaal waar een zware lucht hing van adem, urine en medicijnen. Het was alsof hij kleiner was geworden, opgezwollen, ik zie hem nog steeds voor me, vanwege het wit van het verband, de paarse kleur van een deel van gezicht en hals. Hij ontving me niet erg vriendelijk, leek zich voor zijn toestand te schamen. Hij zei niets, ik praatte, vertelde over mijn dochtertjes. Na een paar minuten mompelde hij: 'Ga weg, ik wil je hier niet.' Omdat ik per se wilde blijven, fluisterde hij geërgerd: 'Dit ben ik niet, ga weg.' Hij was er erg slecht aan toe en van een stel kameraden hoorde ik dat hij misschien opnieuw geopereerd zou worden. Toen ik van het ziekenhuis terugkwam, zag Mariarosa aan me dat ik van streek was. Ze hielp me met de kinderen en zodra Dede in slaap was gevallen, stuurde ze ook mij naar bed. Maar de volgende dag wilde ze dat ik met haar meeging naar Silvia. Ik probeerde me eraan te onttrekken, het was al verschrikkelijk geweest om Franco te zien, en te voelen dat ik hem niet alleen niet kon helpen, maar hem ook nog kwetsbaarder maakte. Ik zei dat ik me haar liever herinnerde zoals ik haar tijdens de vergadering op de Openbare had gezien. 'Nee,' drong Mariarosa aan, 'ze wil dat we haar zien zoals ze nu is, ze staat erop.' We gingen.

Een zeer verzorgde dame met heel blond haar dat golvend tot op haar schouders hing, deed open. Het was Silvia's moeder. Ze had Mirko bij zich, ook hij blond, een jongetje van vijf of zes jaar inmiddels, dat door Dede op haar half stuurse, half autoritaire manier meteen werd meegetrokken om met Tes te spelen, haar oude lappenpop die ze overal mee naartoe sleepte. Silvia sliep maar had gevraagd haar te wekken zodra wij er waren. We moesten een hele poos wachten voor ze verscheen. Ze had zich zwaar opgemaakt en een mooie, lange groene jurk aangetrokken. Ik werd niet zozeer getroffen door haar blauwe plekken, verwondingen en onzekere tred – Lila had me meer toegetakeld geleken na terugkomst van haar huwelijksreis – als wel door haar uitdrukkingsloze blik. Haar ogen waren leeg, totaal in tegenstelling tot het opgewonden, door lachjes onderbroken gefluister waarmee ze míj, alleen mij die het nog niet wist, begon te vertellen wat de fascisten haar hadden aangedaan. Ze drukte zich uit alsof ze een gruwelijk rijmpje voordroeg: door het drama steeds opnieuw te vertellen, tegen iedereen die haar kwam opzoeken, had het zich vooralsnog zo vastgezet. Haar moeder probeerde meerdere keren haar te onderbreken, maar zij weerde haar steeds met een geërgerd gebaar af, verhief haar stem, sprak obscene woorden met nadruk op elke lettergreep uit en schilderde een nabije, zeer nabije toekomst vol wrede vergeldingen. Toen ik begon te huilen hield ze abrupt op. Maar intussen arriveerden er andere mensen, vooral vriendinnen van de familie en uit de politiek. Toen begon Silvia opnieuw; ik trok me snel terug in een hoekje, hield Elsa stevig in mijn armen en gaf haar zachte kusjes. Intussen moest ik weer denken aan details van wat Stefano Lila had aangedaan, details die ik me had voorgesteld toen Silvia aan het vertellen was; de woorden van beide verhalen kwamen me voor als dierlijke angstkreten.

Op een gegeven moment ging ik op zoek naar Dede. Ik vond haar in de gang, samen met Mirko en haar lappenpop. Ze speelden vadertje en moedertje met hun kindje, maar niet vreedzaam, ze deden of ze ruzie hadden. Ik bleef staan. Dede gaf Mirko instructies: 'Je moet me een klap geven, begrepen?' Het jonge, levende vlees speelde het oude na, we waren een keten van schimmen die al eeuwig, met altijd dezelfde lading liefde, haat, lusten en geweld, hetzelfde spel speelden. Ik keek aandachtig naar Dede, vond dat ze precies op Pietro leek. Mirko daarentegen leek als twee druppels water op Nino.

81

De ondergrondse oorlog, die met onverwachte uitschieters in kranten en op televisie verscheen – plannen voor een staatsgreep, repressie van politiezijde, gewapende bendes, schietpartijen, bommen, bloedbaden zowel in de grote als in de kleine steden – raakte mij korte tijd later opnieuw. Carmen belde, ze was erg ongerust, had al weken niets van Pasquale gehoord.

'Is hij toevallig bij jou geweest?'

'Ja, maar minstens twee maanden geleden.'

'O. Hij had me jouw telefoonnummer en adres gevraagd, wilde je raadplegen. Heeft hij dat gedaan?'

'Raadplegen waarover?'

'Dat weet ik niet.'

'Hij heeft me niet om mijn mening gevraagd.'

'Wat vertelde hij?'

'Niets, het ging goed met hem, hij was vrolijk.'

Carmen had bij iedereen navraag gedaan, ook bij Lila en bij Enzo en bij mensen van het collectief van de via dei Tribunali. Ten slotte had ze ook naar Nadia thuis gebeld, maar Nadia's moeder was onvriendelijk geweest en Armando had haar alleen maar verteld dat ze zonder enig adres achter te laten was verhuisd.

'Ze zijn waarschijnlijk samen gaan wonen.'

'Pasquale met die meid? Zonder adres of telefoonnummer achter te laten?'

We praatten er lang over. Ik zei dat Nadia misschien vanwege haar relatie met Pasquale met haar familie had gebroken, dat ze, god weet, misschien wel in Duitsland, of in Engeland of Frankrijk waren gaan wonen. Maar dat geloofde Carmen niet. 'Pasquale is een trouwe broer,' zei ze. 'Hij zou nooit zomaar verdwijnen.' Maar ze had een heel akelig voorgevoel: botsingen waren in de wijk inmiddels dagelijkse kost, elke kameraad, wie hij ook was, moest op zijn hoede zijn, de fascisten hadden ook haar en haar man bedreigd. En ze hadden Pasquale ervan beschuldigd zowel het lokaal van de MSI als de supermarkt van de Solara's in brand te hebben gestoken. Ik had daar niets over gehoord, was erg verbaasd. Was dat in de wijk gebeurd, en gaven de fascisten Pasquale daar de schuld van? Ja, hij werd beschouwd als iemand die uit de weg geruimd moest worden, hij stond boven aan de lijst. 'Misschien,' zei Carmen, 'heeft Gino hem laten vermoorden.'

'Ben je bij de politie geweest?'

'Ja.'

'Wat zeiden ze?'

'Het scheelde niet veel of ze hadden me gearresteerd, ze zijn daar fascistischer dan de fascisten zelf.'

Ik belde mevrouw Galiani. Die zei spottend: 'Wat is er gebeurd? Ik zie je niet meer in de boekhandels, en ook niet in de kranten. Ben je al met pensioen?'

Ik antwoordde dat ik twee kinderen had, dat ik voorlopig voor hen moest zorgen. Daarna vroeg ik haar naar Nadia.

Ze werd afstandelijk. 'Nadia is volwassen, ze is op zichzelf gaan wonen.'

'Waar?' vroeg ik.

'Dat gaat mij niet aan,' antwoordde ze en terwijl ik haar het telefoonnummer van haar zoon vroeg, verbrak ze zonder te groeten de verbinding.

Het kostte heel wat tijd en moeite om een telefoonnummer van Armando te pakken te krijgen, en het was nog moeilijker om hem thuis te treffen. Toen hij eindelijk opnam, leek hij blij me te horen en bijna té geneigd tot confidenties. Hij werkte hard in het ziekenhuis, zijn huwelijk was gestrand, zijn vrouw was vertrokken en had hun kind meegenomen, hij was alleen en volledig ontregeld. Hij hakkelde toen hij over zijn zusje sprak. Zachtjes zei hij: 'Ik heb geen enkel contact meer met haar. Andere ideeën over politiek, over alles. Sinds ze met Pasquale ging, viel er niet meer met haar te praten.' Ik vroeg: 'Zijn ze gaan samenwonen?' Hij maakte zich ervan af met: 'Laten we het daar maar op houden' en begon, alsof hij het onderwerp te frivool vond, over iets anders, leverde onbarmhartig commentaar op de politieke situatie, had het over het bloedbad in Brescia en over de bazen die de partijen, en zodra het de verkeerde kant uit ging de fascisten, financierden.

Ik belde Carmen terug om haar gerust te stellen. Zei dat Nadia met haar familie had gebroken om bij Pasquale te kunnen zijn en dat Pasquale haar als een hondje volgde.

'Denk je dat echt?'

'Geen twijfel over mogelijk. Zo is de liefde.'

Ze deed sceptisch. Ik hield vol, vertelde haar gedetailleerder over de middag die ze bij mij thuis hadden doorgebracht en overdreef een beetje wat betreft hun liefde voor elkaar. We hingen op. Maar half juni belde Carmen me weer, wanhopig. Gino was op klaarlichte dag voor de apotheek vermoord, ze hadden hem in het gezicht geschoten. In eerste instantie dacht ik dat ze me dat meldde omdat de zoon van de apotheker deel uitmaakte van onze eerste puberjaren en ze waarschijnlijk dacht dat die gebeurtenis, of Gino nu fascist was of niet, wel indruk op me zou maken. Maar de reden van dat telefoontje was niet om de verschrikking van die gewelddadige dood met mij te delen. De carabinieri waren bij haar thuis gekomen en hadden het appartement van onder tot boven doorzocht, en ook het benzinestation. Ze waren op zoek naar sporen die naar Pasquale konden leiden. Ze had zich nog veel ellendiger gevoeld dan toen ze haar vader waren komen arresteren voor de moord op don Achille.

82

Carmen was buiten zichzelf van angst, ze huilde om wat haar een nieuwe vervolging leek. En ik kon het kale pleintje voor de apotheek maar niet uit mijn hoofd zetten en zag de binnenkant van de winkel voor me, waarvan ik altijd had gehouden, vanwege de geur van zuurtjes en siroop, vanwege het meubilair van donker hout waarop rijen kleurige potten stonden, en vooral vanwege Gino's ouders die zo aardig waren en daar enigszins krom over de toonbank leunden, als over de rand van een balkon. Zij hadden daar zeker gestaan, het geluid van schoten moest ze hebben opgeschrikt, en vanaf hun plek hadden ze, misschien, met opengesperde ogen hun zoon op de drempel zien neervallen, het bloed hebben gezien. Ik wilde met Lila praten. Maar zij gedroeg zich volstrekt onverschillig, deed het incident af als een van de vele en zei alleen maar: 'Het zou me verbaasd hebben als de carabinieri Pasquale níét als schuldige hadden aangewezen.' Haar stem wist me meteen te pakken en te overtuigen; heel nadrukkelijk zei ze dat als Pasquale Gino echt had vermoord – maar dat moesten we uitsluiten – dat ze dan toch aan zijn kant zou staan, want de carabinieri hadden het op de dode gemunt moeten hebben, gezien alle vuile streken die hij had uitgehaald, in plaats van op onze vriend de metselaar en communist. Waarna ze op de toon van iemand die op belangrijker onderwerpen overgaat vroeg of ik Gennaro kon nemen tot de school weer begon. Gennaro? Hoe moest dat dan? Van Dede en Elsa werd ik al doodmoe.

Ik mompelde: 'Waarom?'

'Omdat ik moet werken.'

'Ik sta op het punt om met de meisjes naar zee te gaan.'

'Dan neem je hem ook mee.'

'Ik ga naar Viareggio en daar blijf ik tot eind augustus. Gennaro kent me nauwelijks, hij zal steeds naar jou vragen. Als jij ook meegaat vind ik het prima, maar alléén weet ik het niet.'

'Je had me gezworen dat je voor hem zou zorgen.'

'Ja, als je ziek zou zijn.'

'En wie zegt je dat ik niet ziek ben?'
'Ben je ziek?'
'Nee.'
'Waarom kun je hem dan niet bij je moeder of bij Stefano laten?'
Ze zweeg enkele seconden, werd grof. 'Doe je me dit plezier of niet?'
Ik gaf meteen toe. 'Goed, breng hem maar.'
'Enzo brengt hem.'

Enzo verscheen op een zaterdagavond in een spierwitte Cinquecento die hij kort daarvoor had gekocht. Alleen al hem vanuit het raam te zien, het dialect te horen toen hij iets zei tegen het kind dat nog in de auto zat – hij was het echt, dezelfde afgemeten gebaren, hetzelfde compacte lijf – maakte Napels, de wijk weer concreet. Ik deed de deur open met Dede hangend aan mijn rokken, en één blik op Gennaro was voldoende om te beseffen dat Melina vijf jaar geleden al gelijk had gehad: nu het kind tien jaar was, bleek overduidelijk dat hij in niets op Nino leek, en ook niet op Lila, maar dat hij een volmaakte kopie was van Stefano.

Ik constateerde het met een dubbel gevoel, een mengeling van teleurstelling en tevredenheid. Ik had gedacht dat nu het kind zo lang bij ons zou komen, het fijn zou zijn om naast Dede en Elsa ook een kind van Nino om me heen te hebben; maar ik stelde ook met plezier vast dat Nino niets bij Lila had achtergelaten.

83

Enzo wilde meteen weer vertrekken, maar Pietro ontving hem heel vriendelijk en stond erop dat hij bleef overnachten. Ik probeerde Gennaro aan te sporen met Dede te spelen, ook al verschilden ze bijna zes jaar in leeftijd, maar terwijl Dede dat wel leek te willen, weigerde Gennaro, hij schudde resoluut zijn hoofd. Ik was verbaasd over de aandacht die Enzo had voor dat zoontje dat niet van hem was; hij bleek de gewoonten, smaak en behoeften van het kind te kennen. Hoewel Gennaro protesteerde omdat hij moe was, dwong hij hem toch op een aardige manier een plas te doen en zijn tanden te poetsen voor hij naar bed ging, en omdat de jongen omviel van de slaap, kleedde hij hem uit en deed hem zorgzaam zijn pyjama aan.

Terwijl ik afwaste en opruimde, hield Pietro onze gast bezig. Ze zaten aan de keukentafel, hadden niets gemeen. Ze probeerden over politiek te praten, maar toen mijn man iets positiefs zei over de steeds grotere toenadering tussen communisten en christendemocraten, en Enzo zich liet ontvallen dat als die strategie zou winnen Berlinguer de ergste vijanden van de arbeidersklasse de hand zou hebben gereikt, zagen ze om ruzie te voorkomen van verdere discussie af. Toen begon Pietro hem vriendelijk naar zijn werk te vragen en Enzo had waarschijnlijk de indruk dat die belangstelling oprecht was, want hij was minder laconiek dan gewoonlijk en begon aan een bondig, misschien een beetje té technisch verhaal. IBM had besloten hem en Lila naar een groter bedrijf te sturen, een fabriek in de omgeving van Nola, waar driehonderd arbeiders werkten en zo'n veertig kantoormensen. Het financiële voorstel had hen verbijsterd: driehonderdvijftigduizend lire per maand voor hem, als leider van het centrum, en honderdduizend voor haar, als zijn assistente. Ze hadden het geaccepteerd, natuurlijk, maar nu moesten ze al dat geld ook verdienen en het karwei dat hun te wachten stond was werkelijk enorm. 'Wij zijn verantwoordelijk,' legde hij uit – hij sprak vanaf dat moment alleen nog maar van wij – 'voor een System 3, model 10, en hebben twee operateurs en vijf ponstypistes, tevens controleuses, tot onze beschikking. We moeten een grote hoeveelheid informatie verzamelen en in de System onderbrengen om de machine dingen te kunnen laten doen als bijvoorbeeld de boekhouding, de loonadministratie, de facturering, het bijhouden van het magazijn, van de bestellingen, van de orders aan de leveranciers, van de productie en de verzending. Daarvoor bedienen we ons van kartonnetjes, dat wil zeggen systeemkaarten die geponst moeten worden. Het gaat om de gaatjes, daar komt al het werk samen. Ik geef een voorbeeld van wat er allemaal nodig is om een eenvoudige bewerking als het uitschrijven van rekeningen te programmeren. Je begint met de papieren bonnen, die waarop de magazijnbediende zowel de producten heeft aangegeven als de klant aan wie ze zijn geleverd. De klant heeft een eigen code, zijn persoonsgegevens hebben een eigen code en ook de producten hebben die. De ponstypistes zitten aan de machines, drukken op de toets voor het vrijlaten van de systeemkaarten, tikken op de toetsen en zetten het bonnummer, de code van de klant, die van de persoonsgegevens en de code producthoeveelheid om in evenzoveel gaten in de kaartjes. Voor de duidelijkheid: duizend bonnen maal tien producten maken tienduizend geponste kaartjes met gaatjes zo groot als die van een speld. Snappen jullie het, kunnen jullie het volgen?'

En zo ging de avond voorbij. Van tijd tot tijd knikte Pietro begrijpend en hij probeerde zelfs een vraag te stellen (de gaten zijn belangrijk, maar de niet-geponste stukjes ook?). Ik beperkte me tot een vage glimlach terwijl ik alles afwaste en glanzend wreef. Enzo leek het fijn te vinden om aan een professor van de universiteit die als een gehoorzame leerling naar hem luisterde en aan een oude vriendin die was afgestudeerd en een boek had geschreven en nu de keuken aan kant maakte, zaken te kunnen uitleggen waar ze helemaal niets van af wisten. Maar eerlijk gezegd lette ik al snel niet meer op. Een operateur nam tienduizend kartonnetjes en deed die in een machine die kaartsorteermachine heette. Die machine ordende ze volgens een productcode. Daarna ging alles naar twee lezers, niet in de zin van personen, maar in de zin van machines die geprogrammeerd waren om de gaten en niet-gaten in de kartonnetjes te lezen. En daarna? Daar raakte ik het spoor bijster. Ik verdwaalde tussen de codes en de enorme pakken kaartjes en de gaten die gaten vergeleken, gaten sorteerden, gaten lazen, die de vier bewerkingen uitvoerden en namen, adressen en totalen afdrukten. Ik verdwaalde bij een woord dat ik nooit eerder had gehoord: *file*, dat Enzo vaak gebruikte en uitsprak als het meervoud van *fila*, maar hij zei niet *le file*, maar *il file*, een mysterieus mannelijk; 'de file hiervan', 'de file daarvan', voortdurend. Ik verdwaalde terwijl ik Lila probeerde te volgen die alles van die woorden en machines en dat werk wist, en die dat werk nu in een groot bedrijf in Nola deed, ook al kon ze met het loon dat haar partner verdiende nog meer mevrouw zijn dan ik. Ik verdwaalde terwijl ik Enzo probeerde te volgen die trots kon zeggen: 'Zonder haar zou ik het niet redden', en ons met die woorden van een heel toegewijde liefde vertelde. Het was duidelijk dat hij er zichzelf en anderen graag aan herinnerde hoe buitengewoon zijn vrouw was, terwijl mijn man me nooit prees, sterker nog, me reduceerde tot moeder van zijn kinderen, wilde dat ik, ook al had ik gestudeerd, toch niet tot zelfstandig denken in staat was, en me vernederde door denigrerend te reageren op alles wat ik las, op mijn interesses, op wat ik zei, en alleen bereid leek van mij te houden als hij voortdurend kon aantonen dat ik niets voorstelde.

Eindelijk kon ik ook aan tafel gaan zitten, prikkelbaar omdat geen van beiden op het idee was gekomen om te zeggen: 'Kunnen we je helpen met tafeldekken, afruimen, afwassen of de vloer aanvegen?'

'Een rekening,' zei Enzo, 'is een eenvoudig document, het kost toch geen moeite om die uit te schrijven? Als ik er tien per dag moet opmaken niet, nee. Maar als het er duizend zijn? De lezers halen wel tweehonderd kaarten per minuut, dus tweeduizend in tien minuten en tienduizend in vijftig. Dat de machine zo snel is, is een enorm voordeel, vooral als hij is geprogrammeerd voor ingewikkelde bewerkingen die veel tijd vragen. En dat is nu precies het werk van Lila en mij, de System klaarmaken voor ingewikkelde bewerkingen. De fase van ontwikkeling van een programma is echt geweldig. De operatieve fase een beetje minder. Vaak blijven systeemkaarten in de kaartsorteermachine steken en dan gaan ze stuk. Heel vaak valt er een bak met net geordende systeemkaarten om en dan vliegen die kaarten over de hele vloer. Maar het blijft prachtig, hoe dan ook.'

Ik onderbrak hem alleen maar om mezelf het gevoel te geven er ook bij te horen en zei: 'Kan hij zich vergissen?'

'Wie hij?'

'De rekenmachine.'

'Er is geen hij, Lenù, die hij dat ben ik. Als hij zich vergist, als hij er een puinhoop van maakt, dan heb ik me vergist, dan heb ik er een puinhoop van gemaakt.'

'O,' zei ik, en mompelde toen: 'Ik ben moe.'

Pietro knikte en leek klaar om de avond te beëindigen. Maar toen zei hij toch nog tegen Enzo: 'Het is opwindend, dat zeker, maar als het is zoals jij nu zegt, dan gaan die machines de plaats van mensen innemen, en is er geen plaats meer voor vakmensen. Bij Fiat wordt al door robots gelast; op die manier gaan er massa's arbeidsplaatsen verloren.'

Eerst beaamde Enzo dat, vervolgens leek hij erover na te denken en ten slotte nam hij zijn toevlucht tot de enige persoon aan wie hij gezag toekende: 'Lina zegt dat het een groot goed is: vernederend en afstompend werk moet verdwijnen.'

Lina, Lina, Lina. Spottend vroeg ik: 'Als Lina zo knap is, waarom geven ze jou dan driehonderdvijftigduizend lire en haar honderdduizend, waarom ben jij dan de leider van het centrum en zij de assistente?'

Enzo aarzelde nog even, leek op het punt te staan iets belangrijks te zeggen, liet het er echter vervolgens maar bij. Hij mopperde: 'Wat wil je, privé-eigendom van de productiemiddelen, daar moeten we van af.'

Even was in de keuken het gezoem van de koelkast te horen. Pietro stond op en zei: 'Kom, we gaan naar bed.'

84

Enzo wilde voor zessen vertrekken, maar om vier uur 's ochtends hoorde ik hem al in zijn kamer rondstommelen en ik stond op om koffie voor hem te zetten. Zo onder vier ogen, in het stille huis, verdween de taal van de rekenmachines en het aan Pietro's gezag verschuldigde Italiaans, en gingen we over op het dialect. Ik vroeg hem naar zijn relatie met Lila. Hij zei dat die goed was, ook al was ze altijd bezig. Nu eens holde ze achter de problemen op het werk aan, dan bekvechtte ze met haar moeder, haar vader of haar broer, dan weer hielp ze Gennaro met zijn huiswerk, wat er uiteindelijk op neerkwam dat ze ook Rino's kinderen hielp en alle kinderen die toevallig in huis waren. Lila ontzag zichzelf niet en was daardoor erg verzwakt, ze leek steeds een instorting nabij – wat haar ook al eens echt was overkomen –, ze was moe. Ik begreep algauw dat het feit dat ze een hecht stel vormden, zij aan zij werkten en gezegend waren met goede salarissen in een ingewikkelder context gezien diende te worden, en waagde: 'Misschien moeten jullie alles eens op een rijtje zetten. Lina moet niet té hard werken.'

'Dat zeg ik haar voortdurend.'

'En dan is er nog de scheiding van tafel en bed, de officiële scheiding; het heeft geen zin dat ze getrouwd blijft met Stefano.'

'Dat interesseert haar geen moer.'

'En Stefano?'

'Die weet niet eens dat je tegenwoordig kunt scheiden.'

'En Ada?'

'Ada heeft andere problemen, zij moet zien te overleven. Het rad draait, wie bovenaan zit eindigt beneden. De Carracci's hebben geen stuiver meer, alleen maar schulden bij de Solara's, en Ada probeert te pakken wat ze pakken kan, voor het te laat is.'

'En jij? Wil jij niet trouwen?'

Ik begreep dat hij graag zou trouwen, maar dat Lila ertegen was. Ze wilde niet alleen geen tijd verdoen met een echtscheiding – wat kan het verdommen dat ik met die kerel getrouwd blijf, ik leef met jou, ik slaap met jou, daar gaat het om –, maar alleen het idee al van een tweede huwelijk, daar moest ze om lachen. Ze zei: 'Jij en ik? Jij en ik trouwen? Wat is dat nou, het is goed zoals het is. Zodra we er genoeg van hebben, gaan we elk onze eigen weg.' Een eventueel tweede huwelijk interesseerde Lila niet, ze had andere dingen aan haar hoofd.

'Hoezo?'

'Laat maar zitten.'

'Vertel.'

'Heeft ze het er nooit met je over gehad?'

'Waarover?'

'Over Michele Solara.'

In korte, gespannen zinnen vertelde hij dat Michele Lila al die jaren was blijven vragen om voor hem te werken. Hij had haar gevraagd de leiding op zich te nemen van een nieuwe winkel in Vomero. Of de boekhouding te doen en de belastingen. Of secretaresse te worden van een vriend van hem, een belangrijke christendemocratische politicus. Hij had haar zelfs een salaris van tweehonderdduizend lire per maand geboden, alleen maar voor het bedenken van dingen, idiote invallen, alles wat er maar in haar opkwam. En al woonde hij dan in Posillipo, zijn duistere handeltjes bestierde hij vanuit de wijk, vanuit het huis van zijn vader en moeder. En daardoor kwam Lila hem voortdurend tegen, op straat, op de markt, in de winkels. Hij hield haar staande, altijd heel vriendschappelijk, maakte grapjes met Gennaro, gaf hem cadeautjes. Vervolgens werd hij dan zeer ernstig, en ook als zij het werk dat hij haar aanbood weigerde, reageerde hij geduldig en nam afscheid, waarbij hij dan met zijn gebruikelijke ironie nog eens nadrukkelijk zei: 'Ik geef me niet gewonnen, ik wacht op je tot in de eeuwigheid. Bel me wanneer je maar wilt en ik kom naar je toe gerend.' Totdat hij vernomen had dat ze voor IBM werkte. Dat had hem kwaad gemaakt, hij had zelfs bekenden aan het werk gezet om Enzo als deskundige van de markt te verdrijven en Lila dus ook. Hij had niets bereikt, IBM had dringend behoefte aan technici en goede technici zoals Enzo en Lila waren er niet veel. Maar de sfeer was veranderd. Enzo had Gino's fascisten voor zijn huis aangetroffen en had het vege lijf nog maar net kunnen redden omdat hij op tijd de voordeur had bereikt en die achter zich had dichtgegooid. En kort daarna was er iets verontrustends met Gennaro gebeurd. Lila's moeder was hem zoals gewoonlijk van school gaan halen. Alle leerlingen waren al buiten maar Gennaro was nergens te zien. De juffrouw: 'Een minuut geleden was hij er nog.' Zijn kameraadjes: 'Hij was er en toen was hij ineens weg.' Nunzia, erg geschrokken, had haar dochter op het werk gebeld en Lila was onmiddellijk gekomen en Gennaro gaan zoeken. Ze had hem op een bank in het parkje gevonden. Het kind zat daar rustig, met schort, strik en schooltas, en op de vragen 'Waar ben je geweest, wat heb je gedaan?' gaf hij geen antwoord, lachte alleen maar, met uitdrukkingsloze ogen. Ze wilde onmiddellijk naar Michele toe en hem vermoorden, zowel vanwege die poging om Enzo af te tuigen als om het ontvoeren van haar zoon, maar Enzo had haar tegengehouden. De fascisten gingen nu eenmaal iedereen die links was te lijf en niets bewees dat Michele opdracht tot een kidnapping had gegeven. En wat Gennaro betreft, hij had over zijn korte verdwijning later zelf gezegd dat hij ongehoorzaam was geweest. Maar hoe dan ook, toen Lila eenmaal was gekalmeerd had Enzo op eigen houtje besloten met Michele te gaan praten. Hij was naar café Solara gegaan en Michele had hem zonder een spier te vertrekken aangehoord. Daarna had hij ongeveer het volgende tegen hem gezegd: 'Ik weet niet waar je het goddomme over hebt, Enzù: ik ben op dat ventje gesteld, wie aan hem komt gaat eraan, je hebt alleen maar onzin uitgekraamd. Maar dat Lina slim is, dat is waar, daar heb je gelijk in. Jammer alleen dat ze haar intelligentie verspilt, ik vraag haar al jaren om met mij samen te werken.' En daar had hij nog aan toegevoegd: 'Heb je daar de pest over in? Dat kan me niet verrekken. Maar je zit ernaast; als je van haar houdt, moet je haar aanmoedigen om haar geweldige capaciteiten te benutten. Kom, ga zitten, neem een kop koffie en een taartje en vertel me eens waar die rekenmachines van jullie voor dienen.' En dat was nog niet alles geweest. Ze hadden elkaar een paar keer ontmoet, toevallig, en Michele had steeds meer belangstelling voor de System 3 getoond. Op een dag had hij hem lachend verteld dat hij iemand van IBM had gevraagd wie beter was, hij of Lila, en die had gezegd dat Enzo zeker goed was, maar dat Lila de beste was die je kon vinden. Waarna hij bij een andere gelegenheid Lila op straat staande had gehouden en haar een belangrijk voorstel had gedaan. Hij was van plan de System 3 te huren en die voor al zijn commerciële activiteiten te gebruiken. En hij wilde dus dat zij daar de leiding nam, voor vierhonderdduizend lire per maand.

'Heeft ze je dat ook niet verteld?' vroeg Enzo voorzichtig.

'Nee.'

'Ze wil je duidelijk niet lastigvallen, jij hebt je eigen leven. Maar je begrijpt dat het voor haar persoonlijk een carrièresprong zou zijn, en voor ons samen een enorme mazzel: we zouden met zijn tweeën zevenhonderdvijftigduizend lire per maand verdienen. Ik weet niet of je begrijpt wat dat betekent.'

'En Lina?'

'In september moet ze met een antwoord komen.'

'Wat gaat ze doen?'

'Ik weet het niet. Heb jij ooit kunnen ontdekken wat er in haar hoofd omgaat?'

'Nee. Maar wat vind jij dat ze moet doen?'

'Zij moet doen wat haar goeddunkt.'

'Ook als je het er niet mee eens bent?'

'Ja, dan ook.'

Ik liep met hem mee naar de auto. Op de trap bedacht ik dat ik hem misschien moest vertellen wat hij vast en zeker niet wist, namelijk dat Michele voor Lila een liefde koesterde die als een spinnenweb was, een gevaarlijke liefde die niets te maken had met fysiek bezit en evenmin met toegewijde ondergeschiktheid. En het scheelde niet veel of ik had het verteld; ik was op hem gesteld, wilde niet dat hij dacht met Michele alleen maar een halve camorracrimineel tegenover zich te hebben die al tijden van plan was de intelligentie van zijn vrouw te kopen. Toen hij al aan het stuur zat, vroeg ik: 'En als Michele haar van je wil afpakken?'

Hij bleef onaangedaan: 'Dan vermoord ik hem. Maar hoe dan ook, hij wil haar niet, hij heeft al een liefje, dat weet iedereen.'

'Wie?'

'Marisa, ze is weer zwanger van hem.'

In eerste instantie dacht ik het niet goed begrepen te hebben.

'Marisa Sarratore?'

'Marisa, de vrouw van Alfonso.'

Ik herinnerde me het gesprek met mijn schoolkameraad Alfonso. Hij had geprobeerd me te vertellen hoe gecompliceerd zijn leven was en ik had me teruggetrokken, meer getroffen door de buitenkant van zijn onthulling dan door de kern ervan. Ook toen had ik een verward beeld van zijn onbehagen gehad – om duidelijkheid te krijgen had ik opnieuw met hem moeten praten en misschien zou ik het dan evenmin hebben begrepen – maar het drong desondanks pijnlijk en onaangenaam tot me door. Ik vroeg: 'En Alfonso?'

'Hem kan het niets schelen, ze zeggen dat hij een flikker is.'

'Wie zegt dat?'

'Iedereen.'

'Iedereen, dat is erg algemeen, Enzo. Wat zegt *iedereen* nog meer?'

Hij keek me met een snelle blik van ironische verstandhouding aan: 'Zo veel, in de wijk wordt onophoudelijk gekletst.'

'Hoe bedoel je?'

'Er zijn weer oude verhalen naar boven gekomen. Ze zeggen dat don Achille door de moeder van de Solara's is vermoord.'

Hij vertrok, en ik hoopte dat hij ook zijn woorden meenam. Maar wat ik had gehoord bleef me bij, maakte me bezorgd, maakte me boos. Om ervan los te komen belde ik Lila en sprak ik met haar, ongerust maar tegelijk protesterend: 'Waarom heb je me niet over dat aanbieden van banen van Michele verteld, van die laatste vooral?' 'Waarom heb je Alfonso's geheim verraden?' 'Waarom heb je dat verhaal over de moeder van de Solara's in omloop gebracht? Dat was een spelletje van ons.' 'Waarom heb je Gennaro naar me toe gestuurd? Maak je je zorgen om hem? Zeg het duidelijk, daar heb ik recht op.' 'Waarom vertel je me af en toe niet wat er écht in je hoofd omgaat?' Het was een uitbarsting, maar diep in mijn hart hoopte ik zin na zin meer dat het daar niet bij zou blijven, dat mijn oude wens in vervulling zou gaan, de wens om, al was het maar per telefoon, onze hele relatie aan te pakken, opnieuw te bekijken, op te helderen, er volledig inzicht in te krijgen. Ik hoopte haar te provoceren en mee te laten denken over nog meer, en steeds persoonlijker, vragen. Maar Lila raakte geïrriteerd, behandelde me nogal kil, was niet in een goed humeur. Ze merkte op dat ik al jaren weg was, dat ik nu een leven had waarin de Solara's, Stefano, Marisa en Alfonso inmiddels niets meer betekenden, totaal onbelangrijk waren. Ze hield het kort. 'Ga maar lekker op vakantie,' zei ze, 'schrijf, hang de intellectueel uit. Wij hier zijn te laag-bij-de-gronds gebleven voor jou, blijf maar uit de buurt.' Ze drukte me nog op het hart te zorgen dat Gennaro een beetje zon kreeg, 'anders wordt hij net zo rachitisch als zijn vader.'

De ironie in haar stem en haar bagatelliserende, bijna lompe toon ontnamen consistentie aan Enzo's verhaal en deden elke hoop teniet dat ik haar zou kunnen interesseren voor de boeken die ik las, de termen die ik van Mariarosa en mijn Florentijnse groepje had geleerd, voor de vragen die ik me probeerde te stellen en die zij, als ik haar de basisbegrippen eenmaal had aangereikt, zeker beter zou weten aan te pakken dan wij allemaal. Ach ja, dacht ik, laat ik me maar met mijn eigen zaken bemoeien en jij met de jouwe: groei maar niet, als je dat leuker vindt, blijf maar op de binnenplaats spelen, ook nu je bijna dertig bent; het is mooi geweest, ik ga naar zee. En dat deed ik.

85

Pietro bracht mij en de drie kinderen met de auto naar een lelijk huis dat we in Viareggio hadden gehuurd en keerde daarna terug naar Florence om te proberen zijn boek af te maken. Kijk, zei ik, nu ben ik op vakantie, een welgestelde dame met drie kinderen en heel veel speelgoed, een eigen parasol op de eerste rij, zachte handdoeken, veel eten, de zon die mijn huid bruint en me nog blonder maakt. Elke avond belde ik naar Pietro en Lila. Pietro meldde dat er voor me gebeld was, overblijfsels van een verre tijd, en vertelde, maar dat gebeurde veel minder vaak, over een of andere werkhypothese die pas bij hem op was gekomen. Zodra ik Lila aan de telefoon had, gaf ik de hoorn door aan Gennaro, die haar lusteloos over gebeurtenissen vertelde die volgens hem belangrijk waren voor zijn dag, en haar welterusten wenste. Ik zei weinig of niets tegen de een en weinig of niets tegen de ander. Vooral Lila leek me definitief tot enkel stem gereduceerd te zijn.

Maar na een poosje realiseerde ik me dat dat niet helemaal waar was; een deel van haar was vlees en bloed in Gennaro. Het kind leek beslist erg op Stefano en helemaal niet op Lila. En toch waren zijn gebaren, zijn manier van praten, sommige woorden, een enkel stopwoordje en een zekere agressiviteit net als die van Lila toen ze klein was. En daarom schrok ik soms op als ik met mijn gedachten elders was en zijn stem hoorde, of ik raakte gefascineerd als ik hem gadesloeg terwijl hij met gebaren Dede een spel uitlegde.

Anders dan zijn moeder was Gennaro echter achterbaks. Lila's gemeenheid als kind was altijd duidelijk geweest, geen enkele straf had haar er ooit toe gebracht die te verbergen. Gennaro echter speelde het welopgevoede, zelfs verlegen jongetje, maar zodra ik me omdraaide, pestte hij Dede, verstopte haar pop, sloeg haar. Als ik dreigde dat we voor straf niet naar zijn moeder zouden bellen om haar welterusten te wensen, trok hij een berouwvol gezicht. Maar in werkelijkheid maakte hij zich absoluut geen zorgen om die eventuele straf; het ritueel van het avondtelefoontje had ik hem opgelegd, hij kon het probleemloos zonder stellen. Wat hem wel ongerust maakte was eerder de dreiging dat ik geen ijsje voor hem zou kopen. Dan begon hij te huilen, zei onder het snikken dat hij terug wilde naar Napels en dan bezweek ik meteen. Dat kalmeerde hem echter niet. Hij nam wraak op me door nog geniepiger tegen Dede tekeer te gaan.

Ik was ervan overtuigd dat mijn dochtertje bang voor hem was, hem haatte. Maar nee. Naarmate de tijd verstreek reageerde ze steeds minder op Gennaro's pesten en leek ze wel verliefd op hem. Ze noemde hem Rino of Rinuccio, omdat hij haar had verteld dat zijn vriendjes hem zo noemden, en ze volgde hem zonder op mijn geroep te letten, sterker nog, zij spoorde hem aan om bij de parasol vandaan te gaan. Mijn dag bestond uit roepen: 'Waar ga je heen, Dede?' 'Gennaro, kom hier.' 'Wat doe je, Elsa, geen zand in je mondje.' 'Hou op, Gennaro!' 'Als je niet ophoudt, Dede, kom ik naar je toe en dan zwaait er wat!' Vergeefse moeite. Elsa at hoe dan ook zand en terwijl ik haar mondje met zeewater schoonspoelde, gingen Dede en Gennaro er hoe dan ook vandoor.

De plek waar ze zich terugtrokken was een nabijgelegen rietbos. Op een keer ging ik met Elsa kijken wat ze uitspookten en ik ontdekte toen dat ze hun badpakjes uit hadden gedaan en dat Dede nieuwsgierig het stijve piemeltje betastte dat Gennaro haar liet zien. Ik bleef op een paar meter daarvandaan staan, wist niet wat ik moest doen. Dede – dat wist ik, ik had het gezien – lag vaak languit op haar buik te masturberen. Maar ik had nogal wat gelezen over seksualiteit bij kinderen – ik had voor mijn dochter een boekje vol kleurige illustraties gekocht dat in heel korte zinnen uitlegde wat er tussen man en vrouw gebeurt, woorden die ik haar had voorgelezen maar die geen enkele belangstelling bij haar hadden gewekt – en hoewel ik me er ongemakkelijk bij voelde, had ik mezelf toch opgelegd haar niet te storen, haar geen verwijten te maken, en omdat ik vrijwel zeker wist dat haar vader dat wel zou doen, had ik ook geprobeerd te voorkomen dat hij haar overviel.

Maar nu? Moest ik hen samen verder laten spelen? Moest ik terug, ervandoor? Of naar hen toe lopen zonder er enig gewicht aan te hechten en nonchalant over iets anders gaan praten? En als dat gewelddadige joch dat een stuk ouder was dan Dede haar tot god weet wat zou dwingen, haar pijn zou doen? Was dat leeftijdsverschil niet gevaarlijk? Twee gebeurtenissen brachten toen ineens verandering in de situatie: Elsa zag haar zusje, gilde van blijdschap en riep haar; en tegelijkertijd hoorde ik Gennaro woorden in het dialect tegen Dede zeggen, grove woorden, dezelfde vulgaire woorden die ook ik toen ik klein was op de binnenplaats had geleerd. Ik had mezelf niet meer in bedwang, alles wat ik had gelezen over genot, latentie, neuroses, polymorfe perversiteiten van kinderen en vrouwen verdween en ik berispte beide kinderen streng, vooral Gennaro, die ik bij een arm greep en wegsleurde. Hij begon te huilen. Dede zei kil en onverstoorbaar tegen me: 'Je bent heel gemeen.'

Ik kocht voor allebei een ijsje, maar er brak een periode aan waarin zich bij de voorzichtige surveillance om het niet nog eens te laten gebeuren, een zekere angst voegde om het gemak waarmee Dede in haar taalgebruik obscene woorden uit het Napolitaanse dialect opnam. Ik maakte er een gewoonte van om 's avonds als de kinderen sliepen diep in mijn geheugen te graven: had ik die spelletjes ook gedaan met mijn leeftijdgenoten van de binnenplaats? En had Lila dat soort ervaringen gehad? We hadden er nooit over gesproken. We gebruikten in die tijd walgelijke woorden, dat wel, maar het waren scheldwoorden die onder meer dienden om de handen van verachtelijke volwassenen af te weren, scheldwoorden die we al wegvluchtend uitschreeuwden. En verder? Ik kwam er maar moeizaam toe me de vraag te stellen: 'Hebben zij en ik elkaar ooit betast?' Had ik ooit zin gehad dat te doen, als kind, als jong meisje, als puber, als volwassene? En Lila? Lange tijd bleef ik op de rand van die vragen hangen. En zachtjes gaf ik mezelf antwoord: 'Ik weet het niet, ik wil het niet weten ook.' En vervolgens moest ik toegeven dat ik wel een soort bewondering voor haar lichaam had gehad, ja, die was er misschien wel geweest, maar ik sloot uit dat er ooit iets tussen ons was voorgevallen. Te bang – als ze ons hadden gezien, zouden ze ons hebben doodgeslagen!

Hoe dan ook, toen ik me in die dagen voor dat probleem zag geplaatst, vermeed ik het Gennaro mee te nemen naar de telefooncel. Ik vreesde dat hij tegen Lila zou zeggen dat hij het niet fijn meer vond bij me, of haar zelfs zou vertellen wat er was gebeurd. Die angst irriteerde me: waar maakte ik me druk om? Ik liet alles op z'n beloop. Ook mijn waakzaamheid ten aanzien van de twee kinderen verflauwde, ik kon hen niet constant in de gaten houden. Ik wijdde me aan Elsa, liet die twee hun gang gaan. Alleen als ze ondanks paarse lippen en gerimpelde vingerkootjes niet uit het water wilden komen, stond ik, met voor elk een handdoek, zeer nerveus vanaf de waterkant hard te roepen.

Augustus gleed voorbij. Huis, boodschappen, klaarmaken van barstensvolle tassen, strand, terugkeer naar huis, avondeten, ijsje, telefoon. Ik praatte wat met andere moeders, allemaal ouder dan ik, en vond het fijn als ze míjn kinderen, en mijn geduld, prezen. Ze vertelden over hun echtgenoten, over het werk dat die deden. Ik praatte over mijn man en zei: 'Hij is hoogleraar Latijn aan de universiteit.' In het weekend kwam Pietro, precies zoals jaren tevoren Stefano en Rino naar Ischia kwamen. Mijn kennissen wierpen eerbiedige blikken naar hem en leken dankzij zijn leerstoel ook achting te hebben voor zijn enorme bos haar. Hij speelde met zijn dochters en Gennaro in zee, betrok ze in zogenaamd roekeloze ondernemingen waarbij ze alle vier veel pret hadden, en zat daarna onder de parasol te studeren, beklaagde zich er af en toe over dat hij zo weinig sliep, vergat vaak zijn tranquillizers. Als de kinderen sliepen, nam hij me staande in de keuken om het gepiep van het bed te vermijden. Het huwelijk leek me inmiddels een institutie die, in tegenstelling tot wat men doorgaans dacht, de coïtus ontdeed van alle menselijkheid.

86

Het was Pietro die op een zaterdag, tussen alle artikelen die dagenlang waren gewijd aan de fascistische bom in de Italicus, de trein van Rome naar de Brennerpas, in de *Corriere della Sera* een kort bericht aantrof over een kleine fabriek aan de rand van Napels.

'Dat bedrijf waar jouw vriendin werkte, heette dat niet Soccavo?' vroeg hij.

'Wat is er gebeurd?'

Hij gaf me de krant. Een commando bestaande uit twee mannen en een vrouw was een vleeswarenfabriek aan de rand van Napels binnengevallen. Eerst hadden de drie op de benen van de portier geschoten, Filippo Cara, die er zeer ernstig aan toe was; daarna waren ze naar boven gegaan, naar het kantoor van de eigenaar, Bruno Soccavo, een jonge Napolitaanse ondernemer, en hadden hem met vier schoten vermoord, drie in zijn borst en één in zijn hoofd. Terwijl ik zat te lezen, zag ik Bruno's gezicht zich vervormen, breken, tegelijk met zijn hagelwitte tanden. O, mijn god, ik was verbijsterd. Ik liet de kinderen bij Pietro en vloog weg om Lila te bellen. Maar de telefoon werd niet beantwoord, ook al liet ik hem vaak overgaan. 's Avonds probeerde ik het nog eens, tevergeefs. Ik bereikte haar de volgende dag, gealarmeerd vroeg ze: 'Wat is er, gaat het niet goed met Gennaro?' Ik stelde haar gerust, vertelde over

Bruno. Ze wist van niets, liet me praten en mompelde ten slotte toonloos: 'Dat is echt akelig nieuws dat je me daar vertelt.' Verder niets. Ik spoorde haar aan: 'Bel iemand, laat iemand je vertellen wat er precies is gebeurd, vraag waar ik een telegram heen kan sturen om te condoleren.' Ze zei dat ze geen contact meer had met de fabriek, met niemand daar. 'En bovendien, een telegram?' mopperde ze. 'Waarom? Laat toch zitten.'

Ik liet het zitten. Maar de volgende dag vond ik in *il manifesto* een artikel van de hand van Giovanni Sarratore, van Nino dus, waarin hij veel informatie gaf over het kleine bedrijf in Campanië. Hij legde de nadruk op de politieke spanningen in de achtergebleven milieus, schreef warm over Bruno en diens tragische einde. Vanaf dat moment zocht ik dagenlang naar meer nieuws en verdere ontwikkelingen betreffende het gebeurde, maar tevergeefs, het verdween algauw uit de kranten. Lila weigerde er verder over te praten. Ik belde haar 's avonds met de kinderen, maar dan hield ze het kort en zei: 'Geef Gennaro eens.' Haar toon was bijzonder geergerd toen ik Nino citeerde. 'Zijn oude fout,' mompelde ze. 'Hij moet zich er altijd mee bemoeien. Wat heeft de politiek ermee te maken, het ging vast om iets anders, hier kun je om zo veel redenen vermoord worden: overspel, zedeloosheid, zelfs als je iets te nadrukkelijk kijkt.'

Zo verstreken de dagen. Van Bruno bleef me maar één beeld bij, dat was alles. Het was niet het beeld van de baas die ik met gebruikmaking van het gezag van de Airota's per telefoon had gedreigd, maar dat van de jongen die had geprobeerd me te kussen en die ik lomp van me af had geduwd.

87

Daar op het strand al begonnen nare gedachten in me op te komen. Lila, zei ik tegen mezelf, onderdrukt haar emoties en haar gevoelens uit berekening. Hoe meer ik middelen zocht om te proberen inzicht in mezelf te krijgen, hoe meer zij zich juist verborg. Hoe meer ik probeerde haar uit de tent te lokken en mee te krijgen in mijn verlangen naar helderheid, hoe meer zij zich terugtrok in de schaduw. Ze leek een volle maan die was weggedoken achter een bos waarvan de takken krabbels tekenden op zijn gezicht.

Begin september ging ik terug naar Florence, maar de nare gedachten vervaagden niet, werden alleen maar sterker. Het had geen zin Pietro in vertrouwen te nemen. Het beviel hem helemaal niet dat de kinderen en ik terug waren, hij lag achter met zijn boek en het idee dat het academisch jaar weldra weer zou beginnen maakte hem korzelig. Op een avond toen Dede en Gennaro aan tafel om ik weet niet wat ruzie zaten te maken, stond hij met een ruk op en liep de keuken uit, waarbij hij de deur zo hard achter zich dichtsloeg dat het matglas brak en in duizend stukjes op de vloer viel. Ik belde Lila en zei onomwonden tegen haar dat ze haar zoontje moest komen halen, het kind woonde al anderhalve maand bij me.

Kun je hem niet tot het einde van de maand houden?'

'Nee.'

'Het is akelig hier.'

'Hier ook.'

Enzo vertrok midden in de nacht en arriveerde in de loop van de ochtend, toen Pietro aan het werk was. Gennaro's bagage had ik al gepakt. Ik legde Enzo uit dat de spanningen tussen de kinderen onverdraaglijk waren geworden, het speet me, maar drie was te veel, ik kon niet meer. Hij zei dat hij het begreep, bedankte me voor alles wat ik had gedaan en zei alleen zachtjes ter verontschuldiging: 'Je weet hoe Lina is.' Ik zei niets terug omdat Dede, over haar toeren door het vertrek van Gennaro, stond te brullen, maar ook omdat ik als ik het wel had gedaan – juist omdat ik wist hoe Lila was – iets had kunnen zeggen waarvan ik later spijt zou hebben.

Er spookten gedachten door mijn hoofd die ik zelfs voor mezelf niet wilde formuleren, ik vreesde dat de feiten zich op mysterieuze wijze naar de woorden zouden voegen. Maar het lukte me niet de zinnen weg te wissen, ik voelde hun syntaxis kant-en-klaar in mijn hoofd en dat maakte me bang en fascineerde me. Mijn getraindheid in het vinden van een orde door verbanden te leggen tussen ver uit elkaar liggende elementen had de overhand gekregen. Ik had de gewelddadige dood van Gino bij die van Bruno Soccavo opgeteld (Filippo, de portier van de fabriek, had het er levend vanaf gebracht). En dat had tot de gedachte geleid dat beide gebeurtenissen naar Pasquale voerden, misschien ook naar Nadia. Die veronderstelling had me al erg onrustig gemaakt. Ik had Carmen willen bellen, haar willen vragen of ze nieuws van haar broer had; maar omdat ik bang was dat haar telefoon misschien werd afgeluisterd, had ik daar later van afgezien. Toen Enzo Gennaro kwam halen, had ik tegen mezelf gezegd: 'Ik praat met hem, eens kijken hoe hij reageert.' Maar ook toen had ik mijn mond gehouden, uit angst te veel te zeggen, uit angst de naam uit te spreken van de persoon achter Pasquale en Nadia, met andere woorden Lila, altijd weer Lila: Lila die niet zegt maar doet; Lila die doordrenkt is van de cultuur van de wijk en geen enkel respect heeft voor politie, wet of staat, maar gelooft dat problemen alleen maar met het schoenmakersmes kunnen worden opgelost; Lila die weet hoe gruwelijk ongelijkheid is; Lila die in de tijd van het collectief van de via dei Tribunali in de theorie en praktijk van de revolutie de manier heeft gevonden om haar té actieve hersens te gebruiken; Lila die haar oude en nieuwe woede heeft omgezet in politieke doeleinden; Lila die mensen manipuleert als personages van een verhaal; Lila die onze persoonlijke kennis van ellende en onderdrukking in verband heeft gebracht en nog steeds in verband brengt met de gewapende strijd tegen de fascisten, tegen de heersers, tegen het kapitaal. Ik geef het hier voor het eerst openlijk toe: in die septemberdagen verdacht ik niet alleen Pasquale – Pasquale die door zijn geschiedenis gedreven naar de wapens had gegrepen –, niet alleen Nadia, maar ook Lila zelf ervan dat bloed te hebben vergoten. Een hele tijd lang, als ik me met mijn dochtertjes bezighield of aan het koken was, zag ik haar in gezelschap van de andere twee op Gino schieten, op Filippo, op Bruno Soccavo. En terwijl het me moeite kostte om me Pasquale en Nadia in alle details voor te stellen – ik beschouwde hem als een goede jongen, een beetje blufferig en wel in staat om stevig te vechten maar niet om te doden; zij leek me een keurig meisje dat hoogstens met verbale wreedheden kon verwonden – had ik over Lila nooit twijfels: zij zou het meest doeltreffende plan kunnen uitdenken, zij zou de risico's tot een minimum beperken, zij zou de angst in bedwang houden, zij was in staat om moordplannen een abstracte zuiverheid te geven, zij wist hoe je het menselijke aan lichamen en bloed kon ontnemen, zij zou geen scrupules of spijt hebben, zij zou doden met het gevoel dat ze gelijk had.

Daar was ze dus, heel duidelijk, samen met de schim van Pasquale, van Nadia en van god weet wie nog meer. Ze reden in een auto over het pleintje, vertraagden voor de apotheek hun snelheid en schoten op Gino, op het lichaam van de partijleider in zijn witte jasschort. Of ze arriveerden via de stoffige weg met bermen vol allerhande troep bij de Soccavo-fabriek. Pasquale liep het hek door, schoot op Filippo's benen, het bloed verspreidde zich over de vloer van de portiersloge, geschreeuw, doodsbange ogen. Lila, die de weg goed kende, stak de binnenplaats over, ging de trap op en viel het kantoor van Bruno binnen, en net toen hij vrolijk zei: 'Hallo, wat doe jíj hier?' loste ze drie schoten op zijn borst en één in het gezicht.

O ja, antifascistisch activisme, nieuw verzet, proletarische gerechtigheid en andere formules waaraan zij, die zich instinctief aan de herkauwende kudde wist te onttrekken, zeker in staat was consistentie te geven. Ik vermoedde dat die acties onvermijdelijk waren om bijvoorbeeld bij de Rode Brigades te kunnen komen, of bij Prima Linea of de Nuclei Armati Proletari, de gewapende proletarische cellen. Lila zou uit de wijk verdwijnen, net zoals Pasquale al had gedaan. Misschien had ze daarom geprobeerd Gennaro aan mij over te dragen, zogenaamd voor een maand, in werkelijkheid met de bedoeling me hem voor altijd te geven. We zouden haar nooit meer terugzien. Of ze zou worden gearresteerd, zoals met de leiders van de Rode Brigades was gebeurd, Curcio en Franceschini. Of ze zou, fantasierijk en onverschrokken als ze was, aan politieagenten en de gevangenis weten te ontkomen. En als 'Het Grootse' zich zou hebben voltrokken, zou ze triomfantelijk weer opduiken, bewonderd om haar heldendaden, als een revolutionaire leider, en tegen mij zou ze zeggen: 'Jij wilde romans schrijven, ik heb een roman gemaakt, met echte mensen, met echt bloed, een waargebeurd verhaal.'

's Nachts leek het of alle fantasieën ook echt gebeurd waren of op het punt stonden te gebeuren, en dan maakte ik me zorgen om haar, zag ik haar voor me – opgejaagd, gewond, zoals zo veel vrouwen en mannen in de chaos van de wereld – en had ik met haar te doen, maar benijdde haar ook. Mijn kinderlijke overtuiging dat ze altijd al tot buitengewone taken voorbestemd was geweest, nam enorme proporties aan, en het speet me dat ik uit Napels was weggevlucht, dat ik me van haar had losgemaakt. Ik kreeg weer de behoefte om haar bij te staan, maar maakte me ook kwaad omdat zij die weg was ingeslagen zonder mij te raadplegen, alsof ze dacht dat ik daartoe niet was uitgerust. En toch wist ik veel van kapitaal, uitbuiting, klassenstrijd, de onvermijdelijkheid van de proletarische revolutie. Ik had nuttig voor haar kunnen zijn, met haar mee kunnen doen. En dan was ik ongelukkig, lag moedeloos in bed, ontevreden over mijn situatie als huismoeder, getrouwde vrouw, de hele toekomst in waarde gedaald door de herhaling, tot de dood aan toe, van huiselijke rituelen, in de keuken en in het echtelijk bed.

Overdag voelde ik me helderder, dan had de afschuw de overhand. Ik stelde me een grillige Lila voor die opzettelijk haat aanwakkerde en uiteindelijk steeds meer verwikkeld raakte in wrede acties. Natuurlijk, ze had de moed gehad om voort te gaan, om met kristalheldere vastberadenheid en de onbaatzuchtige wreedheid van de door rechtvaardigheid gedrevene het voortouw te nemen. Maar met welk perspectief? Een burgeroorlog op gang brengen? De wijk, Napels, Italië veranderen in een slagveld, een Vietnam in de Middellandse Zee? Ons allemaal in een wreed en eindeloos conflict storten, ingeklemd tussen het oostelijk en het westelijk blok, de vlammende uitbreiding ervan over Europa, over de hele planeet bevorderen? Tot aan de overwinning, altijd? Welke overwinning? Verwoeste steden, vuur, doden in de straten, de schande van de felle botsingen niet alleen met de klassenvijand maar ook binnen hetzelfde front, tussen revolutionaire groeperingen die van her en der komen en hun eigen redenen hebben, allemaal in naam van het proletariaat en de dictatuur daarvan. Misschien zelfs een atoomoorlog.

Doodsbang sloot ik mijn ogen. De kinderen, de toekomst. En ik klampte me vast aan formules: het onvoorziene subject, de vernietigende logica van de patriarch, de vrouwelijke waarde van de overleving, het mededogen. Ik moet met Lila praten, zei ik tegen mezelf. Ze moet me alles vertellen wat ze doet, wat ze van plan is, zodat ik kan beslissen of ik medeplichtig wil zijn of niet.

Maar ik belde haar nooit en zij mij evenmin. Ik was ervan overtuigd dat de lange stemmendraad die jarenlang ons enige contact was geweest ons geen goed had gedaan. We hadden de band tussen onze geschiedenissen onderhouden, maar met constante verarming. We waren abstracte entiteiten voor elkaar geworden, zozeer dat ik me haar nu als deskundige in rekenmachines kon voorstellen maar ook als een resolute en onverzoenlijke strijdster in de stadsguerrilla, terwijl zij mij hoogstwaarschijnlijk als het klassieke voorbeeld van de succesvolle intellectueel kon zien, maar evengoed als een onderlegde, welgestelde dame wier hele leven bestond uit kinderen, boeken en intellectuele gesprekken met haar man de academicus. We hadden beiden nieuwe consistentie nodig, substantie, maar waren uit elkaar gegroeid en konden elkaar die niet meer geven.

88

Zo verstreek de hele maand september, en daarna oktober. Ik sprak niemand, zelfs Adele niet, die het erg druk had, zelfs Mariarosa niet, die Franco in huis had genomen – een gehandicapte Franco, die zorg nodig had en veranderd was door zijn depressie – en enthousiast hallo zei, me beloofde dat ze hem mijn groeten zou overbrengen maar het vervolgens kort hield vanwege haar te vele verplichtingen. En dan heb ik het nog niet eens over Pietro's zwijgzaamheid. De wereld buiten zijn boeken woog hem steeds zwaarder, hij ging met veel tegenzin naar de gereglementeerde chaos van de universiteit, meldde zich vaak ziek. Hij zei dat hij dat deed om te studeren, maar slaagde er niet in zijn boek af te maken. Hij sloot zich zelden op om te werken, maar zorgde voor Elsa, kookte, veegde, waste en streek, alsof hij zichzelf wilde vergeven en vergeven wilde worden. Ik moest hem hard aanpakken om gedaan te krijgen dat hij weer naar de faculteit ging, maar had daar dan meteen weer spijt van. Sinds personen die ik kende door het geweld waren getroffen, was ik bang dat hem hetzelfde zou overkomen. Hij had er nooit van afgezien, ook niet als hij zich in gevaarlijke situaties bevond, zich openlijk te verzetten tegen wat hij als de 'brandhaard van dwaasheden' van zijn studenten en veel collega's omschreef, zijn geliefde definitie. Hoewel ik me zorgen om hem maakte, of misschien juist daarom, gaf ik hem nooit gelijk. Ik hoopte dat hij door de kritiek die ik op hem had tot bezinning kwam, ophield met zijn reactionaire reformisme (zo formuleerde ik het), soepeler werd. Maar daardoor koos ik in zijn ogen opnieuw de kant van de studenten die hem aanvielen en de professoren die tegen hem samenspanden.

Zo was het niet, het lag ingewikkelder. Enerzijds had ik de vage wil om hem te beschermen, anderzijds had ik het gevoel dat ik me aan Lila's zijde schaarde, dat ik de keuzes verdedigde die ik haar heimelijk toeschreef. Soms dacht ik er zelfs over haar te bellen en dan uitgerekend bij Pietro, bij onze conflicten te beginnen, om me vervolgens te laten vertellen wat zij ervan vond en haar zo, stap voor stap uit de tent te lokken. Ik deed het natuurlijk niet, per telefoon eerlijkheid te verlangen over deze onderwerpen was bespottelijk. Maar op een avond belde zij, ze was bijzonder vrolijk: 'Ik moet je iets fijns vertellen.'

'Wat is er aan de hand?'

'Ik ben chef.'

'Hoe bedoel je?'

'Hoofd van het centrum voor dataverwerking met de IBM-machine die Michele heeft gehuurd.'

Ik kon het niet geloven, vroeg haar te herhalen wat ze had gezegd, het me goed uit te leggen. Had ze het aanbod van Solara aangenomen? Was ze na al dat verzet weer bij hem in dienst zoals in de tijd van het piazza dei Martiri? Ze bevestigde het, enthousiast, en werd steeds vrolijker, steeds explicieter: Michele had haar de System 3 toevertrouwd die hij had gehuurd en in een opslagruimte voor schoenen in Acerra had laten plaatsen; ze zou operateurs en ponstypistes in dienst krijgen. Met een salaris van vierhonderdtwintigduizend lire per maand.

Ik was teleurgesteld. Niet alleen was het beeld van Lila als guerrillastrijdster in één klap verdwenen, maar ook wankelde ineens alles wat ik van haar meende te weten. Ik zei: 'Dit is wel het laatste wat ik van je had verwacht.'

'Wat had ik moeten doen?'

'Weigeren.'

'Waarom?'

'We kennen de Solara's.'

'Nou en? Niks nieuws voor me, en onder Michele had ik het beter dan onder die zak van een Soccavo.'

'Doe wat je niet laten kunt.'

Ik hoorde haar ademen. Ze zei: 'Die toon bevalt me niet, Lenù. Ik word beter betaald dan Enzo, een man nota bene. Wat zit je dwars?'

'Niets.'

'De revolutie, de arbeiders, de nieuwe wereld en al die andere lulkoek?'

'Hou op. Als je toevallig besloten hebt een echt gesprek te voeren, doe ik mee. Laten we anders maar ophouden.'

'Mag ik je op iets wijzen? Je zegt altijd "waar" en "echt", als je praat en als je schrijft. En ook "toevallig". Maar wanneer praten mensen in godsnaam "echt" en wanneer gebeuren dingen "toevallig"? Je weet beter dan ik dat het allemaal bedrog is en dat iets altijd iets anders tot gevolg heeft en daarna weer iets anders. Ik doe niets meer "echt", Lenù. En ik heb ook geleerd op te letten, alleen stommeriken denken dat dingen "toevallig" gebeuren.'

'Goed zo. Waar wil je me van overtuigen? Dat je alles onder controle hebt, dat jij gebruikmaakt van Michele en niet Michele van jou? Kom nou, laten we maar ophouden, ciao.'

'Nee, nee, praat, kom op met wat je te zeggen hebt.'
'Ik heb niets te zeggen.'
'Praat, want anders doe ik het.'
'Laat maar horen.'
'Je hebt kritiek op mij, maar tegen je zusje zeg je niks?'
Ik was met stomheid geslagen.
'Wat heeft mijn zusje er nu ineens mee te maken?'
'Weet je niks van Elisa?'
'Wat moet ik weten?'
Ze lachte gemeen.
'Vraag het je moeder, je vader en je broers maar.'

89

Meer wilde ze niet zeggen, heel boos verbrak ze de verbinding. Ongerust belde ik mijn ouders, mijn moeder nam op.

'O, af en toe herinner je je dat we bestaan,' zei ze.

'Ma, wat is er met Elisa?'

'Wat er met alle meisjes van tegenwoordig gebeurt.'

'Wat bedoel je?'

'Ze is met iemand.'

'Is ze verloofd?'

'Laten we het zo maar noemen.'

'Met wie?'

Het antwoord sneed door mijn ziel.

'Met Marcello Solara.'

Kijk, dat was wat Lila wilde dat ik wist. Marcello, de mooie Marcello uit onze vroege puberjaren, haar koppige, wanhopige verloofde, de jonge man die ze vernederd had door met Stefano Carracci te trouwen, had mijn zus Elisa genomen, de jongste van ons gezin, mijn lieve zusje, de vrouw die voor mijn gevoel nog een magisch klein meisje was. En Elisa had zich laten nemen. En mijn ouders en mijn broers hadden geen vinger uitgestoken om dat te verhinderen. En mijn hele familie, en ik zelf in zekere zin ook, zou uiteindelijk geparenteerd raken aan de Solara's.

'Hoelang al?' vroeg ik.

'Weet ik veel, een jaar.'

'En jullie hebben dat goedgevonden?'

'Heb jij gevraagd of we het goedvonden? Je hebt je eigen zin gedaan. Nou, zij ook.'

'Pietro is Marcello Solara niet.'

'Je hebt gelijk, Marcello zou zich door Elisa niet zo laten behandelen als jij Pietro behandelt.'

Stilte.

'Jullie hadden het me kunnen vertellen, me kunnen vragen wat ik ervan vond.'

'Waarom? Jij bent weg.'

'Ik denk heus wel aan jullie, maak je geen zorgen.'

'Poeh. Je hebt alleen maar aan jezelf gedacht, je had schijt aan ons.'

Ik besloot om onmiddellijk met de kinderen naar Napels te vertrekken. Ik wilde met de trein gaan, maar Pietro bood aan om ons met de auto te brengen, waardoor hij zijn gebrek aan werklust de schijn van zorgzaamheid gaf. Al toen we van Doganella naar beneden reden en in het chaotische verkeer van Napels terechtkwamen, voelde ik me weer in de greep van de stad, onderworpen aan zijn ongeschreven wetten. Sinds de dag dat ik was vertrokken om te gaan trouwen, had ik er geen voet meer gezet. Ik vond het lawaai onverdraaglijk; het voortdurende claxonneren van de automobilisten, de beledigingen die ze Pietro toevoegden als hij aarzelde en langzamer ging rijden omdat hij de weg niet kende, maakten me nerveus. Kort voor het piazza Carlo III dwong ik hem aan de kant te gaan staan, nam het stuur over en reed agressief naar de via Firenze, naar hetzelfde hotel waar hij jaren tevoren had gelogeerd. We zetten onze bagage neer en ik verzorgde de meisjes en mezelf tot in de puntjes. Daarna gingen we naar de wijk, naar het huis van mijn ouders. Wat dacht ik dat ik kon doen, Elisa mijn gezag van grote, afgestudeerde en op stand getrouwde zus opleggen? Haar overhalen haar verloving te verbreken? Tegen haar zeggen: 'Ik ken

Marcello al sinds hij me bij mijn pols greep en in zijn Millecento probeerde te trekken, en daarbij het zilveren armbandje van mama brak – geloof me, het is een vulgaire en gewelddadige man'? Ja, ik was vastbesloten, het was mijn taak om Elisa uit die valstrik te halen.

Mijn moeder ontving Pietro met veel genegenheid, en overlaadde beide kinderen met cadeautjes – *dit is voor Dede van oma, dit is voor Elsa* – waar de meisjes, elk op hun eigen manier, enthousiast over waren. Mijn vader kreeg een schorre stem van ontroering, hij leek me magerder geworden en nog onderdaniger. Ik wachtte op mijn broers, maar die vertoonden zich niet en ik hoorde dat ze niet thuis waren.

'Ze zijn altijd aan het werk,' zei mijn vader zonder enthousiasme.
'Wat doen ze?'
'Ze werken,' kwam mijn moeder tussenbeide.
'Waar?'
'Marcello heeft ze aan een baan geholpen.'

Ik herinnerde me hoe de Solara's Antonio *aan een baan hadden geholpen*, wat er door hen van hem was geworden.

'Wat doen ze?' vroeg ik.

Mijn moeder antwoordde geërgerd: 'Ze brengen geld binnen en dat is genoeg. Elisa is niet zoals jij, Lenù, Elisa zorgt voor ons allemaal.'

Ik deed of ik het niet hoorde: 'Heb je haar verteld dat ik vandaag kwam? Waar is ze?'

Mijn vader sloeg zijn ogen neer, mijn moeder zei kortaf: 'Thuis.'
Ik werd boos: 'Woont ze niet meer hier?'
'Nee.'
'Sinds wanneer?'
'Bijna twee maanden. Marcello en zij hebben een mooi appartement in de nieuwe wijk,' zei mijn moeder koel.

90

Het stadium van verloving was dus al ruim gepasseerd. Ik wilde meteen naar Elisa, ook al zei mijn moeder steeds: 'Niet doen, je zusje is met een verrassing voor je bezig, blijf hier, straks gaan we met z'n allen.' Ik schonk geen aandacht aan haar. Ik belde Elisa, ze reageerde blij en tegelijkertijd gegeneerd. Ik zei: 'Wacht, ik kom eraan.' Ik liet Pietro en de kinderen bij mijn ouders en ging lopend naar haar toe.

De wijk leek me nog verder achteruitgegaan: gebouwen met afgebladderde verf, het wegdek vol gaten, vuiligheid. Op de aanplakbiljetten met zwarte rouwrand waar de muren mee volhingen – ik had er nooit zoveel gezien – las ik dat de oude Ugo Solara was overleden, de grootvader van Marcello en Michele. Uit de datum kon ik opmaken dat het niet recent was, maar al twee maanden geleden was gebeurd, en de hoogdravende zinnen, de smartelijke gezichten van madonna's, zelfs de naam van de overledene waren verbleekt, uitgelopen. Toch hingen die overlijdensberichten nog steeds in de straten, alsof de andere overledenen uit respect hadden besloten om zonder het iemand te laten weten van de wereld te verdwijnen. Ook bij de ingang van de kruidenierswinkel van Stefano zag ik er verscheidene. De winkel was open, maar leek een bres in de muur, donker, verlaten; Carracci was even achterin te zien, in witte jasschort, maar verdween weer, als een spook.

Ik liep naar boven, richting spoorlijn, kwam langs wat we vroeger de nieuwe kruidenierswinkel noemden. Het rolluik, dat was neergelaten en gedeeltelijk uit de geleiders hing, was roestig en beklad met obscene opschriften en tekeningen. Dit hele gedeelte van de wijk leek verlaten, het stralende wit van vroeger was grijs geworden, op sommige plekken had de pleisterkalk losgelaten en waren bakstenen te zien. Ik kwam langs de flat waar Lila had gewoond. Slechts enkele van de noodlijdende boompjes daar hadden het overleefd. Breed plakband hield een barst in het glas van de voordeur in bedwang. Elisa woonde een heel eind hogerop, in een pretentieuzer gedeelte dat de tand des tijds beter had doorstaan. Er verscheen een portier, een kaal mannetje met een dunne snor. Hij hield me tegen en vroeg vijandig wie ik zocht. Ik wist niet wat ik moest zeggen, mompelde: 'Solara.' Zijn blik werd respectvol en hij liet me door.

Pas in de lift realiseerde ik me dat mijn hele ik als het ware was teruggegleden. Wat me in Milaan of Florence acceptabel zou hebben geleken – de vrije beschikbaarheid van vrouwen over eigen lichaam en verlangens, ongehuwd samenwonen – leek me daar in de wijk onvoorstelbaar: de toekomst van mijn zusje stond op het spel, ik slaagde er niet in rustig te worden. Was Elisa echt gaan samenwonen met een gevaarlijk iemand als Marcello? En was mijn moeder blij? Zij die woedend was geworden omdat ik niet in de kerk was getrouwd en alleen maar voor de wet; zij die Lila als een slet beschouwde omdat ze met Enzo samenleefde en Ada een grote hoer vond omdat ze de minnares van Stefano was geworden; zíj accepteerde het dat haar jongste dochter, niet getrouwd, met Marcello Solara sliep, die een slecht mens was? Terwijl de lift me naar boven, naar Elisa bracht, speelden dat soort gedachten door mijn hoofd en leek de woede die ik voelde me terecht. Maar mijn hoofd – mijn gedisciplineerde hoofd – was verward, ik wist niet tot welke argumenten ik mijn toevlucht zou nemen. Zou ik met de argumenten komen die mijn moeder tot voor enkele jaren zou hebben aangevoerd als ik een dergelijke keuze had gemaakt? Zou ik dus terugvallen naar een niveau dat zij zelf had verlaten? Of zou ik zeggen: 'Ga leven met wie je wilt, maar niet met Marcello Solara'? Zou ik dat zeggen? Maar welk meisje in Florence of Milaan zou ik vandaag de dag ooit opleggen de man te vergeten op wie ze verliefd was geworden, wie die man ook was?

Toen Elisa opendeed omhelsde ik haar zo stevig dat ze lachend fluisterde: 'Je doet me pijn.' Ik voelde dat ze erg bezorgd was toen ze me in de salon liet – een pretentieuze ruimte vol gebloemde sofa's en fauteuils met vergulde rugleuningen – en heel druk begon te praten, maar over andere dingen: hoe goed ik eruitzag, wat een mooie oorhangers ik had, wat een mooie ketting, hoe elegant ik was, dat ze zo'n zin had om Dede en Elsa te leren kennen. Enthousiast beschreef ik haar haar nichtjes, deed mijn oorhangers uit, liet ze haar voor een spiegel proberen, gaf ze haar. Ik zag dat ze opklaarde, lachte en zachtjes zei: 'Ik was bang dat je kwam om mij op mijn kop te geven, om te zeggen dat je tegen mijn relatie met Marcello bent.'

Ik keek haar lang aan en zei: 'Elisa, ik bén ertegen. En ik heb deze reis speciaal gemaakt om dat tegen jou, mama, papa en onze broers te vertellen.'

De uitdrukking op haar gezicht veranderde, haar ogen vulden zich met tranen.

'Nu doe je me verdriet. Waarom ben je ertegen?'
'De Solara's zijn slechte mensen.'
'Marcello niet.'

Ze begon over hem te praten. Ze zei dat alles begonnen was toen ik van Elsa in verwachting was. Onze moeder was bij mij gaan logeren en de last van het gezin was ineens volledig op haar schouders terechtgekomen. Op een keer was ze boodschappen gaan doen in de supermarkt van de Solara's en Rino, Lina's broer, had gezegd dat als ze de lijst met wat ze nodig had aan hem gaf, hij de boodschappen thuis zou laten brengen. En terwijl Rino stond te praten had ze gezien dat Marcello haar vanuit de verte groette, alsof hij haar duidelijk wilde maken dat hij daar opdracht toe had gegeven. Vanaf dat moment was hij om haar heen gaan draaien en had hij haar allerlei diensten bewezen. Elisa had tegen zichzelf gezegd dat hij oud was, en dat ze hem niet aantrekkelijk vond. Maar hij was steeds nadrukkelijker in haar leven aanwezig geweest, heel netjes, en er was nooit ook maar één woord of gebaar geweest dat naar de vreselijke wandaden van de Solara's verwees. Marcello was echt een keurig iemand, bij hem voelde je je veilig, hij had een kracht, een voorkomen, hij leek wel tien meter lang. En dat niet alleen. Vanaf het moment dat duidelijk was geworden dat hij in haar geïnteresseerd was, veranderde Elisa's leven. Iedereen, in de wijk maar ook daarbuiten, was haar als een koningin gaan behandelen, iedereen had achting voor haar gekregen en dat was een heerlijke gewaarwording, waar ze nog steeds niet aan gewend was. 'Eerst,' zei ze, 'ben je niemand en meteen daarna kennen zelfs de rioolratten je. Natuurlijk, jij hebt een boek geschreven, je bent beroemd, je bent eraan gewend, maar ik niet, ik was stomverbaasd.' Ontdekken dat ze zich nergens meer druk om hoefde te maken, had haar ontroerd. Marcello zorgde overal voor, elke wens van haar was voor hem een bevel. En hoe meer de tijd verstreek, hoe verliefder ze dus op hem werd. Ten slotte had ze ja tegen hem gezegd. En als ze hem nu een dag niet zag of hoorde, lag ze de hele nacht te huilen.

Ik realiseerde me dat Elisa ervan overtuigd was dat ze onvoorstelbaar geboft had en ik begreep dat ik het niet zou kunnen opbrengen al dat geluk van haar te bederven. Temeer omdat ze niets zei waarop ik kon inhaken: Marcello was bekwaam, Marcello was betrouwbaar, Marcello was prachtig, Marcello was volmaakt. Bij elk woord dat ze uitsprak zorgde ze ervoor dat ze óf onderscheid maakte tussen hem en de familie Solara, of met voorzichtige sympathie nu eens over zijn moeder sprak, dan weer over zijn vader die verschrikkelijk veel last van zijn maag had en de deur bijna niet meer uitkwam, of over zijn opa zaliger of zelfs over Michele die, nu ze regelmatig met hem omging, anders leek dan de mensen dachten; hij was erg hartelijk. 'En daarom,' zei ze, 'geloof me, ik heb het sinds mijn geboorte nog niet zo goed gehad, en mama staat aan mijn kant, en je weet hoe ze is, en papa ook, en Gianni en Peppe die eerst geen bal uitvoerden, maar nu bij Marcello in dienst zijn, die hun nog dik betaalt ook.'

'Trouw dan, als de zaken zo liggen,' zei ik.

'Dat doen we ook. Maar het is nu geen goeie tijd daarvoor. Marcello zegt dat hij nogal wat ingewikkelde zaken moet regelen. En bovendien zijn ze in de rouw vanwege hun opa. Die arme man was helemaal de kluts kwijt, hij wist niet eens meer hoe je moest lopen, hoe je moest praten. God heeft hem bevrijd door hem terug te nemen. Maar zo gauw alles in orde is, trouwen we, maak je geen zorgen. En bovendien is het beter om voor je trouwt te kijken of je wel bij elkaar past, toch?'

Ze gebruikte woorden die niet de hare waren, woorden van moderne meisjes geleerd uit de blaadjes die ze las. Ik vergeleek ze met de woorden die ik zelf bij deze onderwerpen zou hebben gebruikt en realiseerde me dat ze niet veel verschilden. Elisa's woorden klonken alleen iets minder glad. Wat kon ik erop zeggen? Dat wist ik in het begin van die ontmoeting niet, en ik weet het nog steeds niet. Ik had kunnen zeggen: 'Er valt weinig te kijken, Elisa, het is allemaal al duidelijk: Marcello zal je consumeren, hij zal gewend raken aan je lichaam en je verlaten.' Maar dat waren woorden die ouderwets klonken, zelfs mijn moeder had het niet gewaagd ze uit te spreken. En daarom legde ik me erbij neer. Ik had me aan die wereld onttrokken, Elisa was gebleven. Wat zou er van mij zijn geworden als ik ook was gebleven, wat voor keuzes zou ík hebben gemaakt? Had ik de jongens Solara ook niet leuk gevonden toen ik jong was? En trouwens, wat had dat weggaan me opgeleverd? Ik was niet eens bij machte wijze woorden te vinden om mijn zusje ervan te overtuigen zich niet te gronde te laten richten. Elisa had een mooi, heel fijn gezichtje, en een lichaam waar niets buitensporigs aan was, en een warme stem. Marcello herinnerde ik me als een lange, mooie man met een vierkant gezicht van een gezonde kleur, een en al spieren, en in staat tot diepe, duurzame gevoelens van liefde – dat had hij laten zien toen hij verliefd was geworden op Lila – en bij mijn weten had hij sindsdien geen andere liefdes gehad. Wat kon ik dus zeggen? Tot slot ging ze een doos halen en liet ze me alle juwelen zien die Marcello haar had geschonken, sieraden waarbij de oorhangers die ze van mij had gekregen leken op wat ze waren: onbeduidende dingetjes.

'Pas op,' zei ik tegen haar, 'blijf jezelf, en als je me nodig hebt, bel dan.'

Ik wilde opstaan, maar lachend hield ze me tegen.

'Waar ga je heen, heeft mama het je niet verteld? Ze komen allemaal hier eten. Ik heb van alles klaargemaakt.'

Duidelijk ontstemd vroeg ik: 'Allemaal wie?'

'Allemaal: een verrassing.'

91

Eerst arriveerden mijn vader, mijn moeder, de meisjes en Pietro. Dede en Elsa kregen weer cadeautjes, nu van Elisa, die hen heel enthousiast ontving (*Dede, mijn duifje, geef me eens een hele dikke kus, hier; Elsa, wat ben je een lekker mollig ding, kom eens bij tante, weet je dat we dezelfde naam hebben?*). Mijn moeder verdween meteen met gebogen hoofd in de keuken, zonder me aan te kijken. Pietro probeerde me terzijde te nemen om me ik weet niet wat voor ernstigs te vertellen, maar met het gezicht van iemand die zich onschuldig wil verklaren. Het lukte hem niet, mijn vader sleurde hem mee naar een bank voor de televisie en zette de tv aan, met het geluid heel hard.

Even later verscheen Gigliola met haar kinderen, twee woeste jongens die het meteen met Dede aanlegden, terwijl Elsa onthutst haar toevlucht bij mij zocht. Gigliola kwam rechtstreeks van de kapper, liep tikkend op heel hoge hakken rond, blonk van het goud aan haar oren, om haar hals en aan haar armen. Een glimmend, diep uitgesneden groen jurkje omsloot haar met moeite en haar gezicht zat dik onder make-up die al korrelig werd. Sarcastisch en zonder omwegen wendde ze zich tot mij: 'Daar zijn we dan, speciaal gekomen ter ere van jullie, hooggeleerden. Alles goed, Lenù? Is dat het genie van de universiteit? Potverdikkeme, wat een mooi haar heeft je man.'

Pietro bevrijdde zich van mijn vader, die een arm om mijn mans schouder hield. Met een verlegen glimlach sprong hij op, wist zijn ogen niet in bedwang te houden: instinctief ging zijn blik naar de welving van Gigliola's borsten. Ze merkte het met voldoening.

'Blijft u toch zitten,' zei ze, 'anders word ik nog verlegen. Er is hier nog nooit iemand opgestaan om een dame te begroeten.'

Mijn vader trok Pietro naar beneden, bang dat iemand hem van hem af zou nemen, en begon opnieuw tegen hem te praten, god weet waarover, het lawaai van de televisie ten spijt. Ik vroeg Gigliola hoe het met haar ging, probeerde haar met mijn ogen, met de toon van mijn stem te laten merken dat ik haar vertrouwelijke mededelingen niet was vergeten en dat ik met haar meeleefde. Dat beviel haar waarschijnlijk niet. Ze zei: 'Luister, schoonheid, ik maak het goed, jij maakt het goed, we maken het allemaal goed. Maar als mijn man me niet had bevolen om me hier kapot te komen vervelen, dan was ik lekker thuis gebleven. Dit voor de duidelijkheid.'

Ik had niet de gelegenheid haar te antwoorden, er werd gebeld. Mijn zusje stond op; licht alsof ze op een zuchtje wind gleed haastte ze zich naar de voordeur om open te doen. Ik hoorde haar uitroepen: 'Wat vind ik dat fijn, mama, kom binnen, kom.' En met haar toekomstige schoonmoeder aan de hand verscheen ze weer in de kamer. Manuela Solara was feestelijk gekleed, had een kunstbloem in haar rossig geverfde haar, droefgeestige ogen gevat in diepe oogholten, en ze was nog magerder dan de laatste keer dat ik haar had gezien, bijna vel over been. Achter haar dook Michele op, goed gekleed, goed geschoren, met een kille kracht in zijn ogen en zijn kalme bewegingen. Een moment later verscheen er een grote man die ik amper herkende, zo enorm was alles aan hem: een boom van een kerel, grote voeten, lange en stevige, indrukwekkende benen, buik en borstkas en schouders vol van een of andere zware en zeer compacte materie, een machtige kop met breed voorhoofd, zijn haren lang, donkerbruin en achterovergekamd, een baard als van glanzend antraciet. Het was Marcello, dat bevestigde Elisa die hem, als aan een god aan wie je respect en dankbaarheid verschuldigd bent, haar lippen bood. Hij boog zich vooroever en raakte ze lichtjes met de zijne aan, terwijl mijn vader opstond, waarbij hij Pietro, die verlegen keek, mee omhoog trok en mijn moeder haastig uit de keuken kwam gehobbeld. Ik realiseerde me dat de aanwezigheid van mevrouw Solara als iets buitengewoons werd beschouwd, iets waarop je trots kon zijn. Elisa fluisterde me geëmotioneerd in het oor: 'Mijn schoonmoeder is vandaag zestig geworden.' 'O,' zei ik, en intussen verbaasde het me dat Marcello, amper binnen, zich meteen tot mijn man wendde alsof ze elkaar al kenden. Hij schonk hem een stralend witte glimlach en riep met luide stem: 'Alles in orde, professò!' Wat alles in orde? Pietro antwoordde hem met een onzekere glimlach, keek daarna naar mij, terwijl hij mistroostig zijn hoofd schudde alsof hij wilde zeggen: 'Ik heb gedaan wat ik kon.' Ik had gewild dat hij me uitleg gaf, maar Marcello stond hem al aan Manuela voor te stellen: 'Kom *mammà*, dit is de professor, de man van Lenuccia, ga hier zitten, naast hem.' Pietro maakte een halve buiging en ook ik voelde me verplicht mevrouw Solara te groeten, die zei: 'Wat ben je mooi, Lenù, net zo mooi als je zusje', en me vervolgens een beetje gespannen vroeg: 'Vind jij het ook niet een beetje warm hier?' Ik gaf geen antwoord, Dede riep me huilerig en Gigliola – de enige die duidelijk liet blijken dat de aanwezigheid van Manuela haar volstrekt onverschillig liet – gilde in het dialect iets grofs tegen haar kinderen die mijn kind pijn hadden gedaan. Ik merkte dat Michele me stond te bekijken, zonder iets te zeggen, zelfs geen ciao. Ik groette hem met luide stem, en probeerde daarna Dede te kalmeren en ook Elsa, die toen ze zag dat haar zusje bedroefd was op het punt stond zelf ook te gaan huilen. Marcello zei: 'Ik vind het heel fijn om jullie hier bij mij te gast te hebben, dat is een grote eer voor me, geloof me.' Toen wendde hij zich tot Elisa, alsof hij het gevoel had dat rechtstreeks tegen mij praten voor hem te hoog gegrepen was: 'Vertel jij maar hoe fijn ik het vind, je zus maakt me verlegen.' Ik mompelde iets om hem gerust te stellen, maar op dat moment werd er opnieuw gebeld.

Michele ging opendoen en kwam kort daarna met een geamuseerd gezicht terug. Hij werd gevolgd door een man op leeftijd die met koffers zeulde, míjn koffers, de koffers die we in het hotel hadden neergezet. Michele wees op mij en de man zette ze voor me neer alsof het ging om een goocheltruc, waarmee hij mij wilde vermaken. 'Nee,' riep ik uit, 'nee hè, zo maken jullie me boos.' Maar Elisa sloeg haar armen om me heen, kuste me en zei: 'We hebben de ruimte, geen sprake van dat jullie naar een hotel gaan. We hebben hier genoeg kamers, en twee badkamers.' 'Hoe dan ook,' zei Marcello nadrukkelijk, 'ik heb eerst je man om toestemming gevraagd, ik zou het niet hebben gewaagd om zomaar zo'n initiatief te nemen: professò, alstublieft, praat met uw vrouw, verdedig me.' Woedend, maar een glimlach forcerend, spartelde ik tegen: 'Lieve hemel, wat een toestand, dank je Marcè, dat is aardig van je, maar we kunnen het echt niet accepteren.' En ik probeerde de koffers terug te sturen naar het hotel. Maar ik moest me ook met Dede bezighouden en zei tegen haar: 'Laat eens zien wat die jochies hebben gedaan. O, het is niets, een kusje en dan is het weer over, ga maar weer spelen en neem Elsa mee.' En daarna riep ik Pietro, die al stevig door Manuela Solara was ingepalmd: 'Pietro, kom eens, alsjeblieft, wat heb je tegen Marcello gezegd? We kunnen hier niet slapen.' Ik merkte dat de ergernis mijn dialectische intonatie versterkte, dat sommige woorden in het Napolitaans van de wijk naar boven kwamen, dat de wijk – van de binnenplaats tot de grote weg en de tunnel – bezig was mij zijn taal op te leggen, zijn manier van handelen en reageren, zijn personen, die in Florence verbleekte plaatjes leken maar hier mensen van vlees en bloed waren.

Er werd opnieuw gebeld, Elisa ging opendoen. Wie moest er nu nog komen? Er verstreken enkele seconden en toen kwam Gennaro de kamer binnengestormd. Hij zag Dede, Dede zag hem, geloofde haar ogen niet, hield onmiddellijk op met jammeren, en ze staarden naar elkaar, allebei aangedaan door dat onverwachte weerzien. Meteen daarna verscheen Enzo, de enige blonde te midden van al die donkere koppen, heel lichte kleuren en toch donker. En als laatste kwam Lila binnen.

92

Een lange periode van woorden zonder lichaam, van alleen maar stem die in golven over een elektrische zee rolde, werd plotseling onderbroken. Lila droeg een blauwe jurk die tot boven haar knie reikte. Ze was mager, een en al pees, waardoor ze langer leek dan anders, ondanks haar lage hakken. Ze had duidelijke rimpels aan weerszijden van haar mond en ogen, en de intens bleke huid van haar gezicht lag strak over haar voorhoofd en jukbeenderen. Haar haar, dat in een paardenstaart bijeen was gebonden, vertoonde witte strepen boven haar oren die bijna geen lelletjes hadden. Ze glimlachte zodra ze me zag en kneep haar ogen samen. Ik was zo verrast dat ik niet glimlachte, niets zei, zelfs geen ciao. Hoewel we allebei dertig waren leek ze me ouder, meer versleten dan ik zelf meende te zijn. Gigliola riep: 'Eindelijk, daar is het andere koninginnetje ook. De kinderen hebben honger, ik hou ze niet meer in bedwang.'

We aten. Ik voelde me klem zitten in een onaangenaam mechanisme, kon geen hap door mijn keel krijgen. Vol woede dacht ik aan de koffers die ik meteen toen we in het hotel waren had uitgepakt en die lukraak weer waren ingepakt door één of meer vreemden, mensen die aan mijn spullen en die van Pietro en de meisjes hadden gezeten en alles door elkaar hadden gegooid. Ik slaagde er niet in me bij de feiten neer te leggen, dat wil zeggen dat ik in het huis van Marcello Solara zou slapen om mijn zusje, die het bed met hem deelde, een plezier te doen. Met een vijandigheid die me verdriet deed hield ik Elisa en mijn moeder in de gaten. De eerste, overgelukkig, maar ook bezorgd, speelde de rol van gastvrouw en praatte aan één stuk door; mijn moeder leek blij, zo blij dat ze Lila's bord zelfs op een beleefde manier vulde. Ik gluurde naar Enzo, die met gebogen hoofd zat te eten, geërgerd omdat Gigliola haar enorme boezem tegen zijn arm drukte en met verleidelijke stem heel hard tegen hem praatte. Ik keek geïrriteerd naar Pietro die, hoewel mijn vader, Marcello en mevrouw Solara hem niet met rust lieten, vooral luisterde naar Lila, die tegenover hem zat en die zich verder voor niemand anders interesseerde, ook niet voor mij, misschien vooral niet voor mij. En de kinderen werkten me op de zenuwen, de vijf nieuwe levens die zich in twee groepjes hadden opgedeeld: Gennaro en Dede, keurig, maar achterbaks, tegenover de jongens van Gigliola, die wijn dronken uit het glas van hun moeder – die niet oplette – en steeds onverdraaglijker werden en nu in de smaak vielen bij Elsa, die zich bij hen had aangesloten ook al zagen ze haar niet eens staan.

Wie had dat toneelstuk georganiseerd? Wie had verschillende redenen gecombineerd om een feestje te vieren? Elisa natuurlijk, maar aangespoord door wie? Misschien door Marcello. Maar Marcello was zeker door Michele gedirigeerd, die naast me zat en op zijn gemak at en dronk en zo te zien het gedrag van zijn vrouw en zijn kinderen negeerde, maar wel ironisch naar mijn man staarde die gefascineerd leek te zijn door Lila. Wat wilde Michele aantonen? Dat dit het territorium van de Solara's was? Dat ik bij die plek en dus bij hen hoorde, ook al was ik er weggevlucht? Dat ze me van alles konden opleggen door gevoelens, woordenschat, rituelen in te zetten of af te breken, door het mooie lelijk of het lelijke mooi te maken, al naar gelang het voor hen het voordeligst was? Voor het eerst sinds hij daar was, wendde hij zich tot mij. 'Heb je mammà gezien?' zei hij. 'Moet je nagaan, ze is zestig, dat zou je toch niet zeggen? Moet je zien hoe mooi ze nog is. Ze ziet er jonger uit, vind je niet?' Hij praatte met opzet harder, om iedereen niet zozeer zijn vraag als wel het antwoord te laten horen dat ik hem nu moest geven. Ik moest me prijzend over zijn mammà uitlaten. Daar zat ze, naast Pietro, een enigszins verloren vrouw op leeftijd, vriendelijk, schijnbaar onschuldig, met haar lange, benige gezicht, haar massieve neus, die idiote bloem in het dunne haar. En toch was zij de woekeraarster die de grondslag had gelegd voor de rijkdommen van de familie; de beheerster en bewaarster van het rode boek waarin de namen van zo veel mensen uit de wijk, de stad en de provincie voorkwamen; de vrouw van de ongestrafte misdaad, een meedogenloos en uiterst gevaarlijk vrouwmens, volgens de telefonische fantasie waaraan ik me samen met Lila had overgegeven, en ook volgens een niet gering aantal bladzijden in mijn mislukte roman: mammà die don Achille had vermoord om zijn plaats in het woekermonopolie in te nemen en die haar twee zoons had geleerd te pakken wat ze pakken konden, met voorbijgaan aan iedereen. En nu was ik verplicht om tegen Michele te zeggen: 'Ja, inderdaad, wat is je moeder mooi, ze ziet er veel jonger uit, gefeliciteerd.' Vanuit mijn ooghoek zag ik dat Lila niet meer met Pietro praatte en alleen maar op mijn antwoord zat te wachten. Ze draaide zich al om, keek naar me, haar volle lippen een beetje van elkaar, haar ogen spleetjes, haar voorhoofd gefronst. Het sarcasme was van haar gezicht te lezen. Ik bedacht ineens dat zij Michele misschien wel had ingefluisterd om mij in die val te laten lopen: *mammà is net zestig geworden, Lenù, de moeder van je zwager, de schoonmoeder van je zusje; laten we eens horen wat je nu gaat zeggen, laten we eens zien of je de schooljuffrouw blijft spelen.* Ik zei tegen Manuela: 'Proficiat.' Verder niets. Meteen kwam Marcello tussenbeide, alsof hij me wilde helpen. Ontroerd riep hij uit: 'Dank je, dank je, Lenù.' Vervolgens richtte hij zich tot zijn moeder, die, haar gezicht bezweet en haar magere hals vol rode vlekken, duidelijk zat te lijden: 'Lenuccia heeft je gefeliciteerd, mammà!' En meteen zei Pietro tegen de vrouw naast hem: 'Ook mijn gelukwensen, mevrouw.' En toen huldigde iedereen mevrouw Solara – behalve Gigliola en Lila –, de kinderen ook, in koor: 'Lang zal Manuela leven! Lang zal oma leven!' Zij weerde de felicitaties af, mompelde: 'Ik ben oud', haalde een lichtblauwe waaier uit haar tas, met een afbeelding van de golf van Napels en een rokende Vesuvius erop, en begon zich eerst zachtjes, later steeds energieker koelte toe te wuiven.

Hoewel Michele zich tot mij had gewend, leek hij de goede wensen van mijn echtgenoot toch belangrijker te vinden. Hoffelijk zei hij tegen hem: 'Al te vriendelijk, professò, u bent niet van hier en kunt niet weten hoe groot de verdiensten van onze moeder zijn.' En op vertrouwelijke toon vervolgde hij: 'Wij zijn fatsoenlijke mensen; mijn grootvader zaliger, hij ruste in vrede, is begonnen met het café hier op de hoek, vanuit het niets, en mijn vader heeft het uitgebreid met een banketbakkerij die in heel Napels beroemd is, ook dankzij de bekwaamheid van Spagnuolo, de vader van mijn vrouw, een buitengewoon goede vakman. Ja toch, Gigliola? Maar,' voegde hij eraan toe, 'aan mijn moeder, aan ónze moeder, hebben we alles te danken. De laatste tijd hebben jaloerse mensen, mensen die ons niet mogen, afschuwelijke geruchten over haar in omloop gebracht. Maar wij zijn verdraagzaam, ons hele leven al in de handel en gewend om geduldig te zijn. De waarheid triomfeert toch altijd. En de waarheid is dat deze vrouw zeer intelligent is en een sterk karakter heeft. Er is nooit een moment geweest waarop je zelfs maar kon denken: die loopt er de kantjes af. Ze heeft altijd gewerkt, áltijd en alleen maar voor de familie, ze heeft het er nooit eens fijn van genomen. Wat we vandaag bezitten, is wat zij voor ons, kinderen, heeft opgebouwd en wat we vandaag doen is alleen maar de voortzetting van wat zij altijd heeft gedaan.'

Manuela waaierde met bedachtzamer bewegingen en zei luid tegen Pietro: 'Michele is een schat van een jongen. Toen hij klein was klom hij met Kerstmis op tafel en zei dan heel mooi zijn versje op; maar hij heeft de fout graag te praten en als hij praat, moet hij altijd overdrijven.' Marcello kwam ertussen: 'Nee, mammà, wat nou "overdrijven"? Het is allemaal waar.' En Michele ging door met zijn lofzang op Manuela, hoe mooi ze was, hoe grootmoedig, hij hield niet op. Totdat hij zich ineens tot mij wendde. Ernstig, nee, plechtig zelfs, zei hij: 'Er is maar één andere vrouw die bijna zoals onze moeder is.' Een andere vrouw? Een vrouw die bijna met Manuela Solara vergeleken kon worden? Ik keek hem perplex aan. Die zin was misplaatst, ondanks dat 'bijna'. Even werd het stil aan de rumoerige tafel. Gigliola staarde met een nerveuze blik naar haar man, de pupillen wijd van wijn en verdriet. Ook de uitdrukking op het gezicht van mijn moeder was veranderd, haar visitegezicht stond nu waakzaam: misschien hoopte ze dat Elisa die vrouw was, dat Michele op het punt stond haar dochter een soort recht op opvolging op de hoogste zetel binnen de familie Solara toe te kennen. En Manuela hield even op zich koelte toe te wuiven, veegde met haar wijsvinger het zweet van haar bovenlip, wachtte op de spottende draai die haar zoon wel aan die woorden zou geven.

Maar met de schaamteloosheid die hem altijd had gekenmerkt en zonder zich om zijn vrouw of Enzo of zelfs zijn moeder te bekommeren, staarde hij naar Lila, terwijl er een groenige kleur naar zijn gezicht steeg, zijn bewegingen onrustiger werden en zijn woorden dienstdeden als lasso om haar aan de aandacht die ze Pietro bleef schenken te onttrekken. 'Vanavond,' zei hij, 'zijn we allemaal hier bij mijn broer, ten eerste om deze twee eminente geleerden en hun mooie dochtertjes naar behoren te ontvangen; ten tweede om de verjaardag van mijn moeder, die engel, te vieren; ten derde om Elisa heel veel geluk en spoedig een mooie bruiloft toe te wensen, en ten vierde, als jullie me toestaan, om te toosten op een overeenkomst die ik vreesde nooit te kunnen sluiten: Lina, kom eens hier, alsjeblieft.'

Lina. Lila.

Ik zocht haar blik en gedurende een fractie van een seconde beantwoordde ze die. Een blik die zei: 'Heb je nu het spel begrepen, weet je weer hoe het werkt?' En toen stond ze tot mijn grote verbazing op en terwijl Enzo naar een onduidelijk punt op het tafellaken staarde, liep zij gedwee naar Michele.

Hij raakte haar niet aan, beroerde zelfs niet lichtjes haar hand of arm, niets, alsof er zich een lemmet tussen hen bevond dat hem kon verwonden. Maar hij legde wel enkele seconden zijn vingers op mijn schouder terwijl hij zich opnieuw tot mij richtte: 'Voel je niet beledigd, Lenù, jij bent goed, je hebt het zó ver geschopt, je hebt in de kranten gestaan, je bent de trots van ons allemaal, die je al kennen vanaf dat je klein was. Maar – en ik weet zeker dat je het ermee eens bent en het fijn vindt dat ik het zeg, want je houdt van Lina – zij heeft iets levendigs in haar hoofd dat niemand heeft, iets sterks, dat alle kanten op springt en dat niemand tot staan weet te brengen, iets wat zelfs de dokters niet onderkennen en wat ze zelf volgens mij ook niet kent, ook al heeft ze het vanaf haar geboorte – ze kent het niet en wil het niet zien, let op allemaal hoe kwaad ze nu kijkt –, iets wat als ze niet in de stemming is wie dan ook veel problemen kan bezorgen, maar wat als ze wél in de stemming is iedereen met stomheid slaat. Nou goed, die bijzonderheid van haar, die wil ik al heel lang kopen. Ja, kopen, daar is niets verkeerds aan, kopen zoals je parels koopt of diamanten. Maar dat was tot nu toe helaas niet mogelijk. Maar we hebben wel een klein stapje vooruit gezet, en dit kleine stapje vooruit wil ik nu vanavond vieren: ik heb mevrouw Cerullo in dienst genomen om in het centrum voor dataverwerking te werken dat ik in Acerra heb opgezet, iets heel moderns dat ik jou, als het je interesseert, Lenù, en de professor als het hem interesseert, meteen morgen al, of in elk geval vóór jullie vertrekken, graag laat zien. Wat vind je daarvan, Lina?'

Lila trok een geërgerd gezicht. Ontevreden schudde ze haar hoofd en zei, terwijl ze naar mevrouw Solara keek: 'Michele begrijpt niets van rekenmachines. Hij denkt dat ik god weet wat doe, maar dat is flauwekul. Een schriftelijke cursus is genoeg; zelfs ik met alleen maar lagere school kon het leren.' Meer voegde ze er niet aan toe. Ze spotte niet met Michele, zoals ik had verwacht, vanwege dat nogal idiote beeld van hem: het levendige iets dat in haar hoofd heen en weer sprong. Ze maakte hem niet bespottelijk vanwege die parels en diamanten. Maar de complimenten ging ze bepaald niet uit de weg. Ze liet zelfs toe dat er op haar toetreden tot dat bedrijf werd getoost, werkelijk alsof ze in de hemel was opgenomen, en ze liet Michele doorgaan met zijn lofzang op haar, een lofzang waarmee hij het salaris rechtvaardigde dat hij haar gaf. Dat alles terwijl Pietro, met zijn gave om zich bij mensen die hij van lager niveau achtte op zijn gemak te voelen, zonder mij te raadplegen al zei dat hij het centrum in Acerra heel graag zou bezoeken, en zich vervolgens door Lila, die weer op haar plaats was gaan zitten, alles liet uitleggen. Ik dacht even dat ze, als ik haar de tijd liet, mijn man van me zou afpakken zoals ze Nino van me had afgepakt. Maar ik voelde me niet jaloers: als het gebeurde zou dat alleen maar zijn uit verlangen om de kloof tussen ons dieper te maken, want voor mij stond vast dat ze Pietro niet aantrekkelijk kon vinden en dat Pietro nooit in staat zou zijn me alleen maar uit begeerte naar een ander te bedriegen.

Maar ik werd wel overvallen door een ander, gecompliceerder gevoel. Ik bevond me op de plek waar ik geboren was, werd al eeuwig beschouwd als het meisje dat het beste geslaagd was in het leven en ik was ervan overtuigd dat dat, in elk geval in dit milieu, een onbetwistbaar feit was. Maar Michele had het zo aangelegd – alsof hij mijn degradatie in de wijk, en vooral in het gezin waar ik uit kwam, met opzet had georganiseerd – dat Lila mij overschaduwde; hij had zelfs gewild dat ik daar zelf mee instemde door publiekelijk de onnavolgbare kracht van mijn vriendin te erkennen. En zij had zich dat laten welgevallen. Sterker nog, misschien had ze wel aan dat resultaat meegewerkt, misschien had ze het wel zelf gepland en georganiseerd. Enkele jaren terug, toen ik mijn succesje als schrijfster had, zou dit me niet hebben gekwetst, zou het me zelfs plezier hebben gedaan. Maar nu alles voorbij was, zo realiseerde ik me, leed ik eronder. Ik wisselde een blik met mijn moeder. Ze fronste haar wenkbrauwen, trok het gezicht dat ze trok als het haar moeite kostte me geen klap te geven. Ze wilde niet dat ik mijn gebruikelijke vredelievende gezicht opzette, ze wilde dat ik reageerde, dat ik liet zien hoeveel ik wist, allemaal kennis van het hoogste niveau, van de bovenste plank, niet die onzin van Acerra. Dat liet ze me met haar ogen weten, als een stilzwijgend bevel. Maar ik zei niets. Ineens riep Manuela Solara, terwijl ze blikken vol ongeduld om zich heen wierp: 'Ik heb het warm, jullie ook?'

93

Net zomin als mijn moeder verdroeg Elisa het waarschijnlijk dat ik prestige verloor. Maar terwijl mijn moeder bleef zwijgen, wendde zij zich stralend en hartelijk tot me om me duidelijk te maken dat ik haar bijzondere grote zus bleef, op wie ze altijd trots zou zijn. 'Ik moet je iets geven,' zei ze, en voegde daar met haar vrolijke van-de-hak-op-de-tak-springen aan toe: 'Heb je weleens in een vliegtuig gezeten?' Ik antwoordde van niet. 'Hoe kan dat?' 'Dat kan.' Het bleek dat van de aanwezigen alleen Pietro had gevlogen, meerdere keren zelfs, maar hij sprak erover of het niets bijzonders was. Voor Elisa was het echter een prachtige ervaring geweest, en ook voor Marcello. Ze waren naar Duitsland gegaan, een lange vlucht, voor Marcello's werk maar ook voor hun plezier. In het begin was Elisa een beetje bang geweest, je voelde schokken en stoten, en ze had een harde, ijskoude luchtstroom gevoeld, precies op haar hoofd gericht, alsof daar een gat in moest. Daarna had ze door het raampje onder zich heel witte wolken gezien en daarboven een intens blauwe lucht. Zo had ze ontdekt dat het boven de wolken altijd mooi weer is, en dat de aarde vanuit de lucht helemaal groen en blauw en paars is en schitterend van de sneeuw als je over bergen vliegt. Ze vroeg: 'Raad eens wie we in Düsseldorf hebben ontmoet?'

Diep ontevreden over alles mompelde ik: 'Ik weet het niet, Elisa, zeg het maar.'

'Antonio!'

'O.'
'Hij heeft me op het hart gedrukt je heel hartelijk te groeten.'
'Gaat het goed met hem?'
'Heel goed. Hij heeft een cadeau voor je meegegeven.'
Dat was het dus wat ze me moest geven, een cadeau van Antonio. Ze stond op en holde weg om het te halen. Marcello keek me geamuseerd aan. Pietro vroeg: 'Wie is Antonio?'
'Iemand die bij ons in dienst is,' zei Marcello.
'Een verloofde van uw vrouw,' zei Michele lachend. 'De tijden zijn veranderd, professò, tegenwoordig hebben vrouwen een heleboel verloofdes en daar gaan ze prat op, nog meer dan mannen. Hoeveel verloofdes hebt u gehad?'
Pietro zei ernstig: 'Ik geen enkele, ik heb altijd alleen maar van mijn vrouw gehouden.'
'Leugenaar!' riep Michele heel geamuseerd uit. 'Mag ik u in uw oor fluisteren hoeveel verloofdes ik heb gehad?'
Hij stond op, ging, gevolgd door de geërgerde blik van Gigliola, achter mijn mans rug staan en fluisterde iets tegen hem.
'Ongelofelijk!' riep Pietro voorzichtig ironisch uit. Ze lachten samen.
Intussen was Elisa terug, en ze reikte me iets aan dat in inpakpapier was gewikkeld.
'Maak open.'
'Weet jij al wat erin zit?' vroeg ik heel verbaasd.
'Dat weten we allebei,' zei Marcello, 'maar jij niet, hopen we.'
Ik maakte het pakje open. Terwijl ik dat deed realiseerde ik me dat de ogen van iedereen op me gericht waren. Vooral die van Lila; ze keek schuins naar me, vol aandacht, alsof ze verwachtte dat er een slang uit het pak tevoorschijn zou schieten. Toen ze merkten dat Antonio, de zoon van gekke Melina, de halfanalfabetische, gewelddadige slaaf van de Solara's, de verloofde uit mijn puberjaren me niets moois had gegeven, niets ontroerends, niets dat zinspeelde op de voorbije tijd, maar slechts een boek, leken ze teleurgesteld. Toen zagen ze echter dat ik van kleur verschoot en met een blijdschap die ik niet wist te bedwingen de kaft bekeek. Het was niet

zomaar een boek. Het was míjn boek. Het was de Duitse vertaling van mijn roman, zes jaar nadat hij in Italië was gepubliceerd. Voor het eerst woonde ik het schouwspel bij – ja, een schouwspel – van mijn eigen woorden die in een vreemde taal onder mijn ogen dansten.

'Wist je er niets van?' vroeg Elisa gelukkig.

'Nee.'

'Ben je blij?'

'Heel blij.'

Mijn zusje verkondigde trots aan iedereen: 'Het is de roman die Lenuccia heeft geschreven, maar met Duitse woorden.'

En mijn moeder werd rood, haar wraak was zoet, ze zei: 'Zien jullie hoe beroemd ze is?'

Gigliola nam het boek uit mijn handen, bladerde erdoorheen en mompelde vol bewondering: 'Het enige wat je ervan begrijpt is Elena Greco.' Toen stak Lila gebiedend haar hand uit, gebaarde dat ze het aan haar door moest geven. Ik zag de nieuwsgierigheid in haar ogen, het verlangen om de onbekende taal die mij bevatte en mij heel ver weg had gebracht aan te raken, te bekijken en te lezen. Ik zag de hevige begeerte naar dat ding in haar ogen, herkende het, als kind kon ze zoiets al hebben, het vertederde me. Maar met een plotselinge, woedende beweging trok Gigliola het boek weg. Ze wilde niet dat zij het afpakte en zei: 'Wacht maar, nu heb ik het. Kun je soms ook nog Duits?' Lila trok haar hand terug, schudde haar hoofd, en Gigliola riep uit: 'Niet zeiken dan, laat me kijken, ik wil goed zien wat Lenuccia voor elkaar heeft gekregen.' In de algehele stilte draaide ze vervolgens voldaan het boek om en om in haar handen en bladerde het daarna door, bladzijde na bladzijde, langzaam, alsof ze hier vijf, daar vier regels las. Totdat ze me het boek aanreikte en met een dikke stem van de wijn tegen me zei: 'Knap gedaan, Lenù, gefeliciteerd met alles, je boek, je man, je kinderen. Wij denken dat alleen wij je kennen, maar zelfs de Duitsers kennen je. Je hebt verdiend wat je hebt gekregen, je hebt er hard voor gewerkt en zonder iemand te benadelen en zonder met mannen van anderen te klooien. Dank je wel, maar nu moet ik echt weg. Welterusten.'

Moeizaam en zuchtend stond ze op, door de wijn was ze nog logger geworden. Ze gilde tegen de kinderen: 'Opschieten', maar zij protesteerden. De oudste zei iets vulgairs in het dialect, zij gaf hem een klap en trok hem mee naar de voordeur. Glimlachend schudde Michele zijn hoofd en mompelde: 'Ik heb me wat op de hals gehaald met dat kutwijf, ze moet altijd mijn dag verpesten.' En daarna zei hij rustig: 'Wacht, Gigliò, waar ga je zo vlug naartoe, we moeten eerst je vaders taart nog eten, daarna gaan we.' Gesterkt door de woorden van hun vader wurmden de kinderen zich meteen los en gingen weer aan tafel zitten. Gigliola daarentegen liep met logge pas verder naar de voordeur, terwijl ze chagrijnig zei: 'Ik ga alleen, ik voel me niet lekker.' Maar toen schreeuwde Michele met een stem vol felheid: 'Ga onmiddellijk zitten', en zij bleef staan, alsof die zin haar benen had verlamd. Elisa sprong op en fluisterde: 'Kom, ga mee de taart halen.' Ze nam haar bij een arm en trok haar de keuken in. Met mijn ogen stelde ik Dede gerust, die geschrokken was van Micheles schreeuw. Daarna reikte ik Lila het boek aan en zei: 'Wil je het zien?' Ze grijnsde onverschillig, schudde haar hoofd.

94

'Waar zijn we in terechtgekomen?' vroeg Pietro half gechoqueerd, half lachend toen we ons, nadat we de kinderen naar bed hadden gebracht, terugtrokken in de slaapkamer die Elisa ons had toegewezen. Hij wilde grapjes maken over de meest ongeloofwaardige momenten van die avond, maar ik viel hem aan, we ruzieden zachtjes. Ik was erg boos op hem, op iedereen, op mezelf. Uit de chaotische gevoelens die in me leefden, kwam het verlangen weer op dat Lila ziek was en doodging. Niet omdat ik haar haatte, ik hield steeds meer van haar, zou nooit in staat zijn haar te haten. Maar ik verdroeg de leegte niet die haar ontwijken schiep. 'Hoe heb je het in je hoofd gehaald,' zei ik tegen Pietro, 'om het goed te vinden dat ze onze bagage pakten, hierheen brachten, ons op eigen gezag naar hier verhuisden?' En hij: 'Ik wist niet wat voor mensen het waren.'

'O nee?' siste ik. 'Dat komt omdat je nooit hebt geluisterd. Ik heb je altijd gezegd waar ik vandaan kwam.'

We discussieerden lang, ik probeerde rustig te worden, zei van alles tegen hem. Ik zei dat hij te bedeesd was geweest, dat hij over zich heen had laten lopen, dat hij alleen maar op zijn strepen kon staan bij welopgevoede mensen uit zijn eigen milieu, dat ik geen vertrouwen meer in hem had, dat ik ook geen vertrouwen meer in zijn moeder had. Hoe zat dat, dat mijn boek al twee jaar in Duitsland uit was en dat de uitgeverij me niets had verteld? In welke andere landen was het gepubliceerd zonder dat ik er iets van wist? Ik wilde die zaak tot op de bodem uitzoeken, enzovoort, enzovoort. Om me te sussen zei hij dat hij het met me eens was, spoorde me zelfs aan om zijn moeder en de uitgeverij de volgende ochtend al te bellen. Daarna verklaarde hij veel sympathie te voelen voor wat hij het volkse milieu noemde waarin ik geboren en getogen was. Hij fluisterde dat mijn moeder een onbaatzuchtige en zeer intelligente vrouw was, had woorden van sympathie voor mijn vader, voor Elisa, voor Gigliola, voor Enzo. Maar hij veranderde abrupt van toon toen hij over de Solara's begon: hij noemde ze twee schurken, twee gemene sluwaards, twee slijmerige misdadigers. En ten slotte wijdde hij zich aan Lila. Zachtjes zei hij: 'Zíj heeft me het meest verward.' 'Dat heb ik gemerkt,' schoot ik uit. 'Je hebt de hele avond met haar zitten praten.' Maar Pietro schudde energiek zijn hoofd, verduidelijkte, tot mijn verrassing, dat Lila hem de ergste van het stel had geleken. Hij zei dat ze helemaal geen vriendin van me was, dat ze een afkeer van me had, dat ze buitengewoon intelligent was, dat wel, en dat ze erg aantrekkelijk was, dat ook, maar dat ze haar intelligentie verkeerd gebruikte – kwaadaardige intelligentie die tweedracht zaait en het leven haat – en dat de aantrekkingskracht die van haar uitging de meest onverdraaglijke was, een aantrekkingskracht die iemand tot slaaf maakt en hem naar de ondergang drijft. Zo zei hij het precies.

In het begin luisterde ik met een gezicht alsof ik het er niet mee eens was, maar in feite was ik blij. Ik had me dus vergist, Lila had geen bres bij hem weten te slaan, Pietro was een man die bij alle teksten de onderliggende tekst wist te zien, daar was hij in getraind, en hij had moeiteloos haar onaangename kanten onderkend. Maar algauw vond ik dat hij overdreef. Hij zei: 'Ik begrijp niet hoe jullie relatie zo lang stand heeft kunnen houden; jullie verbergen kennelijk zorgvuldig datgene voor elkaar wat er een eind aan zou kunnen maken.' En daar voegde hij nog aan toe: 'Óf ik heb niets van haar begrepen – en dat is het waarschijnlijk, ik ken haar niet – óf ik heb niets van jou begrepen, en dat is zorgwekkender.' Ten slotte sprak hij de meest nare woorden uit: 'Zij en die Michele zijn voor elkaar geschapen. Als ze niet al minnaars zijn, worden ze het nog wel.' Toen kwam ik in opstand. Ik siste hem toe dat ik zijn toon van betweterige, overculturele burger niet verdroeg, dat hij er goed aan zou doen nooit meer zo over mijn vriendin te praten, dat hij er niets van had begrepen. En terwijl ik zo bezig was, had ik de indruk iets te vermoeden waarvan hij zelf op dat moment niet eens weet had: Lila had een bres geslagen, en hoe! Pietro had zo goed aangevoeld hoe uitzonderlijk ze was dat hij bang voor haar was geworden en nu behoefte had haar omlaag te halen. Hij was, geloof ik, niet bang voor zichzelf, maar voor mij en voor onze relatie. Hij was bang dat zij me, zelfs op afstand, van hem zou wegrukken, ons zou vernietigen. En om mij te beschermen overdreef hij, gooide hij met modder, wilde hij ergens dat ik afkeer van haar kreeg en haar uit mijn leven verjoeg. Ik mompelde 'welterusten' en draaide me om.

95

De volgende dag stond ik heel vroeg op, pakte de koffers, wilde meteen terug naar Florence. Maar dat lukte niet. Marcello zei dat hij zijn broer had beloofd ons naar Acerra te brengen en aangezien Pietro zich beschikbaar betoonde, ook al probeerde ik hem op alle mogelijke manieren duidelijk te maken dat ik weg wilde, lieten we de meisjes bij Elisa achter en stemden ermee in dat die kolos ons met de auto naar een lang en laag, geel gebouw bracht, een grote opslagruimte voor schoenen. Ik zweeg gedurende de hele rit, terwijl Pietro vragen stelde over de zaken van de Solara's in Duitsland en Marcello zich ervan afmaakte met onsamenhangende zinnen als: 'Italië, Duitsland, de wereld, professò, ik ben communistischer dan de communisten, revolutionairder dan de revolutionairen; wat mij betreft, als je alles met de grond gelijk kon maken en weer van voren af aan kon opbouwen, dan stond ik vooraan. Hoe dan ook,' voegde hij eraan toe, terwijl hij me in het spiegeltje aankeek, hopend op bijval, 'de liefde komt voor mij op de allereerste plaats.'

Eenmaal op de plek van bestemming bracht hij ons naar een door neonlampen verlichte ruimte met een laag plafond. Opvallend daar was de sterke geur van inkt, stof, oververhit isolatiemateriaal vermengd met dat van bovenleer en schoenpoets. 'Kijk,' zei Marcello, 'hier staat dat ding dat Michele heeft gehuurd.' Ik keek om me heen, er was niemand bij de machine. De System 3 zei me helemaal niets. Het was een onaantrekkelijk meubel dat tegen een wand was geplaatst: metalen panelen, hendels, een rode schakelaar, een houten plank, toetsenborden. 'Ik begrijp er niets van,' zei Marcello. 'Dit is iets waar Lila verstand van heeft, maar werktijden kent ze niet, ze is altijd aan de wandel.' Pietro bestudeerde de panelen en de hendels aandachtig; het was echter duidelijk dat die nieuwigheid hem teleurstelde, temeer omdat Marcello hem bij elke vraag antwoordde: 'Dit zijn dingen van mijn broer, ik heb andere sores aan mijn kop.'

Lila verscheen toen we op het punt stonden te vertrekken. Ze was met twee jonge vrouwen die metalen bakken droegen. Ze leek geïrriteerd, regeerde de meisjes met ijzeren hand. Zodra ze ons zag veranderde haar toon, werd ze aardig, maar op een geforceerde manier, bijna alsof een deel van haar hersens zich probeerde los te wringen en zich woedend uitstrekte naar werk dat dringend gedaan moest worden. Ze negeerde Marcello, wendde zich tot Pietro, maar alsof ze ook tegen mij sprak. 'Interessant, hè, dit spul,' zei ze spottend. 'Als jullie het werkelijk zo belangrijk vinden, laten we dan ruilen: jullie komen hier werken en ik hou me met jullie zaken bezig, romans, schilderijen, dingen uit de oudheid.' Weer had ik de indruk dat ze sterker verouderd was dan ik, niet alleen uiterlijk, maar ook in haar bewegingen, haar stem, de keuze van het weinig levendige, lichtelijk vervelende register, waarin ze ons niet alleen uitlegde hoe de System 3 en de verschillende andere machines werkten, maar ook de kaarten, de magneetbanden, de vijf-inch-diskettes en andere nieuwigheden die eraan kwamen, zoals tafelcomputers, die geschikt waren voor thuis, voor persoonlijk gebruik. Het was niet meer de Lila die op kinderlijke toon door de telefoon over haar nieuwe werk vertelde, en het enthousiasme van Enzo leek mijlenver weg. Ons gidsende cheffinnetje gedroeg zich als een superbekwame werkneemster op wie haar baas een van de vele vervelende klussen had afgeschoven. Ze bezigde geen vriendschappelijke toon tegenover mij, schertste niet één keer met Pietro. Ten slotte droeg ze de meisjes op mijn man te laten zien hoe de ponsmachine werkte, duwde mij de gang in en zei: 'En? Heb je je zusje gefeliciteerd? Slaap je goed in Marcello's huis? Ben je blij dat die oude heks zestig is geworden?'

Nerveus antwoordde ik: 'Als dat is wat mijn zusje wil, wat kan ik daar dan aan doen? Haar in elkaar slaan?'

'Zie je, in sprookjes doe je wat je wilt, in de werkelijkheid alleen wat je kunt.'

'Dat is niet waar. Wie dwong je om je door Michele te laten gebruiken?'

'Ik gebruik hém, niet omgekeerd.'

'Dat maak je jezelf wijs.'

'Wacht maar af, dan zul je het wel zien.'

'Wat moet ik zien, Lila, laat toch zitten.'

'Ik zeg je nog eens: het bevalt me niks als je zo doet. Je weet niets meer van ons, dus je kunt maar beter je mond houden.'

'Bedoel je dat ik alleen maar kritiek op je kan hebben als ik in Napels woon?'

'Napels, Florence, doet er niet toe, Lenù, je voert nergens iets uit.'

'Wie zegt dat?'

'De feiten.'

'Ik ken de feiten, jij niet.'

Ik was gespannen, ze merkte het. Ze trok een toegeeflijk gezicht.

'Je maakt me kwaad en dan zeg ik dingen die ik niet denk. Je hebt er goed aan gedaan uit Napels te vertrekken, heel goed. Maar weet je wie terug is?'

'Wie?'

'Nino.'

Het bericht raakte me diep.

'Hoe weet je dat?'

'Van Marisa. Hij heeft een leerstoel aan de universiteit bemachtigd.'

'Had hij het in Milaan niet naar zijn zin?'

Lila kneep haar ogen samen.

'Hij is met een meisje uit de via Tasso getrouwd, familie van de halve Banco di Napoli. Ze hebben een zoontje van één jaar.'

Ik weet niet of het me pijn deed, maar had wel moeite om het te geloven.

'Is hij echt getrouwd?'

'Ja.'

Ik keek haar aan om te begrijpen wat er in haar omging.

'Wil je hem terugzien?'

'Nee. Maar als ik hem toevallig tegen zou komen, wil ik hem vertellen dat Gennaro niet van hem is.'

96

Dat vertelde ze me en nog een paar dingen die niets met elkaar te maken hadden. *'Gefeliciteerd, je hebt een mooie, intelligente man, hij praat alsof hij godsdienstig is, ook al is hij niet gelovig, hij weet alles van de oude en de moderne tijd en vooral een heleboel over Napels, ik schaamde me, ik kom uit Napels maar weet er niets van. Gennaro wordt groot, mijn moeder houdt zich meer met hem bezig dan ik, hij is goed op school. Met Enzo is het oké, we werken hard, zien elkaar weinig. Maar Stefano heeft zich eigenhandig geruïneerd: de carabinieri hebben in de ruimte achter zijn winkel gestolen spullen gevonden, wat weet ik niet, hij is gearresteerd; nu is hij weer vrij, maar hij moet oppassen, hij heeft niets meer, nu geeft hij geen geld meer aan mij, maar ik aan hem. Zo zie je maar hoe de dingen kunnen veranderen: als ik mevrouw Carracci was gebleven was ik geruïneerd, zat ik nu net als alle Carracci's aan de grond; maar ik ben Raffaella Cerullo en hoofd van dit centrum, in dienst van Michele Solara voor vierhonderdtwintigduizend lire per maand. Met als gevolg dat mijn moeder me als een koningin behandelt, mijn vader me alles heeft vergeven en mijn broer me handenvol geld kost. Pinuccia zegt dat ze heel veel van me houdt, hun kinderen noemen me tantetje. Maar het is saai werk, heel anders dan ik in het begin dacht; het gaat nog te langzaam, je verliest een massa tijd, laten we hopen dat die nieuwe machines gauw komen, die zullen heel wat sneller zijn. Of nee. Snelheid verslindt alles, zoals foto's die bewogen zijn. Die uitdrukking gebruikte Alfonso, om te lachen, hij zei dat hij bewogen was uitgevallen, zonder duidelijke omtrekken. De laatste tijd heeft hij het voortdurend over vriendschap. Hij wil een dikke vriend van me zijn, hij zou me met carbonpapier willen kopiëren, hij zweert dat hij graag een vrouw zoals ik zou zijn. "Wat nou vrouw," heb ik gezegd, "je bent een man, Alfò, je weet niets van hoe ik ben, en ook al zijn we vrienden, en al bestudeer je me, bespied je me en kopieer je me, je zult er nooit iets van weten." "Wat moet ik dan?" zei hij toen geamuseerd. "Ik lijd eronder dat ik ben zoals ik ben." En hij biechtte op dat hij van Michele hield, altijd al – van Michele Solara, ja – en dat hij zou willen dat die net zo op hem gesteld was als op mij. Begrijp jij, Lenù, wat er met de mensen aan de hand is? Er zit te veel in ons, daardoor worden we voller en voller en dan barsten we. "Goed," heb ik tegen hem gezegd, "we zijn vrienden, maar zet uit je hoofd dat je evenveel vrouw kunt zijn als ik, je kunt hoogstens een vrouw zijn zoals jullie mannen vrouwen zien. Je kunt me kopiëren, me portretteren, zoals kunstenaars doen, maar mijn stront zal altijd mijn stront blijven, en de jouwe die van jou." O, Lenù, wat is er met ons allemaal aan de hand, we zijn net buizen als het water bevriest; ontevreden zijn, wat is dat toch vreselijk. Herinner je je wat we met mijn trouwfoto deden? Op die weg wil ik verder. De dag zal aanbreken dat ik mezelf tot diagrammen reduceer, dan word ik een band vol gaatjes en kun je me niet meer vinden.'*

Lachjes, meer niet. Dat geklets in de gang was voor mij de bevestiging dat onze relatie geen intimiteit meer kende. Ze bestond alleen nog maar uit beknopte berichten, weinig details, gemene opmerkingen, willekeurige woorden, niet één enkel voor mij bestemde onthulling van feiten en gedachten. Lila's leven was inmiddels van haar, en basta, het leek of ze er niemand deelgenoot van wilde maken. Het had geen zin om aan te dringen met vragen als: 'Wat weet je van Pasquale, waar is hij gebleven? In hoeverre heb jij met de dood van Soccavo te maken, met dat in de benen schieten van Filippo? Wat heeft je ertoe gebracht het aanbod van Michele aan te nemen? Wat wil je doen met zijn afhankelijkheid van jou?' Lila had zich teruggetrokken in het onopbiechtbare, geen enkele nieuwsgierige vraag van mij kon tot een gesprek leiden, ze zou hebben gezegd: 'Hoe kom je erbij, je bent gek, Michele, afhankelijkheid, Soccavo, waar heb je het over!' Ook nu nog, terwijl ik zit te schrijven, merk ik dat ik niet voldoende gegevens heb om over te gaan op: Lila ging, Lila deed, Lila ontmoette, Lila plande. En toch had ik, terugrijdend naar Florence, de indruk dat zij daar in de wijk, tussen achterstand en moderniteit meer geschiedenis had dan ik. Wat had ik veel gemist door weg te gaan, door te denken dat ik tot god weet wat voor leven was voorbestemd! Lila, die was gebleven, had werk dat helemaal nieuw was, verdiende veel geld, handelde in absolute vrijheid en volgens plannen die ondoorgrondelijk bleken. Ze was zo aan haar zoon gehecht, had zich in zijn eerste levensjaren intens met hem beziggehouden en volgde hem nog steeds, maar ze leek zich ook van hem los te kunnen maken, hoe en wanneer ze wilde; ze maakte zich geen zorgen om hem, zoals ik om mijn dochters. Ze had gebroken met de familie waar ze uit voortkwam, en toch nam ze telkens als ze kon de last en de verantwoordelijkheid ervoor op zich. Ze zorgde voor Stefano die in de ellende zat, maar zonder verzoenende toenadering. Ze haatte de Solara's en voegde zich desondanks naar hen. Ze dreef de spot met Alfonso en was bevriend met hem. Ze zei dat ze Nino niet terug wilde zien, maar ik wist dat dat niet waar was, dat ze hem terug zou zien. In haar leven zat beweging, het mijne stond stil. Terwijl Pietro zwijgend reed en de meisjes zachtjes met elkaar ruzieden, dacht ik veel aan haar en Nino, aan wat er zou kunnen gebeuren. Lila zal hem terugnemen, veronderstelde ik, ze zal ervoor zorgen dat ze hem tegenkomt, ze zal hem beïnvloeden zoals ze dat zo goed kan, ze zal een verwijdering veroorzaken tussen hem en zijn vrouw en zijn zoontje, ze zal hem gebruiken in haar oorlog tegen ik weet niet meer wie, ze zal hem ertoe brengen te scheiden en intussen zal ze zich aan Michele onttrekken, nadat ze hem veel geld heeft gekost, en ze zal Enzo verlaten en eindelijk besluiten officieel van Stefano te scheiden, en misschien zal ze met Nino trouwen, of misschien ook niet, maar ze zullen zeker hun intelligenties samenvoegen en god weet wat ze dan worden.

Worden. Dat was een werkwoord dat me altijd had geobsedeerd, maar dat merkte ik toen pas voor het eerst. Ik *wilde worden*, ook al had ik nooit geweten wat. En ik was *geworden*, dat was zeker, maar zonder doel, zonder een echte passie, zonder een bepaalde ambitie. Ik had alleen maar iets willen worden omdat ik bang was dat Lila god weet wie werd en ik achter zou blijven, dat was het punt. *Mijn worden was een worden in haar kielzog.* Ik moest opnieuw beginnen met *worden*, maar voor mezelf, als een volwassen vrouw, buiten haar om.

97

Zodra we thuis waren, belde ik Adele om te horen hoe het met die Duitse vertaling zat die Antonio me had gestuurd. Ze was met stomheid geslagen, ook zij wist van niets, ze zou de uitgeverij bellen. Kort daarna belde ze terug om me te vertellen dat het boek niet alleen in Duitsland was verschenen, maar ook in Frankrijk en in Spanje. 'Wat moet ik dan nu doen?' vroeg ik. Adele antwoordde verbluft: 'Niets, blij zijn.' 'Natuurlijk,' mompelde ik, 'ik ben héél blij, maar praktisch gezien, ik bedoel, moet ik weg om het in het buitenland te promoten?' Ze antwoordde lief: 'Je hoeft niets te doen, Elena, je boek is helaas nergens verkocht.'

Mijn humeur verslechterde. Ik viel de uitgeverij lastig, vroeg om nauwkeurige informatie over de vertalingen, maakte me kwaad omdat niemand het nodig had gevonden mij op de hoogte te houden, en zei ten slotte tegen een slaperige medewerkster: 'Zijn jullie wel of niet in staat jullie werk te doen? Ik moest er via een halfanalfabetische vriend achter komen dat mijn boek in het Duits is vertaald!' Later heb ik me verontschuldigd, ik vond het stom van mezelf. Na elkaar bereikten me exemplaren van de Franse, de Spaanse en de Duitse uitgave, de laatste niet zo gehavend als het exemplaar dat ik van Antonio had gekregen. Het waren lelijke uitgaven: op de omslag stonden vrouwen in zwarte jurken, mannen met hangsnorren en platte pet op het hoofd, was die te drogen hing. Ik bladerde ze door, liet ze Pietro zien en zette ze op een plank bij andere romans. Zwijgend papier, nutteloos papier.

Er brak een periode aan van uitputting en grote ontevredenheid. Ik belde elke dag naar Elisa om te horen of Marcello nog steeds aardig was, of ze hadden besloten wanneer ze zouden trouwen. Op mijn bezorgde vragen reageerde zij met enthousiast gelach en verhalen over een vrolijk leven, over reizen per auto of vliegtuig, over steeds grotere welvaart voor onze broers, welzijn voor onze vader en moeder. Af en toe was ik nu wel jaloers op haar. Ik was moe, prikkelbaar. Elsa was voortdurend ziek, Dede vroeg om aandacht, Pietro hing maar wat rond zonder zijn boek af te maken. Ik wond me op om niets. Ik foeterde de kinderen uit, maakte ruzie met Pietro. Het gevolg was dat ze alle drie bang voor me waren. Ik hoefde maar langs de kamer van de kinderen te lopen of ze stopten met spelen en keken verontrust naar me, en Pietro gaf steeds vaker de voorkeur aan de universiteitsbibliotheek boven zijn eigen huis. Hij ging 's ochtends vroeg de deur uit en kwam pas 's avonds weer thuis. Als hij terugkwam leek hij de sporen te dragen van de conflicten waarover ik, inmiddels van alle openbare activiteiten uitgesloten, alleen maar in de kranten las: fascisten die met messen staken en moordden, kameraden die niet voor hen onderdeden, politie die bij wet ruim mandaat kreeg om te schieten en dat ook daar, in Florence, deed. Totdat gebeurde wat ik al een tijd verwachtte: Pietro werd het middelpunt van een akelig voorval waarover in de kranten heel wat werd geschreven. Hij liet een jongen zakken die een bekende achternaam had en zeer geëngageerd was in de strijd. De jongeman schold hem ten overstaan van iedereen uit en richtte een pistool op hem. Volgens het verhaal dat ik niet van Pietro zelf hoorde, maar van een kennis van ons – een versie niet uit de eerste hand want ze was er niet bij geweest – ging Pietro rustig door met het noteren van de afwijzing in het examenboekje, stak de jongen vervolgens het boekje toe en zei in ongeveer de volgende bewoordingen: 'U schiet echt, of anders doet u er beter aan zich meteen van dat wapen te ontdoen, want over een minuut verlaat ik deze ruimte en ga ik u aangeven.' De jongen hield nog enkele lange seconden het pistool op zijn gezicht gericht, stak het toen in zijn zak, pakte het examenboekje en ging ervandoor. Enkele minuten later ging Pietro naar de carabinieri en de student werd gearresteerd. Maar daarmee was de zaak nog niet afgedaan. De familie van de jongeman wendde zich tot Pietro's vader, niet tot Pietro zelf, in de hoop dat die zijn zoon wist over te halen de aangifte in te trekken. Professor Guido Airota probeerde Pietro daartoe te bewegen. Ze hadden langdurige telefoongesprekken waarin, zo hoorde ik met een zekere verbazing, de oude man zijn geduld verloor en zijn stem verhief. Maar Pietro gaf zich niet gewonnen. Wat er weer toe leidde dat ik hem heel opgewonden aanviel. Ik vroeg: 'Ben je je wel bewust van je gedrag?'

'Wat zou ik volgens jou moeten doen?'

'De spanning verminderen.'

'Ik begrijp je niet.'

'Je wílt me niet begrijpen. Je bent net als onze ergste professoren in Pisa.'

'Dat lijkt me niet.'

'Toch is het zo. Ben je vergeten wat een zinloos gezwoeg het was om idiote colleges te kunnen volgen en nog idiotere examens te halen?'

'Mijn college is niet idioot.'

'Je zou er goed aan doen je studenten te vragen wat zij ervan vinden.'

'Je vraagt een mening aan iemand die deskundig genoeg is om je die te geven.'
'Zou je het mij hebben gevraagd als ik een student van je was?'
'Ik heb een uitstekende relatie met degenen die studeren.'
'Met andere woorden: je houdt van studenten die je hielen likken?'
'En jij houdt van praatjesmakers zoals die vriendin van je in Napels?'
'Ja.'
'Waarom ben jij dan altijd de meest plichtsgetrouwe van de twee geweest?'
Dat verwarde me.
'Omdat ik arm was en het me een wonder leek dat ik het zo ver had geschopt.'
'Nou, die jongen heeft niets met jou gemeen.'
'Ook jij hebt niets met mij gemeen.'
'Wat bedoel je?'
Ik gaf geen antwoord, vermeed dat uit voorzichtigheid. Maar later stak de woede weer de kop op, leverde ik weer kritiek op zijn onverzettelijkheid, zei: 'Je had hem al laten zakken, waarom moest je hem dan ook nog zo nodig aangeven?' Hij mompelde: 'Hij heeft een misdaad begaan.' Ik: 'Hij speelde, wilde je alleen maar bang maken, het is nog een jonge jongen.' Kil antwoordde hij: 'Dat pistool was een wapen, geen speeltje, het was zeven jaar geleden tegelijk met andere wapens uit een kazerne van de carabinieri in Rovezzano gestolen.' Ik zei: 'Die jongen heeft niet geschoten.' Hij viel uit: 'Het wapen was geladen, wat als hij het wel had gedaan?' 'Maar hij heeft het niet gedaan,' gilde ik. Ook hij verhief zijn stem: 'Had ik met die aangifte moeten wachten tot hij op me schoot?' Ik gilde: 'Niet schreeuwen, je bent op van de zenuwen.' Hij antwoordde: 'Hou jij je eigen zenuwen maar in bedwang.' Ik was erg opgewonden en legde hem uit dat de situatie me heel gevaarlijk leek en dat ik, ook al was ik agressief in woorden en toon, in feite bezorgd was. 'Ik ben bang voor jou,' zei ik, 'en voor de kinderen en mezelf.' Het was zinloos. Hij troostte me niet. Hij sloot zich op in zijn kamer en

probeerde aan zijn boek te werken. Pas weken later vertelde hij me dat er een paar keer twee agenten in burger bij hem langs waren gekomen en hem informatie hadden gevraagd over enkele studenten; ze hadden hem foto's laten zien. De eerste keer had hij hen vriendelijk ontvangen en vriendelijk weer weggestuurd zonder enige informatie te verschaffen. De tweede keer had hij gevraagd: 'Hebben deze jongelui misdrijven begaan?'

'Nee, vooralsnog niet.'

'Wat willen jullie dan van mij?'

Met alle minachtende beleefdheid waartoe hij in staat was, had hij hen naar de deur gebracht.

98

Lila belde nooit, maandenlang niet, ze had het waarschijnlijk erg druk. En ik zocht ook geen contact met haar, hoewel ik er wel behoefte aan had. Om het gevoel van leegte te verminderen probeerde ik de band met Mariarosa te verstevigen, maar er waren heel wat hindernissen. Franco woonde inmiddels permanent bij mijn schoonzusje, en Pietro vond het niet prettig dat ik me te veel aan zijn zusje hechtte en evenmin dat ik mijn ex-verloofde ontmoette. Als ik langer dan een dag in Milaan bleef, verslechterde zijn humeur, vermenigvuldigden zijn ingebeelde klachten zich en namen de spanningen toe. En bovendien stelde Franco – die behalve voor de medische behandelingen die hij nog steeds nodig had de deur eigenlijk nooit uitging – mijn aanwezigheid niet op prijs. Hij liet merken dat hij de te luide stemmen van mijn meisjes niet verdroeg en verliet soms het huis, waardoor hij zowel Mariarosa als mij ongerust maakte. Verder had mijn schoonzusje een massa verplichtingen en was ze, dat vooral, constant omringd door vrouwen. Haar appartement was een soort ontmoetingscentrum, ze ontving iedereen – intellectuelen, keurige dames, arbeidsters die op de vlucht waren voor partners met te losse handen, ontspoorde meisjes – zodat ze weinig tijd voor mij had en hoe dan ook te veel allemansvriendin was om mij een gevoel van zekerheid te geven wat onze band betreft. En toch vlamde daar voor een paar dagen weer het verlangen op om te studeren, soms zelfs om te schrijven. Of beter gezegd: ik had het gevoel ertoe in staat te zijn.

We discussieerden veel over onszelf. Maar hoewel we allemaal vrouw waren – Franco bleef op zijn kamer, als hij tenminste het huis niet ontvluchtte – kostte het ons veel moeite om te begrijpen wat dat was, een vrouw. Geen enkel gebaar van ons, of gedachte, of verhaal of droom leek, eenmaal diepgaand geanalyseerd, echt van onszelf te zijn. Dat wroeten ergerde de meest kwetsbare vrouwen mateloos; ze verdroegen het teveel aan zelfreflectie slecht en meenden dat het simpelweg uit ons leven snijden van de mannen voldoende was om de weg van de vrijheid in te slaan. Het waren beweeglijke tijden, ze bogen zich tot golven. Velen van ons waren bang voor een terugkeer naar de volkomen windstilte en bleven op de toppen van de golven, zich vasthoudend aan extreme kreten terwijl ze bang en boos naar beneden keken. Toen bekend werd dat de ordedienst van Lotta Continua een separatistische betoging van vrouwen had aangevallen, verbitterden de gemoederen zozeer, dat toen een van de meest onbuigzame vrouwen ontdekte dat Mariarosa een man in huis had – iets waar ze niet mee te koop liep, maar wat ze ook niet verborg – dat tot felle discussies en dramatische breuken leidde.

Ik haatte die momenten. Ik zocht stimulansen, geen conflicten, onderzoekshypothesen, geen dogma's. Dat vertelde ik mezelf althans, soms ook Mariarosa, die zwijgend naar me luisterde. Bij een van die gelegenheden lukte het me haar over mijn relatie met Franco in de tijd van de Normale te vertellen, over wat hij voor me had betekend. 'Ik ben hem dankbaar,' zei ik. 'Ik heb veel van hem geleerd en ik vind het jammer dat hij mij en de meisjes nu zo koel behandelt.' Ik dacht even na, vervolgde toen: 'Misschien klopt er iets niet met dat verlangen van mannen om ons te onderrichten; ik was jong indertijd en had niet door dat in zijn wil om mij te veranderen het bewijs lag dat het hem niet aanstond hoe ik was, dat hij wilde dat ik een ander was, of liever gezegd, hij verlangde niet zomaar een vrouw, maar een vrouw zoals hij dacht dat hij zelf had kunnen zijn als hij vrouw was geweest. Voor Franco,' zei ik, 'was ik een mogelijkheid voor expansie van zichzelf naar het vrouwelijke, daar bezit van te nemen. Ik vormde het bewijs van zijn almacht, het teken dat hij niet alleen op de juiste manier man wist te zijn, maar ook vrouw. En nu hij mij niet meer als deel van zichzelf ervaart, voelt hij zich verraden.'

Zo drukte ik me werkelijk uit. En Mariarosa luisterde met oprechte belangstelling, niet die lichtelijk geveinsde die ze voor alle vrouwen aan de dag legde. 'Schrijf iets over dit onderwerp,' spoorde ze me aan. Ze was ontroerd, zei fluisterend dat ze niet op tijd was geweest om de Franco over wie ik het had te leren kennen. Daarna voegde ze eraan toe: 'Misschien maar goed ook, ik zou nooit verliefd op hem zijn geworden, ik haat te intelligente mannen die me vertellen hoe ik moet zijn; ik geef de voorkeur aan de zieke, bespiegelende man die ik in huis heb genomen en voor wie ik zorg.' Daarna zei ze nog eens nadrukkelijk: 'Schrijf op wat je net zei.'

Ik knikte en zei op een enigszins gejaagde manier, blij met de lof, maar ook ongemakkelijk, iets over mijn relatie met Pietro, over hoe hij probeerde mij zijn visie op te leggen. Nu begon Mariarosa te lachen en de bijna plechtige toon van ons gesprek veranderde. 'Franco associëren met Pietro? Kom nou! Pietro slaagt er nauwelijks in zich als man staande te houden, laat staan dat hij de energie kan opbrengen om jou zijn ideeën over de vrouw op te leggen. Zal ik je eens iets vertellen? Ik zou hebben gezworen dat je niet met hem zou trouwen. Ik zou hebben gezworen dat je hem, als je dat toch deed, binnen een jaar zou verlaten. Ik zou hebben gezworen dat je wel uit zou kijken om kinderen met hem te maken. Dat jullie nog samen zijn is volgens mij een wonder. Je bent echt een goeie meid, arme jij.'

99

Zo was het dus: het zusje van mijn man beschouwde mijn huwelijk als een vergissing en vertelde me dat onomwonden. Ik wist niet of ik moest lachen of huilen, het leek me de ultieme en objectieve bekrachtiging van mijn onvrede met mijn huwelijk. Wat moest ik er overigens mee? Ik hield me voor dat volwassenheid bestond uit het accepteren van de wending die het bestaan had genomen, zonder je daar te veel over op te winden; in het trekken van een streep tussen dagelijkse praktijk en theoretische verworvenheden; in het leren jezelf te zien, kennis over jezelf op te doen, in afwachting van grote veranderingen. Met de dag werd ik kalmer. Mijn dochter Dede ging een beetje eerder dan gebruikelijk naar de eerste klas, kon al lezen en schrijven; mijn dochter Elsa vond het heerlijk om de hele ochtend bij mij te blijven, met z'n tweetjes in het doodstille huis; mijn man, de meest grijze van alle academici, leek eindelijk de laatste hand te leggen aan zijn tweede boek, dat nog belangrijker beloofde te worden dan het eerste; ik was mevrouw Airota, Elena Airota, een berustende en daarom treurige vrouw die toch, aangespoord door haar schoonzus maar ook om de neerslachtigheid te bestrijden, bijna in het geheim begonnen was het vrouwbeeld van de man in de oude en de moderne tijd te bestuderen. Ik had er geen bedoeling mee, deed het alleen om tegen Mariarosa, mijn schoonmoeder en een enkele kennis te kunnen zeggen: 'Ik ben aan het werk.'

Zo kwam het dat ik me in mijn eindeloze gefilosofeer van de eerste en de tweede bijbelse schepping tot Defoe-Flanders waagde, tot Flaubert-Bovary, tot Tolstoj-Karenina, tot *La dernière mode*, Rrose Sélavy en nog verder, steeds verder, in een koortsig verlangen om te ontsluieren. Langzaam maar zeker werd ik weer een beetje tevredener. Overal ontdekte ik door mannen gefabriceerde robotten van vrouwen. Er zat niets van ons bij; het beetje dat opdook werd onmiddellijk materie voor hun fabriek. Als Pietro aan het werk was, Dede op school zat en Elsa een paar passen van mijn bureau vandaan zat te spelen en ik me, wroetend in en tussen de woorden, eindelijk een beetje voelde leven, gebeurde het soms dat ik me voorstelde wat er van mijn leven en dat van Lila geworden zou zijn als we beiden het toelatingsexamen voor de middenschool hadden gedaan en daarna het gym en daarna alle studies tot en met het afstuderen, zij aan zij, in goede verstandhouding, een volmaakt stel dat zijn intellectuele energie, het plezier van het begrijpen en het bedenken bij elkaar voegt. We zouden samen hebben geschreven, samen onze handtekening hebben gezet, kracht aan elkaar hebben ontleend, we zouden schouder aan schouder hebben gevochten om wat ons eigen was onnavolgbaar van ons te laten zijn. De eenzaamheid van vrouwelijk intellect is betreurenswaardig, zei ik tegen mezelf, deze amputatie van elkaar, zomaar, zonder noodzaak, is een verkwisting. Op zulke momenten had ik het gevoel dat mijn gedachten halverwege waren afgebroken, aantrekkelijke gedachten maar waaraan iets ontbrak, gedachten die dringend geverifieerd en uitgewerkt moesten worden, maar die overtuiging misten, en zelfvertrouwen. Dan kreeg ik zin om haar op te bellen, tegen haar te zeggen: 'Moet je horen waar ik over zit na te denken, alsjeblieft, laten we er samen over praten, vertel me wat jij ervan vindt, herinner je je wat je me over Alfonso vertelde?' Maar die kans was voor altijd voorbij, eigenlijk al jarenlang. Ik moest leren genoeg aan mezelf te hebben.

En toen op een dag, uitgerekend terwijl ik over de noodzaak daarvan zat na te denken, hoorde ik dat de sleutel in het sleutelgat werd omgedraaid. Het was Pietro die, na zoals gewoonlijk Dede van school te hebben gehaald, thuiskwam voor de lunch. Ik deed mijn boeken en schriften dicht terwijl mijn dochtertje de kamer al binnenstormde, enthousiast begroet door Elsa. Ze had honger, ik wist dat ze zou roepen: 'Mama, wat eten we?' Maar nog voor ze haar schooltas aan de kant gooide, riep ze uit: 'Papa heeft een vriend bij zich die bij ons komt eten.' Ik herinner me de datum precies: 9 maart 1976. Slechtgehumeurd stond ik op, Dede greep mijn hand en trok me mee naar de gang. Intussen hield Elsa zich door de aangekondigde aanwezigheid van een vreemde voorzichtigheidshalve maar vast aan mijn rok. Pietro zei vrolijk: 'Kijk eens wie ik voor je heb meegebracht.'

100

Nino had niet meer de volle baard die ik jaren tevoren in de boekhandel bij hem had gezien, maar zijn haren waren lang en warrig. Verder was hij de jongen van vroeger gebleven: lang, heel mager, levendige ogen, slordig uiterlijk. Hij omhelsde me, knielde even om de meisjes te begroeten, kwam weer omhoog en verontschuldigde zich omdat hij zomaar was komen binnenvallen. Ik mompelde een paar afstandelijke woorden: 'Kom, ga zitten, wat doe je in Florence?' Ik voelde me alsof er warme wijn in mijn hoofd zat, het lukte me niet concreetheid te geven aan wat er gebeurde: hij, uitgerekend hij, in mijn huis. En het was alsof er in de organisatie van het binnen en het buiten iets niet meer functioneerde. Wat zat ik me te verbeelden en wat gebeurde er echt, wie was schim en wie levend lichaam? Intussen legde Pietro me uit: 'We hebben elkaar op de faculteit ontmoet, en toen heb ik hem voor het middageten uitgenodigd.' En ik glimlachte, zei: 'Prima, alles is klaar, waar eten is voor vier, is het er ook voor vijf. Ga mee en hou me gezelschap terwijl ik de tafel dek.' Ik leek rustig maar was uiterst opgewonden, mijn gezicht deed pijn van het geforceerde glimlachen. Waarom is Nino hier, en wat is 'hier', wat is 'is'? 'Ik wilde je verrassen,' zei Pietro een beetje ongerust, alsof hij vreesde iets verkeerds gedaan te hebben. En Nino zei lachend: 'Ik heb hem honderd keer gezegd dat hij je moest bellen, ik zweer het, maar hij wilde niet.' Vervolgens legde hij uit dat mijn schoonvader had gezegd dat hij zich bij ons moest melden. Hij had professor Airota in Rome ontmoet, op een congres van de socialistische partij. Van het een was het ander gekomen, hij had verteld dat hij voor zijn werk in Florence moest zijn, en de professor had iets over Pietro gezegd, over het nieuwe boek dat zijn zoon aan het schrijven was, over een studie die hij net voor hem op de kop had getikt en die dringend naar Pietro moest. Nino had aangeboden het boek persoonlijk te brengen en daar zaten we nu aan het middageten. De meisjes vochten om zijn aandacht, hij was leuk met allebei, welwillend jegens Pietro en van weinig, ernstige, woorden met mij.

'Moet je nagaan,' zei hij tegen me, 'ik ben zo vaak voor mijn werk naar deze stad gekomen, maar ik wist niet dat je hier woonde en dat jullie twee mooie jongedames hadden. Gelukkig maar dat deze gelegenheid zich voordeed.'

'Doceer je nog steeds in Milaan?' vroeg ik, terwijl ik heel goed wist dat hij niet meer in Milaan woonde.

'Nee, nu in Napels.'

'Wat?'

Hij trok een ontevreden gezicht. 'Geografie.'

'Hoe bedoel je?'

'Stadsgeografie.'

'Waarom besloot je terug te gaan?'

'Het gaat niet goed met mijn moeder.'

'Het spijt me dat te horen. Wat heeft ze?'

'Het hart.'

'En je broers en zussen?'

'Die maken het goed.'

'Je vader?'

'Zoals altijd. Maar de jaren verstrijken, je groeit, en nog niet zo lang geleden hebben we ons met elkaar verzoend. Hij heeft zijn kwade en zijn goede kanten, zoals iedereen.' Hij wendde zich tot Pietro: 'Wat hebben we het onze ouders en onze families lastig gemaakt! En nu wij aan de beurt zijn, hoe gaat het ons af?'

'Mij goed,' zei mijn man met een vleugje ironie in zijn stem.

'Daar twijfel ik niet aan. Je bent met een buitengewone vrouw getrouwd en deze twee prinsesjes zijn volmaakt, zo beleefd, zo elegant. Wat een mooi jurkje, Dede, en wat staat het je goed! En die haarspeld met sterretjes, van wie heeft Elsa die gekregen?'

'Van mama,' zei Elsa.

Geleidelijk aan werd ik rustig. De seconden kregen weer hun ordelijke cadans, ik nam akte van wat me overkwam. Nino zat naast me aan tafel, at de pasta die ik had klaargemaakt, sneed Elsa's schnitzel zorgvuldig in kleine stukjes en at vervolgens met goede eetlust de zijne, zei vol afkeer iets over de steekpenningen die Lockheed aan Tanassi en Gui had betaald, prees mijn kookkunst, discussieerde met Pietro over het Socialistisch Alternatief, schilde een appel zó dat er een lange, kronkelende schil op zijn bord viel die Dede in verrukking bracht. Intussen verspreidde zich een mild fluïdum over het appartement dat ik allang niet meer had waargenomen. Wat fijn dat beide mannen het met elkaar eens waren, dat ze sympathie voor elkaar voelden. Ik begon zwijgend af te ruimen. Nino sprong op om te helpen, bood ook aan de afwas te doen maar op voorwaarde dat de meisjes hem hielpen. 'Ga jij maar zitten,' zei hij, en ik ging zitten terwijl hij een enthousiaste Dede en Elsa aan het werk zette, me van tijd tot tijd vroeg waar iets thuishoorde en doorkletste met Pietro.

Hij was het echt, na zoveel tijd, en hij was hier. Ongewild keek ik naar de trouwring aan zijn vinger. Hij heeft niet één keer iets over zijn huwelijk gezegd, dacht ik, hij heeft het over zijn moeder gehad, over zijn vader, maar niet over zijn vrouw en zijn zoontje. Misschien was het geen huwelijk uit liefde maar is hij uit berekening getrouwd, misschien is hij gedwóngen om te trouwen. Maar toen kwam er een einde aan het rondfladderen van veronderstellingen. Ineens begon Nino de meisjes te vertellen over zijn zoontje, Albertino, en hij deed dat op een manier alsof het ventje een personage uit een sprookje was, op een nu eens grappige, dan weer tedere toon. Ten slotte droogde hij zijn handen, haalde een foto uit zijn portefeuille, liet die eerst aan Elsa zien, daarna aan Dede en vervolgens aan Pietro die hem aan mij doorgaf. Albertino was heel mooi. Hij was twee en zat met een boos gezichtje bij zijn moeder op de arm. Eventjes bekeek ik het jongetje, maar daarna begon ik meteen haar te bestuderen. Ze leek me prachtig: grote ogen, lang, zwart haar, ze was waarschijnlijk net iets over de twintig. Ze glimlachte, haar tanden vormden een fonkelende boog zonder één onregelmatigheid, haar blik leek me verliefd. Ik gaf hem de foto terug, zei: 'Ik zorg voor de koffie.' Ze vertrokken alle vier naar de woonkamer en ik bleef alleen in de keuken achter.

Nino had een afspraak voor zijn werk, putte zich uit in excuses en ging er meteen na de koffie en een sigaret vandoor. 'Ik vertrek morgen weer,' zei hij, 'maar ik kom gauw terug, volgende week al.'

Pietro drong er meerdere keren op aan dat hij dan iets van zich zou laten horen en Nino beloofde dat hij dat zou doen. Heel hartelijk zei hij de meisjes gedag, schudde Pietro de hand, wuifde naar mij en verdween. Zodra de deur zich achter hem sloot, kwam de grauwheid van het appartement weer op me af. Ik verwachtte dat Pietro, hoewel hij zich met Nino kennelijk op zijn gemak had gevoeld, toch iets onaangenaams bij hem had ontdekt – dat gebeurde bijna altijd. Maar hij zei tevreden: 'Eindelijk iemand met wie het de moeite waard is wat tijd door te brengen.' Waarom weet ik niet, maar die zin deed me pijn. Ik zette de televisie aan en bleef daar met de meisjes de rest van de middag naar kijken.

101

Ik hoopte dat Nino meteen zou bellen, de volgende dag al. Telkens als de telefoon overging, veerde ik op. Maar er ging een hele week voorbij zonder nieuws van hem. Ik voelde me alsof ik zwaar verkouden was. Ik werd lusteloos, keek mijn lectuur niet meer in, maakte geen aantekeningen meer, werd boos op mezelf om dat dwaze wachten. Toen kwam Pietro op een middag bijzonder goedgehumeurd thuis. Hij zei dat Nino op de faculteit langs was geweest, dat ze enige tijd met elkaar hadden doorgebracht maar dat het onmogelijk was geweest hem over te halen bij ons langs te komen. 'Hij heeft ons voor morgenavond uitgenodigd om ergens te gaan eten, de meisjes ook; hij wil niet dat jij je vermoeit met het klaarmaken van alles.'

Mijn bloed begon sneller te stromen, ik voelde opgewonden tederheid voor Pietro. Meteen toen de meisjes zich terugtrokken in hun kamer sloeg ik mijn armen om hem heen, kuste hem, fluisterde hem lieve woordjes toe. 's Nachts sliep ik weinig, of liever gezegd, sliep ik, maar had het gevoel wakker te zijn. Zodra Dede de volgende dag uit school kwam, deed ik haar samen met Elsa in bad en boende beide meisjes goed schoon. Daarna zorgde ik voor mezelf. Ik nam een bad en bleef er met een gelukzalig gevoel lang in zitten, epileerde me, waste mijn haar, droogde het zorgvuldig. Ik probeerde alle jurken uit die ik had, werd steeds nerveuzer omdat ik niet tevreden was over mezelf, en hoe mijn haar zat beviel me ook al snel niet. Dede en Elsa draaiden om me heen, imiteerden me. Ze namen poses aan voor de spiegel, deden ontevreden over jurken en kapsel, sloften op mijn schoenen rond. Ik legde me erbij neer dat ik was zoals ik was. Nadat ik op een overdreven manier tegen Elsa was uitgevaren omdat ze op het laatste moment een vlek op haar jurkje had gemaakt, stapten we in de auto en reden weg om Pietro en Nino op te halen, die elkaar op de universiteit zouden treffen. Gespannen legde ik het traject af, terwijl ik intussen voortdurend de kinderen berispte die zelfverzonnen, op poep en pies gebaseerde liedjes zongen. Hoe dichter ik bij de afgesproken plek kwam, hoe meer ik hoopte dat een of andere verplichting Nino op het laatste moment zou verhinderen te komen. Maar ik kreeg de twee mannen onmiddellijk in zicht, ze stonden samen te praten. Nino maakte weidse gebaren, alsof hij zijn gesprekspartner uitnodigde een ruimte binnen te treden die speciaal voor hem was ontworpen. Pietro leek onhandig, zoals altijd; zijn gezicht was rood aangelopen en hij was de enige die lachte, op een onderdanige manier. Geen van beiden toonde bijzondere belangstelling voor mijn aankomst.

Mijn man nam samen met de meisjes plaats op de achterbank. Nino kwam naast mij zitten om me naar een gelegenheid te leiden waar het eten goed was, en – zei hij terwijl hij zich naar Dede en Elsa omdraaide – waar ze verrukkelijke beignets bakten. Hij beschreef ze gedetailleerd, wat de meisjes enthousiast maakte. Lang geleden, dacht ik terwijl ik hem vanuit een ooghoek bekeek, hebben we hand in hand met elkaar gewandeld en tot twee keer toe heeft hij me gekust. Wat een mooie vingers. Tegen mij zei hij alleen maar 'Hier naar rechts, daarna nog een keer rechts, bij de kruising links.' Niet één bewonderende blik, niet één compliment.

In de trattoria werden we enthousiast maar met het nodige respect ontvangen. Nino kende de baas en de obers. Ik kwam aan het hoofdeinde van de tafel terecht, de meisjes links en rechts van me en de twee mannen tegenover elkaar. Mijn man begon over het moeilijke leven op de universiteit. Ik zweeg bijna de hele tijd en lette op Dede en Elsa, die zich aan tafel doorgaans keurig gedroegen maar bij die gelegenheid alleen maar lachend van alles uithaalden om Nino's aandacht te trekken. Pietro praat te veel, dacht ik met een onbehaaglijk gevoel, hij verveelt Nino, geeft hem geen ruimte. Zeven jaar, dacht ik, wonen we al in deze stad en we hebben niet één eigen plek om hem mee naartoe te nemen om iets terug te doen, een restaurant waar je net zo goed eet als hier, waar ze ons herkennen zodra we binnenkomen. De voorkomendheid van de baas stond me aan, hij kwam vaak naar onze tafel, zei zelfs tegen Nino: 'Dat geef ik u niet vanavond, niet geschikt voor u en uw gasten', en hij adviseerde iets anders. Toen de beroemde beignets kwamen, juichten de kinderen, en Pietro ook; ze vochten erom. Op dat moment pas wendde Nino zich tot mij. 'Hoe komt het dat er niets meer van je is verschenen?' vroeg hij zonder het luchtige van een tafelgesprek, met belangstelling die me oprecht leek.

Ik bloosde en zei, terwijl ik op de kinderen wees: 'Ik heb iets anders gedaan.'

'Dat boek was uitstekend.'

'Dank je.'

'Het was geen compliment, je hebt altijd kunnen schrijven. Herinner je je het artikeltje over de godsdienstleraar?'

'Maar je vrienden publiceerden het niet.'

'Dat was een misverstand.'

'Ik verloor er mijn zelfvertrouwen door.'

'Dat spijt me. Ben je nu aan het schrijven?'

'In verloren uurtjes.'

'Een roman?'

'Ik weet niet wat het is.'

'Maar het onderwerp?'

'De fabricatie van de vrouw door de man.'

'Mooi!'

'We zien wel.'

'Werk flink door, ik wil het gauw lezen.'

En tot mijn verrassing bleek hij de vrouwenteksten waarmee ik me bezighield goed te kennen – ik had zeker gedacht dat mannen die niet lazen. En dat niet alleen: hij noemde een boek van Starobinski dat hij pas had gelezen, zei dat daar iets in stond waar ik iets aan kon hebben. Wat wist hij veel! Zo was hij altijd al geweest, nieuwsgierig naar alles. Nu had hij het over Rousseau en Bernard Shaw, ik onderbrak hem, hij luisterde aandachtig. Toen de meisjes aan me begonnen te trekken voor meer beignets, wat me op de zenuwen werkte, beduidde hij de baas nog een portie klaar te laten maken. Daarna wendde hij zich tot Pietro en zei: 'Je moet je vrouw meer tijd geven.'

'Ze heeft de hele dag tot haar beschikking.'

'Ik meen het. Als je het niet doet, ben je niet alleen op menselijk maar ook op politiek vlak schuldig.'

'En wat zou dan wel het misdrijf zijn?'

'Verkwisting van intelligentie. Een gemeenschap die het normaal vindt om zo veel intellectuele energie van vrouwen met de zorg voor kinderen en huis te verstikken, is zonder het te merken een vijand van zichzelf.'

Ik wachtte zwijgend op Pietro's antwoord. Mijn man reageerde ironisch: 'Elena kan zich van haar intelligentie bedienen hoe en wanneer ze maar wil, het belangrijkste is dat het mij geen tijd kost.'

'Als het jou geen tijd kost, wie dan wel?'

Pietro fronste zijn wenkbrauwen.

'Als de taak die we onszelf stellen de drang van hartstocht heeft, kan niets ons verhinderen die taak te volbrengen.'

Ik voelde me gekwetst, mompelde met een geveinsde glimlach: 'Mijn man zegt dat ik nergens echt belangstelling voor heb.'

Stilte. Nino vroeg: 'En is dat zo?'

Ik antwoordde impulsief dat ik het niet wist, dat ik niets wist. Maar terwijl ik sprak, onbehaaglijk, boos, realiseerde ik me dat mijn ogen zich met tranen vulden. Ik sloeg mijn blik neer. 'Genoeg beignets,' zei ik tegen de meisjes met een stem die ik maar amper onder controle had. Nino kwam me te hulp, hij riep uit: 'Ik eet er nog een, mama ook, papa ook en jullie twee, maar dan is het genoeg.' Daarna riep hij de baas en zei plechtig: 'Over precies dertig dagen kom ik met deze twee jongedames terug en dan maakt u een berg van deze heerlijke beignets voor ons, afgesproken?' Elsa vroeg: 'Wanneer is een maand, wanneer is dertig dagen?'

Intussen was ik erin geslaagd mijn tranen terug te dringen, en ik keek Nino aan en zei: 'Ja, wanneer is een maand, wanneer is dertig dagen?'

We maakten grapjes – Dede meer dan de volwassenen – over Elsa's vage tijdsbegrip. Toen Pietro wilde betalen, ontdekte hij dat Nino dat al had gedaan. Hij protesteerde, nam plaats achter het stuur en ik ging achterin zitten, tussen de twee half slapende meisjes in. We brachten Nino naar zijn hotel en gedurende het hele traject luisterde ik zonder iets te zeggen naar de verhalen die de twee mannen, enigszins aangeschoten, vertelden. Eenmaal op de plek van bestemming zei Pietro, heel euforisch: 'Onzin dat je geld verspilt, wij hebben een gastenkamer. De volgende keer kun je bij ons logeren, geneer je niet.'

Nino lachte: 'Nog geen uur geleden zeiden we dat Elena tijd nodig heeft en nu wil je haar met mijn aanwezigheid opzadelen?'

Zwakjes kwam ik tussenbeide: 'Ik vind het leuk, en Dede en Elsa ook.'

Maar zodra we alleen waren zei ik tegen mijn man: 'Voordat je iemand uitnodigt zou je op z'n minst met mij kunnen overleggen.'

Hij startte de motor, zocht mijn ogen in het spiegeltje en mompelde: 'Ik dacht dat het je plezier deed.'

102

O, natuurlijk deed het me plezier, het deed me véél plezier. Maar ik had ook het gevoel dat mijn lichaam de stevigheid van een eierschaal had en dat lichte druk op een arm, op mijn voorhoofd, op mijn buik voldoende zou zijn om het te breken en al mijn geheimen uit me te halen, vooral die welke zelfs voor mezelf een geheim waren. Ik vermeed het de dagen te tellen. Ik concentreerde me op de teksten die ik bestudeerde, maar deed dat alsof Nino me opdracht tot dat werk had gegeven en bij zijn terugkeer goede resultaten wenste te zien. Ik wilde tegen hem kunnen zeggen: 'Ik heb je advies gevolgd, ik ben doorgegaan, hier is een eerste aanzet, vertel me wat je ervan vindt.'

Het was een uitstekend foefje. De dertig dagen van wachten vlogen voorbij, bijna te snel. Ik vergat Elisa, dacht nooit aan Lila, belde Mariarosa niet meer. En las geen kranten, keek geen tv, verwaarloosde kinderen en huis. Van arrestaties, botsingen, moorden en oorlogen op het permanente slagveld dat Italië was, en de hele planeet trouwens, bereikte me slechts een echo; van de verkiezingscampagne vol geladenheid merkte ik nauwelijks iets. Ik schreef alleen maar, met grote inzet. Ik brak mijn hoofd over een flink aantal oude kwesties, tot ik het gevoel had dat ik, in ieder geval wat het schrijven betreft, een definitieve ordening had gevonden. Soms kwam ik in de verleiding Pietro's hulp in te roepen. Hij was veel beter dan ik, hij zou me zeker behoeden voor het schrijven van ondoordachte, slordige of domme dingen. Maar ik deed het niet; ik haatte die momenten waarop hij me met zijn encyclopedische kennis een gevoel van minderwaardigheid bezorgde. Ik studeerde hard, herinner ik me, vooral op het eerste en tweede bijbelse scheppingsverhaal. Ik zette ze achter elkaar, beschouwde het eerste als een soort samenvatting van de goddelijke scheppingsdaad, het tweede als een soort uitgebreidere vertelling. Ik maakte er een nogal bewogen verhaal van, zonder me ooit onvoorzichtig te voelen. God – zo schreef ik ongeveer – schept de mens, Ish, naar zijn beeld. Hij maakt er een mannelijke en een vrouwelijke versie van. Hoe? Eerst geeft hij met het stof van de aarde vorm aan Ish, en blaast levensadem in diens neusgaten. Daarna maakt hij Isha'h, de vrouw, uit de reeds gevormde mannelijke materie, die niet langer ruwe materie is, maar leeft. Hij haalt die uit de zijde van Ish, waarvan hij het vlees onmiddellijk weer sluit. Het resultaat is dat Ish kan zeggen: 'Dit is niet, zoals het leger van alles wat geschapen is, ánders dan ik, maar vlees van mijn vlees, been van mijn been. God heeft het uit mij doen ontstaan. Hij heeft mij met een levendmakende ademstoot bevrucht en het uit míjn lichaam gehaald. Ik ben Ish en zij is Isha'h. In het woord allereerst, in het woord dat haar benoemt, komt zij voort uit mij, en ik ben geschapen naar gelijkenis van de goddelijke geest, die ik in zijn Woord in me draag. Zij is dus louter suffix, toegevoegd aan mijn wortelwoord, en kan alléén in míjn woord verwoord worden.'

En zo ging ik verder, leefde dagen achtereen in een staat van heftige, maar aangename intellectuele opwinding. Het enige wat me kwelde was de gedachte dat ik op tijd een leesbare tekst klaar moest hebben. Soms was ik verbaasd over mezelf: ik had de indruk dat het streven naar Nino's instemming me het schrijven vergemakkelijkte, mijn geest vrijheid gaf.

Maar de maand verstreek en hij liet niets van zich horen. In het begin hielp me dat, het gaf me meer tijd en ik slaagde erin mijn werkstuk af te maken. Maar later werd ik ongerust, vroeg Pietro naar hem en ontdekte dat ze elkaar vaak op de universiteit hadden gesproken, maar dat hij sinds enkele dagen geen nieuws meer van hem had.

'Hebben jullie elkaar vaak gesproken?' vroeg ik geërgerd.

'Ja.'

'Waarom heb je me dat niet verteld?'

'Wat?'

'Dat jullie elkaar vaak hebben gesproken.'

'Het waren telefoontjes over het werk.'

'Nou, aangezien jullie zo bevriend zijn geraakt, bel hem nu dan maar en kijk of hij zich verwaardigt te vertellen wanneer hij komt.'

'Waar is dat voor nodig?'

'Voor jou nergens voor, maar het werk komt op mij neer: ik moet voor alles zorgen en ik zou het wel prettig vinden om tijdig gewaarschuwd te worden.'

Hij belde hem niet, zijn enige reactie was: 'Och, laten we maar afwachten. Nino heeft de meisjes beloofd dat hij terug zou komen, ik geloof niet dat hij hen teleur zal stellen.' En zo was het ook. Hij belde met een week vertraging, tegen de avond. Ik nam zelf op. Dat leek hem in verlegenheid te brengen. Hij maakte een paar algemene opmerkingen en vroeg toen of Pietro er was. Ik raakte op mijn beurt in verlegenheid en gaf hem door aan mijn man. Ze praatten lang, en ik hoorde met stijgende ergernis dat mijn man op ongewone toon sprak: te hoge stem, uitroepen, gelach. Pas toen begreep ik dat de relatie met Nino hem goed deed, dat hij er zich minder geïsoleerd door voelde, zijn kwaaltjes vergat en met meer plezier werkte. Ik trok me in mijn eigen kamer terug, waar Dede zat te lezen en Elsa speelde, allebei wachtend op het avondeten. Maar ook daar bereikte me zijn ongewone stem, hij leek wel dronken. Daarna zweeg hij, ik hoorde zijn stappen door het huis. Hij stak zijn hoofd om de deur en zei vrolijk tegen zijn dochters: 'Meisjes, morgen gaan we beignets eten met oom Nino.'

Dede en Elsa slaakten enthousiaste kreten. Ik vroeg: 'Wat doet hij, komt hij hier slapen?'

'Nee,' was zijn antwoord, 'hij is met zijn vrouw en zijn zoontje. Ze zitten in een hotel.'

103

Ik had heel veel tijd nodig om de betekenis van die woorden tot me te laten doordringen, en zei toen fel: 'Hij had wel kunnen waarschuwen!'

'Het was een beslissing van het laatste moment.'

'Een ongelikte beer is het.'

'Wat maakt het nou uit, Elena?'

Nino was dus met zijn vrouw gekomen. Het idee van een confrontatie maakte me ineens erg angstig. Ik wist heel goed hoe ik was, kende de grove stoffelijkheid van mijn lichaam, maar had daar een flink deel van mijn leven weinig belang aan gehecht. Ik was opgegroeid met altijd maar één paar schoenen, onooglijke, door mijn moeder genaaide jurkjes, make-up alleen maar bij zeldzame gelegenheden. De laatste jaren was ik begonnen me iets van de mode aan te trekken, onder leiding van Adele mijn smaak te ontwikkelen en nu vond ik het leuk om mezelf mooi te maken. Maar soms – vooral als ik niet alleen zorg aan mezelf had besteed om een goed figuur te slaan in het algemeen, maar voor één man in het bijzonder – had dat mezelf voorbereiden (dat was het woord) me een beetje bespottelijk geleken. Al die inspanning, al die tijd om mezelf te vermommen terwijl ik intussen iets anders had kunnen doen. De kleuren die me staan en me niet staan, de modellen die me slanker maken, die me dikker maken, de coupe die me flatteert of juist niet. Een lange en kostbare voorbereiding. Een reduceren van mezelf tot tafel gedekt voor de seksuele eetlust van de man, tot goed bereid gerecht dat hem het water in de mond doet lopen. En daarna de angst dat het niet lukt, dat je niet mooi lijkt, er niet in bent geslaagd om behendig de vulgariteit van het vlees met zijn vocht en geuren en afwijkingen te verhullen. Maar hoe dan ook, ik had het gedaan. Ook voor Nino had ik het gedaan, pas nog. Ik had hem willen laten zien dat ik een ander was geworden, dat ik een eigen verfijndheid had verworven, dat ik niet meer het meisje van Lila's bruiloft was, de gymnasiaste van het feestje van de kinderen van mevrouw Galiani, en ook niet de auteur van slechts één enkel boek, stuntelend, zoals hij mij waarschijnlijk in Milaan had gezien. Maar nu was het genoeg. Hij had zijn vrouw meegebracht en ik was boos, het leek me een gemene streek. Ik haatte het met een andere vrouw in schoonheid te wedijveren, en helemaal onder de ogen van een man, en ik leed bij de gedachte dat ik in dezelfde ruimte zou verkeren als het mooie meisje dat ik op die foto had gezien, ik kreeg er maagpijn van. Ze zou me taxerend bekijken, tot in alle details bestuderen met de hoogmoed van de jongedame uit de via Tasso, sinds haar geboorte opgevoed in de zorg voor haar lichaam; en daarna, aan het einde van de avond, weer alleen met haar man, zou ze met wrede helderheid kritiek op me leveren.

Urenlang aarzelde ik en ten slotte besloot ik dat ik een smoesje zou verzinnen; mijn man en de kinderen moesten maar zonder mij naar het etentje gaan. Maar de volgende dag lukte het me niet bij mijn beslissing te blijven. Ik kleedde me aan, kleedde me uit, stak mijn haar op, maakte het weer los, en hinderde Pietro. Ik liep voortdurend zijn kamer binnen, nu eens met dit jurkje, dan weer met dat, met mijn haar zus gekapt en dan weer zo, en vroeg hem steeds, uiterst gespannen: 'Wat vind je ervan?' Dan wierp hij een verstrooide blik op me en zei: 'Staat je goed.' Ik antwoordde: 'En als ik mijn blauwe jurk eens aandeed?' Hij reageerde instemmend. Ik deed de blauwe jurk aan, maar die beviel me niet, hij zat te strak op de heupen. Ik ging weer terug en zei: 'Hij zit strak.' Pietro antwoordde geduldig: 'Ja, die groene met bloemetjes staat je beter.' Maar ik wilde niet dat de groene met bloemetjes me alleen maar beter stond, ik wilde dat hij me uitstekend stond, en dat mijn oorhangers me uitstekend stonden, en mijn schoenen en mijn kapsel. Kortom, Pietro was niet bij machte me zelfvertrouwen te geven; hij keek naar me zonder mij te zien. En ik voelde me steeds meer een gedrocht, te veel boezem, te weinig billen, brede heupen, en dat blondachtige haar, die grote neus. Ik had mijn moeders lijf, het ontbrak er nog maar aan dat ik ineens weer ischias kreeg en mank liep. Nino's vrouw daarentegen was jong, mooi, rijk, en wist vast en zeker beter hoe je je behoorde te gedragen dan ik ooit zou kunnen leren. Dus kwam ik talloze keren terug op mijn oorspronkelijke beslissing: ik ga niet, ik stuur Pietro met de meisjes, ik zal laten zeggen dat ik me niet lekker voel. Maar ik ging wel. Ik trok een wit bloesje aan en een vrolijke, gebloemde rok; het enige sieraad dat ik droeg was het oude armbandje van mijn moeder. En in mijn tas stopte ik de tekst die ik had geschreven. Wat kunnen zij, hij, iedereen me verrekken, zei ik bij mezelf.

104

Door mijn geaarzel kwamen we laat in de trattoria aan. De familie Sarratore zat al aan tafel. Nino stelde ons voor aan zijn vrouw, Eleonora, en mijn humeur veranderde. O ja, ze had een mooi gezicht en prachtig zwart haar, net als op de foto. Maar ze was kleiner dan ik, terwijl ik toch niet lang was. En ze had geen boezem, al was ze aan de ronde kant. Ze had een vuurrode jurk aan die haar heel slecht stond. En ze droeg overdreven veel juwelen. Meteen al bij de eerste woorden die ze uitsprak, bleek ze een schelle stem te hebben, met het accent van een Napolitaanse, die was opgevoed door canastaspeelsters in een huis met een glaswand met uitzicht op de baai. Maar vooral belangrijk was dat ze er in de loop van de avond blijk van gaf over geen enkele culturele bagage te beschikken, hoewel ze rechten studeerde, en bovendien bleek ze de neiging te hebben om van iedereen en alles kwaad te spreken met het gezicht van iemand die zich tegendraads voelt en daar trots op is. Kortom: rijk, wispelturig en vulgair. Zelfs de aangename trekjes in haar gezicht werden voortdurend bedorven door grimassen vol ergernis, gevolgd door een nerveus lachje, hi hi hi, dat niet alleen haar verhaal, maar ook de afzonderlijke zinnen onderbrak. Ze had kritiek op Florence – 'Wat heeft deze stad meer dan Napels?' –, op de trattoria – 'waardeloos' –, op de baas – 'ongemanierd' –, op alles wat Pietro zei – 'wat een onzin' –, op de meisjes – 'Mijn hemel, wat praten jullie veel, kunnen we even stil zijn, alsjeblieft' –, en natuurlijk op mij – 'Je hebt in Pisa gestudeerd, maar waarom? Letteren in Napels is heel wat beter. Nooit gehoord van die roman van je, wanneer is die verschenen? Acht jaar geleden was ik veertien.' Alleen tegen haar zoontje en Nino was ze steeds erg lief. Albertino was heel mooi, mollig, en had een gelukkige uitstraling. Eleonora deed niets anders dan hem prijzen. Ook haar man prees ze de hemel in; er was niemand beter dan hij, ze stemde in met alles wat hij zei, en streelde hem, sloeg haar armen om hem heen, kuste hem. Wat had dat meisje gemeen met Lila, en zelfs met Silvia? Niets. Waarom was Nino dan met haar getrouwd?

Ik bespiedde hem de hele avond. Hij was aardig tegen haar, liet zich omhelzen en kussen, glimlachte lief tegen haar als ze onheuse onzin uitkraamde, speelde afwezig met zijn kind. Maar zijn houding tegenover mijn dochtertjes veranderde niet, hij besteedde heel veel aandacht aan hen; en hij bleef vrolijk met Pietro discussiëren en zei zelfs enkele woorden tegen mij. Hij werd niet – zo dacht ik maar het liefst – volkomen in beslag genomen door zijn vrouw. Eleonora was een van de vele mozaïekstukjes in zijn bewogen leven, maar had geen enkele invloed op hem. Nino ging zijn eigen weg zonder zich veel van haar aan te trekken. Daarom voelde ik me steeds meer op mijn gemak, vooral toen hij mijn pols enkele seconden vasthield, bijna streelde, en mijn armbandje bleek te herkennen; en vooral toen hij mijn man plagend vroeg of hij mij een beetje meer vrije tijd had gegeven; en vooral toen hij mij meteen daarna vroeg of ik nog verder was gegaan met mijn werk.

'Ik ben klaar met de eerste versie,' zei ik.

Nino wendde zich tot Pietro: 'Heb jij het gelezen?'

'Elena laat me niets lezen.'

'Dat wil jij niet,' kaatste ik terug, maar zonder bitterheid, alsof het een spelletje tussen ons was.

Toen mengde Eleonora zich in het gesprek; ze wilde niet buitengesloten worden. 'Waar gaat het over?' vroeg ze. Maar juist toen ik haar wilde antwoorden, vlinderden haar gedachten ergens anders heen en vroeg ze enthousiast: 'Ga je morgen mee winkelen als Nino aan het werk is?'

Ik glimlachte met geveinsde hartelijkheid, verklaarde mezelf beschikbaar, en toen begon ze zeer gedetailleerd op te sommen wat ze allemaal van plan was te gaan kopen. Pas op het moment dat we de trattoria verlieten, lukte het me Nino even terzijde te nemen en tegen hem te fluisteren: 'Voel je ervoor om eens naar mijn tekst te kijken?'

Oprecht verbaasd keek hij me aan: 'Wil je het me echt laten lezen?'

'Ja hoor, als je het niet vervelend vindt.' Heimelijk gaf ik hem mijn bladzijden, met kloppend hart, alsof ik niet wilde dat Pietro, Eleonora en de kinderen het merkten.

105

Ik deed geen oog dicht. 's Ochtends legde ik me maar bij die afspraak met Eleonora neer; we zouden elkaar om tien uur bij haar hotel treffen. Bega niet de stommiteit, gebood ik mezelf, om haar te vragen of haar man al aan mijn tekst is begonnen. Nino heeft het druk, het zal wel een tijdje duren; je moet er niet meer aan denken, er gaat minstens een week overheen.

Maar om klokslag negen uur, toen ik op het punt stond de deur uit te gaan, rinkelde de telefoon; het was Nino.

'Neem me niet kwalijk,' zei hij, 'maar ik ben op weg naar de bibliotheek en kan je tot vanavond niet meer bellen. Weet je zeker dat ik je niet stoor?'

'Absoluut niet.'

'Ik heb het gelezen.'

'Nu al?'

'Ja, en het is uitstekend werk. Je studeert opvallend gemakkelijk, je bent bewonderenswaardig precies en hebt een verbazingwekkende verbeeldingskracht. Maar waar ik je het meest om benijd is de vaardigheid waarmee je alles vertelt. Je hebt een moeilijk te definiëren tekst geschreven, ik weet niet of het een essay is of een verhaal. Maar het is heel bijzonder.'

'Is dat een tekortkoming?'

'Wat?'

'Dat het niet te catalogiseren is.'

'Wat nou, dat is een van de verdiensten ervan.'

'Moet ik het volgens jou publiceren zoals het nu is?'

'Ja, absoluut.'

'Dank je.'

'Nee, ik bedank jou, maar nu moet ik gaan. Heb een beetje geduld met Eleonora; ze lijkt agressief, maar dat is alleen maar verlegenheid. Morgenvroeg gaan we terug naar Napels, maar na de verkiezingen laat ik iets van me horen en dan praten we wat als je wilt.'

'Dat zou ik heel fijn vinden. Logeer je dan bij ons?'

'Weet je zeker dat ik jullie niet tot last ben?'

'Nee, absoluut niet.'

'Goed dan.'

Hij hing niet op, ik hoorde hem ademen.

'Elena?'

'Ja?'

'Lina heeft ons allebei verblind, toen we jong waren.'
Ik voelde me heel ongemakkelijk.
'Hoezo?'
'Je hebt haar uiteindelijk capaciteiten toegekend die alleen jijzelf bezit.'
'En jij?'
'Dat was nog erger. Wat ik in jou had gezien, meende ik later stom genoeg in haar te vinden.'
Gedurende enkele seconden zei ik niets. Waarom had hij behoefte gehad over Lila te beginnen, zomaar, via de telefoon? En vooral, wat zei hij daar tegen me? Waren het alleen maar complimenten? Of probeerde hij me te vertellen dat hij als jongen mij had gewild maar dat hij op Ischia uiteindelijk aan de een had toegekend wat van de ander was?
'Kom gauw terug,' zei ik.

106

De staat van geluk waarin ik verkeerde toen ik met Eleonora en de drie kinderen op stap ging was zo groot, dat ik zelfs als ze me met een mes had gestoken geen pijn zou hebben gevoeld. Tegenover mijn euforie vol attenties liet Nino's vrouw trouwens al haar vijandigheid varen; ze prees Dede en Elsa omdat ze zo braaf waren en zei dat ze me erg bewonderde. Haar man had haar alles over mij verteld, over wat ik gestudeerd had, over mijn succes als schrijfster. 'Maar ik ben wel een beetje jaloers,' bekende ze, 'en niet omdat je goed bent, maar omdat jij hem je hele leven al kent en ik niet.' Ze zou het fijn hebben gevonden als zij hem ook al had ontmoet toen ze nog klein was, en zou weten hoe hij op zijn tiende was, en op zijn veertiende, hoe zijn stem klonk voordat hij de baard in de keel kreeg, hoe hij als kind lachte. 'Gelukkig heb ik Albertino,' zei ze, 'hij is precies zijn vader.'

Ik observeerde het kind, maar had niet het idee trekken van Nino te zien; misschien zouden die later zichtbaar worden. 'Ik lijk op papa,' riep Dede meteen trots uit, en Elsa voegde daaraan toe: 'Ik meer op mijn mama.' Ik moest ineens weer aan Mirko, het zoontje van Silvia, denken, die als twee druppels water op Nino had geleken. Wat een genot was het geweest hem in mijn armen te houden, hem te kalmeren toen hij huilde, bij Mariarosa thuis. Wat had ik in die tijd, toen de ervaring van het moederschap nog ver weg was, in dat kind gezocht? Wat had ik in Gennaro gezocht toen ik nog niet wist dat Stefano zijn vader was? Wat zocht ik in Albertino, nu ik moeder was van Dede en Elsa, en waarom bekeek ik hem zo oplettend? Ik sloot uit dat Nino af en toe aan Mirko dacht. En bij mijn weten had hij ook nooit nieuwsgierigheid naar Gennaro getoond. Dat onbezonnen bevruchten van door genot verdwaasde mannen! Overweldigd door hun orgasme maken ze ons zwanger. Ze komen even in ons, trekken zich weer terug en laten, verborgen in ons vlees, hun larve als een verloren voorwerp bij ons achter. Was Albertino gewild, bewust gemaakt? Of zat ook hij bij deze vrouw-moeder op de arm zonder dat Nino het gevoel had er iets mee te maken te hebben? Ik keerde terug in de realiteit, zei tegen Eleonora dat haar zoon een kopie van zijn vader was en voelde me blij om die leugen. Daarna vertelde ik haar gedetailleerd, met genegenheid en met tederheid, over de lagereschooljaren van Nino, over de door juffrouw Oliviero en de directeur georganiseerde wedstrijden in wie het knapste was, over zijn gymnasiumtijd, over la Galiani en de vakantie op Ischia, samen met andere vrienden. Daar liet ik het bij, ook al bleef zij als een klein meisje 'En toen? En toen?' vragen.

Door al dat gebabbel vond ze me steeds sympathieker, hechtte zich aan me. Als we een winkel binnengingen en ik iets leuk vond, het paste maar er vervolgens van afzag, ontdekte ik bij het weggaan dat Eleonora het had gekocht om het mij cadeau te geven. Ook voor Dede en Elsa wilde ze kleren kopen. In het restaurant betaalde zij. En ze betaalde ook de taxi die mij en de meisjes naar huis bracht en haar vervolgens, met tassen beladen, naar het hotel zou brengen. We namen afscheid van elkaar en de meisjes en ik zwaaiden tot de auto de hoek om was. Nog een stukje van mijn stad, dacht ik. Mijlenver van mijn eigen ervaring met Napels. Ze ging met geld om alsof het geen enkele waarde had. Dat ze Nino's geld gebruikte, leek me uitgesloten. Haar vader was advocaat, haar grootvader ook, haar moeder kwam uit een bankiersfamilie. Ik vroeg me af wat voor verschil er was tussen de rijkdom van hen, gegoede burgers, en die van de Solara's. Ik dacht aan al die verborgen omwegen die het geld maakt alvorens hoge salarissen en riante honoraria te worden. Ik herinnerde me de jongens uit de wijk die hun dagloon verdienden met het lossen van smokkelwaar, het kappen van bomen in parken en met werken in de bouw. Ik dacht aan Antonio, Pasquale, Enzo, die toen ze nog jongetjes waren al een paar centen bijeen scharrelden om te kunnen overleven. Ingenieurs, architecten, advocaten, banken, dat was iets anders, maar hun geld kwam, zij het via talloze filters, van dezelfde louche praktijken, van hetzelfde wangedrag; een enkel kruimeltje ervan was zelfs in een fooi voor mijn vader veranderd en had eraan bijgedragen dat ik kon studeren. Waar lag dan de grens, waar werd slecht geld goed en omgekeerd? Hoe schoon was het geld dat Eleonora in de hitte van die dag in Florence probleemloos had uitgegeven; en de cheques waarmee ze de cadeaus had gekocht die ik nu mee naar huis nam, waarin verschilden die van de cheques waarmee Michele Lila voor haar werk betaalde? De hele middag paradeerden de meisjes en ik voor de spiegel met de kleren die we gekregen hadden. Het was spul van kwaliteit, levendig en vrolijk. Er was een vaalrood jarenveertigjurkje bij dat me bijzonder goed stond; ik zou het fijn hebben gevonden als Nino me erin had gezien.

Maar de hele familie Sarratore keerde terug naar Napels, zonder dat we nog kans hadden gehad elkaar te zien. Tegen alle verwachting in bracht dat echter geen plotselinge verstoring van de tijd teweeg, integendeel, hij begon soepel te verlopen. Nino zou terugkomen, dat was zeker. En hij zou mijn tekst met me bespreken. Om zinloze wrijvingen te voorkomen legde ik een kopie op Pietro's bureau. Daarna belde ik Mariarosa met de aangename zekerheid goed te hebben gewerkt en ik vertelde haar dat het me gelukt was een ordelijk verhaal te maken van de chaotische gedachten waarover ik met haar had gesproken. Ze wilde dat ik het haar onmiddellijk opstuurde. Enkele dagen daarna belde ze me enthousiast op, vroeg of ze het zelf in het Frans mocht vertalen en naar een vriendin in Nanterre mocht sturen die een kleine uitgeverij had. Ik accepteerde het geestdriftig, maar daar bleef het niet bij. Enkele uren later belde mijn schoonmoeder. Met zogenaamd beledigde stem vroeg ze: 'Wat is dat nu, krijgt Mariarosa wel te lezen wat je schrijft en ik niet?'

'Ik ben bang dat het je niet interesseert. Het zijn maar een stuk of zeventig bladzijden, het is geen roman, ik weet zelf niet eens wat het is.'

'Als je niet weet wat je hebt geschreven, is het goed. En hoe dan ook, laat mij zelf maar beslissen of het me interesseert of niet.'

Ook aan haar stuurde ik een kopie. Bijna onverschillig. En ik deed dat uitgerekend op de ochtend dat Nino me tot mijn verrassing tegen het middaguur belde, vanaf het station. Hij was net in Florence aangekomen.

'Over een half uur ben ik bij je. Ik zet mijn bagage neer en ga dan naar de bibliotheek.'

'Moet je niet iets eten?' vroeg ik spontaan. Het leek me normaal – het aankomstpunt na een lang traject – dat hij bij mij thuis kwam slapen, dat ik eten voor hem klaarmaakte terwijl hij in mijn badkamer een douche nam, dat we samen lunchten, hij, de meisjes en ik, terwijl Pietro examens afnam op de universiteit.

107

Nino bleef ruim tien dagen. Niets van wat er in die periode gebeurde had ook maar iets uit te staan met mijn overdreven verlangen om te verleiden van enkele jaren tevoren. Ik schertste niet met hem, zette geen lief stemmetje op, bestookte hem niet met allerlei attenties; ik speelde niet de rol van bevrijde vrouw, me spiegelend aan mijn schoonzusje; de weg van de schalkse zinspelingen koos ik evenmin en ik zocht ook niet vertederd zijn blik; ik was er niet op uit om aan tafel, op de bank of voor de televisie naast hem te zitten; ik liep niet half bloot door het huis; probeerde niet met hem alleen te zijn; ik zat niet met mijn elleboog tegen die van hem aan, met mijn arm of mijn borst tegen zijn arm, met mijn been tegen zijn been. Ik was terughoudend, ingetogen, gebruikte weinig woorden, zorgde er alleen maar voor dat hij goed te eten kreeg, dat hij geen last had van de meisjes, dat hij zich op zijn gemak voelde. En dat was geen keuze, ik zou me nooit anders hebben kunnen gedragen. Hij maakte veel grapjes met Pietro, met Dede, met Elsa, maar zodra hij zich tot mij wendde, werd hij ernstig, leek hij zijn woorden te wegen, alsof we niet al jaren bevriend waren. En ik deed spontaan hetzelfde. Ik vond het erg fijn om hem in huis te hebben en toch had ik geen enkele behoefte aan een vertrouwelijke toon, aan vertrouwelijke gebaren; sterker nog, ik vond het zelfs prettig om me afzijdig te houden en contact tussen ons te vermijden. Ik voelde me als een druppel regen op een spinnenweb, en zorgde ervoor niet naar beneden te glijden.

Slechts één keer wisselden we gedachten uit, volledig geconcentreerd op wat ik had geschreven. Hij begon er meteen bij aankomst over, nauwkeurig en scherpzinnig. Hij was getroffen door het verhaal over Ish en Isha'h, stelde me vragen, vroeg: 'Is de vrouw in het bijbelse verhaal voor jou niemand anders dan de man, de man zelf?' 'Ja,' zei ik, 'Eva kan niet, is niet in staat, heeft de materie niet om buiten Adam Eva te zijn. Háár verkeerd en háár goed zijn het verkeerd en het goed volgens Adam. Eva is de vrouw Adam. En het goddelijke ingrijpen is zo geslaagd dat zij zelf, in zichzelf, niet weet wat ze is, ze heeft vervormbare trekken, ze bezit geen eigen taal, heeft geen eigen geest en geen eigen logica, ze verandert van vorm of het niets is.' 'Een vreselijke situatie,' was Nino's commentaar, en ik, nerveus, bespiedde hem vanuit een ooghoek om te zien of hij me voor de gek hield. Nee, dat deed hij niet. Integendeel, hij prees me hogelijk zonder ook maar de minste ironie, hij noemde een paar mij onbekende boeken over onderwerpen die er zijdelings mee te maken hadden, en zei nog eens nadrukkelijk dat mijn werk volgens hem klaar was voor publicatie. Ik luisterde zonder van mijn voldoening blijk te geven, en zei aan het einde alleen: 'Mariarosa was er ook over te spreken.' Toen informeerde hij naar mijn schoonzusje, sprak zijn waardering uit zowel voor haar wetenschappelijke kwaliteiten als voor haar toewijding aan Franco, en daarna verdween hij snel naar de bibliotheek.

Verder ging hij elke morgen tegelijk met Pietro de deur uit en kwam elke avond na hem weer terug. In een heel enkel geval gingen we met z'n allen uit. Op een keer wilde hij ons bijvoorbeeld meenemen naar de bioscoop om een leuke film te zien die hij speciaal voor de meisjes had uitgezocht. Nino zat naast Pietro, ik tussen mijn dochtertjes in. Toen ik merkte dat ik hard lachte zodra hij lachte, hield ik helemaal op met lachen. Ik wees hem mild terecht omdat hij in de pauze een ijsje wilde kopen voor Dede en Elsa en natuurlijk ook voor ons, volwassenen. 'Voor mij niet,' zei ik, 'dank je.' Hij maakte een grapje, zei dat het ijs lekker was, dat ik niet wist wat ik miste en bood me aan het te proeven; ik proefde. Kleinigheden, kortom. Op een middag maakten we een wandeling – hij, Dede, Elsa en ik. We zeiden bijna niets, Nino had vooral aandacht voor de meisjes. Maar de route bleef me heel precies bij, ik zou elke weg, elke hoek kunnen aangeven, en de plekken waar we stilstonden. Het was warm, het was overvol in de stad. Hij liep voortdurend mensen te groeten, iemand riep hem bij zijn achternaam, ik werd met overdreven loftuitingen aan deze en gene voorgesteld. Het trof me hoe bekend hij was. Iemand anders, een heel bekende historicus, feliciteerde ons met de meisjes, alsof het onze kinderen waren. Verder gebeurde er niets, behalve een plotselinge, onverklaarbare verandering in de relatie tussen hem en Pietro.

108

Het begon allemaal op een avond tijdens het eten. Pietro sprak met bewondering over een professor uit Napels, in die tijd nogal gezien, en Nino zei: 'Ik had durven wedden dat je die zak wel zou mogen.' Mijn man keek verbijsterd, glimlachte onzeker, maar Nino deed er nog een schepje bovenop door de draak met hem te steken omdat hij zich zo gemakkelijk door de schijn liet misleiden. Meteen de volgende ochtend al, bij het ontbijt, volgde daar nog een klein incident op. Ik herinner me niet meer naar aanleiding waarvan, maar Nino begon weer over die oude botsing tussen mij en de godsdienstleraar over de Heilige Geest. Pietro, die dat verhaal niet kende, wilde er meer van weten en Nino begon, niet tegen hem maar tegen de meisjes, meteen te vertellen alsof het een god weet hoe belangrijke daad uit de jonge jaren van hun moeder was geweest.

Mijn man prees me, hij zei: 'Dat was heel moedig van je.' Maar daarna legde hij Dede uit – op de toon die hij aannam als er op de televisie onzin werd uitgekraamd en hij zich geroepen voelde zijn dochter uit te leggen hoe het werkelijk zat – wat de twaalf apostelen op pinksterochtend was overkomen: een geraas als van de wind, vurige tongen, de gave zich voor iedereen begrijpelijk te maken, in ongeacht welke taal. Daarna wendde hij zich tot Nino en mij, vertelde ons met vervoering over de *virtus* die de discipelen had vervuld, citeerde de profeet Joël: 'Ik zal mijn Geest uitstorten op alle vlees', en zei dat de Heilige Geest een onmisbaar symbool was bij het nadenken over hoe menigten een manier vinden om zich met elkaar te meten en zich in gemeenschappen organiseren. Nino liet hem praten, maar zijn gezicht stond steeds ironischer. Ten slotte riep hij uit: 'Ik had durven wedden dat er een priester in je schuilging.' En tegen mij, geamuseerd: 'Ben je zijn vrouw of de huishoudster van een pastoor?' Pietro bloosde, raakte verward. Hij had altijd van die onderwerpen gehouden; ik voelde dat het hem verdrietig maakte. Hij mompelde: 'Neem me niet kwalijk, ik zit jullie tijd te verknoeien. Kom, aan het werk.'

Dat soort momenten deden zich steeds vaker voor en zonder duidelijke reden. Terwijl de relatie tussen Nino en mij hetzelfde bleef, waakzaam wat de vorm betreft, beleefd en afstandelijk, vielen de grenzen van wellevendheid tussen hem en Pietro weg. Zowel bij het ontbijt als bij het avondeten begon onze gast zich tot de heer des huizes te wenden in een crescendo van spottende zinnen, bijna op het beledigende af, vernederende zinnen, maar uitgesproken op een vriendschappelijke manier, met een glimlach rond de lippen, zodat je niet in opstand kunt komen, als je tenminste niet wilt doorgaan voor iemand die snel beledigd is. Ik kende die manier van praten. In de wijk gebruikten de slimsten hem vaak om de minder slimmen te kleineren en hen, eenmaal monddood, tot het mikpunt van spot te maken. Pietro leek vooral gedesoriënteerd: hij kon goed met Nino overweg, waardeerde hem, en daarom reageerde hij niet, hij schudde zijn hoofd terwijl hij deed of hij het leuk vond, leek zich soms af te vragen wat hij verkeerd had gedaan en wachtte op terugkeer van de goede oude, vriendelijke toon. Maar Nino ging meedogenloos door. Hij keerde zich naar mij toe, naar de kinderen, overdreef nog iets meer om onze instemming te krijgen. En de meisjes knikten geamuseerd, en ik ook wel een beetje. Maar intussen dacht ik: waarom doet hij zo? Als Pietro boos wordt, betekent dat het einde van de relatie. Maar Pietro werd niet boos, hij begreep het eenvoudig niet, en de neuroses keerden terug en werden met de dag erger. Hij zag er weer moe uit; in zijn verontruste ogen en in de groeven van zijn voorhoofd stond de afmatting van de afgelopen jaren weer te lezen. Ik moet iets doen, dacht ik, en wel zo gauw mogelijk. Maar ik deed niets. Sterker nog, het kostte me moeite om de bewondering – ja, misschien zelfs wel opwinding – te verdrijven die me beving toen ik zag en hoorde hoe een Airota, een zeer geleerde Airota, terrein verloor, in verwarring raakte, met slappe, onbeduidende opmerkingen reageerde op de flitsende, briljante, maar ook wrede aanvallen van Nino Sarratore, mijn schoolkameraad, mijn vriend, die net als ik in de wijk was geboren.

109

Enkele dagen voor hij terugging naar Napels waren er twee bijzonder onaangename voorvallen. Op een middag belde Adele; ook zij was heel tevreden over mijn werk. Ze zei dat ik de tekst onmiddellijk naar de uitgever moest sturen. Ze zouden er een boekje van maken en dat gelijktijdig met de verschijning ervan in Frankrijk publiceren, of, als dat niet lukte, kort daarna. Ik sprak er tijdens het avondeten over, op een afstandelijke manier. Nino complimenteerde me uitvoerig en zei tegen de meisjes: 'Jullie hebben een uitzonderlijke moeder.' Daarna wendde hij zich tot Pietro: 'Heb jij het gelezen?'

'Ik heb er geen tijd voor gehad.'
'Lees het maar niet, dat is beter.'
'Waarom niet?'
'Het is niks voor jou.'
'Hoezo?'
'Het is te intelligent.'
'Wat bedoel je?'
'Dat je minder intelligent bent dan Elena.'

Hij lachte. Pietro zei niets, maar Nino liet hem niet met rust: 'Ben je beledigd?' Hij wilde dat hij reageerde om hem nog meer te kunnen vernederen. Maar Pietro stond op en zei: 'Neem me niet kwalijk, maar ik moet aan het werk.'

Ik mompelde: 'Eet eerst nog wat.'

Hij gaf geen antwoord. We zaten in de woonkamer te eten, een grote ruimte. Even leek het werkelijk dat hij weg wilde lopen en zich in zijn studeerkamer zou terugtrekken. Maar hij maakte een halve draai, ging op de bank zitten en zette de televisie aan, met het geluid aanmerkelijk harder dan normaal. De spanning was om te snijden. In enkele dagen tijd was alles ingewikkeld geworden. Ik voelde me erg ongelukkig.

'Kan het iets zachter?' vroeg ik hem.

Hij antwoordde alleen maar: 'Nee.'

Nino lachte even, at zijn bord leeg, hielp me met afruimen. In de keuken zei ik: 'Vergeef het hem, Pietro werkt veel en slaapt weinig.'

Met plotselinge woede in zijn stem antwoordde hij: 'Hoe kun je hem verdragen!'

Ik keek gealarmeerd naar de deur; gelukkig stond de tv nog steeds hard.

'Ik hou van hem,' antwoordde ik. En omdat hij aandrong om me met de afwas te helpen, voegde ik eraan toe: 'Ga nou maar, alsjeblieft, je staat me in de weg.'

Het andere voorval was nog onaangenamer, maar ook doorslaggevend. Ik wist niet meer wat ik echt wilde: ik hoopte inmiddels dat er snel een einde kwam aan die periode, ik wilde terug naar het gewone gezinsleven, volgen wat er met mijn boekje gebeurde. Maar intussen vond ik het ook fijn om 's ochtends Nino's kamer in te gaan, orde te scheppen in de wanorde die hij achterliet, zijn bed op te maken, te koken en te denken aan 's avonds, als hij met ons zou eten. En het benauwde me dat aan dat alles weldra een einde zou komen. Soms, 's middags, had ik het gevoel dat ik gek werd. Het huis leek leeg, ook al waren de meisjes er, ik raakte zelf leeg, had geen enkele belangstelling voor wat ik geschreven had, voelde dat het oppervlakkig was, ik verloor het vertrouwen in het enthousiasme van Mariarosa en Adele, van de Franse uitgeverij en de Italiaanse. Ik dacht: zodra hij weg is, heeft niets meer zin.

In die staat verkeerde ik – het leven ontglipte me en dat gaf een onverdraaglijk gevoel van verlies – toen Pietro bijzonder nors van de universiteit thuiskwam. We zaten op hem te wachten voor het avondeten. Nino was al een half uur thuis en de meisjes hadden onmiddellijk beslag op hem gelegd. Ik vroeg vriendelijk: 'Is er iets gebeurd?' Hij barstte los: 'Breng nooit meer lui uit jouw wereldje hier in huis!'

Ik verstijfde, dacht dat hij op Nino doelde. En ook Nino, die in de deuropening was verschenen – op de hielen gevolgd door Dede en Elsa – dacht waarschijnlijk hetzelfde, want hij keek met een uitdagend glimlachje naar Pietro, alsof hij een scène verwachtte. Maar Pietro bedoelde iets anders. Op zijn minachtende toon, de toon waarvan hij zich zo goed wist te bedienen als hij ervan overtuigd was dat er fundamentele principes in het geding waren en hij zich geroepen voelde die te verdedigen, zei hij: 'Vandaag zijn die rechercheurs weer komen opdagen. Ze hebben namen genoemd en me foto's laten zien.'

Ik slaakte een zucht van opluchting. Sinds hij de aangifte tegen de student die een wapen op hem had gericht niet had willen intrekken, kreeg hij regelmatig bezoek van de politie, die hem als een vertrouweling behandelde. Ik wist dat hij onder die bezoekjes gebukt ging, meer nog dan onder de minachting van veel jonge activisten en nogal wat professoren. Ervan overtuigd dat hij daarom zo somber was, viel ik hem vol wrok in de rede: 'Eigen schuld, dan had je maar niet zo moeten handelen. Ik heb het je gezegd. Nu kom je niet meer van hen af.'

Nino mengde zich in het gesprek en vroeg spottend aan Pietro: 'Wie heb je aangegeven?'

Pietro draaide zich niet eens om om hem aan te kijken. Hij was kwaad op mij, wilde met mij ruziemaken. Hij zei: 'Ik heb toen gedaan wat nodig was en dat had ik vandaag ook moeten doen. Maar ik heb mijn mond gehouden omdat jij erbij betrokken bent.'

Toen begreep ik dat niet de rechercheurs het probleem waren, maar wat hij van hen had vernomen. Ik zei zachtjes: 'Wat heb ik ermee te maken?'

'Zijn Pasquale en Nadia geen vrienden van jou?' vroeg hij met een verwrongen stem.

Dommig herhaalde ik: 'Pasquale en Nadia?'

'De rechercheurs hebben me foto's van terroristen laten zien en daar zaten zij ook bij.'

Ik reageerde niet, was met stomheid geslagen. Wat ik bedacht had, was dus waar – Pietro stond het me daar in feite te bevestigen. Enkele seconden zag ik de beelden weer voor me van Pasquale die zijn pistool op Gino leegschoot, die Filippo in de benen schoot, terwijl Nadia – Nadia, niet Lila – de trap opliep, bij Bruno aanklopte, naar binnen ging en hem in het gezicht schoot. Verschrikkelijk. En toch leek Pietro's toon me op dat moment misplaatst, alsof hij het bericht gebruikte om mij ten overstaan van Nino in moeilijkheden te brengen, om een discussie te laten ontbranden die ik niet wilde voeren. En jawel, Nino kwam er meteen weer tussen, nog steeds spottend: 'Je bent dus een informant van de politie? Dat doe je dus? Geef je je kameraden aan? Weet je vader dat? En je moeder? En je zusje?'

Ik mompelde zwakjes: 'Kom, we gaan eten.' Maar meteen daarna zei ik tegen Nino, vriendelijk bagatelliserend, ook al om te voorkomen dat hij Pietro bleef pesten en er zijn familie nog meer bij betrok: 'Hou op, wat nou "informant"!' Daarna vertelde ik hem heel kort en verward dat we een poosje tevoren bezoek hadden gehad van Pasquale Peluso, god weet of hij zich die herinnerde, iemand uit de wijk, een goeie jongen, die puur toevallig iets was begonnen met Nadia, die herinnerde hij zich natuurlijk wel, de dochter van la Galiani, ja, echt. En hier hield ik op, omdat Nino al stond te lachen. 'Nadia?' riep hij uit. 'O, mijn god, Nadia', en hij wendde zich opnieuw tot Pietro, nog spottender: 'Alleen jij en een paar stomme dienders kunnen denken dat Nadia Galiani aan de gewapende strijd meedoet, te gek om waar te zijn! Nadia, het liefste en aardigste meisje dat ik ooit heb gekend. Wat is er van Italië geworden? Laten we maar gaan eten, kom, de verdediging van de gevestigde orde kan het nu wel even zonder jou stellen.' En terwijl hij Dede en Elsa riep, liep hij naar de tafel. Ik begon alvast het eten op te scheppen in de overtuiging dat Pietro ook zou komen.

Maar hij verscheen niet. Ik dacht dat hij zijn handen was gaan wassen, dat hij tijd nodig had om weer kalm te worden en ging op mijn plaats zitten. Ik was onrustig, had een fijne, ontspannen avond gewild, een serene afsluiting van dat samenleven. Maar Pietro kwam niet; de meisjes zaten al te eten. Nu leek ook Nino verbaasd.

'Begin,' zei ik. 'Het eten wordt koud.'

'Alleen als jij ook eet.'

Ik aarzelde. Misschien moest ik gaan kijken hoe het met mijn man was, wat hij deed, of hij weer rustig was. Maar ik had er geen zin in, was geïrriteerd door zijn gedrag. Waarom had hij die opmerking over de rechercheurs niet voor zich gehouden? Dat deed hij toch met alles wat hem aanging, hij vertelde me nooit iets. Waarom had hij in aanwezigheid van Nino op die manier gesproken: *Breng nooit meer lui uit jouw wereldje hier in huis*? Vanwaar de haast om het iedereen te laten weten? Hij had kunnen wachten, later zijn hart kunnen luchten, als we ons eenmaal in onze slaapkamer hadden teruggetrokken. Hij had het op mij begrepen, dat was het punt. Hij wilde mijn avond bederven, hij had lak aan alles wat ik deed en wilde.

Ik begon te eten. We aten alle vier – voorgerecht, hoofdgerecht en ook het toetje dat ik had gemaakt. Pietro liet zich niet zien. Toen werd ik woedend. Wilde Pietro niet eten? Goed, dan at hij maar niet, hij had kennelijk geen honger. Wilde hij alleen zijn? Goed, het huis was groot en zonder hem zouden er ook geen spanningen zijn. Het was nu toch duidelijk dat het probleem niet was dat twee personen die zich één keer bij ons thuis hadden vertoond, verdacht bleken te worden van deelname aan een gewapende bende. Het probleem was dat zijn intelligentie scherpte ontbeerde, dat hij in een spits woordenspel tussen mannen zich niet staande wist te houden, dat hij daaronder leed en dan boos werd op míj. 'Wat kunnen jou en je armzaligheid me schelen. Afruimen doe ik straks wel,' zei ik hardop alsof ik mezelf, mijn verwarring een bevel gaf. Daarna zette ik de televisie aan en installeerde me samen met Nino en de meisjes op de bank.

Lange tijd verstreek, zenuwslopende tijd. Ik voelde dat Nino niet op zijn gemak was, maar het tegelijkertijd ook amusant vond. 'Ik ga papa roepen,' zei Dede, die zich nu haar buikje vol was zorgen maakte om Pietro. 'Ga maar,' zei ik. Ze kwam bijna op haar tenen terug, fluisterde in mijn oor: 'Hij is naar bed gegaan, hij slaapt.' Nino hoorde het toch en zei: 'Morgen vertrek ik.'

'Ben je klaar met je werk?'

'Nee.'

'Blijf dan.'

'Ik kan niet.'

'Pietro is een goed mens.'

'Verdedig je hem?'

Hem verdedigen? Tegen wat, tegen wie? Ik begreep het niet en het scheelde niet veel of ik werd ook kwaad op Nino.

110

De meisjes vielen voor de televisie in slaap. Ik bracht ze naar bed. Toen ik terugkwam was Nino verdwenen; hij had zich in zijn kamer teruggetrokken. Terneergeslagen ruimde ik af, deed de afwas. Wat een dwaasheid om hem te vragen langer te blijven, het was beter dat hij vertrok. Maar aan de andere kant: hoe kon ik zonder hem de treurigheid om me heen verdragen? Vertrok hij dan ten minste maar met de belofte vroeg of laat terug te komen. Ik wilde zo graag dat hij weer bij mij thuis zou slapen, dat we 's ochtends samen zouden ontbijten en 's avonds aan dezelfde tafel zouden eten, dat hij op zijn geamuseerde toon over koetjes en kalfjes zou praten en naar me zou luisteren als ik een gedachte vorm wilde geven, dat hij altijd respect zou hebben voor elke zin die ik uitsprak, dat hij bij mij nooit zijn toevlucht zou nemen tot ironie, tot sarcasme. Toch moest ik toegeven dat het zijn schuld was dat de sfeer zo snel bedorven was geraakt en het samenleven daardoor onmogelijk was geworden. Pietro voelde genegenheid voor hem. Hij had het fijn gevonden hem om zich heen te hebben, hij was gehecht aan de vriendschap die was ontstaan. Waarom had Nino behoefte gehad hem pijn te doen, hem te vernederen, hem aanzien te ontnemen? Ik haalde de make-up van mijn gezicht, waste me, deed mijn nachthemd aan. Ik deed de huisdeur met grendel en ketting op slot, sloot het gas af, deed alle luiken omlaag, de lampen uit en ging nog even bij de meisjes kijken. Ik hoopte dat Pietro niet deed of hij sliep, dat hij niet op me lag te wachten om ruzie te maken. Ik keek op zijn nachtkastje, hij had een pil genomen en was in diepe slaap. Hij vertederde me, ik gaf hem een kus op zijn wang. Wat een onvoorspelbaar mens: zeer intelligent en dom, gevoelig en bot, moedig en laf, heel ontwikkeld en onwetend, welopgevoed en lomp. Een mislukte Airota, hij was onderweg vastgelopen. Zou Nino, zo zeker van zichzelf, zo vastberaden, hem weer op gang hebben kunnen brengen, hem hebben kunnen helpen zichzelf te verbeteren? Opnieuw vroeg ik me af waarom die ontluikende vriendschap in eenzijdige vijandigheid was veranderd. En dit keer meende ik het te begrijpen.

Nino had me willen helpen om mijn man te zien zoals hij werkelijk was. Hij was ervan overtuigd dat ik een geïdealiseerd beeld van hem had, waaraan ik me zowel op het emotionele als op het intellectuele vlak had onderworpen. Hij had de inconsistentie voor me bloot willen leggen die achter die zeer jonge bekleder van een leerstoel school, achter de auteur van een afstudeerscriptie die later als een hooggewaardeerd boek was verschenen, achter de wetenschapper die al lange tijd werkte aan een nieuwe publicatie die zijn prestige moest bestendigen. Het was alsof Nino in die afgelopen dagen niets anders had gedaan dan me toeschreeuwen: 'Je leeft met een doodgewone man, je hebt twee kinderen gemaakt met een onbenul.' Hij was van plan geweest me te bevrijden door Pietro neer te halen, me aan mezelf terug te geven door hem af te breken. Maar had hij, toen hij daarmee bezig was, zich gerealiseerd dat hij zichzelf, of hij wilde of niet, had aangeboden als alternatief model van mannelijkheid?

Die vraag maakte me boos. Nino was onbezonnen geweest. Hij had chaos veroorzaakt in een situatie die voor mij het enig mogelijke evenwicht vormde. Waarom een puinhoop veroorzaken zonder ook maar enig overleg met mij? Wie had hem gevraagd mij de ogen te openen, me te redden? Waaruit had hij afgeleid dat ik daar behoefte aan had? Dacht hij dat hij kon doen wat hij wilde met mijn leven met Pietro, met mijn verantwoordelijkheid als moeder? Wat bedoelt hij? Waar is hij op uit? Híj moet duidelijkheid zien te krijgen, dacht ik. Hecht hij eigenlijk wel waarde aan onze vriendschap? Interesseert onze vriendschap hem niet? Het is bijna vakantie. Ik ga naar Viareggio, Nino naar Capri, zo vertelde hij, naar het huis van zijn schoonouders. Moeten we tot het eind van de vakantie wachten om elkaar terug te zien? En waarom dan in 's hemelsnaam? Nu al, tijdens de zomer, zouden we de relatie tussen onze families kunnen versterken. Ik zou Eleonora kunnen bellen, haar, haar man en hun zoontje voor een paar dagen bij ons in Viareggio kunnen uitnodigen. En ik zou het fijn vinden om op mijn beurt, samen met Dede, Elsa en Pietro, uitgenodigd te worden op Capri, daar was ik nog nooit geweest. Maar ook als dat niet gebeurt, waarom zouden we elkaar dan niet schrijven, ideeën en titels van boeken uitwisselen, praten over de plannen die we hebben met ons werk?

Het lukte me niet om kalm te worden. Nino had het verkeerd aangepakt. Als hij echt aan mij gehecht was, moest hij weer van voren af aan beginnen. Hij moest opnieuw Pietro's sympathie en vriendschap verwerven, mijn man wilde niet anders. Dacht hij echt dat hij me een dienst bewees door die spanningen te veroorzaken? Nee, nee, ik moest met hem praten, tegen hem zeggen dat het idioot was om Pietro zo te behandelen. Voorzichtig liet ik me uit bed glijden, liep de kamer uit, op blote voeten de gang door. Ik klopte op Nino's deur, wachtte even, ging naar binnen. Het was donker in de kamer.

'Je hebt je besluit genomen,' hoorde ik hem zeggen.

Ik schrok op, vroeg me niet af welk besluit ik genomen had. Ik wist alleen dat hij gelijk had: ik had een besluit genomen. Haastig deed ik mijn nachtpon uit en ging naast hem liggen, ook al was het erg warm.

111

Tegen vier uur 's ochtends ging ik terug naar mijn bed. Mijn man schrok even wakker en mompelde slaperig: 'Wat is er?' Ik zei op een toon die geen tegenspraak duldde: 'Slaap maar', en hij sliep weer door. Ik voelde me verdoofd, was blij om wat er was gebeurd, maar hoe ik ook mijn best deed, het lukte me niet het in de context van mijn toenmalige situatie te zien, als iets van de persoon die ik daar, in dat huis in Florence was. Het leek of alles tussen Nino en mij zich in de wijk had afgespeeld, toen zijn ouders verhuisden en Melina voorwerpen uit het raam gooide en verscheurd van verdriet gilde; of op Ischia, toen we hand in hand gewandeld hadden; of op die avond in Milaan, na de ontmoeting in de boekhandel, waar hij me tegen die wrede criticus had verdedigd. Dit gaf me een poosje een gevoel van niet-verantwoordelijk-zijn, misschien zelfs van onschuld, alsof Lila's vriendin, Pietro's vrouw, de moeder van Dede en Elsa niets te maken had met het kind-meisje-vrouw die van

Nino hield en hem eindelijk had genomen. Op elk stukje van mijn lichaam voelde ik de sporen van zijn handen en kussen. De zucht naar genot wilde niet bedaren, mijn enige gedachten waren: de dag is nog ver, wat doe ik hier, ik ga terug, weer terug naar hem.

Daarna dommelde ik in. Met een schok werd ik weer wakker en deed mijn ogen open; het was licht in de kamer. Wat had ik gedaan? Uitgerekend hier, in mijn eigen huis, wat een dwaasheid! Pietro zou zo wakker worden. De meisjes zouden zo wakker worden. Ik moest het ontbijt klaarmaken. Nino zou ons gedag zeggen, teruggaan naar Napels, naar zijn vrouw en zijn zoontje. En ik zou weer ik worden.

Ik stond op, douchte lang, droogde mijn haar, maakte me zorgvuldig op en trok een feestelijke jurk aan, alsof ik uitging. O, natuurlijk, Nino en ik hadden elkaar diep in de nacht gezworen dat we elkaar niet meer kwijt zouden raken, dat we een manier zouden vinden om elkaar te blijven beminnen. Maar hoe, en wanneer? Waarom zou hij me nog moeten opzoeken? Alles wat er tussen ons kon gebeuren was gebeurd, de rest bestond alleen maar uit complicaties. Basta. Met veel zorg dekte ik de ontbijttafel. Ik wilde dat hem een mooi beeld bijbleef van zijn verblijf, van het huis, van de vertrouwde voorwerpen, van mij.

Pietro verscheen, met verwarde haren, in pyjama.

'Waar moet je heen?'

'Nergens.'

Hij keek me stomverbaasd aan; het gebeurde nooit dat ik, net op, al zo tot in de puntjes verzorgd was.

'Je ziet er prachtig uit.'

'Niet dankzij jou.'

Hij liep naar het raam, keek naar buiten en mompelde toen: 'Ik was erg moe, gisteravond.'

'Ook erg onbeleefd.'

'Ik zal hem excuus vragen.'

'Je zou allereerst mij excuus moeten vragen.'

'Neem me niet kwalijk.'

'Hij vertrekt vandaag.'

Dede verscheen in de deuropening, op blote voeten. Ik ging haar pantoffels halen en wekte Elsa, die mij zoals gewoonlijk, met haar ogen nog dicht, met kussen overlaadde. Wat rook ze lekker, wat was ze zacht! Ja, zei ik bij mezelf, het is gebeurd. Gelukkig maar, het had ook nooit kunnen gebeuren. Maar nu moet ik streng voor mezelf zijn, Mariarosa bellen om te horen hoe het met Frankrijk zit, met Adele praten, zelf naar de uitgeverij gaan om erachter te komen wat ze met mijn boekje van plan zijn, of ze er echt in geloven of alleen maar mijn schoonmoeder tevreden willen stellen. Toen hoorde ik geluiden. Het was Nino; de tekenen van zijn aanwezigheid overrompelden me. Hij was er nog, nog even. Ik maakte me los uit de omhelzing van mijn dochtertje, zei: 'Sorry, Elsa, mama komt zo terug', en vloog weg.

Nino kwam slaperig zijn kamer uit. Ik duwde hem de badkamer in en deed de deur op slot. We kusten elkaar, opnieuw verloor ik het besef van plaats en tijd. Ik was zelf verbaasd over hoe hevig ik naar hem verlangde: ik was er goed in dingen voor mezelf te verbergen. We grepen elkaar vast met een heftigheid die ik nooit had gekend, alsof onze lichamen moesten breken, zo wild sloegen ze tegen elkaar. Dit was dus genot: breken, in elkaar opgaan, niet meer weten wat van mij en wat van hem was. Zelfs als Pietro was verschenen, als de meisjes zich hadden vertoond, dan zouden zij ons niet hebben herkend. Ik fluisterde in zijn mond: 'Blijf nog.'

'Ik kan niet.'

'Kom dan terug, zweer dat je terugkomt.'

'Ja.'

'En bel me.'

'Ja.'

'Zeg dat je me niet vergeet, zeg dat je me niet verlaat, zeg dat je van me houdt.'

'Ik hou van je.'

'Zeg het nog eens.'

'Ik hou van je.'

'Zweer dat het geen leugen is.'

'Ik zweer het.'

112

Een uur later vertrok hij, ook al drong Pietro op een beetje stuurse toon aan dat hij bleef en barstte Dede in huilen uit. Mijn man ging zich wassen, verscheen korte tijd later weer, klaar om de deur uit te gaan. Met neergeslagen ogen zei hij: 'Ik heb tegen de politie niet gezegd dat Pasquale en Nadia bij ons thuis zijn geweest; niet om jou te beschermen, maar omdat ik denk dat verschil van mening inmiddels met misdaad wordt verward.' Ik begreep niet meteen waar hij het over had. Pasquale en Nadia waren totaal uit mijn hoofd verdwenen en het kostte me moeite hen daarin weer terug te laten keren. Zwijgend wachtte Pietro enkele seconden. Misschien wilde hij dat ik liet merken dat ik het eens was met die opmerking, misschien wilde hij aan de warme examendag beginnen in de wetenschap dat we ons met elkaar hadden verzoend, dat we ten minste voor één keer hetzelfde dachten. Maar ik beperkte me tot een afwezig knikje. Wat konden mij zijn politieke meningen nog schelen, en Pasquale en Nadia, de dood van Ulrike Meinhof, het ontstaan van de socialistische republiek Vietnam en de opmars van de communistische partij bij de verkiezingen? De wereld had zich teruggetrokken. Ik voelde me weggezonken in mezelf, in mijn eigen vlees, dat me niet alleen de enig mogelijke verblijfplaats leek, maar ook het enige onderwerp waarover het de moeite waard was me druk te maken. Het was een opluchting toen hij, de man die getuigde van orde en wanorde, de deur achter zich dichttrok. Ik verdroeg het niet meer zijn blik op me te voelen, ik was bang dat zichtbaar werd hoe pijnlijk mijn lippen waren van het kussen, hoe moe ik was van de nacht, hoe overgevoelig mijn lichaam was, alsof het was verbrand.

Zodra ik alleen was, kwam de overtuiging terug dat ik Nino nooit meer zou zien of horen. En daar voegde zich een andere overtuiging bij: ik kon niet meer met Pietro leven, het leek me onverdraaglijk nog met hem in hetzelfde bed te slapen. Wat moest ik doen? Ik ga bij hem weg, dacht ik. Ik vertrek, met de meisjes. Maar hoe moest ik het aanpakken, zomaar weggaan en basta? Ik wist niets van uit elkaar gaan en scheiden. Hoe ging dat in zijn werk? Hoelang duurde het voor je weer vrij was? Ik kende geen enkel stel dat die weg had bewandeld. Wat gebeurde er met de kinderen? Wat sprak je af over hun onderhoud? Kon ik de meisjes meenemen naar een andere stad, naar Napels bijvoorbeeld? En waarom dan Napels, waarom niet Milaan? Als ik bij Pietro wegga, dacht ik, dan moet ik vroeg of laat werk vinden. Het zijn moeilijke tijden, met de economie gaat het slecht, en Milaan is voor mij de juiste plek, daar is de uitgeverij gevestigd. Maar Dede en Elsa? De relatie met hun vader? Moest ik dan in Florence blijven? Nooit ofte nimmer. Beter Milaan. Pietro kon zijn dochters komen opzoeken wanneer hij maar kon en wilde. Ja. Maar mijn hoofd voerde me naar Napels. Niet naar de wijk, daar zou ik nooit naar terugkeren. Ik stelde me voor te gaan wonen in het verblindende Napels, waar ik nooit had geleefd, een paar stappen van Nino's huis vandaan, in de via Tasso. Hem vanuit het raam zien als hij naar de universiteit ging of ervan terugkwam, hem op straat tegenkomen, elke dag met hem praten. Zonder hem te storen. Zonder hem in moeilijkheden met zijn gezin te brengen, integendeel, de vriendschappelijke relatie met Eleonora juist versterken. Die nabijheid zou voldoende voor me zijn. Naar Napels dus, niet naar Milaan. Als ik bij Pietro wegging, zou Milaan trouwens ook niet meer zo gastvrij voor me zijn. Mijn relatie met Mariarosa zou verkoelen, ook die met Adele. De banden zouden niet verbroken worden, dat niet, het waren beschaafde mensen, maar ze bleven de moeder en de zus van Pietro, ook al hadden ze niet veel achting voor hem. En Guido, zijn vader, al helemaal niet. Nee, natuurlijk zou ik niet meer op dezelfde manier op de Airota's kunnen rekenen, en op de uitgeverij misschien ook niet meer. Hulp zou alleen van Nino kunnen komen. Hij had overal goede vrienden, hij zou zeker een manier vinden om me te steunen. Tenzij mijn nabijheid zijn vrouw op de zenuwen werkte, of hemzelf op de zenuwen werkte. Voor hem was ik een getrouwde vrouw die met haar gezin in Florence leefde. Ver van Napels dus, en niet vrij. Hals over kop mijn huwelijk beëindigen, hem achterna gaan, op een paar stappen van zijn huis gaan wonen, tja... Hij zou me voor gek uitmaken, ik zou het figuur slaan van het vrouwtje dat niet goed bij haar hoofd is, zo'n type dat afhankelijk is van een man, het soort vrouw waar onder andere Mariarosa's vriendinnen zo van gruwden. En dat vóór alles niet bij hem paste. Hij had veel vrouwen bemind, ging van het ene bed naar het andere, maakte kinderen zonder zich daar verder verantwoordelijk voor te voelen, beschouwde het huwelijk als een noodzakelijke overeenkomst die de verlangens echter niet kon kooien. Ik zou me bespottelijk hebben gemaakt. Ik had in mijn leven al van zo veel afgezien, ik kon ook wel zonder Nino leven. Ik zou mijn eigen weg gaan, met mijn dochters.

Maar de telefoon rinkelde. Ik rende erheen om op te nemen. Het was hem. Op de achtergrond klonk een luidspreker, geschreeuw, lawaai, zijn stem was nauwelijks te horen. Hij was net in Napels aangekomen, belde vanaf het station. 'Alleen maar even gedag zeggen,' zei hij, 'ik wilde weten hoe het met je gaat.' 'Goed,' antwoordde ik. 'Wat ben je aan het doen?' 'Ik ga net met de meisjes aan tafel.' 'Is Pietro er?' 'Nee.' 'Vond je het fijn om met me te vrijen?' 'Ja.' 'Erg fijn?' 'Heel erg fijn.' 'Ik heb geen muntjes meer.' 'Ga maar, ciao, bedankt voor je telefoontje.' 'We spreken elkaar nog wel.' 'Wanneer je wilt.' Ik was tevreden over mezelf, over mijn zelfbeheersing. Ik heb hem op de juiste afstand gehouden, zei ik tegen mezelf, ik heb een beleefdheidstelefoontje beleefd beantwoord. Maar drie uur later belde hij weer, opnieuw via een openbare telefoon. Hij was zenuwachtig. 'Waarom ben je zo kil?' 'Ik ben niet kil.' 'Vanmorgen wilde je dat ik tegen je zei dat ik van je hou en dat heb ik gezegd, ook al zeg ik dat uit principe tegen niemand, zelfs niet tegen mijn eigen vrouw.' 'Fijn.' 'En jij, hou jij van mij?' 'Ja.' 'Slaap je vannacht bij hem?' 'Bij wie anders?' 'Dat verdraag ik niet.' 'Slaap jij niet bij je vrouw?' 'Dat is niet hetzelfde.' 'Waarom niet?' 'Eleonora laat me koud.' 'Kom dan terug.' 'Hoe?' 'Ga bij haar weg.' 'En dan?' Hij begon op een obsessieve manier te bellen. Ik was dol op die telefoontjes, vooral als we elkaar gedag zeiden en het leek of we elkaar pas wie weet wanneer opnieuw zouden spreken, maar een half uur later belde hij dan opnieuw, soms zelfs al tien minuten later, en dan begon hij opgewonden te praten, vroeg me of ik met Pietro gevreeën had nadat wij samen waren geweest, en dan zei ik 'nee' en dan liet hij het me zweren en zwoer ik het, en ik vroeg of hij met zijn vrouw had gevreeën, en dan schreeuwde hij 'nee' en dan wilde ik dat hij het ook zwoer: de ene eed na de andere, en vele beloften, vooral de plechtige belofte thuis te blijven, om bereikbaar te zijn. Hij wilde dat ik op zijn telefoontjes wachtte, ging zelfs zo ver dat hij, als ik toevallig wel de deur uit ging – ik moest tenslotte boodschappen doen – de telefoon voor niets over liet gaan, over liet gaan tot ik terugkwam en ik de meisjes de meisjes liet, de tassen de tassen, de voordeur niet eens dichtdeed en naar de telefoon holde om op te nemen. Dan trof ik hem wanhopig aan de andere kant van de lijn: 'Ik dacht dat je nooit meer zou opnemen.' En opgelucht voegde hij daar vervolgens aan toe: 'Maar ik zou altijd zijn blijven bellen. Bij gebrek aan jou zou ik van de klank van de telefoon hebben gehouden, van dat vergeefse rinkelen; het leek me het enige wat me was overgebleven.' En uitvoerig begon hij herinneringen op te halen aan onze nacht – weet je nog dit, weet je nog dat. Dat deed hij voortdurend. Hij somde alles op wat hij samen met mij wilde doen en daarbij ging het niet alleen om seks: wandelen, een reis maken, naar de film gaan, uit eten, me over het werk vertellen waar hij mee bezig was, horen hoe het met mijn boekje ging. Dan verloor ik mijn zelfbeheersing. Ik fluisterde: 'Ja, ja, ja, alles, wat je maar wilt,' en schreeuwde: 'Ik sta op het punt op vakantie te gaan, over een week zit ik met de meisjes en Pietro aan zee,' bijna alsof het een deportatie betrof. En hij: 'Over drie dagen gaat Eleonora naar Capri. Zo gauw ze vertrekt kom ik naar Florence, al is het maar voor een uur.' Intussen stond Elsa naar me te kijken. Ze vroeg: 'Met wie praat je de hele tijd, mama? Kom je met me spelen?' Op een dag zei Dede: 'Laat haar met rust, ze praat met haar verloofde.'

113

Nino reisde 's nachts en kwam rond negenen in Florence aan. Hij belde, Pietro nam op, Nino gooide de hoorn op de haak. Hij belde opnieuw, ik haastte me om op te nemen. Hij stond bij ons huis geparkeerd. 'Kom naar beneden.' 'Dat kan niet.' 'Kom meteen naar beneden, anders kom ik naar boven.' Ons vertrek naar Viareggio was nabij, Pietro had inmiddels vakantie. Ik liet de meisjes bij hem achter, zei dat ik nog een paar urgente boodschappen moest doen voor het strand, en holde naar Nino.

Elkaar terugzien was een heel slecht idee geweest. We ontdekten dat het verlangen heviger werd in plaats van dat het afnam en schaamteloos duizend dringende eisen stelde. Terwijl op afstand, per telefoon, de woorden ons toestonden te fantaseren en daarbij opwindende vooruitzichten te construeren, maar ons ook een orde oplegden en we ons inhielden, bang werden, maakte het weerzien – opgesloten in de piepkleine ruimte van de auto, ongevoelig voor de vreselijke hitte – onze uitzinnigheid concreet, voorzag haar van het embleem van het onvermijdelijke, maakte er een deel van het grote gezagsondermijnende tijdperk waarin we leefden van, maakte haar coherent met de vormen van realisme van die tijd, vormen die het onmogelijke vroegen.

'Laten we niet teruggaan naar huis.'

'En de meisjes dan, en Pietro?'

'En wij dan?'

Voordat hij naar Napels terugkeerde, zei hij dat hij niet wist of hij het zou kunnen opbrengen mij de hele maand augustus niet te zien. Wanhopig namen we afscheid. Ik had geen telefoon in het huis dat we in Viareggio hadden gehuurd; hij gaf me het nummer van het huis op Capri. Hij liet me beloven dat ik hem elke dag zou bellen.

'En als je vrouw opneemt?'

'Dan hang je op.'

'En als je aan zee bent?'

'Ik moet werken, ik zal bijna nooit aan zee zijn.'

Dat dagelijks bellen was, zo fantaseerden wij, ook nodig om een datum af te spreken, vóór 15 augustus of daarna, en een manier te vinden om elkaar op z'n minst één keer te zien. Hij drong erop aan dat ik een willekeurig smoesje verzon en naar Florence ging. Hij zou hetzelfde doen ten aanzien van Eleonora en naar me toe komen. We zouden elkaar bij mij thuis ontmoeten, we zouden samen eten, samen slapen. Weer iets waanzinnigs. Ik kuste hem, streelde hem, beet hem, en rukte me in een staat van ongelukkig geluk van hem los. Snel ging ik zomaar in het wilde weg handdoeken kopen en een paar zwembroeken voor Pietro, een emmertje en schepjes voor Elsa en een blauw badpakje voor Dede. Ze hield van blauw in die tijd.

114

We gingen op vakantie. Ik hield me weinig met de kinderen bezig, liet ze bijna steeds aan Pietro over, was voortdurend op zoek naar een telefoon, al was het alleen maar om tegen Nino te zeggen dat ik van hem hield. Slechts een paar keer nam Eleonora op en dan verbrak ik meteen de verbinding. Maar het geluid van haar stem was voldoende om mijn ergernis te wekken; ik vond het onrechtvaardig dat zij dag en nacht bij hem was. Wat had zij met hem, met ons te maken? Die ergernis droeg ertoe bij dat ik mijn angst overwon. Het plan om elkaar in Florence terug te zien leek me steeds uitvoerbaarder. Ik zei tegen Pietro, en dat was waar, dat het de Italiaanse uitgeverij met alle goede wil van de wereld niet zou lukken om mijn tekst vóór januari uit te geven, maar dat het boekje in Frankrijk wel eind oktober zou uitkomen. Daarom moest ik dringend enkele kwesties ophelderen. Ik had daar een paar boeken voor nodig, moest terug naar huis.

'Ik ga ze wel voor je halen,' bood hij aan.
'Blijf jij maar bij de kinderen. Je bent bijna nooit samen met ze.'
'Ik rij graag, jij niet.'
'Kun je me niet een beetje met rust laten? Mag ik ook eens een dag vrij hebben? Dienstmeisjes hebben vrije dagen, waarom ik dan niet?'

Ik vertrok vroeg. Er waren witte strepen in de lucht, frisse wind kwam door het raampje naar binnen en bracht zomergeuren mee.

Met kloppend hart ging ik het lege huis binnen. Ik kleedde me uit, waste me, bekeek me in de spiegel, ergerde me aan de witte vlek van buik en borsten, ik kleedde me weer aan, en weer uit en opnieuw aan, totdat ik me mooi voelde.

Nino arriveerde tegen drie uur; ik weet niet wat voor smoesje hij zijn vrouw had verteld. We vreeën tot de avond. Voor het eerst had hij de gelegenheid zich aan mijn lichaam te wijden en dat deed hij met een toewijding, met een verafgoding waarop ik niet was voorbereid. Ik probeerde niet voor hem onder te doen, wilde koste wat het kost een goede indruk maken. Maar toen ik hem uitgeput en gelukkig zag liggen, ging er plotseling iets mis in mijn hoofd. *Voor mij was het een unieke ervaring, voor hem een herhaling.* Hij hield van vrouwen, aanbad hun lichamen als idolen. Ik dacht niet zozeer aan de andere vrouwen van wie ik op de hoogte was – Nadia, Silvia, Mariarosa, of zijn vrouw Eleonora. Wel dacht ik aan dat wat ik goed kende, aan de krankzinnige dingen die hij voor Lila had gedaan, aan de bezetenheid die hem op het randje van zelfvernietiging had gebracht. Ik herinnerde me hoe zij in die hartstocht had geloofd en zich aan hem, aan de ingewikkelde boeken die hij las, aan zijn gedachten, aan zijn ambities had vastgeklampt om zichzelf sterker te maken en zichzelf een mogelijkheid tot verandering te bieden. Ik herinnerde me hoe ze was ingestort toen Nino haar in de steek had gelaten. Kon hij alleen maar op die buitensporige manier beminnen en tot beminnen brengen, kende hij geen andere manieren? Was die krankzinnige liefde van ons een kopie van andere krankzinnige liefdes? En die nietsontziende wil om me te bezitten, volgde die een prototype, was het de manier waarop hij Lila had gewild? Was zelfs zijn komst naar het huis van Pietro en mij vergelijkbaar met die keer toen Lila hem het huis van Stefano en haar in had getrokken? Waren we niet iets aan het doen, maar iets aan het herhalen?

Ik trok me terug. Hij vroeg: 'Wat is er?' 'Niets.' Ik wist niet wat ik moest zeggen, het waren geen gedachten die uitgesproken konden worden. Ik drukte me tegen hem aan, kuste hem en probeerde intussen dat gevoel over zijn liefde voor Lila uit me te bannen. Maar

Nino drong aan en ten slotte kon ik er niet meer omheen, ik nam mijn toevlucht tot een betrekkelijk recente echo – ja, dit kan ik misschien wel tegen hem zeggen – en vroeg op een gespeeld geamuseerde toon: 'Zit ik seksueel ook verkeerd in elkaar, net als Lila?'

Zijn blik veranderde. Er verscheen een ander iemand in zijn ogen, in zijn gezicht, een vreemde die me bang maakte. Nog voor hij antwoordde, haastte ik me te fluisteren: 'Het was een grapje, laat maar zitten als je geen antwoord wilt geven.'

'Ik heb niet begrepen wat je zei.'

'Ik heb alleen maar jouw eigen woorden aangehaald.'

'Nooit zoiets gezegd.'

'Leugenaar! Je zei het in Milaan, toen we naar het restaurant liepen.'

'Niet waar, en hoe dan ook, ik wil niet over Lina praten.'

'Waarom niet?'

Hij gaf geen antwoord. Ik raakte geïrriteerd, draaide hem mijn rug toe. Toen hij daar licht met zijn vingers over streek, siste ik: 'Laat me met rust.' Een poosje bleven we bewegingloos liggen, zonder iets te zeggen. Maar daarna begon hij me weer te strelen, kuste me zachtjes op een schouder en ik bezweek. Ja, gaf ik bij mezelf toe, hij heeft gelijk, ik moet hem geen vragen over Lila stellen, nooit meer.

Tegen de avond rinkelde de telefoon, vast en zeker Pietro, samen met de meisjes. Ik beduidde Nino stil te zijn, stapte uit bed en rende naar de telefoon. Ik stelde mijn stem in op een hartelijke, geruststellende toon, maar zonder het me te realiseren praatte ik te zachtjes, bracht een onnatuurlijk gefluister voort; ik wilde niet dat Nino het hoorde en me daarna zou plagen, of zelfs boos zou worden.

'Waarom fluister je zo?' vroeg Pietro. 'Alles in orde?'

Ik begon onmiddellijk harder te praten, maar nu werd mijn stem overdreven luid. Ik zocht naar vriendelijke woorden, deed heel enthousiast tegen Elsa, drukte Dede op het hart haar vader het leven niet moeilijk te maken en haar tanden te poetsen voor ze ging slapen.

Toen ik terugkwam in bed zei Nino: 'Wat een lieve echtgenote, wat een lief moedertje!'

Ik antwoordde: 'Jij doet niet voor me onder.'

Ik wachtte tot de spanning weer afnam, tot de echo van de stemmen van mijn man en de meisjes wegebde. We douchten samen, met veel gelach – een nieuwe ervaring; ik vond het leuk hem te wassen, en me door hem te laten wassen. Daarna maakte ik me klaar om uit te gaan, maakte me opnieuw mooi voor hem, maar dit keer onder zijn ogen en ineens zonder spanning. Hij zat verrukt naar me te kijken terwijl ik jurken uitprobeerde, op zoek naar de juiste, en me opmaakte. Af en toe kwam hij achter me staan, kuste me in de hals, stak zijn handen in mijn decolleté en onder mijn jurk, ook al zei ik schertsend: 'Waag het niet, je kietelt me, je verpest mijn make-up en dan moet ik opnieuw beginnen, pas op mijn jurk, je maakt hem kapot, laat me nou.'

Ik wilde dat hij alleen naar buiten ging en zei dat hij in de auto op me moest wachten. Hoewel de flat halfleeg was omdat iedereen op vakantie was, vreesde ik toch dat iemand ons samen zou zien. We gingen ergens dineren, aten veel, praatten veel en dronken heel veel. Eenmaal weer thuis gingen we opnieuw naar bed, maar sliepen geen moment. Hij zei: 'In oktober ga ik vijf dagen naar Montpellier, voor een congres.'

'Veel plezier. Ga je met je vrouw?'

'Ik wil er met jou heen.'

'Onmogelijk.'

'Waarom?'

'Dede is zes, Elsa drie. Ik moet voor hen zorgen.'

We begonnen over onze situatie te praten; voor het eerst spraken we woorden uit als 'getrouwd' en 'kinderen'. We vervielen van wanhoop in seks, van seks in wanhoop. Ten slotte fluisterde ik: 'We moeten elkaar niet meer zien.'

'Als dat voor jou mogelijk is, oké. Ik kan het niet.'

'Onzin. Je kent me al decennialang en toch heb je zonder mij een vol leven gehad. Je vergeet me binnen de kortste keren.'

'Beloof me dat je me elke dag blijft bellen.'

'Nee, ik bel je niet meer.'
'Ik word gek als je het niet doet.'
'Ik word gek als ik aan jou blijf denken.'

Met een soort masochistisch genot verkenden we de doodlopende straat waarin we ons bevonden, en doodongelukkig door onze eigen opsomming van obstakels liep het ten slotte uit op ruzie. Om zes uur 's ochtends vertrok hij, uiterst gespannen. Ik ruimde het huis op, huilde een poosje en reed het hele stuk terug in de hoop nooit in Viareggio aan te komen. Halverwege realiseerde ik me dat ik niet één boek bij me had dat die reis kon rechtvaardigen. Maar beter zo, dacht ik.

115

Toen ik terugkwam vloog Elsa me blij om de hals. Bozig zei ze: 'Papa kan niet goed spelen.' Dede verdedigde Pietro, riep dat haar zusje klein was en stom en elk spelletje bedierf. Pietro keek onderzoekend naar me en zei wrevelig: 'Je hebt niet geslapen.'

'Ik heb slecht geslapen.'
'Heb je je boeken gevonden?'
'Ja.'
'Waar zijn ze?'
'Wat denk je? Thuis! Ik heb nagekeken wat ik moest nakijken, dat was genoeg.'
'Waarom word je kwaad?'
'Omdat jij me kwaad maakt.'
'We hebben je gisteravond nog een keer gebeld. Elsa wilde je welterusten zeggen, maar je was er niet.'
'Het was warm, ik ben gaan wandelen.'
'Alleen?'
'Wat dacht je? Natuurlijk!'
'Dede zegt dat je een verloofde hebt.'
'Dede heeft een sterke band met jou. Dede popelt om mijn plaats in te nemen.'

'Of ze hoort en ziet dingen die ik niet hoor en zie.'
'Wat bedoel je?'
'Wat ik zei.'
'Pietro, laten we proberen duidelijk te zijn: is er bij al je kwalen nu ook nog sprake van jaloezie?'
'Ik ben niet jaloers.'
'Laten we het hopen. Want als het wel zo is, dan zeg ik meteen: dat wordt me te veel, dat verdraag ik niet.'

Dit soort conflicten waren er in de daaropvolgende dagen steeds vaker. Ik hield hem in bedwang, maakte hem verwijten en minachtte intussen mezelf. Maar ik voelde ook woede: wat wilden ze van mij, wat moest ik doen? Ik hield van Nino, ik had altijd van hem gehouden; hoe kon ik hem uit mijn hart, mijn hoofd en mijn buik rukken nu hij mij ook wilde? Sinds mijn kinderjaren had ik een volmaakt mechanisme van zelfbeperking ontwikkeld. Niet één van mijn echte verlangens had ooit overheerst, ik had altijd een manier gevonden om zucht naar wat dan ook te kanaliseren. Maar nu is het genoeg, zei ik tegen mezelf, laat alles maar naar de verdommenis gaan, ikzelf als eerste.

Maar ik aarzelde. Een paar dagen lang belde ik Nino niet, precies zoals ik in Florence zo verstandig was geweest hem aan te kondigen. Maar daarna begon ik ineens wel drie of vier keer per dag te bellen, zonder enige voorzichtigheid. Zelfs om Dede, die een paar stappen van de telefooncel vandaan stond, bekommerde ik me niet. Ik discussieerde met hem in de onverdraaglijke hitte van die kooi in de zon en soms gooide ik, klam van het zweet en geërgerd vanwege de spiedende blik van mijn dochter, de glazen deur open en gilde: 'Wat sta je daar te staan? Ik heb je gezegd dat je je met je zusje bezig moest houden.' Middelpunt van mijn gedachten was inmiddels het congres in Montpellier. Nino zette me onder druk, zag mijn komst steeds meer als een soort ultiem bewijs van de oprechtheid van mijn gevoelens, zodat we van heftige ruzies overgingen op verklaringen van onmisbaarheid, van langdurig, kostbaar interlokaal gemok op obsessief uitstorten van ons verlangen in een stroom van vurige woorden. Doodmoe, en met Dede en Elsa die buiten de tele-

fooncel zeurderig zongen: 'Schiet op, mama, we vervelen ons', zei ik op een dag tegen hem: 'Ik zie maar één mogelijkheid om mee te gaan naar Montpellier.'
'En die is?'
'Alles aan Pietro vertellen.'
Er viel een lange stilte.
'Ben je echt bereid dat te doen?'
'Ja, maar op voorwaarde dat jij Eleonora alles vertelt.'
Weer een lange stilte. Nino mompelde: 'Wil je dat ik Eleonora en het kind pijn doe?'
'Ja. Doe ik Pietro en de meisjes soms geen pijn? Beslissen betekent pijn doen.'
'Albertino is nog heel klein.'
'Elsa is ook nog klein. En voor Dede zal het verschrikkelijk zijn.'
'Laten we het na Montpellier doen.'
'Niet met me spelen, Nino.'
'Ik speel niet.'
'Als je serieus bent, gedraag je daar dan ook naar: jij praat met je vrouw en ik praat met mijn man. Nu. Vanavond.'
'Geef me wat tijd, het is niet makkelijk.'
'Voor mij wel?'

Hij rekte tijd, probeerde het me uit te leggen. Hij zei dat Eleonora een heel fragiele vrouw was. Hij zei dat haar leven helemaal om hem en het kind draaide. Hij zei dat ze vroeger tot twee keer toe had geprobeerd een einde aan haar leven te maken. Maar daar liet hij het niet bij; ik voelde dat hij zichzelf tot volstrekte eerlijkheid dwong. Stap voor stap en lucide als altijd kwam hij tot de bekentenis dat het verbreken van zijn huwelijk niet alleen betekende dat hij zijn vrouw en zijn zoontje pijn deed, maar ook dat hij veel gemakken opgaf – 'alleen een leven in een situatie van welstand maakt het leven in Napels acceptabel' – en een netwerk van relaties dat hem garandeerde dat hij op de universiteit zijn gang kon gaan. En daarna, meegesleept door zijn eigen keuze om niets te verzwijgen, besloot hij: 'Bedenk dat jouw schoonvader veel waardering voor mij heeft, en onze relatie openbaar maken zou zowel voor mij als voor jou tot een onherstelbare breuk met de Airota's leiden.' Waarom weet ik niet, maar deze laatste uitspraak deed me pijn.

'Goed,' zei ik, 'laten we het hier maar bij laten.'

'Wacht.'

'Ik heb al te lang gewacht, ik had eerder een beslissing moeten nemen.'

'Wat ben je van plan?'

'Er akte van nemen dat mijn huwelijk geen zin meer heeft en mijn eigen weg gaan.'

'Weet je dat zeker?'

'Ja.'

'En ga je mee naar Montpellier?'

'Mijn eigen weg gaan, zei ik, niet die van jou. Het is uit tussen jou en mij.'

116

In tranen hing ik op en liep de telefooncel uit. Elsa vroeg: 'Heb je je pijn gedaan, mama?' Ik antwoordde: 'Niks aan de hand met mij, maar oma voelt zich niet goed.' Ik bleef snikken, terwijl de kinderen bezorgd naar me keken. De laatste dagen van onze vakantie deed ik niets anders dan huilen. Ik zei dat ik moe was, dat het te warm was, dat ik hoofdpijn had, en stuurde Pietro en de meisjes naar zee. Ik bleef op bed liggen en doordrenkte het kussen met tranen. Ik haatte die overdreven zwakte; zelfs als kind was ik niet zo geweest. Lila en ik hadden ons geoefend om nooit te huilen, en als het gebeurde, was dat op uitzonderlijke momenten en van korte duur: we schaamden ons dan diep, onderdrukten onze snikken. Maar nu was er een fontein in mijn hoofd ontsprongen, net als bij Orlando, en ik had het idee dat ook als Pietro, Dede en Elsa op het punt stonden om weer thuis te komen en ik met veel moeite mijn tranen terugdrong en snel mijn gezicht afspoelde onder de kraan, dat die fontein dan doordruppelde en het goede moment afwachtte om opnieuw de weg naar mijn ogen te zoeken. Nino wilde me niet echt, Nino deed veel alsof, maar houden van was er nauwelijks bij. Hij had me willen neuken – ja, neuken, zoals hij god weet hoeveel andere vrouwen had geneukt – maar mij hebben, mij voor altijd hebben en de band met zijn vrouw verbreken, nee, dat was niet zijn bedoeling. Waarschijnlijk was hij nog verliefd op Lila. Waarschijnlijk zou hij zijn hele leven alleen maar van haar houden, zoals zo veel andere mannen die haar hadden gekend. En dat maakte dat hij altijd bij Eleonora zou blijven. Zijn liefde voor Lila garandeerde dat geen enkele vrouw – hoe hij haar met al zijn onstuimigheid ook begeerde – dat kwetsbare huwelijk ooit in gevaar zou brengen, en ik al helemaal niet. Zo stonden de zaken ervoor. Soms liep ik halverwege de lunch of het avondeten weg en haastte me dan naar de badkamer om daar mijn tranen de vrije loop te laten.

Pietro ging behoedzaam met me om, voelde dat ik van het ene moment op het andere kon ontploffen. In het begin, een paar uur na de breuk met Nino al, had ik erover gedacht hem alles te vertellen, bijna alsof hij niet alleen mijn man was aan wie ik uitleg was verschuldigd, maar ook een biechtvader. Ik had er behoefte aan, en vooral als hij in bed tegen me aan kwam liggen en ik hem wegduwde en fluisterend zei: 'Nee, de meisjes worden wakker', scheelde het vaak niet veel of ik had alles tot in detail over hem uitgestort. Maar ik wist me steeds tijdig in te houden, het was niet nodig om hem over Nino te vertellen. Nu ik de persoon die ik beminde niet meer belde, nu ik het gevoel had dat ik hem definitief kwijt was, leek het me zinloos om zo wreed te zijn. Het was beter om de zaak met enkele heldere woorden af te sluiten: 'Ik kan niet meer met jou leven.' Maar toch lukte het me ook niet om dat te doen. Uitgerekend wanneer ik me er in de schemerige slaapkamer klaar voor voelde om die stap te zetten, kreeg ik medelijden met hem, was ik bang voor de toekomst van de meisjes, en dan streelde ik zijn schouder, zijn wang, en fluisterde: 'Slaap lekker.'

De situatie veranderde op de laatste dag van de vakantie. Het was bijna middernacht, Dede en Elsa sliepen. Al minstens een dag of tien had ik Nino niet meer gebeld. De bagage was gepakt, en ik zat uitgeput van de weemoed, het harde werken en de warmte zwijgend met Pietro op het balkon, allebei in een ligstoel. De lucht was van een slopende vochtigheid, haren en kleren werden er nat van, en het rook naar zee en hars. Ineens zei Pietro: 'Hoe gaat het met je moeder?'

'Met mijn moeder?'

'Ja.'

'Goed.'

'Dede vertelde dat ze niet in orde is.'

'Ze voelt zich weer beter.'

Pietro antwoordde: 'Ik heb haar vanmiddag gebeld. Er is nooit iets mis geweest met je moeders gezondheid.'

Ik zei niets. Wat kwam dat ongelegen! Kijk, daar waren de tranen weer. Lieve hemel, ik had er genoeg van, meer dan genoeg! Ik hoorde hem rustig zeggen: 'Je denkt dat ik blind en doof ben. Je denkt dat ik het niet merkte toen je met die idioten flirtte die thuis rondliepen voordat Elsa werd geboren.'

'Ik weet niet waar je het over hebt.'

'Dat weet je heel goed.'

'Nee, dat weet ik niet. Over wie heb je het? Over mensen die jaren geleden een paar keer zijn komen eten? En daar flirtte ik mee? Ben je gek geworden?'

Pietro glimlachte bij zichzelf en schudde zijn hoofd. Hij wachtte enkele seconden en vroeg toen, starend naar het hekwerk van het balkon: 'Flirtte je ook niet met die man die drumde?'

Ik werd ongerust. Hij hield aan, krabbelde niet terug. Ik zuchtte.

'Mario?'

'Zie je wel dat je je hem herinnert.'

'Natuurlijk herinner ik me hem, waarom niet? Hij was een van de weinige interessante mensen die je in zeven jaar huwelijk mee naar huis hebt gebracht.'

'Vond je hem interessant?'

'Ja, en wat dan nog? Wat heb je vanavond?'

'Ik wil het weten. Mag dat niet?'

'Wat wil je weten? Wat ik weet, weet jij ook. Het is zeker vier jaar geleden dat we die man voor het laatst hebben gezien, en dan kom jij nu met die onzin aanzetten?'

Hij hield op met naar het hek te staren, en draaide zich met een ernstig gezicht naar mij toe.

'Laten we het dan over recentere feiten hebben. Wat is er tussen jou en Nino?'

117

De klap was even heftig als onverwacht. *Hij wilde weten wat er tussen mij en Nino was.* Die vraag en die naam waren voldoende om de fontein in mijn hoofd weer aan het stromen te brengen. Ik was verblind door tranen, schreeuwde tegen hem, was buiten mezelf, vergat dat we buiten zaten, dat de mensen, moe van de dag vol zon en zee, lagen te slapen: 'Waarom vraag je dat? Je had die vraag voor je moeten houden. Nu heb je alles bedorven en is er niks meer aan te doen. Je had je mond moeten houden, maar dat is je niet gelukt en nu moet ik weg, nu móét ik wel weg.'

Ik weet niet wat er met hem gebeurde. Misschien begon hij te geloven dat hij echt een fout had gemaakt en dat die nu om duistere redenen onze relatie voorgoed kapot dreigde te maken. Of misschien zag hij me ineens als een ongepolijst wezen dat het breekbare oppervlak van het woord vernielde en zich op een prelogische manier manifesteerde, een vrouw in haar meest verontrustende vorm. Zeker is wel dat het schouwspel dat ik bood een afschuwelijke indruk op hem moest maken, want hij sprong op en ging naar binnen. Maar ik schoot achter hem aan en bleef van alles tegen hem schreeuwen: over de liefde die ik sinds mijn jongste jaren voor Nino had gevoeld, de nieuwe mogelijkheden voor mijn leven die hij me had laten zien, de ongebruikte energie die ik in me voelde en de grauwheid waarin hij, Pietro, me jarenlang had gedompeld, en dat het zijn schuld was dat ik niet ten volle had kunnen leven.

Toen ik geen kracht meer had en in een hoekje neerzakte, stond hij ineens voor me, met ingevallen wangen, diep in paarse vlekken weggezonken ogen, witte lippen, zijn bruine kleur als een korst van modder geworden. Pas toen begreep ik dat ik hem totaal van zijn stuk had gebracht. Zelfs als veronderstelling lieten de vragen die hij me had gesteld geen bevestigende antwoorden toe van het soort: 'Ja, ik heb met de drummer geflirt en zelfs meer dan dat'; 'Ja, Nino en ik zijn minnaars geweest'. Pietro had ze alleen geformuleerd om gelogenstraft te worden, om de twijfel die er bij hem was gerezen te verminderen, om rustiger te kunnen gaan slapen. Maar ik had hem gevangengezet in een nachtmerrie waar hij nu niet meer uit wist te komen. Op zoek naar redding vroeg hij bijna fluisterend: 'Zijn jullie met elkaar naar bed geweest?'

En weer kreeg ik medelijden met hem. Als ik bevestigend had geantwoord, was ik weer gaan schreeuwen, had ik gezegd: 'Ja, de eerste keer terwijl jij sliep, de tweede keer in zijn auto en de derde keer in ons bed in Florence.' En ik zou die zinnen hebben uitgesproken met de wellust die dat lijstje bij mij opwekte. Maar ik schudde van nee.

118

We keerden terug naar Florence. Beperkten de onderlinge conversatie tot de strikt noodzakelijke zinnen en soms, als de kinderen erbij waren, een vriendschappelijke toon. Pietro ging, net als in de tijd dat Dede nauwelijks een oog dichtdeed, in zijn studeerkamer slapen, ik in het echtelijk bed. Ik piekerde me suf over hoe het verder moest. De manier waarop het huwelijk van Lila en Stefano was geëindigd vormde geen voorbeeld, dat was iets uit vroeger tijden geweest, waar geen wet aan te pas was gekomen. Ik rekende op een beschaafde gang van zaken, binnen de rechtsorde, passend in onze tijd en bij onze positie. Maar in feite wist ik steeds maar niet wat ik moest doen en deed daarom niets. Temeer omdat, toen ik nog maar nauwelijks terug was, Mariarosa me belde om me te vertellen dat ze goed met het Franse boekje waren opgeschoten en dat ze ervoor zou zorgen dat ik de drukproef kreeg, terwijl de ernstige, uiterst precieze redacteur van mijn uitgeverij me waarschuwde dat er vragen over verschillende passages in de tekst naar me onderweg waren. In eerste instantie was ik er blij om, probeerde ik me weer voor mijn werk te interesseren. Maar dat lukte niet; de problemen die ik had leken me ernstiger dan een verkeerd geïnterpreteerde zin of een paar kreupele passages.

Toen ging op een ochtend de telefoon. Pietro nam op. Hij zei: 'Hallo', zei nog eens 'Hallo' en hing weer op. Mijn hart begon als een razende te kloppen, ik hield me klaar om naar het toestel te rennen om mijn man voor te zijn. Maar er werd niet meer gebeld. De uren verstreken, ik probeerde afleiding te zoeken door mijn tekst nog eens te lezen. Dat was een heel slecht idee; het leek me een aaneenschakeling van dwaasheden, ik raakte er zo vermoeid van dat ik indommelde, met mijn hoofd op mijn bureau. Maar ineens ging de telefoon opnieuw, en weer nam mijn man op. Hij schreeuwde zo toen hij 'Hallo' zei dat Dede ervan schrok, en daarna gooide hij de hoorn neer met een smak alsof het toestel kapot moest.

Het was Nino, dat wist ik en dat wist Pietro. De datum van het congres naderde, Nino wilde er vast weer op aandringen dat ik met hem meeging. Hij zou zeker proberen mij weer de concrete wereld van de lust in te trekken. Hij zou aantonen dat een zo lang mogelijke, clandestiene relatie met slecht gedrag en genot onze enige mogelijkheid was. De weg van het bedriegen, smoesjes verzinnen, samen op reis gaan. Voor het eerst zou ik vliegen, ik zou dicht tegen hem aan gaan zitten als het toestel opsteeg, net als in films. En na Montpellier zouden we door kunnen reizen naar Nanterre, waarom niet, en naar Mariarosa's vriendin gaan, met haar over mijn boek praten, overleggen over initiatieven, ik zou Nino aan haar voorstellen. Ja! Meegaan met de man van wie ik hield en die een potentie, een kracht uitstraalde die niemand ontging. Het vijandige gevoel werd zachter, de verleiding groter.

De volgende dag ging Pietro naar de universiteit. Ik wachtte op een nieuwe poging van Nino. Die kwam niet en toen, onberedeneerd boos ineens, belde ik zelf. Ik wachtte vele seconden, was erg opgewonden, dacht er alleen maar aan hoe dringend ik zijn stem wilde horen. En daarna? Ik wist het niet. Misschien zou ik tegen hem uitvallen, zou ik weer gaan huilen. Of misschien zou ik roepen: 'Goed, ik ga mee, ik zal je minnares zijn, je minnares, tot je er genoeg van hebt.' Maar op dat moment wilde ik alleen maar dat hij opnam.

Eleonora nam op. Ik hield mijn stem net op tijd in bedwang voordat hij zich tot het visioen van Nino richtte, voor hij met god weet welke compromitterende woorden zo snel als hij kon door de telefoonkabel vloog. Ik slaagde erin op enthousiaste toon te zeggen: 'Hallo, met Elena Greco, alles goed met je? Hoe was de vakantie, hoe gaat het met Albertino?' Zwijgend liet ze me uitpraten, en gilde toen: 'Elena Greco, hè? De hoer, de hypocriete hoer. Laat mijn man met rust en waag het niet om ooit nog op te bellen, want ik weet waar je woont en ik zweer je, ik kom naar je toe en sla je op je bek.' Waarna ze de verbinding verbrak.

119

Ik weet niet hoelang ik naast de telefoon bleef zitten. Vol haat. Ik had alleen maar zinnen in mijn hoofd als: ja, kom maar, kom maar meteen, trut, ik wacht, waar kom je goddomme vandaan, uit de via Tasso, de via Filangieri, de via Crispi, van Santarella? En je wilt mij onder handen nemen, stinkwijf dat je d'r bent, dweil, je weet niet met wie je van doen hebt, sloerie. Een andere ik wilde naar boven komen uit de diepte waarin ze onder de korst van mildheid begraven was geweest, probeerde zich met een mengeling van Italiaans en woorden uit de kindertijd in me te bevrijden. Ik was een en al opwinding. Als Eleonora het zou wagen aan mijn deur te verschijnen, zou ik haar in het gezicht spugen, de trap af gooien, haar aan haar haren de straat op sleuren, die kop vol stront op het trottoir tot moes slaan. Mijn borst deed pijn, mijn slapen bonsden. Beneden op straat waren werkzaamheden begonnen, door het raam kwam warmte naar binnen en het aanhoudende, trillende lawaai van grondboren en stof en een hinderlijk rumoer van god weet wat voor machine. Dede zat in de andere kamer ruzie te maken met Elsa: 'Je moet niet alles doen wat ik doe, dat doen alleen maar apen, je bent een aap.' Langzaam drong het tot me door. Nino had besloten het aan zijn vrouw te vertellen en daarom was ze zo agressief geweest. Mijn woede ging over in onbedwingbare vreugde. Nino wilde me zó graag dat hij zijn vrouw over ons had verteld. Hij had zijn huwelijk kapotgemaakt, hij had in volledig besef de gemakken die uit dat huwelijk voortkwamen opgegeven, hij had zijn hele leven op zijn kop gezet door liever Eleonora en zijn zoontje pijn te doen dan mij. Het was dus waar, hij hield van me. Ik zuchtte blij. De telefoon ging, ik nam meteen op.

Nu was het Nino, zijn stem. Hij leek me kalm. Hij zei dat zijn huwelijk voorbij was, dat hij vrij was. Hij vroeg: 'Heb je met Pietro gepraat?'

'Ik ben ermee begonnen.'

'Heb je het hem nog niet verteld?'

'Ja en nee.'

'Wil je je terugtrekken?'

'Nee.'

'Schiet dan op, we vertrekken al gauw.'

Hij had er al op gerekend dat ik mee zou gaan. We zouden elkaar in Rome treffen, alles was geregeld, hotel, vliegtickets.

'Ik zit met de kinderen,' zei ik, maar zachtjes, zonder overtuiging.

'Stuur ze naar je moeder.'

'Geen sprake van.'

'Neem ze dan mee.'

'Meen je dat?'

'Ja.'

'Zou je me toch meenemen, ook met de meisjes?'

'Natuurlijk.'

'Je houdt echt van me,' fluisterde ik.

'Ja.'

120

Ineens voelde ik me weer even onkwetsbaar en onoverwinnelijk als in een voorbije periode van mijn leven, toen ik het idee had dat alles me was toegestaan. Ik was als geluksvogel geboren. Zelfs toen leek dat het lot me vijandig gezind was, was het eigenlijk voor mij aan het werk. Natuurlijk, ik had kwaliteiten. Ik was ordelijk, had een goed geheugen en een groot doorzettingsvermogen als het om werk ging, ik had geleerd door de mannen geperfectioneerde middelen te gebruiken, kon een logische samenhang geven aan welk allegaartje van fragmenten ook en wist me sympathiek te maken. Maar geluk was het belangrijkste van alles en het gaf me moed het als een trouwe vriend naast me te voelen. Het stelde me gerust het opnieuw aan mijn zijde te hebben. Ik was met een keurige man getrouwd, niet met iemand als Stefano Carracci of, nog erger, Michele Solara. Ik zou ruzie met hem krijgen, hij zou verdriet hebben, maar uiteindelijk zouden we overeenstemming bereiken. Je huwelijk op de klippen laten lopen, je gezin uiteen laten vallen, dat zou natuurlijk traumatisch zijn. En aangezien we, om verschillende redenen, geen enkele zin hadden om het onze families te vertellen, het zeker zo lang mogelijk voor hen geheim zouden houden, konden we in de onmiddellijke toekomst ook niet rekenen op Pietro's familie, die altijd, in alle omstandigheden, wist wat je moest doen en tot wie je je moest wenden om ingewikkelde situaties het hoofd te bieden. Maar ik voelde me rustig. Eindelijk. We waren twee verstandige volwassenen, we zouden met elkaar in de clinch raken, we zouden discussiëren, we zouden het met elkaar uitpraten. Maar in de chaos van die uren leek er aan één ding niet te tornen: ik ging naar Montpellier.

Diezelfde avond sprak ik met mijn man en bekende dat Nino mijn minnaar was. Hij deed alles om het niet te geloven. Toen ik hem ervan had overtuigd dat het waar was, huilde hij, smeekte, werd boos, hij pakte het glazen blad van de salontafel op en smeet het tegen de muur, onder de doodsbange blikken van de meisjes die wakker waren geworden van ons geschreeuw en vol ongeloof op de drempel van de woonkamer stonden. Ik was geschokt maar week niet. Ik bracht Dede en Elsa weer naar bed, stelde hen gerust, wachtte tot ze weer sliepen. Daarna ging ik terug en trotseerde mijn man, elke minuut werd tot een wonde. Eleonora begon ons met telefoontjes te bestoken, dag en nacht, waarbij ze op mij schold, op Pietro schold omdat hij zich geen man betoonde, en me waarschuwde dat haar familie wel een manier zou vinden om het ons en onze kinderen zo moeilijk te maken dat we tranen tekort zouden komen.

Maar het ontmoedigde me niet. De opwinding waarin ik verkeerde was zo groot dat ik me niet schuldig kon voelen. Sterker nog, ik had het idee dat zelfs de pijn die ik veroorzaakte, de vernederingen en agressie die ik onderging, in mijn voordeel werkten. Die onverdraaglijke ervaring zou er niet alleen toe bijdragen mij iets te laten *worden* waar ik blij over zou zijn, maar uiteindelijk, via ondoorgrondelijke wegen, ook ten goede komen aan degenen die nu verdriet hadden. Eleonora zou begrijpen dat tegen liefde niets is opgewassen en dat het geen zin heeft om tegen iemand die weg wil te zeggen: 'Nee, je moet blijven.' En Pietro, die die regel theoretisch al kende, zou alleen maar enige tijd nodig hebben om hem zich ook eigen te maken en om te zetten in wijsheid, in tolerant gedrag.

Alleen met de meisjes lag het allemaal moeilijk, merkte ik. Mijn man drong erop aan dat we hun vertelden waarom we ruzie maakten. Ik was daar op tegen: 'Ze zijn nog klein,' zei ik, 'dat kunnen ze niet begrijpen.' Maar op een gegeven moment schreeuwde hij tegen me: 'Als je besloten hebt om te vertrekken, moet je je dochters dat uitleggen, en als je daar de moed niet voor hebt, dan blijf je, want dat betekent dat je zelf niet erg gelooft in wat je van plan bent.' Ik mompelde: 'Laten we met een advocaat praten.' Hij antwoordde: 'Voor advocaten is er nog tijd genoeg.' En plotseling riep hij Dede en Elsa, die zich, zodra ze ons hoorden schreeuwen, heel saamhorig in hun kamer terugtrokken.

'Jullie moeder moet jullie iets vertellen,' begon Pietro. 'Ga zitten en luister.'

De twee meisjes gingen netjes op de bank zitten en wachtten.

Ik begon: 'Jullie vader en ik houden van elkaar, maar kunnen niet meer met elkaar overweg en hebben besloten uit elkaar te gaan.'

'Dat is niet waar,' onderbrak Pietro me kalm. 'Jullie moeder heeft besloten om weg te gaan. En het is ook niet waar dat we van elkaar houden: zij houdt niet meer van mij.'

Ik werd onrustig: 'Zo simpel is het niet, kindjes. Je kunt van elkaar blijven houden, ook als je niet meer bij elkaar woont.'

Hij onderbrak me opnieuw: 'Ook dat is niet waar. Óf we houden van elkaar en dan wonen we samen en zijn we een gezin, óf we houden niet van elkaar, en dan blijven we niet samen en zijn we geen gezin meer. Wat kunnen zij nu begrijpen als jij leugens vertelt? Alsjeblieft, vertel eerlijk en duidelijk waarom we uit elkaar gaan.'

Ik zei: 'Ik verlaat jullie niet, jullie zijn het belangrijkste dat ik heb, ik zou niet zonder jullie kunnen leven. Ik heb alleen problemen met jullie vader.'

'Wat voor problemen?' drong hij aan. 'Leg uit wat die problemen zijn.'

Ik zuchtte en zei zachtjes: 'Ik hou van iemand anders en wil graag met hem leven.'

Elsa gluurde naar Dede om erachter te komen hoe ze op dat bericht moest reageren, en omdat Dede onaangedaan bleef, bleef zij dat ook. Maar mijn man verloor zijn geduld en schreeuwde: 'Zijn naam, zeg hoe die ander heet. Wil je niet? Schaam je je? Dan zeg ik het: jullie kennen hem, het is Nino, weten jullie nog? Jullie moeder wil bij hem gaan wonen.'

Toen begon hij wanhopig te huilen, terwijl Elsa lichtelijk verontrust mompelde: 'Neem je mij mee, mama?' Maar ze wachtte niet op antwoord. Toen haar zusje opstond en bijna op een drafje de kamer verliet, ging ze meteen achter haar aan.

Die nacht gilde Dede in haar slaap. Ik werd met een schok wakker, haastte me naar haar toe. Ze sliep, maar had in bed geplast. Ik moest haar wakker maken, een andere pyjama aantrekken, haar lakens verschonen. Toen ik haar weer in bed legde, fluisterde ze dat ze bij mij wilde slapen. Ik vond het goed, hield haar bij me. Terwijl ze sliep ging er af en toe een schokje door haar heen en voelde ze of ik nog wel naast haar lag.

121

Intussen naderde de datum van het vertrek, en de verhouding met Pietro werd er niet beter op; elk akkoord, al was het alleen maar over de reis naar Montpellier, leek onmogelijk. 'Als je weggaat,' zei hij, 'krijg je de kinderen nooit meer te zien.' Of: 'Ik klaag je aan voor het verlaten van je gezin.' Of: 'Laten we met z'n vieren een reis maken, laten we naar Wenen gaan.' Of ook nog: 'Meisjes, jullie moeder ziet liever meneer Nino Sarratore dan jullie.'

Het begon me te veel te worden. Ik herinnerde me hoe Antonio zich had verzet toen ik het uit had gemaakt. Maar Antonio was een jongen geweest, had de labiliteit van Melina geërfd en bovenal was hem niet de opvoeding gegeven die Pietro had gekregen, was hij er niet van jongs af aan in getraind geweest regels in de chaos te ontdekken. Misschien, dacht ik, heb ik overdreven belang gehecht aan geschoold gebruik van het verstand, aan goede lectuur, aan verzorgde taal, aan politiek engagement; misschien reageren we allemaal hetzelfde op verlating; misschien kan ook een heel evenwichtige geest niet tegen de ontdekking niet bemind te worden. Mijn man – daar viel weinig aan te veranderen – was ervan overtuigd dat hij mij koste wat het kost moest beschermen tegen de giftige beet van mijn verlangens en was daarom bereid elk middel te baat te nemen, ook het meest verwerpelijke, om ons huwelijk maar te kunnen redden. Hij die alleen voor de wet had willen trouwen, die altijd voor echtscheiding was geweest, wilde nu door slecht bedwongen innerlijke roerselen dat onze band tot in de eeuwigheid voortduurde, alsof we voor God getrouwd waren. En aangezien ik volhield dat ik een einde aan onze relatie wilde maken, probeerde hij me eerst op alle mogelijke manieren over te halen om dat niet te doen, en begon daarna dingen kapot te gooien, zichzelf in het gezicht te slaan of zomaar ineens te zingen.

Als hij zo overdreef werd ik kwaad, schold hem uit. En zoals gewoonlijk sloeg hij dan om, werd als een bang dier, kwam naast me zitten, vroeg excuus, zei dat hij niet kwaad op me was, dat zijn verstand hem in de steek liet. Adele – zo onthulde hij me op een nacht, in tranen – had zijn vader altijd bedrogen, dat had hij als kind ontdekt. Toen hij zes was had hij haar een enorme man in donkerblauw pak zien kussen, in de grote woonkamer in Genua die uitzag op zee. Hij herinnerde zich alle details: de man had een grote snor, als een donker lemmet; op zijn broek had een glinsterende vlek gezeten, een munt van honderd lire leek het; zijn moeder stond tegen die kerel aan en leek een tot brekens toe gespannen boog. Ik luisterde zwijgend naar hem, probeerde hem te troosten: 'Kalm nu, dat zijn onbetrouwbare herinneringen, dat weet je, dat hoef ik je niet te vertellen.' Maar hij hield vol: Adele had een roze zonnejurkje aan gehad, één bandje was van haar gebruinde schouder gegleden; haar lange nagels leken van glas; ze had haar haar in een lange, zwarte vlecht die als een slang vanaf haar nek naar beneden hing. Ten slotte zei hij, nu niet langer verdrietig maar woedend: 'Begrijp je wat je me hebt aangedaan? Begrijp je hoe verschrikkelijk dit voor me is?' En ik dacht: ook Dede zal het zich herinneren als ze groot is, ook Dede zal iets dergelijks schreeuwen. Maar toen liep ik weg, ervan overtuigd dat Pietro me dat met opzet, nu pas, na zo veel jaren, over zijn moeder vertelde om mij dat te laten denken en me te kwetsen en tegen te houden.

Uitgeput sleepte ik me door de dag en de nacht, slapen deden we niet meer. Kwelde mijn man me, Nino deed op zijn manier niet voor hem onder. Als hij merkte dat ik onder de spanningen en bezorgdheid gebukt ging, raakte hij geërgerd in plaats van dat hij me troostte, en zei: 'Jij denkt dat het voor mij gemakkelijker is, maar het is hier net zo'n hel als bij jou. Ik ben bang voor Eleonora, voor wat ze zou kunnen doen, en denk dus niet dat ik niet net zo in de ellende zit als jij, misschien zelfs wel meer.' En hij riep uit: 'Maar jij en ik samen zijn sterker dan wie dan ook, wij moeten absoluut samen verder, begrijp je dat? Zeg het, ik wil het horen, begrijp je het?' Ik begreep het. Maar zijn woorden hielpen me niet veel. Ik haalde mijn kracht eerder uit het denken aan het moment dat ik hem zou terugzien en we naar Frankrijk zouden vliegen. Tot dan moet ik het volhouden, zei ik tegen mezelf, daarna zien we wel. Vooralsnog verlangde ik alleen maar naar een pauze in de marteling. Ik kon niet meer. Op het dieptepunt van een zeer heftige ruzie zei ik tegen Pietro, in het bijzijn van Dede en Elsa: 'Basta, ik ga vijf dagen weg, vijf dagen maar, dan kom ik terug en kijken we wat we moeten doen. Is dat goed?'

Hij wendde zich tot de meisjes: 'Jullie moeder zegt dat ze vijf dagen weggaat. Geloven jullie dat?'

Dede schudde van nee, en Elsa ook.

'Zij geloven je ook niet,' zei Pietro toen. 'We weten allemaal dat je ons in de steek laat en niet meer terug zult komen.'

En intussen vlogen Dede en Elsa als op een afgesproken teken op me af, sloegen hun armen om mijn benen en smeekten me niet weg te gaan, bij hen te blijven. Dat was te veel. Ik ging op mijn knieën zitten, sloeg mijn armen om hun middel en zei: 'Goed, ik ga niet weg, jullie zijn mijn eigen meisjes, ik blijf bij jullie.' Die woorden kalmeerden hen, en geleidelijk aan werd ook Pietro weer kalm. Ik vertrok naar mijn kamer.

Mijn god, wat zat het allemaal verkeerd, met hen, met mij, met de wereld om ons heen: even rust krijgen was alleen mogelijk door leugens te vertellen. Nog een paar dagen en dan zouden we vertrekken. Ik schreef eerst een lange brief aan Pietro, daarna een korte aan Dede waarin ik haar ook op het hart drukte hem aan Elsa voor te lezen. Ik pakte mijn koffer, zette hem in de logeerkamer, onder het bed. Ik kocht van alles, vulde de koelkast. Maakte voor het middag- en avondeten gerechten klaar waar Pietro dol op was. Hij verorberde ze dankbaar. De meisjes, opgelucht, begonnen weer om alles ruzie te maken.

122

En intussen belde Nino niet meer, uitgerekend nu de dag van het vertrek naderde. Ik probeerde hem te bellen, hopend dat er niet door Eleonora werd opgenomen. Ik kreeg het dienstmeisje en in eerste instantie voelde ik me opgelucht, ik vroeg naar professor Sarratore. Het antwoord was duidelijk en vijandig: 'Ik geef u mevrouw.' Ik gooide de hoorn op de haak, wachtte. Ik hoopte dat mijn telefoontje reden voor een ruzie tussen de echtelieden werd en dat Nino zo ontdekte dat ik hem wilde spreken. Tien minuten later ging de telefoon. Ik haastte me erheen, was er zeker van dat hij het was. Maar het was Lila.

We hadden al lang geen contact meer gehad, maar ik had geen zin om met haar te praten. Haar stem irriteerde me. Haar naam hoefde in die tijd maar als een slang door mijn hoofd te schieten of ik raakte in verwarring, verloor mijn kracht. Bovendien was het geen goed moment om te kletsen: als Nino belde zou hij de bezettoon horen, en het was al moeilijk genoeg om hem te bereiken.

'Kan ik je terugbellen?' vroeg ik.

'Heb je het druk?'

'Een beetje wel.'

Ze negeerde mijn verzoek. Zoals altijd meende ze dat ze zonder zich ergens om te bekommeren mijn leven in en uit kon stappen, alsof we nog een eenheid vormden en het niet nodig was om te vragen hoe het met me ging, of ze stoorde. Op vermoeide toon vertelde ze dat ze net een akelig bericht had gekregen: de moeder van de Solara's was vermoord. Ze sprak langzaam, alsof ze haar woorden woog, en ik luisterde zonder haar ook maar één keer in de rede te vallen. Als in een optocht trokken haar woorden beelden achter zich aan: van de feestelijk geklede woekeraarster die tijdens de bruiloft van Lila en Stefano aan de eretafel zat, van het geobsedeerde mens dat open had gedaan toen ik naar Michele op zoek was, van de schim van de vrouw uit onze kindertijd die don Achille doodstak, en van de oude dame die een nepbloem in het haar had en zich met een blauwe waaier koelte toewuifde terwijl ze, half kinds, zei: 'Ik heb het warm, jullie ook?' Maar ik voelde geen enkele emotie, zelfs niet toen Lila iets zei over de geruchten die haar ter ore waren gekomen en ze die op haar doeltreffende manier voor me opsomde. Ze hadden Manuela vermoord door haar de keel door te snijden; of ze hadden vijf pistoolschoten op haar afgevuurd, vier in haar borst, een in de hals; of ze hadden haar stompend en schoppend afgemaakt en door het hele appartement gesleurd; of de doders – zo noemde zij ze – waren niet eens binnen geweest, hadden op haar geschoten zodra ze de voordeur had geopend, Manuela was met haar gezicht naar beneden op de overloop gevallen en haar man, die tv zat te kijken, had het niet eens gemerkt. 'Zeker is wel,' zei Lila, 'dat de Solara's knettergek zijn geworden, ze concurreren met de politie bij het zoeken naar de daders, ze hebben mensen uit Napels en van overal vandaan laten komen, al hun activiteiten liggen stil, zelf werk ik vandaag ook niet, het is beangstigend hier, en even op adem komen is er niet bij.'

Wat wist ze alles wat haar overkwam en om haar heen gebeurde belangrijk te maken en inhoud te geven: de vermoorde woekeraarster, haar zoons die ondersteboven waren, hun trawanten die klaarstonden om nog meer bloed te vergieten, en haar eigen persoontje waakzaam midden in de woelige zee van de gebeurtenissen.

Ten slotte kwam ze met de werkelijke reden van haar telefoontje: 'Morgen stuur ik Gennaro naar je toe. Ik weet dat ik misbruik van je maak, je hebt je kinderen, je eigen bezigheden, maar op dit moment kan en wil ik hem niet hier houden. Hij zal het een poosje zonder school moeten doen, jammer dan maar. Hij is op je gesteld, bij jou zit hij goed, je bent de enige in wie ik vertrouwen heb.'

Ik dacht enkele seconden na over dat 'je bent de enige in wie ik vertrouwen heb', moest erom glimlachen. Ze wist nog niet dat ik onbetrouwbaar was geworden. Dus aarzelde ik niet en antwoordde op dat verzoek – dat erop wees dat ze er vast van uitging dat mijn bestaan zich bewegingloos in de meest serene redelijkheid voltrok, dat ze me het leven van een rode bes op een blad van de muizendoorn toekende: 'Ik sta op het punt om te vertrekken, ik ga weg bij mijn man.'

'Wat?'

'Mijn huwelijk is voorbij, Lila. Ik heb Nino weer ontmoet en we hebben ontdekt dat we zonder dat we het in de gaten hadden, altijd van elkaar hebben gehouden, al sinds onze kindertijd. Daarom ga ik weg, ik begin een nieuw leven.'

Lange tijd was het stil, toen vroeg ze: 'Is dat een grapje?'

'Nee.'

Het leek haar waarschijnlijk onmogelijk dat ik er thuis en in mijn zo goed georganiseerde geest een puinhoop van maakte, want ze begon me al onder druk te zetten en gebruikte daarbij werktuiglijk mijn man. 'Pietro,' zei ze, 'is een bijzonder mens, goed en intelligent. Je bent gek als je bij hem weggaat. Denk aan het verdriet dat je je kinderen aandoet.' Ze praatte zonder Nino ook maar één keer te noemen, alsof die naam in haar oorschelp was blijven steken en haar hersens niet had bereikt. Ik moest hem nog eens uitspreken, zeggen: 'Nee, Lila, ik kan niet meer met Pietro leven, want ik kan niet meer zonder Nino; wat er ook gebeurt, ik ga met hem mee', en nog meer van dergelijke zinnen die ik pronkend alsof het onderscheidingen waren uitsprak.

Toen begon ze te gillen: 'Gooi je alles wat je bent overboord voor Nino? Maak je je gezin kapot voor die zak? Weet je wat je te wachten staat? Hij zal je gebruiken, hij zal je uitbuiten, hij zal je je levenslust ontnemen en je verlaten. Waar is al die studie dan voor geweest? Wat heb ik er goddomme aan gehad om te geloven dat je een prachtig leven zou leiden, ook namens mij? Ik heb me vergist, stomme trut die je bent!'

123

Ik legde de hoorn neer alsof hij gloeiend heet was. Ze is jaloers, zei ik bij mezelf, ze is afgunstig, ze haat me. Ja, zo was het. Een lange reeks seconden gleed voorbij, de moeder van de Solara's kwam niet één keer in mijn gedachten, haar door de dood getekende lichaam verdween. Maar ik vroeg me wel gespannen af: waarom belt Nino niet, is het denkbaar dat hij zich uitgerekend nu ik Lila alles heb verteld terugtrekt en mij belachelijk maakt? Even zag ik me in heel mijn eventuele armzaligheid aan Lila blootgesteld, als iemand die zich om niets te gronde had gericht. Toen rinkelde de telefoon weer. Ik bleef naar het toestel zitten staren en liet het twee, drie keer overgaan. Toen ik de hoorn greep lagen de woorden voor Lila klaar op mijn tong: bemoei je nooit meer met me, je hebt geen enkel recht op Nino, laat me fouten maken hoe en wanneer ik wil. Maar het was Lila niet. Het was Nino en ik overspoelde hem met half afgemaakte zinnen, blij om hem te horen. Ik vertelde hem hoe het gegaan was met Pietro en de meisjes, ik vertelde hem dat het onmogelijk was om rustig en verstandig tot een akkoord te komen, ik vertelde hem dat ik mijn koffer had gepakt en popelde om hem te omhelzen. Hij vertelde me over de furieuze ruzies met zijn vrouw, de afgelopen uren waren onverdraaglijk geweest. Zachtjes zei hij: 'Ook al ben ik erg bang, een leven zonder jou kan ik me niet indenken.'

Toen Pietro de volgende dag naar de universiteit was, vroeg ik de buurvrouw of Dede en Elsa een paar uur bij haar konden zijn. Ik liet de brieven die ik had geschreven op de keukentafel achter en vertrok. Ik dacht: er is iets groots gaande waardoor de hele oude manier van leven zal verdwijnen en ik ben deel van die verandering. Ik trof Nino in Rome, we ontmoetten elkaar in een hotel op een paar passen van het station. Terwijl ik hem tegen me aan klemde, dacht ik: dit gespierde lichaam zal nooit gewoon voor me worden, het is een voortdurende verrassing, lange botten, huid van een opwindende geur, een massa, een kracht, een beweeglijkheid die volledig vreemd zijn aan Pietro, aan de gewoonten die we hadden.

De volgende ochtend stapte ik voor het eerst van mijn leven aan boord van een vliegtuig. Ik wist niet hoe ik de gordel moest vastmaken, Nino hielp me. Hoe opwindend was het om zijn hand vast te houden terwijl het geronk van de motoren sterker en sterker werd en het vliegtuig snelheid maakte. Hoe aangrijpend om met een schok los van de grond te komen en de huizen parallellepipedums te zien worden, de wegen lijntjes, het platteland gereduceerd tot een groene vlek, en de zee te zien hellen als een compacte plaat en de wolken naar beneden te zien storten als een lawine van zachte rotsen, terwijl de angst, het verdriet en zelfs het geluk deel van één enkele, stralende beweging werden. Het leek of vliegen alles aan een proces van vereenvoudiging onderwierp, en ik zuchtte, probeerde me eraan over te geven. Van tijd tot tijd vroeg ik Nino: 'Ben je blij?' En dan knikte hij en kuste me. Soms had ik de indruk een trilling te voelen in de vloer onder mijn voeten, het enige oppervlak waarop je kon vertrouwen.

Lijst van personages en summiere samenvatting van de gebeurtenissen uit de vorige delen van DE NAPOLITAANSE ROMANS

De familie Cerullo (het gezin van de schoenlapper):
Fernando Cerullo, schoenmaker, vader van Lila. Laat zijn dochter na de lagere school niet doorleren.

Nunzia Cerullo, moeder van Lila. Voelt met haar dochter mee, maar heeft niet genoeg autoriteit om het voor Lila, en dus tegen haar man op te nemen.

Raffaella Cerullo, Lina of Lila genoemd. Geboren in augustus 1944. Briljante leerling, schrijft al op tienjarige leeftijd een verhaaltje, getiteld *De blauwe fee*. Na de lagere school bekwaamt ze zich in het vak van schoenmaker. Trouwt heel jong met Stefano Carracci en leidt met succes eerst de kruidenierswinkel in de nieuwe wijk, vervolgens de schoenwinkel op het piazza dei Martiri. Tijdens een vakantie op het eiland Ischia wordt ze verliefd op Nino Sarratore, voor wie ze haar man verlaat. De relatie loopt uit op een fiasco. Als ze na de geboorte van haar zoon Gennaro ontdekt dat Ada Cappuccio zwanger is van Stefano, breekt ze definitief met hem. Ze verhuist met Enzo Scanno naar San Giovanni a Teduccio en gaat werken in de fabriek van Bruno Soccavo. Verdwijnt op zesenzestigjarige leeftijd spoorloos uit Napels.

Rino Cerullo, oudste broer van Lila, ook hij is schoenmaker. Begint dankzij Lila en het geld van Stefano Carracci samen met zijn vader schoenfabriek Cerullo. Trouwt met Stefano's zus, Pinuccia Carracci, bij wie hij een zoontje krijgt, Ferdinando, Dino genoemd. Het eerste kind van Lila wordt naar hem vernoemd, Rino dus.

Andere kinderen.

De familie Greco (het gezin van de conciërge):
Elena Greco, Lenuccia of Lenù genoemd. Geboren in augustus 1944. Zij is de schrijfster van het lange verhaal dat we aan het lezen zijn. Elena begint te schrijven als ze verneemt dat Lina Cerullo – alleen door haar Lila genoemd –, haar beste vriendin al sinds hun kinderjaren, is verdwenen. Na de lagere school leert Elena verder, met toenemend succes; op het gymnasium komt zij dankzij haar verbale vaardigheid en omdat een van haar leraressen, mevrouw Galiani, haar in bescherming neemt, ongedeerd uit een botsing met de godsdienstleraar over de rol van de Heilige Geest. Op uitnodiging van Nino Sarratore, op wie ze vanaf haar jongste jaren heimelijk verliefd is, en met de waardevolle hulp van Lila schrijft ze een artikeltje over deze botsing, bestemd voor het tijdschrift waaraan Nino meewerkt, maar dat uiteindelijk toch niet wordt geplaatst. Elena is een briljante studente en haar inspanningen worden bekroond als ze afstudeert aan de Scuola Normale van Pisa – waar ze Pietro Airota leert kennen, met wie ze zich verlooft – en een door haar geschreven roman wordt uitgegeven. Daarin beschrijft ze het leven in de wijk waarin zij woont en haar ervaringen tijdens een verblijf op Ischia toen ze nog een adolescent was.

Peppe, Gianni en Elisa Greco, jongere broertjes en zusje van Elena.

De vader, conciërge op het gemeentehuis.

De moeder, huisvrouw. Ze loopt mank, voor Elena een obsessie.

De familie Carracci (het gezin van don Achille):
Don Achille Carracci, de vader, de boeman uit de sprookjes, handelaar op de zwarte markt en woekeraar. Vermoord.

Maria Carracci, vrouw van don Achille, moeder van Stefano, Pinuccia en Alfonso. Werkt in de kruidenierszaak van de familie.

Stefano Carracci, zoon van wijlen don Achille, echtgenoot van Lila. Hij beheert de door zijn vader verzamelde bezittingen en heeft zich langzaam ontwikkeld tot een succesvol handelaar met twee goedlopende kruidenierszaken en de schoenwinkel op het piazza dei Martiri, die hij samen met de broers Solara opent. Ontevreden over zijn stormachtige huwelijk met Lila, begint hij een verhouding met Ada Cappuccio, met wie hij later gaat samenleven als zij zwanger raakt en Lila naar San Giovanni a Teduccio verhuist.

Pinuccia Carracci, dochter van don Achille. Werkt eerst in de familiezaak en daarna in de schoenwinkel. Ze trouwt met Lila's broer Rino, met wie ze een zoon krijgt, Ferdinando, Dino genoemd.

Alfonso Carracci, zoon van don Achille. Zit op school naast Elena. Is verloofd met Marisa Sarratore en krijgt de leiding over de schoenwinkel op het piazza dei Martiri.

De familie Peluso (het gezin van de timmerman):
Alfredo Peluso, timmerman. Communist. Hij zou don Achille hebben vermoord, wordt veroordeeld en sterft uiteindelijk in de gevangenis.

Giuseppina Peluso, vrouw van Alfredo. Werkt in de tabaksfabriek en wijdt zich met hart en ziel aan haar kinderen en haar man in de gevangenis. Na zijn dood pleegt ze zelfmoord.

Pasquale Peluso, oudste zoon van Alfredo en Giuseppina, metselaar en actief communist. Hij is de eerste die Lila's schoonheid onderkent en haar zijn liefde verklaart. Hij is verloofd met Ada Cappuccio, haat de Solara's.

Carmela Peluso, laat zich ook Carmen noemen. Zus van Pasquale. Begonnen als winkelmeisje in een fourniturenzaak, maar al snel door Lila aangenomen in de nieuwe kruidenierswinkel van Stefano. Is lange tijd verloofd geweest met Enzo Scanno, maar die verlaat haar
na terugkeer uit militaire dienst zonder enige verklaring. Ze verlooft zich vervolgens met de beheerder van de benzinepomp aan de grote weg.

Andere kinderen.

De familie Cappuccio (het gezin van de gekke weduwe):
Melina, een familielid van Nunzia Cerullo, weduwe. Dweilt de trappen van de flats in de oude wijk. Ze is de minnares geweest van

Donato Sarratore, de vader van Nino. De Sarratores hebben vanwege die relatie de wijk verlaten, waardoor Melina halfgek is geworden.

De echtgenoot van Melina. Losser op de groenten- en fruitveiling. Sterft onder duistere omstandigheden.

Ada Cappuccio, dochter van Melina. Als kind helpt ze haar moeder bij het dweilen van de trappen. Wordt dankzij Lila aangenomen als winkelmeisje in de kruidenierszaak in de oude wijk. Is lang verloofd met Pasquale Peluso, maar wordt dan de minnares van Stefano Carracci; als ze zwanger raakt, trekt ze bij hem in. Uit hun relatie wordt een meisje geboren, Maria.

Antonio Cappuccio, haar broer, monteur. Tijdens zijn verloving met Elena is hij erg jaloers op Nino Sarratore. Maakt zich veel zorgen als hij in dienst moet. Maar als Elena zich tot de broers Solara wendt met het verzoek om dat te voorkomen, voelt hij zich zo diep vernederd dat hij een einde maakt aan hun relatie. In dienst krijgt hij een ernstige zenuwinzinking, wordt vervroegd met verlof gestuurd en gaat, eenmaal terug in de wijk, door armoede gedreven werken voor Michele Solara, van wie hij een mysterieuze opdracht krijgt, waarvoor hij lange tijd in Duitsland verblijft.

Andere kinderen.

De familie Sarratore (het gezin van de spoorwegbeambte-dichter):
Donato Sarratore, als beambte werkzaam bij de spoorwegen, dichter, journalist. Vrouwengek, eens de minnaar van Melina Cappuccio. Als Elena tijdens een vakantie op Ischia in hetzelfde huis verblijft als de Sarratores, is ze om aan de intimiteiten van Donato te ontkomen gedwongen het eiland overhaast te verlaten. Maar een paar zomers later, verdrietig om de relatie tussen Nino en Lila, laat ze zich toch door Donato verleiden. Om zich van deze voor haar onterende ervaring te bevrijden, schrijft Elena erover, wat later resulteert in een boek.

Lidia Sarratore, vrouw van Donato.

Nino Sarratore, oudste van de vijf kinderen van Donato en Lidia. Briljant student, haat zijn vader, heeft in het geheim lange tijd een relatie met Lila. Als die zwanger raakt wonen ze een heel korte tijd samen.

Marisa Sarratore, zus van Nino. Is verloofd met Alfonso Carracci.

Pino, Clelia en Ciro Sarratore, de jongste kinderen van Donato en Lidia.

De familie Scanno (het gezin van de groenteman):
Nicola Scanno, groenteman, sterft als gevolg van een longontsteking.

Assunta Scanno, vrouw van Nicola, overlijdt aan kanker.

Enzo Scanno, zoon van Nicola en Assunta, ook groenteman. Lila voelt sympathie voor hem, al sinds haar kindertijd. Enzo is lang verloofd geweest met Carmen Peluso, die hij echter als hij uit dienst komt zonder verklaring verlaat. Tijdens zijn diensttijd begint hij een studie en haalt als particulier kandidaat het diploma van technisch deskundige. Als Lila besluit definitief bij Stefano weg te gaan, neemt hij haar en haar kind mee naar San Giovanni a Teduccio en zorgt voor hen.

Andere kinderen.

De familie Solara (het gezin van de eigenaar van een café annex banketbakkerij met dezelfde naam):
Silvio Solara, eigenaar van een café annex banketbakkerij, monarchist en fascist, lid van de camorra en volop betrokken bij illegale handel in de wijk. Dwarsboomde het ontstaan van schoenfabriek Cerullo.

Manuela Solara, vrouw van Silvio, woekeraarster: haar rode boek is in de wijk zeer gevreesd.

Marcello en Michele Solara, zoons van Silvio en Manuela. Arrogante opscheppers, maar toch populair bij de meisjes van de wijk, maar dat geldt niet voor Lila. Marcello wordt verliefd op Lila maar zij wijst hem af. Michele, iets jonger dan Marcello, is killer, slimmer en gewelddadiger. Hij is verloofd met Gigliola, dochter van de banketbakker, maar raakt in de loop van de jaren ziekelijk geobsedeerd door Lila.

De familie Spagnuolo (het gezin van de banketbakker):
Meneer Spagnuolo, banketbakker in dienst van café-banketbakkerij Solara.

Rosa Spagnuolo, vrouw van de banketbakker.

Gigliola Spagnuolo, dochter van de banketbakker, verloofde van Michele Solara.

Andere kinderen.

De familie Airota:
Guido Airota, hoogleraar Griekse letterkunde.

Adele, zijn vrouw, medewerkster van de Milanese uitgeverij die Elena's roman zal uitgeven.

Mariarosa Airota, oudste dochter, docente kunstgeschiedenis in Milaan.

Pietro Airota, studeert aan dezelfde hogeschool als Elena, briljant student, gaat een universitaire loopbaan tegemoet. Elena en Pietro zijn verloofd.

Onderwijzers en leraren:
Ferraro, onderwijzer en bibliothecaris. Beloont zowel Lila als Elena (als ze nog klein zijn) met prijzen voor de meest trouwe lezers.

La Oliviero, onderwijzeres. Ziet als eerste dat Lila en Elena getalenteerde leerlingen zijn. Als Lila tien jaar oud is, schrijft ze een verhaaltje, *De blauwe fee*. Elena vindt het prachtig en laat het la Oliviero lezen. Maar de juffrouw, boos omdat Lila's ouders hebben besloten hun dochter niet naar de middenschool te sturen, reageert niet op het verhaaltje. Sterker nog, ze laat Lila links liggen en concentreert zich alleen nog maar op de succesvolle Elena. La Oliviero sterft na een lang ziekbed, kort na Elena's afstuderen.

Gerace, leraar op het gymnasium.

La Galiani, lerares op het gymnasium. Zeer ontwikkelde vrouw, communiste. Is meteen onder de indruk van Elena's intelligentie. Leent Elena boeken en neemt het voor haar op als ze een conflict krijgt met de godsdienstleraar, nodigt haar thuis uit voor een feest van haar kinderen. Hun relatie verkilt als Nino, overweldigd door zijn hartstocht voor Lila, het uitmaakt met Nadia, dochter van la Galiani.

Andere personages:
Gino, zoon van de apotheker en Elena's eerste verloofde.

Nella Incardo, nicht van juffrouw Oliviero. Ze woont in Barano d'Ischia en verhuurt 's zomers enkele kamers aan de familie Sarratore. Elena heeft bij haar gelogeerd voor een vakantie aan zee.

Armando, student medicijnen, zoon van mevrouw Galiani, de lerares.

Nadia, studente, dochter van mevrouw Galiani en verloofd met Nino, die als hij verliefd wordt op Lila een einde maakt aan hun verloving met een briefje vanuit Ischia.

Bruno Soccavo, vriend van Nino Sarratore en zoon van een rijke industrieel uit San Giovanni a Teduccio. Hij geeft Lila werk in de vleesfabriek van de familie.

Franco Mari, student en verloofde van Elena in haar eerste studiejaren.